Dis-moi que tu m'aimes

Francisco de Paula Fernández

Dis-moi que tu m'aimes

Traduit de l'espagnol
par Yvelise Rabier

wiz
Albin Michel

Francisco de Paula Fernández est né à Séville. Il commence à écrire l'histoire de Paula sur Internet, sous le pseudonyme Blue Jeans. Des milliers de lectrices se passionnent pour cette *success story*, devenue un phénomène littéraire en quelques semaines.

Retrouvez *Dis-moi que tu m'aimes* sur la page
www.facebook.com/dismoiquetumaimes-lelivre

Titre original :
CANCIONES PARA PAULA
(Première publication : Editorial Everest S.A., León, 2010)

À mes parents et à María, sans qui rien n'aurait été possible.
Aux éditions Everest, pour m'avoir fait confiance et s'être aventurés dans ce projet fou. Ana et Alicia, merci pour votre patience.
À Ester pour m'avoir inspiré et aidé dans les moments difficiles.
À Sara, Lidy et Lola pour votre soutien et votre amitié.
À Anita pour son dévouement envers ce roman et son auteur.
À Lidia, Luz, Demi, Maite, Cristina, Saray, Geli, Meri, Almu, Álex, Esther, Alicia, Laura, Irène et Yoly, qui ont apporté leur grain de sable depuis leur arrivée.
Aux Ángeles de Blue pour leur collaboration et leur affection.
À tous ceux qui ont cliqué « oui » lorsque cet inconnu les a invités à lire quelques lignes de Canciones para Paula.

Chapitre 1

18 heures, un jour de mars.

Elle regarde de nouveau sa montre et soupire en faisant voler sa frange. Coup d'œil à gauche, coup d'œil à droite. Rien. Pas l'ombre d'une rose rouge.

Deux jours plus tôt.

Lui : « Je porterai une rose rouge pour que tu saches qui je suis. »

Elle : « Une rose rouge ? C'est un truc de ringard ! »

Lui : « Tu sais bien que j'en suis un. »

Elle : « Moi, j'aurai un sac Supernanas. »

Lui : « Quel truc de gonzesse ! »

Elle : « Tu sais bien que j'en suis une. »

18 h 15, ce même jour de mars.

Quel enfoiré ! Si ça se trouve, elles vont avoir raison...

Paula jette encore un œil à sa montre et soupire. Elle ajuste la jupe qu'elle s'est achetée exprès pour le rendez-vous. Elle porte aussi de nouveaux sous-vêtements, même si elle sait parfaitement qu'ils ne seraient pas allés si loin. Elle tape nerveusement du talon, de plus en plus excédée.

La veille.

Elle : « T'es sûr que c'est une bonne idée ? »

Lui : « Non. Mais on doit le faire. »

Elle : « Et si tu ne venais pas... »

Lui : « Je viendrai. »

18 h 30, encore ce jour de mars.

Paula se résigne. Si au moins il lui avait donné son numéro de portable… Elle se tâte le front. Elle a chaud alors qu'il fait un froid de canard dehors. Elle n'arrive pas à croire qu'il ne soit pas venu. Elle continue à scruter autour d'elle en quête d'une fleur rouge.

– Espèce d'enfoiré, dit-elle à haute voix, mais pas assez fort pour qu'on l'entende.

La veille au soir.

Lui : « Je t'aime. »

Elle : « Jtm. »

18 h 36, toujours ce jour de mars.

Paula en a marre d'attendre. Elle a chaud, puis froid la seconde d'après. Elle sort un élastique d'une des poches du sac Supernanas et s'attache les cheveux en queue-de-cheval. Elle se les est lissés pour l'occasion, mais maintenant elle s'en fiche de sa coiffure. L'enfoiré n'est pas venu. *Enfoiré.*

Bon, et maintenant ? Il est trop tôt pour rentrer, et se retrouver en tête à tête avec son écran est bien la dernière chose dont elle ait envie. Elle a plutôt besoin d'un bon café pour se remonter le moral.

Elle repère un *Starbucks* juste en face. Toutes les grimaces de dépit se succèdent sur son visage. Au niveau du passage piéton, en attendant que le petit bonhomme passe au vert, elle se remémore la conversation qu'elle a eue avec ses amies au lycée.

Ce matin-là.

Paula : « À 17 h 30. »

Cris : « J'y crois pas. T'as vraiment un rencard avec ce type ? »

Diana : « C'est hallucinant ! »

Paula : « Je crois que c'est le moment qu'on se rencontre, depuis le temps. »

Miriam : « Mais vous ne vous êtes même pas vus en photo… »

Paula : « Je sais, mais il me plaît et moi je lui plais. On n'a pas besoin de photo. »

Diana : « Et si c'était en fait un malade ou un pervers sexuel... ? »

Miriam : « Toi, c'est le genre de gars que t'aimerais rencontrer, hein, Diana ? Un fou qui pense qu'au sexe du matin au soir ! »

Toutes pouffent de rire, sauf Diana, qui tente de se ruer sur Miriam, mais celle-ci l'esquive avec habileté.

Cris : « Et s'il ne vient pas ? »

Paula : « Il viendra. »

Miriam : « Peut-être que non. »

Diana : « Ouais, peut-être que non. »

Paula : « Je vous dis que si !!!! »

Professeur de mathématiques : « Mademoiselle García, je sais que les dérivées vous enthousiasment, mais faites-moi le plaisir de vous contenir un peu en classe. Maintenant, pouvez-vous venir au tableau et nous éblouir de votre science ? »

La conversation s'interrompt, Paula se lève et s'avance à contrecœur vers le tableau au milieu des gloussements de ses copines.

18 h 40, encore et toujours ce jour de mars.

Paula pousse la porte du *Starbucks*. Personne, pas de file d'attente. Le garçon derrière le comptoir, un type chauve et élancé avec une barbichette, l'accueille avec un joli sourire. La jeune fille demande un caramel macchiato. Elle paie sa boisson puis monte à l'étage pour essayer de mettre un peu d'ordre dans sa tête embrouillée.

La salle est presque vide. Un couple s'embrasse dans un fauteuil près d'une des grandes baies vitrées qui donnent sur la rue.

Paula les dévisage du coin de l'œil.

Quelle poisse, ils ont pris la meilleure place...

Elle s'installerait bien dans un des fauteuils vers le couple mais écarte l'idée d'être trop près d'eux. Ce n'est pas parce qu'un enfoiré lui a posé un lapin qu'elle doit se venger sur tous les amoureux du monde ! Elle finit par opter pour un petit coin isolé, à côté d'une autre fenêtre, mais avec moins de lumière et une moins belle vue.

Paula observe la circulation. Elle est pensive et triste : elle doit bien reconnaître qu'elle s'était convaincue qu'il viendrait. Après deux mois à se parler chaque jour, à se raconter des tas de trucs, à rire, à presque tomber amoureux... voilà qu'à l'épreuve de la réalité, il se montrait lâche. Ou bien peut-être qu'il n'était pas ce qu'il prétendait être et que finalement il avait décidé de couper court.

Non, c'est pas possible. Ça, c'est pas possible.

Elle avale une gorgée de son caramel macchiato. Évidemment, elle s'en met partout et se retrouve avec une moustache de mousse. Elle essaie de l'atteindre du bout de la langue, sans succès. Le caramel a décidé de faire des siennes. *Et zut, j'ai même pas pris de serviette et j'ai pas du tout envie de repasser devant les deux tourtereaux.*

Elle fouille dans son sac Supernanas mais ne trouve pas de mouchoir en papier. Soupir. Elle en sort son livre et le pose sur la table pour l'inspecter à son aise. Rien. Re-soupir.

Pendant que Paula explorait son sac, un garçon est entré dans la salle et s'est installé dans le fauteuil juste en face d'elle. Troisième soupir. Elle lève la tête et s'aperçoit de sa présence. Il l'observe. Il est mignon. Il lui sourit. Paula se rappelle soudain qu'elle a toujours sa moustache de mousse. Elle fait discrètement tomber le livre par terre et, en le ramassant, en profite pour s'essuyer vite la bouche d'un revers de main, et le nez aussi au cas où. Sauvée.

Alors qu'elle est toujours penchée sous la table, le beau gosse lui fait face, accroupi à côté d'elle. Sans un mot, il sort un mouchoir en papier de sa poche.

– Tiens, dit-il en lui tendant le Kleenex avec un grand sourire. (*Le sourire qui tue*, se dit Paula.) Même si on dirait que tu n'en as plus besoin.

Paula entend ce que lui dit le beau-gosse-au-sourire-qui-tue et n'a qu'une envie : creuser un trou et se cacher dedans. Elle est morte de honte. Elle devient rouge comme une tomate et, comble du ridicule, elle se cogne la tête contre la table alors qu'elle se redresse, son livre à la main.

– Aïe !

– Tu t'es fait mal ?

– Non.

Il s'est redressé aussi, Paula en profite pour l'observer avec attention. Il est assez grand. Il porte un sweat-shirt noir et un jean un peu usé. Il a de grands yeux marron et les cheveux un peu plus longs que ce qu'elle aurait aimé. Mais il est vraiment mignon.

– Et je n'ai pas besoin de ton mouchoir, ajoute-t-elle.

Le jeune homme sourit et range le mouchoir dans sa poche.

– OK. Je reprends ma place alors.

Paula baisse les yeux et attend que l'inconnu s'asseye. Elle les relève pour vérifier. C'est bon.

Qu'est-ce qu'il est mignon... Arrête ! À quoi tu penses, Paula ?

Une légère douleur à la tête, juste à l'endroit où elle s'est cognée, la ramène à la réalité. Sa main sur son front lui confirme qu'elle n'a pas de bosse. *Heureusement. Ça aurait été la cerise sur le gâteau.* « Ma fille, c'est parce que tu as la tête dure », lui dit souvent sa mère, qui plus que jamais aujourd'hui aurait eu raison.

Paula sourit pour la première fois de l'après-midi de ce jour de mars. Elle avale une nouvelle gorgée de café, en veillant cette fois à ne pas se faire de moustache, et ouvre le livre à la page où elle l'avait laissé quelques heures avant : *J'ai failli te dire je t'aime*, de Federico Moccia, l'histoire d'une étudiante de dix-sept ans et d'un publicitaire de trente-six qui tombent amoureux. Paula n'est pas une grande lectrice, mais Miriam lui a tellement parlé de ce livre qu'elle s'est laissé tenter. Et elle adore. Elle est fascinée par la maturité de Niki, l'héroïne, qui a seulement un an de plus qu'elle, par sa capacité à séduire un homme beaucoup plus âgé qu'elle comme Alex. Oui, elle adore. Peut-être qu'un jour elle aussi vivra une histoire d'amour d'une telle intensité. Avec un homme un peu moins vieux, de préférence.

Le lapin qu'on vient de lui poser lui revient alors à l'esprit. Cette espèce d'enfoiré l'a plantée.

Pfff.

Presque malgré elle, son regard se porte vers le fauteuil où est assis le beau-gosse-au-sourire-qui-tue. Cette fois, il ne l'observe pas.

– J'y crois pas, laisse échapper Paula à haute voix.

Il est sur le point de terminer un livre. Paula penche la tête pour s'assurer qu'elle ne se trompe pas : *J'ai failli te dire je t'aime.*

C'est alors qu'il se rend compte que Paula le fixe. Il la fixe à son tour, puis dirige son regard vers la couverture du livre, puis une nouvelle fois vers elle et finit par sourire. De son sourire qui tue.

– Ça te plaît ? lui demande-t-il, en élevant un peu la voix.

Ben bien sûr que ça me plaît, imbécile. Je vois pas comment je pourrais ne pas aimer ce sourire, c'est le plus beau que j'aie jamais vu, pense-t-elle avant de lui répondre, d'un air surpris, comme si on lui passait l'esprit au rayon X :

– Quoi ?

– J'ai vu tout à l'heure, quand ton livre est tombé... enfin, quand je suis arrivé, tu cherchais quelque chose dans ton sac, et j'ai vu qu'on était en train de lire le même livre. Et maintenant je te demande s'il te plaît.

– Ah, OK. Oui, oui, j'aime bien.

– C'est une jolie histoire. Attends...

Il se lève alors de son fauteuil, prend sa boisson et son livre, puis s'assoit à côté d'elle. Paula, surprise, a de nouveau un peu chaud. En fait, il n'est pas mignon : il est carrément beau.

– Ça ne te dérange pas ? C'est pour ne pas avoir à crier tout le temps...

– Non, vas-y. Assieds-toi.

Mais pile à cet instant, *Don't stop the music* de Rihanna hurle en provenance du sac Supernanas. Paula sursaute et cherche son téléphone à toute vitesse. Plusieurs secondes après, elle le trouve enfin. C'est Miriam.

– Excuse-moi, c'est une amie, explique-t-elle à voix basse à beau-gosse qui lui sourit à nouveau comme pour lui signifier : « Vas-y réponds, t'inquiète pas. » Elle se lève et prend l'appel un peu plus loin. Le jeune couple est parti.

– Oui ?

– Comment ça se passe, chérie ? demande rapidement Miriam. On dérange pas au moins ?

– « On » ? Comment ça « on » ?

– Oui, je suis avec Diana et Cris. Attends. Dites quelque chose les filles... – un bruyant « Salut ! » suivi d'une insulte chaleureuse se fait entendre de l'autre côté du téléphone. Tu vois comme on t'aime et qu'on s'inquiète pour toi ? Comment ça se passe ton rencard ?

Erf, le rencard. Justement, elle en a un maintenant. Mais elle n'a pas envie de leur donner d'explications et encore moins de leur donner raison. Elle décide donc de s'épargner la peine de leur dire que l'enfoiré n'est pas venu.

– Bien, « ça se passe » bien. Mais je ne peux pas trop parler là. Je suis très occupée et...

– Hann !!! Très occupée... Hummm. Smouack, smouack, smouack. Bon, on ne t'embête pas plus, ma biche. On veut que tu nous racontes tout en détail demain. Les filles, on raccroche, dites au revoir...

Et c'est avec un bruyant « Salut, on t'aime ! », suivi d'une autre politesse affectueuse, que la conversation se termine.

Paula lève les yeux au ciel. *Elles sont vraiment tarées.* Puis elle retourne vers son siège. Beau-gosse est debout, son livre sous le bras.

– Je dois y aller, je suis déjà en retard. Je commence un cours dans dix minutes.

Un cours. Quel cours ? À cette heure-là ?

– Enchanté d'avoir fait ta connaissance. J'espère que tu aimeras la fin du livre.

Et sans rien ajouter, le beau-gosse-au-sourire-qui-tue sort en courant du *Starbucks*.

Paula se rassoit en pensant qu'il est maintenant l'heure de rentrer à la maison, de prendre un bon bain relaxant et d'oublier pour un temps son ordinateur. Elle prend le livre pour le ranger, mais elle voit quelque chose de bizarre. Le marque-page n'est pas le sien et il n'est plus à la même place.

Cet imbécile s'est trompé de livre, il a pris le mien.

Elle l'ouvre à l'endroit du marque-page et voit écrit au stylo bleu : « mon pseudo Facebook : Alex Écrivain. Si jamais tu veux débattre sur la fin du livre. »

Ce petit mot la fait rire. Elle range le livre dans le sac Supernanas et se dirige vers l'escalier avec un sourire idiot.

En plus il s'en va en me disant qu'il espère que la fin du livre me plaira. Quel enfoiré !... Mais, en parlant d'enfoirés... Un autre jeune homme grand et séduisant est en train de monter les escaliers de la cafétéria à toute vitesse. Il va si vite qu'il ne voit pas Paula et lui rentre dedans. Sous la violence du choc, elle tombe par terre et il doit lui sauter par-dessus pour ne pas l'écraser. Il termine sa course à genoux juste derrière elle. Une rose rouge lui glisse des mains. Ils se regardent, surpris. Il sourit en voyant le sac Supernanas sur le sol.

Chapitre 2

Environ au même moment, ailleurs en ville.

Il regarde sa montre, lui aussi. Il soupire, lui aussi. Mario est assis par terre, en train de faire ses devoirs de mathématiques, avec une chanson de Maná en bruit de fond.

Comment un poisson pourrait nager sans eau ?
Comment un oiseau pourrait voler sans ailes ?
Comment une fleur pourrait pousser sans terre ?
Comment pourrais-je vivre sans toi ?...

Il ne peut s'empêcher de répéter la dernière phrase le cœur serré. Soupir. *Comment pourrais-je vivre sans toi ?*

Oui, c'est ça qu'il voudrait : pouvoir vivre sans penser à elle.

Concentre-toi, Mario... Les devoirs, les maths, les contrôles... Mais je ne peux pas y arriver en écoutant cette chanson !

Il se lève et ferme le lecteur du PC. C'est un sacrilège pour lui de couper une chanson de Maná, son groupe préféré, le *sien* aussi, mais s'il ne le fait pas, il ne pourra jamais se concentrer.

Il se remet sur la couverture et à ces maudites dérivées.

Concentration. Il croise les jambes, la droite au-dessus de la gauche, et fait des mouvements pour se détendre un peu la nuque. Il place ensuite son cahier de mathématiques en équilibre sur sa tête, puis se masse les tempes avec l'index et le majeur en décrivant de petits cercles. Il ferme les yeux et émet un « Aoummm » de cinq secondes. Puis un second « Aoummmm » un peu plus long. Puis... il est interrompu par une toux provenant de la porte de sa chambre.

– Hum, je comprends mieux pourquoi tu n'as pas de petite amie...

Sa sœur sourit et ses amies pouffent de rire derrière elle.

Mario ouvre les yeux, décroise les jambes et enlève le cahier, les joues en feu. Il les regarde nerveusement en espérant qu'*elle* n'est pas là. Il semble que non. Il y a juste sa sœur et deux filles de la classe sans intérêt.

– Qu'est-ce que tu veux ?

– Te dire qu'on s'en va. Papa et maman ne sont pas là, alors tu vas rester tout seul. Tu vas faire quoi... hein ?

La jeune fille prend un air malicieux et siffle en regardant en l'air.

– Ce que je vais faire... terminer cette connerie...

– Tu fais les dérivées ? Tu me les passes après.

– À nous aussi ! disent des voix depuis le couloir.

Mario fixe sa sœur avec indignation.

– Et pourquoi tu les bosserais pas un peu ? Ça m'étonne pas que tu aies redoublé quatre fois. Ça te suffit pas que ton petit frère t'ait rejointe au même niveau, tu veux qu'en plus il te dépasse ? Tu devrais avoir honte, Miriam.

– Dis pas de bêtises. Je l'ai fait pour être dans la même classe que ces pestes, se moque Miriam en montrant Diana et Cris avant de se jeter sur lui.

– Mais qu'est-ce que tu fais ? Arrête ça tout de suite !

Agrippée à lui sur la couverture, Miriam couvre Mario de dizaines de bisous.

– C'est qui le frère le plus beau et le meilleur du monde, de la galaxie et de l'univers ?

Dans le couloir, les deux amies sont prises d'un fou rire devant le spectacle que leur livrent le frère et la sœur.

– OK ! Ça suffit ! Je te donnerai mes devoirs après, mais laisse-moi tranquille maintenant. Tu es, tu es...

– ... merveilleuse, hein, oui ? dit-elle en faisant claquer une grosse bise sur la joue de Mario. T'es génial !

Puis elle se lève, rajuste son décolleté, son pantalon et sort de la chambre en fermant la porte.

Quel cauchemar d'être dans la même classe qu'elle ! Non seulement il doit la supporter à la maison, mais en plus c'est la deuxième année qu'il la voit toute la journée au lycée. Et ça ne l'amuse pas du tout. Et comme si cela ne suffisait pas, sa sœur est devenue la meilleure amie de...

Clavado en un bar, « Échoué dans un bar », s'échappe de son téléphone resté sur son bureau. C'est peut-être elle ? Non, c'est pas possible, elle ne l'appelle jamais. Mais si c'était elle ?

Mario se lève avec maladresse, glisse et se cogne contre le mur avant d'atteindre son bureau. Déception : ce sont ses parents.

– Oui, maman ?

– Chéri, on rentrera tard. Faites-vous à dîner. Il y a pas mal de choses dans le frigo.

– Oui, maman.

– Et dis à ta sœur qu'elle mange quelque chose, parce qu'elle est toujours avec ses bêtises de régime.

– Oui, maman.

– Et qu'elle fasse ses devoirs.

– Oui, maman.

– Et s'il y a un problème, appelle-nous sur le portable.

– Oui, maman.

– Et...

– Maman, l'interrompt Mario, tout ça, tu ne devrais pas le dire à Miriam ? C'est elle l'aînée.

Sa mère reste silencieuse pendant quelques secondes.

– Non, finit-elle par répondre d'un ton assuré. S'il y a un problème, tu sais quoi faire... Je t'embrasse, mon chéri. Je t'aime.

Il secoue la tête, laisse à nouveau le téléphone sur son bureau, et remet de la musique. *Cuando los Angeles lloran*, « Quand les anges pleurent ». Debout, il écoute et fredonne un couplet de la chanson. Puis il se penche pour récupérer ses affaires sur la couverture. Une photo tombe de son cahier de maths. Une photo qu'il a prise ce matin même au lycée et qu'il a imprimée tout de suite en arrivant chez lui. Elle est ravissante. Enfin, « ravissante » n'est peut-être pas le mot juste, car elle tire la langue et fait un clin d'œil. Mais pour Mario, elle est toujours ravissante. Il tient la photo sur le plat de sa main et l'embrasse. Si seulement elle savait qu'il la prendrait dans ses bras chaque heure, chaque minute, chaque seconde de chaque jour. Il l'enlacerait et il l'embrasserait. Il n'arrêterait pas de savourer ses lèvres... Oui, ça, il l'aime. Il l'aime de toutes ses forces. Comment est-il possible qu'il y ait encore des gens pour dire qu'à dix-sept ans, on ne sait pas ce qu'est l'amour !... Que ce n'est pas de l'amour véritable ? Il souffre rien qu'en pensant à elle : si ce n'est pas de l'amour, alors qu'est-ce que c'est ?

Il regarde sa montre. Qu'est-elle en train de faire, là maintenant ? Et s'il l'appelait ? Non, il ne veut pas la déranger. En plus, que pourrait-il bien lui dire ? Il la voit tous les jours en classe. Non, il aurait l'air d'un lourdaud. Un SMS ? Non plus. Ce serait peut-être pire encore, si elle ne répond pas, c'est déjà arrivé. Il est nerveux et tendu. Elle n'en a rien à faire de lui. C'est dur d'aimer en silence.

L'ordinateur. Internet. Elle est sûrement sur Facebook à cette heure-là. Elle est souvent connectée ces derniers temps, plus que d'ordinaire. Même si parfois elle tarde à lui répondre. Longs silences qui paraissent une éternité.

Mario se connecte et tape son mot de passe : « Paulajtm ». Elle n'est pas là.

Il se déconnecte et écrit à nouveau le mot de passe. Dix fois en une demi-heure. Toujours pas là.

Finalement, vaincu, il s'écroule sur son lit, l'oreiller sur la tête avec *Labios compartidos*, « Lèvres partagées », en musique de fond.

Chapitre 3

Toujours ce jour de mars, dans la même ville, quelques heures avant la rencontre entre Paula et Angel.

La rédaction est déserte. Il ne reste que le chef, comme d'habitude enfermé dans son petit bureau, et lui, qui est sur le point de terminer un article sur ce groupe écossais à la mode au Royaume-Uni. Tout bas, tout tout bas, l'ordinateur diffuse *All you need is love*, « L'amour est tout ce dont tu as besoin », pas la version originale des Beatles mais une reprise qui fait partie de la bande originale du film *Love actually*.

Angel relit une nouvelle fois ce qu'il a écrit. Il étudie tout le texte chaque fois qu'il écrit une ligne, pratiquement. *Ça y est presque*, se dit-il.

Écrire en écoutant de la musique : le paradis... Il est vrai que ce magazine n'est pas un monstre de la presse, et sa paie n'est pas fabuleuse non plus. Mais à vingt-deux ans, c'est son premier emploi sérieux, et peut-être qu'ensuite, il pourra travailler dans des magazines plus importants, comme *Rolling Stone*. Mais pour le moment il s'en contente. Certains de ses camarades de classe n'ont toujours pas de travail, alors que lui a un emploi et en plus il peut écrire sur ce qu'il aime.

La chanson se termine, et commence *I finally found someone* chantée en duo par Brian Adams et Barbara Streisand. « Finalement j'ai rencontré quelqu'un ». Angel sourit. Il se rappelle qu'il a passé cette chanson à Paula par Facebook. Elle ne la connaissait pas mais lorsqu'elle l'a entendue, elle s'est exclamée : « Ahhhhhh, oui, ils l'ont chantée dans Operación Triunfo[1] !!! »

1. Équivalent de notre Star Academy.

Seul devant son écran d'ordinateur, il ne peut s'empêcher de sourire en se remémorant la réaction de cette jeune fille qui a son cœur en otage depuis quelques semaines. Est-il amoureux ?

Cet après-midi, ils franchiront encore une étape. Après deux mois à se parler tous les jours, ils vont se voir enfin, ils vont se toucher, ils vont se sentir...

Il saura alors si cette jeune fille lui plaît réellement.

La porte qui s'ouvre le fait sortir de ses pensées. Le chef, Jaime Suárez, avance vers lui d'un pas vif et l'air triomphant.

– On l'a, c'est confirmé. Cet après-midi Katia passe à la rédaction pour une interview.

– Katia ? LA Katia ?

– Tu connais beaucoup de chanteuses qui s'appellent Katia, Angel ?

Katia est devenue un phénomène de société ces derniers temps. N'importe quelle adolescente a dans son iPod *Tu éblouis mon cœur*, le titre numéro un des ventes le mois précédent. La jeune chanteuse est arrivée comme une bombe dans le paysage musical avec son premier single.

– Quel coup de chance ! Vous vous chargerez de l'interview ?

– Non, Angel, tu vas la faire. Maite et Valeria ne sont pas disponibles. Et moi je suis trop vieux pour faire ce genre d'interview. Tu t'entendras avec elle beaucoup mieux que moi, vous avez quasiment le même âge.

Angel ne parvient pas à sourire. Pourquoi fallait-il que ce soit pile cet après-midi !... L'après-midi qu'il avait de libre, l'après-midi de son rendez-vous avec Paula... « Un journaliste n'a pas d'horaires, Angel : nous devons toujours être sur le pied de guerre et disponibles », lui répète souvent son chef quand il le voit consulter sa montre lorsque l'heure de quitter la rédaction approche.

– Et elle va venir à quelle heure ? demande-t-il, inquiet.

– Son agent nous a dit qu'ils seraient là vers 16 heures.

Angel fait le compte du temps que lui prendra l'interview puis du trajet pour se rendre au rendez-vous. Avec un peu de chance, il peut terminer l'interview vers 16 h 30 ou 16 h 45. Ensuite quarante minutes de métro pour arriver sur place. Il ne pourra pas passer chez lui pour se changer, mais ce n'est pas très grave. Il est toujours habillé correctement : élégant et décontracté à la fois. C'est son style.

– OK, monsieur Suárez. Je commence tout de suite à la préparer.

– Parfait, Angel. Tiens, dit-il en déposant un dossier avec des photos, des interviews, des articles sur Katia et son CD sur son bureau. Regarde aussi sur Internet, si tu trouves des informations sur elle. Ça ne veut pas dire se mettre sur Facebook, hein ?

Angel sourit. Son chef savait-il qu'il parlait avec Paula depuis l'ordinateur de la rédaction parfois, quand il y avait peu de travail ?

– Je m'y mets tout de suite.

Pendant presque deux heures, le monde n'existe plus pour lui alors qu'il examine tout ce qui a un rapport avec la chanteuse. Il écoute son disque deux fois. Les minutes s'égrènent et l'heure de l'interview approche. Celle du rendez-vous avec Paula aussi. À 15 h 45, son questionnaire est prêt.

Jaime Suárez entre dans le bureau pour vérifier ce que son poulain a préparé. Un entretien personnel, mais pas déplacé, des questions sur la musique mais traitées de manière innovante, une interview très soignée mais avec une pointe de charme. Angel sait bien que cette trame écrite n'est là que par sécurité, en cas de panne d'inspiration. Les meilleurs articles sont le fruit d'une conversation décontractée et d'une belle part d'improvisation. Son chef termine son examen et sourit avec satisfaction.

– C'est très bien. Tu seras un grand journaliste, il n'y a pas de doute. Tu quitteras bientôt cette petite rédaction.

Le compliment de Jaime Suárez fait apparaître un large sourire sur le visage d'Angel, même s'il n'arrive pas à éviter de regarder nerveusement sa montre.

– Il est 16 h 15 ; elle ne devrait pas tarder à arriver, le rassure son chef.

Mais à 16 h 30 Katia n'est toujours pas là. Ni à 16 h 45. À 17 heures, la jeune chanteuse n'a toujours pas donné signe de vie. Angel se ronge les ongles. Il ne lui paraît pas possible que tout cela se passe précisément aujourd'hui. De plus en plus nerveux, il a les yeux rivés sur sa montre.

Il est maintenant certain d'arriver en retard à son rendez-vous avec Paula. Dans une tentative désespérée, il se connecte à Facebook au cas où elle y serait, pour la prévenir qu'il sera en retard. Mais elle n'est pas là.

Tension. Nerfs. 17 h 15. *Mince ! 17 h 30 !* Paula doit déjà être là-bas en train de l'attendre avec son sac Supernanas. *La rose !*

Il l'avait totalement oubliée. La veille il en a acheté une douzaine qu'il a offerte à sa mère. Personne ne s'est rendu compte qu'il y en avait treize au lieu de douze. Une de plus, pour qu'elle puisse le reconnaître.

« C'est un truc de ringard ! » lui avait-elle dit. Oui, Angel se considère comme un ringard, mais adapté à l'époque dans laquelle il vit. Il peut aussi bien écouter Metallica que Rihanna, Laura Pausini qu'El Barrio. Il peut lire Agatha Christie en passant par Ruiz Zafón, Pérez Reverte ou Stephen King. Les vêtements de sport lui vont aussi bien que les jeans troués. C'est un garçon prêt à vivre ce que le destin lui réserve en n'importe quelle circonstance. Il est aussi indéfinissable qu'imprévisible. À l'université on lui disait toujours : « Ce qui mène à la réussite aujourd'hui, c'est l'adaptabilité et l'éclectisme. » Deux qualités qu'il possède.

– Elle est là ! crie Jaime Suárez à la porte du bureau.

La standardiste vient de le prévenir. Il tourne de suite les talons et court recevoir l'invitée.

Angel soupire et rejoint l'entrée de la rédaction. Jaime Suárez discute cordialement avec Mauricio Torres, l'agent de la jeune fille, en passant la porte. Katia sourit, silencieuse.

– Excusez-nous pour le retard. Nous avons eu une interview dans une émission de radio à l'autre bout de la ville qui s'est terminée très tard. Nous avons à peine eu le temps d'avaler un sandwich.

– Ne vous inquiétez pas. Nous savons comment ça se passe dans les médias. On ne s'était même pas rendu compte de l'heure qu'il était.

Angel, qui vient de se joindre à eux, lève les sourcils en essayant de cacher sa contrariété.

– Ah, Angel, tu es là, dit M. Suárez en prenant le bras de son poulain. Je vous présente Angel Quevedo, le journaliste qui va faire l'interview de Katia.

Le jeune homme serre la main de l'agent puis, un peu confus, tend la main à la chanteuse avant de se raviser et de lui faire la bise.

Katia est beaucoup plus jolie en personne que sur les photos qu'il a examinées tout l'après-midi. Il émane d'elle une prestance lumineuse et son visage transmet un calme doux. Son sourire est immense et ses yeux d'un bleu si céleste qu'on se demande si elle porte des lentilles. Elle est toute petite et parfaitement adorable. La seule chose qui aurait pu dénoter chez cette jeune fille, c'est sa chevelure rose, mais cela lui va si bien que ce pourrait être sa couleur naturelle. Bien qu'elle ait l'habitude de s'habiller avec des vêtements saugrenus, évoquant davantage Punky Brewster qu'une chanteuse à succès, elle est venue à l'interview avec un jean foncé très moulant, une chemise rouge et noir assez discrète. Elle tient à la main un boléro en jean assorti à son pantalon.

– Bien, nous allons vous laisser seuls pour que vous puissiez vous concentrer sur l'interview, annonce M. Suárez, en invitant l'agent à passer dans son bureau pour donner plus d'intimité au travail d'Angel.

Jaime Suárez sait que son poulain fera un travail de meilleure qualité en étant seul à seul avec elle.

Angel invite la jeune femme à s'asseoir dans un fauteuil au fond de la rédaction. Il en approche un second et s'installe en face d'elle.

– Avant toute chose, je voulais m'excuser pour le retard, anticipe Katia. Je suis désolée, vraiment. J'ai vu ta tête quand ton chef a dit que ce n'était pas grave. Tu as sûrement autre chose de prévu...

– Ne t'inquiète pas, je ne faisais que préparer l'interview, ment Angel.

La jeune femme le regarde dans les yeux et esquisse un sourire bienveillant.

– Bien, je n'insiste pas plus. Allons-y. Plus tôt on commencera, plus tôt on finira.

Angel approuve et met en route le magnétophone.

L'interview se passe comme il l'avait prévu. Agréable, amusante, personnelle sans être trop intrusive dans la vie de Katia. Peut-être un peu effrontée aussi. Une chose est certaine, c'est que cette jeune femme de vingt ans qui en paraît seize a réussi pendant presque une heure à faire oublier à Angel le rendez-vous dont il rêvait depuis deux mois. Une conversation merveilleuse.

– Ça y est. Nous avons terminé, dit le journaliste en fermant le carnet sur lequel il a noté quelques informations importantes.

Il appuie sur le bouton *stop* du magnétophone et le pose sur la table.

– Cela a été très agréable, constate-t-elle en se levant. Angel, tu as une voiture ?

Il la regarde, l'air surpris.

– Non.

– OK, dans ce cas, dis-moi où je te dépose.

Une totale confusion apparaît sur le visage du jeune homme.

– De quoi parles-tu ?

– Allons-y... Ne perdons pas une minute, je suis venue en voiture. Dépêche-toi ! Je reviendrai chercher Mauricio après.

Katia prend la main d'Angel et ils sortent tous les deux en courant de la rédaction. Ils continuent leur course dans la rue, s'arrêtent deux secondes pour reprendre leur souffle puis repartent jusqu'à atteindre l'Audi la plus originale de la ville. Angel reste bouche bée en voyant la voiture rose décapotable.

– Elle est assortie à tes cheveux ! plaisante-t-il.

La jeune fille ne dit rien, mais sourit aussi.

Sur le chemin, il lui raconte rapidement son histoire avec Paula, sans entrer dans les détails. La jeune fille aux cheveux roses et au regard bleu céleste écoute attentivement et conduit le plus vite possible jusqu'au lieu du rendez-vous auquel Angel devrait être depuis plus d'une heure.

– Attends ! Arrête-toi ici un instant ! s'écrie-t-il tout à coup.

Katia obéit et se gare en double file. Angel descend comme une flèche et revient deux minutes après avec une rose rouge à la main.

– Ce que tu es ringard ! se moque-t-elle.

Elle fonce comme s'ils avaient le diable à leurs trousses jusqu'au lieu de rendez-vous.

Ils arrivent enfin.

– Je descends là. Merci beaucoup, Katia dit-il en passant la tête par la fenêtre.

– C'est la moindre des choses. Bonne chance, Angel. Et si jamais elle ne te pardonne pas, je te ferai un mot d'excuse.

Et la jeune fille à la chevelure rose, en tête des ventes de disques dans tout le pays, lui adresse un clin d'œil, appuie sur l'accélérateur et s'éloigne.

Angel court jusqu'à l'endroit précis dont ils avaient convenu deux jours avant.

Ses yeux la cherchent partout, à gauche, à droite, autour de lui, au loin, parmi les gens assis sur les bancs à côté. Mais Paula n'est pas là. Il fallait s'y attendre...

Elle a dû penser que je ne suis qu'un enfoiré qui s'est dégonflé.

Il regarde sa montre en grognant. Il est très en retard. Il scrute partout une nouvelle fois. Rien. Il n'y a plus d'espoir.

– Mon garçon...

Une voix délicate accompagnée d'une main sur son épaule surprennent Angel.

Il se retourne et se retrouve face à une vieille femme qui porte un orgue de Barbarie et une boîte pleine de gaufrettes.

– Oui, madame ? demande le journaliste, un peu déconcerté.

– Tu cherches quelqu'un, non ?

– Oui ! Avez-vous vu une jeune fille brune qui porte un sac à dos ?

– J'en ai vu beaucoup, oui. Cet endroit est plein de jeunes filles... mais il y en a une qui est passée devant moi pendant plus d'une heure en regardant sa montre. Elle est entrée dans cette cafétéria il y a un moment, dit la vieille femme en montrant le *Starbucks*, mais je ne peux pas garantir qu'elle y soit encore.

– Merci beaucoup, madame !

Angel court aussi vite qu'il le peut sans faire attention aux feux et récolte quelques insultes de la part d'un conducteur lorsqu'il traverse la rue au rouge pour les piétons. Il entre dans le *Starbucks* hors d'haleine. Trois jeunes filles allemandes ou anglaises qui font la queue au comptoir le regardent, étonnées. Il se dirige alors vers les escaliers et les monte quatre à quatre. Arrivé en haut il se cogne contre une jeune fille qu'il n'a pu éviter et qui se retrouve sur les fesses. D'un saut, Angel parvient à ne pas lui marcher dessus mais tombe à genoux juste derrière elle. La rose lui glisse des mains. En voyant le sac Supernanas et son regard, il comprend que sa rencontre avec Paula vient de commencer. Il l'observe aussi et sourit.

– Pardon pour le retard, Paula. Enchanté. Je suis Angel.

Paula met quelques secondes à réagir. Devant elle se trouve le garçon avec qui elle a parlé pendant deux mois. Deux mois de plaisanteries, de rires, d'images, de chansons, de jeux, de mots. Beaucoup de mots. Mais ils ne s'étaient jamais vus. Même pas en photo. Rien. Pourtant elle était convaincue qu'il lui plairait. Et maintenant il est à genoux à côté d'elle. Comme dans un rêve. Irréel.

Angel se met debout et lui tend la main pour l'aider à se lever.

Paula plonge son regard dans le sien. Il est vraiment beau. Peut-être plus encore que ce qu'elle avait imaginé.

– Laisse, je peux le faire toute seule, dit-elle avec sérieux.

Angel ne peut détacher ses yeux d'elle. Elle est très belle. Peut-être encore plus que ce qu'il avait imaginé.

La jeune fille se lève comme elle le peut, en s'appuyant sur les deux mains. Elle remet sa jupe et sa chemise en place, jette ses cheveux en arrière et descend les escaliers sans un mot.

– Je suis désolé, s'excuse Angel en la suivant après avoir ramassé la rose sur le sol. C'est à cause de...

– Chut, ne dis rien, l'interrompt-elle en se retournant avec un sourire. Tu es venu, tard, mais tu es venu : c'est tout ce qui compte.

Le jeune journaliste ne peut détacher son regard du sien. Il a envie de l'embrasser.

– Ça, c'est pour moi, non ? demande-t-elle en montrant la rose qu'Angel porte à la main.

Il acquiesce de la tête et la lui offre. Paula respire la fleur en fermant les yeux. Lorsqu'elle les rouvre, elle sourit et lui prend la main. Lui, surpris, la serre tendrement en lui rendant son sourire. Main dans la main, ils sortent de la cafétéria.

La nuit est tombée. Ils se promènent dans les rues unis, enlacés, comme un couple, à la lumière des réverbères, sous la lune brillante, au milieu de la rumeur tranquille de la circulation. Les bruits de la nuit ne les empêchent pas de se sentir seuls au monde. Uniques. En parfaite harmonie. Comme s'il n'existait rien d'autre qu'eux deux. Paula et Angel. Angel et Paula. Comme s'ils s'aimaient depuis toujours.

– Alors comme ça, tu as dû interviewer Katia, commente-t-elle en marchant quelques pas derrière lui pour mieux le regarder.

Oui. Il est vraiment super beau.

– C'est ça. Elle est très sympa.

– J'adore sa chanson, dit-elle avant de commencer à chanter *Tu éblouis mon cœur* de sa voix douce.

– En plus, c'est elle qui m'a déposé en voiture.

– Sérieusement ? Tu es vraiment monté dans la voiture de Katia ?

– Oui, il faudrait que tu voies ça.

– Elle est jolie ?

– Superbe, oui ! Une Audi sportive rose. Je n'en avais jamais vu.

– Mais non, idiot. Je parlais d'elle... Est-ce qu'elle est aussi jolie que sur les photos et à la télé ?

Angel reste silencieux et réfléchit bien à la réponse. Il a trouvé Katia vraiment plus belle en vrai que sur toutes les photos et vidéos qu'il a pu voir. Sincèrement, la petite chanteuse est charmante.

– Elle est normale. C'est une fille normale, finit-il par répondre.

– Tu mens, dit Paula en râlant avant de sourire à nouveau. Elle est sûrement plus belle que moi.

Angel se frotte le menton.

– Maintenant que tu le dis... peut-être. En fait, quand nous sommes arrivés à l'endroit où je devais te retrouver, je lui ai dit de ne pas s'arrêter et je l'ai invitée à dîner. Mais elle avait une autre interview...

– Enfoiré ! crie Paula qui fait mine de se fâcher et s'approche pour le frapper.

Angel esquive et s'éloigne d'elle en courant, amusé. Quand elle est sur le point de l'atteindre, il accélère un peu et s'échappe à nouveau. Et ainsi de suite jusqu'à ce qu'il se laisse finalement attraper et la prenne dans ses bras pour la première fois.

– Je suis fatiguée. T'as vu tout ce que tu m'as fait courir ? Ça ne t'a pas suffi de me laisser attendre debout une heure, maintenant faut en plus que je te coure après !

– Asseyons-nous là.

C'est un banc vide sur une petite place devant une fontaine illuminée. On entend l'eau couler sur le socle de la fontaine recouverte de pièces de monnaie. Paula s'assoit et lorsque Angel s'apprête à faire de même, elle l'en empêche avec sa main.

– Attends.

Il ne comprend pas ce qui se passe. Elle est fâchée ?

– Tu ne veux pas que je m'asseye à côté de toi ?

– Fais-moi un petit défilé.

Angel ne sait pas s'il doit prendre ça pour une blague et rire.

– Tu dis ça sérieusement ?

– J'ai l'air de plaisanter ? Défile. Je veux voir si les descriptions que tu m'as faites de toi sur Facebook sont vraies ou non.

Il éclate de rire mais finit par accepter.

– D'accord. Mais toi aussi après, OK ? Promets-le.

Paula valide la condition et croise deux doigts qu'elle embrasse pour signer l'accord.

Angel se met devant elle et commence à marcher tout droit. Il fait ça assez bien. Paula croise les jambes et l'observe avec attention.

– Sans la veste, lui ordonne-t-elle.

Angel retire sa veste, se la met sur l'épaule et continue à défiler. Il va et vient. Il s'approche et il s'éloigne. L'éclairage de la fontaine l'illumine. Paula ne le lâche pas des yeux une seconde. Enfin, il s'arrête devant elle et attend le verdict.

– Alors ?

– Mmmm... Il est vrai que tu as les épaules larges. Je crois que tu mesures bien un mètre quatre-vingt-trois, comme tu l'as dit. Et je ne crois pas que tu m'aies menti sur ton poids. Mais il y a une chose que tu as dite avec laquelle je ne suis pas d'accord.

– Laquelle ? demande-t-il, curieux.

– Tu as de très belles fesses. Pas « normales » comme tu as dit. Elles me plaisent.

Angel ne peut contenir un éclat de rire alors qu'il s'approche à nouveau d'elle.

– À toi maintenant. Tu as promis.

– Attends, je n'ai pas encore fini. Penche-toi.

Il obéit en soupirant. Il ne comprend pas où elle veut en venir. Sa tête est juste en face de la sienne.

– Regarde-moi dans les yeux.

Chacun soutient le regard de l'autre quelques secondes. Quelques secondes infiniment longues. Quelques secondes éternelles.

– Oui, ils sont bleus... dit-elle enfin.

Mais leurs regards ne dévient pas. Ils continuent de se fixer avec intensité. Les yeux bleu ciel d'Angel. Les yeux miel de Paula. Perdus l'un dans l'autre.

– Je peux te demander quelque chose ? interroge Angel.

Elle sourit.

– C'est pas la peine de demander, tu sais. Tu peux m'embrasser.

Paula approche ses lèvres de celles d'Angel et les effleure un instant avant de lui donner un baiser furtif. Puis, un autre, un peu plus long et profond. Le troisième, plus encore. Et c'est ainsi que, par une nuit dégagée sous la lumière de la lune, bercés par le murmure d'une fontaine, Paula et Angel échangent leur premier baiser.

Chapitre 4

Le soir même de ce merveilleux jour de mars.

Paula tourne la clé dans la serrure. Il est tard. Très tard. Elle sait qu'elle va se prendre un sacré savon mais elle s'en fiche. Une soirée comme celle-là vaut bien toutes les réprimandes du monde.

Quelques minutes plus tôt, dans le taxi qui l'a ramenée chez elle en compagnie d'Angel, son téléphone a sonné pour la cinquième fois. Ce coup-ci elle a décroché, en lui faisant un signe pour dire : « Je vais m'en prendre une bonne. » Le jeune homme joint les mains et renouvelle ses excuses.

– J'arrive, maman. Je faisais mes devoirs chez Miriam et ça nous a pris plus de temps que prévu.

– Tu sais l'heure qu'il est ? Pourquoi tu n'as pas décroché avant ?

– Je ne l'avais pas entendu. Excuse-moi.

– Ça fait une heure que j'essaie de te joindre ! On était sur le point d'appeler la police ! Tu n'as que seize ans... Tu n'as pas à traîner n'importe où à cette heure. Tu as cours demain !

– Vous exagérez. Et en plus j'ai bientôt dix-sept ans, tu t'en souviens ?

– On exagère ?

– Maman, je ne peux pas parler, là. J'arrive tout de suite.

– Comment ça, tu ne peux pas parler ? Mais où es-tu, bon sang ?

– J'arrive. Bisous, maman.

Clac.

Elle entre sur la pointe des pieds chez elle, mais l'ouïe des parents qui attendent leur fille est aussi fine que celle d'une chauve-souris. Ils sortent du salon en même temps, du même pas et avec la même expression courroucée.

– Tu es punie pendant un mois ! sont les premiers mots qui sortent de la bouche de sa mère.

– Un mois ? Tu es trop bonne, Mercedes. Au moins deux mois !

– Oui, c'est très bien, Paco. Deux mois sans sortir de ta chambre.

Paula ronchonne. Elle sait qu'il vaut mieux ne rien répondre tout de suite. Demain, elle demandera pardon, promettra qu'elle ne recommencera plus, et ses parents oublieront la punition.

– Maintenant, monte dans ta chambre. Et pas d'ordinateur ni de télévision. Toutes les lumières éteintes dans cinq minutes !

La jeune fille monte dans sa chambre sans un mot en faisant claquer ses talons sur chaque marche. Elle sait que ses parents ont raison. Enfin pour cette fois oui, ils ont raison, mais elle fait quand même semblant d'être fâchée. Alors qu'au contraire son cœur bondit de joie. Elle n'arrête pas de penser aux lèvres d'Angel... sa bouche... ses caresses... À la façon dont elle frémissait lorsque, tous les deux enlacés, il lui caressait les cheveux. Était-elle en train de tomber amoureuse ?

Paula entre dans sa chambre et plonge la tête la première sur son lit. Elle prend son petit lion en peluche et le serre contre elle.

– Tusi ! s'écrie-t-elle en étouffant son compagnon d'oreiller et de rêves – rêves qui sont en train de devenir réalité.

Paula couche Tusi à côté d'elle, se retourne et pose les mains derrière la tête en regardant le plafond. Tout est sombre. Sa chambre est baignée d'une lumière légère : la lumière de la nuit. Elle a une sensation merveilleuse à l'intérieur... À cet instant, un « toc toc » timide se fait entendre. Paula se redresse et s'assoit sur son lit. Pfff, encore ses parents !

– Entrez.

La porte s'ouvre doucement. Ce ne sont pas ses parents : une petite silhouette aux longs cheveux blonds et au pyjama Hello Kitty entre en allumant la lumière.

– Erica, qu'est-ce que tu fais debout ?

– Je voulais te dire bonne nuit.

Sa petite sœur s'approche du lit, puis lui fait un câlin et un bisou.

– Bonne nuit, ma princesse.

– Pourquoi papa et maman te criaient dessus ? Tu as fait quelque chose de mal ?

– Eh bien...

Paula ne sait pas quoi répondre à sa sœur de cinq ans.

– Oui, finit-elle par avouer.

– Et ils t'ont punie ?

– Oui.

– Paula, pourquoi tu souris comme ça depuis tout à l'heure alors qu'ils t'ont punie ?

Paula laisse échapper un éclat de rire.

– Quand tu seras grande, tu comprendras. Maintenant... au lit !

Erica lui fait un autre bisou et sort de la chambre en courant.

La petite fille ne comprend pas très bien ce que sa sœur aînée vient de lui dire, mais pense qu'elle aimerait bien que ses parents lui infligent la même punition qu'à Paula la prochaine fois qu'elle fera une bêtise. Elle aussi elle veut être heureuse comme sa sœur !

Toujours le soir de ce fameux jour de mars, dans un coin isolé de la ville.

Fin.

Fascinant. Charmant. Enchanteur.

Alex ne trouve pas assez d'adjectifs pour qualifier le roman qu'il vient de terminer : *J'ai failli te dire je t'aime*. Réfugié sous la lumière timide de sa lampe, il savoure le goût aigre-doux de l'avoir fini. D'un côté, il se sent heureux d'avoir lu une si belle histoire. D'un autre, il est triste qu'il n'y ait pas plus de pages. Niki et Alessandro ont cessé d'exister.

La fille de la cafétéria lui revient alors à l'esprit. À vrai dire, elle n'a pas quitté ses pensées depuis qu'il l'a aperçue en train de chercher quelque chose dans ce sac fuchsia rigolo. Elle est charmante. Spéciale. Il rit en se souvenant du coup qu'elle s'est donné contre la table. Leurs regards se sont croisés lorsqu'elle s'est baissée pour ramasser le livre. Le même livre que celui qu'il était en train de lire. Un signe du destin ? Comme dans ce film, *Un amour à New York*, où une bonne étoile fait se réunir John Cusack et Kate Beckinsale.

Alex s'installe devant son ordinateur. Il l'allume et se connecte rapidement à Facebook pour voir si l'inconnue du *Starbucks* l'a ajouté. Mais il n'a aucune demande d'ami.

Qu'est-ce qu'il espérait ? Qu'elle allait l'ajouter ? Elle a peut-être pris la mouche à cause de l'échange des livres. Peut-être aussi qu'elle s'est moquée de lui en voyant ce qu'il avait écrit à la dernière page. Elle pense sûrement qu'il est un idiot. Un idiot plein d'illusions.

Alex se sent vaguement honteux de ce qu'il a fait, de son romantisme... Mais il est comme ça : il ne peut pas s'en empêcher.

L'envie de s'adonner à sa passion lui parcourt le corps. Il sait que c'est ce dont il a besoin. Il s'approche de l'étui qui renferme son trésor le plus précieux. Il le prend, sort de sa chambre et monte sur le toit. La nuit est dégagée et étoilée, la lune brillante. La ville est très belle de la colline où il s'est installé depuis quelques mois. Excentré mais près de tout. Une légère brise fraîche le pénètre et le fait trembler, mais il s'en fiche, cela en vaut la peine.

Le jeune homme s'adosse au mur et pose doucement sa lèvre sur l'anche. Il tient avec délicatesse ce corps argenté et commence à jouer. Pendant quelques minutes, Alex s'abandonne à son saxophone et à la musique

Plus près du centre-ville, approximativement à l'heure à laquelle Alex joue les premières notes.

Il paie le chauffeur de taxi et entre d'un pas décidé dans son immeuble. Il prend l'ascenseur et descend à l'étage du petit appartement où il vit seul depuis quelques semaines. Arrivé devant sa porte, il ouvre et entre. Tout cela avec un sourire accroché aux lèvres. Parfois même il siffle l'air de cette chanson : *Tu éblouis mon cœur*.

Angel retire sa veste et la pose soigneusement sur un portemanteau de l'entrée. Il exulte. Tout a été parfait. Peut-être trop parfait. Elle est encore mieux que ce qu'il avait imaginé. Elle lui plaisait déjà avant, alors maintenant... Son cœur bat la chamade lorsqu'il repense à cette soirée magique.

Il regarde sa montre. Il est très tard et il doit se lever tôt demain. La réalité nous tire toujours de nos rêves. Mais ce n'était pas un rêve ! Tout cela était réel... Paula est réelle. Elle n'est plus la fille invisible qui lui avait déjà dérobé un petit bout du cœur : maintenant, c'est une personne qui fait partie de sa réalité. Il connaît son odeur, la douceur de sa peau, ses baisers.

Il rêvera d'elle cette nuit, c'est sûr.

Mais avant il doit s'endormir. Il faut vraiment qu'il dorme s'il veut être productif au travail demain. Oui, il va se lever à sept heures. Il cherche son téléphone portable pour programmer le réveil. Où est-il ? Ah oui, dans sa veste. Il retourne jusqu'au portemanteau et le trouve dans une des poches. Hors service. Il a dû s'éteindre pendant la soirée avec Paula. Quelques instants après l'avoir allumé, un bip annonce qu'il a reçu des appels en absence. Trois, et les trois du même numéro. Un numéro inconnu.

Nouveau coup d'œil à l'heure. Il est trop tard pour rappeler. Il le fera demain de son travail.

Ce qu'Angel ne sait pas, c'est que, dans les prochains jours, la personne qui l'a appelé va bouleverser sa vie.

Chapitre 5

Le lendemain matin, un nouveau jour de mars.

Trois jeunes filles plaisantent, assises sur les tables d'une classe de première. Elles rient sans retenue, crient, murmurent, parlent de toutes leurs petites histoires mais surtout de celles des autres. Ce type, de la classe d'à côté, est-il vraiment gay ? C'est vrai qu'il y en a deux qui ont fait l'amour dans les toilettes du lycée ? Et cette blonde, là, des mauvaises langues disent qu'elle a des vues sur un gars de première S. Et la brune, là, n'avait-elle pas les nichons plus petits avant ? Elle s'est sûrement fait opérer.

La cloche retentit. Le premier cours de la journée va commencer. Mathématiques.

– Et Paula ? demande Cris en voyant que son amie n'est pas encore arrivée.

– Elle ne s'est sans doute pas réveillée. Elle n'a pas dû fermer l'œil cette nuit. Je suis sûre qu'elle n'a pas arrêté de...

Diana s'interrompt à temps. Le professeur de mathématiques est en train de passer la porte. Elles sont toujours assises sur les tables, qui ne sont même pas celles de leurs places.

– Bonjour, les Dragibus. Voulez-vous bien vous donner la peine de vous asseoir comme des personnes civilisées ? L'Homme n'a pas inventé la chaise pour rien. Vous seriez bien aimables de vous mettre chacune à votre place.

« Les Dragibus » : c'était le surnom qu'avait trouvé cet homme, de quarante ans bien tassés, au petit groupe qui occupait le coin gauche au fond de la classe.

– Monsieur, pourquoi vous nous appelez « les Dragibus » ? lui avait demandé Cris, la première fois qu'il les avait surnommées ainsi.

– Parce que je suis fatigué de vous appeler une par une lorsque je réclame votre attention. Je m'épargne du travail, avait-il répondu, impassible.

– Ah, mais pourquoi Dragibus précisément ? C'est parce qu'on est aussi bonnes que ces bonbons, hein, monsieur ? était intervenue Diana en lui faisant un clin d'œil.

– Ça, ce sont vos conquêtes qui peuvent le dire. Vous êtes des Dragibus parce que vous êtes habillées de toutes les couleurs et que j'ai parfois du mal à vous avaler. Comme ça m'arrive avec les Dragibus.

Elles étaient alors devenues rouges comme des tomates puis avaient fini par éclater de rire avec le reste de la classe et par adopter ce surnom original.

Cris, Diana et Miriam se décident enfin à descendre des tables et regagnent leurs places. Alors que le professeur de maths est sur le point de fermer la porte pour commencer son cours, Paula se glisse à toute vitesse dans l'entrebâillement.

– Mademoiselle García, le cours d'éducation physique est dans trois heures, lui fait-il remarquer, placide. Là, c'est le cours de maths, vous vous en souvenez ? Avec vos amies les dérivées en invitées vedettes.

– Excusez-moi, monsieur. Il y avait des embouteillages.

– J'espère qu'on vous a fait passer un test d'alcoolémie. Allez à votre place et respirez à fond.

Paula s'installe sans relever l'ironie du propos. En fait, elle n'a pas entendu son réveil, a loupé son bus et c'est donc son père qui l'a amenée au lycée. Ils se sont à peine parlé pendant le trajet. La dispute d'hier soir est encore fraîche. *Chaque chose en son temps*, se dit-elle.

La quatrième Dragibus rejoint sa place sous le regard curieux des trois autres. Leurs bouches maquillées lui adressent un sourire narquois. Paula se demande ce qui se passe.

– Quoi ?

Un coup d'œil à son pantalon – sa braguette est bien fermée pourtant.

– Pourquoi vous me regardez comme ça ?

– Alors ? Vous en pensez quoi, les filles ? Elle l'a fait ou pas ? finit par lancer Miriam.

– Si j'ai fait quoi ? demande Paula sans comprendre.

– Si tu t'es fait ton pote invisible, balance Diana.

Le garçon qui est juste devant Diana tourne la tête, surpris, avant d'afficher un petit sourire.

– Regarde devant toi ! lui ordonne-t-elle en le fusillant du regard.

Il obéit et la conversation reprend avec les explications du professeur en bruit de fond.

– Bon alors quoi ? Tu te l'es fait ou pas ? insiste Diana, en baissant cette fois un peu plus la voix.

– Nooon, dit Paula dans un murmure à peine audible.

– Ah, il s'est fait toi, alors ? demande à nouveau celle qui est la plus intéressée par ces choses-là.

– Je ne crois pas que ça se dise, ça, lui fait remarquer Cris.

– Ça y est, la prof de français est de sortie... Je m'en fiche de comment ça se dit ! Il y a eu du mouvement alors ?

– Mais nonnn, bredouille Paula qui ne sait pas comment raconter sa soirée.

En voyant son amie si gênée, Miriam change de tactique pour essayer d'avoir plus de détails.

– Laisse-la, Diana. Alors, ma biche, ça s'est bien passé ?

La star du jour confirme en souriant puis leur résume à voix basse son rendez-vous avec Angel.

– Trop romantique ! dit Cris avec enthousiasme après avoir écouté attentivement son récit.

– Je suis contente que tu sois tombée sur un gars comme ça, ma biche, ajoute Miriam.

– Et en plus il a de belles fesses ! T'as un de ces bols, intervient Diana. Et maintenant, alors ? Vous êtes ensemble ? demande-t-elle en se mettant une Chupa Chups dans la bouche.

Le professeur appelle Martín au tableau, le garçon assis devant Diana qui s'était retourné l'air goguenard. Paula attend qu'il se lève avant de répondre, dubitative :

– Eh bien, je suppose que oui, non ?

– On s'en fiche de la dénomination : c'est ton petit ami et puis voilà. Peu importe le mot que vous choisissez pour définir votre relation, non ? commente Miriam.

– Oui, c'est sûr, dit Cris, l'important c'est que vous vous aimiez, que vous sortiez ensemble, que vous passiez de bons moments...

– ... et que vous couchiez ensemble, coupe Diana un peu plus fort et en suçant ostensiblement sa Chupa Chups.

– Chuuuuttt, font les trois autres d'une même voix.

– Qu'est-ce que j'ai dit de mal ? C'est évident qu'ils vont... T'as pas envie, Paula ?

– Mais laisse-la, enfin. Arrête de la harceler avec ça.

– Je viens de le rencontrer, Diana. Tu crois pas que c'est un peu tôt ?

– Ça fait deux mois que vous vous parlez. Vous vous voyez et vous passez la soirée à vous embrasser. Et il a un beau derrière. Qu'est-ce que tu veux de plus ?

– Elle a peut-être envie d'autres choses aussi, Diana. Il n'y a pas que le sexe dans la vie.

– Bien sûr, Mir. Mais on est jeunes et il faut en profiter. Si on le fait pas maintenant, on le fera quand ?

– Laisse-la le faire quand elle en aura envie et quand elle se sentira prête, dit Cris dans un murmure.

Paula pousse un profond soupir. Cette question lui pèse : elle est la seule du groupe à être encore vierge. Ce n'est pas qu'elle n'a pas envie de le faire, mais elle n'a pas encore rencontré le garçon adéquat pour sa première fois. Elle est submergée de doutes : est-elle trop exigeante ? Est-elle prête ? Angel pourrait-il être le premier ?

– C'est bon, les filles, on verra bien, finit par conclure Paula avec un sourire qui occulte ses doutes les plus intimes.

– Bien sûr, ma biche, tu as bien le temps d'y penser, répond Miriam en la regardant dans les yeux.

Les quatre Dragibus restent silencieuses pour la première fois depuis le début du cours.

Au tableau, Martín n'a pas réussi à résoudre le problème et retourne à sa place, tête baissée. En s'asseyant, il croise le regard de Diana qui mange sa Chupa Chups avec gourmandise. Elle lui adresse un clin d'œil, retire la sucette de sa bouche et lui souffle un baiser. Le jeune garçon sourit mais se ravise de suite devant la mimique méprisante de Diana. Contrarié, Martín se contente de regarder devant lui.

– Bien, étant donné que l'excellent M. Martín n'a pas réussi à faire un exercice que même mon neveu de sept ans saurait résoudre, tentons notre chance avec M. Parra. Donc, Mario Parra, en scène et éblouissez-nous.

Mario n'entend même pas l'ordre du professeur. De l'autre bout de la classe, il ne la quitte pas des yeux. Il les détourne dès qu'il a l'impression qu'elle dirige son regard couleur miel vers lui. Il est désespéré. Il ressent tellement de choses lorsqu'il la voit rire, parler ou marcher qu'il ne sait pas comment définir ses émotions. Il sent comme une piqûre à l'intérieur et un nœud dans la gorge qui parfois l'empêche de respirer.

– Monsieur Parra, si vous voulez bien arrêter de reluquer les filles et venir au tableau...

Il voit alors sa sœur lui faire de grands signes de l'autre bout de la classe pour qu'il se remue et aille faire l'exercice. Il finit par revenir à la réalité comme quelqu'un qui s'éveille d'un profond sommeil. Il se dirige alors lentement vers le tableau en titubant.

Sur le chemin, il se répète qu'il ne peut pas continuer comme ça, qu'il doit faire quelque chose. Ça fait longtemps qu'il pense à sortir de son silence et c'est le moment. Oui. C'est décidé : il doit dire à Paula qu'il est amoureux d'elle, qu'il l'aime par-dessus tout. Il doit parler. Son cœur lui ordonne de le faire.

Mais le cœur de Mario, ce cœur d'adolescent amoureux, sera brisé en mille morceaux, ce n'est qu'une question d'heures...

Ce même matin de mars, à la rédaction d'une revue musicale.

Angel est arrivé de bonne heure comme il l'avait prévu. Il voulait se mettre à la rédaction de l'interview de Katia le plus vite possible. Depuis neuf heures du matin, il écoute l'enregistrement de sa conversation avec la chanteuse. Sa voix est jolie, même enregistrée. Oui, sans aucun doute, Katia dégage quelque chose de spécial, qu'on aime sa musique ou pas.

– Comment vis-tu ton succès ? Ta vie a-t-elle changé depuis que tu es connue ?

Angel se souvient que Katia a bien réfléchi avant de donner sa réponse.

– Oui, elle a changé, dit-elle d'un ton catégorique. J'ai souvent entendu les gens qui ont eu un succès fulgurant comme le mien raconter qu'ils font les mêmes choses, voient les mêmes gens qu'avant, qu'ils aiment les mêmes choses... et que la seule différence, c'est qu'ils sont connus. Mais je ne peux pas en dire autant. Ma vie a complètement changé. Mes amis d'enfance me regardent d'une autre façon. Ils pensent que je suis devenue différente, parce que je passe à la télé ou que je vends des disques. Ils me traitent avec un respect qu'ils ne me doivent pas. Parce que je suis comme eux, ajoute-t-elle en réfléchissant quelques instants à ce qu'elle est en train de dire avant de lancer avec un grand sourire : Et je me fais moins draguer qu'avant !

– Tu te fais moins draguer ?

– Oui, beaucoup moins. Le succès inspire du respect. Et je n'aime pas ça, car je suis loin d'être une personne exemplaire. Je fume, parfois je bois, je n'écris pas mes chansons... Mais je suis devenue une espèce d'icône pop. Les gens semblent penser que je n'ai jamais cassé une assiette de ma vie. Et j'ai une cargaison de vaisselle cassée à mon actif...

Angel admire sa sincérité. Même si son expérience en tant que journaliste est assez courte, il est plutôt habitué à ce que les gens lui servent toujours les mêmes banalités pour mettre fin à l'interview le plus vite possible, leur seul but étant de faire la promotion de leur disque. Katia n'est pas comme ça, elle ne fuit pas certaines vérités et ne se contente pas d'être politiquement correcte. Elle ne fait pas non plus partie de ces gens qui se disent sincères parce qu'ils disent ce qu'ils pensent. Ce que l'on pense n'est ni forcément la réalité ni forcément sincère. Elle est définitivement différente des autres.

– Et toi ? Ta vie a changé ? lui demande-t-elle.

Il se souvient très bien de cette partie de la conversation. Il a été très surpris d'être lui-même interrogé. Même s'il conçoit ses interviews comme des discussions et non comme une liste de questions-réponses, il n'était pas du tout prévu que Katia s'intéresse à sa vie.

– Eh bien, oui, elle a changé.

– Depuis que tu es journaliste ?

– Oui, répondit-il. J'ai déménagé il y a peu de temps, je suis indépendant, j'ai un peu d'argent en poche, je gagne ma vie. Mais j'ai surtout changé intérieurement. Le journalisme est ma vocation, j'ai l'impression de m'être réalisé en atteignant mon but. Je suis bien.

Il se rappelle avoir croisé le regard céleste de Katia en cet instant, et de s'être senti un peu honteux et confiant à la fois. La fameuse bulle imaginaire dans laquelle doit se trouver le journaliste face à son sujet s'était rompue : la distance entre eux n'était pas suffisante. Mais il s'en fichait un peu, et ça ne semblait pas la gêner non plus.

Aucun son ne sort du magnétophone, un moment de silence partagé. On dit que si l'on peut rester silencieux avec quelqu'un sans se sentir mal à l'aise, c'est qu'il existe une vraie alchimie entre les deux. C'est ce qui semblait se passer entre lui et Katia.

Angel arrête le magnétophone. Il pense à Paula. Y a-t-il cette alchimie entre eux aussi ? On dirait que oui. La soirée s'était passée comme dans un rêve. Comme dans un film avec Julia Roberts ou Hugh Grant. Si on faisait un film des deux derniers mois et du rendez-vous de la veille, ce serait sûrement une comédie romantique. La bousculade, la rose sur le sol, la fontaine, le défilé... le baiser. Le premier baiser. À cet instant, le réalisateur dirait : « Coupez ! » Le film de Paula et Angel se terminerait au moment où leurs lèvres s'effleurent pour la première fois, avec en fond une musique romantique à la tonalité pop, comme *Tu éblouis mon cœur.*

Il a, tout à coup, une irrésistible envie de la voir.

– Descends de ton nuage, Angel.

Le jeune journaliste ne s'était pas aperçu de l'arrivée de son chef.

– Je suis sur la terre ferme, les pieds ancrés dans le sol, répondit-il en tapant par terre des deux pieds. Vous désirez ?

– Il y a eu des changements. J'ai deux nouvelles à t'annoncer : une bonne et une mauvaise.

Un peu trop théâtral, se dit-il.

– Commençons par la bonne. Alors ?

– Je te donne ton après-midi.

– Ah ! Vous êtes trop bon !... Merci ! Et la mauvaise ?

– J'ai besoin de toi ce soir.

Angel fronce les sourcils, étonné.

– Pour ?

– L'agent de Katia a téléphoné. Hier, on n'a pas pu prendre les photos pour l'article. Je ne sais pas où vous êtes allés et je ne veux pas le savoir, mais du coup on n'a fait que la moitié du boulot.

– Et qu'est-ce que j'ai à voir avec les photos ? C'est Hector qui s'en charge.

– Oui, c'est lui qui les fera, comme d'habitude. Mais ils veulent que tu sois là.

– Hector veut que je sois là ?

– Hector a accepté, mais à contrecœur. C'est Katia qui veut que tu sois présent.

Nouvelle des plus inattendues. Elle veut qu'il soit là pour la séance photo : pourquoi ?

– D'accord. Mais pourquoi de nuit ?

– Hector avait prévu de prendre les photos de nuit et je ne vais pas lui faire changer ses plans. Ils ont accepté, donc c'est ce soir et tu y seras.

Le téléphone portable d'Angel se met à sonner. C'est le même numéro que celui des trois appels en absence de la veille. Il demande à son chef la permission de prendre l'appel, ce dernier acquiesce et retourne dans son bureau. Il décroche.

– Oui... ?

– Salut, Angel. C'est moi.

Angel reconnaît tout de suite cette voix.

– Katia ?

– Oui. Je vois que tu te rappelles de moi.

C'est un peu compliqué de t'oublier alors que j'ai passé la matinée à écouter l'enregistrement de l'interview, se dit-il.

– Bien sûr, ça ne fait même pas vingt-quatre heures qu'on s'est vus. Ma mémoire commence à flancher un peu, mais pas à ce point. Comment tu as eu mon numéro ?

– J'ai appelé hier à la rédaction et on me l'a donné.

– Je vois qu'il n'est pas difficile d'obtenir mon numéro personnel.

– Ne crois pas ça, j'ai dû user de tous mes talents. J'ai même chanté pour convaincre la fille qui m'a répondu que j'étais bien Katia...

– Et elle t'a crue.

– Oui, confirma-t-elle sans enthousiasme, puis elle fit une de ces pauses auxquelles Angel commençait à s'habituer. Je t'ai appelé hier, finit-elle par ajouter.

– Excuse-moi. Il était très tard quand j'ai vu tes appels et je ne voulais pas te déranger.

– Tu ne m'aurais pas dérangée.

– Je ne savais pas que c'était toi...

– Évidemment, tu n'avais pas mon numéro. J'aurais dû te le donner avant de partir... (Nouveau silence, un peu plus court que le précédent.) Je t'ai appelé pour savoir si cela s'était bien passé avec elle.

C'était donc pour ça. Simple curiosité ? Courtoisie ?

– Eh bien, oui. Finalement, je n'ai eu aucune justification à donner. Mais merci beaucoup de m'avoir conduit, sans toi je ne serais pas arrivé à temps.

– C'est plutôt ma faute, c'est à cause de moi que tu étais en retard. Mais je suis contente que ça se soit bien passé quand même.

– Merci.

– Je ne t'appelais pas seulement pour ça, continue-t-elle. Je voulais te demander si tu voulais bien venir à la séance photo, mais j'imagine que ton chef t'en a déjà parlé.

– Oui, il vient de me le dire. Je ne vois pas bien à quoi je pourrais servir, mais je viendrai.

– C'est à mon tour de te remercier. C'est très simple : l'interview d'hier est sûrement la meilleure qu'on m'ait faite ces derniers mois. Vraiment très agréable. Je voudrais que tu donnes ton avis pour les photos.

« La meilleure interview de ces derniers mois » ? Il y avait bel et bien une alchimie entre eux. La conversation avait davantage ressemblé à une discussion entre amis qu'à une interview. Pourtant Angel ne comprend toujours pas en quoi il pourrait être utile à une séance photo et ce qu'il pourrait y apporter, mais n'en dit rien à Katia.

– Si tu penses que je peux aider, je serai là.

– Merci, Angel. Je suis sûre que tout sera beaucoup plus simple avec toi. Je n'aime pas beaucoup ce genre de choses, je me sens très ridicule quand je dois poser. Je serai plus à l'aise si tu es là.

– Alors à ce soir, Katia.

– Parfait. À ce soir, Angel. Bisous.

La chanteuse est la première à raccrocher. Angel reste immobile, le téléphone à la main, pensif. Cette fille est vraiment agréable et il se sent à l'aise avec elle. Cependant, il a déjà une copine. Et elle le comble de joie. Il aimerait beaucoup être avec elle et l'embrasser en cet instant même. Soupir. Il n'arrête pas de penser à elle, quand tout à coup, une idée lui vient à l'esprit. Il appelle les renseignements, demande un numéro, le note sur un Post-it et remercie l'opératrice. Il raccroche et tape le numéro qu'on vient de lui donner. Après deux bips, une femme lui répond. La conversation dure à peine cinq minutes.

Il lui manque juste une petite chose et tout sera parfait. Il entre dans le bureau de Jaime Suárez.

– Patron, je peux vous demander un service ?
– Oui, bien sûr, Angel, dis-moi ?
– Comme j'ai la séance photo ce soir et que je n'ai rien de prévu cet après-midi, est-ce que je peux partir à 13 heures ? Il n'y a pas beaucoup de travail.
– Oui, sans problème.
– Merci, patron.
Le jeune journaliste ferme la porte du bureau de son chef et retourne en souriant à son poste pour continuer le reportage sur la chanteuse à la chevelure rose.

Chapitre 6

Quelques heures plus tard, ce même jour de mars.

« Paula, toi et moi, on se connaît depuis longtemps. Je t'ai toujours considérée comme une amie, mais je ressens quelque chose de plus fort pour toi. Je t'adore. Je t'aime, Paula. »

Que dirait-elle ? A-t-il une chance ? Peut-être qu'elle aussi l'aime en secret. Peut-être qu'elle attend juste qu'il fasse le premier pas. Peut-être.

Mario lit à nouveau le billet qu'il a écrit. Il le récite devant le miroir des toilettes et l'apprend par cœur. Un message bref mais intense : des mots qui parlent d'un sentiment, d'un amour caché qui ne peut plus rester prisonnier au fond de son cœur.

Il a les mains moites et les joues plus roses que d'habitude. Il respire avec difficulté et ses jambes ne cessent pas de trembler. Il va enfin lui dire ce qu'il ressent. Enfin.

Mario se passe de l'eau froide sur le visage. Il inspire à fond, prend autant d'air que ses poumons le lui permettent, puis expire doucement et sort des toilettes d'un pas décidé. Il doit être décidé. Dans ce genre de choses, il n'y a pas de place pour le doute. C'est le moment le plus important de sa vie. Oui, le plus important.

Il prend le couloir qui mène à sa classe. Il la voit, de loin, dans un paysage fait de cahiers et de cartables. Qu'elle est belle ! Elle a lissé ses cheveux aujourd'hui, ce qui lui va aussi bien que ses boucles naturelles. Elle est ravissante.

Chaque pas lui cause un nouveau flot de sensations. Il vit quelques secondes d'extase, les nerfs à fleur de peau. À mesure qu'il avance, Paula est plus près. Il aperçoit le miel de son regard, le rouge léger de ses lèvres, sa petite fossette au menton et le grain de beauté qu'elle a sur son adorable visage. Oui, il est maintenant plus sûr de lui que jamais. Il va lui avouer tout son amour. Mais un bruit assourdissant coupe son élan. La cloche sonne, annonçant le dernier cours de la journée.

Mario voit ses plans anéantis à cause de cette maudite sonnerie. Mais Paula n'est pas encore entrée dans la classe, ça lui laisse une possibilité. C'est le moment. Il doit lui parler.

– Paula, je peux te parler une seconde ? lui dit-il en se tenant devant elle.

Il tremble de la tête aux pieds. Il va se jeter à l'eau. Ses mains sont moites.

La jeune fille le regarde et le salue de la main avec un grand sourire.

– Paula, je t'aime.

Le temps s'arrête : une seconde qui dure un siècle. Il fuit son regard et sent que ses jambes peinent à le porter. Qu'elle dise quelque chose ! Sueur froide. Silence. Peur.

Paula ne répond pas. Elle continue à le regarder en souriant au milieu du ballet des élèves qui rentrent en classe.

– Paula, je...

Elle sourit toujours et sort quelque chose de ses oreilles. Des écouteurs...

– Excuse-moi, Mario, qu'est-ce que tu me disais ? Tu connais cette chanson ?

Elle lui met un des écouteurs dans l'oreille. Il s'agit de la voix douce de Katia, la chanteuse qui n'arrête pas de passer à la télé depuis quelque temps. *Tu éblouis mon cœur.*

Une main sortie de nulle part prend l'autre écouteur et se le met dans l'oreille. Le prof de maths.

– C'est pas mal, mademoiselle García. Mais je préfère les hurlements nocturnes de mon chien.

Il rend l'écouteur à Paula.

– En classe, vous deux. Votre professeur de physique n'est pas là. Un homme savant. Vous pourrez donc vous délecter de ma présence une heure de plus. Quels veinards ! Double ration de dérivées aujourd'hui. Vous êtes ravis, n'est-ce pas ?

Paula soupire et rentre en classe à contrecœur.

Derrière elle, Mario reste planté là avec ses résolutions, avec ses mots d'amour coincés dans la gorge. Il inspire à fond et souffle doucement en séchant ses mains moites sur son pantalon avant d'entrer à son tour.

Tous deux rejoignent leur place pour assister au dernier cours de la semaine.

– J'en peux plus, proteste Diana à voix basse. J'ai envie de me barrer. Je veux être en week-end !

– Moi aussi, j'en ai marre, là. Je veux... répond Paula.

– Toi, tu veux voir ton petit Angel, dit Cris, moqueuse.

Soupir. Oui. Elle n'a pas arrêté de penser à lui de la matinée. Elle a très envie de le voir, mais ils n'ont rien prévu de concret pour le week-end, se disant qu'ils en parleraient plus tard. Ils se sont enfin échangé leurs numéros de téléphone la veille. Les pièces du puzzle compliqué de leur relation commencent à se mettre en place.

Le cours de maths s'égrène lentement. Tous les élèves se laissent aller et n'attendent qu'une chose : que la cloche sonne. Ils sont tous endormis par les explications monocordes du prof. Même les Dragibus sont complètement amorphes : l'une joue avec ses cheveux, l'autre mordille un stylo... Elles ne papotent même pas. Tous ont pour seule envie que ce cours se termine le plus vite possible.

Assis à l'autre bout de la classe, Mario continue à l'observer discrètement. Un jeu de regards continu et épuisant. Paula ne sait toujours pas qu'il l'aime. Maudits écouteurs. Maudite musique. Un coup du destin ? Non. Une simple coïncidence. Il lui parlera quand cet interminable cours sera fini. Son courage est un peu entamé, mais pas assez pour qu'il baisse les bras. Dans quelques minutes, il lui refera sa déclaration.

– Comme vous le savez, la semaine prochaine vous avez un examen important. Je sais qu'entre deux bières, vous penserez à moi et que vous le préparerez consciencieusement. Je vous conseille de faire les exercices de la page 54 et de...

Quelqu'un frappe à la porte.

Le professeur s'interrompt et va ouvrir, un peu contrarié. La mine surprise qu'il affiche devant ce qu'il découvre sidère toute la classe. Voir le visage de cet homme toujours inexpressif et imperturbable changer d'un coup relève presque de la science-fiction.

Des murmures s'élèvent alors que le professeur parle dehors avec la personne qui a frappé.

– Bien, allez-y, mais vite, dit-il au présomptueux qui a osé interrompre son cours.

Un garçon pas très grand, plutôt moche, coiffé d'une casquette à l'envers, entre sous les yeux incrédules de tous les élèves. Il porte un énorme bouquet de fleurs. Des roses rouges.

– C'est elle, là-bas, dit le professeur en montrant Paula du doigt. Mademoiselle García, allez, ne vous faites pas prier et venez chercher vos fleurs. Vous auriez pu nous prévenir que c'était votre anniversaire, nous aurions organisé une petite fête.

Mais ce n'est pas mon anniversaire... pense-t-elle en devenant blanche comme un linge. Son visage passe au violet pour finalement devenir rouge comme un phare. Elle se lève, poussée par les Dragibus et les applaudissements du reste de la classe. Tous l'encouragent, excepté une personne qui a les yeux ronds comme des billes et le cœur plus serré que jamais.

Le garçon à la casquette remet le bouquet à Paula. Les fleurs d'un rouge intense magnifique sont accompagnées d'une petite carte, accrochée à une des tiges.

Le prof de maths salue le livreur en s'excusant de ne pas lui donner de pourboire.

– Mademoiselle García, vous pouvez regagner votre place. Et veillez à vous faire livrer vos cadeaux chez vous à partir de maintenant.

Paula s'oblige à sourire. Elle n'arrive pas à y croire. Elle retourne s'asseoir avec tous les regards braqués sur elle, pendant que le professeur de maths reprend ses explications et avertissements à propos de l'examen de la semaine suivante. Miriam a approché une chaise vide pour qu'elle puisse y déposer le bouquet.

– Lis la carte, vite ! Dépêche !

Devant l'empressement de ses amies, Paula prend la carte et la lit une première fois pour elle, puis une deuxième fois à voix basse.

Les onze roses qui te manquaient pour que tu aies la douzaine. Merci pour cette soirée magique.

Ses amies, médusées, émettent un « oh ! » à l'unisson.

– C'est un type en or ! dit à voix basse Cris, qui est sans doute la plus romantique des Dragibus.

– Je suis surtout en train de me taper une méga honte ! réplique Paula en cachant son visage dans ses mains. Je vais le tuer !

Mais elle n'est pas si sûre d'avoir envie de le tuer. Elle se sent chanceuse, impressionnée, aimée. Le coup des roses est assez représentatif de ce qu'est Angel : un ringard qui a l'imagination d'un illusionniste. Quelqu'un qui offre des roses banales mais de la façon la plus originale qui soit. Grâce à cela, Paula se sent unique.

Dans le coin opposé de la classe, il y en a un qui n'est pas aussi heureux. Mario est décontenancé. A-t-elle un petit ami ? Depuis quand ? Pourquoi personne ne lui a rien dit ? Peut-être que les fleurs ont été envoyées par ses parents, ou un oncle qui vit loin d'ici. Ou une amie.

Il ne veut pas croire qu'il existe une personne qui occupe le cœur de sa bien-aimée. *Sa* Paula.

Les dernières minutes de cours semblent interminables à Paula et à Mario. Elle veut échapper le plus vite possible aux regards de ses camarades. Même le prof a fait quelques blagues à propos du bouquet de fleurs. Elle n'a qu'une envie, c'est foncer chez elle et... Mais, que va-t-elle dire à ses parents ? Hier elle est rentrée très tard et aujourd'hui elle revient avec un bouquet de fleurs. Tout cela serait beaucoup trop évident, et pour le moment, elle n'est pas du tout disposée à informer ses parents de sa relation avec

Angel. Il ne lui reste pas d'autre solution que de mentir ou de cacher les roses.

Mario aussi a envie de fuir. Il n'est pas sûr de vouloir savoir d'où viennent ces fleurs. Pour lui, ce ne sont qu'un tas d'épines plantées dans le cœur. Il a les yeux humides même s'il essaie de rester calme. Il n'est sûr de rien pour l'instant. Mais l'idée de se déclarer a complètement disparu. Tout est si confus. Les larmes se font de plus en plus pressantes. Il n'arrive pas à supporter tout ça.

La sonnerie de la liberté retentit enfin, ponctuelle.

Paula sort comme une flèche, embellie par son bouquet de roses rouges. Mario, immobile sur son siège, regarde l'amour de sa vie s'éloigner. Il craque, une larme s'échappe. Il cache vite sa joue mouillée derrière un livre, les lèvres sèches et les yeux rougis. Plusieurs camarades le saluent en disant : « À la semaine prochaine ! » Il reste caché sans répondre. Il ne sait même pas s'il y aura une semaine prochaine parce qu'il a envie de mourir. Mais rien n'est sûr. Il inspire profondément et essaie de se calmer. Ce n'est qu'un bouquet de roses rouges. Il inspire une seconde fois. Il ferme les yeux, chasse une dernière larme et sourit. Il n'y a plus que lui dans la salle. Lentement, il prend le chemin de la sortie.

Paula est sans doute la fille la plus enviée de toutes les élèves du lycée. Tous ceux qu'elle croise l'observent avec curiosité et finissent par esquisser un sourire assorti d'un commentaire. La honte !

Elle parvient enfin à la sortie. Elle ne sait toujours pas ce qu'elle va faire du bouquet mais il lui reste le trajet en bus pour trouver une solution. Ouf !

Elle descend les escaliers la tête baissée en évitant tous les regards. Le parfum des roses l'envahit et, avec lui, les souvenirs de la veille. Ce jeune homme grand et beau qui arrive en courant, qui monte les escaliers quatre à quatre, la collision, la chute. La promenade main dans la main, la fontaine, le défilé... Le premier baiser. Et maintenant, les roses. Ce n'est pas possible, elle est en train de rêver ! Quelqu'un, quelque part, va la pincer et la réveiller. Tout cela ne peut pas être vrai.

Les gens la regardent, avec ses fleurs. Une fille aussi jolie qui porte un magnifique bouquet de roses est forcément une image enchanteresse qui n'échappe à personne. Elle se sent de plus en plus observée. Encore plus. Et elle ne se trompe pas : il y a bien quelqu'un qui la fixe attentivement, quelqu'un qui a un sourire illuminant son visage, quelqu'un qui la détaille de ses yeux bleus, quelqu'un qui lui a offert ce bouquet de roses. 11 + 1.

Elle lève enfin le nez. Angel !

Paula est submergée par l'émotion. Elle n'a jamais été aussi heureuse de voir quelqu'un. Elle court comme une folle pour se jeter au cou de son homme. Oui, Angel est définitivement son homme. Le bouquet tombe sur le sol et leurs lèvres s'unissent en un baiser passionné. Elle effleure les nuages, les jambes autour de sa ceinture et les bras autour de son cou. Et elle l'embrasse encore et encore, comme elle n'a jamais embrassé.

– Je t'aime, lui dit-elle à l'oreille.

– Moi aussi, je t'aime, Paula.

Ils échangent un nouveau baiser, long, intense et profond.

Elle se décide enfin à se remettre sur ses deux pieds, puis le serre dans ses bras, la tête contre sa poitrine.

De l'entrée du lycée, les Dragibus admirent la scène en souriant.

– C'est beau l'amour ! dit Miriam, émue.

– Oui, c'est vrai que ce garçon a de belles fesses, ajoute Diana, qui récolte en même temps un coup de coude de Cris.

Quand le couple s'est enfin décollé, elles accourent, très curieuses de connaître le copain de leur amie.

– Tu ne nous présentes pas ? lance Diana, qui n'a jamais froid aux yeux.

Paula regarde Angel, puis ses amies. Le jeune homme se passe la main dans les cheveux en voyant devant lui les terribles Dragibus dont il a tant entendu parler. Il sourit intérieurement en se souvenant de tout ce que Paula lui a raconté à leur propos.

– Les filles, voici Angel. Angel, voici...

– Attends, laisse-moi deviner, intervient le jeune journaliste. Toi, tu es Miriam, dit-il en montrant avec raison l'aînée des Dragibus.

Toi, c'est Cris – la jeune fille acquiesce. Et donc, toi, tu ne peux être que Diana. Alors, j'ai bon ?

Diana siffle, Cris applaudit, Miriam approuve d'un mouvement de tête et Paula lui dépose un nouveau baiser sur les lèvres comme récompense.

– Carton plein ! On peut aussi lui donner une récompense, nous ? demande Diana en levant les sourcils.

– Toi, tu restes tranquille, je te connais ! plaisante Paula en se postant théâtralement devant Angel afin de le protéger des griffes de son amie.

– C'était mignon, le coup des roses, commente Miriam.

– Mignon ? La honte que tu m'as mise ! M'envoyer des fleurs au lycée ! s'écrit Paula en faisant semblant d'être fâchée.

– Tu as raison, la prochaine fois je les ferai livrer chez toi, comme ça, ce seront tes parents qui les verront en premier.

– Noooonnn !

Les Dragibus éclatent de rire alors que Paula enlace Angel à nouveau.

– Je suis venu pour t'inviter à déjeuner, ça te dit ? J'ai mon après-midi de libre.

– Bien sûr que ça me dit... mais je ne crois pas que mes parents accepteront. Et puis, qu'est-ce qu'on fait avec les roses ?

– Je me charge des roses, propose Diana en ramassant le bouquet par terre. Appelle tes parents et dis-leur que tu viens manger chez moi et que tu restes après pour travailler.

– Si je leur dis que je reste chez toi pour travailler, c'est sûr qu'ils ne me croiront pas.

– Tu as raison, répond la jeune fille en tirant la langue. Il vaut mieux que tu dises que tu vas chez Cris.

L'intéressée sourit et accepte d'un signe de tête.

Paula téléphone chez elle et tombe sur sa mère, qui d'abord refuse avant de céder devant les assauts de sa fille. La conversation se termine sur un « Je promets de travailler dur et de rentrer tôt ».

– Problème réglé ! On peut y aller... Où tu m'emmènes manger ?

Les filles prennent congé du couple. Paula et Angel s'éloignent main dans la main.

Vendredi, début d'après-midi.

Le soleil timide de mars caresse les branches des arbres et projette leurs ombres sur la ville. Un soleil qui ne réchauffe pas tout le monde de la même façon. Sous ses rayons, Mario a assisté à une partie de la scène entre les deux amoureux, assis sur les escaliers de l'entrée. Il est calme, les bras croisés sur le ventre. Il arrive à peine à penser et encore moins à pleurer. Il est une statue de glace, le cœur gelé.

Cela ne peut pas être vrai. Il ne veut pas croire ce qu'il vient de voir. Mais à quoi cela sert-il de se mentir ? Il est normal qu'une fille comme Paula ait un petit ami. Il descend lentement les escaliers, les mains dans les poches, et shoote de toutes ses forces dans un caillou du droit. La pierre rebondit contre un mur et disparaît de son champ de vision.

De la glace à la rage ; de la rage aux larmes ; des larmes aux sanglots.

Et, sous le soleil timide de mars, Mario prend aussi le chemin du retour en maudissant sa malheureuse existence.

Chapitre 7

À l'heure où Paula et Angel vont déjeuner, ce même jour de mars, quelque part en ville.

Dans la vie, il y a parfois des gens sortis de nulle part qui marquent à jamais votre existence. Le destin les place sur votre chemin et, comme par magie, ils influencent votre comportement parfois au point de changer votre façon d'être. Ils tissent sur vous une toile qui vous retient prisonnier de leur essence, quelle qu'elle soit...

Le beau-gosse-au-sourire-qui-tue est assis sur un banc dans une rue quasiment déserte, bordée d'acacias et d'ailantes. Mais là, il ne sourit pas, son visage est sérieux et concentré.

Alex relit le premier paragraphe du petit carnet qu'il tient dans la main, en croquant sans appétit dans un sandwich poulet-salade. Il l'a déjà corrigé une bonne douzaine de fois mais il n'est jamais totalement satisfait. Maintenant, il ne peut plus faire marche arrière. Ce carnet est sa carte de visite, le début d'un rêve.

Si le saxophone est son exutoire, l'écriture est sa passion. C'est la vocation d'un jeune homme de vingt-deux ans qui tente de se frayer un chemin dans le monde fermé de la littérature.

Est-il vraiment doué pour ça ? A-t-il assez de talent ?

Pour le moment il n'en sait rien, à vrai dire. Peu de gens ont lu les dizaines de pages qu'il cache dans son ordinateur portable : des poèmes, des contes, des essais, des réflexions...

Mais là, il s'est lancé un défi d'une autre ampleur : écrire un roman. Les personnages sont déjà dessinés. L'un deux est Julián, un journaliste qui rêve de devenir écrivain. Ils se ressemblent un peu, même s'ils s'éloignent au gré de la fiction. L'autre est une jeune fille de quatorze ans, dont il n'a pas encore choisi le nom. Il doit se décider rapidement car son arrivée dans l'histoire est imminente. Il pourrait l'appeler…

Alex songe à la jeune fille qu'il a croisée hier à la cafétéria. Elle n'a pas de nom non plus, comme son personnage. Il vaudrait peut-être mieux arrêter de penser à elle. Elle s'est sûrement moquée de lui. Elle ne l'a même pas ajouté sur Facebook… Mais alors, pourquoi n'arrive-t-il pas à se l'enlever de la tête ?

Il avale son dernier morceau de sandwich avec une gorgée d'eau. Il sort un mouchoir en papier de sa poche qui lui rappelle à nouveau la fille de la cafétéria. L'expression de son visage lorsqu'il lui a proposé un Kleenex sous la table. Comment se fait-il que quelqu'un qu'on ne connaît pas puisse nous manquer ?

C'est bientôt l'heure de son cours. Il est un peu plus tôt que d'habitude aujourd'hui car M. Mandizábal va lui rendre un grand service qui prendra un peu de temps.

Il se délecte en tournant les quatorze premières pages de *Derrière le mur*, le premier extrait de ce qui devrait être son premier roman.

Le même jour, environ à la même heure, quelque part en ville.

Paco embrasse la joue de son épouse. Il rentre tout juste d'une nouvelle matinée de travail épuisante. Il préfère ne pas penser à l'après-midi qui l'attend, et profiter d'un repas tranquille en famille et d'une bonne sieste.

La petite Erica déboule de nulle part et se jette dans les bras de son père.

– On va mettre la table, ma puce.

Père et fille posent quatre couverts, quatre verres et quatre morceaux de pain à côté des serviettes de table.

– Non, mettez la table seulement pour nous trois. Paula ne rentre pas manger.

Paco regarde Mercedes, surpris.

– Comment ça, elle ne rentre pas manger ? Elle est punie, non ? Où est-elle ?

– Elle a téléphoné pour dire qu'elle allait chez Cris pour travailler. J'ai dit non mais elle a tellement insisté que j'ai fini par céder.

– Et elles vont travailler quoi un vendredi après-midi ?

– Je sais, je sais, mais qu'est-ce que tu veux que je fasse ?

– Lui dire non, qu'elle est punie et qu'elle doit rentrer à la maison.

– Je me suis laissé convaincre. Je suis désolée.

Paco pousse un soupir et se met à table. La petite Erica s'assoit à côté de lui. Ils échangent à peine quelques mots pendant le repas, un silence qui est un prélude aux discussions à venir. Contre toute attente, c'est la cadette de la maison qui ouvre la bouche en premier.

– Papa, ça veut dire quoi, « faire du *seske* » ?

Son père n'arrive pas à en croire ses oreilles et regarde sa femme avec des yeux ronds.

– Quoi ?

– C'est quoi, « faire du *seske* » ?

– Faire du sexe ?

– Ah oui, c'est ça, *sekseû*.

Les parents échangent un nouveau regard, ne sachant pas très bien quelle explication donner à Erica. N'est-il pas un peu tôt pour avoir ce genre de conversation avec elle ?

– Où as-tu entendu ça, ma puce ? demande Mercedes qui tente de sauver la face.

– Ben... hésite la petite fille en jouant avec sa fourchette et un beignet qu'elle n'a pas envie de manger. L'autre jour, j'ai entendu Paula le dire au téléphone. Ça veut dire quoi ?

Paco et Mercedes sont parcourus du même frisson. Elle travaille chez Cris ? Un vendredi après-midi ? Le retard d'hier soir ?

Tous deux soupirent. Et maintenant ?

– Vu la tête que vous faites, ça doit pas être quelque chose de bien, finit par dire Erica devant le silence de ses parents.

Sur ce, la petite fille court à la cuisine chercher son dessert.

Chapitre 8

Toujours le même jour de mars.

Angel et Paula parcourent d'un pas tranquille les rues de la ville la main dans la main, échangeant de temps à autre un sourire ou un regard complice. Cela ne fait même pas vingt-quatre heures qu'ils se sont rencontrés mais ils ont l'impression de se connaître depuis toujours.

Ils sont allés manger une pizza dans un petit restaurant italien, et se rendent maintenant dans une cafétéria. Elle commande une glace vanille-chocolat et lui un cappuccino, puis ils s'installent à une table l'un en face de l'autre, leurs mains toujours enlacées.

Elle lui propose de lui faire goûter sa glace, approche la cuillère de sa bouche, puis la lui écrase sur le nez au dernier moment. Secouée d'un fou rire, Paula se lève pour nettoyer elle-même le nez chocolat-vanille de son homme. Puis elle dépose un baiser tendre et doux sur ses lèvres, pour se faire pardonner de cette espièglerie.

– Qui aurait imaginé il y a deux mois qu'on en serait là aujourd'hui ?... fait remarquer Angel pendant que Paula retourne s'asseoir.

Il y a deux mois, « Lennon » et « Minnie16 » débattaient furieusement sur un forum de musique sur un sujet dont ils ne se souviennent même plus. Après avoir négocié la trêve, la discussion avait fini par des éclats de rire, qui s'étaient prolongés sur Facebook deux jours après.

Ils ont tout de suite été sur la même longueur d'onde, c'est donc ainsi qu'a commencé leur étrange relation. Ils se plaisaient. Ils se parlaient chaque jour pendant des heures. Angel n'avait pas voulu qu'ils échangent leur photo ou leur numéro de téléphone et ces conditions n'avaient pas dérangé Paula. Ce qu'elle voulait vraiment, c'était discuter avec lui, car ce journaliste lui plaisait de plus en plus. Elle sentait toujours comme un frémissement chaque fois qu'elle le voyait se connecter.

Comment peut-on être attiré par quelqu'un qu'on n'a jamais vu ?

– Je t'adore, tu le sais, n'est-ce pas ?

Paula rougit. Elle est habituée à lire cette phrase sur Facebook, mais pas à l'entendre. Tout est tellement étrange et tellement grisant à la fois.

– Je n'arrive toujours pas à croire que tout cela soit vrai, dit-elle, le regard brillant.

– C'est pourtant la réalité.

– Oui, on dirait. Ou alors, nous sommes en train de rêver, un de nous va finir par se réveiller et l'autre aura disparu.

– La glace dont tu m'as barbouillé semblait très réelle, plaisante Angel.

Paula est hilare. Elle adore son esprit, sa capacité à dire ce qu'il faut quand il faut. Elle le retrouve devant elle comme elle l'a connu sur Facebook. Un type génial.

– Je suis heureuse. J'ai envie de crier !

Angel la couve du regard. Elle est parfaite : intelligente, drôle, tendre... Ils ne sont même pas posé la question de la différence d'âge. Pour beaucoup de gens, une relation entre une lycéenne et un journaliste de vingt-deux ans semblerait déplacée. Mais ils n'y ont jamais fait attention. Lui aussi a envie de crier.

– Viens, on s'en va ! Je voudrais t'emmener quelque part...

– C'est loin ?

– Non, c'est près d'ici.

Ils paient l'addition et sortent après avoir échangé un tendre baiser.

Cinq minutes plus tard, ils se trouvent devant la porte vitrée d'un grand immeuble. Paula lit sur l'enseigne : « La Maison de la détente ».

– Euh... ce n'est pas...

Angel sourit, amusé, en devinant les pensées de Paula.

– Non, Paula. Pas ce genre de détente.

Paula pousse un soupir de soulagement avant de le suivre dans La Maison de la détente.

Un long tapis blanc les conduit à ce qui ressemble à une réception d'hôtel. Une jeune fille brune en blouse blanche est en train d'écrire.

Paula observe la salle et se rend compte que tout est blanc ou noir. Une fontaine se trouve à chaque extrémité et seuls leurs clapotis troublent le silence religieux de l'endroit.

Un homme assez petit, vêtu d'un uniforme aussi blanc que ses cheveux mal peignés et sa moustache, vient à leur rencontre.

– Salut, Angel. Quelle surprise ! Ça fait si longtemps qu'on ne s'est pas vus, le salue-t-il chaleureusement.

– Bonjour, professeur Cornelio. Je suis ravi de vous voir. Vous semblez avoir encore rajeuni, dit Angel en lui serrant amicalement la main. Je vous présente Paula, une très bonne amie.

À son tour, Paula serre la main de cet étrange personnage qui la regarde de la tête aux pieds en souriant.

Une bonne amie ? Oui, peut-être qu'on peut définir leur relation comme ça, pour le moment.

Angel et le professeur Cornelio échangent quelques politesses, prennent des nouvelles de leurs familles respectives et se souviennent de quelques anecdotes. Ils se connaissent depuis pas mal de temps, Cornelio était un des professeurs d'Angel au lycée.

– Bien, Angel, j'imagine que vous n'êtes pas venus juste pour dire bonjour à un vieux prof.

– Non, en effet. Nous voudrions une salle bouchon et deux entrées pour la Détente B.

Paula ne peut s'empêcher d'afficher son étonnement en entendant ce que vient de dire Angel. Une salle bouchon ? La Détente B ? Mais où l'a-t-il embarquée ?

– Bien sûr. Manuela va tout de suite vous arranger ça, dit-il en montrant la jeune fille brune de la réception. J'étais ravi de te voir, Angel, et d'avoir fait ta connaissance, Paula. Profitez-en bien.

Le professeur Cornelio adresse un clin d'œil à son ancien élève avant de lui serrer la main et de disparaître par un petit couloir. Angel s'approche de Manuela, qui lui remet une clé numérotée et deux cartes en plastique.

– Allons-y. C'est au bout de ce couloir, dit le jeune homme en posant sa main sur l'épaule de Paula.

– C'est quoi, tout ça ? Tu me fais peur.

– Ne t'inquiète pas. Tu vas comprendre tout de suite.

Arrivé devant une porte noire, Angel appuie sur un bouton et quelques secondes plus tard, un homme en blouse blanche apparaît dans l'embrasure et les invite à entrer.

Ils se retrouvent dans une immense pièce circulaire blanc et noir. Paula compte dix portes numérotées. Elle n'avait jamais rien vu de semblable.

– Salle 7, leur indique l'homme en blouse blanche.

Angel le remercie, puis conduit Paula par la main jusqu'à la porte 7. Mais la jeune fille est assaillie par le doute. Dans quel genre d'endroit se trouvent-ils ? Que vont-ils faire dans cette pièce ? Quelles sont les intentions d'Angel ? Mille choses lui passent par la tête. Veut-il coucher avec elle dans cet hôtel bizarre ? Ils ont déjà évoqué le sujet au cours de leurs longues conversations sur Facebook mais jamais de façon sérieuse. Elle s'est bien posé la question, mais pas de manière « officielle ». Elle a envie que ce soit le premier, mais peut-être pas maintenant.

Elle commence à être nerveuse et quand Angel ouvre la porte, elle reste immobile, pétrifiée sur place.

– Ça va ? lui demande-t-il, conscient que quelque chose la met mal à l'aise.

– Hum, je...

– Qu'est-ce qui se passe, dis-moi ? Le repas te rend malade ?

– Non, ce n'est pas ça, dit Paula en baissant la tête.

Comment lui dire qu'elle a envie de le faire avec lui, mais que ce n'est pas encore le bon moment ?

– Je crois… je ne suis peut-être pas encore prête… Je ne suis pas sûre que… ici…

Angel l'observe et commence à comprendre ce qui se passe. Elle est nerveuse au point de bégayer.

– Ne t'inquiète pas, j'ai pris des préservatifs, finit-il par répondre avec un grand sourire.

Paula a l'impression qu'on lui a administré une énorme décharge électrique. Des préservatifs !!

– Mais je… C'est pas que je ne veux pas le faire avec toi… C'est que…

Paula ne sait pas quoi dire. *Doute.* D'habitude, elle ne doute jamais. *Peur.* D'habitude, elle n'a peur de rien. *Pression.* D'habitude, elle contrôle tout ce qui se passe autour d'elle. C'est une jeune fille de seize ans, presque dix-sept, mais super entraînée pour conquérir le monde. Pourtant en cet instant, elle a l'impression d'être la personne la plus insignifiante sur terre. Elle est totalement dépassée par les événements.

– Aie confiance en moi. Tout ira bien.

Les jambes flageolantes, elle entre dans la chambre numéro 7.

Mais cette pièce ne ressemble pas du tout à ce à quoi elle s'attendait. Elle est presque vide. Et le lit ? Il n'espère tout de même pas faire ça par terre ? Ou sur ce fauteuil noir ? Il a l'air confortable mais ce ne serait pas terrible pour une première fois…

Ce qui intrigue le plus Paula est le silence absolu de cette pièce. Un silence anormal. Elle parvient à peine à entendre ses propres pensées.

– C'est très… romantique, parvient-elle à articuler.

Angel ne peut contenir un éclat de rire.

– Paula, je ne t'ai pas du tout amenée ici pour faire ce que tu imagines. Tout à l'heure tu m'as dit que tu avais envie de crier, pas vrai ?

– Oui.

– Eh bien, c'est ce que tu vas faire ici : crier !

– Quoi ? Je ne comprends pas…

– C'est une « chambre à crier ». Qu'on appelle aussi « salle bouchon ». Elle est tapissée d'une série de plaques pour qu'aucun son ne rentre ni ne sorte.

Elle comprend mieux la raison de ce silence sépulcral.

– Tu veux dire que ces pièces ont été faites juste pour que les gens puissent crier librement ?

– Tout à fait. C'est une idée du professeur Cornelio. Il y a des jours où nous sommes débordés par le stress et où nous aimerions crier comme des fous. Mais on ne le fait pas, parce qu'on ne peut pas crier comme ça en pleine ville.

Paula réfléchit. Il est certain qu'on ne peut pas crier comme ça en pleine ville sans être pris pour un fou ou que quelqu'un prévienne les secours.

Oui, elle a toujours envie de crier. Elle voulait crier son bonheur, mais maintenant elle veut crier son soulagement. Elle a envie d'expulser la tension accumulée ces dernières minutes où elle a eu l'impression de perdre le contrôle de la situation.

Elle se sent un peu ridicule. Comment a-t-elle pu penser qu'Angel l'aurait emmenée ici pour coucher avec elle ? Surtout qu'il sait que ce serait sa première fois. Elle a définitivement envie de crier pour tout faire sortir.

– Alors... je peux crier ?

– Oui. Attends...

Angel dépose un baiser sur son front et part à l'autre bout de la pièce.

– Prêt ?

– Oui, vas-y, crie ! dit-il en se couvrant les oreilles avec les mains.

Paula prend une profonde inspiration, ferme les yeux, serre les poings et se met à crier le plus fort qu'elle le peut. Elle ne pense plus à rien. C'est un cri de joie, de bonheur, de passion, de libération, de soulagement.

Angel l'observe attentivement. Il sait ce qu'elle est en train de ressentir car il a fait l'expérience plusieurs fois. Elle fait sortir tout ce qu'elle porte en elle : de l'adrénaline pure.

Quinze secondes plus tard, le silence retombe sur la chambre à crier numéro 7. Paula, haletante, a du mal à reprendre son souffle. Elle a la sensation d'avoir crié un siècle et le son de sa propre voix résonne encore dans sa tête. Elle se sent bien, plus légère, comme si elle avait perdu plusieurs kilos.

– Quelle sensation ! C'était bestial !

Angel s'approche et l'enlace. Tendre baiser.

– Viens, il nous reste la deuxième partie de la thérapie.

– Et toi ? Tu ne cries pas ?

– Non. Te regarder le faire a suffi à me détendre.

Ils quittent la salle bouchon et rendent la clé à l'homme en blouse blanche.

– J'imagine que tu n'as pas de bikini ou de maillot de bain sous tes vêtements, n'est-ce pas ? lui demande Angel en marchant.

– Si, bien sûr, c'est ce qu'on met tous les jours pour aller au lycée, répond-elle, ironique. Pourquoi ? Tu veux savoir ce que je porte comme sous-vêtements ou bien si nous pouvons nous baigner ?

– Les deux, dit-il, amusé.

– Pour la première option... tu ne sauras pas !

– Tu semblais pourtant ne pas penser la même chose quand tu bégayais tout à l'heure.

Paula lui cogne l'épaule doucement avec le poing.

– Enfoiré...

Ils parviennent à la « Détente B » en plaisantant, et distinguent une énorme piscine derrière une porte en verre. Une femme rondelette occupée à faire des mots croisés est assise à l'entrée. Elle leur adresse son plus beau sourire en les voyant arriver.

– Soyez les bienvenus. Pouvez-vous me donner vos cartes, s'il vous plaît ?

Angel lui remet les deux cartes qu'on lui a remises à la réception. Après les avoir passées dans un lecteur et rangées dans un fichier, elle leur demande :

– Avez-vous apporté vos maillots de bain ?

– Non. Et nous n'avons pas de serviettes non plus, ajoute Angel.

Leur hôtesse se lève avec le même sourire aux lèvres et ouvre la porte en verre.

– Suivez-moi, s'il vous plaît.

Tous trois entrent dans la salle à l'immense piscine. Paula constate que ce n'est pas n'importe quelle piscine : des vaguelettes partent de son centre pour aller mourir doucement contre les bords. Sa vision est déjà relaxante à elle seule.

Une jeune fille blonde à blouse blanche les rejoint.

– Silvia, procurez un maillot de bain à monsieur et apportez deux serviettes, lui ordonne la femme aux mots croisés. Mademoiselle, si vous voulez bien m'accompagner, s'il vous plaît, dit-elle en s'adressant à Paula.

Les deux femmes disparaissent derrière une porte et Angel reste seul à écouter le bruit des vagues. Silvia est de retour avec un maillot bleu et deux serviettes blanches à la main.

– Je pense que celui-ci vous ira. Le vestiaire pour hommes est par ici, explique-t-elle en montrant une porte à côté de celle par laquelle est entrée Paula.

Le jeune homme la remercie et entre dans le vestiaire. Il enlève d'abord sa veste et sa chemise, laissant voir son torse bien dessiné et son ventre plat avant de se mettre totalement nu. Il est assez bronzé, même s'il n'a pas pris le soleil depuis un bout de temps. Il enfile le bermuda de bain bleu et se regarde dans le miroir en faisant quelques mouvements pour tester l'élasticité du vêtement. Parfait, il est à l'aise. Il range ses affaires dans un casier et ressort.

Paula n'est pas encore prête et il ne veut pas rentrer dans la piscine sans elle. Tout en l'attendant, il pense aux heures merveilleuses qu'il passe avec elle. Cela fait à peine vingt-quatre heures et il a pourtant l'impression qu'ils se connaissent depuis toujours... Le temps consacré à échanger sur Facebook a créé cette alchimie entre eux. Ils ne se voyaient ni ne s'entendaient, mais ils étaient connectés par ce lien inexplicable. Il lui avait raconté des choses qu'il n'avait jamais dites à personne. Elle aussi. Paula serait-elle la femme de sa vie ?

Mais Angel sort vite de ses pensées. Elle est là.

Elle s'approche de lui, pieds nus, les cheveux relevés en queue-de-cheval, souriante. Elle porte un bikini noir. La pièce du haut cache son buste parfait. Sa silhouette couperait le souffle du plus impassible des hommes. Angel déglutit avec difficulté et tente de reprendre contenance.

– On m'a donné un bonnet de bain, mais je préfère ne pas le mettre. Je n'aime pas avoir quelque chose sur la tête, dit-elle en arrivant.

Paula se rend compte qu'il la détaille comme il ne l'avait jamais fait. Elle rougit légèrement.

– Qu'est-ce que tu regardes ??

– Toi. Tu es magnifique.

La jeune fille ébauche un sourire en devenant cramoisie.

– Merci. Tu l'es aussi.

Le jeu de regards continue un moment. Il y a déjà eu des baisers et des caresses, mais cette fois, pour tous deux, un autre genre de flamme s'est allumé.

– On y va ? demande finalement Angel.

– Oui.

Ils entrent dans l'eau tiède de la piscine main dans la main. Les vaguelettes chatouillent doucement leur corps. Ou bien est-ce la proximité de l'autre qui les chatouille ?

Ils s'assoient sur une marche en frottant leurs jambes l'une contre l'autre. Ils sont plus proches que jamais, dans cette mer de tranquillité avec le doux bruit des vaguelettes.

– C'est génial, dit Paula en posant sa tête sur l'épaule d'Angel.

– Oui, c'est grâce aux sels qu'ils mettent dans l'eau. À chaque vague, l'eau ouvre les pores de la peau et la pénètre. C'est ce qui permet de se relaxer.

– Je disais ça pour la compagnie...

– Je ne m'en plains pas non plus, dit-il en enlaçant son corps à demi nu.

– Tu viens souvent ici ? Tu as l'air très au courant.

– Quand j'étais à la fac, je venais de temps en temps pour me détendre. Le professeur est un vieux copain.

– Tu as amené ici toutes tes petites amies ?

– « Tes petites amies » ?... Alors je suis ton petit ami ? en déduit Angel en lui caressant les cheveux.

Paula se rend alors compte de ce qu'elle a dit instinctivement, sans vraiment le vouloir. Sont-ils ensemble ?

– Oui, tu l'es, dit-elle avant de plonger sous l'eau.

Angel l'y rejoint. Comme les petites vagues qui disparaissent en s'écrasant sur le bord, Angel et Paula disparaissent quelques instants de la surface pour unir leurs lèvres dans cet océan de paix et de tranquillité.

Mais l'amour, pour des raisons qui nous échappent, n'est pas fait que de paix et de tranquillité.

Chapitre 9

Ce même jour maudit de mars.

L'amour qui n'est pas partagé est le meilleur ami de la solitude.

Mario veut rester seul. Il est enfermé dans sa chambre depuis qu'il est rentré du lycée. Il a évité le déjeuner prétextant des maux d'estomac, mais c'est à l'âme qu'il a mal.

Il est affalé sur son lit et se retourne en vain pour trouver une position confortable. Il essaie de dormir. Sans succès. Combien de temps tout cela va-t-il durer ? La douleur de l'indifférence de l'autre dure-t-elle aussi longtemps qu'on l'a aimé ? Si c'est ainsi, il en a pour un moment.

Que le destin est cruel parfois !... Juste aujourd'hui, alors qu'il s'était décidé à avouer son amour à Paula, il apprend qu'elle a un petit ami.

D'abord, les roses rouges. Ensuite, le baiser de cet inconnu, grand, beau, mature. Parfait pour Paula.

Il est normal qu'une fille comme elle soit avec quelqu'un. Ce qui serait étrange, c'est qu'elle soit seule ou avec quelqu'un comme lui. Il se sent plus que jamais inférieur, très inférieur. Il n'a personne à ses côtés, peut-être parce qu'il ne parviendra jamais à avoir la personne qu'il désire près de lui.

Ses yeux se remplissent à nouveau de larmes. Il avait réussi à ne pas pleurer depuis un moment, mais il n'arrive plus à s'en empêcher.

– Tu n'es qu'un pauvre con, dit-il à voix haute en cherchant un mouchoir.

Le paquet de Kleenex est à côté de l'ordinateur. Un peu de musique ? Oui. Il a envie d'entendre quelque chose qui pourrait l'aider. Il a déjà essayé avec Maná, mais le remède avait été pire que le mal. Toutes leurs chansons lui rappellent Paula : chaque parole, chaque accord. Si bien qu'il a arrêté d'écouter son groupe préféré. Il espère que ça passera vite. Avoir le même groupe préféré que la fille qui vient de te briser le cœur signifie que, en plus de faire une croix sur elle, tu dois aussi faire une croix sur les chansons qui t'y font penser.

Il cherche ce qu'il pourrait écouter. Des chansons en anglais. Christina Aguilera. *Beautiful.* Il appuie sur *play.*

Every day is so wonderful
And suddenly, it's hard to breathe.
Now and then, I get insecure...

« Chaque jour est si merveilleux. Et pourtant, j'ai du mal à respirer. Parfois, je ne me sens pas sûre de moi... »

Il retourne sur son lit et se couche sur le côté, la tête dans les mains. Un nouveau sentiment le submerge : l'angoisse.

On frappe à la porte. Mario sèche rapidement ses dernières larmes et s'assoit contrecœur.

– Oui ?

Sa sœur entre dans la chambre, vêtue de l'uniforme du vendredi soir : une minijupe très mini, des bottes qui lui arrivent au genou et un décolleté plongeant.

– Je vais faire un tour...

Miriam se rend compte que son frère a les yeux rouges. Puis, cette chanson...

– Ça va ? Tu as les yeux tout rouges. Tu as pleuré ?

– Non, ça doit être parce que je viens de me réveiller.

– Ce doit être ça, dit-elle, peu convaincue. Si tu as un problème, tu peux m'en parler, hein ?

– Non, tout va bien, ne t'inquiète pas.

Ils s'observent en silence jusqu'à ce qu'elle reprenne la parole.

– Bien, je n'insiste pas. Je sors avec les copines...

Miriam réfléchit un instant. Elle veut dire quelque chose pour lui remonter un peu le moral.

– Tu sais qu'une d'elles m'a dit qu'elle te trouvait mignon ?

Une de ses amies ? Paula ?

– Qui a dit ça ? demande-t-il en adoptant un air détaché mais mort d'envie d'avoir la réponse.

– Diana. Elle dit que tu n'es pas mal du tout.

Grosse déception.

– Même Bugs Bunny paraîtrait sexy à Diana.

Miriam éclate de rire en entendant la remarque de son frère, car dans le fond, il n'a pas tort.

– Bon, j'y vais. Au fait, tu t'en sors avec les maths ? Je crois que tu es un des rares de la classe à y avoir compris quelque chose...

– Parce que vous ne faites attention à rien.

Miriam rit à nouveau de bon cœur.

– C'est possible. Tu me donneras un coup de main... Bon, j'y vais cette fois-ci. Écoute quelque chose d'un peu plus gai, c'est vendredi ! Je suis sûre que tu vas te mettre aux dérivées quand je serai partie. On dirait que tu es fiancé avec les maths...

Miriam lui souffle un bisou et ferme la porte.

Elle est drôle, la frangine ! Les dérivées ? Les maths ? Qui en aurait quelque chose à faire après s'être pris la plus énorme baffe de sa vie ?

– Les maths me font chier. Tout me fait chier.

Mais Mario va vite regretter d'avoir insulté ses mathématiques « chéries ».

Chapitre 10

Ce même jour merveilleux de mars. Tard. Il fait déjà nuit.

Elle est assise dans un des fauteuils du salon, les jambes croisées, un sourire béat incrusté sur le visage. Même le *Il faut que nous parlions* qu'elle a trouvé en rentrant ne peut pas le lui retirer.

Ils vont lui passer un savon ? Qu'importe ! Elle est heureuse. L'après-midi a été incroyable. Elle aurait voulu qu'il ne se termine jamais. Elle savoure encore le goût du baiser qu'ils ont échangé pour se dire au revoir.

Quelques minutes plus tôt.

Paula : « Merci pour cette journée et celle d'hier aussi. Elles ont été parfaites. »

Angel : « Elles n'auraient pas pu l'être sans toi. »

Paula, *en soupirant* : « Je dois y aller. Tu n'as pas besoin de me raccompagner aujourd'hui. »

Angel : « Si, j'en ai envie. »

Paula : « Non, ne t'inquiète pas. Il ne vaut mieux pas prendre le risque que mes parents te voient. Cela leur mettrait la puce à l'oreille. »

Angel : « D'accord. »

Paula : « On s'appelle ce soir ? »

Angel réfléchit un instant. Il vient de se souvenir qu'il doit aller à la séance photo de Katia. Doit-il en parler à Paula ? Non, il ne vaut mieux pas. Il lui téléphonera quand il aura terminé.

Angel : « Oui, bien sûr. Je t'appellerai plus tard. »

Paula : « OK. Bon, j'y vais. »

Puis ils sont partis chacun de leur côté, non sans avoir échangé un long baiser.

Ses parents entrent dans le salon en murmurant comme s'ils mettaient au point une stratégie perfectionnée pour l'aborder. Paco s'assoit à la droite de Paula, Mercedes à sa gauche. L'objectif est cerné sur tous les fronts : la terre, la mer et les airs. Attention, prêts... Partez !

– Paula, nous savons que tu n'es plus une petite fille, dit sa mère en guise de préambule, même si pour nous il est un peu difficile de l'assimiler.

La jeune fille ne sait pas trop d'où vont venir les tirs, mais l'entrée en matière ne lui plaît pas du tout : cela ne ressemble pas à une réprimande ordinaire.

– Ce que ta mère essaie de te dire, c'est que tu as bientôt dix-sept ans et qu'à cet âge, on fait des erreurs, ajoute son père.

– On fait aussi des erreurs à votre âge, non ? intervient Paula.

– Oui, oui, bien sûr que oui, ma chérie, s'empresse de dire Mercedes. On fait tous des erreurs, mais on peut en éviter certaines. Je veux dire par là qu'il est nécessaire de...

– ... prendre des précautions, interrompt Paco.

Des précautions ? Ah ! *Ces* précautions ! Paula commence à comprendre vers quoi se dirige la conversation.

– Oui, c'est ça, des précautions. Même s'il vaut mieux ne pas faire quelque chose tant qu'on n'est pas sûr d'y être préparé, continue Mercedes.

– Donc, si je ne suis pas sûre de réussir l'examen de maths de vendredi, il vaut mieux que je ne le fasse pas ? C'est ça ? dit Paula en souriant.

Ses parents échangent un regard contrit. *Touché*[1].

– Paula, insiste sa mère. Tu sais que tu peux tout nous dire. Si tu as un doute sur quoi que ce soit, ton père et moi sommes là pour t'aider.

1. En français dans le texte.

– Je vous dis déjà tout, ment-elle.

– Il y a sûrement des choses que tu gardes pour toi, et c'est normal. Tu as ta propre vie...

– ... mais il est plus indiqué que nous sachions les choses importantes, conclut Paco.

– Voilà. Par exemple...

Paula a un peu peur de ce que sa mère va prendre comme exemple.

– ... par exemple, si tu as un petit ami... C'est quelque chose d'important, non ?

Bingo ! Elle était sûre que ce serait cet exemple-là.

– Cela dépend de quel point de vue on se place. Mais c'est quelque chose qui semble important, oui.

– Oui, ça l'est, confirme son père. Et tout ce que cela implique aussi.

« Tout ce que cela implique »... Une belle manière de dire « avoir des relations sexuelles », se dit Paula.

– Mais nous parlons d'un exemple, non ?

– Oui, oui, ce n'est qu'un exemple des choses importantes dont tu peux nous parler sans aucun problème. D'avoir un petit ami et, comme le dit ton père, de tout ce que cela implique.

Un silence s'installe quelques instants dans le salon.

– Papa, maman, ne vous inquiétez pas. Si jamais je couche avec un garçon, je prendrai ces précautions dont vous me parlez.

Tranquillement, Paula se lève, embrasse son père puis sa mère et monte dans sa chambre.

Paco et Mercedes la suivent du regard. Ils la voient toujours comme une petite fille, leur petite fille. C'est inévitable.

« Si jamais je couche avec un garçon, je prendrai ces précautions dont vous me parlez. » Tu parles d'une conclusion ! Ils sont restés cloués sur place.

– Tu vois ? Parler est la solution, dit Mercedes à son mari.

Paco se force à sourire.

– Oui, je me sens beaucoup plus tranquille, dit-il en se tenant le front. Je vais me chercher une aspirine.

– J'en veux bien une aussi, s'il te plaît.

Les pharmacies pourraient faire leur chiffre d'affaires exclusivement grâce aux analgésiques vendus aux parents qui se rendent compte tout à coup que leurs enfants ont grandi... avec tout ce que cela implique.

Cette même soirée de mars, ailleurs en ville.

Hector et Angel laissent la voiture près du lieu de rendez-vous. Il est presque 20 h 30, l'heure dont ils avaient convenu pour la séance photo avec Katia.

Hector sort un grand sac avec son matériel, Angel l'aide à porter les différents spots.

– Tu penses que ça va durer longtemps ? lance Angel qui se demande encore ce qu'il peut bien faire là.

– J'espère que non. J'ai besoin d'une photo pour la couverture et de trois autres pour les pages intérieures. Ça devrait aller vite, mais on ne sait jamais...

Ils parviennent à un petit parc où les attendent déjà Katia et son agent qui discutent avec l'habilleuse et la maquilleuse.

La jeune fille à la chevelure rose est la première à se rendre compte de leur arrivée et va à leur rencontre.

– Bonsoir, dit-elle, souriante, avant de leur faire la bise. Cette fois, on est arrivés en avance.

– Un partout, répond Angel qui ne peut s'empêcher d'afficher un large sourire en la voyant.

Elle est habillée cette fois-ci du même style de vêtements que ceux qu'elle met sur scène. Une robe ample bleu et rose qui lui arrive au genou, des bas multicolores, des ballerines et des gants en velours assortis.

– Les vêtements conviennent ?

– Oui, c'est très bien, acquiesce Hector. De toute façon, tu changeras de tenue deux ou trois fois pour donner un peu plus de relief au reportage. Ça te va ?

– Oui, parfait.

L'endroit est isolé, à l'abri de la foule qui s'agglutinerait pour voir leur chanteuse préférée en pleine séance photo. La jeune fille s'est fait énormément de fans en peu de temps.

– On y va ? demande Hector, qui a choisi de faire les premières photos près d'un vieux chêne.

Katia s'assoit sous l'arbre alors que le photographe lui indique les poses à prendre.

– Lève le menton. Souris. C'est ça. *Clic.* Regarde vers la gauche. Très bien. *Clic.* Écarte un peu les jambes. Non pas autant. C'est ça. *Clic.* Maintenant mets-toi debout. Fixe l'appareil. *Clic.*

Angel est assis sur un banc. Il n'en perd pas une miette. Il observe avec attention chacun des mouvements de la chanteuse. Elle a vraiment quelque chose de plus, elle n'est pas simplement jolie, elle possède aussi une certaine magie. Un regard qui ensorcelle. Il se demande une nouvelle fois ce qu'il fait ici : comme il le pensait, il n'est d'aucune utilité. Mais, pour une raison qui lui échappe, il est quand même content d'être venu.

La séance continue. Différents décors. Changement de vêtements. *Clic.* Une retouche maquillage par-ci, une retouche coiffure par-là. La nuit prend possession de ce parc isolé de l'agitation de la ville. Une petite pause avant la dernière série de photos.

Katia vient s'asseoir à côté d'Angel.

– Ouf ! ...Je suis épuisée. On ne dirait pas comme ça, mais c'est fatigant. Je ne pourrais pas être mannequin.

– Tu fais ça très bien. Comme si tu l'avais fait toute ta vie.

– Ça fait partie de mon travail, même si ce n'est pas le côté que je préfère, dit-elle en soupirant.

– Tous les métiers ont leurs inconvénients.

– Je me sens un peu ridicule en prenant toutes ces poses. Comme quand il m'a demandé d'écarter les jambes... La honte ! Je rigolais toute seule. Je ne sais pas comment j'ai réussi à ne pas craquer.

Angel sourit, amusé de son commentaire.

Katia l'examine du regard. Elle le trouve très beau. Oui. Et quand il sourit, alors là...

– Angel...

– Oui ?

– Non, rien. Juste, merci beaucoup d'être venu.

– Pourtant je ne fais rien... Je me contente de regarder.

– Je suis plus à l'aise en sachant que tu es là. Comme je te l'ai dit, c'est pas tellement mon truc tout ça.

Hector annonce la fin de la pause.

– Vas-y vite, c'est la dernière série.

– J'y vais !

Katia se penche en souriant, puis dépose un baiser sur les lèvres du journaliste, si rapidement qu'il n'a même pas le temps de réagir. La jeune fille se lève et court faire les dernières photos.

Angel reste paralysé. Qu'est-ce que cela signifie ? Pourquoi Katia l'a-t-elle embrassé ?

Il s'agit sûrement d'une erreur. Oui, aujourd'hui beaucoup de gens s'embrassent de cette façon, n'est-ce pas ? Un baiser amical ou quelque chose comme ça. Un baiser affectueux.

La séance continue. Katia pose sur une balançoire. Elle va et vient doucement. *Clic.* Ses cheveux lâchés se soulèvent à chaque impulsion. Hector capture tout avec son appareil. Il lui demande de sourire. *Clic.* Puis de regarder vers la droite, l'air mélancolique. En se retournant, Angel entre dans son champ de vision. Il a l'air un peu absent. À quoi est-il en train de penser ?

– Katia, arrête de te balancer maintenant, lui demande le photographe. C'est ça. Mets la main droite sur la bouche. Très bien. C'est ça, comme si tu imaginais quelque chose. Pense à ton petit ami, par exemple.

Mon petit ami ? Elle n'en a pas. Mais elle pense tout de même à quelqu'un.

– Très bien. Maintenant, aie une expression de doute : regarde le sol et penche un peu la tête vers la droite. C'est ça. Magnifique. Maintenant, souris. Parfait... Voilà, on a terminé.

Angel est toujours en train de penser à ce qui s'est passé quelques minutes avant. Il l'observe alors qu'elle descend de la balançoire, sa chevelure rose tombant sur les épaules. Comment est-il possible que cette couleur lui aille aussi bien ? Avec ce visage de petite fille, on ne dirait pas qu'elle a vingt ans. Et ces yeux... On ne verra sûrement que ce bleu céleste sur les photos d'Hector. Katia est vraiment une tentation pour n'importe quel homme.

La séance terminée, tout le monde se réunit autour du photographe. Angel tente d'éviter de la dévorer des yeux mais il finit par succomber. Lorsqu'elle s'en aperçoit, la jeune fille sourit.

– On a fait du bon travail, déclare Hector. Je suis sûr que l'article sera fantastique.

– Nous en sommes convaincus, répond l'agent de la chanteuse avec satisfaction.

– L'obscurité met très en valeur la beauté de Katia, insiste le photographe.

Angel pense aussi que ces photos accompagneront merveilleusement son interview. Ces yeux célestes, les lumières qui contrastent sur l'obscurité de la nuit... La nuit... Alors il se rend compte... Paula ! Il doit l'appeler. Ça va, il n'est pas encore trop tard.

– Excusez-moi, j'ai un coup de fil à passer, dit le jeune homme en s'éloignant du petit groupe qui parle avec effervescence.

Katia n'écoute rien de ce que sont en train de dire les autres. Ses yeux sont figés sur Angel, qui se dirige rapidement vers un coin isolé.

Lorsqu'il se trouve assez loin pour ne pas être entendu, il sort son téléphone de sa poche. Plus de batterie. Il regarde l'heure. Ça ne fait rien. Il doit passer à la rédaction pour prendre quelques dossiers. Il lui passera un coup de fil de là-bas.

Il rejoint le petit groupe qui semble avoir fait des projets pour la soirée en son absence.

– Angel, on va prendre un verre, tu viens avec nous ? lui demande Hector.

– Non, je ne peux pas. Je dois passer à la rédaction et je veux me lever tôt demain matin.

– Mais demain, c'est samedi... Allez, viens ! Juste un petit verre pour récompenser le travail bien fait, insiste le photographe.

– Non, vraiment. Je dois passer à la rédaction pour prendre quelques papiers et il est déjà tard.

– Je ne peux pas venir non plus, intervient Katia. Je suis morte de fatigue et je dois me lever tôt aussi demain.

– Allez, les enfants, juste un verre... renchérit Mauricio qui ne quitte pas une des maquilleuses des yeux.

– Allez-y, vous. Moi, je dépose Angel à la rédaction, c'est sur mon chemin.

– Merci beaucoup, Katia, mais ce n'est pas nécessaire, dit le jeune homme, surpris. Je vais prendre le métro et...

– Ça ne me dérange pas. Le métro le plus proche est loin d'ici. Je te raccompagne. C'est le moins que je puisse faire après t'avoir demandé de venir ici.

– Bien... Tant pis pour vous. On y va, nous, dit l'agent qui passe déjà sa main sur l'épaule de la maquilleuse.

Hector, Mauricio Torres et les deux jeunes filles partent de leur côté alors que Katia et Angel rejoignent l'Audi rose, cachée dans une rue obscure.

Ils marchent en silence. Le journaliste ne sait toujours pas comment interpréter ce baiser et n'arrive pas à se l'enlever de l'esprit. Un geste amical ou quelque chose de plus ? Il se sent un peu coupable. Son attitude l'a peut-être aussi provoqué ?

Les étoiles brillent dans le ciel toujours dégagé et la lune éclaire la nuit déjà bien avancée. Mais pour Angel et Katia, elle ne fait que commencer...

Au même moment, quelque part en ville.

Affalée sur son lit, elle attend son appel depuis presque une demi-heure.

Pourquoi n'a-t-il pas téléphoné ?

Paula est pressée d'entendre sa voix. Elle en a tellement envie que, n'y tenant plus, elle décide de le joindre elle-même. Elle fait le numéro. Déception. Son portable est éteint. La désillusion est si grande qu'elle est sur le point de pleurer. Mais pourquoi ? Ils ont passé deux jours merveilleux... Les plus beaux jours de sa vie.

Quelle idiote !...

Mais elle ne peut s'empêcher de penser à lui. Qu'est-il en train de faire en cet instant ?

On essaie de se calmer. Tout va bien. Elle doit juste ne pas tomber dans l'obsession. Sa mère lui dit souvent que la vie est riche de trop de choses pour ne s'intéresser qu'à une seule. Il appellera.

Elle allume son ordinateur pour mettre un peu de musique. Parfait pour passer le temps. *Apologize*, de One Republic, une belle chanson qu'elle a découverte il y a peu. Mais la musique n'est pas suffisante pour tout oublier. Elle a besoin d'autre chose. Trouvé : *J'ai failli te dire je t'aime*. S'immerger à nouveau dans le monde de Niki et de son publicitaire plus âgé qu'elle peut être un bon antidote. Quelle histoire d'amour ! D'une certaine façon, elle se retrouve dans le personnage de Niki. Elle est en train de vivre un peu la même expérience.

Elle attrape le livre et l'ouvre à la page où elle l'avait laissé. Le marque-page... Elle se souvient soudain du garçon du *Starbucks*. Avec toutes les émotions qu'elle a eues ces dernières vingt-quatre heures, elle l'avait presque oublié, le beau-gosse-au-sourire-qui-tue.

Elle relit le pseudo Facebook de cet inconnu : Alex Écrivain.

Elle est piquée par la curiosité. Pourquoi pas ? Elle se remet devant son ordinateur, ouvre Facebook et l'ajoute.

Est-ce qu'il va être connecté ?

Paula ne sait pas pourquoi, mais elle sent un léger frisson en elle.

Quelques minutes s'écoulent. Il ne semble pas être derrière son ordinateur. Elle commence à perdre patience.

Qu'est-ce qui se passe ce soir pour que personne ne réponde nulle part ?

Elle voit alors une notification. C'est Mario.

Paula, surprise, lit le nouveau message sur son mur : « La vie est merdique. L'amour est merdique. Les maths sont merdiques » assorti d'une photo qui montre une rose noire.

Le pauvre. Une fille vient sûrement de l'envoyer balader. C'est triste, c'est un type bien. Elles ne savent pas ce qu'elles perdent...

Elle aimerait bien lui dire quelque chose pour lui remonter un peu le moral, mais elle ne sait pas trop quoi. Elle voudrait lui dire qu'il y a toujours de l'espoir ailleurs et que cette fille ne sait pas ce qu'elle perd. Mais à ce moment-là, un autre de ses contacts se connecte. Alex Écrivain est en ligne.

Au même instant, quelque part en ville.

Elle est connectée. Elle a peut-être vu le message sur son mur ?

Mario ne sait pas quoi faire. Lui écrire quelque chose ? Attendre que ce soit elle qui lui parle ? Il a envie de lui dire tout ce qu'il ressent : lui dire qu'il a le cœur brisé, de se libérer en lui avouant tout... Mais il ne peut pas car c'est elle le motif de sa douleur. Il ne peut pas lui parler comme si de rien n'était. Tout cela est une véritable torture, un labyrinthe sans issue. Le film de Paula en train d'embrasser ce garçon à la sortie du lycée tourne en boucle dans sa tête. À chaque passage, il a un peu plus envie de mourir. Comme dans cette chanson de Mecano, *Cruz de Navajas*, « Des poignards dans le cœur », où le personnage qui, ironie du sort, s'appelle Mario, trouve sa bien-aimée en train d'embrasser un autre garçon dans la rue.

Il hésite à lui envoyer un mot.

Et si elle est en train de parler avec lui ? Ou pire, s'ils sont ensemble dans sa chambre ?

Cette dernière pensée finit de le décourager complètement. Il n'a envie de rien. Sans réfléchir davantage, il éteint l'ordinateur et retourne à l'obscurité de sa chambre.

Chapitre 11

Un vendredi soir de mars.

Alex rentre chez lui avec une énorme envie d'écrire. Il se sent inspiré. Il allume l'ordinateur pour se plonger dans son roman. Julián et Nadia l'attendent dans *Derrière le mur*. Une scène de sexe ? Peut-être.

Demain, il va mettre son plan à exécution. Il espère que M. Mandizábal aura fini les préparatifs de bonne heure. Il lui fait une sacrée faveur ! Même si les résultats sont plus qu'incertains. L'idée est un peu tirée par les cheveux mais son instinct lui dit que ça peut marcher. Il ne perd rien à essayer.

Avant d'ouvrir Word, il vérifie ses emails. Un inconnu a envoyé une demande d'ami. Il clique sur « Confirmer ».

C'est une fille. Elle s'appelle Paula. Son statut du jour : « Le soleil brille dans mon cœur. Jtm. Merci pour tout. »

Serait-ce la fille du *Starbucks* ? Elle est connectée. Il s'apprête à lui écrire mais elle le devance.

– Salut. On peut parler ?

Alex réfléchit un instant. Il a très envie d'écrire, mais la curiosité est la plus forte. Surtout si c'est elle.

– Oui, même si je ne sais pas qui tu es.

– Tu ne me reconnais pas ?

– J'ai une petite idée, mais je ne suis pas sûr. Tu ne veux pas me dire qui tu es ?

– Je suis Paula. C'est écrit sur ma page. Tu ne fais pas très attention, dis donc ! ☺

– Si, j'ai bien vu, mais je ne connais aucune Paula.

– Pourtant moi, je sais qui tu es.

– C'est normal, c'est toi qui m'as ajouté.

– Parce que tu m'as donné ton pseudo Facebook. Ou plutôt, tu me l'as écrit.

C'est bien elle !

– Ah ! Alors tu es la fille du *Starbucks*. Je ne me souvenais pas t'avoir donné mon Facebook, ment-il.

– Mais bien sûr. ☺

– Donc, je m'appelle Alex, enchanté.

– Moi Paula, enchantée.

Et maintenant ? Comment poursuivre la conversation ? Silence de quelques secondes. Finalement, Alex opte pour le chemin le plus simple.

– Tu as fini le livre ?

– *J'ai failli te dire je t'aime* ? Non. Justement, j'étais en train de le lire avant de t'envoyer la demande.

– Ah.

– Ce que tu as fait est très... sympathique. Me laisser ton pseudo et échanger les livres.

Alex rougit un peu. Est-elle en train de se moquer de lui ? Si elle a fini par l'ajouter, c'est bien pour une raison, non ?

– Je suis comme ça.

– Mdr.

– Qu'est-ce qui te fait rire ?

– Toi. Que tu sois comme ça.

– Je te rappelle que c'est toi qui t'es mis du café partout et que c'est toi qui t'es cogné la tête en te relevant.

– Je ne me souviens pas de ça.

– Tu as la mémoire sélective.

– J'ai été très occupée.

– À lire le livre ?

– Plutôt à le vivre.

Alex ne comprend pas très bien cette dernière phrase, mais ne lui demande pas d'explications.

– Alors, tu le trouves comment ?

– Ce n'est pas déjà ce que tu m'as demandé hier ?

– Si, mais tu es partie téléphoner.

– Oui mais quand je suis revenue, c'est toi qui es parti.

– J'avais un cours.

– Un cours de... ?

– Saxophone.

– Tu joues du saxophone ? C'est génial !

– Oui, j'aime beaucoup la musique. En parlant de musique... regarde ça.

Alex copie un lien à Paula.

http://es.youtube.com/watch?v=4w7ShnVt3dE

Elle clique. C'est un montage de *J'ai failli te dire je t'aime* sur une très belle chanson italienne. Pendant quatre minutes et vingt et une secondes, tous deux ont les yeux rivés sur la vidéo.

– J'adore ! écrit Paula en la remettant. C'est toi qui l'as faite ?

– Oui. Mais la chanson n'a rien à voir avec le film.

– Ah ! Ils en ont fait un film ?

– Oui, les images que tu vois sont tirées du film. Mais la chanson est de Massimo Di Cataldo et elle s'appelle *Scusa ma ti chiamo amore.*

Paula ne dit rien. La vidéo se termine. Elle adore la chanson. Alors qu'elle allait la remettre, son regard tombe sur l'horloge de l'ordinateur. Il est très tard et Angel ne l'a toujours pas appelée.

Sans rien dire à Alex, elle essaie de le joindre à nouveau. Rien. Téléphone éteint. Mais où est-il passé ?

Elle sent son corps se dérober sous elle, ses yeux la piquer et un nœud se former dans sa gorge. Qu'est-ce qu'il est en train de faire ?

– Tu es toujours là ? lit-elle en retournant à son ordinateur.

D'un coup, elle n'a plus envie de rien. Angel lui manque, elle veut l'entendre. Elle se sent complètement démunie de ne pas pouvoir le joindre.

– Oui, je suis là. Excuse-moi, on m'a appelée, ment Paula. Mais je dois y aller.

– Oui, moi aussi. Il se fait tard et je dois me lever tôt demain.

– Un samedi ? Tu as un cours aussi ?

– Non, mais je dois aller chercher quelque chose.

– D'accord, je ne te retiens pas plus alors. Repose-toi bien.

Quel dommage ! Elle s'en va. Et qui sait jusqu'à quand ? Quelle impression lui a-t-il donné ? Il a envie de la connaître mieux. Une idée illumine alors Alex. Va-t-il prendre le risque de lui proposer ? Il réfléchit quelques instants avant de se décider.

– Paula, avant que tu ne partes... Tu as quelque chose de prévu demain matin ?

La jeune fille est pour le moins surprise. Il lui a fait très bonne impression. En plus d'être un beau-gosse-au-sourire-qui-tue, il est sympathique et a de la conversation. Mais elle est assez déconcertée par cette dernière question.

– Pourquoi tu me demandes ça ?

– Parce que j'aurais besoin que quelqu'un me donne un coup de main demain matin.

– Quel genre d'aide ?

– Viens et tu verras.

– Tu es en train de me demander de te retrouver tôt un samedi matin pour t'aider à quelque chose alors que je te connais à peine et que tu ne veux pas me dire ce que c'est ? Ça ne te paraît pas un peu étrange ?

– De ce point de vue, cela paraît bizarre oui... Mais je voudrais que tu viennes. ☺

Paula est sidérée. Quelle audace ! Mais elle est tout de même piquée par la curiosité. Elle n'a rien de prévu demain matin. Et puis ça ne fait jamais de mal d'avoir de la compagnie. Elle avait pensé passer la journée avec Angel, mais vu l'heure, ça paraît compromis. Il n'y a aucun mal à aider un ami, non ? Mais, peut-elle considérer ce garçon comme un ami ? De quel genre d'aide a-t-il besoin ? Quel mystère !

– Je ne sais pas, Alex. Tu ne veux vraiment pas me dire pour quoi ?

– Non, tu devras me faire confiance.

Paula pousse un soupir et tente à nouveau d'appeler Angel. Messagerie. Impuissante, fâchée et triste, elle lance le téléphone sur son lit.

– D'accord. On se retrouve où et à quelle heure ?

Elle a dit oui ? Alex n'arrive pas à y croire. Elle a dit oui !

Frénétiquement, il lui écrit l'adresse et comment s'y rendre, aux alentours de 10 heures. Il est envahi d'une joie soudaine qu'il ne s'explique pas très bien.

– J'espère que ce n'est pas une mauvaise blague, ajoute Paula.

– Non, ce n'est pas une blague. Je te remercie beaucoup de venir m'aider.

– Tu vas me laisser sur les dents jusqu'à demain, pas vrai ?

– Oui.

– Bon, je n'insiste pas. J'ai trouvé quelqu'un de plus têtu que moi.

– Je ne suis pas têtu, répond Alex.

– Si tu l'es.

– Non.

– Tu vois que tu l'es !

– Bon, d'accord, peut-être un peu.

Chacun dans leur chambre, ils sourient en même temps. Paula oublie Angel pendant quelques secondes, et le bonheur de ces derniers jours.

– Bon, on se voit demain alors, Alex.

– Parfait. Je t'attendrai. Bonne nuit.

– Bonne nuit. Bisous.

– Bisous.

Paula se déconnecte puis écoute une dernière fois la chanson de Di Cataldo. Elle s'écroule dans son lit et s'endort avec le téléphone sous l'oreiller.

Alex reste devant son ordinateur. Cette conversation l'a encore plus inspiré qu'il ne l'était en arrivant. Il écrit tout en ne cessant de penser au lendemain. Oui, demain sera peut-être un grand jour.

Même soirée, alors que Paula essaie désespérément de joindre Angel.

Katia est au volant de son Audi. Angel est à côté d'elle. Ils ont à peine échangé trois mots. La chanteuse l'observe discrètement de temps à autre. Il semble tendu, voire préoccupé.

Ils sont sur le chemin de la rédaction. Un feu rouge. Katia en profite pour se tourner vers lui.

– Tu es en colère ?

Il ne dit rien, il ne la regarde même pas.

– Oui, tu es en colère, conclut-elle, exaspérée, en serrant le volant de toutes ses forces.

Le feu passe au vert, Katia démarre en faisant crisser les pneus.

– Je ne suis pas en colère, dit enfin Angel.

– Pourtant tu en as tout l'air.

– C'est juste que...

Elle freine brusquement et arrête la voiture en double file devant le regard interdit de son passager.

– On ne part pas d'ici tant que tu ne m'auras pas dit ce qui se passe.

– Eh bien... Je suppose que c'est une bêtise.

– Crache le morceau.

– Pourquoi tu m'as embrassé ?

Le visage de la chanteuse change d'expression pour laisser place à un de ses doux sourires.

– C'est donc ça ! Tu es surpris que je t'aie embrassé sur la bouche...

– C'est normal, non ? Ce n'est quand même pas tous les jours qu'une fille dont tu viens de faire la connaissance t'embrasse sans te prévenir.

– J'aurais dû t'envoyer un carton d'invitation ? se moque-t-elle.

– Je ne trouve pas ça drôle, dit-il en fronçant les sourcils.

– T'énerve pas. C'était juste un petit bisou affectueux. Rien de plus.

– Et tu as l'habitude de distribuer des « petits bisous affectueux » à tout le monde ?

Katia regarde en l'air, en faisant mine de réfléchir.

– Alors... en te comptant toi, j'en suis à... soixante-quatre, dit-elle dans un éclat de rire – mais elle reprend vite son sérieux devant le regard noir du jeune homme. Angel, arrête de te prendre la tête. C'était juste un élan de tendresse. Rien de plus.

Les choses ne sont pas si claires pour le jeune journaliste. Elle peut bien faire comme si c'était un détail sans importance et non prémédité. Mais les faits sont là, elle l'a embrassé. Et lui ? Qu'a-t-il ressenti au contact de ses lèvres chaudes et douces ? C'est sans doute cela qui le perturbe le plus.

– Bien. Si tu dis que ça n'a été qu'un élan de tendresse imprévu, je te crois. Mais à partir de maintenant, on se serre la main, hein ?

Katia sourit et Angel finit par l'imiter.

La voiture repart. La nuit est un enchevêtrement de lumières et de sons indéchiffrables. Katia chantonne en conduisant. Angel est un peu moins préoccupé tout en sentant une grosse agitation en lui.

Katia freine à nouveau brusquement.

– Qu'est-ce qui se passe maintenant ? Faudrait que tu apprennes à freiner, sinon dans deux mois tes disques de freins seront morts.

– Ça te dit d'aller boire un verre ? J'ai soif, dit Katia en montrant un petit pub.

– Katia, je dois passer à la rédaction prendre ce dont j'ai besoin. Et demain je dois me lever tôt.

– S'il te plaît. S'il te plaît... le supplie-t-elle.

Elle ressemble à une adolescente de quinze ou seize ans, maintenant plus que jamais.

– Je ne peux pas, Katia. Vraiment, je...

– Laisse-moi t'inviter, au moins pour un verre. Pour me faire pardonner de t'avoir fait venir et de t'avoir embrassé. S'il te plaît. S'il te plaît...

Le journaliste refuse une bonne dizaine de fois mais Katia insiste avec le double de « s'il te plaît, s'il te plaît ».

– Booooonnn d'accord ! Mais juste un verre et on s'en va, finit par dire Angel, vaincu.

La jeune fille applaudit et s'apprête à lui faire un bisou mais se ravise tout de suite et lui tend la main. Angel lui sourit, serre ses jolis doigts effilés et ne peut s'empêcher de frémir au contact de sa peau douce.

Ils garent la voiture et entrent dans le pub. Il n'y a personne à part les deux serveuses qui papotent derrière le bar. Lumières tamisées et une chanson *dance* en bruit de fond.

Paula ! se souvient tout à coup Angel en regardant l'heure. Il ne l'a toujours pas appelée. Elle est peut-être déjà couchée. Il essaie à nouveau d'allumer son téléphone, mais rien à faire, plus de batterie.

– Tu veux que je te passe le mien ? propose Katia en constatant que celui du jeune homme ne fonctionne pas.

– Merci, mais je ne connais pas le numéro par cœur.

– C'est ta copine que tu veux appeler ?

– Oui.

– Je ne veux pas te déranger. On s'en va si tu veux.

– Non, ne t'inquiète pas. On prend un verre puis je l'appellerai en arrivant à la rédaction. J'ai un chargeur là-bas.

– D'accord. Je te commande quoi ?

La chanson *dance* est suivie par une chanson brésilienne lente, douce et entêtante : *Medo de amar*, « La peur d'aimer », d'Ivete Sangalo et Ed Motta. Comme si la personne chargée de la musique dans ce bar voulait qu'ils se rapprochent un peu plus encore. Angel avance ses lèvres vers le visage de Katia. En toute innocence, juste pour lui dire ce qu'il veut boire. Une bière. Mais il est si près qu'il est envahi par sa douce odeur.

La serveuse qui semble être la plus jeune donne deux bouteilles de Heineken à la chanteuse. Katia paie les consommations et en tend une à Angel.

– Portons un toast ! propose-t-elle, un sourire aux lèvres.

– Pourquoi veux-tu trinquer ?

– Pour la meilleure interview qu'on m'ait jamais faite.

– Mieux que celle des Cuarenta Principales[1] ?

---

1. Radio musicale importante qui émet en Espagne et dans une dizaine de pays d'Amérique latine.

– Tu n'as rien à leur envier… répond-elle en s'approchant un peu plus.

Il n'y a pratiquement plus d'espace entre eux.

– À la nôtre, alors.

– Tchin.

Dans la lumière tamisée de la salle, Angel est toujours plus hypnotisé par le regard céleste de la jeune fille. Mais… *Paula*. Son visage s'assombrit lorsqu'il repense à elle. Il est dans un pub en train de prendre un verre avec une fille de vingt ans magnifique et célèbre et qui, de surcroît, l'a embrassé. Il n'a même pas appelé. Enfin, il n'a pas pu, mais cela revient au même. Que va-t-elle penser ? Est-elle inquiète ? Fâchée ? Il réfléchit à la manière de se faire pardonner demain. Ces deux jours ont été comme une vie en accéléré. Une histoire digne d'un conte de fées, un conte qui est réalité. Mais en cet instant, n'est-il pas en train de lui faire du mal ? Pourquoi ne lui a-t-il rien dit à propos de la séance photo ?

– Hou ! hou ! dit Katia en mettant son visage juste en face du sien. Tu es toujours avec nous ?

– Oui, j'étais en train d'essayer de traduire les paroles de la chanson, improvise-t-il.

– Quel menteur ! Tu ne sais pas mentir. Voyons si ceci te réveille un peu…

Katia cogne le goulot de la bouteille d'Angel avec le bas de la sienne. La mousse grimpe en un éclair et commence à déborder. Le journaliste se jette sur sa bière et boit le plus vite possible pour éviter d'en mettre partout.

Amusée, la chanteuse applaudit et sautille pour l'encourager. Les deux serveuses, qui ont fini par reconnaître la jeune fille à la chevelure rose, se joignent à elle à la façon d'un groupe de supporters.

Mais malgré ses efforts, Angel en a plein ses vêtements et n'a pas pu éviter la formation d'une flaque à ses pieds. Un peu honteux, il demande une éponge à la serveuse, qui fait le tour du comptoir et se charge elle-même de nettoyer le désastre.

– Excusez-moi, je...

– Ne vous inquiétez pas, c'est rien... dit-elle avant de retourner derrière le bar en souriant.

Katia revient près de lui.

– Tu lui plais, lui murmure-t-elle à l'oreille.

– Qu'est-ce que tu racontes ! La bière t'est montée au cerveau répond Angel, amusé, alors que lui-même a un peu la tête qui tourne après avoir bu aussi vite.

– Les femmes ont un sixième sens. Nous sentons quand une femme plaît à un homme et vice versa. Et puis, c'est pas tellement étonnant que tu aies du succès. Tu es un type très intéressant.

La chanson brésilienne laisse place à *Where ever you will go* de The Callings. La serveuse s'approche d'eux, pose deux verres à liqueur sur le comptoir et y verse un liquide bleu.

– Cadeau de la maison. J'espère que ça vous plaira.

Katia la remercie et avale le sien cul sec. C'est fort. Elle ferme les yeux et plisse le nez en secouant la tête.

– Ah ! Ça fait du bien ! s'exclame-t-elle. Woua ! À toi, maintenant.

Angel hésite. Boire ce verre ne lui semble pas une bonne idée. La serveuse l'observe avec insistance. Il n'a pas tellement le choix. Il sourit puis attrape le verre et le vide sans sourciller.

Il a la gorge et l'estomac en feu, mais il tente de ne rien laisser paraître. Échange de sourires avec la serveuse.

Sans mot dire, elle remplit à nouveau les verres et en ajoute un pour elle. Cette fois-ci, tous boivent en même temps. Une troisième tournée suit de près la précédente.

– Tu es Katia, n'est-ce pas ?

Un séduisant quadragénaire aux cheveux blancs parfaitement coupés et vêtu d'un costume noir apparaît derrière eux, une belle jeune femme d'une vingtaine d'années à ses côtés.

– Oui, c'est moi. Et toi ? Tu es un admirateur ? demande-t-elle, encore étourdie du troisième verre.

– Oui, j'en suis un. Mais je suis aussi le patron de cet établissement, répond-il en souriant.

– Ah, c'est un honneur. Tu as un pub très accueillant.

– Merci. J'espère que vous passez un bon moment et que mes serveuses vous donnent entière satisfaction. J'aimerais vous offrir un verre, à toi et à ton ami.

– Merci beaucoup, mais nous allions partir. N'est-ce pas, Angel ?

Angel semble distrait. Absent. Peut-être que ce troisième verre de liqueur...

– Excuse-moi, tu disais ? Je n'ai pas entendu à cause de la musique.

Starlight, de Muse.

– Je disais qu'on allait partir.

– Mais ne partez pas tout de suite... coupe le patron du bar. Laissez-moi vous offrir un verre. Ce n'est pas tous les jours que j'ai une star de la pop dans mon établissement.

Katia n'aime pas du tout la tournure que prennent les événements. La serveuse fricote avec Angel, à qui elle vient de servir un rhum-Coca.

La chanteuse soupire et demande un Fanta orange. Elle a assez bu pour ce soir, elle doit conduire.

Le quadragénaire aux cheveux blancs lui parle, et parle et palabre, en laissant complètement de côté la jeune femme qui l'accompagne et qui se contente de rire bêtement à ses commentaires. Katia ne lui prête pas la moindre attention mais sourit par politesse. Elle essaie de faire participer Angel de temps à autre.

Mais il n'entend pas. Il parle avec la serveuse, qui l'écoute en jouant ostensiblement avec ses tresses.

Angel a l'esprit embrumé. Il se sent heureux mais il ne sait pas trop pourquoi. Il a bien l'impression que quelque chose lui échappe mais il n'arrive pas à déterminer quoi. Il est avec Paula. Non, non ce n'est pas Paula. C'est Katia qui l'accompagne. Oui, c'est ça, Katia. Celle qui l'a embrassé. Celle qui a les cheveux roses. Non. Celle qui a des tresses, non. Mais qu'est-ce que c'est que ce liquide bleu ? Et Paula ? Où est-elle ?

Le volume de la musique monte, et l'endroit est devenu plus obscur. Le pub est en train de se remplir, des petits groupes d'amis, des couples. C'est vendredi soir.

Le patron du pub n'a pas lâché Katia d'une semelle. La chanteuse commence à en avoir vraiment marre de cette comédie et va aux toilettes pour être tranquille quelques instants.

Pendant ce temps, Angel prend un deuxième rhum-Coca, séparé du premier par deux tournées de liqueur bleue. Il est dans la confusion la plus totale et ne comprend pas un mot de ce que sa nouvelle amie est en train de lui dire.

In my eyes de Milk Inc résonne lorsque Katia sort des toilettes. Elle s'est passé de l'eau sur le visage pour se rafraîchir un peu avec l'intention d'aller chercher Angel et de partir d'ici le plus vite possible.

Mais, que voit-elle ? Ce n'est pas possible... Cette serveuse est beaucoup trop près d'Angel, la tête enfouie dans son cou. Elle ne serait pas en train de le...

Katia traverse la salle comme une flèche sans faire attention à ceux qui la reconnaissent. Elle parvient jusqu'à eux, écarte la serveuse et se tourne vers Angel.

– Chéri, on s'en va.

Sans y réfléchir à deux fois, elle l'embrasse avec fougue devant le regard provocateur de la serveuse.

Angel ferme les yeux et lui rend son baiser. Il ne sait pas trop ce qu'il fait mais il se laisse porter. Katia le fait se lever comme elle peut, puis le sort du pub à grand-peine en le tenant par les épaules. Deux garçons qui ont assisté à la scène viennent à la rescousse.

– Ma voiture est là-bas, dit la chanteuse en montrant l'Audi rose de l'autre côté de la rue.

– Tu es vraiment Katia ? demande le plus grand des deux assistants.

– Ouiiiiiiiiiiiiii !!!! C'est la grande chanteuse Katia !!! se met à crier Angel en se débarrassant de l'emprise des deux garçons.

Il toussote pour s'éclaircir la gorge et commence à massacrer *Tu éblouis mon cœur* en braillant ce qui est censé être une douce mélodie. Les deux garçons restent perplexes quelques instants devant le spectacle, mais, pour une raison inexplicable, se mettent à chanter aussi, sans beaucoup plus de réussite. Katia ne sait pas si elle doit rire ou pleurer. Elle opte finalement pour la première solution, mais son sourire est de courte durée car Angel s'écroule d'un coup par terre. Elle se précipite vers lui accompagnée des deux garçons, mais il ne semble pas s'être blessé. Ils le relèvent avec difficulté, en évitant une nouvelle chute de justesse.

– À la voiture, ordonne Katia.

L'état d'Angel ne s'améliore pas. Il vomit deux fois pendant le court trajet qui mène à l'Audi rose. Finalement, après avoir uni leurs efforts, ils parviennent à l'installer sur le siège passager.

Katia remercie les deux garçons. Ils lui demandent son numéro de téléphone. La chanteuse sourit, ils devront s'en contenter, puis démarre la voiture. Ils la regardent s'éloigner, un peu déçus.

– Angel ! Angel ! hurle Katia, qui le voit sombrer. Ne t'endors pas maintenant !

Elle le secoue, son regard passant sans discontinuer du journaliste à la route. Il finit par ouvrir péniblement les yeux.

– Paula ? balbutie-t-il en distinguant une femme au volant.

– Quelle Paula ? C'est moi, Katia. Ne t'endors pas ! crie-t-elle alors qu'il referme les yeux.

Il s'écroule contre la portière et appuie la tête contre la fenêtre. Katia se rue sur lui et tente de le redresser. La voiture fait une embardée et manque de sortir de la route. La chanteuse évite l'accident et reprend son souffle. Elle est au bord de la crise de nerfs.

– Qu'est-ce qui s'est passé ? demande Angel, provisoirement réveillé par la secousse.

– Qu'est-ce qui s'est passé ? Rien du tout ! On a juste failli se tuer !

Elle s'essuie le front avec un mouchoir et tente de retrouver son calme.

– Bon, où tu habites ?

Pour le journaliste, cette question semble être une énigme impossible à résoudre.

– Hummm, chez moi ?

– Oui, c'est ça, mais c'est où, chez toi ?

– Hummm.

– Ne me dis pas que tu ne te rappelles plus.

Angel se met à rire. Non, il n'arrive pas à se souvenir de l'adresse de son immeuble.

– Alors... tu devras dormir avec moi cette nuit, dit la chanteuse qui ne semble pas vraiment gênée à cette idée.

– OK, répond-il, un sourire aux lèvres.

L'Audi traverse rapidement la ville. Katia ouvre la fenêtre d'Angel pour que le froid de la nuit le maintienne éveillé. Il ferme les yeux et a l'impression de voyager dans un nuage.

La voiture s'arrête enfin. Tout est sombre.

– Où sommes-nous ? demande-t-il.

– Dans le garage de mon immeuble. Maintenant tu dois être bien sage et m'aider.

Angel acquiesce, même s'il ne sait pas pourquoi ni à quoi il doit l'aider. Katia le fait descendre de la voiture et le conduit jusqu'à l'ascenseur. Même s'il n'a pas l'air de comprendre où il se trouve, il semble maintenant capable de tenir debout.

– C'est au dernier étage, dit-elle en entrant dans l'ascenseur.

Tous deux restent silencieux dans le petit compartiment. Même soûl, il est très beau. Et désirable.

L'ascenseur parvient à destination. Un tapis rouge recouvre le sol du dernier étage. Katia soutient Angel jusqu'à sa porte. Malgré sa petite taille, elle est plus forte qu'elle n'en a l'air. Ce qui lui a aussi donné l'occasion de constater qu'Angel à de beaux muscles cachés sous sa chemise. Oui, il est vraiment craquant.

Devant la porte, Angel s'appuie avec difficulté contre le mur pendant qu'elle cherche ses clés dans son sac.

– Les voilà... dit-elle en souriant. Appuie-toi sur moi.

Ils entrent dans cet appartement accueillant qui sera l'unique témoin de ce qui se passera cette nuit.

Elle allume la lumière de l'entrée puis celle du salon. Il n'est pas très grand mais impeccablement rangé et d'un goût exquis. Des meubles design sombres contrastent avec les couleurs pastel des murs.

Les pas d'Angel sont plus qu'incertains et il doit s'aider de Katia et des murs pour ne pas tomber. Il a de nouveau la nausée.

– Viens, assieds-toi, dit-elle en l'aidant à aller jusqu'à l'un des fauteuils.

Angel obéit. Mais malgré ses tentatives, il glisse lamentablement du siège, incapable de se tenir droit.

– Il vaut peut-être mieux que tu t'allonges sur le canapé, constate-t-elle, hilare.

Ils répètent donc la manœuvre. Chaque mouvement est un exploit digne des Jeux olympiques mais Katia passe l'épreuve avec brio : Angel finit étalé de tout son long sur le canapé et se couvre brusquement les yeux avec les mains.

– La... la lumière, proteste-t-il.

– Ah, elle te gêne ? Attends, j'allume la petite lampe.

L'atmosphère devient celle d'une soirée en amoureux sous la lumière tamisée. Angel, maintenant plus à l'aise, pose mollement ses mains sur son torse.

– Je vais me changer. Ne t'enfuis pas, hein ? plaisante Katia.

Le jeune homme n'a même pas entendu. Il ne comprend rien de ce qui se passe. Il a la sensation qu'on a lesté de plombs tout son corps, surtout l'estomac et la tête. Paula ! Il doit l'appeler. Oui, il doit téléphoner à Paula. Mais pas maintenant. Il le fera quand il se sera débarrassé de cette horrible migraine. Oui, quand il se sera reposé.

Katia se déshabille dans une autre pièce. Quelle soirée ! Quand elle a invité Angel à boire un verre, elle ne pensait certainement pas que cela finirait de cette manière. Il ne lui semblait pas possible qu'un garçon si attentif et propre sur lui puisse se soûler à en perdre les pédales à ce point. Et pourtant si, il est actuellement affalé sur son canapé, ivre et nauséeux. Même ainsi, il l'attire. Et maintenant ?

Elle enfile un boxer et une nuisette blanche à bretelles. Après un passage à la salle de bains, elle retourne au salon. Angel est dans la même posture que lorsqu'elle l'a laissé. Il semble endormi.

– Coucou, je suis là. Tu m'entends ?

Le journaliste émet un grognement en comprenant que quelqu'un lui parle.

– Oui, on dirait que tu m'entends, dit-elle avec un sourire. Tu ne peux pas dormir là, tu vas attraper mal partout et demain matin tu ne pourras plus te lever...

Pas de réaction. Soupir. Elle ne peut quand même pas le laisser là.

Avec grand soin, elle lui pose les pieds par terre, et malgré de nouveaux grognements, Angel finit par s'asseoir. Victoire. Elle lui prend la main et le tire en lui demandant de se lever.

– Allez, encore un petit effort.

Il se laisse faire et finit par se mettre debout. Elle le prend par les épaules, le fait marcher jusqu'à la chambre et l'assoit sur le lit. Katia le regarde. Elle est seule avec lui, elle brûle de désir. Elle a rêvé de ce moment dès leur première rencontre.

– Lève les bras, lui ordonne-t-elle.

Elle lui ôte sa chemise. La vue de son torse nu l'enflamme encore un peu plus. Consumée par le désir, elle laisse aller ses mains et ses lèvres sur sa peau.

Angel n'oppose pas de résistance. Il se sent un peu mieux, il ne sait toujours pas où il est et tout son corps lui fait mal, mais il n'a plus la nausée. On dirait que quelqu'un est en train de l'embrasser. Il a d'abord senti des baisers sur son torse, maintenant sur ses lèvres. Paula ?

Katia enlève sa nuisette et l'embrasse à nouveau avec le boxer pour seul vêtement. Elle est possédée en cet instant d'une passion incontrôlable. Elle allonge Angel et lui retire ses chaussures, puis s'assoit sur lui. Elle se penche, l'embrasse encore, puis lui prend les mains et les pose sur ses petits seins.

Mais lorsqu'elle cherche son regard, Katia se rend compte qu'il n'est pas dans son état normal.

Elle brûle d'envie de faire l'amour avec lui, mais ce n'est certainement pas le moment opportun. Elle est en train de profiter de la situation et une pointe de mauvaise conscience la ronge déjà. En plus, il a une petite amie. S'il était sobre et qu'il avait décidé de se trouver là, ce serait différent. Il aurait choisi...

La chanteuse se lève et remet sa nuisette.

Angel réagit à peine.

– C'est vraiment dommage que tu ne sois pas en condition. Un jour peut-être... Repose-toi bien.

Elle dépose un baiser sur son front, l'enveloppe dans les couvertures et sort de la chambre en fermant la porte... Et la tentation par la même occasion.

Angel dormira le reste de la nuit sans savoir qu'il était sur le point d'être infidèle à Paula.

Chapitre 12

Le lendemain matin très tôt.

Une fraîche brise matinale entre par la fenêtre et caresse le torse toujours nu d'Angel qui s'éveille en frissonnant. Il ouvre les yeux et scrute la pénombre de la chambre. Il se rend compte que ce lit n'est pas le sien. Il se lève d'un bond avec un affreux mal de tête.

Où est-il ?

La dernière chose dont il se souvient, c'est d'être allé dans ce pub avec Katia : la bière, la liqueur bleue, la serveuse... Mais ensuite, c'est le brouillard le plus total. Puis il se rappelle vaguement que quelqu'un l'a embrassé. Ou a-t-il rêvé ? Il essaie de se concentrer mais, avec une telle migraine, il est incapable de réfléchir.

Il décide de partir en repérage pour, au moins, identifier l'endroit dans lequel il se trouve. Il s'habille et croise son reflet dans un des miroirs de la chambre : il a les yeux rouges et gonflés. Soupir. Il sort lentement de la chambre. Il n'entend ni ne voit rien.

Chez qui est-il ?

Angel entre dans le salon et reconnaît vaguement le canapé sur lequel il s'est échoué la veille. Il se souvient d'avoir été aveuglé par la lumière, puis d'être allé jusqu'à la chambre. Mais tout cela est encore très confus dans sa tête.

– Bonjour, monseigneur, je vois que maintenant tu arrives à marcher tout seul... dit une voix derrière lui.

Il se retourne et voit la chanteuse à la chevelure rose dans toute sa beauté. Elle porte une nuisette courte qui ne cache rien de plus que le nécessaire. Très séduisante. Pieds nus, elle s'approche et lui fait une bise sur la joue.

– Ka... Katia ? Comment je suis arrivé ici ?

– Tu ne te souviens de rien ? demande-t-elle avec un sourire.

– Non, répond-il, préoccupé.

– Quel dommage !... Avec la nuit de folie qu'on a passée...

– Quelle nuit de folie ?

Le journaliste ne sait pas très bien comment interpréter le propos. Qu'ont-ils bien pu faire ? Le baiser dans le parc... les verres... la chambre... son torse nu... Ils n'ont quand même pas...

– Comment ! Je ne comprends pas comment tu peux avoir oublié notre folle nuit de passion... dit Katia théâtralement. Ah, pauvre de moi ! poursuit-elle en se mettant la main sur le front avant d'adopter la moue d'une petite fille boudeuse.

Devant la comédie de la chanteuse, Angel est de plus en plus inquiet. Il pense à Paula. Il ne l'a pas appelée. Ou plutôt, il ne se rappelle pas l'avoir fait. Mais c'est peut-être mieux, car l'appel aurait sans doute été désastreux dans l'état où il se trouvait.

– Je m'en vais.

– Attends, Angel. Je m'habille puis je te ramène chez toi.

– Non, laisse. Je crois que tu en as fait suffisamment hier soir.

Katia sent une certaine hostilité dans la réponse.

– Ne me dis pas que tu es en colère ?

– Non, mais je ne sais pas ce que je fais ici ni comment je suis arrivé. Je ne me souviens même pas de ce qui a bien pu se passer entre nous. Et pour finir, je n'ai pas appelé Paula, qui doit sûrement me haïr ou être morte d'inquiétude.

Katia hésite à lui raconter ce qui a failli se passer. Mais elle n'en est pas très fière et décide donc de le garder pour elle.

– Ne sois pas sur la défensive comme ça. Je t'ai juste aidé. L'alcool t'a rendu malade et... tu n'as passé aucune nuit de folie.

La jeune fille tente de le prendre dans ses bras mais Angel la repousse.

– Je dois partir. Je t'appelle plus tard.

Honteux, il ouvre la porte et sort de l'appartement aussi vite que ses jambes le lui permettent.

Très tôt, ce même matin de mars, ailleurs en ville.

Il n'a pas appelé. Même pas un message. Rien.

Paula est en colère. Inquiète aussi. Qu'a-t-il pu arriver pour que son téléphone soit éteint si longtemps ? L'a-t-il fait à dessein ?

S'il avait eu peur ? Peut-être qu'il s'est dit qu'elle n'était qu'une petite fille. Ou bien il a fait marche arrière parce que tout allait beaucoup trop vite.

Ces deux jours ont été si intenses, si beaux... Pourquoi finir de cette manière ? Elle est sûrement en train de se monter la tête. Oui, ce doit être ça, il doit avoir une bonne raison pour ne pas l'avoir appelée. Elle a tellement envie de lui parler. Et si elle ne le revoyait jamais ?

Quelle galère !

Elle n'arrive pas à se lever. Elle voudrait rester sous la couette avec son nœud à la gorge et son envie de pleurer, mais elle doit voir Alex pour l'aider. Et elle ne sait même pas à quoi !

Je me suis encore embarquée dans un truc débile... Pourquoi j'ai accepté ? se dit-elle sous les draps.

Elle-même ne le sait pas. Elle s'extirpe du lit en ronchonnant. Elle regarde son téléphone et étouffe un sanglot : toujours pas de nouvelles d'Angel.

Le soleil qui pointe à travers la fenêtre lui remonte un petit peu le moral. Elle continue de remuer le problème dans sa tête en s'habillant, sans trouver de réponse. Mieux vaut arrêter de se torturer, ne plus y penser, profiter de la matinée quoi qu'elle lui réserve.

Et Alex, qu'attend-il d'elle ? Quel garçon mystérieux ! Elle a fait sa connaissance par hasard dans une cafétéria. Une entrée en matière digne d'une comédie romantique. Comme dans *Rencontre avec Joe Black* : Brad Pitt entre dans une cafétéria, s'invite à déjeuner avec l'héroïne. Il lui dit : « Tu me plais beaucoup. » Elle répond la même chose.

Plaît-elle à Alex ? Non, c'est absurde. Il la connaît à peine. Mais parfois, le coup de foudre... Et de son côté, que lui inspire Alex ? Il a l'air sympathique. Sur Facebook, il lui a fait une bonne impression aussi : loquace, intelligent, courtois, rêveur. Mais en y réfléchissant bien, elle ne sait rien de lui.

Après s'être habillée et coiffée, elle descend prendre son petit déjeuner. Elle va encore devoir mentir à ses parents. Sa mère se trouve dans la cuisine et ne cache pas sa surprise en la voyant prête à sortir de si bon matin. Paula la salue d'un bisou sur la joue et se sert un verre de lait.

– Tu sors ? demande Mercedes avec la même mine surprise.

– Oui, je vais chez Miriam. On va préparer l'examen de maths de vendredi prochain.

– Tu vas travailler un samedi matin ?

Il est certain que le mensonge n'est pas très crédible. Mais Paula n'a pas épuisé toutes ses ressources. Elle avale une gorgée de lait et répond tranquillement :

– Oui, Mario va nous aider. Tu sais qui c'est, non ? Le frère de Miriam.

– Oui, je sais qui c'est. Vous jouiez ensemble quand vous étiez petits. Ça fait longtemps que je ne l'ai pas vu.

– Je l'inviterai à la maison un jour pour que tu le revoies. C'est un type bien et un as en maths.

L'inviter à la maison ? Ainsi, ce serait Mario le fameux garçon qui fait tourner la tête de sa fille ? Il n'est pas dans les habitudes de Paula de parler des garçons. *Elle prépare peut-être le terrain ?* pense alors Mercedes.

– Ça me paraît quand même bizarre que vous ayez prévu de travailler tous les trois un samedi matin.

– Il n'y a pourtant rien d'étrange. On a un examen et il va nous aider à le préparer.

– D'accord. Je t'appellerai chez eux, pour savoir si tout se passe bien, dit Mercedes.

Paula blêmit. Sa mère serait-elle capable de téléphoner chez Miriam pour vérifier ? Sans doute pas, mais si elle le faisait ?

– J'y vais, dit-elle en reposant son verre vide.

Paula embrasse sa mère et va au salon où sa petite sœur est en train de regarder des dessins animés. Elle est barbouillée de chocolat.

– Tu t'en vas ? demande la petite fille en voyant Paula se diriger vers la porte.

– Oui, j'ai un rendez-vous. Ne mange pas tous les gâteaux, Erica.

– Le dernier.

– Le dernier.

Paula essuie la bouche de sa petite sœur et lui prend le paquet de gâteaux.

– Paula, tu vas faire du *sekseû* ? demande la petite en toute innocence.

Sa grande sœur n'en croit pas ses oreilles. Elle ne sait pas que c'est sa petite sœur qui a alarmé ses parents sans le vouloir.

– Tu es vraiment avancée pour ton âge, toi ! lui dit Paula en lui ébouriffant les cheveux avant de s'en aller.

Pourquoi tout le monde fait cette tête lorsqu'elle prononce le mot « *sekse* » ? se demande alors la petite fille. Puis elle se lève et prend une autre galette au chocolat en se promettant que celle-ci sera vraiment la dernière.

Paula ferme la porte de chez elle et sort son téléphone. Elle doit prendre toutes les précautions nécessaires, au cas où. Elle compose le numéro de Miriam, mais elle ne répond pas. Elle essaie à nouveau. Sans succès. Son amie ne se lèvera sûrement pas avant deux heures de l'après-midi un samedi.

Elle réfléchit un moment, puis fait un autre numéro. Avec succès ce coup-ci.

– Paula ? répond une voix ensommeillée.

– Salut, Mario, excuse-moi de t'appeler si tôt un samedi, mais il faut que je te parle.

Il reste interdit. Il vient de se réveiller. Est-il toujours en train de rêver ?

– Mario ? Tu es toujours là ?

– Oui, oui, je suis là. Dis-moi, Paula, de quoi veux-tu me parler ?

Il est assailli d'un étrange mélange de sensations : la confusion causée par son appel, la joie de l'entendre et de lui parler, l'incertitude sur ce qu'elle veut lui dire... Le tout pimenté par la nébuleuse dans laquelle se trouve quelqu'un qui vient de se réveiller.

– Eh bien... balbutie la jeune fille, qui ne sait pas très bien comment présenter le problème. Je dois sortir ce matin... à vrai dire, je suis déjà partie. J'ai dit à ma mère que je venais chez vous pour réviser l'examen de maths de la semaine prochaine. J'ai appelé ta sœur pour qu'elle me couvre au cas où ma mère téléphonerait chez vous, ce qui a priori n'arrivera pas, mais on ne sait jamais. Mais Miriam ne m'a pas répondu, tu es mon dernier recours.

C'était donc pour cela... Ces derniers mots achèvent de briser le cœur meurtri de Mario.

– Ton « dernier recours »...

Paula comprend qu'elle a été maladroite lorsqu'elle l'entend répéter ses mots.

– Euh, enfin... Je ne voulais pas dire que...

– Ne t'inquiète pas. Je préviens Miriam tout de suite.

Sa voix est triste, éteinte par l'épuisement. Il est fatigué des choses impossibles, des vains espoirs, de l'aimer, de souffrir en silence, que son groupe préféré soit le même que le sien. Mario est fatigué de tout et cela s'entend au son de sa voix.

Je suis le dernier recours, pense-t-il. *Le dernier sur la liste pour tout.*

Paula se souvient alors du message qu'il avait posté la veille sur son mur. Elle ne lui a même pas demandé comment il allait ni ce qu'il lui arrivait pour avoir écrit cela : « La vie est merdique, l'amour est merdique, les maths sont merdiques. »

– Dis-moi, Mario, tu vas bien ?

– Oui, pourquoi je n'irais pas bien ? répond-il froidement.

– Hier, j'étais très occupée mais j'ai aperçu ton post.

Elle l'a vu, mais elle était très occupée. Bonne excuse.

– Une sale journée. Ne t'inquiète pas, réplique-t-il d'une voix de plus en plus glaciale.

– C'est à cause d'une fille ?

Mario est très surpris par cette question. Il semble que Paula n'ait pas compris. Ou peut-être parle-t-elle d'elle-même à dessein ? On dit que les femmes ont un sixième sens pour ce genre de choses. Paula est-elle au courant de son amour pour elle ?

– Ne t'inquiète pas. C'est juste une mauvaise passe. Je vais bien.

– Bon, comme tu veux, Mario. Mais tu peux m'en parler, nous sommes amis.

Elle parle d'amitié, tout en sachant qu'elle ne s'est pas comportée comme une amie ces derniers temps. Ils se connaissent depuis l'enfance, mais ils se sont peu à peu éloignés, peut-être par sa faute d'ailleurs. Il est vrai que, maintenant, lorsqu'elle va chez lui c'est pour voir Miriam. Paula réalise qu'elle ne sait pas grand-chose de lui.

Alex et Angel lui sont sortis de l'esprit en cet instant. Elle est réellement inquiète pour le garçon à la voix brisée qui se trouve à l'autre bout du téléphone. Elle ne connaît pas le motif de sa tristesse et il ne semble pas vouloir en parler. Elle doit se rapprocher de lui, faire quelque chose pour regagner sa confiance.

– Ça va, vraiment. C'est juste que je viens de me réveiller.

– Tu es occupé la semaine prochaine ? lance Paula.

– La semaine prochaine ?

– Oui.

Le jeune garçon comprend de moins en moins ce qui se passe. Est-il vraiment réveillé ou rêve-t-il encore ?

– Non, je ne crois pas. Quel jour exactement ?

– De lundi à jeudi. Tu as quelque chose à faire l'après-midi ?

– Bosser les cours, je suppose.

– Je vais venir bosser avec toi. Je suis nulle en maths, comme tu as pu le constater... J'ai besoin d'aide pour l'examen de vendredi. Si je ne l'ai pas, mes parents vont me tuer. Tu pourras m'expliquer, si tu es d'accord, bien sûr.

Il est vraiment en train de rêver. Ou alors c'est une blague. Paula et lui, travailler ensemble ? Seuls ? A-t-il bien entendu ? Est-ce une bonne idée ?

– Mario ? Tu ne dis rien... Si tu ne peux pas, ce n'est pas grave, tu sais.

– Si, je peux.

– Génial, répond-elle en souriant. Alors on voit ça tranquillement lundi au lycée, pour savoir à quelle heure on se retrouve, ça te va ?

– Oui, très bien.

Paula regarde sa montre. Elle est en train de se mettre en retard.

– Il faut que je te laisse, Mario. Haut les cœurs, hein ? Bisous.

– Bonne journée. Bisous, Paula.

Fin de la conversation.

Mario est enseveli sous une montagne de sentiments contradictoires. Toujours beaucoup de fatigue, mais un petit sourire renaît sur son visage. Son cœur est à nouveau animé des battements fous de l'amour. Le ciel est toujours sombre, mais une éclaircie perce à travers les nuages.

Il se dirige vers son PC. *Play.* « Échoué dans un bar ». La musique de Maná emplit de nouveau sa chambre.

Chapitre 13

Ce même matin de mars, ailleurs en ville.

Il ne sait pas trop quoi faire. Angel tourne et retourne le problème dans sa tête depuis un bon moment. Que va-t-il dire à Paula ?

Sa tête et son estomac portent encore les stigmates de la veille. Quelle honte ! Comment a-t-il pu se comporter de cette façon ? Se soûler à en perdre le contrôle et la notion de la réalité. Il ne sait même pas ce qui s'est exactement passé avec Katia. Deux jours avec Paula et il l'a déjà trompée ? Il est fou de rage autant qu'il a envie de creuser un trou profond et de disparaître.

En mettant son téléphone à charger, il a vu défiler les signaux d'appels en absence. La plupart sont de Paula. Il est clair qu'il s'est mis dans une belle galère. C'est l'heure des excuses et des mensonges. Il ne peut pas lui raconter ce qui s'est passé. Si elle venait à le savoir...

Il se demande si les baisers dont il a rêvé étaient réels ou non. Katia a peut-être profité de la situation. Mais dans tous les cas, c'est lui le seul coupable.

Que faire ? Que dire ?

« Paula, j'étais à la rédaction, je suis allé aux toilettes et je me suis fait enfermer parce que la femme de ménage ne s'est pas rendu compte que j'étais à l'intérieur. Et mon téléphone était déchargé. »

Une histoire à dormir debout.

« Mon téléphone est tombé dans l'eau, mais aujourd'hui il fonctionne, comme par magie. »

Pas plus convaincant.

L'idée de lui mentir lui paraît insoutenable, mais il lui serait encore plus douloureux de la perdre. Et il était certain que s'il lui disait la vérité, elle lui pardonnerait peut-être, mais elle n'aurait plus confiance en lui.

Pourquoi a-t-il accepté d'aller prendre ce maudit verre ? Pourquoi a-t-il autant bu ? Katia... C'est peut-être elle la cause qu'il ne veut ni voir ni croire. L'aurait-il fait pour elle ?

Il est avec Paula. Il l'aime. Oui, son cœur est à elle. Construire une relation avec elle serait merveilleux. Ils se complètent. Ils sont fusionnels. Pour tout cela, il doit trouver un moyen de se sortir de ce mauvais pas.

Il est encore tôt. Il a très envie de l'entendre mais la réveiller de bon matin après l'avoir plantée la veille n'est sans doute pas une bonne idée. Puis il ne sait toujours pas quoi lui donner comme excuse.

Un SMS ? Non, ce serait la ruine. Au moins un peu de courage pour affronter la tempête. Mentir, d'accord, mais avec un minimum de respect tout de même.

Son téléphone sonne. Paula ? Non, c'est Katia.

Il hésite à répondre. La sonnerie s'arrête. Deuxième appel. Il finit par décrocher.

– Salut, Katia.

– Salut, Angel. Comment ça va ?

La chanteuse parle d'une voix triste, presque éteinte. Elle joue nerveusement avec l'interrupteur du salon tout en parlant. Elle n'a pas arrêté de penser à lui depuis son départ.

– Une bonne gueule de bois... Disons que je me suis déjà senti mieux.

– Je compatis. J'espère que tu vas vite te remettre.

– Merci.

Silence glacial. Il est sur le point de raccrocher, mais la jeune femme se décide à parler.

– Angel... je voulais te dire qu'il ne s'est rien passé entre nous cette nuit.

– Katia...

– C'est vrai, crois-moi. Ça aurait pu. On avait bu tous les deux et on était seuls chez moi... Mais il ne s'est rien passé.

Angel voudrait savoir s'il a rêvé ces baisers ou non, mais il préfère ne rien demander.

– D'accord. C'est très bien comme ça. Enfin de toute façon, je ne suis pas très fier de moi.

– Allez, ne te monte pas la tête. On s'est un peu laissés aller, mais n'en parlons plus. Ce n'est pas si grave que ça.

Katia continue de se faire les nerfs sur l'interrupteur. Elle a l'impression qu'il a changé d'attitude. Elle craint le pire et a peur de le perdre.

– Angel... j'aimerais vraiment qu'on soit amis.

Le journaliste reste silencieux. Il est toujours dans la confusion la plus totale. Il n'a aucune envie de continuer cette conversation mais, d'un autre côté, il ne veut pas la perdre non plus.

– Katia, je ne sais pas quoi te dire. Laisse-moi me reposer et récupérer un peu. Je t'appelle cet après-midi ou demain. D'accord ?

– D'accord, répond-elle, peu convaincue. J'attendrai ton appel. Bisous.

– Bisous.

Alors que Katia laisse l'interrupteur baissé, plongeant son salon dans la pénombre, Angel s'assoit, préoccupé. Quelle bonne raison peut-il donner à Paula pour justifier de ne pas lui avoir téléphoné la veille ?

10 heures passées de quelques minutes, ce samedi de mars, ailleurs en ville.

Alex est en grande conversation avec M. Mandizábal. Tout est prêt. Il se sent très nerveux, non pas à cause de ce qu'il va faire, mais parce qu'il redoute que Paula ait fait marche arrière au dernier moment et ne vienne pas.

Cependant, tous ses doutes se dissipent lorsqu'il l'aperçoit derrière la porte vitrée. La jeune fille est en train de regarder partout autour d'elle, décontenancée.

– Salut ! Je suis content de te voir, dit-il en venant à sa rencontre.

Elle est magnifique. Elle a relevé ses cheveux en queue-de-cheval, ce qui lui donne un petit air enfantin. Un large sourire découvre ses dents blanches.

Ils se font la bise.

– Salut. Moi aussi. Pardon pour le retard.

Il est vraiment mignon. Et toujours ce sourire-qui-tue qu'elle avait déjà remarqué au *Starbucks*. Malgré la fraîcheur du matin, il est en manches courtes.

– Ce n'est pas grave. En t'attendant, j'ai tout préparé pour que nous puissions partir le plus vite possible.

– Tu vas me laisser mariner encore longtemps ? Tu ne veux toujours pas me dire de quoi il s'agit ?

– Tu vas le savoir tout de suite. Viens, entre.

Alex tient la porte de la reprographie à Paula. Le bruit des photocopieuses inonde la boutique. Un homme d'une soixantaine d'années s'approche d'eux.

– Monsieur Mandizábal, je vous présente Paula.

Échange de sourires et de regards curieux.

– Enchantée, monsieur.

– De même, jeune fille. Ce garçon à bon goût. Il semble être aussi doué en matière de séduction qu'en musique, dit-il en éclatant de rire.

Le teint de Paula vire instantanément au cramoisi. Alex n'a pas l'air très à l'aise non plus.

– N'exagérez pas, Agustín. Vous êtes devenu meilleur que moi en très peu de temps.

– L'élève ne surpassera jamais le maître.

Élève ? Maître ? La jeune fille ne comprend pas très bien de quoi ils parlent. Elle sait qu'Alex joue du saxo, mais...

– Vous donnez des cours à Alex ? demande-t-elle, un peu perdue, mais désireuse d'être aimable.

– Tu plaisantes ?! s'exclame Agustín Mandizábal. Ce garçon est le meilleur musicien que j'aie croisé dans ma vie. C'est pour ça que je lui ai demandé de nous donner des cours, à moi et aux vieux fossiles qui me servent d'amis.

– Vous exagérez encore. Vous et vos amis avez appris très vite en peu de temps. Et je m'amuse beaucoup pendant les cours...

Paula est agréablement surprise. Donc le beau-gosse-au-sourire-qui-tue ne prend pas de cours, c'est lui qui les donne. Incroyable.

– J'imagine qu'Alex t'en a déjà mis plein la vue avec son saxo, dit M. Mandizábal avec un sourire malicieux.

– Eh bien... non. Je n'ai pas encore eu l'occasion de l'entendre, répond Paula, toujours très rouge. Nous ne nous connaissons que depuis très peu de temps. Mais d'après ce que vous dites, il est sûrement très doué.

Elle termine sa phrase en adressant un regard d'admiration au jeune musicien. Professeur de saxophone à son âge..., il doit être un vrai génie.

– Vous me gênez. Arrêtez.

– Oui, c'est vrai, cessons les compliments. Il va finir par les croire et augmenter le prix des cours, plaisante son élève en se baissant pour ramasser quelque chose derrière le comptoir. Bien, voilà ce que tu m'as demandé.

M. Mandizábal pose sur le comptoir deux sacs à dos remplis de petits cahiers très fins plastifiés. Paula évalue à vue de nez qu'il doit y en avoir une trentaine par sac ; ils semblent tous identiques.

– Merci beaucoup, Agustín. Combien je vous dois ? dit le jeune homme en sortant sa carte de crédit.

– Tu plaisantes, mon garçon ? C'est offert par la maison.

Alex insiste pour payer mais il semble inutile d'essayer de convaincre le patron des lieux.

– Pour toutes les fois où tu restes plus longtemps que prévu pour les cours, pour le courage que tu as de nous supporter, et pour la gentillesse que tu as à notre égard. Je n'accepterai pas un euro de toi.

– Merci beaucoup, monsieur Mandizábal, capitule Alex en rangeant sa carte dans la poche arrière de son jean avant de mettre un sac sur chacune de ses épaules.

– Bonne chance. À une prochaine j'espère, jeune fille. Et toi, prof, à lundi, comme d'habitude.

Alors qu'ils sortent de la reprographie, Paula se demande à quoi pourront bien servir tous ces feuillets identiques. Alex montre un banc et invite la jeune fille à s'asseoir.

– Je vais tout t'expliquer. Cela te semblera sûrement complètement idiot, mais c'est une idée qui m'est venue et je voudrais voir ce que ça peut donner.

Au soleil, la chevelure de Paula semble plus blonde et les bras d'Alex plus bronzés. Il prend deux cahiers dans un des sacs qu'il a laissés à ses pieds, et lui en tend un.

– *Derrière le mur*, lit-elle à voix basse.

– Oui. *Derrière le mur* est le titre du roman que je suis en train d'écrire.

– Tu es écrivain ?

– Disons que je suis quelqu'un qui écrit. Qui essaie, du moins. Il me reste encore du chemin à faire pour pouvoir dire que je suis écrivain.

Paula ouvre le petit dossier. Ce sont les quatorze premières pages du roman d'Alex.

– De quoi ça parle ?

– D'un écrivain qui est fou amoureux d'une fille beaucoup plus jeune que lui.

– Plus jeune de combien ?

– Lui a vingt-cinq ans et elle quatorze.

Paula lève les sourcils. Angel a vingt-deux ans et elle seize. Presque dix-sept.

– Et toi, tu as quel âge ? demande-t-elle sans quitter des yeux le cahier.

– Moi ?... Vingt-deux.

Comme Angel, quelle coïncidence ! Même si Alex semble avoir deux ou trois ans de moins.

– Moi, seize. Je vais avoir dix-sept ans samedi prochain.

Elle n'avait pas encore réalisé que son anniversaire était si proche. Fera-t-elle une fête ? Elle n'a rien prévu pour le moment.

– Oui, je pensais bien que tu avais à peu près cet âge-là, répond le jeune homme en souriant.

Paula frémit à chacun de ses sourires. Elle ne sait pas pourquoi et ne cherche pas à le savoir. Son sourire lui plaît depuis la toute première fois qu'elle l'a vu au *Starbucks*.

– Et donc, pourquoi as-tu fait autant de copies ? Tu vas les envoyer aux éditeurs ?

– Non. Enfin, pas pour le moment.

– Tu vas en faire quoi alors ?

– Tu vas sûrement penser que je suis idiot... ou un peu fou. Ou bien trop romantique peut-être...

– Je le pense déjà, dit-elle en riant.

Alex rougit. Ce n'était peut-être pas une bonne idée d'impliquer Paula dans son plan. Il se sent tout à coup ridicule, mais il n'est plus possible de revenir en arrière puisqu'elle est déjà là pour l'aider.

– C'est normal, répond-il en essayant de paraître serein. Lis la première page.

Paula obéit et suit des yeux le texte qu'Alex lit à haute voix.

Salut, chère lectrice, ou cher lecteur. J'espère que vous passez une bonne journée. Vous êtes surpris ? Moi, je le serais. Je vais faire court pour ne pas vous faire perdre votre temps. Ce que vous venez de trouver est le début de Derrière le mur, *un roman que je suis en train d'écrire. Je publie chaque jour un extrait supplémentaire sur www.fotolog.com/derriere_le_mur. Il s'agit de l'histoire d'un écrivain dont la vie bascule lorsqu'il rencontre une jeune fille de quatorze ans.*

Ce que je cherche en vous remettant les quatorze premières pages ? Que vous les lisiez. Et, si l'histoire vous plaît, continuez votre lecture à l'adresse que j'ai donnée plus haut. Comme je vous l'ai dit, j'écrirai chaque jour un petit morceau de l'histoire.

Je vous demande aussi, si vous avez lu et aimé ce texte, de le déposer à votre tour dans un endroit visible pour que quelqu'un d'autre le trouve et puisse le lire. Pour créer une sorte de bouche à oreille d'un nouveau genre.

Je ne sais pas si cela fonctionnera, mais je n'ai pu, ni voulu, freiner cette idée romantique. Je veux simplement savoir si je vaux quelque chose en tant qu'écrivain. Plus de gens adhéreront, mieux ce sera.

Pour cela, je vous demande donc de ne pas garder ce petit cahier après l'avoir lu, mais de le déposer ailleurs après avoir relevé l'adresse du blog.

Ce n'est pas un jeu. Enfin, si, c'en est un. Mais au-delà du jeu, c'est une tentative de réaliser mon rêve : devenir écrivain. Vous êtes donc un acteur de ce jeu, et vous pouvez changer la vie de quelqu'un.

Vous pouvez m'écrire à cette adresse : derrierelemur@hotmail.es. Je pourrai ainsi savoir si cette folle entreprise rencontre un certain succès.

Voilà, chère lectrice, cher lecteur. J'espère ne pas vous décevoir au cours des pages qui vont suivre, et que, d'une manière ou d'une autre, ce projet atteindra son but.

Je vous remercie infiniment pour votre attention et le temps que vous m'avez accordé.

Salutations distinguées.

L'auteur.

Paula est ébahie. Cette idée est...

– Si j'ai bien compris, tu veux déposer ces cahiers dans la rue pour que les gens les trouvent...

– Oui, c'est ça, mais pas n'importe où. Nous devons les mettre dans des endroits où les gens qui les trouveront seront assez rêveurs pour se sentir concernés. Comme si c'était un coup du destin. Comme si c'était le cahier qui allait à la rencontre de celui qui le trouve, et non l'inverse.

Le regard du jeune homme étincelle alors qu'il parle avec passion. Paula boit ses paroles, captivée. Elle n'a jamais vu personne avoir une idée aussi romantique. Peut-être que tout cela ne mènera à rien, mais c'est si beau de tout faire pour réaliser ses rêves. Et elle a en plus l'honneur d'apporter sa pierre à l'édifice !

– Donc, tu veux que je t'aide à trouver ces endroits...

– Oui, c'est ça. Si tu veux bien, évidemment.

– Bien sûr que je veux ! Je pense que tu es un tout petit peu taré, dit-elle dans un éclat de rire, mais j'adore ton idée. Ça va être marrant.

Alex esquisse un sourire timide. Elle pense au moins que ce sera amusant, ce n'est pas si mal. Fou, mais amusant. Et oui, ça le sera, avec elle encore plus. Il sort dix cahiers d'un des sacs pour les transférer dans l'autre, et donne le plus léger à Paula.

– Tiens, dit-il.

– Hé ! Tu n'as pas besoin d'en retirer du mien... Je suis forte, s'écrie-t-elle en montrant ses biceps.

Il la regarde, amusé, puis l'aide à mettre le sac sur son dos. Elle termine de l'ajuster d'un petit saut.

– Je suis prête, déclare-t-elle.

– Attends. C'est ici que tout a commencé, donc c'est ici que nous allons laisser le premier.

En faisant attention à ce que personne ne le voie, il laisse tomber négligemment le petit cahier sur le banc, comme s'il l'avait oublié.

– Il ne faut pas qu'on nous voie faire ? demande Paula en analysant la stratégie qu'il a adoptée.

– Il ne vaut mieux pas, non. Cela enlèverait un peu de magie. Ils pourraient croire qu'on l'a oublié, ou qu'il est tombé, et ils nous le rapporteraient.

– Je continue de penser que tu es un peu taré, mais j'aime bien tout ça. C'est moi qui choisis l'endroit du prochain.

– D'accord.

Sans trop savoir pourquoi, Paula est ravie. Elle a l'impression de retomber en enfance. C'est comme une compétition ou une chasse au trésor à l'envers, ce sont eux qui cachent le coffre.

Ils parcourent les rues lentement sous le soleil, en scrutant tout autour d'eux pour trouver la cachette idéale de la deuxième copie du roman. D'un coup, Paula se met à courir. Alex la suit d'un pas vif.

– Qu'est-ce que tu penses d'ici ? demande-t-elle en montrant un grand arbre au milieu d'une petite place.

Alex l'examine avec attention. Cet arbre est vieux et robuste. On note sur son écorce l'usure du temps mais il n'en est pas moins majestueux. Il est entouré de jeunes arbres frêles, si bien qu'il semble posé ici par erreur, comme s'il n'appartenait pas à l'endroit où il est enraciné.

– Ça me plaît, répond-il joyeusement.

Paula est contente de sa trouvaille. Elle attend que deux passants aient quitté son champ de vision pour se pencher et vite déposer le cahier au pied de l'arbre. Puis elle prend le bras d'Alex et reprend sa marche comme si de rien n'était, un énorme sourire incrusté sur le visage.

Objectif suivant : une bibliothèque. Il ne peut pas y avoir de meilleur endroit pour déposer le début d'un roman. Ils entrent. Paula fait le guet pendant qu'Alex glisse un cahier sous le tapis de l'entrée en le laissant dépasser un peu. Personne n'a rien vu.

Un magasin de jouets. Il occupe la vendeuse, laissant ainsi le champ libre à Paula pour poser un cahier sous un pingouin géant en peluche.

Une boutique de vieux disques. Sur les conseils d'Alex, la jeune fille glisse un exemplaire dans le vinyle *Abbey Road* des Beatles.

Puis, sous un coussin en forme de cœur dans une boutique de cadeaux, sur une balançoire dans un petit parc, à côté d'un bouquet de roses devant un fleuriste, à la porte d'un collège, sous la porte cochère d'une maison d'époque. Ils en déposent aussi sur les escaliers mécaniques d'un grand magasin, chez un marchand de bonbons, au pied d'une statue et sur le siège d'une décapotable garée.

Ils prennent le métro et en laissent quelques-uns dans la station, deux ou trois dans le wagon sous les sièges... Puis sur un distributeur de boissons et dans un Photomaton.

Il est midi passé. Cela fait deux heures qu'ils marchent et il commence à faire un peu chaud.

– Tu veux qu'on aille au *Starbucks* ? demande Alex.

Paula acquiesce tandis qu'elle se rappelle la première fois qu'ils se sont rencontrés. Quelle folle coïncidence ! Elle est entrée ici par hasard, alors qu'elle attendait Angel. Lui est venu avant de donner son cours. Ils ont fait connaissance sous une table alors qu'il lui offrait un mouchoir parce qu'elle était barbouillée de caramel. La honte... Puis, *J'ai failli te dire je t'aime*. Un coup du destin : deux personnes qui lisent le même livre, en même temps, au même endroit...

Ils commandent des boissons fraîches et s'installent à l'étage. Ils parlent avec enthousiasme de l'expérience : oui, un homme les regardait comme s'il savait qu'ils allaient cacher quelque chose, cette bonne femme qui ne voulait pas bouger de là, et oui, c'est certain, ceux qui les trouveront liront le petit cahier.

Ils sont tout sourire. Paula a la sensation de faire partie du rêve d'Alex, pas un rêve qui se raconte, un rêve qui se vit. Il est vraiment beau. Très beau. Et ce sourire...

– Tu m'excuses un moment ?

– Tu vas où ? Cacher un autre cahier ?

– Non, aux toilettes. Tu sais bien... les filles, chaque mois... insinue Paula, tranquille, faisant rougir Alex.

Elle prend discrètement dans son sac ce dont elle a besoin et le cache sous sa manche.

– Je t'attends là, dit le jeune homme en se maudissant d'avoir posé cette question.

Paula sourit et disparaît aux toilettes.

Alex sirote le contenu de sa canette avec satisfaction. Il se sent heureux. Que peut-il demander de plus ? Il est en train d'accomplir un rêve et elle est là pour l'aider. Que ressent-il exactement pour elle ? Mais ce n'est peut-être pas le moment de se poser la question. Il vaut mieux profiter de l'instant présent. Cette folie pourrait bien être le début de quelque chose. Qui sait ?

Tout à coup, une musique assourdissante retentit du sac de Paula resté ouvert. Les gens se retournent vers lui. La chanson de The Corrs résonne encore plus fort. Alex ne sait pas trop quoi faire. Un « chuuuut » se fait entendre dans la salle. Il décroche, à contrecœur.

– Oui... ?

– Paula ? demande la personne au bout du fil, qui ne s'attendait certainement pas à entendre la voix d'un homme.

– Non, je suis un ami à elle. Elle est aux... Pour le moment elle n'est pas disponible. Qui la demande ?

– Je suis un autre ami à elle. Je la rappellerai.

– Elle ne va pas tarder à rev...

Mais Alex n'a pas le temps de finir sa phrase car Angel a déjà raccroché.

Il reste pensif un instant avant de remettre le téléphone dans le sac. Il a vu le nom de la personne qui a téléphoné. Qui est cet Angel ? Son petit ami, peut-être. Il s'est pourtant présenté comme un ami, mais à la façon dont il a raccroché...

Paula sort des toilettes. Alex observe sa démarche résolue, joyeuse, juvénile. C'est une fille incroyable. Il faudra bien qu'il analyse ce qu'il ressent pour elle, tôt ou tard. Paula s'assoit en souriant.

– On t'a téléphoné. Je ne voulais pas répondre, mais la musique était tellement forte que tout le monde me regardait. Donc j'ai bien été obligé de le faire... Excuse-moi.

Paula est congelée sur place. Ses parents ! Elle prie de toutes ses forces pour que l'appel ne soit pas d'eux. Elle prend son téléphone en vitesse et cherche dans les appels reçus.

– Je suis désolé si j'ai mal fait... insiste Alex en la voyant si préoccupée.

Paula soupire de soulagement. Ce ne sont pas ses parents mais Angel. Elle se rend alors compte qu'elle n'a pas pensé à lui de la matinée. Il s'est quand même décidé à donner signe de vie, enfin ! Elle est tentée de le rappeler, mais ce n'est pas vraiment le moment, surtout après le lapin de la veille. Elle est partagée entre la colère et le soulagement. Non, ce n'est vraiment pas une bonne idée de le rappeler. Il le fera, lui.

Elle remet le téléphone dans son sac avec calme et sourit comme si de rien n'était.

– Tout va bien ? s'enquiert-il.

– Très bien, répond-elle.

Alex n'en croit pas un mot. Il sent chez elle un certain malaise, à cause de lui ou bien à cause de ce garçon qui a téléphoné.

– J'ai presque fini mon verre, on y va ? propose Paula, pressée de changer de sujet pour ne pas penser à Angel.

– Oui, j'ai fini aussi.

La jeune fille prend une dernière gorgée et s'essuie la bouche avec une serviette en papier.

– On peut laisser un cahier ici, non ?

– Oui, c'est une bonne idée.

Ils se lèvent et abandonnent à son sort un autre exemplaire de *Derrière le mur* sur la table qu'ils viennent d'occuper.

Au même instant, ce jour de mars, ailleurs en ville.

She will be loved, de Maroon 5, résonne dans l'appartement.

Angel est complètement perdu et fait les cent pas dans la chambre. Il ne sait vraiment pas quoi penser. Qui est ce type qui lui a répondu ? Il a dit être un ami de Paula. Depuis quand un ami répond au téléphone d'une amie ? Il semblait jeune. Avec une belle voix, en plus.

Le journaliste est tendu. Jaloux ? Non, il n'est jamais jaloux. Enfin, c'est ce qu'il dit. Mais a-t-il de vraies raisons de l'être ? Aucune.

La gueule de bois et la migraine qui l'accompagnent l'empêchent de penser correctement.

D'une certaine façon, ce serait bien fait pour lui que Paula le laisse pour un autre. Mais que lui passe-t-il par la tête ? Ce n'est pas possible, pas au bout de seulement deux jours passés ensemble.

Peut-être que Paula lui cache quelque chose depuis le début ? Un petit ami, une dispute, une relation pas claire, un amant. Peut-être qu'il n'est qu'un de plus sur la liste.

Mais que va-t-il chercher ? Il ne sait plus ce qu'il dit. Un amant ? Elle a seize ans. Les adolescentes n'ont pas d'amants. Calmons-nous.

Angel s'assoit, croise les jambes, se tâte le menton, décroise les jambes... Il tente de lire une revue qu'il repose presque tout de suite.

Qui est ce type ?

Ne faisons pas une montagne d'un grain de sable. C'était peut-être un de ses camarades de classe. Oui, ce doit être ça. Ils ont dû se retrouver pour travailler. Un samedi ? On ne fait pas ses devoirs le samedi.

Quelques minutes interminables passent.

Qu'est-ce qu'elle attend pour appeler ? Est-elle en colère ? Elle aurait le droit de l'être, mais ce type, que fait-il là ? Elle n'a pas attendu longtemps pour se faire consoler...

Quelques minutes affreusement longues encore...

Paula ne donne pas signe de vie. Va-t-elle se décider à l'appeler ?

Angel prend son téléphone et cherche le numéro de Paula. Non, ce n'est pas une bonne idée. Ce n'est pas à lui de téléphoner. En plus, si c'est encore l'autre type qui répond...

C'est à elle d'appeler.

Oui, elle le fera.

Chapitre 14

Toujours ce même jour de mars, quelque part en ville.

Paula et Alex continuent leur mission après avoir avalé deux énormes sandwichs chacun. Ils ont déjà semé plus d'une cinquantaine de cahiers de *Derrière le mur.*

Depuis qu'ils sont sortis du *Starbucks*, il remarque que la jeune fille est moins causante et moins souriante – cet appel y est vraisemblablement pour quelque chose. Mais même ainsi, elle est toujours aussi agréable, et tente de dissimuler sa préoccupation au maximum. Elle participe le plus possible à l'aventure, mais dès qu'Alex la quitte des yeux, son esprit s'évade. Le jeune écrivain s'en rend compte, mais ne demande rien. Il ne veut pas se mêler de ce qui ne le concerne pas.

Paula regarde régulièrement son téléphone, en quête d'un appel ou d'un message d'Angel, tout en sachant très bien qu'il n'a pas sonné. Doit-elle l'appeler ? Non, elle l'a suffisamment fait la veille au soir. Ce n'est pas une question d'orgueil : elle pense juste que c'est à lui de faire le premier pas.

– On va aller là, propose le jeune homme en montrant la FNAC.

Alex suggère de laisser un cahier à chaque étage, ce qui ne sera pas facile sans se faire remarquer. Mais rien n'est impossible pour eux.

Au rayon musique, Paula se poste aux disques en promotion à l'écoute et met le casque sur ses oreilles. Une compilation de bandes originales de films. *Philadelphia.* Alors qu'elle se laisse envahir par la voix de Bruce Springsteen, Alex se cache derrière elle et dépose discrètement un cahier entre les CD. Mission accomplie.

Le jeune homme lui adresse un clin d'œil puis ils échangent un sourire complice.

Quelqu'un trouvera ce petit cahier en cherchant un disque. Puis il décidera de suivre les instructions de son auteur ou non. Peut-être que le point de chute de ce petit document sera la corbeille à papier la plus proche ou la poubelle du coin de la rue. Il appartient au destin de décider du sort de cet exemplaire et de choisir la personne qui le trouvera.

Rayon DVD. Plus de monde qu'au rayon musique, l'exercice ne va pas être simple sans être vu. Alex à une idée précise de l'endroit où laisser le prochain et le chuchote à Paula. La jeune fille regarde à nouveau son téléphone. Rien, pas un appel d'Angel. Elle referme son sac et se concentre pour trouver le film qu'Alex lui a indiqué.

Mais c'est lui qui le trouve en premier : *L'Affaire Thomas Crown*, un de ses films préférés. La scène où le personnage rend le tableau volé de Monet, avec *Sinnerman* de Nina Simone en musique de fond, est tout simplement sublime. Ce qu'ils sont en train de faire avec les cahiers ressemble un peu à ce que fait Pierce Brosnan dans cette histoire : mettre quelque chose à la vue de tous sans que personne ne s'en rende compte.

Paula s'approche d'Alex, qui lui montre la jaquette.

– Tu l'as vu ? lui demande-t-il en sortant avec précaution un cahier de son sac.

– Non, mais si tu me dis qu'il est bien, je le regarderai.

Il sourit tendrement. Il n'oubliera jamais cette journée magique en sa compagnie. Qu'adviendra-t-il d'eux lorsqu'ils auront terminé leur mission ? Quelle sera leur relation ? Il a envie de mieux la connaître, de tout savoir d'elle. Mieux vaut ne pas y penser maintenant, il reste du travail et des cahiers à disperser.

Ils répètent l'opération précédente avec un autre DVD, mais cette fois-ci, c'est Alex qui couvre Paula. La jeune fille fait mine d'en examiner un, puis glisse un cahier en le reposant.

– Parfait, un de plus. Allons au rayon livres.

Le rayon est plutôt vide. C'est dans la partie consacrée à la littérature étrangère qu'il y a le plus de monde. Ils repèrent la section qu'ils cherchaient. Paula trouve le livre dans lequel ils vont cacher le prochain.

– Il est là, tout en haut, indique-t-elle, souriante.

Alex se met sur la pointe des pieds pour l'attraper. Il l'effleure d'abord, puis parvient à le sortir un peu. Alors qu'il prépare une troisième tentative pour l'atteindre, le livre tombe.

Paula avance les mains pour qu'il ne heurte pas le sol. Son visage est alors à quelques petits centimètres de celui d'Alex. Leurs lèvres toutes proches au point qu'ils peuvent sentir le souffle court de l'autre. Ses cheveux touchent sa chemise. Le temps est comme suspendu pendant quelques secondes.

– Excuse-moi, j'ai failli te faire tomber le livre sur la tête, finit par dire Alex en s'éloignant maladroitement.

– C'est le livre qui aurait eu mal. Ma mère dit toujours que j'ai la tête dure.

Un silence un peu gêné s'installe entre eux pour se transformer en véritable trouble lorsque Paula lui tend *J'ai failli te dire je t'aime* et que leurs mains se touchent. Peau contre peau, la tension est aussi intense que contenue.

Alex repose le livre à sa place.

– J'espère que personne ne nous a vus.

– Je suis sûre que non, affirme-t-elle.

Leurs sacs sont de plus en plus légers alors qu'un nouveau poids s'est abattu sur leurs épaules. Ils continuent leur tâche dans les allées de la FNAC, sans échanger un mot, le regard fuyant.

Après avoir laissé un exemplaire de *Derrière le mur* dans chaque recoin du magasin, ils sortent dans la rue. Le soleil descend à l'horizon et il commence à faire frais. L'après-midi est irrémédiablement en train de se terminer, l'aventure des cahiers avec lui, du moins pour l'instant.

– Il faut que j'y aille. Si je rentre trop tard, mes parents...

– Oui, je comprends. Tu veux que je te raccompagne ?

– Oh non ! Ne t'inquiète pas. Il te reste quelques cahiers à déposer. Je vais prendre le métro.

Alex est ravagé intérieurement. Il est possible que la fin de cette étrange histoire signe aussi la fin de leur relation. S'il n'y avait que lui, ils remettraient ça dès le lendemain.

– C'était marrant, lance-t-il en espérant la voir sourire.

Tentative réussie : Paula opine avec un sourire doux.

Tous deux ressentent un certain malaise au moment de prendre congé. Ils ne savent pas comment se dire au revoir, ni même quand ils se reverront.

– Bon, j'y vais. On reste en contact de toute façon.

– Oui, j'espère bien. Merci pour ton aide... Au revoir.

Alex s'approche pour lui faire la bise. Il est très tendu. Elle est très nerveuse. Gauches, ils tournent la tête du même côté et la bise d'Alex finit presque sur les lèvres de Paula.

La jeune fille tourne les talons et disparaît par la rue de droite. Il la regarde s'éloigner et, lorsqu'elle n'est plus dans son champ de vision, prend la direction opposée.

Et maintenant ?

Alex refuse de penser, il ne veut pas gâcher cette journée, il a envie de savourer chaque instant qu'il vient de vivre. Il voudrait sourire. Mais il a beau essayer, il n'y parvient pas. Son cœur bat la chamade et c'est là que réside le problème, un vrai problème.

Serait-il tombé amoureux d'elle ? Ce n'est pas possible, ils viennent à peine de se rencontrer. De plus, il est peu probable qu'ils trouvent un autre moment pour se revoir.

Il a besoin de faire le vide. Il n'a plus qu'un seul désir : rentrer chez lui le plus vite possible retrouver son saxophone et décompresser de cette journée intense en émotions.

Paula est sur le point d'entrer dans le métro lorsque son téléphone se met à sonner. C'est Miriam. Elle craint tout de suite le pire, ses parents ont dû appeler chez elle !

– Oui, Mir, dit-elle, tremblante.

– Ma chérie ! Mais t'es passée où ?

– Ben...

– Mon frère m'a prévenue. T'inquiète pas, tes parents n'ont pas téléphoné.

Paula pousse un profond soupir de soulagement.

– Ouf ! Sinon je m'en serais pris une bonne encore.

– Oh ! je leur aurais sorti n'importe quelle excuse pour dire que tu ne pouvais pas répondre tout de suite. Je t'aurais appelée et tu leur aurais téléphoné aussitôt. Aucun problème.

– Je vois que tu as pensé à tout. Merci beaucoup de m'avoir couverte.

– De rien, ma biche. J'espère que t'en as bien profité avec Angel.

Oups, Angel ! Paula hésite un moment. Doit-elle dire à son amie qu'elle a passé la journée avec Alex ?

– En fait, je...

– Faut que tu nous racontes tous les détails. Votre relation est trop trop belle !... J'en vivrai peut-être une comme ça un jour.

– Mais, Miriam, en fait...

Un cri se fait entendre. C'est Miriam qui se fait rappeler à l'ordre par sa mère pour avoir laissé traîner ses affaires partout dans la maison.

– Ma biche, il faut que je te laisse. Tu sors avec nous ce soir pour nous faire baver d'envie avec ton histoire, hein ? Bisouuuuu.

Miriam raccroche.

C'est vrai, on est samedi, ce qui veut dire sortie avec les Dragibus. Mais après l'expédition crevante d'aujourd'hui, elle n'a pas trop envie de faire la fête.

Il faut qu'elle se penche sur la question. Sur d'autres aussi.

Miriam a parlé plusieurs fois d'Angel. Se sent-elle coupable d'avoir passé la journée avec Alex ? C'est juste un ami, non ?

Paula regarde son téléphone avant d'entrer dans le métro. Elle ne sait pas trop quoi faire. C'est peut-être le moment de l'appeler ? Elle cherche son numéro, qu'elle n'a que depuis deux jours. Mon Dieu, cela ne fait que deux jours qu'ils se connaissent ! Et elle lui court déjà après ? Combien de fois l'a-t-elle appelé hier soir ?

Elle a très envie de lui parler, d'entendre sa voix, mais s'il ne répondait pas encore une fois ? En plus, elle passerait pour une fille collante. Elle range finalement le téléphone dans son sac et entre dans le métro.

Oui, c'est lui qui doit l'appeler.

Au même instant, toujours ce jour de mars, ailleurs en ville.

Paula n'a toujours pas appelé.

Angel ne peut se sortir de l'esprit la voix de ce type qui lui a répondu quand il a téléphoné.

Il n'arrive pas à croire tout ce qui est en train de se passer : la cuite, Katia, la nuit chez elle, ce maudit coup de fil... Comme il aimerait revenir un jour en arrière, dans La Maison de la détente avec Paula ! Ou bien deux, lorsqu'ils ont échangé leur premier baiser. Et faire comme dans *Un jour sans fin* avec Bill Murray et Andy MacDowell, où le personnage principal se réveille tous les matins à six heures le 2 février, le jour de la Marmotte. Angel demanderait de commencer sa journée à partir de son arrivée au *Starbucks* et de la terminer lorsqu'ils se sont quittés à la sortie de leur bain relaxant, et que cela se répète tous les jours de sa vie.

Mais ce sont des choses qui ne se passent que dans les films, ou dans les rêves.

La nuit est en train de tomber. Il a retourné le problème dans sa tête toute la journée et n'a rien fait du travail qu'il avait prévu. Peut-être qu'elle n'a pas téléphoné parce qu'elle a passé la journée avec ce type... Non, ce n'est pas possible. Il y a sûrement une bonne raison pour qu'elle ne l'ait pas fait.

Elle appellera.

Au crépuscule ce jour de mars, ailleurs en ville.

Paula rentre chez elle et se tape le front : elle a oublié de prévenir qu'elle ne mangerait pas à la maison ce midi ! Elle était tellement concentrée sur sa tâche et préoccupée par Angel que cela lui est sorti de la tête. Elle a bien peur d'avoir à subir une discussion comme celle de la veille ou une réprimande comme celle de l'avant-veille.

Mais rien de tout cela n'arrive. Aucun interrogatoire, aucun sermon. Ses parents se limitent à lui demander en souriant si elle a bien révisé. La jeune fille leur répond, surprise, puis monte, sidérée, dans sa chambre. Ce qu'elle ne sait pas, c'est que quelques minutes avant son retour...

Paco. – Mais où est-elle passée ? Elle n'a même pas téléphoné pour dire qu'elle ne mangerait pas ici.

Mercedes : « Elle est allée réviser avec Miriam et son frère Mario. Ne t'inquiète pas. »

Paco : « Mario ? Il y a un garçon au milieu de tout ça ? Tu penses que c'est lui ?... »

Mercedes : « Je ne sais pas, peut-être. Elle finira par nous le dire. »

Paco : « Humpf. »

Mercedes : « Ne t'inquiète pas, elle va arriver. J'ai passé la journée à réfléchir à tout ça, et peut-être qu'on lui met trop de pression. »

Paco : « On lui met trop de pression ? Mais elle n'a que seize ans... C'est une gamine ! »

Mercedes : « Ce n'est plus vraiment une gamine, elle aura dix-sept ans samedi. Rappelle-toi ce que nous faisions, nous, à cet âge-là... »

Paco réfléchit un instant puis se prend la tête dans les mains.

Paco : « Je l'appelle tout de suite. »

Mercedes : « Non, ne fais pas ça. Ce serait pire que tout, elle aurait l'impression qu'on veut la contrôler. »

Paco : « Justement, il faut bien qu'on la contrôle un peu. C'est une gamine, elle ne peut pas faire ce qu'elle veut quand elle le veut. Elle a des responsabilités... »

Mercedes : « Paula n'est pas idiote, c'est une fille bien. Mais si on passe notre temps à lui dire ce qu'elle a le droit de faire ou non, elle se rebellera davantage. »

Paco : « Et donc, qu'est-ce que tu proposes ? Qu'on se taise ? »

Mercedes : « Je n'ai pas dit ça non plus. Mais on doit la laisser prendre ses propres décisions... Si elle fait une erreur grave, nous interviendrons. Et puis elle nous confiera peut-être plus de choses si elle voit qu'on a confiance en elle. »

Le père reste silencieux un moment. Il espère juste que sa fille n'est pas en train de faire ce qu'il faisait lui au même âge.

Paco : « Bon d'accord. Je n'aime pas trop ça, mais je suppose que tu as raison. »

Sa femme s'approche de lui et embrasse le coin de ses lèvres.

Mercedes : « Oui, j'ai raison. »

Elle l'embrasse à nouveau puis monte les escaliers sous le regard appuyé de son époux.

Paula entre dans sa chambre et enlève ses chaussures. Elle est complètement épuisée.

Je pense que la Dragibus jaune va rester chez elle comme une mémé ce soir, se dit-elle en massant ses pieds douloureux.

Toujours pas de nouvelles d'Angel. Soupir. Elle se retient de l'appeler mais elle est sur le point de craquer. Elle allume son PC : il est peut-être sur Facebook. Elle ne l'y trouve pas, mais ses amies sont toutes là. Elle reçoit aussitôt des messages sur son mur.

Commence alors une longue soirée.

Chapitre 15

Le soir, ce même jour de mars, quelque part en ville.

Il a pensé toute la journée à l'appel de ce matin. Il a même dû se convaincre qu'il ne l'avait pas rêvé. Non, il n'a pas rêvé. Paula lui a vraiment téléphoné, il n'y a pas de doute. Pourtant, Mario n'est pas certain d'avoir bien interprété ce qu'elle lui a dit à la fin de la conversation.

Elle a vraiment l'intention de venir chez lui tous les après-midi de la semaine pour réviser les maths avec lui ? C'est ce qu'elle a dit, non ? Oui, c'est ce qu'elle a dit, n'est-ce pas ? Pourquoi en doute-t-il autant alors ? Peut-être parce qu'il n'a pas confiance en lui, peut-être parce qu'il est amoureux de Paula et qu'il ne pouvait imaginer qu'une telle chose se passerait... Peut-être parce qu'il est en train de devenir fou.

Les pensées se bousculent dans sa tête. Des images, des mots, des hypothèses et des conjectures défilent à cent à l'heure.

Il tente de s'éclaircir les idées. Alors, Paula va venir chez lui, et ça, c'est bien. Ils vont être en tête à tête quatre après-midi, juste elle et lui, comme il en a tant rêvé. Ça, c'est très très bien. Mais elle va venir pour réviser. Ça, c'est moins bien. Parviendra-t-il à se concentrer ? Si elle fait appel à lui pour l'aider à réussir son examen, il n'a pas le droit de la décevoir. Il doit se conduire en adulte responsable, contrôler ses nerfs et ses émotions. Quelle place reste-t-il pour ses sentiments dans tout cela ?

La scène de la sortie du lycée lui revient alors en mémoire. Ce baiser. Puis les fleurs qu'elle a reçues en classe. Une grande tristesse le saisit à nouveau. Il est totalement abattu.

D'un autre côté, il n'est pas certain que la relation qu'elle a avec ce type est sérieuse. Ce n'est peut-être qu'une passade. Qui dit que Paula ne tombera pas amoureuse de lui pendant la semaine ?

Non, il ne faut pas se faire d'illusions. Comment une fille comme elle pourrait s'intéresser à un pauvre type comme lui ? Impossible.

Mario vit dans un va-et-vient continuel de sentiments opposés, comme dans un carrousel ou les chevaux montent et descendent sans arrêt. Chaque minute est un roman différent, chaque sentiment un événement. Son cœur bat la chamade et sa tête est prête à exploser.

Y a-t-il des raisons d'espérer ? Vaut-il la peine de continuer à l'aimer au lieu d'essayer de l'oublier ? Enfin, ce serait se mentir à soi-même, il ne peut pas l'oublier. Non, il ne peut vraiment pas. D'autant moins s'il passe avec elle tous les après-midi de la semaine prochaine.

Pourquoi tout est si compliqué ?!

Alors qu'il joue à lancer une balle en mousse, affalé sur son lit, quelqu'un frappe à la porte.

– Tu es visible ? demande sa sœur.

– Entre, répond-il sans enthousiasme.

Miriam apparaît. Elle porte un sac à dos et n'est pas habillée comme pour ses sorties du samedi.

– Je m'en vais. Je ne dors pas à la maison.

– Tu vas où ? demande-t-il, surpris.

– On va toutes dormir chez Paula. On va se faire une soirée entre filles : ragots, bonbons, film romantique et tout ça.

Chez Paula ? Il donnerait n'importe quoi pour passer une nuit comme ça près d'elle.

– Quel traquenard ! Même si on me payait, je ne mettrais pas un pied à une de vos soirées pyjama, ment-il.

– Tu parles ! Si on t'invitait juste dix minutes, tu te précipiterais pour voir le petit pyjama de Diana.

– Diana ne m'intéresse pas du tout.

– Mario, tu es mon frère, mais tu n'en restes pas moins un mec, dit-elle avec un sourire jusqu'aux oreilles. J'y vais, je suis en retard. J'espère que je ne vais pas trop te manquer.

– T'en fais pas pour ça. Bonne soirée.

– Ça, j'en doute pas.

Miriam sort de la chambre, toujours aussi souriante.

Mario reprend la balle en mousse et la fait rebondir sur le plafond, pensif. Il se demande si son nom sera prononcé durant cette réunion de filles addictes aux crèmes glacées et aux courriers du cœur. Qui sait ?...

Pendant ce temps, dans un coin isolé de la ville.

Il a les lèvres collées sur le bec du saxophone. Son torse se lève et s'abaisse pour faire chanter cet instrument magique. La mélodie est mélancolique, ensorcelante. Séductrice.

Alex se laisse emporter par sa propre musique. Chaque note est inspirée par Paula, car malgré ses efforts, il n'arrête pas de penser à elle. Il ne comprend pas comment cela a pu arriver, mais il est inutile de nier l'évidence, même si cela peut lui créer des problèmes.

La nuit tombe alors qu'il continue à jouer. Il est tellement loin en lui-même qu'il ne se rend pas compte que quelqu'un est entré dans la maison.

Guidé par le son du saxo, l'intrus monte jusqu'au toit et ouvre la trappe. Alex s'arrête de jouer en voyant devant lui une jolie jeune femme à la chevelure brune ondulée.

– Continue, continue. Ne t'arrête pas pour moi. J'adore t'écouter.

Alex reprend alors et termine le morceau au milieu de la nuit. À la fin, la nouvelle arrivante applaudit et ébauche un sourire malicieux.

– Tu joues toujours aussi bien, mon petit frère chéri.

– Tu es arrivée plus tôt que prévu. Tu ne m'avais pas dit que tu venais lundi ?

– Si, mais j'ai décidé d'avancer mon départ de deux jours pour passer le week-end ici. Je m'ennuyais à la maison. Mais tu ne devrais pas laisser ta porte d'entrée ouverte.

– On est loin de la ville, il n'y a pas grand monde par ici.

– Maintenant, il y a moi.

Alex fait la moue et baisse les yeux, contrarié par cette observation.

– Tes valises sont dans la voiture ?

– Oui. On descend ?

Le jeune homme acquiesce en silence. La présence d'Irène le met mal à l'aise. Il se demande encore pourquoi il a accepté qu'elle s'installe chez lui jusqu'en juin, ce qui signifie dire adieu à sa solitude bien-aimée. Mais comment pouvait-il refuser ?

– Comment va ta mère ? demande-t-il en allant chercher les bagages.

– C'est aussi un peu la tienne, lui rappelle Irène.

– Légalement, uniquement.

La vraie mère d'Alex est décédée quand il était enfant, son père s'est remarié avec la mère d'Irène, il y a maintenant une dizaine d'années. Ils ont alors vécu tous les quatre jusqu'à la mort de son père. Les relations entre lui et sa belle-mère n'ont jamais été bonnes, depuis le début. À la disparition de son père, il s'est donc débrouillé pour quitter le foyer rapidement. En ce qui concerne Irène, les choses n'ont jamais été très claires. Lorsqu'ils vivaient encore sous le même toit, leurs amis plaisantaient souvent en disant que leur relation ressemblait beaucoup à celle de Sarah Michelle Gellar et Ryan Phillipe dans *Sex Intentions*.

– Elle va bien, ajoute Irène. Mais est complètement instable émotionnellement : elle est tellement immature... Ou bien, elle veut paraître plus jeune que son âge. Elle a peur du temps qui passe. Elle te salue.

Arrivé à la voiture, Alex constate que cinq valises, dont trois énormes, et de nombreux sacs plus petits envahissent le coffre et la banquette arrière de la Ford Focus noire.

– Je vois que t'as rien laissé chez toi, soupire-t-il.

– Tu plaisantes ! J'en ai laissé la moitié... répond la jeune femme avec surprise. Je vais rester ici trois mois, faut bien que je me sente à l'aise avec mes affaires, non ?

Alex, qui ne l'écoute déjà plus, prend la plus lourde des valises et entre dans la maison. Irène le suit avec la plus petite.

– J'aurais dû prendre celles avec des roulettes, remarque-t-elle.

– Un détail qui t'a échappé, grogne-t-il.

Irène sourit avec malice en le regardant s'échiner.

Quand la possibilité de suivre des cours de leadership stratégique s'est présentée il a quelques semaines, elle n'a pas hésité une seconde à appeler son demi-frère pour qu'il l'héberge le temps de la formation. Elle savait qu'il ne refuserait pas. Ces cours lui donnaient une bonne opportunité pour évoluer dans son entreprise et aussi une occasion exceptionnelle d'être près de lui, comme avant. Il est toujours aussi beau. Elle est hypnotisée par son sourire, bien qu'il ne lui en adresse que très peu.

Ça n'a pas toujours été comme ça. Adolescents, ils étaient plus proches, ils ont même un peu flirté parfois. Mais en grandissant, Alex est devenu plus revêche et distant avec elle. L'attraction mutuelle qu'ils pouvaient ressentir l'un pour l'autre créait des tensions, amplifiées par le fait de vivre sous le même toit. Ils étaient demi-frère et demi-sœur, de la même famille, mais pas du même sang. Les spéculations sur leurs dos allaient bon train. Elles amusaient Irène mais dérangeaient Alex. Il est toujours compliqué de vivre avec une rumeur, quelle qu'elle soit.

– Encore un petit effort, il n'en reste plus qu'une, dit-elle, moqueuse, à son demi-frère.

Alex la fusille du regard. Il a dû porter les quatre valises les plus lourdes tandis qu'elle s'est chargée des petits sacs et de son nécessaire de toilette. Mais ils ont enfin terminé.

La jeune fille fait mine d'être épuisée et se laisse tomber sur un des fauteuils. Elle se rend compte qu'elle s'est assise sur quelque chose : un petit cahier de *Derrière le mur*. Elle le feuillette avec curiosité.

– C'est toi qui l'as écrit ? demande-t-elle à Alex, qui ne s'était pas rendu compte de la trouvaille.

– Oui, répond-il, un peu gêné.

– Je peux le lire ?

– Tu es déjà en train de le lire... fait-il remarquer, mal à l'aise.

Mais la jeune fille referme le dossier et sourit.

– Non, pas maintenant. Je le lirai avant de me mettre au lit. Parce que j'ai un lit, n'est-ce pas ?

– Tu en as un, oui.

– OK. Sinon j'étais toute disposée à partager le tien, en bons frère et sœur que nous sommes.

– Irène...

– Hé ! c'était une blague... signale-t-elle en se levant. Je vais prendre une douche.

– Je te donne des serviettes propres.

– Merci, mon petit frère chéri, dit-elle avant de disparaître.

Alex se lève à son tour pour aller chercher les serviettes et se dit en son for intérieur que ces mois vont être très très longs.

Adieu, solitude adorée.

Ce même samedi soir de mars, ailleurs en ville.

Quatre adolescentes sont assises sur la couverture rose disposé sur l'unique lit de la chambre. Elles se disputent pour savoir qui va dormir par terre dans les sacs de couchage.

– Mais moi, ça m'est égal de dormir par terre ou dans le lit... insiste Paula.

– Non, non et non. On va tirer au sort laquelle de nous trois va dormir dans le lit avec toi, et les deux autres prendront les sacs de couchage. Ton lit, c'est ton lit.

Paula s'avoue vaincue dans un soupir en entendant Diana.

– Cris, toi qui es la plus innocente d'entre nous, enfin c'est ce que tu nous fais croire, lance les dés. Avec le chiffre qui sortira, on tirera au sort en comptant à partir de moi pour désigner celle qui aura la chance de partager la couche de Mlle García.

– Ça t'arrange bien de tirer aux dés, toi, Diana !... s'exclame Miriam, peu enthousiaste.

Cris prend le gobelet, le secoue et fait glisser les dés sur la couverture rose. Un trois et un quatre.

– Sept.

– C'est bien, ma biche. Je me demande pourquoi tu rates toujours tes examens de maths... se moque Miriam.

– Très drôle ! répond Diana en tendant son majeur vers elle. Un, deux, trois, quatre, cinq, six et... sept. C'est moi ! s'exclame-t-elle victorieuse. Donc, mesdemoiselles les perdantes, si vous voulez bien gagner vos appartements...

Cris et Miriam tentent de lui sauter dessus, mais la gagnante se faufile avec habileté sous la couverture. Des oreillers commencent à voler de toute part, au milieu de simulations de blessures graves et de quelques insultes. Enthousiastes mais épuisées, elles déclarent l'armistice et mettent fin à la bataille.

Après s'être recoiffées et avoir tout remis en place, chacune prend la place que lui ont allouée les dés. Elles n'ont pas beaucoup parlé pendant la soirée. Film romantique, pizza hawaïenne, glace aux noix de macadamia, blagues puériles et insultes affectueuses... Mais il reste un sujet à aborder, le point d'orgue de cette soirée entre filles.

– Alors, ma petite Paula, raconte-nous, tu nous laisses sur notre faim, là. Comment ça va avec ton ange gardien ? Il t'a montré ses ailes ou pas ?

Les filles par terre sourient en entendant Diana. Aucune d'elles n'a encore mis le sujet sur le tapis, mais elles meurent toutes d'envie d'en savoir plus.

– Quelles ailes ? Tu perds la boule, toi.

– Allez, raconte-nous ton rendez-vous d'hier. Et qu'est-ce que t'as fait aujourd'hui ? Nous sommes tes amies, les Dragibus. Si quelqu'un mange le Dragibus jaune, les autres doivent être mises au courant, non ?

Paula acquiesce mais elle ne sait pas par où commencer, ni si elle a envie de tout leur raconter. Elle repense à Angel, la journée se termine et ils ne se sont toujours pas parlé. Il n'a pas été capable de rappeler. Et elle, têtue, ne l'a pas fait non plus. Qui aurait pu prévoir ça, après une journée extraordinaire comme celle de la veille ?... Les fleurs, la chambre à crier, la piscine, la glace, les baisers... Elle pense aussi à Alex et à l'aventure si particulière qu'elle a vécue avec lui. Ils ont failli s'embrasser. Que se serait-il passé ensuite ?

– Eh bien... comment dire... en fait...

Paula se sent tout à coup très angoissée, ses yeux commencent à rougir.

– Oh, oh... murmure Miriam qui se redresse d'un bond, préoccupée. Qu'est-ce qui s'est passé ? Vous vous êtes disputés ?

Les deux autres Dragibus s'assoient aussi, alarmées.

– Je ne sais pas.

Diana passe un bras sur ses épaules.

– Raconte-nous ce qui s'est passé, allez, lui dit-elle en dégageant les cheveux devant son visage.

Finalement, Paula se décide à tout leur raconter. Elles écoutent attentivement son récit sans l'interrompre et soupirent en entendant la fin. Les quatre amies restent un moment silencieuses, jusqu'à ce que Diana intervienne.

– Donc, non seulement tu séduis un journaliste beau gosse, mais en plus t'as eu un rencard avec un autre beau gosse que t'as connu au *Starbucks* et qui est écrivain... Vous pouvez me dire pourquoi ça m'arrive jamais à moi, ça ? Qu'est-ce qu'elle a que je n'ai pas ?

– Elle est plus belle, répond tout de suite Cris.

– Elle a un plus beau derrière, dit Miriam.

– Elle est plus sociable, renchérit Cristina.

– Elle a de plus gros seins, elle a de meilleures notes...

– OK, OK !... J'ai compris, s'écrie Diana en rougissant. Le but, c'est d'aider Paula, pas de me démolir. Je vais devoir aller me rechercher de la glace.

Cris et Miriam éclatent de rire. Paula réalise qu'elle s'est mise à sourire aussi, sans s'en rendre compte.

– Donc, qu'est-ce que tu vas faire ? demande Cris.

Paula se tripote les cheveux nerveusement et finit par les repousser par-dessus son épaule.

– Je ne sais pas.

– La priorité, c'est d'arranger les choses avec Angel. Vous faites une belle paire de têtes de mule... fait remarquer Miriam.

Cristina approuve d'un signe de tête la proposition.

– On va l'appeler ! dit Diana qui se met debout sur le lit et s'élance vers le téléphone de Paula.

– Non ! Pas maintenant ! Il est super tard !

Paula tente de l'arrêter en l'attrapant par une jambe, mais elle parvient à se libérer.

– On s'en fout qu'il soit tard ! Il n'est jamais trop tard pour l'amour.

Diana attrape le téléphone resté sur le bureau et commence à chercher le numéro dans le répertoire.

– Diana, s'il te plaît, lâche mon téléphone.

Paula se lève dans un imbroglio de draps et de couvertures et se dirige vers Diana qui tente toujours de trouver le numéro d'Angel.

– Andrea, Andy, Andres Gomez... Ah ! Le voilà. Angel... Angel Chéri ?

Diana éclate de rire alors que Paula devient toute rouge. Miriam et Cris observent la scène, hilares.

– Ne l'appelle pas. Il est tard, il doit dormir.

– Un samedi ? Arrête ! Il doit être en train de faire la fête ou de se soûler.

– Lâche ce téléphone ! crie Paula, désespérée.

– Le petit bouton vert, c'est pour appeler... Voyons... dit-elle en appuyant dessus avant de se mettre le téléphone sur l'oreille.

– Diana ! Non !

Sans y réfléchir à deux fois, Paula se lance sur son amie, qui ne parvient pas à l'esquiver. Leurs têtes s'entrechoquent, le téléphone glisse des mains de Diana et termine sa chute par terre, cassé en deux.

Miriam et Cristina se lèvent d'un bond, inquiètes.

– Mon Dieu ! vous vous êtes donné un sacré coup ! Ça va ?

– J'ai super mal ! Mais... tu te prends pour Catwoman ou quoi ?! s'exclame Diana en se massant la tempe droite.

Paula est affalée de douleur par terre et se passe plusieurs fois la main sur le visage pour s'assurer qu'elle ne saigne pas.

– C'est ta faute, tu n'avais pas à faire ça. T'as la tête dure, hein.

– Oui, c'est ça, moi, j'ai la tête dure ! T'as frappé tellement fort qu'il va me pousser une corne, là...

– Pour avoir des cornes, il faut avoir un mec ou être complètement tarée, plaisante Cris en voyant que ses amies vont bien.

– Je crois que Diana rentre plutôt dans la deuxième catégorie, se moque Miriam.

Les deux kamikazes finissent par se lever en se massant toujours leurs têtes endolories. Toutes sourient sauf Diana.

– Vous êtes super drôles aujourd'hui, hein ? Et en plus, celle-là qui a essayé de me tuer à coups de tête. Et je dois dormir avec elle ! Je vais garder un œil ouvert, au cas où.

Paula ramasse les morceaux de son téléphone alors que Diana continue de ronchonner.

– Il est cassé ? demande Cristina.

– Ben, je sais pas, répond Paula en emboîtant les deux moitiés.

Elle essaie de l'allumer. Rien. Nouvelle tentative. Toujours rien.

– On dirait qu'il ne marche plus, conclut-elle, l'air abattu.

Chacune d'elles tente de l'allumer sans plus de réussite.

– Non, rien. Faudra que tu attendes lundi pour le faire réparer... dit Miriam.

– Je suis désolée, Catwoman. C'est ma faute, s'excuse Diana, contrite.

Paula s'approche d'elle et l'embrasse à l'endroit où elle l'a cognée – attention à laquelle Diana répond par un gros câlin.

– Allons dormir, les filles. Demain est un autre jour.

Après s'être échangé de nombreux bisous et câlins pour se souhaiter bonne nuit, chacune regagne son lit.

Extinction des feux.

Le moral de Paula est aussi un peu éteint. Elle n'a pas parlé avec Angel et elle est taraudée par la conviction qu'elle aurait dû l'appeler. Elle sent un grand vide. Elle a peur, peur de le perdre. Peut-être que le téléphone cassé est un signe. Peut-être que cette histoire qui vient juste de commencer est déjà en train de se terminer.

Le lendemain matin apportera la réponse.

Chapitre 16

Ce même samedi soir de mars, dans un coin isolé de la ville.

Salut,

J'ai trouvé le dossier contenant les premières pages de Derrière le mur *et je voulais te dire que j'ai adoré. J'ai beaucoup aimé l'histoire, je la trouve très bien écrite et si rythmée qu'on en devient accro. Mais ce que j'ai le plus apprécié, c'est ton idée de disperser ton texte un peu partout. Une idée très créative, fraîche et romantique. Tu fais partie de ces milliers de gens qui font que la vie est pleine de mystère, d'enchantements et d'aventures. Merci. (Peut-être que « milliers » t'a interpellé. Tu penses que c'est beaucoup ? Pas tellement, hélas. N'oublie pas que nous sommes plusieurs millions.)*

Je suis désolée, je vais garder ton dossier une semaine, car je voudrais le montrer à un ami qui écrit aussi. Mais ne t'inquiète pas, pour le remplacer, je ferai des photocopies demain et je le mettrai dans une chemise identique à la tienne. Puis je le déposerai à un endroit qui me semble intéressant. (Qu'est-ce que tu penses d'un Starbucks *?)*

Bien, je ne te retiens pas plus longtemps. Je te souhaite toute la réussite que tu attends et que tu mérites.

Pensées chaleureuses,

Maria.

Cet e-mail est le premier que trouve Alex en ouvrant sa boîte aux lettres électronique. Il ne peut s'empêcher de sourire bêtement. Il récolte les premiers fruits de l'aventure des petits cahiers. Il répond tout de suite à Maria pour la remercier.

Il est saisi d'une totale euphorie.

Il pense à Paula, qui fait partie intégrante de la réalisation de ce rêve, en écrivant la réponse. Il aurait adoré découvrir cet e-mail à ses côtés. Mais elle n'est pas là.

La désillusion occulte alors sa bonne humeur. Vont-ils se revoir ? Il se rend compte qu'il ne lui a même pas demandé son numéro de téléphone. Elle n'a pas cherché à avoir le sien non plus. L'illusion disparaît alors complètement.

Ils se parleront sur Facebook, oui. Mais quand ? Il voudrait la revoir maintenant, il le désire de toutes ses forces.

Le souvenir de leurs visages tout proches à la FNAC lorsque *J'ai failli te dire je t'aime* est tombé de l'étagère lui rend le sourire. C'est l'un de ces moments magiques qui restent gravés dans la mémoire. Il rêve éveillé. Il cherche la vidéo qu'ils ont regardée ensemble la veille, chacun dans leur chambre, mais unis par la musique et l'histoire de Federico Moccia.

– Jolie chanson.

Alex se retourne et voit Irène s'avancer vers lui. Elle porte un pyjama qui conviendrait mieux à l'été qu'au mois de mars : une chemise sans manches et un short excessivement court.

– Je ne t'ai pas entendue frapper.

– Je n'ai pas frappé. La porte était ouverte, alors je suis entrée.

– Généralement, lorsqu'on est bien élevé, on frappe avant d'entrer quelque part.

– J'y penserai, oui.

La jeune femme s'approche et se penche près de lui pour regarder ce qui passe sur l'écran de l'ordinateur. Son parfum est irrésistible.

– C'est toi qui as fait cette vidéo ? lui demande-t-elle, surprise.

Il perçoit son parfum de très près, beaucoup trop près. Il se recule un peu avant d'arrêter la vidéo.

– Oui, mais terminé.

– Hé, ne l'arrête pas ! Je veux la voir.

Elle étend le bras pour atteindre la souris en appuyant ses seins contre l'épaule gauche d'Alex qui frissonne à ce contact.

Cependant, il réagit à temps et parvient à interdire à Irène l'accès à l'ordinateur.

– Ça suffit, Irène. On dirait une gamine.

– Je n'ai que deux mois de moins que toi... proteste-t-elle.

Irène capitule et va s'asseoir sur le lit en râlant, avant de s'allonger. Alex l'observe en coin.

– Tu n'as pas sommeil ? Le voyage a dû te fatiguer.

– Oui, je suis fatiguée.

– Ben alors, va te mettre au lit.

– Je suis au lit, là.

– Dans le tien.

– Rabat-joie.

– T'es encore en train de faire la gamine.

Irène se lève en ronchonnant mais avec la mine amusée. Elle s'approche à nouveau de lui, se penche puis lui embrasse la joue.

– Je vais dans ma chambre. Bonne nuit, mon frère chéri.

Elle se dirige lentement vers la porte et finit par sortir sous le regard inquiet de son demi-frère. Il faudra être patient. Les mois à venir vont être compliqués avec elle sous son toit.

Il tente de se remettre dans l'ambiance où il se trouvait avant qu'elle ne fasse irruption dans sa chambre. Impossible. Il n'y a plus qu'à aller se coucher.

C'est la fin d'une journée magique, qui peut-être ne se reproduira pas.

Pendant ce temps, quelque part dans le centre-ville.

Angel se réveille en sursaut.

– Paula !

Mais personne ne lui répond. Il est complètement seul, échoué sur un des fauteuils de son salon plongé dans l'obscurité. Seule une pâle lumière pointe par la fenêtre. Il regarde sa montre et distingue avec difficulté qu'il est une heure du matin. Il s'est endormi là et vient d'avoir un cauchemar.

Il a rêvé qu'il était dans une piscine dont l'eau était d'un bleu intense. Il régnait une atmosphère de paix absolue. Puis Paula apparaissait, dans le même maillot de bain que celui qu'elle portait la veille à La Maison de la détente. Elle s'asseyait à côté de lui. Ils ne disaient rien, ils s'observaient et riaient. Tout était silencieux et tranquille. Rien ne s'interposait entre les deux amoureux. Puis Paula fermait les yeux, il l'imitait. Il attendait le baiser de sa bien-aimée, le cœur battant. Il attendait et attendait encore. Mais rien ne venait. Où étaient passées ses lèvres ? Il rouvrait les yeux, inquiet. Paula n'était plus là. Où était-elle partie ? Il regardait alors autour de lui. Personne. Mais... une ombre se déplaçait sous l'eau à quelques mètres de lui. C'était elle ? C'était elle ! Elle dérivait lentement, sur le ventre, les bras en croix. Angel poussait un cri, mais aucun son ne sortait de sa bouche. Effrayé, il tentait de nager vers elle. Impossible de bouger. Un bruit retentissant indiquait que quelqu'un s'était jeté à l'eau. Oui, Angel voyait un secouriste nager vers elle avec une agilité époustouflante et l'atteindre rapidement. Il la retournait et l'examinait avec soin, puis la portait délicatement en soutenant son dos et sa nuque jusqu'au bord de la piscine. Il parvenait à la sortir de l'eau sans difficulté apparente. La jeune fille était inerte. Cependant, le visage de ce jeune homme musclé ne montrait aucun signe d'inquiétude à aucun moment. Angel essayait de nager à nouveau. Sans succès. Comme si on lui avait rivé les pieds au fond de la piscine. Comment allait Paula ?

Le secouriste allongeait la jeune fille sur le sol et se penchait sur elle en lui caressant les cheveux. Il approchait sa bouche de la sienne et leurs lèvres s'unissaient. Mais cela ne semblait pas être un bouche-à-bouche comme on en pratique dans ce genre de circonstances. Cela ressemblait à un baiser. Oui, il n'y avait pas de doute, c'était un baiser.

Angel cessait soudain d'essayer de crier. Il n'arrivait pas à croire ce qui se passait. Son incrédulité ne faisait qu'augmenter en voyant la jeune fille s'éveiller enfin. Elle ouvrait les yeux et regardait son sauveur avec reconnaissance sans décoller ses lèvres des siennes. Elle refermait les yeux et le baiser se prolongeait sous le regard désespéré d'Angel, qui tentait à nouveau de crier le nom de sa bien-aimée.

Paula !

Cette même nuit de mars, ailleurs en ville.

La musique est à fond dans la discothèque.

Katia vient de terminer son concert dans la plus grande salle de l'établissement. Plus de cinq cents personnes se sont précipitées pour écouter un concert privé de la chanteuse la plus populaire du moment.

Mais ce n'a pas été la meilleure de ses prestations. Elle avait l'esprit ailleurs, en tout cas, pas là où elle aurait dû l'avoir : sur scène. Ses pensées ont voyagé dans une autre direction.

La jeune fille à la chevelure rose entre, cocktail à la main, dans un des salons VIP, accompagnée d'un acteur raté que lui a présenté un couple d'amis communs. Le prix du succès...

Pendant toute la soirée, l'acteur déploie son arsenal de compliments, de mensonges et de verres offerts pour tenter de séduire la chanteuse. Mais Katia repousse chaque tentative de rapprochement et quitte la discothèque dans son Audi rose. Les aiguilles de sa montre toute neuve marquent quatre heures du matin. Elle n'a pas cessé une seconde de penser à Angel.

Aux aurores de ce même jour de mars, ailleurs en ville.

Impossible de fermer l'œil ! Cinq heures du matin.

Il est désespéré. Pourquoi est-il aussi nerveux ? Il en connaît parfaitement la cause : Paula.

Lundi, ils vont réviser ensemble, seul à seul. Il a passé toute la journée à prévoir des tas de choses : ce qu'il va mettre, ce qu'il va lui dire, ce qu'il va lui expliquer...

Trop de pression. Tellement que cela fait quatre ou cinq heures qu'il tourne dans son lit. Chaque fois qu'il ferme les yeux, son cœur bondit dans sa poitrine de manière inexplicable ; il les ouvre alors à nouveau, écarquillés.

Ce n'est pas tenable. Il faut qu'il trouve un moyen pour arriver à dormir. Compter les moutons ? C'est cela, oui...

Il ferme les yeux et tente tout de même cette technique.

Rien à faire. Oui, c'était vraiment une idée stupide.

Ce même petit matin de mars, quelque part dans le centre-ville.

Six heures du matin. Angel s'endort puis se réveille toutes les demi-heures. Une nuit affreuse. Un énorme sentiment de culpabilité le taraude. Il risque de perdre Paula pour quelque chose de vraiment idiot. Mais d'un autre côté, qui était ce type qui lui a répondu ce matin ?

Peu importe qui c'est. C'est assez secondaire à l'heure actuelle. Il aime Paula. Il a besoin d'elle.

Une fois de plus, il se lève et va regarder son téléphone. Il s'est vraiment conduit comme un imbécile. Il repose le portable dans un soupir.

Il retourne se coucher. Six heures et quart. Son lit n'est qu'un tas informe de draps et de couvertures sens dessus dessous. Il tente de se rendormir.

Mais cette fois-ci pour très peu de temps. Angel est réveillé par un bruit soudain et incessant. Il saute de son lit et se jette sur son téléphone dont la sonnerie déchire le silence de l'aurore.

Chapitre 17

Juste avant le lever de soleil de ce dimanche de mars, quelque part en ville.

Une main secoue doucement l'épaule de Paula, avec précaution pour ne pas l'effrayer. Mais la jeune fille, profondément endormie, ne réagit pas. La deuxième tentative est un peu plus musclée.

– Paula... Paula !

Premiers résultats : elle tourne la tête et tente de dégager la main qui la secoue, comme on essaie de chasser une mouche.

– Paula, réveille-toi. Paula...

Les mots murmurés à son oreille ne sont plus aussi doux, et on lui secoue l'épaule de plus en plus fort. Paula finit par ouvrir les yeux. La lampe de chevet est allumée. Elle parvient à distinguer le sourire malin de Diana à travers quelques battements de cils.

– Qu'est-ce qui se passe ? Quelle heure est-il ?

– Il est tôt, mais c'est l'heure de te réveiller.

Elle n'en est pas très sûre, mais elle a l'impression que son amie essaie de lui mettre quelque chose dans la main. Un téléphone ? Son téléphone ? Il ne s'est pas cassé hier soir avant qu'elle aille se coucher ?

La curiosité et l'étrange joie sur le visage de Diana la réveillent tout à fait.

– Tiens, c'est pour toi.

Paula hésite mais finit par prendre le portable sans comprendre ce qu'elle doit en faire.

– Qu'est-ce que je suis censée faire ?

– Ben... répondre, patate ! Tu ne sais plus parler au téléphone ? Le coup sur la tête était si fort que ça ?

La jeune fille ne comprend rien, elle n'est pas assez réveillée pour réaliser ce qui se passe.

– Oui ?...

– Paula ?

Un frisson lui parcourt le corps du ventre jusqu'au cou.

C'est la voix d'Angel !

Complètement perdue, elle lève les yeux vers Diana, qui lui fait de grands signes pour qu'elle continue à parler.

– Angel ?

– Coucou, Paula.

Il semble content. Sa voix est à la fois calme et joyeuse.

– Mais... ? Comment... ?

– Tout va bien, ne t'inquiète pas, Diana m'a tout raconté.

– Diana ?

La jeune fille fusille du regard le visage souriant de son amie.

– Oui, elle m'a dit que ton téléphone s'est cassé à cause d'elle alors que tu étais sur le point de m'appeler. Que vous avez essayé de le réparer et même de mettre la carte dans un autre téléphone mais que ça n'a pas marché. Et aussi qu'elle a réussi à le rafistoler après s'être acharnée dessus pendant des heures.

Ça, pour une surprise ! Diana a passé la nuit à essayer de réparer son téléphone... Et elle a réussi ! Le regard de Paula, qui était assassin, se fait reconnaissant. Non seulement elle a remis son portable en marche, mais en plus elle a fait croire que tout était sa faute.

– C'est une amie en or... Mais ce que je ne comprends pas, c'est comment elle a trouvé mon code pin, se demande-t-elle tout haut.

– Parce qu'il était évident que c'était ta date de naissance, imbécile, rétorque Diana à voix basse.

– Paula, interrompt Angel, Paula, je te dois des excuses.

Elle reste un instant silencieuse. Peut-être qu'elle lui en doit aussi pour avoir été entêtée à ce point.

– Angel, tu sais...

– Paula, laisse-moi finir. J'ai été stupide. J'aurai dû t'appeler hier soir et je ne l'ai pas fait. J'aurai dû t'appeler aujourd'hui... et je ne l'ai pas fait non plus à cause de ce type qui m'a répondu.

– Je...

– Paula, pardonne-moi. J'ai besoin de te voir.

– Me voir ? Quand ?

– Maintenant.

Frisson et sueurs froides l'assaillent à nouveau.

– Mais, Angel, maintenant... ? Il ne fait même pas encore jour... Comment ?

– Si, il fait jour : regarde par la fenêtre.

Mais bien sûr ! On voit bien qu'il fait encore tout noir. Paula va tout de même à la fenêtre pour s'assurer qu'elle n'est pas folle. Elle ouvre les rideaux et constate qu'il fait toujours nuit. Mais elle manque de tomber dans les pommes lorsqu'elle se rend compte qu'un beau garçon au sourire craquant lui fait un signe de la main en tenant un téléphone dans l'autre.

– T'es là !! s'écrie-t-elle, stupéfaite.

Miriam et Cris, qui dormaient encore, sont réveillées par le cri de Paula.

– Oui, c'est moi ! Je vois que tu ne m'as pas oublié... répond-il, amusé.

– Imbécile ! Comment pourrais-je t'oublier ?

Pendant que Paula papote avec Angel, les deux amies alertées par le vacarme demandent des explications à grands gestes. Diana les rejoint pour tout leur raconter.

– Bon alors, tu descends ?

– Mais comment veux-tu que je descende ?

– Il y a sûrement des escaliers qui permettent d'accéder au rez-de-chaussée.

– T'as avalé un clown ce matin, non ? proteste-t-elle avec un petit rire.

– Ça doit être la fatigue, je n'ai quasiment pas dormi.

– Tu n'as pas dormi ? Qu'est-ce que tu as fait toute la nuit ?

– Penser à toi.

Paula fond littéralement en entendant ces mots et reste sans voix. Puis elle se rend compte tout à coup qu'elle est en pyjama. Un splendide ensemble orné de petits ours. Elle laisse échapper un « oups ! » et referme les rideaux d'un coup sec.

– Pas la peine de te cacher. J'ai déjà vu ton joli pyjama...

Paula rougit. Comment a-t-il deviné ? Elle ne sait toujours pas quoi lui répondre.

Ses amies, qui sont maintenant au courant de ce qui se passe, ont les yeux braqués sur elle. Paula se décide à rouvrir les rideaux.

– Ah ! c'est mieux comme ça, constate Angel. Bon alors, qu'est-ce que tu as décidé ?

– Je ne sais pas.

– Tu ne veux pas descendre ?

– Si bien sûr, j'en ai envie, mais...

Une chaussure traverse la pièce pour atteindre le dos de Paula.

– Aïe !

– Qu'est-ce qui t'arrive ?

– Non, c'est rien... Attends une seconde, Angel.

Paula se retourne, furieuse, vers ses amies mortes de rire.

– C'est malin, hein ?

– Allez, ma poule. Tu vas nous faire le plaisir d'aller le rejoindre, s'il te plaît, réclame Diana.

– Mais, comment tu veux que je fasse ? Mes parents... leur dit-elle, une main sur le téléphone pour qu'Angel ne l'entende pas.

– Va le rejoindre !

– Mais si je me fais griller...

– Arrête tes bêtises et vas-y. Qu'il ne se soit pas déplacé pour rien au moins.

Soupir. Oui, les Dragibus ont raison. Angel est venu jusqu'ici pour la voir. Elle veut et doit le rejoindre. Avec un peu de chance, ses parents ne se rendront compte de rien.

– Angel.

– Oui, ma belle, répond-il tendrement.

« Ma belle. » Il l'a appelée « ma belle ». *J'ai failli te dire je t'aime.* Un flash lui traverse l'esprit : le livre, Alex... Quel sentiment étrange... Mais elle réagit vite après cet instant de confusion.

– Donne-moi dix minutes.

– Je t'attends là, répond-il, heureux.

– Bisous. À tout de suite.

– Bisous.

Paula raccroche et s'éloigne de la fenêtre. Ses amies se jettent sur elle, comme folles. Elles n'ont pas perdu un détail de la conversation.

– Tu vas t'enfuir avec le journaliste ! s'écrie Diana avec émotion.

– C'est trop romantique ! ajoute Cris.

– Chutttt... Arrêtez de crier. Vous allez finir par réveiller mes parents, et adieu la fugue. Pourquoi fugue d'ailleurs ? Je ne vais pas fuguer...

– Une fuite au lever du jour. Oui, c'est vraiment romantique.

– Je ne m'enfuis pas, Miriam. Je vais juste descendre le voir. C'est juste pour... Ah ! Mais vous me faites dire n'importe quoi ! s'exclame-t-elle à voix basse. Laissez-moi, il faut que je m'habille.

Entre les nombreux commentaires des Dragibus, Paula enfile ses vêtements et se coiffe à toute vitesse. Un peu de maquillage et une touche de parfum à la vanille pour finir.

– Ça va ? Je suis bien ? demande-t-elle à ses amies en se mordant la lèvre.

Celles-ci l'examinent de haut en bas. Une chemise blanche, un jean bleu très moulant et un cardigan rose.

– Hum... passable. Je le répète : je ne sais pas ce que tu as que je n'ai pas, répond Diana, qui s'attire aussitôt les foudres des deux autres Dragibus et tente d'éviter les coups comme elle le peut.

– Ne l'écoute pas. Tu es ravissante, comme toujours, dit Miriam en bâillonnant Diana d'une main.

– Ce n'est pas vrai. Mais bon, il faudra que ça aille, rétorque Paula, résignée.

Elle soupire et prend un petit sac rose assorti à ses vêtements.

– N'oublie pas de prendre la boîte de préserva...

Miriam et Cris se lancent à nouveau sur Diana et simulent une nouvelle bataille sans merci sur le lit.

– Vous êtes complètement folles. J'y vais. Souhaitez-moi bonne chance. Et surtout, ne sortez pas de la chambre avant que je sois revenue. Si vous tombez sur mes parents vous êtes capables de vendre la mèche. Et s'ils entrent, faites semblant de dormir. Et éteignez la lumière !

– Allez, vas-y ! s'écrient les Dragibus d'une même voix.

Paula esquive un lancer d'oreiller et de chaussure puis leur tire la langue avant d'ouvrir doucement la porte de la chambre.

Un petit grincement la fait sursauter. Ouf ! Elle sort sur la pointe des pieds et referme la porte discrètement. Avec beaucoup de précautions, elle parvient à l'escalier, qu'elle descend à petits pas mesurés, accrochée à la rambarde.

Elle est secouée de frissons. Si elle se faisait prendre... que pourrait-elle raconter ? Ses parents comprendraient-ils qu'elle sorte à six heures du matin pour rejoindre un garçon qu'elle a connu sur Internet, qui a cinq ans de plus qu'elle et qui l'attend en bas ?

La réponse est assez évidente : enfermement dans sa chambre à perpétuité jusqu'à sa majorité.

Parvenue en bas des escaliers, elle se sent soulagée. Le pire est passé. Plus sûre d'elle, elle accélère le pas jusqu'à la porte d'entrée de la maison. Plus qu'un pas avant la « fugue ». Elle l'ouvre tout doucement. Aucun bruit ne se fait entendre. Pas de problème non plus pour la refermer. Mission accomplie.

Il est là.

Doit-elle courir dans ses bras ? Marcher ? Attendre que ce soit lui qui vienne jusqu'à elle ?

Il ne lui laisse pas le temps d'y réfléchir davantage. Angel s'approche d'elle d'un pas vif. Il est super beau et un large sourire illumine son visage. Un frisson insupportable parcourt le ventre de Paula. Un nœud dans la gorge l'empêche de respirer. Est-ce le bonheur ? Le désir ?

Elle n'en sait rien mais elle lui saute dessus lorsqu'il est devant elle, comme vendredi à la sortie du lycée. Puis elle l'embrasse avec passion, pendue à son cou. Angel répond à son baiser. Leurs lèvres ne se séparent pas durant plus de deux minutes. Paula finit par se laisser retomber sur le sol.

– On va faire un tour, lui propose-t-il.

– Oui, il vaut mieux. Si jamais mes parents me voyaient...

– Tes parents, je sais pas. Mais tes amies...

Il montre la fenêtre de la chambre de Paula et agite la main. De là-haut, Miriam, Diana et Cris agitent les mains à leur tour comme si elles disaient adieu à un proche qui s'éloigne dans un bateau.

Tout cet enthousiasme ne plaît pas tellement à Paula qui leur fait signe de fermer les rideaux et d'aller se coucher.

– Quelle bande de folles !

– Des folles en or, rectifie Angel.

– Oui, quand elles veulent... Bon, allons dans un endroit plus tranquille.

– Je te suis. Tu connais mieux le quartier que moi.

Elle réfléchit un instant. Quel endroit... ? Ah ! Trouvé.

Il fait encore nuit, mais une brise matinale annonce le lever de soleil imminent. Ils marchent main dans la main en échangeant des sourires et quelques plaisanteries.

– Pourquoi tu ne m'as pas appelée l'autre soir ? J'ai attendu puis j'ai essayé de te joindre au moins dix fois, mais ton téléphone était éteint, lance tout à coup Paula.

Angel hésite. Il sait qu'il doit être honnête avec elle. Il ne veut pas lui mentir, mais il ne peut pas lui dire toute la vérité. Il ne peut pas parler de Katia, de sa cuite...

– J'ai dû aller à une séance photo. Ça a traîné beaucoup plus que prévu et mon téléphone était déchargé. Donc j'ai dû attendre le lendemain pour t'appeler.

– Ah !

C'était juste ça ! Paula se sent un peu coupable de s'être monté la tête. Il n'a simplement pas pu lui téléphoner. Pourquoi est-elle aussi bornée ?

– Je suis désolé.
– Non, ce n'est rien, Angel.
Tous deux continuent de marcher en silence. Le ciel commence à s'éclaircir.
– Je peux savoir qui est le garçon qui m'a répondu lorsque je t'ai appelée ?
La question saisit Paula, elle avait complètement oublié ce détail. Que dire sur Alex ? Elle ne peut pas lui raconter l'aventure des petits cahiers, ni qu'ils ont failli s'embrasser. Et certainement pas qu'il a un sourire qui tue.
– C'est un ami. Il m'a demandé un coup de main pour un… travail. J'étais aux toilettes dans un *Starbucks* quand tu as téléphoné. Et il a répondu parce que la sonnerie était si forte que tout le monde le regardait.
– Ah !
Angel se sent mal à l'aise. La jalousie l'a piqué pour rien, ça ne lui ressemble pas. Et puis il lui fait confiance. Que lui est-il arrivé ?
Nouveau silence. Mais leurs mains se serrent avec force.
Paula et Angel arrivent devant un escalier interminable qui mène à un petit parc.
– Nous y sommes presque. Nous n'avons plus qu'à monter.
Angel évalue la longueur de l'escalier et ronchonne.
– Si tu veux… Mais je ne sais pas si tu es assez en forme pour monter tout ça.
– Plus que toi.
La jeune fille, vexée, passe devant et commence l'ascension. Angel la rattrape vite et c'est main dans la main qu'ils gravissent un à un les échelons de l'escalier de pierre.
Le froid est de plus en plus intense. Comme la chaleur entre eux.
– Et cent ! s'écrie Paula en sautant sur la dernière marche.
– Cent ? J'en ai compté quatre-vingt-dix-neuf.
– Non, il y en a cent. J'ai monté cet escalier des milliers de fois.
– Il y en a quatre-vingt-dix-neuf.
– Il y en a c…

Mais Angel dépose ses lèvres sur les siennes avant qu'elle ait terminé sa phrase. Après une molle résistance, elle se laisse aller à son baiser en fermant les yeux. Alors qu'ils se laissent tomber sur la dernière marche de l'escalier, le soleil apparaît, illumine l'amour et la passion.

Chapitre 18

Ce même matin de mars, dans un coin isolé de la ville.

Vivre loin de la ville a certains inconvénients : il faut prendre la voiture pour tout, rien n'est à portée de main et on se sent parfois complètement isolé du reste du monde. Mais cela a aussi beaucoup d'avantages. L'air est pur, il y a moins de monde, et on peut sortir faire son jogging le dimanche matin sans avoir à se préoccuper des voitures, des feux rouges et des ivrognes qui rentrent chez eux après une nuit bien arrosée.

Le soleil est levé depuis peu. Encore une belle journée qui s'annonce en ce mois de mars. L'hiver est déjà un souvenir lointain. Les arbres brillants de la rosée du matin s'éveillent, secoués par un léger courant d'air frais. Mais ce n'est pas une petite brise matinale qui va arrêter Irène.

Elle sort de la maison en trottinant après avoir chaussé ses Nike roses. Elle porte des leggings noirs, un débardeur de la même marque que ses chaussures et un sweat-shirt blanc. La musique de son lecteur MP3 l'accompagne, à défaut d'une autre compagnie.

Cette Paula...

Quelques minutes avant.

Ce qu'elle a bien dormi ! Elle ne sait pas si cela est dû à la qualité du matelas, à la fatigue du voyage ou à la présence de son demi-frère à quelques mètres d'elle, à moitié nu dans son lit. Enfin, cette dernière pensée lui provoque un autre genre de sensation.

Elle ne l'a jamais avoué, pas même à ses meilleures amies, mais Irène pense qu'Alex est l'homme de sa vie. Les aléas du destin lui ont permis de le connaître de très près, de vivre avec lui longtemps, même si les conditions n'étaient pas les meilleures. Ils sont presque frère et sœur ! D'un certain point de vue, une aventure avec lui serait considérée comme un inceste. Beaucoup le considéreraient comme tel. Mais ils ne sont pas du même sang, et cela fait maintenant un bout de temps qu'elle a abandonné tout complexe par rapport à ce « petit » détail.

Cette formation, et son installation provisoire chez lui, est juste ce dont elle a besoin : elle a trois mois pour le séduire.

À moitié nue, elle s'examine dans le miroir de la chambre. Oui, sans aucun doute, elle a les armes nécessaires.

Son gymnase va lui manquer, mais elle se trouve dans le lieu idéal pour faire du sport en plein air. Il n'y a rien de mieux qu'un jogging matinal pour commencer la journée. Va-t-elle s'y mettre aujourd'hui ? Oui, bien sûr. Elle est en pleine forme. Le dimanche est le jour tout indiqué pour commencer quelque chose. La plupart des gens préfèrent attaquer leurs bonnes résolutions le lundi, au début de la semaine. Mais ce n'est pas son cas. Elle a ainsi toujours un jour d'avance sur les autres, ceux qui doutent encore et encore et qui ne finissent rien de ce qu'ils commencent. Grâce à cela elle se sent forte, au-dessus des autres. En fait, c'est elle qui devrait donner le cours de leadership, pas le recevoir.

Alex accepterait-il d'aller courir avec elle ? Sans doute pas. Mais elle ne perd rien à lui poser la question quand même. Simplement parée de ses leggings noirs et d'un soutien-gorge de sport, elle entre dans la chambre de son demi-frère sur la pointe des pieds.

La pièce n'est pas totalement sombre, une lumière pâle passe à travers la fenêtre et lui permet de distinguer le dos nu d'Alex qui dort sur le ventre. Il n'est couvert que jusqu'à la ceinture. Il est encore plus musclé que la dernière fois qu'elle l'a vu sans vêtements. Encore plus parfait, si cela est possible.

Quelle fille parviendrait à ne pas tomber sous le charme d'Alex en vivant sous le même toit que lui ?

A-t-il une petite amie ? Il semble que non, mais même si c'est le cas, ça n'a que peu d'importance. Elle se fait confiance. Trois mois...

Alex bouge et se met sur le côté. Irène se couche avec précaution dans l'espace qu'il vient de libérer. Elle a très envie de le prendre dans ses bras, mais elle se contente de souffler dans son cou. Le jeune homme frissonne et se retourne, toujours endormi.

Irène a son visage tout près du sien, juste en face. Leurs bouches, leurs corps se touchent presque. Elle avance encore un peu ses lèvres et souffle à nouveau. Tout doucement.

Alex cette fois-ci se réveille. Une fille est devant lui, près, tout près. Ses rêves et la réalité se confondent dans sa tête ensommeillée.

– Paula... murmure-t-il.

– Paula ? Qui est Paula ?

Ce n'est pas la voix de Paula. Mais qui... ?

– Irène ! hurle-t-il en reculant. Qu'est-ce que tu fais dans mon lit ?

– Je dors avec toi, répond-elle, amusée.

– Ça fait combien de temps que tu es là ?

– Deux ou trois... minutes.

La jeune fille quitte le lit. Et malgré le peu de lumière, Alex distingue parfaitement le corps sculptural de sa demi-sœur, le buste à demi nu et le bas du corps impeccablement moulé par ses leggings.

– Qu'est-ce... qu'est-ce que tu veux ? balbutie-t-il.

– Je vais courir un peu. Tu viens avec moi ? répond-elle en souriant, satisfaite de son petit effet.

– Courir ?

– Oui. Je vais aller courir tous les matins pour profiter du paysage et garder la forme. Tu penses que ceci s'obtient sans rien faire peut-être ? dit-elle en passant la main sur son ventre plat.

– Non, je ne viens pas. C'est dimanche, il est tôt. C'est bien la dernière chose dont j'aie envie.

– Très bien, comme tu veux. À plus tard, mon frère chéri.

Puis elle sort de la chambre en souriant, convaincue d'avoir toutes ses chances.

Quelques minutes plus tard.

Le soleil monte... ainsi que la température. Il fera chaud aujourd'hui, plus qu'à l'accoutumée pour un mois de mars.

En courant, Irène pense à cette « Paula ». C'est le nom de sa rivale.

Elle se demande à quoi elle ressemble. Est-elle jolie ? Oui, sans doute, Alex ne se serait pas attardé sur une fille sans charme. Mais elle se fiche un peu de la tête qu'elle a. Son objectif est clair et aucune fille ne pourra se mettre en travers de son chemin.

Stimulée par la confiance en sa propre force, elle accélère le rythme sur la chanson *Tu éblouis mon cœur*, de cette chanteuse à la chevelure rose à la mode en ce moment.

Chapitre 19

Toujours ce même matin de mars, quelque part en ville.

Est-il possible qu'un petit déjeuner avec churros trempés dans le chocolat prenne l'allure d'un dîner romantique ? C'est le cas de celui de Paula et Angel.

Ils sont assis l'un en face de l'autre dans un café avec *Volveré junto a ti*, « Je reviendrai près de toi », de Laura Pausini, en musique de fond. Après s'être échangé mille câlins et baisers dans le parc aux cent marches, ils mouraient de faim.

– On va faire un jeu, dit-elle, au comble du bonheur qu'ils se soient réconciliés.

– T'en as pas eu assez ? Tu veux remettre ça ici, devant tout le monde ? plaisante Angel.

– Ne sois pas bête. Et puis t'as déjà eu ton quota pour aujourd'hui, pour ce matin tout du moins.

– T'es dure quand même !... proteste-t-il. À quoi tu veux jouer ?

Paula sourit. Elle contient le fou rire que lui provoque l'idée qu'elle a derrière la tête.

– Quand tu étais petit, tu n'as jamais fait la fête du churro au chocolat ?

– Non, je ne m'en souviens pas, dit-il après quelques instants de réflexion.

– Tu vieillis, dis donc. Tu ne te rappelles déjà plus ton enfance.

– Mais non, je dis juste que je n'ai jamais fait ça, rétorque-t-il, faussement indigné.

– OK. Je t'explique : cela consiste à se donner à manger mutuellement les yeux bandés. Tu trempes un churro dans le chocolat puis tu me le mets dans la bouche et vice versa.

– Tu plaisantes, n'est-ce pas ?

– Non, non. Je suis très sérieuse, je te jure, dit-elle en croisant le majeur et l'index.

– Tu me dis que nous allons nous bander les yeux et faire manger à l'autre des churros trempés dans du chocolat, ici, devant tout le monde ?

– Oui, c'est ça.

Paula sourit d'une oreille à l'autre. Angel n'arrive pas à déterminer si elle plaisante ou non. Elle a tout de même l'air très sérieuse.

– Tu es folle...

– T'es pas cap ? le défie-t-elle.

– Ben...

– Froussard !

Le jeune journaliste essuie l'affront, décidé à ne pas se laisser faire. Comment ça « pas cap » ?

– OK, d'accord. Allons-y.

– Aaah ! voilà ! Courageux ! Je te préfère comme ça ! applaudit-elle.

– Et qui va gagner ?

– Celui qui sera le moins barbouillé de chocolat.

Angel n'a pas bien compris les règles de ce jeu, mais il ne peut certainement pas accepter que Paula le prenne pour un lâche.

– D'accord. On se bande les yeux avec quoi ?

– Attends.

Paula va voir le serveur au comptoir puis revient avec quatre serviettes en tissu, un large sourire toujours accroché aux lèvres.

– Voilà, deux pour toi et deux pour moi. Une pour se bander les yeux et une autre pour protéger ses vêtements.

Angel prend les deux serviettes avec résignation. Il jette un œil autour de lui : il n'y a que deux petits vieux et un couple dans le bar. Quand même, la honte !... Mais il ne songe pas à se défiler, c'est une question d'honneur.

– Allons-y.

– OK, mais on ne triche pas, hein ? On ne soulève pas le bandeau, je te connais, monsieur le journaliste.

Comment peut-elle insinuer une telle chose ? Il ne piège jamais personne.

– Évidemment ! Tu me prends pour qui ?!

Paula s'esclaffe en constatant qu'elle l'a touché dans son orgueil comme elle l'espérait. Elle prend une serviette et se la met autour du cou, imitée par Angel. Puis elle se bande les yeux avec la deuxième.

– Vérifie que je ne vois rien, demande-t-elle à Angel.

Il fait alors plusieurs gestes devant elle pour s'en assurer. Effectivement, elle semble ne rien voir.

– C'est bon. À moi, maintenant.

– OK. Moi je ne pourrai pas vérifier si tu ne vois réellement rien. Mais je te fais confiance.

Angel soupire. Après s'être assuré que personne ne le regardait, il se bande les yeux avec la serviette.

– Ça y est. Je ne vois plus rien.

Et c'est vrai, il ne voit absolument rien. Il n'aime pas gagner en trichant.

– Parfait. Je te fais confiance, hein ? dit-elle en soulevant doucement son bandeau. Vas-y, commence.

Paula réprime un éclat de rire. Angel, concentré au maximum, cherche les churros à tâtons pour en tremper un dans le chocolat.

– Alors, je suis prête. Qu'est-ce que tu attends ?

Angel se penche en avant, le bras tendu. Des gouttes de chocolat tombent sur la table. Paula esquive le churro. Il tente un mouvement vers la droite, mais elle tourne la tête vers la gauche et ainsi de suite.

– Mais t'es où ? demande-t-il, désespéré, après de nombreux essais infructueux.

– Ben, je suis là ! Où tu veux que je sois ? Tu vises mal, c'est tout !

La jeune fille finit par éclater de rire devant l'agacement évident d'Angel, qui ne s'avoue pas vaincu pour autant. Gracieusement,

Paula se laisse frotter un peu la joue. Il sourit, victorieux, mais elle mord vite dans le beignet pour ne pas lui laisser la possibilité de la barbouiller davantage.

– Bravo ! s'écrie-t-elle en mâchant. Tu as enfin trouvé ma bouche !

– Ouf ! C'est comme si tu avais disparu... Mais je ne crois pas t'en avoir mis beaucoup, si ?

– On verra ça après. À mon tour.

Paula est obligée de se mordre les lèvres pour ne pas éclater de rire. Elle arrive à peine à respirer. Devant elle, Angel attend, la bouche ouverte, que sa bien-aimée lui donne son petit déjeuner. Elle trempe généreusement un churro dans le chocolat et l'avance vers son visage.

Premier impact sur le front. Paula l'étale avec application.

– Mais... qu'est-ce que tu fais ? Ma bouche est bien plus bas ! s'exclame Angel.

– Pardon. Plus bas ?

Elle trempe à nouveau le churro, puis le passe rapidement sur ses lèvres sans lui laisser le temps de le mordre et lui barbouille le menton et les joues.

– Paula ! T'es en train de me faire perdre !

Angel ne sait pas s'il doit rire ou pleurer. Son visage est entièrement couvert de chocolat.

– Je suis désolée ! Mais tu ne le croques pas, aussi !

– Mais je peux pas !

– Bon, j'essaie encore une fois.

Le couple assis un peu plus loin les observe, très amusé.

Paula trempe le beignet une troisième fois, puis le lui met devant la bouche.

– Mords !

Angel le croque à pleines dents.

– Génial ! le félicite Paula, secouée d'un fou rire.

Elle lui retire son bandeau et il constate qu'elle ne porte rien sur les yeux.

– Mais toi... c'est toi qui as triché !

– Oui. Mais... C'est toi qui remportes la récompense !

Elle s'approche de lui et l'embrasse. Un baiser chocolaté.

Angel se laisse faire sans protester et lui rend son baiser.

Petit déjeuner vraiment génial !

Paula prend sa chaise, s'installe à côté de lui et entreprend, hilare, de lui essuyer le visage avec la serviette propre malgré ses ronchonnements.

– Tu n'es qu'une tricheuse. Je ne jouerai à rien d'autre avec toi.

– On verra ça.

Ils continuent de se chamailler joyeusement avec la serviette, alors qu'une chanson que tous deux connaissent bien passe à la radio.

– Écoute ! C'est la chanson de Katia ! J'adore !

– Ah oui ! je ne l'avais pas reconnue, ment Angel, soudain plus sérieux.

– Elle est vraiment belle.

– Oui, elle est pas mal.

La jeune fille continue de nettoyer ses bêtises sur le visage de son petit ami.

– Tu l'as revue ?

– Qui ça ? demande Angel, pris de court.

– Ben, Katia.

Angel hésite. Il ne peut pas le lui dire. En plus, il ne l'a pas fait tout à l'heure... Ce serait encore pire de le lui avouer maintenant.

– Non, je ne l'ai pas revue.

– Oh, quel dommage ! Si tu la revois, tu pourras lui demander un autographe pour moi ?

Angel déglutit avec difficulté.

– Tu l'aimes tant que ça ?

– Oui, beaucoup, et en plus... elle me fait penser à toi.

Il ne manquait plus que ça ! Une grosse vague de culpabilité envahit le jeune homme.

– Eh bien... on verra...

– Mon Dieu ! Il est super tard ! l'interrompt Paula. Mes parents doivent être sur le point de se lever. On s'en va, dépêche-toi !

D'ailleurs, à cet instant dans sa chambre, alors que Cris, Miriam et Diana font des pronostics sur les occupations des amoureux, la porte s'ouvre lentement.

Ce même matin de mars, dans un coin isolé de la ville.

Le sifflement de la cafetière italienne brise le silence qui règne dans la cuisine. Il éteint le feu alors que le café est en train de monter. Il s'en sert une tasse avec une goutte de lait.

Il n'a pas réussi à se rendormir. Alex est réveillé depuis que sa demi-sœur a fait irruption dans sa chambre. Quelle idée de se lever si tôt un dimanche pour aller courir ! Mais elle est comme ça, Irène : imprévisible.

Cette fille le rend nerveux, dans tous les sens du terme. Il doit reconnaître que physiquement, elle a toujours été très attirante. Mais il remarque qu'elle est devenue aussi séductrice, inquiétante. Elle est bien plus femme que la dernière fois qu'il l'a vue, malgré quelques accès de puérilité.

L'incarnation de la tentation est sous son toit.

Mais non. Elle est sa demi-sœur et c'est un état de fait qui ne changera jamais. Ils n'ont pas le même sang, mais ils sont de la même famille. Cela rend impossible toute relation entre eux. Et puis, il y a Paula.

Paula...

Qu'est-elle en train de faire à cet instant ? Il ne se souvient pas très bien, mais il lui semble avoir rêvé d'elle.

Il meurt d'envie de la revoir. Hier a été une de ces journées magiques pour lesquelles on accepte de prendre des risques. Il est heureux de lui avoir demandé son aide. *J'ai failli te dire je t'aime* a presque uni leurs lèvres. Que se serait-il passé s'il l'avait embrassée ?

Il jette un œil à son courrier électronique avant de se remettre à l'écriture de *Derrière le mur*. Il trouve un de ces e-mails qui proposent de faire une chaîne : *Envoie ce message à dix personnes et l'amour frappera à ta porte aujourd'hui*. Il déteste ce genre de courriers mais, pour une fois, il sélectionne dix contacts et le fait suivre. Pourquoi l'a-t-il fait ?

Il continue l'examen de ses e-mails sans davantage creuser la question. De la pub et encore de la pub, rien d'autre. Pas un message de quelqu'un qui aurait trouvé un des petits cahiers, juste celui de la veille, envoyé par Maria.

Il est encore tôt. Et c'est dimanche. Les gens dorment, tente de se convaincre Alex.

Il contient son impatience comme il le peut. Il n'a vraiment aucune idée de ce que cette expérience pourra donner comme résultat, mais il est un peu déçu de ne pas avoir reçu d'autres messages.

Il ferme sa boîte aux lettres et ouvre le dossier qui contient son roman. Il réfléchit un instant. Il doit décrire Nadia, la jeune fille dont Julián va tomber raide dingue. Il ferme les yeux pour l'imaginer, oui, ça y est, il la voit. Il écrit :

Elle a quatorze ou quinze ans, même si elle essaie d'en paraître plus. Une cascade de cheveux blonds tombe sur ses épaules, ornée d'une fine tresse bleue. Dans ses grands yeux verts, maquillés avec un goût exquis, transparaissait l'union magique de l'innocence et de la sensualité. Ses lèvres charnues habillées de rose étaient légèrement entrouvertes alors qu'elle marchait. Ses vêtements invitaient à en voir davantage : un débardeur moulant avec un petit décolleté qui ne prétendait pas cacher les formes rondes et exubérantes qu'il contenait ; un short minuscule laissait voir des jambes interminables. C'était un ange qui, plus qu'elle ne marchait, défilait vers moi. Je tins la porte pour que cette jeune fille, qui avait déjà tout d'une femme, pût passer. Le coup de foudre fut scellé lorsque son irrésistible parfum vanillé m'enveloppa à son passage.

Il relit plusieurs fois ce qu'il vient d'écrire. Il n'a pas pu s'empêcher d'y mettre le parfum de Paula. Paula... La chaîne d'e-mails à laquelle il a répondu lui vient alors à l'esprit. « Envoie ce message à dix personnes et l'amour frappera à ta porte aujourd'hui. »

Si seulement c'était vrai.

On sonne à la porte. Mais... qui c'est ?... L'amour frappant à la porte ?...

Alex ne peut s'empêcher de sourire. Les caprices du destin, toujours imprévisible...

Il ferme son ordinateur portable et se dirige tranquillement vers l'entrée.

– Soit tu ne fermes pas en partant, soit tu prends les clés, Irène, dit-il en ouvrant sans se demander qui a sonné.

Puis son regard tombe sur elle.

Un frisson semblable à celui de la veille au soir, lorsqu'elle a voulu s'emparer de la souris de l'ordinateur, parcourt le corps d'Alex. Elle a noué son sweat-shirt autour de sa taille. Son débardeur noir épouse parfaitement les courbes de son corps sensuel. De la sueur couvre son front et son cou, qui brillent de mille feux.

– Excuse-moi, mon frère chéri, je n'ai pas fait attention. Tu dormais encore ? dit-elle en passant la porte.

Leurs corps se frôlent.

– Non... non. Je prenais un café.

– Ah, génial ! C'est précisément ce dont j'ai besoin. Il en reste ?

– Oui. Je viens de le faire, il est sûrement encore chaud.

– Parfait. T'en prends un avec moi ?

Le jeune homme ne trouve aucune bonne raison qui lui permettrait de refuser ; il l'accompagne donc à la cuisine et sert le café.

– Tu le bois comment ?

– Avec beaucoup de lait, s'il te plaît.

Irène a laissé son sweat-shirt sur une chaise et s'éponge le front avec un mouchoir. Alors qu'Alex s'approche pour lui donner sa tasse, elle passe lentement le tissu sur son cou, du menton jusqu'au décolleté.

– Ça va, comme ça ?

Elle se penche pour examiner le contenu de la tasse, laissant le mouchoir de côté.

– Oui, parfait, approuve-t-elle avec un sourire. Alex, je peux te poser une question ?

– Oui, mais vite fait, parce que je suis pressé, répond-il en prenant le plus de distance possible.

– Tu as une petite amie ?

– Non, rétorque-t-il froidement en masquant sa surprise.

– Et cette Paula, qui c'est ? Tu rêvais d'elle quand je t'ai réveillé...

Si la première question a surpris le jeune homme, la seconde le laisse complètement pantois. Il tente cependant de réagir avec la même placidité.

– Je ne me souviens pas de ce dont j'étais en train de rêver. Et j'ai deux ou trois amies qui s'appellent comme ça.

– Ah, OK. C'est un prénom très joli et très répandu.

– Oui, il est joli, répond-il en faisant l'indifférent. Maintenant, excuse-moi, je vais monter me remettre au travail.

Le jeune homme quitte la cuisine sous le regard appuyé de sa demi-sœur. Elle en est maintenant certaine, cette Paula est sa rivale. Les yeux d'Alex n'ont pas su mentir.

Chapitre 20

Toujours ce dimanche matin de mars.

Un rayon de soleil entre par la fenêtre de la chambre de Paula. Miriam attend désespérément le retour de son amie. Si elle ne se dépêche pas, elle va se faire attraper.

– Mais où est-elle passée, cette môme ? demande-t-elle en refermant les rideaux.

– T'en poses de ces questions... Comme si ce n'était pas évident, rétorque Diana, assise sur le lit. Et elle n'est plus une enfant, elle est à un âge où...

– Tu ne penses vraiment qu'à ça.

– Non, mais il faut bien que sa première fois arrive un jour. On est toutes passées par là.

– Elle le fera quand elle en aura envie.

– Ce n'est plus une petite fille, insiste Diana.

– Tu parles comme si tu étais beaucoup plus vieille qu'elle.

– Je le suis.

– D'un mois, précise Miriam.

– C'est bien suffisant.

Miriam soupire. Elle n'a aucune envie de s'embarquer dans une bataille dialectique avec Diana. Elle est surtout très inquiète pour Paula.

– Vous pensez vraiment qu'ils sont en train de... ? insinue Cris, qui regarde à son tour par la fenêtre.

– Non, assure Miriam.

– Et pourquoi non ? Le meilleur moment des disputes, c'est la réconciliation. Et nous savons toutes ce que cela implique, explique Diana.

– Toi, t'as pas besoin d'attendre une réconciliation pour coucher avec quelqu'un.

– Qu'est-ce que tu veux dire par là ? Que je couche avec le premier venu ?

– Non, avec le deuxième, corrige Miriam.

– Tu es... Ah ! En fait t'as un problème avec moi.

– Non, j'ai pas de problème.

– Si, t'en as un.

– Les filles, ça suffit ! intervient Cris avant que le ton ne monte trop. C'est pas le moment de se prendre la tête, si jamais les parents de Paula vous entendent...

Miriam et Cris échangent un regard gêné. Cris a raison, bien sûr.

– Je suis désolée, je ne voulais pas aller si loin, s'excuse Miriam.

– Non, t'en fais pas. C'est moi qui t'ai cherchée, répond Diana.

– Ah ! J'aime quand vous êtes comme ça, les Dragibus ! s'exclame Cris en leur faisant une bise à chacune.

C'est alors que la poignée de la porte de la chambre se met à tourner lentement.

– Y'a quelqu'un ! Faites semblant de dormir ! ordonne Miriam.

La porte s'ouvre tout doucement sur les trois jeunes filles, Cris et Diana dans le lit, et Miriam par terre. Quelqu'un entre dans la chambre avec précaution et se dirige vers le côté du lit où Paula a l'habitude de dormir, place occupée par Diana.

– Paula ? Tu es réveillée ? demande une petite voix douce.

– Nonnn ! crie Diana d'un seul coup.

Erica pousse un cri de terreur. La petite trébuche et tombe en sanglotant sur Miriam, qui la serre vite dans ses bras.

– Mais pourquoi tu lui as fait peur, Diana ?

– Mais c'est rien, pas vrai, la naine ?

La jeune fille allonge le bras pour caresser la joue de la petite, qui repousse sa main, des larmes plein les yeux.

– Laisse-moi, imbécile !

– C'est qu'elle a un sale caractère, la demi-portion...

– Faut dire qu'avec la frayeur que tu lui as faite, la pauvre... intervient Cris en descendant du lit pour s'approcher de la petite fille.

Erica se calme avec difficulté et cherche sa sœur des yeux.

– Et Paula ?

Les trois Dragibus échangent un regard.

– Elle va revenir. Elle est allée à... commence Miriam qui ne parvient pas à terminer sa phrase.

– À la salle de bains. Elle est allée à la salle de bains, poursuit Cris.

– Elle n'ést pas dans la salle de bains, affirme Erica, très sûre d'elle.

– Ah bon ? Elle a dû descendre se chercher un verre de lait. Elle va bientôt remonter.

La petite fille ne semble pas très convaincue par leurs explications. Et surtout elle n'accorde aucune confiance à l'idiote qui lui a fait peur. Elle lui lance un regard assassin et lui tire la langue. Diana répond en tirant la langue à son tour.

– Alors je vais voir en bas...

– Non, reste avec nous. Tu veux qu'on te raconte une histoire ? lui demande Miriam, qui ne sait pas quoi faire pour la distraire.

Après un moment de réflexion, Erica accepte.

Les trois amies se lancent alors dans une histoire improvisée qui met en scène une princesse aux longs cheveux blonds et un prince très beau qui la sauve des mains d'un terrible dragon. Quand le récit est sur le point de se terminer, la porte de la chambre s'ouvre à nouveau.

Essoufflée, Paula entre sans se rendre compte que sa sœur est dans la pièce.

– Excusez-moi d'avoir autant traîné. Tout va bien ?

Elle remarque alors sa petite sœur au milieu de ses amies. Erica la regarde, surprise, et se dit qu'elle a beaucoup de chance, car au lieu d'un verre de lait, elle a eu du chocolat. D'où pourrait venir cette tache marron sur son T-shirt, si ce n'est pas du chocolat ?

Au même moment, ailleurs en ville.

Après avoir raccompagné Paula, Angel prend un taxi pour se rendre à la rédaction. Entre sa gueule de bois et l'histoire du téléphone, il n'a rien fait samedi et il n'a pas tellement envie de commencer sa semaine avec une montagne de travail en retard.

Le chauffeur a mis la radio très bas, mais il parvient à distinguer *She's so high* de Blur.

Pendant le trajet, il sourit en repensant à l'épisode des churros. Cette fille a une sacrée imagination ! *Sa* chérie. Il n'y a qu'elle pour penser à faire un jeu pareil dans un café. Il sent encore sur ses lèvres le goût du baiser au chocolat. Puis ceux du parc. Tendres lèvres. Tendres baisers.

Angel s'installe confortablement sur la banquette arrière du taxi, les bras appuyés sur le dossier. Il éprouve une délicieuse sensation de paix, contrairement à la journée d'hier. Dire qu'il aurait pu perdre cette fille merveilleuse pour des bêtises pareilles !... Cela ne se reproduira pas, il se le promet.

La chanson de Blur s'achève pour laisser place à une information qu'Angel ne parvient pas à entendre. Une nouvelle chanson commence ensuite.

Bien qu'on entende à peine, il reconnaît de suite la mélodie. C'est pas possible, il est poursuivi... La voix douce de Katia chante *Tu éblouis mon cœur*. Déjà tout à l'heure au café avec Paula, qui l'adore, en plus. Où est la caméra cachée ? Et comme si ce n'était pas suffisant, le chauffeur de taxi monte le son et fredonne le refrain.

Tu éblouis mon cœur.
Je n'aurais jamais pensé aimer
Autant que je t'aime, mon amour,
Autant que je t'aime, non, jamais.
Et dans cette histoire inachevée,
Qui nous reste à écrire,
Tu es mon océan, mon ciel,
Tu es ma lune, mon soleil.

La paix s'évanouit alors d'un coup, remplacée par les souvenirs des événements de vendredi soir et le remords. Il a passé la nuit chez la fille aux cheveux roses, à faire Dieu sait quoi. Katia a assuré qu'il ne s'était rien passé entre eux. Mince consolation. Mais ça ne l'empêche pas de se sentir très honteux de son attitude, de s'être soûlé au point de ne plus se rappeler ce qu'il a fait. Et, le pire : d'avoir menti à Paula.

Il déteste ne pas dire la vérité, mais il n'avait pas d'autre solution. Et si un jour Paula découvrait tout ? Comment se justifier d'avoir passé la nuit chez une autre fille ? Elle ne croirait sûrement pas qu'il y soit allé juste pour dormir. Encore moins s'il lui a menti.

Si la vérité sortait au grand jour, ce serait la fin de sa relation avec Paula. Heureusement, Katia et lui sont les seuls à être au courant. Lui ne dira rien. Et Katia ?

Le chauffeur, un homme d'une quarantaine d'années aux cheveux clairsemés, continue de chanter. Il est visiblement fan, il connaît toutes les paroles par cœur.

Angel n'arrive pas à faire complètement confiance aux dires de Katia. Il sent une espèce d'attraction lorsqu'il est près d'elle, une alchimie. Ce n'est pas comme avec Paula, mais la chanteuse lui plaît d'une certaine façon. Il est donc plus prudent de s'en tenir éloigné. Quand il aura l'occasion de lui parler, il lui demandera de comprendre sa position, qu'il a une petite amie et qu'il serait trop dangereux qu'ils continuent à se voir. Ils pourraient déraper, comme cela a failli se passer vendredi soir. Comment va-t-elle le prendre ?

Le présentateur de l'émission interrompt la chanson avant la fin et annonce par-dessus le refrain :

« C'était *Tu éblouis mon cœur*, le hit du moment. Nous espérons que Katia se remettra vite de son accident et qu'elle sera là bientôt pour nous présenter son deuxième single. »

Angel n'en croit pas ses oreilles. Un accident ? Quand ça ?

– Pauvre petite, murmure le chauffeur.

– Que s'est-il passé ? demande le journaliste, alarmé, en passant la tête entre les deux sièges avant.

– Ils n'ont pas dit grand-chose, mais visiblement, elle a eu un accident de voiture cette nuit en sortant d'une soirée.

Un accident de voiture ! Des images du visage de Katia défilent dans la tête d'Angel : la première fois qu'il l'a vue à la rédaction, la séance photo, le baiser...

– C'est grave ? Ils ont dit comment elle allait ?

– Ils n'ont rien dit, juste qu'elle a été hospitalisée et qu'ils tiendraient les gens informés.

– Vous savez dans quel hôpital elle se trouve ?

– Oui, c'est pas loin d'ici.

– Vous pouvez m'y conduire, s'il vous plaît ?

Le chauffeur acquiesce et tourne à droite en direction de l'hôpital où la chanteuse la plus écoutée du moment a été admise dans la nuit.

Chapitre 21

Ce même matin de mars, quelque part en ville.

– Alors, après tous ces câlins et ces bisous, vous avez... ? demande Diana alors que Paula fait le récit de son petit déjeuner avec Angel.

– Non, il y a pas eu de sexe.

– Il doit être désespéré à l'heure qu'il est, lance Diana.

– Mais laisse-la, arrête de lui mettre la pression. Ils ne se connaissent que depuis trois jours... proteste Miriam.

– Trois jours, plus deux mois derrière l'ordinateur. Ce type a beau être génial, c'est quand même un homme, non ?

– S'il l'aime, il attendra le temps qu'il faudra.

– Ben voyons, Miriam, ne dis pas n'importe quoi. Aucun garçon n'attend le temps qu'il faudrait.

– Je ne sais pas quel genre de garçons tu connais...

– Ah non ! Vous n'allez pas remettre ça ! intervient Cris. Arrêtez de vous chamailler, toutes les deux. En plus, c'est à elle de décider. Qu'est-ce que tu en penses toi, Paula ?

Les Dragibus fixent attentivement leur amie, qui hésite un instant avant de répondre.

– Euh... oui, j'en ai envie. Je pense qu'Angel est le bon. Mais d'un autre côté... j'ai envie que ce soit à un moment spécial, exceptionnel.

– À ton anniversaire ! dit Diana.

– Qu'est-ce qui se passe à mon anniversaire ?

– Ben, c'est un jour parfait pour te lancer.

Après un moment de silence, Miriam prend la parole.

– Tu sais déjà ce que j'en pense, que c'est toi qui dois décider du moment où tu seras prête. Mais si tu en as envie... ça peut-être une bonne occasion.

– Alléluia ! Miriam dit que j'ai raison...

– J'ai pas dit ça.

– Non ? T'as fait quoi, alors ?

– Et voilà, encore ces deux-là ! dit Cris en riant.

– Je sais pas, les filles. Comment je présente ça ? Qu'est-ce que je lui dis ?

– Tu lui dis que samedi, après ta soirée d'anniversaire... commence Diana, qui s'interrompt aussitôt.

– Ah ! Je vais avoir une soirée d'anniversaire ?

– Mais quelle grande gueule ! murmure Miriam en mettant la tête dans les mains.

– On aurait dû organiser tout ça sans toi, Diana, plaisante Cristina.

– OK, OK ! J'ai vendu la mèche, je suis désolée, ça m'a échappé.

– T'inquiète pas, je l'aurais su, de toute façon. Vous êtes incapables de garder un secret, remarque Paula. Continue, après la fête donc... ?

Diana soupire, pas fière de son étourderie.

– Donc, après la fête, vous allez dans un petit hôtel... Et là... Enfin, pour la suite tu sauras toi-même. Tu n'as pas besoin de détails, si ?

– Vous pensez qu'il voudra bien ?

Les trois Dragibus éclatent de rire devant le regard interdit de Paula.

– S'il voudra ? Tu plaisantes, non ? rétorque Cris.

– Tu n'auras pas fini ta phrase pour lui demander qu'il aura déjà les clés de la chambre dans les mains, renchérit Diana.

– Vous exagérez ! s'exclame Paula.

– Non, enfin, tu pourras le constater toi-même.

– Mais... je ne vois pas bien comment tout ça est possible. Pour l'hôtel, il faut de l'argent et je n'ai pas un sou. Sans compter mes parents...

– On avait pensé t'offrir autre chose, mais on pourrait se charger de l'hôtel, qu'est-ce que vous en pensez, les filles ? propose Miriam. Ce serait ton cadeau d'anniversaire.

Les deux autres approuvent d'un signe de tête.

– Et pour tes parents, comme ce sera le jour de ton anniversaire, ils te permettront de sortir un peu plus tard que d'habitude. On les préviendra pour la fête, et comme ça, tout est réglé, continue l'aînée des Dragibus.

– Et ce sera où, la fête ?

– Chez moi, répond Miriam. J'ai déjà prévenu mes parents qui, par un heureux hasard, partent en week-end. Donc on peut aller faire un tour après la fête, et vous pourrez en profiter pour vous éclipser à l'hôtel.

– Dragibus rose, je vois que tu as de la suite dans les idées... plaisante Diana.

– Depuis quand je suis la Dragibus rose... ? Tsss, toi... siffle Miriam en frappant Diana avec un oreiller.

– Et qu'est-ce qu'on fait avec ton ami écrivain ? demande Cris.

– Avec Alex ?

– Oui. Tu vas emmener les deux dans la même chambre ?

Paula réfléchit. Alex. Que se passe-t-il avec Alex ? Lui a-t-elle dit qu'elle avait un petit ami ? Non. On s'en fiche, non ? On s'en fiche pas ?

– Je n'ai même pas son numéro de téléphone portable, mais je pense qu'on se parlera sur Facebook dans la semaine. Je l'invite aussi, non ?

– Houla !...

– Qu'est-ce qu'il y a, Diana ?

– Rien, j'ai rien dit.

– Si, t'as dit « houla ».

– Non c'est rien, je pensais tout haut.

À cet instant, quelqu'un frappe à la porte.

– Je peux entrer ? demande Mercedes depuis le couloir.

– Oui, maman, entre.

Elle s'avance avec un énorme cornet fermé dans les mains.

– Voici le petit déjeuner, les filles. Le préféré de Paula. On est allés chercher des churros, et du chocolat chaud vous attend à la cuisine.

Les Dragibus éclatent de rire alors que Paula pousse un profond soupir. Elle ne pourrait pas en avaler un de plus.

– J'ai dit quelque chose de drôle ?

– Non, maman, elles ont dû prendre des trucs bizarres pendant la nuit. On arrive.

– Dépêchez-vous, ils vont refroidir.

Mercedes sort de la chambre, perplexe devant leur réaction. Qu'a-t-elle dit pour qu'elles éclatent de rire de cette façon ?

Toujours ce même matin, dans un coin isolé de la ville.

L'eau ruisselle sur le corps d'Alex. Il est tendu, les épaules contractées. Il a pensé qu'une bonne douche lui ferait du bien avant de se remettre à écrire.

La radio est allumée. Après une petite parenthèse annonçant que la chanteuse Katia a été hospitalisée, victime d'un accident de voiture, commence la chanson *Tantas cosas que contar*, « J'ai tant de choses à raconter », de La Oreja de Van Gogh.

Il en aurait tellement, lui, de choses à raconter...

Il essaie de ne plus penser à rien, ni à Irène ni à son roman. Ni à Paula.

Mission impossible.

Alors que les jets d'eau chaude lui fouettent la peau, le visage de la jeune fille occupe à nouveau ses pensées. Est-il en train de tomber amoureux de Paula ?

Il se souvient alors de son anniversaire... Oui, elle lui a dit qu'elle aurait dix-sept ans la semaine suivante. Que pourrait-il lui offrir ? Mais doit-il lui offrir quelque chose ? Ne serait-ce pas aller trop loin ?

Car, en réalité, ils ne sont même pas amis : ils sont presque des inconnus l'un pour l'autre, ils n'ont fait que passer une journée ensemble. Une journée magique, merveilleuse, exceptionnelle...

Mais c'était juste une journée. Et peut-être que pour elle, c'était un jour comme un autre.

Et c'est peut-être son cas aussi. Il n'est peut-être qu'un garçon de plus dans son entourage. Cette idée l'anéantit.

Alex met un peu de gel douche au creux de sa main et l'étale doucement. D'abord les jambes, puis les bras, le ventre et le torse. Enfin il se rince avec une eau un peu plus tiède.

Il a envie de la voir. Il ne pense qu'à ça. Pourquoi ne parvient-il pas à se l'enlever de la tête ?

Mais elle doit sûrement avoir un petit ami. Il n'est pas envisageable qu'une fille comme elle soit seule.

Il accroche le pommeau de douche en hauteur, puis ouvre davantage les robinets pour faire monter la pression du jet. Le bruit résonne comme une cascade dans ses oreilles et le plonge dans une profonde relaxation.

Plus aucun autre son n'existe : seulement celui de l'eau. Il n'entend même plus *Don't speak* de No Doubt qui passe alors à la radio.

Détendu, Alex ferme les robinets et se sèche avec une serviette blanche à l'intérieur de la cabine. Le corps encore humide, il sort de la douche, la serviette nouée autour de la taille.

– Ah, ça y est ! T'as enfin fini !

Le jeune homme est si surpris en entendant la voix d'Irène qu'il manque de glisser.

– Qu'est-ce que tu fais là ?

– Je me lave les dents après le petit déjeuner. Il faut le faire au moins quatre fois par jour.

– Mais t'as pas vu que j'étais en train de me doucher ?

– Si, j'ai frappé à la porte plusieurs fois, mais tu n'as pas répondu.

– Je n'ai pas entendu avec le bruit de la douche.

– Oui, c'est ce que j'ai pensé. Mais ne t'inquiète pas, ça ne me dérange pas que tu prennes ta douche pendant que je me brosse les dents.

Alex n'en croit pas ses oreilles.

– Pardon ?

– Ça ne te dérange quand même pas que je sois entrée pendant que tu te douchais ?

– Bien sûr que si, ça me dérange ! C'est mon intimité.

– Oh ! tu vas pas te mettre à râler. Tu crois que ça me fait peur de te voir nu ? dit-elle avec un sourire espiègle.

Elle l'examine de haut en bas. Son torse mouillé et brillant est tout simplement irrésistible. S'il n'y avait qu'elle...

À l'opposé, Alex, lui, pousse un soupir désespéré.

– Irène, si tu veux vivre ici, il va falloir accepter certaines règles et les respecter.

– Ah ! Encore des règles !...

– Oui, il y en a. Il doit y en avoir.

– Tout ce que tu voudras. Alors, dis-moi ? demande-t–elle en se penchant pour se rincer la bouche.

– D'abord, tu dois frapper à la porte avant de rentrer dans ma chambre ou dans la salle de bains.

– Mais je l'ai fait ! Simplement, tu n'as pas entendu, je te l'ai déjà dit.

Alex commence à perdre patience.

– La règle est la suivante : tu n'entres pas si je suis en train de dormir ou de me doucher.

– Je pense que je pourrais le faire, répond-elle en souriant. D'autres règles ?

– Que tu ne te balades pas dans la maison en petite tenue.

– Ça, je ne l'ai pas fait.

– Oui, mais je te le dis, au cas où.

Irène éclate de rire.

– D'accord. Je m'habillerai comme il faut. Autre chose, mon frère chéri ?

– Oui : arrête de m'appeler « mon frère chéri », s'il te plaît.

La jeune femme rit à nouveau mais accepte la règle. Désormais, elle appellera son demi-frère par son prénom.

Au même moment, ailleurs en ville.

Angel frappe à la porte de la chambre où est installée Katia.

Lorsque l'infirmière lui a demandé s'il était son petit ami, il a acquiescé, de peur qu'on ne l'empêche de la voir.

– Oui, entrez, répond une voix féminine qu'il ne connaît pas.

Le journaliste pénètre avec précaution dans la chambre. Katia est étendue sur le lit du fond, recouverte d'une couverture blanche. La jeune fille aux cheveux roses sourit en le voyant. L'inconnue qui l'accompagne est une jeune femme blonde d'environ vingt-cinq ans qui ressemble un peu à Katia.

– Salut, Angel, articule-t-elle en se redressant avec difficulté. Qu'est-ce que je suis contente de te voir !...

Angel s'approche en souriant. Le joli visage de la Katia qu'il a connue ces derniers jours n'est plus le même : elle a un œil au beurre noir, et un bandage lui entoure le front.

– Bouge pas ! Ce que tu peux être têtue des fois ! lui interdit la jeune femme blonde en se levant pour recevoir le nouveau venu. Salut, je suis Alexia, la sœur aînée de cette petite chose.

– Moi, c'est Angel. Enchanté.

– Également. J'ai entendu parler de toi, dit-elle en lui faisant la bise.

Comme sa jeune sœur, Alexia a un visage enchanteur. Elle n'a pas cet air enfantin et est un peu plus grande, mais elle est tout aussi séduisante.

– Hé ! Et moi ?! C'est moi la malade ! s'exclame Katia comme une petite fille.

Angel l'embrasse avec précaution pour ne pas lui faire mal. Sa peau est froide, mais la caresse des lèvres de la jeune fille sur sa joue est bien chaude, elle.

– Tu m'as fait une de ces peurs. Comment tu te sens ?

– Bien. J'ai eu beaucoup de chance.

– Cette petite est un vrai roc ! On ne dirait pas en la voyant... intervient Alexia. Juste quelques bleus, des égratignures et un coup à la tête qui l'obligent à rester en observation ici jusqu'à demain, mais c'est tout.

Angel sourit, soulagé. Il a imaginé le pire lorsqu'il a entendu la nouvelle à la radio.

– Comment c'est arrivé ?

– Je sortais d'une boîte où j'avais donné un concert. Je conduisais tranquillement pour rentrer chez moi, quand une voiture a déboulé devant moi en sens inverse. Je l'ai esquivée comme j'ai pu et j'ai atterri contre un réverbère. L'airbag et la ceinture de sécurité ont amorti le choc.

– Heureusement. Oui, tu as eu de la chance. Et l'autre conducteur n'a rien eu ?

– Non. Il ne s'est même pas arrêté. Il n'y a que moi qui me suis retrouvée dans le décor.

– C'est dangereux de conduire le samedi soir, les fous du volant sont de sortie, fait remarquer sa sœur en approchant une chaise du lit pour qu'Angel puisse s'asseoir.

– Et toi ? Comment tu l'as su ? J'allais te téléphoner.

– Je l'ai entendu à la radio. Ils sont déjà en train de diffuser la nouvelle.

Katia fait la moue. L'hôpital sera bientôt pris d'assaut par les curieux et les journalistes. Et le seul journaliste qui lui importe est déjà à côté d'elle.

– Si mes souvenirs sont bons, tu es journaliste, c'est ça ?

– Oui, je travaille pour un magazine musical. C'est comme ça que j'ai rencontré ta sœur, qui nous a accordé une interview.

– Oui, elle m'en a parlé.

Alexia semble être au courant de pas mal de choses. Que lui a raconté Katia sur lui ? Jusqu'à quel point est-elle allée ?

– Mais ne vous inquiétez pas, je viens en tant qu'ami, pas en tant que journaliste, précise-t-il.

– Tu parles ! Je suis sûre que tu vas sortir un article sur l'accident où tu révéleras même la couleur de mon pyjama, plaisante la chanteuse.

– Non, non, je te promets que...

– Mais je sais, idiot... se moque Katia en lui prenant la main avant de la serrer aussi fort qu'elle le peut.

Elle se sent beaucoup mieux avec lui à ses côtés. Elle est très heureuse qu'il soit venu la voir, surtout après ce qui s'est passé vendredi soir. Elle ne s'y attendait pas. À vrai dire, elle pensait ne jamais le revoir. D'une certaine façon, elle est contente d'avoir eu cet accident. Il les a réunis à nouveau.

Ils discutent de tout et de rien jusqu'à l'arrivée d'une infirmière qui entre dans la chambre avec un chariot.

– Mademoiselle, je vous apporte une collation et des médicaments pour calmer votre mal de tête.

– Merci.

L'infirmière lui donne le plateau et pose un analgésique sur une serviette en papier.

– Je vais faire un tour pendant que tu manges. Je reviens. Angel, tu m'accompagnes ?

– Vous partez ?

– Juste cinq minutes. Je n'aime pas les hôpitaux, ça me rend nerveuse. J'ai besoin d'une tisane, ou d'un thé, enfin quelque chose. Tu viens, Angel ?

Le jeune homme est surpris par cette proposition mais sort derrière Alexia en ignorant le regard suppliant de Katia.

La sœur de la chanteuse marche avec élégance en faisant claquer ses talons sur le sol de l'hôpital. Angel la suit à quelques pas.

– On va à la cafétéria ? lui demande-t-elle en s'arrêtant.

– D'accord.

Ils se regardent à peine alors que l'ascenseur descend au rez-de-chaussée. La gêne est palpable jusqu'à ce qu'Alexia brise le silence.

– Comment se fait-il qu'ils t'aient laissé entrer, alors que tu es de la presse ?

– Ils ne m'ont pas demandé si j'étais journaliste, improvise Angel, déconcerté.

– OK. C'est sûr que si tu le leur avais dit, ils ne t'auraient jamais laissé monter.

– Je ne suis pas venu pour le travail, insiste-t-il en souriant.

La porte de l'ascenseur s'ouvre. La cafétéria est à quelques mètres. L'odeur du café frais se mélange à celle d'un ragoût préparé pour le déjeuner des patients.

Ils entrent au milieu des blouses blanches.

– Je crois qu'il faut commander au bar, dit Alexia.

Café au lait pour lui, tisane pour elle. Un homme moustachu sert leurs boissons dans des gobelets en plastique.

– On va s'asseoir ? demande-t-elle.

Il acquiesce et ils vont donc s'installer à une table isolée au fond de la salle. Angel boit une gorgée de son café. Trop amer.

– Tu leur as dit que tu étais de la famille ? demande Alexia en continuant la conversation.

– Quelque chose comme ça, répond-il, de nouveau pris au dépourvu.

– Quelque chose comme ça ?

– Oui. Ils m'ont demandé si j'étais son petit ami... J'ai eu peur qu'ils ne me laissent pas entrer si je disais le contraire.

– Et tu l'es ? demande-t-elle avec un sourire malicieux.

– Son petit ami ? Non ! Nous sommes juste amis.

Angel se surprend lui-même en prononçant le mot « amis ». Depuis quand sont-ils amis ? Dans les faits, cela ne fait que trois jours qu'ils se sont vus pour la première fois.

– Tu sais que Katia m'a parlé de toi ?

Angel commence à se sentir très mal à l'aise. La conversation ressemble de plus en plus à un interrogatoire.

– Et que t'a-t-elle dit ?

– Pas grand-chose : que tu l'as interviewée et qu'elle était très contente. Elle m'a aussi dit que tu étais venu à une séance photo parce qu'elle te l'avait demandé. Ah ! Et aussi que vous aviez failli coucher ensemble l'autre soir, répond Alexia avec ironie.

Angel devient blanc, presque transparent. Heureusement qu'il se trouve dans un hôpital. Pas de meilleur endroit pour faire une crise cardiaque, n'est-ce pas ?

– Ce n'est pas vraiment ça. En fait, ce qui s'est passé, c'est...

– Ne te justifie pas, je n'ai pas besoin d'explications, dit-elle avec un sourire qui se veut maintenant serein et rassurant.

– Je veux te les donner.

– Non, ce n'est vraiment pas nécessaire. Je sais ce qui s'est passé. On peut tous faire des erreurs. Et de toute façon, ce sont vos affaires.

– Mais entre ta sœur et moi il n'y a rien...

– Oui, je le sais. Katia me raconte tout. Ou presque tout. Je suis sa grande sœur et aussi une des seules personnes en qui elle a confiance depuis qu'elle est entrée dans le monde de la musique.

– Ça doit être compliqué pour elle de savoir en qui elle peut avoir confiance maintenant qu'elle est une star.

– Oui, très. Elle était déjà assez méfiante avant, maintenant c'est encore pire. Beaucoup de gens l'approchent par intérêt. Mais avec toi...

– Avec moi ?

– Eh bien, cela fait très peu de temps que vous vous connaissez, mais elle s'est attachée à toi.

Angel avale une autre gorgée de café. Il se demande jusqu'où pourrait aller cet « attachement » que la jeune fille aux cheveux roses a pour lui.

– Moi aussi, je l'aime bien.

– Je sais. Je vois bien que tu l'apprécies. Le fait que tu sois venu ici est assez significatif. C'est pour ça que j'ai quelque chose à te demander.

Le journaliste se frotte le menton, perplexe et nerveux.

– Quel genre de chose ?

– Je dois partir bientôt, je ne peux pas rester auprès de ma sœur aujourd'hui. Mauricio, son agent, que tu as déjà rencontré, est en voyage. Nous sommes les deux seules personnes en qui Katia a confiance. Enfin, je crois que nous sommes trois maintenant, dit-elle avec un sourire bienveillant. J'aimerais que tu restes avec ma sœur jusqu'à ce qu'elle sorte d'ici demain.

Une nouvelle fois, Alexia laisse Angel complètement ahuri.

– Je ne pense pas qu'elle voudra.

– Tu plaisantes ? Elle serait super contente. La question est de savoir si toi, tu veux. Pour Katia, il n'y aura aucun problème. Et moi, je serais bien plus tranquille en sachant que quelqu'un l'accompagne jusqu'à ce qu'on lui permette de rentrer chez elle.

Angel prend une dernière gorgée de café en réfléchissant rapidement à ce qu'on vient de lui demander. Passer autant de temps seul à seul avec Katia ne lui semble pas une bonne idée. Mais d'un autre côté, comment refuser ? En plus, s'il n'est pas là, elle restera toute seule toute la journée dans cette chambre d'hôpital. Et si elle fait un malaise ? Les coups à la tête sont traîtres parfois.

– D'accord, je resterai avec elle.

Alexia sourit, satisfaite, et fait une bise à Angel.

– Merci beaucoup. Ma sœur a beaucoup de chance d'avoir un ami comme toi.

Angel lui rend un sourire forcé. Il n'est pas certain d'avoir pris la bonne décision, mais que pouvait-il faire d'autre ?

Et une question, non des moindres, reste en suspens : que va-t-il dire à Paula ?

Chapitre 22

Le même dimanche matin de mars.

Il n'a pas fermé l'œil de la nuit. Il a compté les moutons, les chèvres, les éléphants... Même compter les ornithorynques et toute la savane réunie n'aurait pas eu davantage de succès.

Mario se frotte les paupières. Il préfère ne pas se regarder dans le miroir pour éviter de se faire peur en voyant la taille de ses cernes. D'où vient tout ce stress ? La réponse est évidente. Il craint bien que la nuit prochaine soit identique et de devoir croiser Paula avec une tête de zombie. Ce n'est pas vraiment l'image qu'on aime donner à la fille dont on est follement amoureux.

Il est assis avec une tasse de chocolat chaud devant la télé sans la regarder. Une course de chevaux remportée par Piccolo Mix.

Quelqu'un vient d'entrer dans la maison. Ça ne peut être que Miriam qui a passé la nuit à l'extérieur. Un sonore « Maman ! Je suis rentrée » confirme ses soupçons. Elle rentre de chez Paula. De quoi ont-elles bien pu parler pendant leur soirée pyjama ?

En se dirigeant vers sa chambre, la jeune fille aperçoit son frère dans le salon et va le rejoindre.

– Salut, qu'est-ce que tu fais debout si tôt ? C'est dimanche.

– Il n'est pas si tôt que ça. Et puis dormir est une perte de temps, répond Mario d'un ton tranquille.

Miriam s'assoit en face de lui et observe son visage fatigué.

– T'as de sacrés cernes ! T'as bien dormi ?

– Très bien, ment-il.

– T'as des yeux de vampire, comme...

– Edward Cullen ? anticipe Mario, ironique.

– Je pensais plus à Dracula, dit-elle en souriant. Non mais sérieusement, t'as une sale tête.

– Merci. Moi aussi, je t'aime.

Miriam se tourne vers la télé. On est en train de remettre son trophée au jockey victorieux.

– Qu'est-ce que tu regardes ?

Il n'en a aucune idée. Il a allumé la télé juste pour avoir un peu de compagnie pendant son petit déjeuner et remettre un peu d'ordre dans ses pensées.

– Ben... ça. Tu ne vois pas ?

– Si je vois. Mais c'est quoi ?

Mario regarde attentivement l'écran. Un homme pas très grand avec une casquette rouge brandit un trophée. À côté de lui, une femme très élégante est en train de caresser un cheval.

– Course de chevaux.

– Ah ! s'exclame-t-elle, surprise. C'est sympa pour occuper ses dimanches matin. Tu te lèves exprès pour ça ?

Mario soupire, agacé. Pourquoi doit-il supporter les questions stupides de sa sœur ? Il en a bien assez avec les siennes.

– C'est sûr que pour toi, c'est de la science-fiction, vu que tu ne donnes pas signe de vie avant deux heures de l'après-midi.

– C'est fait pour ça, le week-end, non ?

– C'est sûr qu'en faisant la foire jusqu'au petit matin, oui, répond-il d'un ton cinglant. Ça s'est bien passé au fait ?

– T'es une vraie commère, lui fait remarquer Miriam, amusée.

– Hé ! Je t'ai demandé si ça s'était bien passé, pas ce que vous vous êtes raconté.

Malgré ses tentatives de camouflage, il meurt d'envie de savoir ce qu'il a bien pu se dire pendant cette soirée entre filles chez Paula.

– Bien sûr. Tu ne m'auras pas. La vérité, c'est qu'une de mes amies te plaît.

Mario rougit. Ça se voit tant que ça ? Non, ce n'est pas possible, elle se moque de lui.

– Une de tes amies ? T'as pété un plomb ?

– Et pourquoi tu es devenu écarlate alors ?

Et zut ! Voilà ce que c'est d'avoir la peau si blanche.

– C'est à cause du chocolat, il est brûlant.

– Bien essayé ! Mais il va falloir que tu trouves une autre excuse.

– Mais si, c'est vrai ! Goûte-le, tu verras !

Mario tend la tasse à sa sœur qui l'écarte vite de sous son nez. La mère de Paula les a obligées à finir tout le chocolat et les churros ce matin. La simple odeur du cacao lui soulève l'estomac.

– Non, merci. J'ai déjà pris mon petit déjeuner, dit-elle en faisant la moue.

– Alors ne me traite pas de menteur.

Miriam bâille à s'en décrocher la mâchoire. Ce n'est vraiment pas une heure pour se lever un dimanche.

– Calme-toi, je t'embête pas plus. Je vais me recoucher. On reparlera de tout ça plus tard, dit-elle en se levant avant de disparaître dans sa chambre.

Mario pousse un soupir de soulagement. Mais il est pris d'un doute affreux : de laquelle de ses amies voulait parler sa sœur ?

Chapitre 23

Pendant ce temps à l'hôpital.

Angel ouvre la porte et, galant, laisse entrer Alexia. Ils ont à peine échangé un mot en revenant dans la chambre. Elle, souriante, satisfaite, faisait claquer bruyamment ses talons dans le silence paisible de l'hôpital. Lui, en pleine réflexion, pensif, analysait ce qui pourrait se passer dans les prochaines heures.

Katia sourit en les voyant revenir. De quoi ont-ils bien pu parler ?

– Vous en avez mis du temps !

– Râleuse. Tu l'as toujours été, depuis toute petite.

– Je m'ennuyais. J'ai fini par penser que vous aviez fui.

– Tu n'es pas tombée très loin. On était en train de préparer ça, pas vrai, Angel ?

Le jeune journaliste n'a pas entendu la boutade d'Alexia. Il pense à Paula, à ce qu'il va lui dire. Il ne veut pas lui mentir, mais il ne sait pas comment lui raconter tout ce qui lui arrive. Il va passer la nuit avec une autre fille. En plus, s'il lui révèle la vérité, comment expliquer qu'il reste au chevet de quelqu'un censé être une inconnue pour lui ?

– Angel ! Tu as entendu ? insiste Alexia en notant son air absent.

– Excusez-moi. Qu'est-ce que vous disiez ? finit par réagir le jeune homme.

– Que vous alliez vous enfuir tous les deux et m'abandonner là toute seule et malade, ronchonne Katia, qui se rend compte qu'Angel est préoccupé.

Est-il en train de penser à sa petite amie ? Malgré tout, la chanteuse n'oublie pas que le garçon pour qui elle a de plus en plus de sentiments n'est pas seul dans la vie. La question est de savoir si cette relation est vraiment sérieuse, s'il est amoureux d'elle. Aura-t-elle une chance, elle ?

– Absolument, répond-il en souriant. En fait, je vais rester avec toi jusqu'à ce que tu sois remise.

– Quoi ? demande-t-elle, sidérée.

– Angel s'est porté volontaire pour veiller sur toi jusqu'à demain.

Katia, surprise, interroge Angel du regard. Il acquiesce d'un signe de tête.

– Ce n'est pas la peine.

– Je suis très content de le faire.

– Je te dis que ce n'est pas la peine. Tout ira très bien. C'est juste pour un jour.

– Arrête de faire ta tête de mule, petite sœur. S'il a envie de le faire, laisse-le. Moi, je me sentirai plus tranquille en sachant que tu n'es pas seule ici.

– Je ne suis pas seule. Cet endroit est plein d'infirmières et de médecins. Il doit avoir autre chose à faire que de rester là.

Angel et Katia échangent un nouveau regard.

– Je n'ai rien à faire aujourd'hui, non. C'est dimanche, ment-il en essayant de ne pas penser à la montagne de travail qui l'attend pour demain.

– Mais...

– La question est réglée, sœurette : Angel reste avec toi.

Il sourit à nouveau. Elle adore quand il sourit. Il est trop beau. Quelle délicieuse reddition !

– J'imagine que, quoi que je dise, je n'arriverai pas à te convaincre que ce n'est pas la peine de rester.

– Exactement.

Katia soupire. Elle est à la fois nerveuse, flattée et dans le fond, très heureuse. Elle n'aurait pu rêver meilleure compagnie pour passer ces quelques heures enfermée à l'hôpital.

– D'accord. Merci beaucoup, Angel. J'espère que ça ne te cause pas trop d'ennuis.

– Ne t'en fais pas. Il n'y a aucun problème.

Alexia adresse un clin d'œil à sa sœur. L'opportunité dont elle avait besoin lui est servie sur un plateau : vingt-quatre heures en tête à tête avec lui. Elle a toutes les cartes en main.

Lorsque Katia lui a parlé d'Angel pour la première fois, elle a bien senti qu'elle était vraiment sous le charme. Ses soupçons sont aujourd'hui confirmés par le regard brillant qu'elle adresse au jeune homme. Cet accident pourrait finalement être le début d'une belle histoire. Dès que le journaliste a passé la porte, elle a su ce qu'elle devait faire, c'était une occasion parfaite. Elle était certaine qu'il ne pourrait pas refuser cette faveur. Mission accomplie. Maintenant, c'est à Katia de le faire tomber dans ses filets, et elle sent que le succès est tout à fait envisageable.

– Bon, maintenant que tout est réglé, j'y vais.

– Tu t'en vas déjà ?

– Oui. J'ai un rendez-vous que je ne peux pas manquer. Comme Angel reste avec toi, je peux y aller l'esprit tranquille.

– D'accord. Je t'appellerai pour te donner des nouvelles.

– Je suis sûre que tout ira très bien, dit-elle en souriant.

Elle fait la bise à sa petite sœur, puis à Angel.

– Merci beaucoup, lui murmure-t-elle à l'oreille, prends bien soin d'elle.

Alexia sort de la chambre en faisant claquer une nouvelle fois ses talons, très satisfaite de son rôle d'entremetteuse. Maintenant, c'est aux acteurs principaux de jouer.

Chapitre 24

L'après-midi de ce jour de mars, quelque part en ville.

Elle adore être avec lui. Le temps semble suspendu lorsqu'elle est avec Angel. Le destin les a réunis et Cupidon a fait le reste.

Allongée sur son lit, les mains derrière la tête, Paula repense à son chéri. Son petit ami. Son Angel.

La tête qu'il a faite avec la blague des churros ! Puis lorsqu'il est apparu au petit matin... Mon Dieu ! « Regarde par la fenêtre », lui a-t-il dit.

Adorable. Un amour.

Chaque moment passé ensemble a quelque chose de magique. En sera-t-il ainsi chaque jour de chaque mois de chaque année ?

Elle ne croit pas tellement aux « pour toujours », mais il lui plairait que ce beau journaliste, débarqué dans sa vie par hasard, reste à ses côtés jusqu'à la fin de ses jours.

Des papillons dans le ventre. Sourire idiot. Regard brillant.

C'est ça, l'amour, non ?

Et avec l'amour il y a aussi... le sexe.

Cette dernière chose la préoccupe. Elle sait que pour lui, ça ne sera pas la première fois. Il aurait pu l'attendre quand même ! Comme ça, ils auraient été aussi nerveux l'un que l'autre. Quel crétin !

Elle se demande depuis quand il n'a pas couché avec une fille. Elle ne le sait pas. Elle ne le lui a même pas demandé. Depuis moins de deux mois ? Non. S'il vous plaît, non.

Elle se retourne et enfouit sa tête dans l'oreiller.

Angel dans le lit d'une autre, elle ne veut même pas y penser. Nus, tout proches, à explorer leurs secrets les plus intimes, à murmurer dans l'obscurité d'une chambre. Humpf !

Ne pense pas à ça. N'y pense pas !

Samedi, c'est elle qui sera nue en face de lui. Et si son corps ne lui plaisait pas ? Il l'a déjà vue en maillot de bain à la piscine, mais ce n'est pas pareil. Et si elle ne savait pas quoi faire ? Elle va passer pour une gamine peureuse, une petite fille face à un homme.

Paula enfonce sa tête dans l'oreiller et laisse échapper un petit cri pour évacuer la tension. Sa première fois. L'idée lui fait trembler les jambes et rougir les joues.

Nouveau cri aigu, qu'elle contrôle pour que personne ne l'entende.

Angel. Angel. Angel !

Elle meurt d'envie de le voir, d'entendre sa voix, de l'embrasser. Et si elle l'appelait ?

Non. Pas maintenant. Tout à l'heure. En plus, il doit être en train de travailler. Quand ils se sont quittés ce matin, il lui a dit qu'il allait à la rédaction pour s'avancer un peu.

– Je peux entrer ? demande une petite voix sur le pas de la porte. C'était pas complètement fermé, dit Erica en passant sa petite tête blonde dans l'embrasure.

– Oui, entre, ma puce, dit Paula en souriant.

La petite court et se jette dans les bras de sa sœur.

– Elles sont parties les deux autres filles et la sorcière, hein ?

– La sorcière ?

– Oui, la pas belle, brune, avec un *pircine* dans le nez et qui se prend pour une grande.

Diana. Paula ne peut s'empêcher d'éclater de rire en entendant cette superbe description.

– Tu ne l'aimes pas trop Diana, hein ?

La petite secoue la tête de gauche à droite. Comment pourrait-elle aimer un monstre pareil ? Elle ne comprend pas pourquoi sa sœur est amie avec elle.

– Non, je l'aime pas. Elle est horrible. Même pire : elle est dix mille fois horrible.

– Elle ne l'est pas tant que ça, même si elle fait des bêtises parfois. Si elle était si méchante, elle ne serait pas mon amie.

Erica n'en croit pas un mot. Cette fille est la plus méchante de la terre, mais elle préfère ne plus en parler et change de sujet.

– Paula, tu as entendu la nouvelle ?

– Non, laquelle, ma puce ?

L'aînée caresse les longs cheveux blonds de la cadette en se souvenant que les siens étaient identiques lorsqu'elle était petite fille.

– Ils ont dit à la télé que la chanteuse que tu aimes bien a eu un accident.

– Quelle chanteuse ? demande Paula, inquiète.

Depuis que les filles sont parties, elle n'a rien fait d'autre que penser à Angel, allongée sur son lit. Elle ne sait rien du tout du reste du monde.

– Celle qui a les cheveux roses.

– Katia ?

– Oui, celle-là.

– Quand ? Qu'est-ce qu'il lui est arrivé ? demande-t-elle, figée.

– Je sais pas trop. J'ai juste entendu ça.

Le téléphone de Paula se met à sonner. La mélodie est reconnaissable entre mille. The Corrs...

– Elle est bien cette chanson ! Comment elle s'appelle ? demande la petite.

– *Angel.*

– J'aime beaucoup.

– Oui, elle est jolie. Tu peux me laisser un moment, ma puce, le temps que je réponde au téléphone ?

– Ce n'est pas l'autre sorcière encore ? demande Erica, terrifiée.

Paula sourit sous le regard curieux de sa petite sœur et décroche.

– Attends une seconde, sorcière. Ma sœur est dans la chambre, répond-elle, amusée, avant qu'Angel ait pu ouvrir la bouche.

Mais elle n'a pas besoin d'en dire plus pour que la petite fuie à toutes jambes en fermant la porte derrière elle. Elle ne veut plus jamais rien savoir de cette sorcière avec un *pircine* dans le nez.

– J'ai mal entendu ou tu m'as appelé « sorcière » ? demande-t-il.

– Non, t'as bien entendu, répond-elle, amusée.

– Et depuis quand « sorcière » est un petit nom tendre ?

– Qui te dit que j'ai voulu être tendre ? dit-elle en éclatant de rire.

– Rappelle-moi de ne plus jamais t'inviter à prendre un petit déjeuner churros-chocolat. Le sucre te fait perdre la tête.

– Mais tu n'as même pas réussi à m'en donner un ! Si ma mère n'avait pas été là, je serais morte de faim ce matin, ment-elle.

– Tricheuse. Tu n'es qu'une tricheuse, c'est tout.

– Tu l'as toujours mauvaise, hein ?

– Évidemment ! s'exclame le journaliste en essayant de paraître sérieux.

– Pauvre chou... Je me ferai pardonner. Cet après-midi par exemple ? Je pense que je pourrai m'échapper un petit moment.

Un silence suit la proposition de Paula.

– Cet après-midi... commence Angel, perplexe.

– Tu ne peux pas ?

– Eh bien, non. Je ne peux pas cet après-midi.

– D'accord... dit-elle en se laissant tomber sur son lit.

Déception. Elle avait tellement envie de le voir.

– C'est pour ça que je t'appelais. Un imprévu m'est tombé dessus, je vais donc être occupé tout le reste de la journée.

– C'est dommage !... J'ai envie... d'être avec toi, balbutie-t-elle, la voix de plus en plus éteinte à chaque mot.

Angel se frotte le front de sa main libre. Il est dévoré par la culpabilité.

– Je suis désolé, vraiment. Moi aussi, j'ai envie d'être avec toi.

– C'est à cause de Katia ? demande-t-elle en se souvenant de ce qu'Erica vient de lui raconter.

La question le transperce comme un couteau au point qu'il doit s'appuyer sur le mur pour penser à ce qu'il va répondre. De quoi parle-t-elle exactement ?

– À cause de Katia ? dit-il pour gagner du temps.

– Oui, ma sœur vient de me dire qu'elle a eu un accident. Tu dois couvrir l'événement pour le journal, c'est ça ?

Couvrir l'événement ! Mais bien sûr ! Pourquoi n'y a-t-il pas pensé avant ?! Ne pas lui dire toute la vérité est douloureux, mais il ne peut pas lui avouer.

– Oui, c'est ça. Je suis déjà à l'hôpital.

– Que lui est-il arrivé ?

Même s'il sait exactement ce qui s'est passé, donner trop de détails éveillerait les soupçons.

– Une sortie de route en voiture après une soirée. On n'en sait pas beaucoup plus pour l'instant.

Tous deux soupirent de leur côté.

– Elle va bien ? C'est grave ? demande Paula, inquiète.

– Il semble que non. Elle se remettra vite.

– Tant mieux ! répond-elle, soulagée. Tu l'as vue ?

Humpf ! Plus de mensonges ? Il n'a pas d'autre solution.

– Non. Ils ne laissent pas passer les journalistes.

– Je comprends.

– Ils nous préviendront si elle sort de l'hôpital.

Angel se sent de plus en plus mal, comme si on l'étranglait et qu'on lui comprimait l'estomac. Pile au moment où il pensait rompre tout lien avec Katia, il y a cet accident et la demande d'Alexia. Non seulement il a menti à Paula, mais en plus il est obligé de continuer. Mais que peut-il faire d'autre ? Est-ce la meilleure solution ?

Oui. Elle souffrirait beaucoup, si elle savait tout cela. Et c'est bien la dernière chose qu'il souhaite actuellement.

– La pauvre, dit-elle. Elle a l'air sympa et j'aime beaucoup ses chansons.

Paula chantonne le refrain de *Tu éblouis mon cœur*.

Angel sourit. Malgré tout, Katia le captive. Il se souvient de l'interview à la rédaction. Il est transporté par cette petite chanteuse qui illumine tant de sa présence.

– Paula, je dois raccrocher. Je suis désolé qu'on ne puisse pas se voir cet après-midi.

– Ne t'inquiète pas, je comprends. J'espère que l'attente ne te sera pas trop longue.

– J'espère aussi.

– Bisous, ma petite sorcière. Je t'aime.

– Idem.

Ils raccrochent.

Angel regarde le plafond. Même s'il est persuadé qu'il n'avait pas d'autre choix, il ne peut s'empêcher d'avoir honte.

Paula regarde le plafond de sa chambre. Elle avait vraiment très envie de le voir. Mais on n'a pas toujours ce qu'on veut dans la vie.

Chapitre 25

Ce même après-midi de mars, dans un coin isolé de la ville.

Le sac est beaucoup plus léger que la veille. Il reste à peine une quinzaine de cahiers.

Alex vient de regarder ses e-mails. Rien. Aucun signe d'une personne qui aurait trouvé le petit document. Il ne faut pas désespérer. C'est inutile. Il doit disperser ceux qui restent. Seul. C'est ce qui l'attriste le plus, à vrai dire. Paula ne sera pas là pour l'aider cette fois-ci.

Sac à dos sur l'épaule, il ouvre la porte d'entrée.

– Tu t'en vas ?

Irène surgit de nulle part. Elle porte un sweat-shirt blanc qui lui arrive aux cuisses, mais qui ne cache pas un short en jean usé. Des chaussettes bleues, pas de chaussures. Elle s'est fait des couettes. L'innocence et la sensualité réunies.

Alex l'observe de haut en bas. Elle est vraiment sexy.

– Oui, j'ai quelque chose à faire. J'en ai pas pour longtemps.

– Tu vas déposer les cahiers de ton livre ?

– Comment tu le sais ? dit-il en haussant les sourcils.

– Parce que je t'espionne. Tu ne le savais pas ?

– Irène...

– Mais je plaisante, idiot. J'ai juste vu le sac. Je t'ai dit hier soir que je jetterais un œil à ce que tu écris. J'ai vu ton message à la première page. C'est très ingénieux.

Alex soupire de soulagement. Pendant un instant, il a vraiment cru qu'elle l'espionnait, elle en est capable.

– Merci.

Sans qu'il s'en rende compte, Alex parcourt des yeux les

jambes interminables d'Irène. Il se détourne dans un accès de pudeur.

Trois mois.

– Et ça donne des résultats ?

– Quoi donc ? demande-t-il, confus.

– Les cahiers. Est-ce que beaucoup de gens t'ont contacté ?

– Non, seulement une fille.

– Ne t'inquiète pas. C'est une bonne idée, il faut juste être patient.

– Oui.

– Attends, je me change et je viens avec toi. Je voudrais t'aider.

– Non, ne t'embête pas. Je préfère le faire tout seul.

Irène se mord la lèvre. Il est vraiment rude parfois ! Elle fait semblant d'avoir bien pris son refus et sourit.

– D'accord. Si tu ne veux pas que je t'accompagne, je n'insiste pas.

– Je n'en ai pas pour longtemps. À tout à l'heure, dit-il en sortant de la maison sans regarder derrière lui.

– Bon courage et ne drague pas n'importe qui ! crie Irène alors qu'il est déjà dehors.

Et maintenant ? Elle est seule. Elle se laisse tomber dans un des fauteuils du salon. Alex lui plaît vraiment, même s'il la traite comme ça, la plupart du temps. Il finira par tomber dans ses bras. C'est certain.

Elle se dirige vers la chaîne stéréo et choisit un disque parmi la centaine de CD qui se trouvent sur l'étagère. Coldplay, *Yellow*. Elle monte le son, encore et encore. Elle est seule, elle peut écouter la musique aussi fort qu'elle le veut.

Une fois revenue au fauteuil, une idée lui traverse l'esprit. Pourquoi pas ? Elle l'a déjà fait lorsqu'ils vivaient ensemble. Elle se rend dans la chambre d'Alex sur la pointe des pieds.

Toc, toc.

– Tu vois ? J'ai frappé avant d'entrer, dit-elle en souriant.

La chambre de son demi-frère est impeccablement rangée, comme toujours. Le lit est fait. La situation l'amuse beaucoup : il y a quelques minutes elle s'est accusée de l'espionner alors que ce n'était pas vrai. Et maintenant...

Elle se rappelle qu'une fois, lorsqu'ils étaient adolescents, elle a trouvé une lettre au cours d'une de ses « visites » clandestines. Une lettre qu'une fille lui avait envoyée pour la Saint-Valentin. Elle l'appelait « mon amour », « mon cœur », « ma vie »... Elle lui disait qu'elle était folle de lui. Quelle allumeuse ! Que pouvait-elle bien savoir de l'amour, cette idiote !... Irène avait alors « emprunté » la lettre et « sans le vouloir » l'avait fait tomber dans la cheminée. Personne n'en avait rien su. Heureusement, Alex avait déjà bon goût, il n'avait jamais rien tenté avec cette fille.

Elle trouvera peut-être ici quelque chose qui lui en dira davantage sur cette Paula.

Elle fouille d'abord tous les tiroirs du bureau, un par un, en veillant à ne rien changer de place. Puis l'armoire, les étagères, les tiroirs de la table de nuit... Des chemises, des cahiers, des dossiers.

Rien d'intéressant. Et pas une trace de Paula.

Et si elle regardait dans son ordinateur portable ? C'est risqué. Mais qui ne tente rien n'a rien.

Irène rallume l'ordinateur qui était en veille. Parfait, pas de mot de passe pour ouvrir Windows. La session Facebook d'Alex est toujours ouverte.

– « Alex Écrivain », vraiment pas original, murmure-t-elle.

Elle fouine dans les contacts de son demi-frère, certaine d'y trouver ce qu'elle cherche. Elle lit attentivement chaque pseudo.

– Ce que les gens peuvent être cuculs, se dit-elle à voix basse en lisant leur mur.

Rien ne retient son attention, jusqu'à ce qu'elle aperçoive en bas de la liste : « Paula : Papillons dans le ventre. Jtm. Merci pour tout. » Elle n'est pas connectée.

Est-ce bien cette Paula qui occupe les rêves d'Alex ? Elle doit s'en assurer. La chance lui sourit à nouveau : son demi-frère garde ses messages.

Irène ne trouve qu'une seule conversation entre eux. Elle date de vendredi soir. Mais ils se connaissent à peine ! Ils ont pris rendez-vous hier matin pour que Paula l'aide à faire quelque chose. Cela a-t-il un lien avec les cahiers ? Sans doute. Elle en est quasiment sûre.

Elle relit le texte deux fois. C'est certain, au vu du comportement d'Alex, cette Paula est sa rivale. Elle déduit de sa manière d'écrire que c'est une jeune fille de seize ou dix-sept ans. Un bébé à côté d'elle.

– Alors comme ça, mon frère chéri aime les adolescentes, dit-elle avec un sourire malicieux.

Paula n'a pas mis sa photo sur sa page Facebook, c'est l'image d'un ours en peluche avec un cœur. Irène aimerait bien voir la tête qu'elle a. Peut-être lui a-t-elle envoyé une photo par e-mail. Elle cherche dans le dossier « Images », sans succès.

Le connaissant, c'est sûrement une bombe, se dit-elle.

Elle l'imagine grande, avec un très joli visage, les cheveux longs, les yeux clairs ou miel, mais dans tous les cas très attirante. Elle a sans doute un corps parfait. Il n'en mérite pas moins. Ils feraient peut-être un beau couple, même si elle considère que personne ne peut être mieux qu'elle au bras d'Alex.

Elle examine à nouveau le message sur son mur. Cette fille aime quelqu'un et le remercie de quelque chose. Ça ne peut pas être lui, ils ne se connaissent que depuis très peu de temps. Les jeunes aujourd'hui ont beau dire « je t'aime » facilement, les papillons dans le ventre indiquent qu'elle est amoureuse.

C'est sûrement pour un autre garçon. C'est mieux, elle ne souffrira pas en apprenant qu'Alex a une nouvelle petite amie.

Irène est surprise d'être aussi sûre d'elle. Ça n'a pas toujours été le cas, mais les choses ont changé maintenant. Elle sait ce qu'elle veut et va se battre pour l'avoir. Elle est au bon endroit, au bon moment et possède les armes suffisantes pour séduire sa proie. Il ne lui échappera pas.

Tout à coup, elle voit un des contacts se connecter. C'est Paula. Quelle coïncidence ! Que faire ?

Irène se ronge les ongles, dévorée par la curiosité. Mais que pourrait-elle bien lui dire ? Elle réfléchit quelques minutes. Si elle lui parle, elle risque de faire une boulette et de se faire griller. En plus, tôt ou tard, Alex et Paula se verront et risquent de parler de cette conversation. Que faire, que faire ?

Trois minutes de silence de part et d'autre.

– Elle n'a pas l'air de s'intéresser beaucoup à lui, dit-elle en regardant l'heure sur l'écran.

Il commence à se faire tard. La dernière chose dont Irène ait envie est qu'Alex la surprenne en train de fouiller dans son ordinateur. Ce serait une catastrophe, il n'aurait plus jamais confiance en elle.

Elle est sur le point d'éteindre lorsqu'une fenêtre lui indique que Paula lui a écrit.

Et zut ! pense Irène. Elle ouvre la fenêtre de conversation, nerveuse.

– Salut, t'es super occupé ? Ou tu ne veux plus me parler ?

La phrase est ornée de trois émoticônes. Une petite tortue coiffée d'un chapeau de cow-boy et clignant un œil termine la question.

Tout cela est comme effeuiller une marguerite. Lui répond-elle ou pas ? Elle meurt d'envie de continuer à profiter de la situation, mais décide finalement de suivre la voie de la raison. Elle ne peut pas prendre autant de risques.

Irène ferme Facebook en soupirant, puis éteint le PC avant de ressortir de la chambre sur la pointe des pieds.

Ce même après-midi de mars, quelque part en ville.

Vraiment bizarre !... Il ne lui a pas répondu puis s'est déconnecté comme ça, sans rien dire.

Paula attend quelques minutes, au cas où Alex se serait déconnecté à cause d'un problème avec l'ordinateur. Mais, au bout d'un certain temps, elle se résigne. Il est vraiment parti.

Quelle journée pourrie !... D'abord Angel qui ne peut pas la voir parce qu'il doit couvrir l'info de l'accident de Katia. Puis Alex qui quitte Facebook sans lui parler ni même lui répondre. Quel dommage !... Elle a soudainement eu très envie de lui parler lorsqu'elle l'a vu connecté.

Il ne va pas lui rester d'autre solution que de bosser les maths. Humpf ! Elle déteste ça !

Elle doit voir Mario demain pour travailler. Elle se demande ce que cela va donner. Elle espère réussir son examen et se rapprocher un peu de son ami. Ce que Paula ne sait pas encore, c'est que ces après-midi vont aussi lui réserver des surprises...

Chapitre 26

Au même moment, ailleurs en ville.

Angel regarde par la fenêtre du couloir de l'hôpital. La nuit tombe. Quelques réverbères éclairent un peu les rues déjà sombres.

C'est la fin d'un dimanche étrange. Très étrange. Il l'a commencé avec Paula au petit déjeuner, amoureux, entre blagues, churros, baisers, chocolat et rires... Il le termine avec Katia, allongé dans le lit à côté du sien. Il est possible qu'Alexia ait demandé qu'aucun autre patient ne partage la chambre de sa sœur.

Ils sont à nouveau seuls. Comme vendredi lorsqu'il a accepté d'aller prendre ce verre et qu'il en a pris en fait deux, puis trois... C'est perdre sa dignité qui lui a été le plus douloureux, et surtout, devoir mentir. Maintenant, il est prisonnier de ce mensonge sans pouvoir revenir en arrière. Ce serait désastreux pour lui, et aussi pour Paula et leur relation.

Il regarde la lune. La même lune de mars témoin de son premier baiser avec cette merveilleuse jeune fille de seize ans, et du baiser volé de Katia entre deux prises photo.

Comment peut-il lui arriver tant de choses en si peu de temps ? Son regard se perd vers l'horizon où se dessinent de grands immeubles dans le ciel étoilé. Le soir d'un dimanche étrange.

Un homme en blouse blanche à la démarche élégante se dirige vers lui. Le médecin de Katia.

– Ah ! Vous êtes là, dit-il, jovial.

– Oui. Vous avez fini votre visite ? Elle va bien ?

– Oui, très bien. Elle pourrait même sortir tout de suite, mais je préfère la garder jusqu'à demain matin, par précaution.

– D'accord. Je passerai la nuit avec elle.

Le médecin acquiesce avec un sourire.

– Si vous me permettez de vous donner un conseil...

– Oui, dites-moi.

– Si vous voulez rester discret et ne pas avoir les journalistes sur le dos, il vaudrait mieux que vous ne sortiez pas trop de la chambre.

– Les journalistes mettent leur nez partout, n'est-ce pas ? demande Angel, ironique.

– Ah ça !... Si vous saviez...

– Merci, je suivrai votre conseil, répond-il en souriant.

– Vous pouvez retourner dans la chambre quand vous le voudrez. Je crois qu'il y en a une qui est pressée de vous voir revenir, lui dit le médecin en lui tapotant l'épaule.

– Merci encore, docteur.

Angel se dirige vers la chambre de Katia alors que le médecin part en sens inverse. Il frappe doucement et entre.

– Ah ! Tu me manquais déjà ! s'exclame-t-elle.

– Je n'ai été absent qu'une demi-heure, dit-il en s'asseyant près de son lit.

– C'est déjà trop, remarque-t-elle en montrant la fenêtre. Regarde, il fait nuit.

Il sourit en voyant sa moue enfantine et boudeuse. Il ne sait pas pourquoi, mais il adore lorsqu'elle fait ça. Elle est toujours si sûre d'elle et pleine de ressources pour obtenir ce qu'elle veut qu'il est tout attendri lorsque son côté innocent refait surface. Ou peut-être plus que ça ?

– Oui, j'ai regardé le coucher de soleil d'une des fenêtres du couloir.

– Et j'ai loupé ça ! Moi j'étais là avec le médecin...

– C'est quelqu'un de bien. Il m'a conseillé de faire attention aux journalistes.

– Oui, il me l'a dit aussi, mais je crois qu'il n'y en a qu'un dont je doive particulièrement me méfier. Qu'est-ce que t'en penses ?

– Peut-être, répond-il en se frottant le menton. Il y en a un qui pose des questions terribles. Il me semble que je l'ai vu dans les parages.

– Tu te moques de moi, monsieur le journaliste ? dit-elle en faisant à nouveau la petite fille en colère, ingénue et inoffensive.

Angel répond par un sourire amusé avant de s'écrouler sur le lit d'à côté. Pour la première fois de la journée, il se sent totalement épuisé. Il ferme les yeux, bien calé sur l'oreiller.

Katia s'allonge sur le côté pour l'observer. Un frisson lui parcourt le corps.

– Angel, tu dors ?

– Non, tu ne m'en as pas laissé le temps, rétorque-t-il, amusé.

Elle a toujours les yeux rivés sur lui et pense à sa propre reprise de *I can't take my eyes off of you*, « Je ne peux pas cesser de te regarder ».

– Comment ça va avec ta copine ?

Angel ouvre les yeux et se tourne pour lui faire face. Leurs regards se croisent.

– Avec Paula ?

– Oui. C'est ta petite amie, non ?

– Quelque chose comme ça, oui. On commence à peine.

– C'est le meilleur moment. Lorsqu'on commence une histoire, tout est beau et merveilleux.

Angel referme les yeux. Fatigue. Sommeil. Il pense à Paula et à l'ironie de la situation. Il sort avec une fille et passe deux nuits avec une autre.

– Oui, tout est... très beau... au début, balbutie-t-il. Même si c'est aussi... difficile.

Elle envie cette Paula. Comme elle aimerait être à sa place ! Elle échangerait tout, son succès, tous les disques vendus, tous ses fans, pour une vie entière à ses côtés.

– Très difficile, dit-elle, somnolente à cause des calmants qu'on lui a donnés.

Elle attend qu'il lui réponde. Mais elle ne reçoit que du silence. Sans rien ajouter, elle ferme les yeux et se laisse emporter par le sommeil.

Sans s'en rendre compte, ils s'endorment en même temps, face à face.

Ce même soir, quelque part en ville.

Un après-midi à mourir d'ennui. C'est la définition qui lui vient à l'esprit pour définir les dernières heures écoulées.

Angel lui manque. Paula n'a pas voulu l'embêter avec des appels stupides. Il devait être occupé à scruter une éventuelle sortie de Katia ou à collecter des informations sur son état de santé.

Ils ont dit aujourd'hui aux infos qu'il y avait eu plus de peur que de mal, qu'elle se remettrait vite et qu'elle serait bientôt de retour sur scène. Quel soulagement ! Elle aime tellement ses chansons. La pauvre ! Elle semble si fragile... Mais elle a un de ces charismes. Ses yeux, sa voix, ses gestes... tout est touchant chez elle.

Puis elle n'a pas pu parler à Alex non plus. Quelle idiote ! Elle n'a même pas pensé à lui demander son numéro de téléphone.

Il n'est pas comme les autres. Elle n'avait jamais rencontré un garçon aussi romantique. Qui penserait à distribuer un extrait de son propre roman, comme ça, au hasard ? Est-ce que ça va marcher ? Quelqu'un lui a-t-il répondu ? Il ne s'est pas connecté de l'après-midi. Vont-ils se revoir ?

Quel dimanche étrange ! Elle l'a commencé en voyant Angel par la fenêtre de sa chambre alors qu'ils se parlaient au téléphone. Mon Dieu ! Puis les caresses et les baisers dans le parc aux cent marches. Parce qu'il y en a cent et non quatre-vingt-dix-neuf. Quel rigolo !... Ensuite le petit déjeuner et le jeu du chocolat : le meilleur petit déjeuner de sa vie...

Mais après, plus rien. Le vide.

Elle se met en pyjama, elle ne va pas tarder à aller se coucher. Elle allume son PC, pour voir si Angel est connecté, ou Alex peut-être. Aucun des deux n'est là. Une fenêtre s'ouvre. C'est Miriam.

– Salut, boudin.

– Salut, abrutie.

– Qu'est-ce que tu fais ?

– J'allais aller me coucher, je regardais mes mails avant, ment Paula. Et toi ?

– Je draguais un peu, mais j'en ai déjà marre.

– Ah.

– Ça va pas ? demande Miriam. T'as pas l'air de bonne humeur. Quand t'écris sans smileys partout c'est mauvais signe.

– Si, ça va, je me suis juste ennuyée à mourir cet après-midi.

– Et ton petit ange ?

– Il a dû couvrir l'accident de Katia pour le journal.

– Ah oui ! Ça fout la trouille, hein ?

– Oui, carrément. Enfin elle va bien. Mais bon, Angel a dû passer la journée à l'hôpital.

Paula se lève. Elle n'a pas très envie de parler davantage. Elle va couper court à la conversation.

– Dis-moi, tu as parlé avec mon frère, ces jours-ci ?

– Avec Mario ? Oui, hier, quand j'ai voulu vous prévenir que ma mère risquait de téléphoner chez vous.

– Tu l'as pas trouvé bizarre ?

– Si, un peu, dit-elle en s'asseyant à nouveau. Il avait un message bizarre sur son mur l'autre jour.

– Un message bizarre ?

– Oui. Je ne me souviens plus de ce que c'était exactement, mais il semblait en vouloir à la terre entière. Ça m'a un peu inquiétée.

– J'ai pas vu.

– Il a eu des problèmes avec une fille ? Une peine de cœur ?

– Pas que je sache, mais j'ai une théorie sur la question.

– Laquelle ? demande Paula, curieuse.

– Je pense qu'il est amoureux d'une des Dragibus.

Ah ! C'était donc ça !

– Oui, ça tient la route.

– Je pense que c'est Diana, avance Miriam, convaincue. L'autre jour je lui ai parlé d'un truc qu'elle a dit sur lui, puis il a fait son dur. Il est peut-être tombé amoureux d'elle ?

– C'est possible.

– Mon Dieu !

– T'imagines ? T'aurais Diana comme belle-sœur.

– Tais-toi, t'es folle !

Éclat de rire silencieux dans la chambre de Paula. Mais elle est vraiment inquiète à propos de Mario.

– Je lui ai demandé de m'aider pour les maths tous les après-midi cette semaine. J'essaierai d'avoir quelques informations.

– Ça te réussit de sortir avec un journaliste toi, hein ? 😉

– Mais quelle abrutie !... Je m'inquiète pour ton frère, c'est tout.

– Je sais. J'espère que tu pourras savoir ce qui se passe. À moi, il ne me dit jamais rien.

– Parce que t'es toujours en train de l'enquiquiner, le pauvre, explique Paula 😜.

– Ça ne veut rien dire du tout, Madame-je-sais-tout-journaliste-en-herbe, répond Miriam avec le même smiley.

Paula renchérit avec un émoticône grimaçant et Miriam lui envoie un surfeur. Elles se quittent après quelques autres insultes « affectueuses », des bises et des « je t'aime ».

Journaliste ? Pourquoi pas, elle n'y avait jamais pensé.

Chapitre 27

Ce même soir de mars, dans un coin isolé de la ville.

La lune. Les étoiles. Alex regarde le ciel noir taché de gouttelettes scintillantes depuis le toit de sa maison, aux abords de la ville. Les immeubles du centre-ville ne lui permettraient sûrement pas de jouir de ce spectacle. Il se sent minuscule devant cette immensité, et chanceux.

Une brise légère rafraîchit la nuit.

Il est assis, son ordinateur sur les genoux, épuisé d'avoir dispersé seul les cahiers qui lui restaient. Comme il aurait aimé qu'elle soit à ses côtés ! Paula le hante. Il ne peut rien faire sans qu'elle surgisse dans ses pensées.

Elle n'est pas connectée. Ils ne se sont pas parlé de la journée. Peut-être qu'hier était la dernière fois qu'il la voyait ? Il refuse de le croire.

Il regarde le blog où il publie, quand il le peut, des fragments de *Derrière le mur*. Beaucoup de commentaires positifs le félicitent de son travail et il a de plus en plus de lecteurs réguliers. Il passe plus d'une demi-heure à répondre à chacun. Ça lui remonte un peu le moral, bien qu'il soit sans nouvelles de Paula.

Cependant, pas de nouveau retour de l'expérience des petits cahiers. Il soupire, un peu découragé, et tente d'être patient.

Il ne doit pas tomber dans le pessimisme.

Nouvelle idée, nouvelle illusion, nouvelle folie : plan B.

Il a eu l'idée dans le bus en revenant chez lui. Il s'agit de mener *Derrière le mur* à un autre niveau. C'est une idée complètement insensée, irréelle, une mission impossible, mais il ne perd rien à essayer.

Il rêve d'être écrivain. Plus il se fera connaître, plus il aura de lecteurs ; plus il aura de lecteurs, plus il aura de chances qu'un éditeur accepte de le publier, une fois l'ouvrage terminé. Il a donc besoin de plusieurs facteurs spécifiques pour provoquer tout cela : les cahiers et le plan B.

Il ouvre Google et cherche quelques adresses de maisons de disques. Il copie les adresses postales de chacune d'entre elles. Ce travail terminé, il rédige un modèle de lettre qui lui servira de base pour tous ses courriers.

Bonjour, ou bonsoir.

Pour moi, bonsoir, car je vous écris sous la lune et les étoiles.

D'abord, merci d'avoir ouvert cette enveloppe et pardon de vous déranger.

Ce courrier doit vous surprendre. Ce serait logique. Je le serais aussi à votre place. Je vous explique.

Je suis un garçon qui rêve de devenir écrivain. Une entreprise difficile, je le sais, mais j'y emploie toute mon énergie et tous mes efforts, pas seulement en écrivant, mais aussi en utilisant tous les moyens à ma portée pour avoir l'opportunité d'être lu. Et peut-être qu'un jour, qui sait, l'attention d'un éditeur sera retenue par tout cela.

Ce que je vous envoie dans ce petit dossier sont les quatorze premières pages de Derrière le mur, *l'histoire que j'écris en ce moment. Mon but est de divertir, d'emporter les gens. C'est peut-être trop romantique, peut-être même utopique ; ou bien enfantin. Mais cela m'est égal : je suis à fond dans ce projet et il me rend heureux. Même s'il me reste beaucoup à apprendre.*

J'ai commencé à publier cette histoire sur Internet, il y a quelques semaines, sur un blog. Mais, pourquoi ne pas essayer de diffuser encore plus loin ? Et utiliser l'imagination pour donner la possibilité à un plus large public de connaître ce que je fais ? C'est ce que je tente en vous adressant cette lettre.

Voilà ce que je voudrais : la musique est un des piliers de l'histoire. Tout au long du livre, je cite des chansons que les personnages écoutent à tel ou tel moment. Alors... pourquoi pas une chanson dédiée exclusivement à

Derrière le mur ? *Je sais que ma demande est pour le moins audacieuse et culottée. Vous ne devez pas avoir une minute à vous, alors vous n'en aurez sans doute pas pour dédier une chanson à mon livre. C'est dans ce « sans doute » que je place un petit espoir. Une chanson de votre composition pour mon livre serait un coup de pouce énorme.*

Plus des gens nous connaîtront, moi et mon livre, plus j'aurai de chances d'être édité. C'est un rêve, mon rêve, et vous en faites partie. Si vous le souhaitez, vous pouvez le partager avec moi.

L'adresse de mon blog, si cela vous intéresse : http://www.fotolog.com/derriere_le_mur.

Et mon adresse mail, si vous avez besoin de quoi que ce soit : derrierelemur@hotmail.es ou mon pseudo sur Facebook : Alex Écrivain.

C'est tout. Je vous demande à nouveau pardon pour mon audace. Merci de m'avoir lu et désolé de vous avoir dérangé.

Bien à vous,

L'auteur.

Alex relit plusieurs fois ce qu'il vient d'écrire. Quelle folie ! Ce n'en est qu'une de plus, et il n'a pas l'intention de la contenir. Il examine la liste des chanteurs et des maisons de disques auxquels il va envoyer un cahier. Il n'a rien à perdre et tout à gagner. Et si ça marche, la victoire sera éclatante.

Il se souvient alors de cette chanteuse qui a eu un accident de voiture. Il l'a entendue à la radio dans le bus. Ils ont dit qu'elle allait bien, heureusement. Il cherche sa maison de disques sur Internet. Une photo de Katia apparaît sur la page d'accueil. Elle a vraiment un succès fou !

Alex copie l'adresse dans le fichier et regarde à nouveau la photo de la chanteuse aux cheveux roses. Elle est assez jolie, elle a quelque chose en plus, sans aucun doute.

Oui, c'est à elle qu'il enverra en premier sa nouvelle idée folle et insensée.

Chapitre 28

Cette même nuit de mars, quelque part en ville.

Elle est réveillée depuis un petit moment. Elle ouvre les yeux, constate qu'il est toujours là, puis les referme. Il n'est pas parti.

Sourire. Angel dort sur le lit à côté. Depuis combien de temps n'a-t-elle pas ressenti quelque chose d'aussi fort pour quelqu'un ? Longtemps. Si longtemps qu'elle ne s'en souvient plus. Elle a bien eu quelques flirts et des petits copains à mi-temps, mais avec eux jamais son cœur n'a battu comme c'est le cas maintenant.

Avec tous les hommes qui lui courent après, il a fallu qu'elle s'entiche du seul qu'elle ne peut pas avoir. Pourquoi ne le peut-elle pas ? Parce qu'il en aime une autre. Parce qu'il a déjà une copine.

Mais leur relation vient juste de commencer. Et si cette Paula n'était pas la femme de sa vie ? Si cette fille ne l'est pas, elle perdrait une occasion en ne tentant rien.

Katia rouvre les yeux et l'observe à nouveau. Il est vraiment beau, même quand il dort. Nouveau sourire.

Il est là, ça veut bien dire quelque chose. Elle n'a même pas eu besoin de l'appeler pour qu'il vienne la voir. Et en plus, il passe la nuit avec elle, bien que sa sœur y soit sûrement pour quelque chose.

A-t-elle une chance ? Et si elle lui disait ce qu'elle ressent ? Peut-être qu'il a le même genre de sentiment ? Mais, si ce n'est pas le cas, risque-t-elle de le perdre en lui avouant son amour ?

La jeune fille aux cheveux roses bouge nerveusement sous les couvertures blanches de son lit d'hôpital. Elle a mal à la tête, mais pas vraiment à cause du coup qu'elle a reçu pendant l'accident.

De toute façon, demain, le rêve sera terminé. Quand on lui donnera la permission de sortir, ils se diront au revoir. Il continuera sa vie, avec ses interviews, ses articles, sa Paula. Et elle devra à nouveau supporter le harcèlement des médias, des gens intéressés, de ses admirateurs. Ils voudront tous savoir ce qui s'est passé, si elle va bien...

Humpf !... Elle est épuisée d'avance.

Elle le couve du regard à nouveau. Elle respire à fond et se détend un peu. La nuit est devant eux, quelques heures encore à partager. Elle ne veut pas se rendormir, juste profiter de ces instants, de sa présence, même s'il dort. Elle peut le regarder et rêver éveillée.

Une forte impulsion jaillit alors en elle, un élan inexplicable. Elle se débarrasse des couvertures et s'assoit sur le lit avec précaution. Les jambes et le corps tremblants, elle se met debout.

Elle s'avance lentement vers le lit d'Angel. L'expression douce de son visage endormi la captive un peu plus encore. Elle sent toujours cette force étrange en elle qui la pousse. Elle se penche lentement et dépose un baiser sur ses lèvres. Un baiser délicat, presque imperceptible, qui l'effleure simplement : une caresse de ses lèvres sur celles de ce garçon qui ne semble pas s'apercevoir qu'on lui donne un baiser d'amour authentique.

Cette même nuit de mars, au même endroit, dans le lit à côté de celui de Katia.

Il se réveille et ouvre lentement les yeux. Quelle heure est-il ? Très tard sans doute. Il fait nuit noire.

Elle est toujours allongée en face de lui. Il l'observe attentivement. C'est vraiment une belle fille. Son visage dégage quelque chose de spécial, même quand elle dort.

Mais il est déjà avec Paula. Que fait-il ici alors ? Il rend un service. Comment refuser ce que lui demandait Alexia ? Pourtant il pense toujours qu'il n'est pas à sa place dans cette chambre.

Trop de mensonges en peu de temps. Il est entré dans un cycle infernal de mensonges et de semi-vérités dont il ne peut pas sortir.

Il voudrait que tout cela tombe dans l'oubli, comme si ce n'était jamais arrivé. Surtout pour Paula, elle souffrirait trop si elle apprenait la vérité.

Soupir discret. Fatigue, inquiétudes, responsabilité... Peter Pan qui s'évade du Pays Imaginaire.

Ce sera bien pire lorsqu'il sortira de cet hôpital. Une journée difficile l'attend. Il n'a pas travaillé du week-end et il aura des comptes à rendre à son chef, comme à Paula, de son temps passé là. Il se demande comment aborder le sujet. Il devra écrire sur l'accident de Katia, c'est irrémédiable. Il faudra démêler le personnel du professionnel, savoir ce qu'il convient de dire ou non. Et cela n'a rien de simple.

Puis il devra mentir encore à Paula. Il se promet que ce sera la dernière fois et tente de s'en convaincre.

En attendant, il doit se reposer. Il ferme à nouveau les yeux et essaie de se rendormir. Pas moyen de trouver le sommeil. C'est alors qu'il sent quelque chose, comme si quelqu'un se déplaçait dans la chambre. Oui, c'est en train de s'approcher. Il ouvre à peine un œil et voit Katia se pencher sur lui et l'embrasser. Un baiser si doux, trop doux. Ce n'est pas un baiser capricieux, c'est un baiser tendre. Reconnaissance ? Au revoir ? Amour ?

Angel se laisse porter et l'accepte, en faisant semblant de dormir.

La chanteuse retourne dans son lit et lui, en pleine confusion, ne fermera plus l'œil de la nuit.

Chapitre 29

Le matin suivant, quelque part en ville.

Lundi. Elle déteste le lundi. Ça ne devrait pas exister, il ne devrait y avoir que des week-ends. Mais les meilleures choses ont une fin.

Paula court partout dans la maison. Chambre, salle de bains, chambre, cuisine. Elle n'a même pas le temps de s'asseoir pour boire son chocolat. Elle mord dans un toast et se dirige vers le salon avant de l'avoir avalé. Elle ne veut pas rater son bus, comme c'est arrivé trois fois la semaine dernière. Mais elle ne peut pas partir avant d'être sûre de n'avoir rien oublié.

Mercedes l'observe, inquiète, et lui demande si elle a pris ci ou ça. C'est bon, elle a tout. Enfin elle le croit.

Le bus passe dans trois minutes. Elle embrasse rapidement sa mère et sort en courant vers l'arrêt, le sac Supernanas sur le dos. Elle doit y arriver ! Elle avance comme une flèche sur le trottoir. Argh ! Un feu rouge. Elle sautille, impatiente. Vert ! Plus vite ! Un passage piéton puis elle tourne à droite.

Comme deux amoureux qui vont à la rencontre l'un de l'autre, Paula se retrouve face au bus, chacun à une extrémité de la rue. Elle court aussi vite qu'elle le peut. Le véhicule s'arrête. La queue pour embarquer est de plus en plus courte. Le dernier passager monte à bord. Il va partir !

Le conducteur ferme les portes mais aperçoit une jeune fille en train de lui faire de grands signes alors qu'il était sur le point de démarrer. *Pourquoi ne se lèvent-ils pas cinq minutes plus tôt ?* se dit-il.

Paula, les joues rouges et le souffle court, monte et remercie le chauffeur puis fouille dans son sac. Et zut ! Elle a bien évidemment oublié quelque chose : sa carte de transport. Elle n'a donc pas d'autre solution que d'acheter un ticket, en se maudissant d'avoir une si petite cervelle.

Elle avance vers le fond du bus et passe devant les visages ensommeillés. Certains la saluent d'un signe de tête, d'autres se détournent. Elle est habituée.

Ah ! Une place libre au fond. Un garçon avec un bonnet Ralph Lauren se lève pour la laisser s'asseoir près de la fenêtre. Compagnon de voyage parfait. *Il ressemble à Alex*, se dit-elle. Oui, il a un petit air, mais son Alex est plus beau. Heu, depuis quand est-il *son* Alex ? Bah, ce n'est pas très important, un oubli de langage.

Elle respire à fond deux ou trois fois pour reprendre son souffle et ne pas trop se faire remarquer, puis sort son lecteur MP3 avec précaution. Loupé, elle ne peut éviter le choc entre son coude et celui de son voisin. Elle s'excuse en souriant. Le garçon, impassible, tourne la tête vers elle un instant avant de regarder à nouveau devant lui. Un autre qui n'aime pas le lundi, sûrement... Mais il pourrait être un peu plus aimable, non ?

Il faudra qu'elle fasse attention à ne pas le déranger davantage. Beau, mais pas très sympa. Pas comme Alex.

Alex ? Son ami écrivain surgit une nouvelle fois dans ses pensées... Ce n'est pas sa faute s'ils se ressemblent, non ?

Elle cherche *The Scientist* de Coldplay, dans son lecteur. Ah ! Ça y est ! *Play*.

La tête appuyée sur la fenêtre, les yeux fermés, Paula se laisse bercer par le mouvement du bus. Lundi. Son anniversaire dans cinq jours. Dix-sept ans. Soupir. Elle commence à devenir adulte. C'est plutôt bien, non ? Elle ne sait pas trop, elle n'est pas de celles qui sont pressées d'avoir dix-huit ans, même si cela aura ses avantages, bien sûr.

Samedi, ce sera la fin de ses seize ans. Et peut-être la fin d'autre chose aussi... Sa virginité.

Un frisson la secoue de haut en bas. Elle n'a plus du tout sommeil d'un coup. Mon Dieu ! Samedi, elle va coucher avec un garçon ! Dire qu'elle jouait encore avec ses poupées il n'y a pas si longtemps… Zen. Le sexe est une activité normale. Toutes ses amies l'ont déjà fait. Il n'y a pas de raison de s'inquiéter, il faut juste profiter de ce moment unique. Et puis Angel est le garçon parfait pour sauter le pas, n'est-ce pas ?

Elle n'a pas de nouvelles de lui depuis qu'ils se sont parlé au téléphone, hier après-midi. Il a dû passer une journée affreuse à l'hôpital, à l'affût d'une information sur Katia. Le pauvre, ce n'est pas facile d'avoir un métier où on n'a pas d'horaires fixes. Elle se sent un peu coupable de ne pas l'avoir appelé pour prendre de ses nouvelles.

Ah ! Le beau gosse pas sympa descend ! Parfait. Paula en profite pour prendre son téléphone. Un SMS fera sans doute plaisir à Angel.

Une fille qui semble aller à l'université prend la place du beau gosse pas aimable. Paula, pensive, commence à rédiger son message en écoutant *Algo contigo*, « Quelque chose avec toi », de Rosario Flores : *Mon amourrrr. Ça s'est bien passé hier ? J'espère que ça n'a pas été trop rasoir. Tu me manques. Je vais au bahut, là. Je préférerais te rejoindre… J'ai envie de te voir. Cet aprèm ?*

Mais elle se souvient d'un coup qu'elle a prévu d'aller travailler avec Mario. Elle ne pourra pas voir Angel. Triste, elle efface les derniers mots et poursuit : *Mais comme je préférerais te rejoindre… Je dois travailler cet aprèm, donc on ne pourra pas se voir. Mais je t'appellerai. Bisous. Je t'aime.* Envoyer.

Le bus s'arrête. Paula se rend compte au dernier moment que c'est là qu'elle doit descendre. L'étudiante lui sourit en la laissant passer.

Ce même matin de mars, ailleurs en ville.

Le signal sonore du téléphone le réveille. Un message. Angel regrette de ne pas avoir mis une sonnerie plus douce. À tâtons, il atteint le mobile qu'il a laissé sur la table de nuit avant de se coucher. Il a mal partout, surtout à la tête. Il a dormi à peine une demi-heure au cours de cette nuit interminable.

Un SMS de Paula. Il est étouffé par un énorme sentiment de culpabilité. La situation lui échappe.

Pendant un instant, il pense prendre son courage à deux mains et l'appeler pour tout lui avouer. Mais il se ravise immédiatement. Il ne peut pas faire ça : ce ne serait bien ni pour l'un ni pour l'autre, surtout pour elle.

Il relit deux fois le message. Chaque mot le fait se sentir un peu plus mal. Il repose le téléphone sur la petite table pour arrêter de se torturer. Soupir. Les regrets dansent dans sa tête, mais il est trop tard à présent pour revenir en arrière. Les choses se sont passées comme ça, et il n'a pas d'autre choix que celui d'assumer.

Et pour couronner le tout : le baiser de Katia.

Il se tourne pour la contempler. Il a réfléchi toute la nuit à la signification de ce baiser sans parvenir à trouver une explication satisfaisante. Parce qu'elle est amoureuse de lui ? Non, impossible. Comment une chanteuse à succès, qu'il connaît depuis quatre jours, pourrait s'intéresser à lui, petit journaliste dans un modeste magazine musical ?

Mais, dans ce cas, pourquoi ce baiser ? Pas de réponse.

Le téléphone d'Angel se remet à sonner. Un appel de son chef, cette fois-ci.

– Bonjour, patron. Vous allez bien ?

– Bien ? Je ne vois pas comment je pourrais aller bien !

Aïe. Le patron est dans un mauvais jour. Angel tente d'arrondir les angles.

– Oui, il est certain que le lundi est toujours horrible.

– Le lundi ? Je m'en fiche qu'on soit lundi !

– Qu'est-ce qui se passe, patron ?

– On est nuls ! Voilà ce qui se passe ! J'ouvre le journal en buvant mon café et... qu'est-ce que je vois ? Katia a eu un accident de voiture ! Et je suis au courant vingt-quatre heures après ! Hier, j'étais à la campagne coupé du monde, et je passe à côté d'un scoop pareil. On est vraiment complètement nuls !

– Mais, patron...

– Il n'y a pas de patron qui tienne ! Comment une des seules revues musicales du pays peut louper une info pareille ?! On n'a aucune excuse !!

– Mais, patron...

– Bon, Angel, ramène-toi tout de suite à la rédaction pour qu'on voie comment gérer cette crise. Ou encore mieux, tu fonces à l'hôpital où se trouve Katia, tu pourras peut-être pêcher quelque chose là-bas. Ils disent qu'on la laissera sûrement sortir aujourd'hui, elle est peut-être déjà partie. On est vraiment des moins que rien ! On ne mérite pas le titre de journalistes !!

Le jeune homme retient à grand-peine un éclat de rire en entendant la diatribe de son chef. Il se tourne à nouveau vers Katia, qui s'est réveillée lorsque le téléphone a sonné. Échange de sourires. Elle s'est finalement endormie. Maudits médicaments.

– Bonjour, murmure-t-elle.

– Bonjour, lui répond-il à voix basse, une main sur le téléphone. Il pensait se sentir gêné en reparlant à Katia. Mais c'est tout le contraire.

– Angel ! T'as entendu ?! Fonce à l'hôpital ! hurle Jaime Suárez au bout du fil.

– J'y suis déjà, patron, répond tranquillement Angel.

– Quoi ? T'es déjà où ?

– À l'hôpital. J'ai appris la nouvelle de bonne heure hier et j'y suis tout de suite allé.

– Tu plaisantes ?! Pourquoi tu ne m'as pas appelé ?

– Je savais que vous preniez un jour de congé, ment-il, et je ne voulais pas vous déranger. Donc j'ai décidé de couvrir l'événement. Je vous donnerai aujourd'hui mon compte rendu.

– Toi... toi... tu es un bon, Angel. Très bon.

L'imitation de Robert De Niro dans *Mafia Blues* par Jaime Suárez laisse à désirer, mais Angel sourit avec satisfaction. Au moins un point positif dans toute cette histoire.

Katia l'observe attentivement. Elle ne comprend pas très bien sa conversation téléphonique, mais elle s'en moque. Il est toujours là, près d'elle. Et, même s'il ne s'est rendu compte de rien, elle savoure toujours le doux baiser de cette nuit. Mais ils vont bientôt se dire au revoir.

– Merci, patron, j'ai juste écouté vos conseils. Un journaliste n'a pas d'horaires et doit tout faire pour chasser le scoop.

– Tu apprends vite, mon garçon. Mais, la prochaine fois, préviens-moi !

– Je le ferai.

– J'attends ton compte rendu, quand tu auras terminé là-bas. À plus tard, Angel, dit-il en raccrochant sans lui laisser le temps de répondre.

– C'était ton chef ? demande Katia, assise sur son lit.

– Oui. Il était inquiet que nous n'ayons pas couvert l'événement du mois.

– Quel événement ?

L'innocence de la chanteuse le fait sourire.

– Ben, il se trouve qu'une chanteuse à succès a eu un accident de voiture dans la nuit de samedi à dimanche.

Il faut un moment au cerveau embrumé de Katia pour assimiler ce qu'il vient de dire. Lorsqu'elle réalise qu'il parle d'elle, elle ronchonne en tirant la langue.

– Tu parles d'un événement ! Ce n'est vraiment pas important.

– Tu plaisantes ? C'est un scoop. Et s'il t'était arrivé quelque chose de grave, cela l'aurait été encore plus.

La chanteuse laisse échapper un « oh ! », perplexe. Angel se rend alors compte de sa bévue.

– Excuse-moi, je ne voulais pas dire que...

– Non, non, c'est à moi de m'excuser de ne pas m'être tuée dans cet accident...

La réplique touche Angel en plein cœur.

– Je suis désolé.

Katia, énervée et blessée, passe à côté de lui sans lui accorder un regard et s'enferme dans la salle de bains. Elle se regarde dans le miroir et voit sur son visage les stigmates laissés par tout ce qui s'est passé ces dernières heures. Elle maudit l'accident, ses blessures, les médicaments. Et Angel.

Quel abruti !... Il ne se rend compte de rien. Il ne réfléchit pas avant de parler ou quoi ? Il ne s'est même pas rendu compte qu'elle l'a embrassé. *Enfoiré.*

Mais elle est amoureuse de cet enfoiré. Soupir. Elle voudrait pleurer, mais c'est un luxe qu'elle ne peut pas s'accorder. Elle ne va quand même pas pleurer pour un garçon ! Pourtant, une étrange angoisse lui enserre le cœur et remonte dans sa gorge. Ses yeux piquent et commencent à rougir. Elle étouffe. Maudites pilules !

Les paroles d'une chanson lui viennent en tête : « Quand tu n'es pas là, je ne peux pas respirer. »

Elle ouvre le robinet et se passe le visage sous l'eau froide. Calme. Elle est forte, elle ne va pas pleurer. Des gouttes d'eau gelées éclaboussent son pyjama et son cou. Frisson. Calme. Elle ferme le robinet et se regarde à nouveau dans le miroir.

– Tu ne vas pas pleurer, se dit-elle à voix haute.

Elle s'essuie le visage avec une serviette blanche. Elle est douce, comme les lèvres d'Angel. Douces lèvres tentatrices, dangereuses. Qui aurait pensé qu'elle tomberait amoureuse d'un journaliste qui a déjà une petite amie ?

Elle ne peut pas continuer comme ça. Il faut arrêter de penser à lui. Le destin les a réunis au mauvais moment. Une histoire impossible. Oui, c'est ça. Ils vont se dire au revoir et ce sera la fin. *Ce sera juste un type de plus. Un coup de cœur qui ne mènera nulle part*, pense-t-elle. Une nouvelle fois, les paroles de cette chanson lui viennent en tête : « Je t'aime et sans toi je ne sais pas avancer. »

Elle abandonne la serviette près du lavabo et se coiffe rapidement avec les doigts. Quelle tête horrible ! Peu importe. Sourire.

– Tu ne vas pas pleurer.

Elle ouvre le verrou de la porte et l'ouvre, décidée. Il l'attend juste en face, de l'autre côté. Qu'est-ce qu'il est mignon ! Le regard de Katia s'illumine. Pourquoi lui fait-il autant d'effet ?!

Le journaliste la reçoit avec un sourire doux et tendre : une prière qui demande pardon.

Elle baisse la tête. Il ne l'impressionne pas du tout. Ou peut-être que si ? Humpf, bien sûr que si ! Elle fond devant ce sourire et ces yeux bleus. Elle préfère ne pas le regarder et marche très vite jusqu'à son lit. Elle va s'allonger, ils se diront au revoir, et ce sera fini.

Son bras frôle le sien en passant. Peau contre peau. Frisson. Elle voudrait mourir.

– Katia, pardonne-moi. Je suis nul. Mais sincèrement, je n'ai pas fait attention, je ne voulais pas te blesser, vraiment.

La chanteuse s'arrête à mi-chemin. Il a raison. C'est un nul, pas à cause de ce qu'il a dit mais parce qu'il ne l'aime pas, elle. Parce qu'il en aime une autre.

– Ne t'inquiète pas. Tu es pardonné.

Elle meurt d'envie de se retourner, de lui sauter dessus et de l'embrasser comme on ne l'a jamais embrassé. L'entourer de ses jambes et ne plus jamais se décoller de lui. Mais elle se contente de tourner la tête en souriant. Elle doit l'oublier.

– Le médecin est venu pendant que tu étais dans la salle de bains. Ils te laisseront sortir après un dernier examen de routine.

– Ah, d'accord.

– Et moi... je dois m'en aller. J'ai beaucoup de travail et je dois donner le compte rendu à mon chef pour ton accident. Évidemment, je lui expliquerai tout sans donner de détails personnels.

– Je te fais confiance. Merci beaucoup d'être resté avec moi.

– Ce n'est rien. Et... pardon encore pour tout à l'heure.

Katia le regarde avec une douceur feinte. Elle veut qu'il disparaisse maintenant, l'oublier pour toujours. Même si elle lui dirait bien de rester là avec elle, de s'allonger sur le lit et de lui faire l'amour en oubliant tout le reste...

– T'en fais pas. Juste un malentendu.

– D'accord. J'y vais alors. Prends soin de toi. À bientôt.

– À bientôt.

Angel sort de la chambre sans ajouter un mot en laissant derrière lui le baiser, le désir, les mots, les sourires... Et la sensation qu'ils ne se reverront pas avant longtemps.

Aucun des deux n'imagine alors que le destin les réunira à nouveau cette semaine.

Chapitre 30

Ce même matin de mars, dans un coin isolé de la ville.

Le chant d'un oiseau qui volette autour de la fenêtre de la chambre annonce une nouvelle journée ensoleillée. Pas une goutte de pluie n'est tombée depuis le début du mois.

Alex ouvre la fenêtre. La brise matinale caresse son torse nu. Inspiration profonde. Expiration lente. Une fois, deux fois, trois fois. Rien de mieux pour se réveiller.

Il se dirige vers l'armoire et, après avoir fouillé penderie et tiroirs, enfile un pull beige léger, un jean noir, des chaussettes et des bottes marron à lacets. Il hésite à prendre son blouson. *Oui, au cas où*. Mais il n'a jamais froid. Un passage à la salle de bains, coiffage rapide, un soupçon de parfum. Un coup d'œil négligent dans le miroir. Il faudra qu'il se rase demain.

De retour dans la chambre, il glisse son ordinateur portable dans une sacoche noire et son téléphone dans sa poche. Prêt ? Non. Il reste le plus important, sa dernière folie en date : la pile de courrier à envoyer aux maisons de disques et aux chanteurs qu'il a choisis. À l'intérieur se trouve un exemplaire de *Derrière le mur*, accompagné de son étrange demande. Quelqu'un voudra-t-il écrire une chanson pour son livre ? Il est probable que non. Mais il ne perd rien à demander.

Il descend les escaliers en trottinant. Il prendra son petit déjeuner dehors. L'air frais lui fouette à nouveau le visage lorsqu'il ouvre la porte d'entrée. Le même oiseau continue à gazouiller, sans doute à la recherche d'une femelle avec qui passer la journée. Mais ce n'est pas la seule chose qu'il entend. Le bruit du moteur de la Ford Focus lui indique qu'il n'est pas seul. La fenêtre du conducteur se baisse pour laisser apparaître le visage souriant d'Irène.

– Bonjour, mon frère chéri ! s'exclame-t-elle. Pardon, je voulais dire *Alejandro*, ajoute-t-elle rapidement après qu'il l'a fusillée du regard.

Elle l'a fait exprès.

– Bonjour. Tu peux m'appeler Alex, ça ira.

– À vos ordres, Alex, dit-elle, amusée. Je ne pensais pas que tu étais levé.

En fait, elle le savait très bien. Elle était déjà dans la voiture lorsqu'il a ouvert la fenêtre en se levant. Elle se doutait bien qu'il ne tarderait pas à sortir et l'a donc attendu.

– Tu te trompais, comme tu vois.

Irène regarde la pile d'enveloppes qu'Alex tient sous le bras avec curiosité. À qui va-t-il les envoyer ?

– Je vois que tu es chargé. Tu veux que je te dépose quelque part ?

– Non, répond-il machinalement.

– Mais arrête, enfin. Sois pas bête. J'ai le temps avant le début des cours. Je partais plus tôt pour prendre mon petit déj' dehors.

– Ce n'est pas la peine. Je vais prendre le bus, insiste Alex, qui n'a pas l'intention de lui dire qu'il a eu la même idée.

Mais en y réfléchissant à deux fois, il gagnerait du temps à ce qu'elle l'emmène.

– T'es vraiment borné ! À moi, ça ne me coûte rien de te déposer...

– D'accord, laisse-moi au métro, ça me suffit largement, finit-il par répondre après quelques instants de réflexion.

– Tsss... T'es... vraiment... ! Hein ?! Allez, monte.

Le jeune homme entreprend d'ouvrir la portière passager, sans succès. Elle semble coincée.

Irène l'observe, amusée, son éternel sourire aux lèvres. Elle descend et fait le tour de la voiture pour voler à son secours. Lorsqu'elle est près de lui, Alex manque de faire une attaque cardiaque : elle porte une tenue qui conviendrait mieux à une *Noche*

Vieja[1] qu'à un premier jour de stage. Une robe noire très courte et si décolletée qu'on devine le haut de son soutien-gorge.

– Il fait froid ! s'exclame la jeune fille en secouant les bras. Elle se coince parfois. Attends.

Irène se glisse entre son demi-frère et la voiture. Frottement de jambes. Elle soulève la poignée avec force, tire d'un coup sec et profite de la manœuvre pour se coller un peu plus à lui. Alex, décontenancé, reste cloué sur place.

– *Voilà*[2], tu peux entrer.

La jeune fille regagne le siège conducteur et boucle sa ceinture de sécurité. La réaction d'Alex ne lui a pas échappé. Sourire. Petit à petit, elle tisse sa toile. Lui, de son côté, ne sait pas s'il doit regretter ou non d'avoir accepté la proposition de sa sœur. Il aurait peut-être dû prendre le bus. Mais une chose est sûre : pour l'instant, il n'a vraiment pas besoin de son blouson.

---

1. Fête traditionnelle célébrant le dernier jour de l'année en Espagne et dans plusieurs pays latino-américains.

2. En français dans le texte.

Chapitre 31

Ce même matin de mars, quelque part en ville.

– Mario ! Tu me passes tes devoirs de physique ? J'ai rien fait ce week-end.

La voix aiguë de Cándida Palacios déchire les oreilles de celui qui est considéré comme une des têtes de la classe, quelqu'un qui a toujours ses devoirs faits, même le lundi. Rien à voir avec sa sœur Miriam, la redoublante du fond de la classe !

Mais ce matin, les choses sont un peu différentes.

– Pardon, Candy. Tu disais ?

– Tes devoirs de physique ! Je ne les ai pas faits et si on me les demande je suis morte. En plus je crois que Quiñonez veut ma peau. Ce prof doit avoir quelque chose contre les gros. C'est un *obésophobique*.

Cándida Palacios, Candy, est la petite grosse attitrée de la classe. Très loin d'avoir honte de son physique, elle l'assume pleinement comme si c'était une chose naturelle. Elle est d'ailleurs la première à plaisanter à propos de son poids.

– Ce mot n'existe pas. Ça doit être « obésophobe », peut-être.

– On s'en fiche, appelle ça comme tu veux. J'ai juste besoin que tu me donnes tes exercices, s'il te plaît, parce qu'il va me les demander, c'est sûr.

– Je ne les ai pas faits.

– Quoi ? Tu te fous de moi...

– Non, je suis très sérieux, Candy. Je ne les ai pas.

Nolito, un camarade de classe à la peau très blanche couverte de taches de rousseur et d'acné qui se trouvait à côté, reste sans voix.

– C'est pas possible. J'allais te les demander aussi !

– Je suis désolé, les gars. Je suis comme vous, là.

– Zut ! Il nous reste que cinq minutes !

Candy et Nolito partent vite à la recherche d'un autre premier de la classe, peu convaincus que Mario n'ait pas fait son travail. Mais ce n'est pas le moment de discuter, ils doivent trouver d'urgence une âme charitable qui les sauverait d'un zéro pointé si Quiñonez leur demandait leurs exercices.

Mais il est certain que Mario n'a pas fait ses devoirs, et ça n'a pas été par manque de temps. Deux nuits sans dormir. Il n'a pas fermé l'œil et il a vite compris que ce n'était pas à cause des exercices de physique, ni d'aucune autre matière.

Il est assis en classe, à sa place habituelle. Il guette, impatient, l'arrivée de Paula. Elle va sans doute arriver en retard, comme c'est le cas la plupart du temps. Elle n'est arrivée à l'heure que deux fois la semaine passée. Gros soupir. Peut-être qu'elle regrette sa proposition de samedi. Cette idée le terrifie.

Il regarde vers la porte par laquelle tous ses camarades entrent en maudissant la reprise de la semaine de cours et en racontant leur week-end. Il ne voit pas sa bien-aimée parmi eux. Quand soudain il aperçoit cette obsédée de Diana accompagnée de sa sœur et de la quatrième Dragibus. Sacré groupe.

Le cœur de Mario bondit dans sa poitrine. Paula apparaît en courant à la suite de ses amies et donne une claque sur les fesses de Diana. Celle-ci se retourne et lui adresse une de ses insultes délicates, signe particulier de leur union et de leur fraternité. Mario ne comprend pas bien comment ces insultes ont pu devenir une manière normale de se saluer.

Elle est trop belle. Un jean bleu foncé très moulant, une chemise verte avec un col blanc et une veste noire ouverte qui lui arrive au genou. Ses cheveux sont attachés avec un élastique vert. Ses pommettes ont toujours le teint rosé de la course qu'elle vient de faire pour arriver à l'heure.

Les Dragibus occupent leur place dans un coin de la classe, assises sur les tables. Elles semblent s'amuser en parlant de tout et de rien. Elles se moquent complètement de ne pas avoir fait leurs exercices. Cris. Éclats de rire. Tout le monde les entend. Le regard de certains s'attarde aussi sur le pantalon de Diana, à taille outrageusement basse : la pointe d'un triangle orange en émeut plus d'un. Un camarade peu délicat lui balance une vanne à propos de cette superbe vue panoramique. La jeune fille remonte son jean et toise avec mépris ses admirateurs.

Un ballet d'élèves désespérés continue de défiler devant Mario. Une véritable cascade de cancres. Ils viennent d'arriver et ignorent encore ce que Candy et Nolito savent déjà. Devant l'affreuse nouvelle, certains renoncent et espèrent que leur bonne étoile les suivra ce matin. D'autres bataillent pour obtenir les exercices coûte que coûte avant que la cloche ne sonne.

Mario observe Paula se lever et s'approcher de lui en zigzaguant entre les tables et ses camarades. Son cœur explose. Il se lève.

– Mario ! Alors, bon week-end ? demande la jeune fille qui semble au comble de la félicité.

– Rien de plus que d'habitude.

– Tu te souviens qu'on doit se voir pour bosser chez toi, hein ?

– Ah oui ! C'est vrai ! J'avais oublié.

Il a peut-être menti un tout petit peu... Il n'a pensé qu'à ça depuis samedi matin.

La cloche sonne. *Alea jacta est* : le sort en est jeté pour chacun. Le professeur de physique ne tarde même pas dix secondes à passer la porte de la classe et réprimande sévèrement Candy pour qu'elle rejoigne sa place. La jeune fille obéit en sifflant « obésophobique » entre ses dents. *Pas de bol pour toi, j'ai réussi à avoir les exercices.*

– Bon, Mario, on se voit après. Et ne fais pas de plan pour cet après-midi, hein ? T'as rendez-vous avec moi, n'oublie pas, dit-elle avant de rejoindre rapidement le coin des Dragibus.

Diana ajuste son pantalon, bien que personne ne soit assis derrière elle. Le cours commence. Quiñonez demande les exercices à deux malheureux qui tentent d'inventer une excuse crédible pour ne pas les avoir faits.

Mario est immobile. C'est un lundi pas comme les autres, un lundi magique. Qu'est-ce qu'on en a à faire de ne pas avoir fait ses devoirs lorsqu'on a sa muse qui nous attend ! Un rendez-vous, comme elle a dit... même si ce n'est que pour réviser.

Ses yeux se ferment. C'est maintenant qu'il est terrassé par le sommeil. Morphée est décidément très capricieux. Mario ne sait pas encore à quel point.

La matinée se consume à petit feu. Les cours se succèdent, interminables, insupportables. Ils le sont toujours, surtout le lundi. Les professeurs ressemblent encore plus à des ogres et à des sorcières le premier jour de la semaine. Le lundi ne devrait servir qu'à se raconter son week-end.

Heureusement, tous les déserts possèdent une oasis, et les lundis, une récréation.

Pour les Dragibus, le début de semaine est systématiquement insupportable. Assises sur un banc devant le lycée, elles dévorent des bonbons et des chips entre plaisanteries, remarques et longues plaintes.

Un garçon plus âgé, plutôt pas mal, passe devant elles. C'est sans doute un étudiant, ou bien un jeune diplômé qui se rend à son premier emploi. Elles le regardent toutes, mais chacune d'une façon qui correspond à sa personnalité. Diana siffle entre ses dents en pensant qu'il ne doit pas être un mauvais coup ; Miriam le contemple discrètement ; Cris se sent attirée, mais tourne rapidement les yeux, timide ; Paula, elle, le regarde à peine. Elle a déjà son amoureux, rien qu'à elle.

Le soleil de mars inonde leurs cheveux : attachés ou non, longs, courts, blonds, bruns... Elles sont belles, jeunes, chanceuses et intrépides. Et ça, même si elles détestent le lundi.

– Je vais sécher la philo. Je supporterai pas, dit Diana en plongeant une main dans le paquet de chips de Cris.

– Tu devrais pas, ma poule, la semaine prochaine on a l'examen final, la met en garde Miriam.

– Bah ! Je ne l'aurai pas, de toute façon... répond-elle en reprenant une chips.

– Moi, ce sont plutôt les maths qui m'inquiètent, intervient Paula.

– Tu dois voir mon frère pour réviser, c'est ça ?

– Oui. On va voir s'il arrive à m'expliquer les dérivées parce que je comprends rien.

– En parlant de Mario, il est bizarre en ce moment, non ? souligne Cris.

Paula lance un regard à Miriam. Doivent-elles leur faire part de leurs soupçons. Oui, pourquoi pas ? Ce sont les Dragibus quand même. Comme le dit leur cri de guerre, légèrement adapté de celui des *Trois Mousquetaires*, un film qu'elles adorent et dont la bande originale est une chanson de Bryan Adams : *Un pour toutes et... encore mieux, un pour chacune.*

– Je pense que... enfin, Paula et moi nous pensons qu'il est amoureux de Diana.

La jeune fille manque de mourir étranglée avec sa chips en entendant son nom.

– Qu'est-ce que tu racontes ? Je vois pas pourquoi je lui plairais.

– Il y a des gens pas très exigeants, dit Cris en souriant.

– Hé ! Espèce de cadavre de moustique ! Exagère pas, dit-elle en lui donnant un coup de hanche et en piquant une nouvelle chips.

– Dis donc, pourquoi tu vas pas t'acheter un paquet ? Ou demande à Mario de t'inviter.

– Bon, ça suffit, non ? proteste l'intéressée. Et d'abord, qu'est-ce qui vous fait penser ça ?

– L'intuition. Et puis, comme elle disait, il est très bizarre en ce moment. Il ne dort presque pas. Hier je l'ai retrouvé avec les yeux explosés, explique Miriam.

– Tu es en train de lui briser le cœur. Il n'avait même pas fait ses devoirs aujourd'hui, poursuit Cris en protégeant son paquet de chips.

– Vous êtes vraiment lourdes ! Et si c'est pas le cas ? Il a toujours été un peu bizarre, non ?

– Hé, c'est de mon frère que tu parles !

– Oui, ben ça, ce n'est pas forcément un bon point pour lui.

– Quelle peste ! s'exclame Miriam au milieu des rires des trois autres Dragibus.

– Mais justement, on doit vérifier si ce que nous pensons est vrai ou pas. J'ai prévu d'aller bosser les maths avec lui toute la semaine, je pourrai enquêter par la même occasion.

– Ça te réussit pas de sortir avec un journaliste, toi, hein ? plaisante Diana.

– Je lui ai dit exactement la même chose, ajoute Miriam avec un sourire.

– Je n'arrive pas à croire que vous soyez d'accord toutes les deux sur quelque chose.

– Ce sera la dernière fois, promis juré, dit solennellement l'aînée des Dragibus.

Éclat de rire général.

Paula pense alors à Angel. Qu'est-il en train de faire en ce moment ? Est-il toujours à l'hôpital ? Comme elle aimerait être près de lui ! Et dire qu'il lui reste encore quelques bonnes heures de torture... En plus, ils ne pourront pas se voir aujourd'hui.

– Bon, et toi, t'en penses quoi de Mario ? demande Cristina, curieuse.

Diana réfléchit un instant.

– Il est pas mal. Il a quelque chose. Physiquement, je veux dire.

– Toujours à t'arrêter sur le physique... C'est un type génial, commente Paula.

– Oui, je fais attention au physique, mais toi, tu ne te tiens pas mal non plus. Tu t'es pas choisi le plus moche quand même, hein ? Et l'autre, l'écrivain, il est moche aussi ? C'est toi qui montres l'exemple.

– Mais ce sont deux personnes bien, s'empresse de faire remarquer Paula. Et puis Alex, c'est juste un ami.

– C'est des beaux gosses ou pas, les filles ?

Les deux autres Dragibus approuvent d'un signe de tête.

– Mario est très mignon aussi, insiste-t-elle pour changer de sujet le plus vite possible.

C'est vrai. Angel est très beau et séduisant. Elle adore son physique. Et Alex possède tout ce qu'une fille pourrait désirer. Son sourire-qui-tue et ce regard qui la captive. Mais ils lui plaisent pour ce qu'ils sont avant tout. Le hasard a simplement fait qu'ils sont aussi très beaux.

Mais pourquoi parle-t-elle d'Alex dans tout ça ? C'est juste un ami, qu'elle connaît à peine, en plus.

Une affreuse sonnerie interrompt la réunion au sommet. Fin de la récréation, retour en classe.

– Je vais à la salle informatique, ça intéresse quelqu'un ? demande Diana, décidée à ne pas entendre parler d'Aristote aujourd'hui. Pourquoi devrait-on étudier ce qu'ont dit ces hommes qui sont morts il y a des milliers d'années et qui étaient probablement complètement fous ? Il n'y a qu'à les lire pour s'en apercevoir. Si quelqu'un se comportait comme ça à notre époque, tout ce qu'il gagnerait, c'est de passer dans Cuarto Milenio[1].

– Je viens avec toi, répond Paula, à la surprise générale. Je me débrouille pas trop mal en philo et je voudrais voir si Angel est sur Facebook.

– Ooooh ! s'exclament ses amies en chœur.

– Moi, je vais en cours. Je n'aurai pas l'examen pour autant, mais je peux pas encore sécher, dit Miriam, résignée.

– Moi aussi, j'y vais. Il faut que je l'aie, sinon mes parents... explique Cris, alors qu'elles entrent dans le lycée.

Juste avant de se séparer, elles aperçoivent Mario au loin qui arrive seul en classe. Il tient un gobelet en plastique qui doit contenir une boisson chaude car il n'arrête pas de souffler dessus.

1. Émission espagnole d'enquêtes sur les phénomènes paranormaux.

– Voilà ton prince bleu, dit Cristina en donnant un coup de coude à Diana.

– T'es bête toi aujourd'hui, hein ?

– Mario ! Mario, attends ! lui crie sa sœur.

Le jeune garçon se retourne. C'est Miriam. Paula est avec elle. Il devient aussitôt nerveux et laisse tomber son café. *Et merde !* Il en avait bien besoin, il a dormi pendant toute la récréation, et ce matin il a piqué du nez au moins dix fois.

– Le pauvre ! Il t'a vue et ça lui a fait perdre ses moyens, plaisante Paula.

Diana rougit. Ce garçon s'intéresse-t-il vraiment à elle ? Mais ils sont aussi différents que l'eau et le feu ! Lui, un des premiers de la classe, et elle, considérée comme une rebelle. Elle, c'est une Dragibus, parfois difficile à avaler.

– Ne dis pas de conneries. Il a dû se brûler.

– Il brûle d'amour pour toi.

Les éclats de rire de ses amies la mettent de plus en plus mal à l'aise. Que lui arrive-t-il ? Pourquoi est-elle toute rouge ?

Mario se penche, ramasse le gobelet et le met à la poubelle. Quel naze !... Et devant Paula en plus... Quelle honte ! Elles sont en train de se moquer de lui. Diana est la seule qui ne rit pas. Il ne l'aime pas beaucoup. Elle pourrait être pas mal si elle apprenait à fermer sa bouche. Elle n'est pas vilaine, loin de là.

Oui, c'est un garçon pas mal. Pourquoi la regarde-t-il ? Finalement, ses copines ont peut-être raison... Non, ce n'est pas possible. Impossible.

Pourquoi le regarde-t-elle, cette obsédée ? Il a sûrement taché son pantalon et elle se moquera de lui en classe.

– Bon, les filles, on y va, sinon on ne nous laissera pas entrer en cours. Tu veux que je transmette un message à mon frère ?

– On va changer de sujet, hein ? Vous êtes vraiment lourdes.

– On va y aller aussi de toute façon. Si le prof de philo nous voit là, on n'aura plus le choix. Vous nous direz ce que vous avez fait.

– OK. À tout à l'heure.

Baisers soufflés.

Cris et Miriam courent vers Mario. Et Paula ? Elle sèche ? Où va-t-elle avec l'autre obsédée ? Quelqu'un devrait dire à cette fille que son pantalon est vraiment trop bas.

Diana se dirige vers la salle informatique aux côtés de Paula. Elle jette un œil derrière elle et voit ses deux amies entrer en classe avec Mario. *Il est vraiment mignon, en fait.*

Chapitre 32

Toujours ce lundi matin de mars, ailleurs en ville.

Sacrée file d'attente à la poste ! Alex a attendu son tour plus d'une demi-heure. Mais ça y est, les petits cahiers de *Derrière le mur* sont envoyés aux maisons de disques.

– Je t'attends si tu veux, j'ai encore un peu de temps avant le début des cours, lui a dit Irène en le déposant.

– Non, ce n'est pas la peine. Je vais continuer de mon côté. Merci de m'avoir conduit ici, a-t-il répondu froidement.

Le trajet n'a été que joute entre les sous-entendus bien placés d'Irène et les changements de sujet d'Alex. Elle avait remonté sa robe plus que nécessaire pour mettre ses jambes divinement sculptées sous le nez du jeune homme.

Enfin tranquille, Alex savoure une tarte et un caramel macchiato devant son ordinateur portable. Il réfléchit à ce qu'il va écrire, il n'est pas très inspiré aujourd'hui. Bien qu'il lutte de toutes ses forces, l'image des jambes magnifiques de sa sœur ne veut pas quitter ses pensées. Il tente de trouver un moyen de ne plus y songer.

Il doit se concentrer sur Nadia, Julián et les autres personnages de *Derrière le mur*. Il ferme les yeux et imagine ce qui fera le prochain chapitre.

Concentre-toi, concentre-toi, concentre-toi.

S'il était seul, il ferait les cent pas en se le répétant, mais ce n'est pas le cas : deux amoureux qui sèchent sans doute les cours sont en train de se bécoter dans un coin, deux touristes sont en grande discussion un peu plus loin et un cadre supérieur tente de ne pas tacher son costume en buvant son café au lait.

Alex regarde par la fenêtre. Un car vient de déposer un groupe d'adolescents surexcités devant le théâtre où *High School Musical* en version espagnole est à l'affiche. Les trois professeurs qui les accompagnent renoncent, désespérés, à arrêter leur course pour entrer en premier et avoir la meilleure place.

Soupir. Alex essaie de se concentrer.

Il ouvre le dossier « Musique » de son ordinateur. *Nocturne n° 9* de Chopin. Il met les écouteurs. *Play.* Volume à fond. C'est le moment de rentrer en transe.

Il écrit des mots isolés qui lui viennent à l'esprit sur un petit carnet. Il murmure, entrelace les mots. L'inspiration grandit. Ses doigts deviennent agiles et dansent de plus en plus vite sur le clavier de son ordinateur.

La musique de Chopin tourne en boucle mais Alex ne l'entend plus. Il est complètement immergé dans l'histoire comme s'il la vivait. Plus rien d'autre n'existe.

Trois quarts d'heure plus tard, il relit ce qu'il vient d'écrire.

Mais lorsque les portes de l'ascenseur s'ouvrirent, toutes mes résolutions s'évanouirent. Assise, presque allongée dans les escaliers entre le deuxième et le troisième étage, la jeune fille à la tresse bleue dormait appuyée contre le mur. Sa chevelure sauvage et décoiffée tombait sur son visage et ses mains jointes lui servaient d'oreiller.

Elle était magnifique. Son visage, innocent, juvénile. Son petit nez inspirait la douceur ; à l'opposé de ses lèvres charnues et désirables. Mais cette muse blonde n'était pas seulement d'une beauté ensorcelante. Mes hormones se mirent à bouillir en une fraction de seconde lorsque je vis comme son jean blanc dessinait un postérieur parfait.

Je détournai les yeux, gêné de mes propres pensées. Cette petite ne devait pas avoir plus de quinze ans... Je regrettai immédiatement ce faux pas, mais mon regard ne tarda pas à revenir sur elle. Je ne pus éviter d'examiner le décolleté de sa chemise. Bien trop grand.

Qu'étais-je en train de faire encore ? Je secouai la tête et décidai fermement de ne plus la regarder du tout pour ne pas tomber à nouveau dans la tentation de la reluquer.

Je fuis le désir en me dirigeant vers la porte de mon appartement. Je serai à l'abri, une fois à l'intérieur. Tremblant, je n'arrivais à mettre la clé dans la serrure.

Un toussotement rompit le silence dans la cage d'escalier. Je tournai la tête vers elle, mais la muse semblait toujours endormie.

« La pauvre, elle va avoir froid. Ou se faire mal partout dans cette position », pensai-je.

Je ne pouvais pas la laisser comme ça. C'est ainsi qu'en me mentant à moi-même sur mes véritables intentions, je crus qu'il était de mon devoir de la réveiller. Je rangeai la clé dans ma poche et m'approchai d'elle le cœur battant.

Je craignais de la toucher. Mais, rassemblant tout mon courage, je lui agitai doucement l'épaule. La jeune fille ouvrit immédiatement les yeux et s'aperçut de ma présence.

– Vous êtes en train de lorgner mes nichons ? demanda-t-elle, souriant de ses dents blanches.

Mon regard chercha instinctivement son trop grand décolleté. Je me rendis compte de mon erreur une demi-seconde plus tard, et levai les yeux vers les siens. Mais c'était presque pire, ses yeux verts m'intimidèrent encore plus.

– Non... Bien sûr que non !

– Je ne crois pas. C'est la première chose que les hommes regardent.

Comment lui dire que je n'étais pas comme les autres, que je n'étais pas comme ces garçons vulgaires qui font sans doute la queue pour sortir avec elle ? Cependant, quelques minutes plus tôt, ni ses fesses parfaites ni sa belle poitrine sensuelle ne m'avaient échappé. En réalité, j'étais bien un type de plus sur la liste.

Alex sourit avec satisfaction. Pas mal du tout. Voilà quarante-cinq minutes bien employées. Il décide de s'accorder une petite pause avant de continuer. Peut-être y a-t-il une connexion Internet non sécurisée dans le coin ? Oui ! Il a de la chance, la connexion d'un Monsieur-Quelque-chose est disponible sans mot de passe. Il se connecte à Facebook, même s'il y a peu de chance qu'il y ait grand monde à cette heure-là. Mais le contact le plus désiré de tous apparaît en ligne dans la minute qui suit.

Ce même matin de mars, ailleurs en ville.

Le visage de Jaime Suárez est indéchiffrable, parfaitement impassible.

Cela a toujours été comme ça, depuis qu'Angel travaille avec lui, il n'a jamais réussi à savoir ce que son chef pensait de ses articles avant qu'il ait fini de les lire. Et cette fois ne fait pas exception.

Il a rédigé un premier brouillon sur l'accident de Katia. Il n'a pas utilisé toutes les informations qu'il possède, mais il s'est donné à fond. Finalement, il l'a vraiment vécu de l'intérieur, et cela se ressent dans la rédaction de son article.

Il sera publié avec l'interview dans le numéro de ce mois-ci, ce qui leur garantira de bonnes ventes.

– Angel.

– Oui, patron ?

Le chef se lève et retire les lunettes hyper tendance qu'il porte pour tenter de dissimuler son âge. Il croque dans un bonbon en jetant un dernier coup d'œil au feuillet qu'il a entre les mains.

– Je t'aime, mon petit.

Jaime Suárez prend le visage de son protégé dans ses mains et lui embrasse le front. Angel est si surpris qu'il se laisse faire sans réagir.

– J'imagine que ça veut dire que l'article est bien ?

– Bien ? Il est génial ! répond le patron en amorçant le même geste affectueux. Je pensais qu'on avait complètement loupé l'info, et qu'on était foutus. Toi, non seulement tu agis d'instinct et prends sur toi de te rendre à l'hôpital, mais en plus tu ponds un article à la fois informatif et intimiste. Avec deux ou trois retouches, ce sera une vraie bombe.

– Merci, monsieur. Je fais de mon mieux.

– Ne fais pas le modeste. Et puis on voit bien que... – le rédacteur en chef cherche les mots adéquats – qu'il y a une bonne connexion entre toi et cette jeune fille.

– Quelle fille ?

– Qui ça peut être à ton avis ?! Katia !

Angel rougit. S'il savait...

– Eh, c'est une fille bien.

– Oui, oui, je ne suis pas né de la dernière pluie, petit... dit-il avec un sourire malicieux.

Angel doute un instant. Où veut-il en venir ?

– Je la connais à peine : il y a eu l'interview, la séance photo et pas grand-chose de plus. Mais c'est sympa de discuter avec elle.

– Tu m'inviteras au mariage, hein ? N'oublie jamais qui t'a donné ta chance quand tu seras célèbre !

Le ricanement de Jaime Suárez déconcerte un peu plus Angel. Que faire ? Entrer dans son jeu ? C'est la meilleure solution.

– Bien sûr, patron. Vous serez le parrain du premier.

– Parfait. Je m'achèterai un costume neuf, le mien date du mariage d'Ana Belén et Víctor Manuel[1].

– Oui, de l'eau a coulé sous les ponts depuis.

– Ne crois pas ça. On a eu de nombreuses années de sécheresse, répond-il dans un éclat de rire.

– Bon, je vais finir l'article.

– Très bien, mon garçon. Regarde les corrections que j'ai notées dans la marge.

Le jeune journaliste jette un œil sur l'ébauche d'article, certains mots sont entourés en rouge. Rien n'est jamais parfait.

– Tout de suite, dit-il en se dirigeant vers la sortie.

– Ah, Angel ! Attends !

– Oui, monsieur ?

– Tu sais jouer au golf, n'est-ce pas ?

– Un peu. J'ai handicap 7.

Jaime Suárez siffle, admiratif.

– Donc c'est parfait. Il y a un tournoi de bienfaisance demain, plein de stars y sont invitées, dont quelques chanteurs. Il ne nous reste pas beaucoup de place dans ce numéro pour en parler, on

1. Ana Belén, actrice et chanteuse, et Víctor Manuel, chanteur, sont un couple vedette en Espagne. Ils ont débuté leur carrière à la fin des années 1960 et se sont mariés en 1972.

n'enverra même pas de photographe. Mais comme récompense pour ton travail, va faire un tour là-bas, t'amuser un peu. Prends un appareil et fais quelques photos. Voici l'adresse et le numéro de téléphone, dit-il en lui tendant une carte de visite. Il faut que tu appelles pour avoir le droit d'entrer.

– Génial ! Je serai très content d'y aller.

– Profites-en pour taper un peu la balle si tu veux. Dis que tu viens de ma part, je connais le patron.

– Merci, monsieur Suárez.

Angel sort du bureau avec un grand sourire. Parfait ! Une journée de détente à jouer au golf lui fera le plus grand bien.

Il est pressé d'y être. Mais pour le moment, il ne doit pas se laisser distraire.

Il rallume son PC pour terminer son article. Sa session Facebook est restée ouverte. Ce n'est vraiment pas le moment de papoter. Il s'apprête à la fermer lorsqu'il voit le message de Paula.

Chapitre 33

Toujours ce lundi matin de mars, ailleurs en ville.

La salle informatique est presque vide. Quelques étudiants font semblant de faire des recherches pour leurs travaux alors qu'ils surfent sur un tout autre genre de sites. Ils sèchent les cours et seront bientôt évincés par la sélection.

Lorsque Paula et Diana entrent dans la salle, ils les déshabillent du regard et ricanent bêtement après avoir échangé un commentaire. Toutes deux restent de marbre, habituées à ce genre de comportements.

Elles s'installent comme d'habitude au fond dans un coin, allument en même temps leurs ordinateurs et attendent que ces antiques machines veuillent bien se mettre en marche. Enfin Windows accepte de s'ouvrir et toutes deux tentent d'accéder à leurs comptes Facebook, qui rament comme le reste.

– Ces radins se décideront peut-être un jour à les changer, ronchonne Diana, habituée aux performances de son ordinateur portable.

Pourtant, elle a plus de chance que Paula, dont le compte Facebook ne donne pas signe de vie alors que la sienne vient de s'allumer.

Paula regarde nerveusement la barre de chargement, visiblement pas décidée à avancer. Quelle poisse ! Elle a tellement envie de parler à Angel... Enfin, il n'est sûrement pas connecté.

– Allez ! Démarre ! crie-t-elle à son ordinateur en cognant doucement l'écran.

Bizarrement, ses prières sont exaucées, Facebook est enfin ouvert.

– Depuis quand tu as des pouvoirs magiques, sorcière ? plaisante Diana.

Paula sourit en jetant un coup d'œil rapide à ses contacts en ligne. Il n'y en a que trois. Diana, et deux autres qui lui font briller les yeux : Angel et Alex. Coup de bol !

À qui écrit-elle en premier ? se demande-t-elle, nerveuse. À Angel, bien sûr.

– Salut, mon Angel, tape-t-elle pleine d'espoir.

Elle ouvre la fenêtre d'Alex en attendant la réponse.

– Salut, l'écrivain ☺, lance-t-elle.

Mais elle reçoit un message d'erreur. Elle répète l'opération, sans succès. C'est alors qu'elle voit qu'Angel lui a répondu.

– Mince ! Pourquoi il veut pas envoyer mon message à Alex ?

Diana se place derrière elle pour étudier le problème.

– Tu as deux conversations ouvertes ?

– Oui, avec Angel et Alex.

– Tu ne peux pas, ils autorisent une seule conversation à la fois. Ils ont configuré les ordinateurs comme ça.

– Ah oui ? Et pourquoi ?

– Aucune idée. Peut-être pour ne pas surcharger le réseau ou quelque chose dans ce genre.

– C'est débile... Ils laissent les garçons accéder aux sites pornos et moi, je ne peux pas parler à deux copains en même temps sur Facebook. C'est quand même dingue.

Diana hausse les épaules et retourne à sa place.

Une autre fenêtre s'ajoute à celle d'Angel. C'est Alex qui la salue.

– Coucou Paula, comment ça va ?

Elle essaie de répondre, mais le message d'erreur apparaît à nouveau. Quelle poisse ! Paula n'a aucune envie de choisir entre les deux, mais elle doit fermer une fenêtre pour pouvoir parler dans l'autre. La décision devrait être simple à prendre. Angel est son petit ami. Mais, à sa grande surprise, elle hésite. Elle a très envie de discuter avec Alex pour prendre des nouvelles de son roman. Elle peut parler à Angel quand elle le veut, ce qui n'est pas le cas pour Alex, dont elle n'a même pas le numéro de téléphone. Mais le journaliste est son homme, elle veut savoir comment il va, sentir ses mots tendres. Elle a besoin de lui.

Soupir. Elle ferme la fenêtre d'Alex et ouvre celle d'Angel.

– Salut, ma puce, comment ça va aujourd'hui ? lit Paula.

La jeune fille retrousse ses manches et tapote sur le clavier. Elle est heureuse de pouvoir parler avec lui, mais sa joie n'est pas totale. Ces maudits ordinateurs du lycée...

– Ça va. Je sèche les cours.

– Ah bon ?

– Je n'avais pas envie d'aller en philo alors je suis venue à la salle informatique. J'avais envie de te parler. Tu me manques.

Angel ne répond pas. Il n'avait vraiment pas prévu de parler sur Facebook, il doit finir son article. Il entend son chef l'appeler.

– Attends deux secondes, je reviens.

Paula répond un « OK » laconique. Où va-t-il ? Il doit être super occupé, le pauvre.

– Alors ? Tu as réussi à arranger ça ? lui demande Diana.

– Non, je parle seulement à Angel.

– On peut pas tout avoir dans la vie.

– Voui, murmure-t-elle tristement.

– Si tu veux, je peux parler à l'autre.

Paula tourne la tête et voit Diana lui faire un clin d'œil.

– Toi ? Parler à Alex ?

– Ben oui. Rappelle-toi qu'on doit l'inviter à ton « anniversaire surprise » de samedi.

C'est vrai. Son anniversaire, samedi... Elle doit aussi en parler à Angel, d'ailleurs.

– D'accord, ajoute-le. Mais lui raconte pas n'importe quoi, hein ?

Diana retourne à son ordinateur, satisfaite. Elle a le Facebook de ce type *si mignon*. Elle tape le pseudo. *Entrée.*

Au même moment, ailleurs en ville.

Il s'assure que son ordinateur n'a pas planté. Oui, tout est en ordre. La connexion est bonne. Pourquoi elle ne répond pas, alors ?

Alex est inquiet. Il a senti une chaleur inexplicable lui parcourir le corps lorsqu'il a vu Paula se connecter et dessiner un sourire idiot sur son visage. Quel bonheur ! Mais sa joie diminue à mesure que les secondes passent. Elle n'a pas répondu. Un coup d'œil à l'horloge de l'ordinateur. Elle doit être au lycée à cette heure-ci et elle ne semble pas être le genre de fille à sécher les cours. Elle est peut-être en cours d'informatique avec interdiction de parler sur Facebook. Cette idée le console un peu. Il se persuade qu'il y a certainement un motif valable pour qu'elle ne lui ait pas répondu.

Au même moment, il reçoit une demande d'ami sur Facebook : Diana. Il n'a aucune idée de qui il s'agit, mais accepte. Déconcerté, il lit le statut : « Tu veux un Dragibus vert ? Mange-moi. *Carpe diem.* »

– Salut, c'est toi l'écrivain ?

– Je préfère dire que je suis quelqu'un qui écrit. Je serai écrivain lorsque j'aurai publié quelque chose. Et toi, qui es-tu ?

– Diana. Je suis une amie de Paula, l'imbécile que tu as rencontrée l'autre jour au *Starbucks*.

Alex sourit. Elle a l'air sympa, même si son pseudo et ses premiers mots lui indiquent que c'est une fille qui n'a pas froid aux yeux.

– Je m'appelle Alex, mais j'imagine que tu le sais déjà.

– Bien sûr que je le sais.

– Enchanté de te connaître.

– Moi aussi. Dis, t'as pas une petite photo de toi ?

– Pourquoi tu veux une photo de moi ?

– Ben, pourquoi à ton avis ?! Pour voir la tête que tu as.

Alex hésite un moment. Cette fille n'y va pas par quatre chemins. Il n'aime pas lorsque les choses vont aussi vite, mais il ne veut pas la fâcher en refusant.

– Attends, je te cherche ça.

– OK.

Dossier « Photos Alex ». Il n'y en a pas beaucoup, il n'aime pas trop être photographié. Il sourit en se rappelant les circonstances où certaines ont été prises. C'est un dossier de son PC un peu oublié. Il se décide finalement pour une photo où il imite *Vitruve* de Léonard de Vinci, devant la porte de chez lui. *Envoyer.*

Diana accepte tout de suite le fichier et l'observe attentivement avec le zoom. Gros soupir. Elle se tourne vers Paula qui tapote la table d'ennui. *Comment arrive-t-elle à attirer des types pareils ?* Sans rien dire à son amie, elle grave la photo sur un CD qu'elle cache dans son sac puis l'efface de l'ordinateur.

– T'es pas mal, dit-elle sans rien laisser paraître de son enthousiasme.

– Merci beaucoup.

– De rien.

– Dis-moi, et Paula ? Je la vois connectée sur Facebook, je lui ai dit bonjour mais elle ne me répond pas.

Diana hésite. Elle ne peut pas lui dire que Paula ne peut pas lui parler parce qu'elle discute avec son petit ami, il serait vexé de passer en second plan.

– Elle va arriver. Elle est à la cafétéria.

– Ah. D'accord.

– Attends-moi une seconde, Alex.

– OK.

Diana se tourne vers Paula.

– Quoi ? Vous êtes déjà devenus amis ? lui demande Paula, inquiète.

– On fait connaissance, dit-elle en faisant son intéressante. Enfin, il m'a demandé pourquoi tu ne lui répondais pas et j'ai dit que tu étais allée à la cafétéria.

– Ah, merci. Si j'avais su qu'Angel me ferait attendre comme ça, j'aurais parlé avec lui.

– Tu n'avais pas tellement envie de parler à ton petit ami, finalement ?

– Si, beaucoup, mais son chef l'a appelé et il n'est toujours pas revenu. On s'est dit à peine deux mots.

– C'est normal. Il doit avoir du boulot. Ou bien il est en train de draguer la secrétaire, commente Diana.

– Quelle secrétaire ?

– Qu'est-ce que j'en sais ? Ils ont tous des secrétaires, nan ?

– Angel est juste un employé du journal. Il n'a pas de secrétaire !

– OK, t'énerve pas. Mais tu ne pourras pas dire que je ne t'aurai pas prévenue.

– T'es vraiment une peste !

– Bon, je voulais juste te dire pour le coup de la cafétéria au cas où Alex t'en parlait... Je retourne discuter avec lui, pour qu'il n'aille pas draguer sa secrétaire comme l'autre.

Diana revient vers son écran alors que Paula ronchonne après Angel et les hypothétiques secrétaires qui lui tournent autour.

– Voilà, je suis là. Excuse-moi.

– Pas de souci, j'étais en train de regarder quelque chose, répond Alex.

Pendant que Diana bavardait avec Paula, il a vérifié sa boîte aux lettres. Aucune autre nouvelle des petits cahiers de *Derrière le mur*.

– Tu es occupé samedi soir ? lance Diana, toujours directe.

La question surprend tellement Alex qu'il doit la relire plusieurs fois pour être certain d'avoir bien compris. Cette fille ne perd pas de temps. Elle ne pense pas sortir avec lui quand même ?...

– Je ne sais pas encore. On est lundi, c'est loin pour moi, samedi, répond-il pour noyer le poisson.

– Mais tu n'as rien de prévu pour le moment ?

– Pas pour le moment, non, répond-il résigné.

– Donc maintenant tu es occupé. C'est l'anniversaire de Paula et on lui fait une soirée surprise. Enfin, ce n'est plus vraiment une surprise, vu qu'elle est au courant. On voulait t'inviter.

C'est lui qui vient d'avoir une surprise en fait. « On voulait » ? Qui est ce « on » ?

– Ah oui, c'est vrai que c'est son anniversaire.

– Oui, notre petite Paula vieillit. Déjà dix-sept ans.

– Et toi, tu as quel âge ?

– Dix-sept aussi. Mdr. Mais je suis toujours une jolie jeune fille tout en étant très mature, hein ?

– Oui, bien sûr. Personne ne met ça en doute.

Alex sourit en lui-même. Sympa, la copine. Très extravertie, elle lui rappelle un peu Irène. Elle a peut-être recours aux mêmes armes.

Diana sourit aussi. La vache, ce qu'il est beau ! Elle n'est pas en train de le draguer, elle est juste comme ça, c'est sa nature.

– Ah ! sursaute Diana.

Paula s'est approchée sur la pointe des pieds pour lui faire peur. Elle était tellement dans sa conversation avec Alex qu'elle ne l'a pas entendue arriver.

– Tu m'as fait peur.

– C'était un peu le but. Qu'est-ce que tu fais ?

– Je parle avec l'écrivain. J'étais en train de l'inviter à ton anniversaire surprise.

– Super ! Laisse-moi lui dire bonjour, allez... dit-elle en poussant Diana pour partager la chaise.

– Mais qu'est-ce que tu fais ? Tu vas me faire tomber ! proteste Diana.

Les deux amies se bagarrent joyeusement pour le gain de la chaise et du clavier. Diana finit par s'avouer vaincue et laisse Paula écrire.

– Salut Alex ! Comment ça va ? C'est Paula.

Le jeune homme devient tout à coup très nerveux. Paula ! Et si c'était son amie qui se faisait passer pour elle ? Peu importe, il est trop heureux de pouvoir lui parler et chasse cette idée de sa tête.

– Salut ! Très bien. J'étais en train d'écrire, et toi ?

– Bien. Je viens de revenir de la cafétéria, ment-elle.

– Oui, ta copine me l'a dit.

– Des nouvelles des cahiers ? T'as eu combien de réponses ?

– Pas terrible, une seule réponse.

– Patience. Tu verras, plein d'autres vont suivre. Tu m'appelles quand tu veux si tu as de nouveau besoin d'aide.

– Je ne peux pas t'appeler, je n'ai pas ton numéro de téléphone, lui fait remarquer Alex en profitant de l'occasion.

Parfait.

Paula sourit et le lui donne.

Diana a de moins en moins de place sur la chaise et lance un regard assassin à son amie. Elle arrive toujours à avoir ce qu'elle veut ! Et elle pourra dire ce qu'elle voudra, elle est clairement en train de draguer l'écrivain.

La cloche annonçant le changement de cours surprend les deux jeunes filles. C'est l'heure d'y aller.

– Alex, on doit partir. La cloche vient de sonner. Bisous, écrit-elle à toute allure.

Diana la pousse pour le saluer à son tour alors que Paula retourne à son PC. Angel n'est toujours pas revenu.

– Très bien. À plus tard. Bisous à toutes les deux.

– Gros bisous, l'écrivain. À bientôt, écrit Diana avant de fermer Facebook et d'éteindre l'ordinateur.

Paula a éteint le sien aussi, un peu triste. Elle a laissé un message à Angel : *Je suis désolée, je dois aller en cours. J'aurais bien aimé te parler un peu plus, mais je comprends, t'as du travail. Bisous, je t'aime.*

Cinq minutes plus tard, elles ont rejoint leurs camarades pour le cours suivant. Cinq minutes plus tard, Angel lit le message de Paula. Lui aussi aurait bien aimé lui parler un peu plus. Avec une pointe de culpabilité, il s'installe pour terminer son article sur Katia, tout en songeant à quelque chose pour se faire pardonner auprès de Paula.

Chapitre 34

À la fin des cours, ce lundi de mars, quelque part en ville.

– Oublie pas, chez toi, 17 heures ! crie Paula à Mario en courant vers le bus.

Il voudrait lui répondre, mais trop tard, elle est déjà loin. Il ravale ses mots et sourit. Enfin, voilà le moment tant attendu !

Il marche tranquillement, en profitant de la vie. Il se sent mieux. Oubliées, les larmes et les paroles tristes des chansons qu'il a écoutées ces dernières semaines. Oubliés aussi les maudites fleurs qu'elle a reçues et le baiser échangé avec ce type. Cela fait si longtemps qu'il souffre en silence, il mérite d'avoir sa chance. Il a besoin de cette confiance en lui qui lui manque la plupart du temps.

– Hé ! À quoi tu penses ? dit une voix féminine.

Diana est à côté de lui. Il ne s'en était pas rendu compte.

– Ah ! Salut. À rien.

– Pourtant, tu avais l'air super concentré. Tu as une drôle de tête. Tu es malade ?

Qu'est-ce qu'elle veut ? se demande Mario. C'est bien la première fois qu'ils se retrouvent à la sortie du lycée. Habituellement, elle est une des premières à s'enfuir dès que la cloche a sonné alors que lui prend toujours son temps. Il range ses affaires, vérifie qu'il n'a rien oublié et quitte la classe quand la plupart de ses camarades sont déjà sortis.

Pourquoi l'accompagne-t-elle aujourd'hui ?

– Non. Je suis un peu fatigué, répond-il pour ne pas paraître impoli.

– Tu as mal dormi ?

– Je n'ai quasiment pas dormi, pour être exact.

– Et qu'est-ce que tu as bien pu faire pour ne pas dormir ? dit-elle, moqueuse.

Mario ne comprend rien à ce qui se passe. Depuis quand cette fille se permet-elle autant de liberté avec lui ? Ça ne le fait pas rire du tout, mais il préfère ne rien dire. Elle ne va quand même pas lui gâcher ces quelques moments de joie. Il ne laissera rien ni personne l'importuner. Il reste si peu de temps avant son rendez-vous avec Paula !

– Rien d'intéressant.

– Ah oui ? Tu es si inintéressant que ça ?

Diana observe son profil du coin de l'œil. Il est vraiment mignon, et il est définitivement en train de se la jouer avec elle. Attitude typique du gars qui ne veut pas reconnaître ce qu'il ressent. Il fait le dur.

Pour qui elle se prend celle-là ? Elle a envie soit de se prendre la tête, soit de se moquer de quelqu'un, et c'est tombé sur moi, pense Mario.

– Je t'ai déjà dit que j'étais un peu fatigué. Et oui, je suis totalement inintéressant.

– N'importe quoi ! Tu ne l'es pas autant que ça. Tu as ton caractère, c'est un peu difficile de te suivre, mais à part ça... dit-elle dans un éclat de rire.

Mario comprend de moins en moins ce qui se passe. Un compliment ? A-t-il bien entendu ?

– Je ne sais pas.

– Dis-moi, ça fait quoi d'être si intelligent ?

– Pardon ?

– Ben oui. Je pense que tu es le garçon le plus intelligent de la classe. Tu as des notes hallucinantes. Moi, par contre, je serai contente si je redouble pas. Je suis complètement nulle. Je me demande juste ce que ça fait d'avoir des notes pareilles.

– Je ne crois pas que ce soit une question d'intelligence, mais plutôt du temps qu'on passe à travailler. Il faut juste bosser un peu, c'est pas si compliqué.

– Crois pas ça ! C'est super dur tout ce qu'on nous demande. Je ne comprends rien.

Mario sourit. Diana est en train de reconnaître une faiblesse... Impressionnant !

– C'est parce que tu n'écoutes rien pendant les cours. Vous êtes toujours en train de faire les imbéciles au fond de la classe.

– Ah ! Parce que tu nous surveilles ? dit-elle avec un sourire malicieux.

Mario est sur le point de lui répondre que chaque jour son regard est fixé sur une des quatre allumées de la classe.

– Vous faites tellement de raffut...

– On est les Dragibus. C'est notre mission : être difficiles à avaler.

Ils sont déjà arrivés à l'endroit où leurs routes se séparent, sans s'en rendre compte. Échange de sourires. Mario l'observe. Oui, cette fille ne semble vraiment pas la même lorsqu'elle prend les choses plus ou moins au sérieux. Diana remarque sa façon de le regarder et elle est de plus en plus persuadée qu'il ressent quelque chose pour elle.

– Bon, moi, je vais par là, dit-il en montrant une rue.

– Moi, je continue par ici.

La situation est gênante, ils doivent se dire au revoir mais ils ne savent pas comment. Ils ne sont pas assez proches pour se faire la bise, mais ils sont rentrés ensemble jusqu'ici.

– À demain alors.

– OK. Ne travaille pas trop.

– Et toi, travaille un peu.

Tous deux rient. Diana, avec naturel, pour une fois. Elle a laissé son costume de fille forte quelques instants. Mario a un peu changé d'avis sur elle. Elle n'est pas aussi désagréable qu'il le pensait.

Sans rien ajouter, chacun poursuit son chemin en se saluant timidement de la main.

Chapitre 35

Cet après-midi de mars, ailleurs en ville.

– Tu l'as embrassé ? Et alors ?

– Et alors rien.

– Comment ça rien ? Il a réagi comment ?

– Il n'a pas réagi. Il dormait, dit Katia avec une mine impuissante.

Alexia la contemple, pensive. Elle a très bien compris ce que sa sœur ressentait, et finalement le remède a été pire que le mal. Elle a provoqué la situation, pleine de bonnes intentions, pour qu'ils puissent être seuls, dans la même chambre, toute une nuit. Elle pensait que l'attraction qui existe entre eux ferait le reste. Mais elle s'est trompée, et sa sœur est encore plus triste maintenant.

Elles marchent côte à côte. Alexia est venue la chercher à l'hôpital dont elles ont pu sortir discrètement avec l'aide du personnel, en évitant les journalistes.

– Et maintenant, qu'est-ce que tu vas faire ?

– L'oublier. Ce garçon n'est pas pour moi.

– Tu laisses tomber aussi vite ?

– Ce n'est pas que je laisse tomber, Alexia. C'est que lui ne ressent rien pour moi.

– T'es sûre de ça ? Moi, je pense que tu lui plais. Pourquoi serait-il venu si vite te voir à l'hôpital sinon ? Il était inquiet pour toi.

– Parce que c'est quelqu'un de bien. Rien de plus.

– Oui, vous iriez très bien ensemble... Ne perds pas espoir si vite.

Katia soupire. Son intention est de ne plus revoir Angel. Elle ne peut pas se laisser aller à cet enchevêtrement de sentiments.

– C'est décidé. Le mieux pour lui comme moi est qu'on ne se revoie pas.

– Ne sois pas si radicale, p'tite sœur.

– Il faut l'être dans ce genre de choses. Ce n'est qu'un garçon parmi tant d'autres.

Elle tente de s'en convaincre malgré la tristesse qui l'envahit. Elle voudrait croire en ce qu'elle vient de dire, mais ce n'est pas chose facile. Il est sa vie depuis quatre jours. Que lui est-il arrivé ? Elle est incapable de comprendre comment Angel a pu prendre son cœur au point que plus rien d'autre ne compte sur terre. Cela doit cesser.

Alexia est inquiète. Elle voit sa sœur vaciller, elle d'ordinaire si forte. Elle vit tout cela très mal. Elles sont du même sang, personne n'est aussi bien placé qu'elle pour se mettre à sa place et la comprendre. Angel n'est pas seulement un garçon de plus parmi tant d'autres, comme Katia essaie de le lui faire croire. Mais pour le moment, c'est sans doute la chose la plus raisonnable à envisager.

Cependant, ni l'une ni l'autre ne peuvent se douter de ce qui va se passer dans peu de temps.

Ce même après-midi de mars, ailleurs en ville.

Elle passe sa langue au coin de ses lèvres pour recueillir une goutte de mayonnaise rebelle qui s'est échappée lorsqu'elle a croqué dans son sandwich crudités. L'homme assis en face d'elle la regarde discrètement. En réalité, il n'a pas cessé de l'observer de toute la matinée. C'est son professeur. Quand on lui a annoncé qu'il devrait donner des cours dans le secteur leadership des entreprises (branche qu'il déteste), il était loin d'imaginer qu'il tomberait sur une élève comme elle. Trois mois avec cette superbe créature assise au premier rang... Et si elle s'habille comme ça en mars avec le froid qu'il fait, de quoi sera-t-elle vêtue en juin avec les beaux jours ?...

Irène finit son repas dans une cafétéria près de l'établissement où elle suit ses cours. Elle dépose son sandwich entamé sur l'emballage, et sirote son Coca à la paille. Elle se sent regardée mais ne s'en soucie pas, elle est habituée.

C'est la pause de midi. Il lui reste encore trois heures de cours. Et ce sera ainsi tous les jours du lundi au vendredi. Mais c'est le prix à payer pour être près d'Alex. Ça en vaut la peine.

Elle décroise les jambes pour les croiser dans l'autre sens. La gauche sur la droite. Elle entend tousser. Le prof s'est étranglé. Sourire.

Quelle est la clé pour séduire Alex ?

Jusqu'à maintenant, elle n'a fait que flirter avec lui, mais elle voudrait plus. Il doit lui appartenir, être fou amoureux d'elle sans prêter attention aux qu'en-dira-t-on. Même s'ils sont de la même famille, ils ne sont pas du même sang.

Patience. Alex n'aime pas précipiter les choses. Elle va agir pas à pas, laisser ses plans mijoter à feu doux jusqu'à ce qu'il n'en puisse plus et se jette dans ses bras, et plus encore. Cette idée la fait frissonner et se tortiller sur sa chaise. Elle y arrivera, il n'y a aucun doute, même si elle doit écraser deux ou trois personnes sur son passage.

Elle mord une dernière fois dans son sandwich.

Elle se lève tranquillement, ajuste sa robe et met l'emballage de son repas à la poubelle. Irène sort de la cafétéria en exagérant ostensiblement son déhanché. Son professeur la regarde jusqu'à ce qu'elle disparaisse de son champ de vision. C'était juste un essai d'une des armes qu'elle a l'intention d'user pour séduire le seul homme qui occupe ses pensées.

Chapitre 36

Ce même après-midi de mars, quelque part en ville.

– Tu vas où ?

Miriam se lève après avoir fini de manger sa salade alors que Mario termine son sandwich au poulet. Leurs parents ne rentreront pas avant ce soir, ils doivent prendre leur déjeuner au *Foster Hollywood*[1].

– Je vais me balader avec les filles...

– Quelles filles ?

Mario craint pendant un instant qu'elle soit du nombre et qu'elle ait oublié leurs « rendez-vous ».

Miriam lève un sourcil et sourit intérieurement. Elle a mis dans le mille. En rentrant tout à l'heure, elle a reçu un appel de Diana qui lui a raconté qu'ils avaient fait le chemin ensemble depuis le lycée. Ils vont sortir ensemble, ce n'est plus qu'une question de temps.

– Avec qui tu veux que ce soit ?... Avec Cris et Diana, dit-elle en soulignant le prénom de la deuxième.

– Ah, OK.

Ouf ! Ses craintes s'envolent. Comment a-t-il pu penser que Paula allait l'oublier, alors que c'est elle qui lui a rappelé leurs rendez-vous en sortant des cours ?

Il regarde sa montre. Dans un peu plus d'une heure.

– Bon, j'y vais. Paula va venir après. Tu m'expliqueras aussi pour l'examen parce que j'ai rien compris.

---

1. Chaîne de restaurants espagnole qui propose des spécialités des États-Unis, type *Planet Hollywood*.

– Oui, pour changer.

– Gnagnagna. T'es bête, des fois, hein ?

– Tu pourrais rester, comme ça tu aurais les explications aussi.

Mario connaît la réponse d'avance. Cependant, Miriam lève les yeux en faisant semblant de réfléchir. Sa sœur est capable d'accepter juste pour l'embêter, même si elle est loin d'imaginer qu'il ne vit que pour ce moment depuis samedi.

– Non, il ne vaut mieux pas, finit-elle par répondre au grand soulagement de son frère.

On a évité de peu la catastrophe.

– Comme tu veux. Amuse-toi bien.

– Toi aussi.

Miriam s'approche pour lui faire la bise mais s'arrête tout net en voyant un peu de ketchup perler sur ses lèvres. Elle tourne les talons et sort de la maison.

Mario est seul, à une heure de la soirée tant désirée avec Paula.

Au même moment, ailleurs en ville.

16 heures.

Elle est allongée sur le ventre, les mains sous le menton, et martèle le traversin de petits coups de pied. Elle guette avec impatience son téléphone. Angel aurait pu l'appeler pour s'excuser de s'être absenté lorsqu'ils se sont croisés sur Facebook. Alex aussi pourrait lui téléphoner pour continuer leur conversation et lui raconter où en est l'aventure des petits cahiers.

Ils se ressemblent un peu tous les deux d'une certaine façon : responsables, intelligents, beaux, matures. Ils n'ont rien à voir avec les garçons de son âge qui ne pensent qu'au sexe, qui passent leur temps à dire des bêtises et qui prétendent avoir ce qu'ils n'ont pas. Angel et Alex sont déjà passés par là, ou bien ils n'ont peut-être jamais été comme ça. Elle les imagine mal escalader un mur pour espionner une fille, même lorsqu'ils avaient seize ans.

No hay nadie como tú, « Il n'y a personne d'autre comme toi », de Calle 13, passe à la radio qu'elle a allumée un peu plus tôt. Elle fredonne le refrain en remuant les épaules : *Il n'y a personne d'autre comme toi, mon amour.*

Elle se demande s'il existe d'autres garçons comme Angel, son amour. Non. Bien sûr que non.

Mais il se pourrait que la réponse ne soit pas si simple. L'image d'Alex apparaît tout à coup dans ses pensées. Pourquoi ?

Pendant ce temps, ailleurs en ville.

L'horloge du salon marque 16 h 15. Mario a les yeux qui piquent. Pourquoi maintenant ? Il finit de débarrasser la table et fait la vaisselle. Tout doit être parfait pour l'arrivée de Paula. Il se sèche les mains avec un torchon et regarde à nouveau l'heure. Les trois prochains quarts d'heure vont être affreusement longs.

Révision du frigo : jus d'orange, si elle a envie d'une boisson légère ; du lait, si elle préfère un café ou un chocolat chaud, et aussi du Coca-Cola et du Fanta orange. Tout est sous contrôle de ce côté.

Et maintenant ?

Se changer. Il ne peut pas la recevoir en étant habillé comme au lycée. Il monte dans sa chambre et examine le contenu de son armoire. Rien ne lui plaît, tous ses vêtements sont vieux. C'est ça de ne pas s'intéresser aux filles...

Il frotte ses yeux douloureux.

Soupir. Malgré lui, il aperçoit son reflet dans le miroir. Cheveux en bataille, paupières rougies, gros cernes. Il contemple les vestiges de ses deux nuits blanches. Rien ne va ! Et Paula arrive dans trente-cinq minutes.

Il tente de se relaxer. C'est sûrement un effet de son imagination. C'est normal de se sentir nerveux lorsqu'on est sur le point d'être en tête à tête avec la fille qu'on aime depuis toujours. Cela fait si longtemps qu'il est amoureux d'elle. Il a souffert en silence si longtemps !...

Zen.

Il allume son ordinateur portable, met *No hay nadie como tú* et s'allonge sur son lit. Une petite pause lui fera du bien. Il envisage tout cela comme s'il s'agissait d'une question de vie ou de mort. Et c'est peut-être bien le cas, car il a vécu peu de moments aussi importants que celui-ci dans sa vie. Certains ont le bonheur de partager leur vie avec la fille de leurs rêves chaque jour. C'est un privilège qui ne lui a pas encore été accordé.

Il regarde le plafond sans le voir, les mains derrière la nuque. Il pense à Paula, si fort qu'il a l'impression qu'elle est là, devant lui. Dans quelques minutes, ce ne sera plus un rêve, elle sera là, ils partageront la même réalité.

Il chantonne le refrain de *No hay nadie como tú* qu'il a laissé tourner en boucle. Il ne se doute pas que, à quelques kilomètres de là, en cet instant, l'élue de son cœur fredonne la même chanson que lui.

Toujours cet après-midi de mars, ailleurs en ville.

Paula est sur le point de sortir de chez elle. Elle s'est changée et maquillée un peu. Il est important de se sentir bien, même si c'est pour aller travailler les maths. Alors qu'elle franchit la porte, son sac Supernanas sur le dos, son téléphone sonne. C'est Diana.

– Oui, Diana.

– Tu es chez lui ?

– Quoi ?

– Est-ce que tu es chez Mario ?...

Paula regarde sa montre, étonnée. Serait-elle en retard ? Non, il reste vingt-cinq minutes.

– Non. J'y vais là, j'étais en train de sortir de la maison quand tu m'as appelée.

– OK.

– Tu suis la chose de près on dirait !

– Tu sais qu'il m'a raccompagnée en sortant du lycée ? exagère-t-elle.

– Qui ? Mario ?

– Ben, qui tu veux que ce soit ?

– Tu vois ? On te l'avait dit... Il en pince pour toi, affirme-t-elle dans un éclat de rire alors qu'elle se dirige vers le métro.

– C'est ce qu'elles prétendent aussi, les deux autres, mais je ne sais pas trop...

Paula entend Cris et Miriam chanter une comptine : *Diana et Mario se marièrent et eurent beaucoup d'enfants.*

– Je vais essayer d'en savoir plus. Ne t'inquiète pas.

– Oui, enfin, c'est pas qu'il me plaise vraiment. C'est juste que si quelqu'un s'intéresse à moi, je voudrais le savoir.

Un « Oui, c'est ça, il ne te plaît pas... ! » assorti d'éclats de rire se fait entendre en bruit de fond. Diana écarte le téléphone et demande à ses amies de se taire d'un ton cinglant.

– Elles ne te croient pas, hein ? dit Paula en riant.

– Bah ! Toi non plus ! Vous êtes toutes les trois dans le même panier.

– C'est parce qu'on te connaît, Diana.

– Rien du tout, oui.

– Diana, je dois te laisser, je suis arrivée au métro. Je te rappelle ce soir pour te raconter, si j'arrive à avoir des infos.

– D'accord. Bonne enquête, mais bon, ce n'est pas très important non plus.

Paula sourit et raccroche. Sans se douter de ce que lui réserve la soirée, elle entre tranquillement dans la station.

Ce même après-midi de mars, ailleurs en ville.

Mario ouvre et ferme le rideau de sa fenêtre toutes les vingt secondes. C'est d'ici qu'on voit le mieux la porte d'entrée. Elle va bientôt arriver.

Il a les mains moites, la gorge et les lèvres sèches. Il se dirige précipitamment vers la salle de bains et cherche un baume à lèvres. Il finit par le trouver et s'en passe un peu. C'est bon.

Il est 17 heures, non ? Le clocher de l'église d'à côté vient de le confirmer. Pourquoi n'est-elle pas là ?

Elle ne va pas venir. C'est sûr, elle ne viendra pas. Que viendrait faire une fille comme Paula ici, avec lui ? Elle doit être avec son petit ami, celui qui lui a offert des fleurs, celui qui l'a embrassée. Peut-être même qu'ils couchent ensemble.

Mario ne quitte pas sa montre des yeux. 17 h 01. 17 h 02. 17 h 03... Ce qu'il a pu être stupide de croire qu'il aurait sa chance !

C'est alors que la sonnette retentit. Mélodie céleste. Il n'a jamais été aussi heureux d'entendre ce stupide son métallique. Il se penche par la fenêtre. C'est elle. Ce qu'elle est belle ! Elle porte un sweat-shirt gris et un jean bleu. Les cheveux lâchés sur ses épaules. Elle est ravissante.

Il descend en essayant de calmer son angoisse à chaque pas. Des fourmillements s'emparent de tout son corps. Quel stress ! Il n'arrive pas à croire qu'elle soit ici.

Il est en bas des escaliers. Il traverse l'entrée et parvient, tremblant, jusqu'à la porte. Il se signe et l'ouvre.

Il a envie de mourir. Non, ce n'est pas le moment de mourir, il est déjà au paradis. Elle est devant lui, un large sourire aux lèvres et les yeux brillants. Il n'entend pas ce qu'elle lui dit. Mais on s'en fiche des mots là, non ? Il est incapable de penser. Elle est là : Paula, l'amour de sa vie, est chez lui. Elle lui fait la bise. Il se contente de poser sa joue, il n'ose pas poser ses lèvres sur son visage. *No hay nadie como tú, mi amor*, résonne avec force. Non, il n'y en a pas d'autres comme elle. Comme Paula, sa Paula. Paula chérie. Il l'aime et elle est là, en train de monter dans sa chambre. Elle a dit quelque chose ? Une blague ? Un commentaire ? Il ne sait pas, cela lui est égal, il rit. Elle rit aussi. Comme c'est bon de rire ensemble. Il est heureux. Très heureux. La vie lui offre enfin ce moment si particulier. Son rêve.

Mon Dieu, qu'elle est belle ! Il l'aime.

Il lui dit de s'asseoir où elle veut. Paula jette un œil dans la pièce et demande si elle peut se mettre sur le lit. Mario déglutit avec difficulté. Bien sûr. Pourquoi pas ?

Il tire les couvertures pour qu'elles soient bien confortables, puis elle s'assoit en souriant. Il s'installe à sa place, à son bureau. Le cours de maths commence.

Il ne sait pas s'il arrivera à se concentrer sur les chiffres et les lettres qui semblent danser sur ses cahiers. Qu'est-ce qu'on en a à faire de l'examen de vendredi ? Elle ne s'en fiche pas, elle, c'est pour ça qu'elle est venue. Maîtrise. Concentration. Pourquoi ses yeux ne font-ils que chercher ses lèvres ? Pourquoi n'arrive-t-il pas à ne pas regarder sa bouche ?

Il le sait. L'embrasser est ce qu'il désire le plus au monde. Un baiser qui le mènerait à une totale félicité. Mais c'est impossible. Ou peut-être que si ?

Mario se lève. Elle lui a demandé de s'approcher pour lui expliquer pourquoi tel chiffre va à tel endroit. Il tente de lui expliquer, mais il n'est pas très convaincant. En réalité, il ne sait même pas ce qu'il dit. Sans le vouloir, il s'est assis sur le lit, tout près d'elle, collé à elle.

No hay nadie comme tú. No hay nadie como tú, mi amor.

Paula lève les yeux vers lui. Elle ne comprend rien de ce qu'il lui raconte, peut-être parce que ce qu'il explique n'a aucun sens.

Leurs corps se frôlent. Leurs visages sont de plus en plus proches. La musique de plus en plus forte.

Il veut l'embrasser. Une fille comme elle, comme sa Paula, doit être le fruit le plus merveilleux que l'on puisse goûter. Il ne doit rien exister de plus doux. Que faire ? Son cœur lui ordonne de l'embrasser : *Embrasse-la, Mario, embrasse-la.*

Elle est silencieuse et l'observe. Leurs regards se croisent. Enfin ! Le jeu de regards dont on lui a tant parlé. C'est un signe.

Elle sourit. Est-ce un autre signe ?

Oui, c'est le signe qu'il cherchait. Le signe définitif. Comment peut-il le savoir alors qu'il n'a jamais embrassé personne ? Il le sait. C'est le moment, l'occasion. Le paradis l'attend.

Il la voit fermer les yeux. Maintenant.

Mario ferme les yeux, penche sa tête vers la droite et attend le contact de ses lèvres. Il entend qu'on l'appelle. Pourquoi dit-elle son nom ? Elle lui secoue l'épaule. C'est ça, un baiser ?

Non, il ne sent pas la tiédeur de sa bouche. Il entend qu'on l'appelle à nouveau. Il l'entend de plus en plus distinctement. *Qu'est-ce qui se passe ?* se demande-t-il. Il ouvre les yeux. C'est Miriam.

– Tu sais l'heure qu'il est ?

Mario regarde sa montre.

Merde !! 19 heures ! Il s'est endormi. Il se lève d'un bond, furieux.

– Merde.

– Paula t'a appelé je sais pas combien de fois et tu n'as pas répondu.

Mario voit dix appels en absence sur l'écran de son téléphone. Désespéré, il sort de la chambre et s'enferme dans la salle de bains. Face au miroir, il fond en larmes.

Chapitre 37

Cette soirée de mars, quelque part en ville.

Elle vient de raccrocher avec Miriam. Mario va bien, il s'était juste endormi. Paula rit seule dans sa chambre. Il lui a fait une de ces peurs !...

Enfin tout va bien, c'est l'essentiel.

Il faudrait qu'elle travaille un peu, mais elle n'en a pas du tout envie. En plus de l'examen de maths, elle en a sept autres à préparer qui auront lieu durant les deux prochaines semaines, juste avant les vacances de Pâques. La fin du deuxième trimestre est toujours problématique.

Elle ouvre son livre de philosophie sans aucune motivation, à plat ventre sur son lit. Elle parcourt une page et surligne au fluo jaune ce qui lui paraît le plus important. Argh ! Quinze minutes pour une seule page ! Elle n'est absolument pas concentrée.

Elle persiste et tourne la page, mais c'est encore pire. Vingt minutes plus tard et après l'avoir relue huit fois, elle n'a toujours rien compris.

Désespérée, elle jette le livre par terre.

Elle regarde son portable avec le vague espoir d'y trouver un appel en absence ou un message qu'elle n'aurait pas entendu d'Angel, ou même d'Alex. Mais non, rien du tout. Déçue, elle enfouit son visage dans l'oreiller quelques secondes jusqu'à manquer d'air. Quelle idiote !

Elle ne sait pas quoi faire de son corps. Elle ne se sent bien dans aucune position. Elle se lève, se couche, se lève puis s'assoit. Ça fait maintenant une demi-heure qu'elle tourne en rond dans sa chambre.

Son regard tombe sur le sac Supernanas. Sa première rencontre avec Angel lui revient alors en mémoire. C'est aussi le jour où elle a connu Alex, au *Starbucks*, avec ce sourire... si... mortel. Ses yeux se posent alors par hasard sur *J'ai failli te dire je t'aime*, resté sur le bureau. Elle ne l'a toujours pas terminé.

Elle ne travaillera pas plus aujourd'hui, donc pourquoi ne pas lire un moment ? Oui, c'est une bonne idée. Elle prend le livre et met un peu de musique avant de se mettre à l'aise sur son lit. Elle cherche la vidéo qu'Alex lui a envoyée. *Scusa ma ti chiamo amore* de Massimo Di Cataldo. *Play*. Le refrain la transporte immédiatement.

Scusa se ti chiamo amore
Sei la sola parte di me che non so dimenticare
Scusami se ho commesso io l'errore
Di amare te molto più di me.[1]

Paula se met dans son lit. Enroulée dans les couvertures, elle reprend la lecture du roman de Moccia, appuyée sur un coude, et replonge dans l'univers de Niki et Alessandro.

Alors qu'elle est totalement immergée dans l'histoire, son téléphone sonne. Elle ne peut s'empêcher de ronchonner, mais se lève et répond.

– Oui... ? dit-elle d'une voix un peu éteinte.

– Salut, Paula, dit une voix triste.

– Salut, Mario.

– Je suis vraiment désolé. Je ne sais pas ce qui m'a pris.

Paula sourit, elle est un peu triste mais essaie de n'en rien montrer.

– Ne t'inquiète pas. C'est rien, vraiment.

– Non, ce n'est pas rien. Je me suis endormi, et je t'ai plantée là. C'est impardonnable.

1. Excuse-moi si je t'appelle amour / Tu es la seule partie de moi que je ne peux oublier / Excuse-moi si j'ai fait l'erreur / De t'aimer toi plus que moi.

– Allez, n'exagère pas... Ce n'est pas si grave.

– Je n'exagère pas. Je suis vraiment nul.

– Arrête Mario, ne sois pas si dur avec toi-même. Tu oublies qu'il nous reste encore trois jours devant nous. On se verra demain et puis voilà, on a suffisamment de temps, d'ici à vendredi.

Le jeune homme garde le silence, au point que Paula se demande si la communication n'a pas été coupée.

– Tu veux vraiment continuer à venir réviser avec moi malgré le lapin de cet après-midi ? demande-t-il d'une voix plus joyeuse.

– Ben bien sûr ! Ça peut arriver à n'importe qui.

– À n'importe qui...

Paula laisse échapper un éclat de rire.

– Mais bon, je ne viens qu'à une seule condition.

– Laquelle ?

– Que tu te couches tôt et que tu te reposes. Ta sœur m'a dit que ça fait plusieurs jours que tu ne dors presque pas.

– Ma sœur exagère toujours.

Un petit bip annonce à Paula qu'elle vient de recevoir un message.

– Mario, il faut que je te laisse. Et ne t'inquiète pas, d'accord ? On se voit demain au lycée. Bisous.

– D'accord. Merci et pardon encore. Bisous.

Clac. Mario soupire de soulagement. Il aura sa chance quand même, malgré tout ça. Il se promet de dormir cette nuit. Il prendra une tisane ou n'importe quoi d'autre, mais il dormira.

Paula ouvre le dossier des messages reçus. Il s'agit d'un MMS. C'est une photo de la couverture du livre *J'ai failli te dire je t'aime* accompagnée d'un petit mot : « J'espère qu'il t'a autant plu qu'a moi. Bisous. Alex. »

Sourire. Elle se sent bien. Son cœur est devenu tout à coup plus léger et joyeux, peut-être plus qu'elle ne l'aurait imaginé.

Elle retourne vite sous ses couvertures et ouvre le livre à la page où elle l'avait laissé. Un sourire sur les lèvres, elle ne décollera pas le nez du roman jusqu'au mot « fin ».

Cette même soirée de mars, dans un coin isolé de la ville.

« Je l'ai enfin terminé. J'ai adoré. Je pense que *J'ai failli te dire je t'aime* est maintenant mon livre préféré. Jusqu'à ce que je lise le tien, bien sûr. Bisous, l'écrivain. » Alex relit plusieurs fois le message que Paula lui a envoyé. Il l'a appris par cœur en à peine quelques secondes, mais continue de le relire tout de même, au cas où quelque chose lui aurait échappé : un mot, une virgule, un point, une abréviation... Il adore son petit mot.

Il allume son ordinateur et met tout de suite *Scusa ma ti chiamo amore*.

Il pense à elle, à leur très courte mais intense histoire. Il étudie la possibilité de céder à la tentation de lui envoyer un autre message. Mais ce serait trop, il ne veut pas se faire pressant.

Quand pourra-t-il la revoir ? Samedi. Son amie Diana l'a invité à son anniversaire. Mais ça semble loin, on est seulement lundi. Il ne tiendra pas autant de temps. Il doit trouver une bonne excuse pour la revoir.

Il faut qu'il pense aussi à son cadeau, quelque chose de bien et d'original.

Assis sur une chaise, l'ordinateur sur les genoux, il perd la notion de la réalité. Tout tourne autour de Paula : la musique, les mots, le temps... la musique... la musique... Mais bien sûr ! Il sait précisément ce qu'il va lui offrir.

Il sort un crayon et un carnet d'un tiroir et commence à griffonner frénétiquement. Il est en transe, comme lorsqu'il écrit. Mais ce n'est pas suffisant, il doit réunir l'inspiration et le talent.

Cette même soirée de mars, au même endroit, quelques minutes plus tard.

Elle entre à toute vitesse dans la maison et ferme la porte. Qu'est-ce qu'il caille ! Cette petite robe va finir par lui faire attraper froid. Demain, jean ! Elle est allée remercier son prof à la fin du cours. Elle l'a déjà dans la poche, pas besoin d'en faire davantage.

Irène dépose son manteau et son sac sur une chaise dans l'entrée et monte dans la chambre de son frère. La porte est fermée et la lumière ne semble pas allumée. Il n'est pas rentré ?

Elle entend alors le son du saxophone venant du toit. Comment peut-il aller jouer là-haut avec un froid pareil ? Un passage dans sa chambre où elle enfile un pantalon de pyjama et un sweat-shirt gris avant de monter le voir.

Trop tard, il redescend déjà, son saxo à la main. Il ne l'a pas entendue rentrer.

– Salut Alex, lui dit-elle avec un grand sourire.

– Salut, répond-il l'air dégagé.

Elle est très jolie aussi sans maquillage et robe sexy. Elle semble maintenant plus naturelle avec un petit air enfantin.

– Tu as vu ?

– Vu quoi ? demande-t-il en cherchant quelque chose autour de lui.

– Que je ne t'ai pas appelé « mon frère chéri ». Je peux le faire, tu vois.

– Ah, c'était ça. Oui, je t'en remercie.

– Comment ?

– Quoi, comment ?

– À quel point tu me remercies ? dit-elle en le détaillant à son tour. Ça va ? T'as l'air tout perdu.

– Ça va très bien, t'inquiète pas.

– Si tu le dis...

Le jeune homme passe à côté d'elle sans la regarder, dépose son instrument sur son lit et descend à la cuisine, Irène sur les talons.

– Tu vas dîner ? demande-t-elle.

– Oui, mais je n'ai pas très faim. Et toi, tu veux quelque chose ?

– Non, merci. Je suis allée manger un hamburger avec un type de la classe.

Alex reste silencieux. Premier jour de cours et elle a déjà un garçon dans ses filets. Enfin, ce n'est pas très étonnant avec la tenue qu'elle portait. Quoiqu'elle se ferait sûrement draguer de la même façon vêtue d'un sac poubelle. Il doit bien reconnaître qu'elle est une des plus belles filles qu'il ait jamais vues. Ajoutées à cela son extrême sensualité et sa capacité à se faire remarquer, des filles comme elles ne courent pas les rues.

– Les cours se sont bien passés ?

– Oui, ça a été. Le prof a fixé mes jambes toute la journée, mais à part ça c'était intéressant.

Pauvre prof, pense Alex. *Il ne sait pas ce qui l'attend...*

Il va devoir supporter ça pendant trois mois.

Il mange un bout de fromage, avale un verre d'eau puis range le tout sous le regard appuyé d'Irène.

– Je vais me coucher.

– Déjà ? Tu n'as presque rien mangé...

– Je n'ai pas faim, je te l'ai déjà dit.

– Ce ne serait pas l'amour qui te couperait l'appétit, par hasard ? insinue-t-elle, malicieuse.

Alex abandonne la cuisine sans répondre avec un timide « Bonne nuit, Irène ». Est-il amoureux ?

Arrivé dans sa chambre, il prend son téléphone et envoie, après avoir longuement hésité : « Je suis content qu'il te plaise. C'est aussi un de mes livres préférés. Je vais disperser d'autres cahiers. Je peux compter sur toi ? Bisous. »

Il s'allonge sur son lit, dans l'attente d'une réponse qui ne viendra pas ce soir. Irène a vu plus juste que ce qu'il imaginait.

Chapitre 38

Toujours cette soirée de mars, dans deux appartements différents.

Que se passe-t-il ? Que lui arrive-t-il ?

Paula secoue la tête en lisant le message d'Alex. Elle se dégage des couvertures et s'agenouille dans le lit. Il lui propose de l'accompagner à nouveau semer des cahiers. Elle hésite. Que doit-elle répondre ?

Une dure journée de travail.

Angel arrive chez lui et retire ses chaussures. Il a dû se rendre à une conférence de presse pour remplacer une collègue malade et faire des pieds et des mains pour interviewer chaque membre du groupe. Dans une petite rédaction comme celle-ci, ils doivent tous être prêts à faire face aux imprévus. Enfin, ces derniers temps, c'est beaucoup tombé sur lui. Un journaliste n'a pas d'horaires. Il commence à le savoir.

Il n'a aucune envie de dîner. Il est tard, très tard, trop tard aussi pour appeler sa chérie.

Elle n'est quand même pas en train de tomber sous le charme d'Alex, n'est-ce pas ? Non, c'est impossible. Angel est son petit ami et elle est certaine de l'aimer, son journaliste. Bien sûr que oui. Quelle fille ne tomberait pas à ses pieds ? Alex est juste un copain, dont elle ne sait pas grand-chose, en plus. Enfin, en y pensant bien, celui qu'elle a physiquement vu en premier, c'est Alex, pas Angel. À quelques petites minutes d'intervalle. On dirait un coup du destin. Ce qu'il peut être capricieux parfois !

Il jette un coup d'œil à sa montre. Oui, il est vraiment trop tard pour lui téléphoner. Elle est sûrement en train de dormir. Il ne lui a même pas envoyé un SMS de l'après-midi. Le travail est en train de beaucoup trop empiéter sur sa vie personnelle. Pile au moment où il rencontre la fille de ses rêves, il n'a pas le temps d'en profiter comme il le voudrait. En plus, ces derniers jours, il a passé plus de temps avec Katia qu'avec Paula !... Nouvelle vague de culpabilité. Une phrase qu'on lui disait souvent à la fac lui revient alors en mémoire : « La vérité finit toujours par sortir de l'ombre, sous n'importe quelle forme et même lorsqu'on ne s'y attend plus. » Il espère de toutes ses forces que ses professeurs se trompaient.

Elle entre dans la salle de bains et dépose du dentifrice à la fraise sur sa brosse à dents. C'est la troisième fois qu'elle se brosse les dents ce soir. Elle se sent nerveuse. Elle observe son reflet dans le miroir. Elle a l'impression d'avoir pris dix ans d'un coup. Elle n'est plus la petite fille insouciante qu'elle était avant, à sa grande surprise. Elle ne réalise toujours pas qu'elle entretient une relation amoureuse avec un garçon qui a presque six ans de plus qu'elle. Elle n'a que seize ans !... Dix-sept samedi. Samedi... Elle n'a pas encore parlé à Angel de ce qu'elle a prévu...

Elle tente de sourire, mais se trouve parfaitement ridicule. Tout lui paraît bien trop grand et énorme pour elle. Est-elle prête pour tout cela ?

Il se déshabille. Il ne dort presque jamais nu, même s'il ne met jamais de pyjama. Il s'examine dans le miroir de l'armoire alors qu'il enfile un T-shirt sans manches et un pantalon de jogging. Quelle sale tête ! Le manque de sommeil et la fatigue accumulée lui ont dessiné d'énormes cernes sous les yeux. Pourquoi ne l'a-t-il pas appelée plus tôt ? Il aurait dû le faire, au moins pour lui dire ce qu'il a prévu de faire. Elle ne sera peut-être pas libre ? Qu'importe. Elle le sera.

Elle attrape son téléphone. Que répond-elle à Alex ? Que oui, il peut compter sur elle ? Et si cela les menait plus loin ? Ils ont failli s'embrasser à la FNAC. Heureusement que ce n'est pas arrivé, elle s'en serait tellement voulu... Mais, cela aurait pu se produire. Elle glisse le téléphone sous l'oreiller le temps de réfléchir.

Peut-on aimer deux personnes à la fois ?

Elle se rend rapidement compte que ces pensées n'ont pas de sens. Non. Angel est son petit ami. C'est lui qu'elle aime. Et c'est tout. Terminé.

Elle récupère son téléphone et, après quelques instants de réflexion, rédige un message.

Angel se met au lit après s'être forcé à avaler quelque chose. Une pomme et un yaourt à la pêche.

Oui, la meilleure solution est de faire une surprise à Paula. Si elle ne peut pas, il tentera de la convaincre. Il pense même que ne pas s'être parlé aujourd'hui n'est pas une si mauvaise chose, car ils mourront d'envie d'être ensemble, et elle se laissera plus facilement tenter. Il programme le réveil. Très tôt.

Un bip le fait sursauter. Un SMS : « Mon amour. Je t'aime. Je t'aime. Je t'aime. J'ai besoin de te voir. Demain ? J'ai un petit moment de libre après les cours. On peut se voir ? On mange ensemble. Ou non, on ne mange pas, juste des bisous et des câlins. Tu me manques. Je t'aime. »

Le cœur d'Angel bondit dans sa poitrine en lisant le message. Oubliés l'épuisement et la fatigue ! L'envie et l'énergie sont de retour. Le bonheur. Il est sur le point de lui téléphoner, mais il a peur de vendre la mèche sur la surprise qu'il lui réserve. Il résiste à la tentation de tout lui raconter et se contente de lui écrire un message.

Paula éteint la lumière. Elle se sent un peu mieux, plus détendue. Elle répondra à Alex demain. Maintenant, ce qu'il faut, c'est se reposer et arrêter de décortiquer la situation. Elle s'allonge sur le lit en imaginant qu'elle est dans les bras d'Angel. Ses paupières commencent à se fermer. À quoi pourrait-elle rêver ? On dit que lorsqu'on désire quelque chose de toutes ses forces, on le vit en rêve la nuit. Elle pense fort à ce jour qu'elle espère exceptionnel. Elle murmure doucement :

– Samedi... Samedi.

Un bip strident la fait revenir à la réalité.

Son téléphone brille comme un phare dans l'obscurité totale de sa chambre. Elle n'a aucun doute sur l'identité de celui qui lui a envoyé un SMS. Elle sourit avant même de l'ouvrir. Oui, elle est vraiment complètement amoureuse de lui.

« Je t'aime. Je t'aime tellement que c'en est douloureux parfois. Je t'imagine là, allongée à côté de moi, dans mes bras. Viens. Viens avec moi, ma belle. On se voit demain, oui, oui, oui. Tu me manques. Je t'aime. »

Les yeux embrumés, elle lit le message une bonne douzaine de fois. Elle l'aime, elle en est certaine. Comment a-t-elle pu en douter ?

Elle ferme enfin les yeux et finit par s'endormir tranquillement. Demain sera un jour riche en émotions.

Chapitre 39

Le lendemain matin, dans un coin isolé de la ville.

Il s'est endormi avec le téléphone sur le ventre, en espérant une réponse qui n'est pas arrivée.

Paula n'a pas répondu à son dernier message. Elle ne semble pas très enthousiaste à l'idée de renouveler l'aventure des cahiers. La magie qui s'était emparée de lui la veille a totalement disparu.

Assis sur le siège passager de la Ford Focus noire, Alex regarde constamment son téléphone, de plus en plus convaincu qu'il ne recevra pas de réponse.

Tout en conduisant, Irène fredonne doucement *Todo*, de Pereza, qui passe à cet instant à la radio. Elle est contente, cette fois-ci : Alex a bien voulu se laisser conduire sans qu'elle ait besoin de déployer une tonne d'artifices pour qu'il accepte. Elle a simplement eu à lui demander s'il voulait qu'elle le dépose en ville. Il a répondu oui à sa grande surprise. Ils ont même été prendre un café sur le chemin. C'est un début.

Elle l'observe du coin de l'œil de temps en temps. Il a l'air distrait. Le regard fixé sur la route mais il examine son téléphone toutes les deux minutes.

– Tu attends un appel ? demande-t-elle, curieuse.

– Un appel ?

– Oui, tu n'arrêtes pas de regarder ton téléphone.

– Ah. Non, c'est juste pour regarder l'heure, ment-il.

Irène n'en croit pas un mot mais préfère ne pas insister. Elle doit mettre à profit la trêve qu'il semble y avoir entre eux ce matin. Un moment idéal pour approfondir un peu leur relation.

– On te manque ?

– Quoi ?

– Je te demande si on te manque.

– Qui ça ?

– Ben, de qui tu veux que je parle ? Maman et moi. On a vécu ensemble longtemps quand même.

– On s'habitue vite à vivre seul. Ce n'est pas si mal.

– Oui. Mais on te manque même pas un petit peu ? dit-elle en souriant.

– Tu sais très bien que ta mère et moi, nous ne nous sommes jamais bien entendus.

– Oui, c'est peine perdue.

– Perdue et oubliée.

– Oui.

Elle reste silencieuse un moment. Elle hésite à poser la question qui l'intéresse réellement. Elle finit par se lancer.

– Et moi ? Je ne t'ai pas manqué ?

Alex a toujours les yeux fixés sur la route. S'il se tournait il verrait le regard brillant d'Irène braqué sur lui.

– Tu es là en ce moment même. Tu ne peux pas me manquer.

– Tu ne réponds pas à ma question ! s'exclame-t-elle.

– Quelle question ?

– Tu n'as pas pensé à moi une seule fois depuis tout ce temps, vraiment ?

La jeune fille se tourne à nouveau vers lui. Alex l'a imitée cette fois-ci. Leurs regards se croisent.

– Regarde la route, Irène, lui ordonne-t-il, inquiet.

– T'inquiète pas, je suis une bonne conductrice.

– Je n'en doute pas, mais si tu ne regardes pas devant toi, on peut avoir un accident quand même.

Irène tourne à nouveau les yeux vers la route, sans un mot.

– Pourquoi tu es si froid avec moi ? demande-t-elle tout à coup.

– Quoi ?

– Allez, ne fais pas l'idiot, tu as très bien compris. Tu es très sec avec moi. Quand on était petits on était unis comme les doigts de la main, puis d'un coup, un jour, tu m'as détestée.

– Je ne te déteste pas.

– Tu le caches bien alors.

L'autoroute s'étend devant eux, complètement vide. Irène accélère et passe rapidement de 80 kilomètres à l'heure à 120... 140... 160.

– Hé, on ne va pas un peu trop vite, là ? demande Alex en regardant nerveusement le tableau de bord.

– Vite ? dit-elle en appuyant encore sur l'accélérateur.

170.

– Tu veux bien arrêter, s'il te plaît ?

– Je ne comprends pas pourquoi tu me fuis.

– Qu'est-ce que tu racontes ?

180.

– Rien.

Elle finit par ralentir d'un coup. 100. 80. Alex respire. Irène sourit comme si rien ne s'était passé, comme s'ils n'avaient jamais eu cette conversation.

Elle, joyeuse, chantonne ce qui passe à la radio. Lui, déconcerté, ne comprend pas quelle mouche l'a piquée.

Alors qu'ils écoutent *Coffee & TV* de Blur, Alex reçoit un message de Paula.

« Excuse-moi de ne pas t'avoir répondu avant. J'adorerais t'aider à nouveau mais je suis en plein dans les examens. Je suis désolée. À bientôt. Bisous, mon écrivain adoré. »

Le jeune homme relit deux fois le SMS, plein de sentiments contradictoires. Il est déçu qu'elle ne puisse pas l'accompagner, mais être son « écrivain adoré » le fait sourire.

Irène n'a pas loupé une miette de la scène et sait très bien qui vient d'envoyer un message à son demi-frère.

Ce même matin de mars, quelque part en ville.

Heureusement que Diana a parlé d'Alex, Paula avait complètement oublié de répondre à son message de la veille. Espérons qu'il n'ait pas mal pris son refus de l'accompagner pour une nouvelle distribution de cahiers. C'est le plus raisonnable. En plus, elle doit réviser avec Mario cet après-midi, enfin s'il ne s'endort pas encore une fois.

Ce dernier est précisément le centre de conversation des Dragibus avant le début du deuxième cours de la matinée.

– Je suis sûre qu'il rêvait de toi, c'est pour ça qu'il s'est endormi. Mon frère est un cas désespéré, plaisante Miriam.

– Vous allez me soûler encore longtemps avec ça ? Occupe-toi plutôt de tes affaires, ma poule. Ça fait deux jours de suite que tu viens au lycée avec le même pantalon.

– C'est pas le même. Ils se ressemblent.

– Même couleur, même marque, même trou au genou... C'est sûr, ils se ressemblent étrangement.

– Alors comme ça, tu m'observes aussi ? Je te préviens que je ne suis pas du genre à passer en second, hein ? C'est mon frère ou moi, signale Miriam avec un éclat de rire.

– Mais qu'est-ce qui te prend ?

– Tu m'embrasses, ma chérie ? dit-elle en lui passant un bras autour de la taille et en approchant ses lèvres du visage de Diana.

– Laisse-moi ! T'es quand même pas... ?

Paula et Cris sont mortes de rire devant le spectacle de Diana qui tente de se sortir des griffes de Miriam. Si bien qu'aucune d'entre elles ne s'aperçoit que quelqu'un s'est approché.

– Paula, je peux te parler une minute ? dit Mario d'une voix tremblante.

– Bien sûr, Mario. On va dehors ? Il nous reste trois minutes avant le cours de philo, dit-elle en regardant l'heure.

Mario acquiesce. Ils traversent tous deux la classe, elle saluant ceux qu'elle croise, lui, la tête légèrement baissée.

Ils se réfugient dans le couloir, loin des éclats de voix de leurs camarades qui hurlent plus qu'ils ne parlent à l'entrée de la classe. Elle s'adosse contre le mur et attend tout en sachant très bien ce qu'il s'apprête à dire.

– Bon, je voulais te demander pardon pour hier.

Dans le mille. Elle sourit et tente de donner à ses paroles le plus de douceur possible.

– Il n'y a pas de problème, vraiment. Ça peut arriver à tout le monde, comme je te l'ai dit hier.

– Oui, mais je ne m'étais pas excusé en personne et il fallait que je le fasse. Excuse-moi.

– Tu me l'as déjà dit. Et même s'il n'y a rien à pardonner, je te le dis pour que ce soit clair, tu es tout excusé.

– Merci.

– Oublions tout ça, maintenant.

– D'accord.

– Il n'y a pas de problème pour qu'on se voie cet après-midi, non ?

– Non, aucun.

– Tu as dormi cette nuit ?

– Oui, assez bien.

En réalité, il a dormi à peine quatre heures, mais il ne veut pas l'inquiéter.

– Alors, on se retrouve à 17 heures chez toi ?

– Parfait. Je te promets de ne pas m'endormir.

Mario ébauche un joli sourire qui n'échappe pas à Paula. Elle ne s'était jamais aperçue qu'il avait un aussi beau sourire... Enfin, en y réfléchissant bien, c'est un garçon qui ne sourit presque jamais. Ce sourire et ses yeux brillants le rendent craquant.

Grand moment de confusion. Silence. Paula est restée sans voix, perdue dans son regard. Mario ne sait pas quand ni comment, mais il se rend bien compte qu'il a marqué un point. Pourquoi se trouvent-ils si près l'un de l'autre ?

– Bon, alors ? Vous venez ?

Diana les observe de la porte de la classe. Son ton impatient indique qu'elle n'a pas l'air très contente. Tous deux reculent instantanément d'un mètre, comme s'ils avaient été projetés chacun d'un côté du couloir.

– Oui, c'est l'heure, confirme Paula en adressant un sourire à son amie.

– Allons-y, balbutie Mario qui ne comprend toujours pas ce qui vient de se passer.

Il entre dans la classe. Alors que Paula va l'imiter, Diana met son bras en travers pour l'empêcher de passer. Oups ! Elle n'est pas jalouse, quand même ?!

– Diana, je...

– Regarde qui arrive...

Paula s'attend à trouver le prof de philo. Elle a séché son cours hier, elle va sûrement se prendre une bonne réprimande. Mais, lorsqu'elle se retourne, elle voit un beau jeune homme vêtu d'un manteau noir.

– Angel ! crie-t-elle.

Le journaliste accélère le pas. Paula reste immobile, un sourire béat sur le visage. Elle parvient enfin à bouger lorsqu'il arrive près d'elle. Diana les contemple, un peu envieuse. Peut-être qu'un jour elle vivra cela aussi.

Leur premier baiser est pudique et discret. Mais l'union de leurs lèvres libère la passion qui les habite. Le second baiser est infiniment plus profond.

Diana s'approche d'eux et toussote. Ils se décollent enfin.

– Je ne voulais pas vous déranger, mais le prof de gym est dans le coin, dit-elle en montrant un type chauve au fond du couloir.

Lorsque le professeur passe à côté d'eux pour rejoindre le gymnase, tous trois le saluent poliment.

– Salut, Diana, finit par dire Angel, une fois que l'homme s'est éloigné.

– Tu te souviens de mon nom. C'est sûr qu'on ne peut pas m'oublier facilement... répond-elle alors qu'ils se font la bise.

– Hé, doucement tous les deux !... plaisante Paula en tirant Angel par le manteau.

Il la prend par les épaules et dépose un baiser tendre sur sa tête.

– Le prof de philo va bientôt arriver. S'il vous voit ici en train de vous faire des mamours, t'es mal.

Paula s'écarte d'Angel et regarde sa montre. Le prof devrait être là depuis deux minutes.

– C'est vrai, soupire-t-elle. Pourquoi tu es venu, Angel ? Quelle surprise !

– Tu n'es pas contente de me voir ?

– Évidemment ! Je suis trop contente !

Nouveau câlin.

– Moi aussi, je suis contente de te voir. Et je n'ai pas droit à un câlin ? dit Diana en ouvrant les bras.

– Toi, tu restes tranquille. Entre Mario et Miriam, t'as même des câlins en trop...

– Quelle imbécile, celle-là ! Je me demande comment tu peux l'aimer.

– Je me le demande aussi.

– Hé ! Mais qu'est-ce que tu racontes, toi ?

Paula fait semblant de bouder et lui tourne le dos. Angel l'enlace, dépose un baiser dans son cou, la ramène doucement face à lui, la regarde dans les yeux et embrasse ses lèvres.

– Mon Dieu ! Vous êtes écœurants ! ronchonne Diana.

– Jalouse.

– Crétine.

– Abrutie.

– Imbécile.

Angel éclate de rire. Cette jeune fille est très différente de Paula, mais il l'aime bien.

– Je suis désolé de vous interrompre, mais je suis venu t'enlever. Et si ton prof te voit, il me laissera pas faire.

– M'enlever ?

– Oui. Je voudrais t'emmener quelque part.

– Dans un hôtel ? demande Diana avec un sourire malicieux.

Angel et Paula rougissent mais tentent de sauver la face.

– Non. C'est une surprise. Alors ? Tu es d'accord ? Tu veux bien t'enfuir du lycée ?

– Combien de cours je vais louper ?

– Tous.

Diana siffle et Paula soupire. Elle n'a pas très envie de sécher la journée entière. Elle a déjà un cours de philo de retard, et les examens de fin de trimestre commencent bientôt. Mais elle est incapable de résister à la tentation et de refuser. C'est Angel.

– Bon, OK. Mais allons-y tout de suite avant qu'on nous voie.

– On file, alors. À bientôt, Diana.

Angel lui prend la main et ils partent en courant dans le couloir.

– Je dis quoi si on te demande ? lui crie Diana alors qu'elle la voit s'éloigner.

– Dis qu'on m'a enlevée ! Mais qu'ils ne paient pas la rançon !

Quelle idiote ! pense Diana. C'est tout de même son amie, elle est heureuse pour elle. Enfin, elle ne comprend toujours pas comment elle se débrouille pour que tous les garçons lui courent après. Mario aussi ? Elle mourrait plutôt que de l'avouer, mais elle a senti quelque chose lui retourner le cœur lorsqu'elle les a vus si proches tout à l'heure. Elle n'avait jamais ressenti cela. Enfin, elle doit se faire des idées, ils sont simplement amis. De toute façon, Mario n'est rien pour elle, alors qu'importe ? Ils ne sont même pas amis. Mais pourquoi a-t-elle ressenti ce coup de poignard quelques minutes plus tôt, alors ?

Diana entre en classe et marche lentement jusqu'à sa place. Elle ne peut s'empêcher de regarder vers la table de Mario. Leurs regards se croisent, comme s'il l'avait attendue. Il lui fait signe de la tête. *Ce qu'il est mignon.* Elle lui sourit. Holala.

Cependant, Diana serait très déçue d'apprendre que la personne qu'il cherchait des yeux, ce n'était pas elle.

Chapitre 40

Ce même matin de mars, aux abords de la ville.

C'est un mardi ensoleillé, il ferait presque chaud. Angel paie le chauffeur de taxi et sort de la voiture avec un sac gris sur le dos, suivi de Paula. Ils sont en banlieue de la ville, au milieu d'une étendue parsemée d'arbres de différentes espèces.

– Où sommes-nous ? demande la jeune fille en regardant autour d'elle.

– T'en n'as pas une idée, vraiment ?

– Ben non.

– OK. Viens, dit-il en lui prenant la main.

Il la conduit alors sur un chemin escarpé de brique rouge qui monte le long d'une colline. Paula est de plus en plus perplexe. Où l'emmène-t-il ?

Arrivée au sommet, elle distingue une grande étendue d'herbe, avec des arbres et des sentiers un peu partout, une mare avec quelques canards. Mais ce qui attire le plus son attention, ce sont des carrés d'herbe plus clairs que les autres, disséminés çà et là, avec un drapeau numéroté en leur milieu.

– C'est un terrain de golf ! s'exclame-t-elle.

– Bien ! Une médaille pour la jolie demoiselle en pull jaune qui m'a piqué mon manteau !

Avec leur départ précipité, Paula n'a pas pu récupérer ses affaires ni son manteau, restés en classe. Elle a envoyé un message à Diana depuis le taxi pour qu'elle s'en occupe.

– Idiot, dit-elle en lui mettant un petit coup de coude.

Geste qu'il esquive sans peine et qu'il remplace par un baiser.

– Donc, oui, je t'ai emmenée au terrain de golf. Tu ne t'y attendais pas, hein ?

– Non. Mais je ne sais pas jouer au golf...

– Oui, je m'en doutais.

– Et donc ?

– Tu vas être mon assistante et mon caddie.

– Ton quoi ?

– Mon caddie.

– Je ne sais pas ce que c'est, chéri. Je... je n'y connais pas grand-chose là-dedans, dit-elle gênée.

Angel éclate de rire. Paula boude et ronchonne d'être si mal traitée mais tout disparaît avec un nouveau baiser.

– Je t'explique : le caddie, c'est celui qui porte les clubs.

Ah ! Elle voit à présent de quoi il parle. Elle a vu quelques fois à la télé ces types à casquette avec des sacs très lourds sur le dos marcher derrière les golfeurs d'un trou à l'autre.

– Je vais devoir porter tes clubs ? dit-elle, peu rassurée.

Angel rit à nouveau, mais pas trop pour ne pas la vexer.

– Non. Je les porterai. Ne t'inquiète pas.

– Ouf ! Donc, comment je peux t'aider ?

– Viens, on va aller là-bas. Je vais t'expliquer en route, lui répond Angel en montrant le Club. Il y a un tournoi de charité aujourd'hui. Il y aura beaucoup de gens connus, des acteurs, des chanteurs... Et je dois couvrir l'événement pour le journal.

– Ah ! Génial !

– Oui. J'ai eu mon passe hier. Et comme on n'avait pas de photographe disponible, je t'ai nommée à ce poste pour m'aider.

Paula s'arrête net, saisie par la surprise.

– Quoi ? Tu n'es pas sérieux...

– Bien sûr que si. Tu seras ma photographe. Ne t'inquiète pas, une seule photo sera publiée dans le magazine. Dans toutes celles que tu feras, il y en aura sûrement quelques-unes de bonnes.

– Mon Dieu !

– Et comme le propriétaire du golf est un ami de mon chef, on pourra aller jouer un peu quand on aura fini le reportage. Il fait super beau. On pourra se promener, pique-niquer et profiter de la nature. Qu'est-ce que tu en dis ?

Paula est toujours clouée sur place, les yeux rivés aux siens. Elle, photographe !

– La promenade, le pique-nique et tout ça, c'est génial. Mais que ce soit moi qui prenne les photos, c'est de la folie !

– C'est très simple... Attends.

Angel sort un appareil photo de son sac, enlève le cache et regarde dans le viseur. Paula observe l'objet, un peu inquiète. Elle n'est pas experte dans le domaine, mais c'est un appareil de pro qui doit coûter très cher.

– Angel, vraiment, je...

– Tiens, fais un essai.

– Et si je le casse ? dit-elle, peu enthousiaste à l'idée de le prendre.

– Mais tu ne le casseras pas ! Allez. Il faut que tu appuies ici.

Paula saisit fermement l'appareil, il ne s'agit pas de le faire tomber. Angel recule de quelques pas et prend la pose.

– C'est un digital ? demande-t-elle en examinant les boutons.

– Non, c'est un vieux. Les photographes professionnels n'ont jamais cessé de travailler avec de la pellicule. Allez, je suis prêt ! Shoot !

Elle pousse un soupir inquiet, pas du tout certaine de savoir faire ça correctement. Elle cadre et voit Angel, souriant, derrière la lentille. Il est trop beau ! Il pourrait être mannequin s'il le voulait.

Elle trifouille l'appareil pour comprendre le fonctionnement du zoom et teste plusieurs plans, alors qu'Angel commence à s'impatienter.

– Ça va ? Il y a un souci ?

– Oui, juste un. Je ne suis pas photographe !

– Allez la râleuse ! Prends-la, cette photo !

Clic.

– Oups ! Je crois que je t'ai pris la bouche ouverte.

Le jeune homme, loin d'être contrarié, s'amuse plutôt de voir Paula toute gênée.

– T'en fais pas, c'est juste un essai pour que tu comprennes le fonctionnement de l'appareil, rien de plus.

– Je ne suis vraiment pas douée, excuse-moi. Je ne sais rien faire correctement.

– Il y a un domaine dans lequel tu es la meilleure.

Angel la prend par la taille et l'embrasse en fermant les yeux. Paula frémit alors qu'il glisse les mains sous son pull. D'abord dans le dos, puis elles frôlent son ventre et montent presque jusqu'à son soutien-gorge. Juste au bord. Il sait qu'il doit s'arrêter là. Pour l'instant. Mais Paula a déjà le cœur qui bat la chamade.

– Ouf. Il n'y a pas de doute, tu n'as aucune rivale, soupire-t-il en desserrant enfin son étreinte.

– Toi non plus, répond-elle un peu étourdie.

– Bon, il faut y aller, sinon il n'y aura plus personne à photographier. Certains tapent juste une balle et s'en vont la plupart du temps, signale-t-il en reprenant le chemin du Club.

Paula n'est pas enchantée plus que ça. Elle est convaincue de ne pas réussir à faire une photo correcte. Mais bon, il serait malvenu de se plaindre davantage.

– Attends-moi là, je vais chercher nos passes, dit-il, arrivé devant la porte.

Paula acquiesce et va s'asseoir sur un banc tout proche en songeant à ce qu'elle est en train de vivre. C'est comme dans un conte de fées. Non, comme dans un de ces livres romantiques pour adolescents. Sauf que dans cette histoire-ci, elle a la chance d'avoir le rôle principal.

Alors qu'elle est dans ses pensées rêveuses, une fille s'assoit à côté d'elle. Elle porte une casquette, une veste et des bottes roses parfaitement assorties. Paula la regarde discrètement et la reconnaît. C'est cette jeune actrice qui fait une pub pour des chewing-gums en ce moment ! Comment s'appelle-t-elle ? Erf. Quelle idiote ! Elle a son nom sur le bout de la langue !

– Salut, lui dit poliment l'actrice.

Paula jette un œil alentour pour être certaine qu'on s'adresse bien à elle. Personne. Hallucinant ! Elle est assise à côté de quelqu'un de connu et qui en plus lui parle ! Si seulement elle se souvenait de son nom...

– Salut, répond-elle, timide.

– Tu viens pour le tournoi ?

– Oui, on peut dire ça.

– Je n'y connais rien du tout au golf, lui confie l'actrice en souriant. Je suis sûre que je n'arriverai même pas à toucher la balle.

– Moi non plus. Je n'y ai jamais joué.

– Alors nous sommes deux.

Elle est super sympa ! Pourtant on dit que les gens qui sont connus ont toujours la grosse tête. Ça ne semble pas être son cas. Paula a alors une idée. Oui, ce serait pas mal pour commencer.

– Dis-moi, je peux te prendre en photo ? C'est pour mon journal, je suis la photographe.

L'actrice est décontenancée. Elle n'est pas un peu jeune pour être photographe ?

– Bien sûr, avec plaisir, finit-elle par dire sans chercher plus loin.

La jeune fille se lève, s'assure que sa casquette est bien droite et va prendre la pose devant la porte du Club. Paula empoigne son appareil et joue avec le zoom jusqu'à trouver le cadre parfait. Incroyable ! Elle est en train de prendre en photo une étoile de la télé avec un appareil de pro !!

L'actrice sourit, adossée sur le mur du Club, les jambes un peu écartées et les pouces négligemment posés dans les poches. Elle fait ça à merveille !

Clic.

– Voilà. Merci beaucoup.

– Tu veux qu'on en fasse une autre ? demande l'actrice.

– OK.

– Attends. Si tu veux, je peux me mettre à côté de cet arbre, dit-elle en montrant un bouleau.

– Ce serait parfait.

Nouvelle pose : le buste légèrement penché, une main posée sur un genou et l'autre sur l'arbre. Cette jeune fille est vraiment dans son élément devant un appareil photo ou une caméra. Paula fait la mise au point, beaucoup plus calmement que pour la première.

Clic.

– C'est bon. Merci encore.

Elles retournent sur le banc et discutent comme si elles étaient de vieilles copines, partageant leurs expériences photographiques et leur inexpérience en matière de golf.

Quelques minutes plus tard, un homme très bien habillé, coiffé d'une casquette Nike, sort du Club et s'approche d'elles. Il porte un énorme sac plein de clubs de golf.

– On peut y aller. J'ai les passes, dit-il à la jeune actrice.

– Super. Mais je suis vraiment obligée de jouer ? Je suis là, c'est suffisant, non ?

– Ne sois pas défaitiste. Tu vas choper le truc en deux secondes. Essaie au moins un ou deux trous.

La jeune fille soupire et se lève à regret. Elle se tourne vers Paula en souriant.

– Bon, à plus tard. On se verra sûrement sur le parcours. Enchantée d'avoir fait ta connaissance.

– Moi aussi. Et merci beaucoup pour les photos.

L'actrice s'éloigne en agitant la main et disparaît avec son compagnon par un des sentiers.

Paula se rassoit, confuse. Elle tente de calmer son euphorie, mais c'est totalement impossible. Elle est si bouleversée qu'elle ne se rend même pas compte qu'Angel est revenu.

– J'ai les passes. Je viendrai chercher les clubs plus tard.

– Ah, oui, d'accord !

– Tiens, dit-il en lui donnant une carte plastifiée à son nom munie d'un cordon.

Paula l'accroche à son cou, grisée de se sentir si importante.

– Dis, tu ne sais pas ce qui m'est arrivé ?

– Si tu ne me le racontes pas, non, ironise-t-il en mettant son passe à son tour.

Paula lui tire la langue et lui rapporte sa rencontre avec l'actrice à la casquette rose.

– Alors, tu es fier de moi ?

– Très. Mais tu as juste oublié un détail.

– Lequel ? demande-t-elle en levant les sourcils.

– Qu'on travaille pour un magazine musical, pas de cinéma ou de télévision.

Paula se claque le front. Quelle erreur stupide !

Enfin, même si ces photos ne servent à rien, personne ne pourra lui voler le grand moment qu'elle a vécu avec cette actrice dont le nom demeure un mystère pour elle.

Chapitre 41

Ce même matin de mars, quelque part en ville.

Où est-elle allée ?

Le prof de philo se le demande aussi. C'est le deuxième cours de suite qu'elle loupe. Si elle en manque un troisième, elle n'aura pas le droit de se présenter à l'examen la semaine prochaine. Diana a répondu que Paula ne se sentait pas bien et qu'elle était rentrée chez elle. Bien sûr, Mario n'en a pas cru un mot.

Le cours de philo lui paraît si long qu'il en sombrerait presque dans le désespoir. Les aiguilles de sa montre semblent s'être figées. Il n'a pas arrêté de regarder vers les Dragibus, plus précisément, la table où Paula devrait être assise. Où est-elle passée ?

Mais ce n'est pas son unique préoccupation. Il n'a pas cessé de penser à ce qui s'est produit tout à l'heure dans le couloir. Ils étaient si près l'un de l'autre, silencieux, presque collés. Il sent encore les palpitations qu'il a ressenties et le souffle saccadé de Paula. Que se serait-il produit si Diana n'était pas arrivée ? Rien, sans doute. Mais ce moment d'éternité ne fait qu'alimenter ses espoirs. Cet après-midi, lorsqu'elle viendra chez lui, il essaiera à nouveau de lui dire ce qu'il ressent.

Au même moment, à l'autre bout de la classe.

Il a regardé vers elle pendant toute l'heure. Elle se sent à la fois flattée et émue. En plus, ils se sont souri deux fois. Non, quatre.

Pour Diana, l'heure de philosophie a filé en un éclair. Elle n'a même pas décroché un mot. Miriam et Cris lui ont demandé si elle était malade. Peut-être qu'elle commence à l'être, oui, mais pas d'une maladie qu'on soigne avec des médicaments. C'est la première fois de sa vie qu'elle se sent ainsi.

Elle est cependant pleine de doutes. Elle ne parvient pas à chasser de son esprit l'image de Mario et Paula si près l'un de l'autre. Quelle idiote ! Comment peut-elle être jalouse d'une de ses meilleures amies ? Paula est une Dragibus, et en plus elle a un petit ami. Et l'écrivain. Et lui... Oh mon Dieu, il vient vers elle. Humpf ! Elle ne comprend pas pourquoi elle a les mains si moites. Est-elle nerveuse ? Non, elle ne l'est jamais, encore moins pour un garçon. Mais cette fois-ci, tout semble différent.

– Qu'est-il arrivé à Paula ? Elle est malade ?

– Ben...

Elle a du mal à articuler, elle tremble. Elle plonge dans son regard brun. On dit que les yeux marron sont trop courants, mais ils lui paraissent incroyablement exceptionnels tout à coup.

– Qu'est-il arrivé à Mlle García ? lance le professeur de mathématiques, surgi de nulle part pour donner son cours.

Diana ne peut pas dire à Mario que Paula s'est enfuie avec son petit ami on ne sait où devant le prof de maths.

– Elle ne se sentait pas bien, elle est rentrée chez elle, improvise-t-elle.

– Cette jeune fille est fragile comme du cristal de Bohème. Je ne sais pas si je vais supporter son absence, ironise-t-il. Dites-lui que, même si je ne lui fais pas livrer de fleurs comme certains, je lui souhaite un prompt rétablissement. En particulier pour l'examen de vendredi.

– Je transmettrai.

Le professeur fait alors une espèce de révérence et se tourne vers Mario, qui n'a pas perdu un mot de la conversation.

– Vous pouvez retourner à votre place, monsieur Parra. Le chapitre 37 du monde merveilleux des dérivées est sur le point de commencer.

Ce dernier sourit timidement et rejoint sa table. Alors Paula serait vraiment tombée malade ? Cela va-t-il compromettre le « rendez-vous » de cet après-midi ?

Toujours ce même matin de mars, ailleurs en ville.

– Tu aurais peut-être dû y aller.

Mauricio Torres est assis sur un énorme fauteuil devant son bureau, à étudier les contrats publicitaires qu'on lui a proposé pour sa protégée. Elle l'observe, installée sur un canapé.

– Je ne sais pas jouer au golf, répond Katia, laconique.

– Il n'était pas nécessaire que tu saches. Ta présence aurait suffi.

– Je n'ai envie de rien, Mauricio, et encore moins d'apprendre à jouer au golf.

– Oui, je comprends. Tu viens de sortir de l'hôpital, tu es encore convalescente. Il n'est pas simple de récupérer d'un accident de voiture. Mais plus vite on se remet au travail, mieux c'est. Ce tournoi de charité aurait été une bonne occasion de te montrer.

Katia ne répond pas. Elle est triste et sans aucune motivation. L'accident y est peut-être pour quelque chose, mais c'est surtout un autre problème qui la met dans cet état. Elle tente d'oublier Angel par tous les moyens, mais plus elle essaie plus elle pense à lui. C'est épuisant.

– Katia ! Allez ! Un peu de nerf ! s'exclame son agent, venu s'asseoir à côté d'elle.

– Oui. Doucement. Ne t'inquiète pas, dit-elle avec un sourire voilé.

– On peut encore arriver à temps pour le tournoi. Tu veux aller y faire un tour ? Ça te remontera peut-être le moral.

– Mais je n'ai même plus de voiture.

L'Audi rose décapotable a subi de sévères dommages lors de l'accident. Le garagiste l'a prévenue qu'elle ne serait pas disponible avant la semaine suivante.

– On peut y aller avec la mienne.

– Laisse, Mauricio, sérieusement. Je préfère rentrer chez moi et me reposer. Tu m'appelles un taxi ?

L'agent soupire, inquiet. Elle semble sans énergie. L'accident a visiblement causé un traumatisme psychologique.

Katia a envie de pleurer et ne comprend pas ce qui lui arrive. Comment peut-elle se mettre dans un état pareil pour un garçon qu'elle connaît à peine ? Elle n'a qu'une seule envie : rentrer chez elle, enfouir la tête sous son oreiller et l'oublier une fois pour toutes. Il le faut, sinon elle va devenir complètement folle. Fini Angel. Fini. Plus jamais.

Mais il y a un gouffre de là à la réalité. Elle ne s'imagine pas que sa prochaine rencontre avec le jeune journaliste sera pour très bientôt.

Ce même matin de mars, ailleurs en ville.

Fantastique ! Quelle bonne surprise !

Il n'espérait sincèrement plus, mais il a reçu deux e-mails qui lui embellissent la matinée.

C'est incroyable. Je marchais tranquillement avec une amie et on a eu l'idée d'aller nous tirer le portrait dans un Photomaton. On y a trouvé ton histoire. Derrière le mur *est génial. J'adore le personnage. Et Larry aussi.*

Tu es super doué. Mais ça, on te l'a sûrement déjà dit un million de fois, alors je ne dois pas être bien originale.

Nous te souhaitons bonne chance, mon amie et moi. Tu as déjà deux acheteuses lorsque ton livre sera publié, car je ne doute pas qu'un éditeur te remarquera et fera paraître Derrière le mur.

On t'enverra des nouvelles.

Gros bisous de Nerea et Susana.

Salut.

Je m'appelle Lucia, j'ai dix-sept ans et je me suis éclatée en lisant ton histoire. J'adore lire et je t'assure que ce que tu fais est très très bon. Je suis sûre qu'un jour en allant à la librairie, je trouverai Derrière le mur *sur les étagères.*

Et puis, quelle imagination pour faire la promotion de ton livre ! C'est vraiment une idée géniale. J'en parlerai à tous mes amis et j'en déposerai des copies çà et là, comme tu l'as fait. Enfin, si tu es d'accord, bien sûr.

Je ne te retiens pas plus.

Vraiment enchantée de te connaître et j'espère un peu plus avec le temps.

Bonne chance. Bisous.

Grand sourire. Il ne peut s'empêcher de les relire plusieurs fois. L'idée est enfin en train de rencontrer un certain succès. Il avait un peu perdu espoir. Il y a quelques minutes, lorsque Paula lui a dit qu'elle ne pourrait pas l'accompagner, il a songé à arrêter de promouvoir son livre de cette façon et à se contenter de l'écrire.

Mais ces courriers lui donnent un regain d'espoir et d'énergie. Oui. Il fera d'autres copies qu'il mettra à nouveau entre les mains du destin.

Pendant ce temps, ailleurs en ville.

Elle a chaud. La température qu'il fait dans la classe est anormalement élevée. Joues roses et quelques fronts brillants. Peut-être que le prof a demandé qu'on mette le chauffage à fond pour que certaines élèves ne viennent pas trop couvertes. Ce n'est pas un problème pour Irène qui retire son pull sans hésitation. Son débardeur se soulève un peu pendant l'opération, laissant voir son nombril. Quelques yeux avides ne perdent pas une miette de chair mise à nu, avant que le maudit tissu ne revienne en place. La jeune fille dépose le vêtement sur le dossier de sa chaise et remet sa queue-de-cheval en place.

Son débardeur à rayures fuchsia et bleues qui épouse parfaitement ses formes voluptueuses ne passe pas inaperçu.

Irène apprécie ce petit jeu. Cela fait très longtemps qu'elle est le centre du monde où qu'elle aille, et ça ne l'a jamais dérangée qu'on la regarde. Au contraire, elle en tire de la satisfaction.

Si elle se souvenait de toutes les propositions qu'on a pu lui faire, indécentes ou non, elle n'aurait plus une place libre pour se souvenir d'autre chose. Les hommes sont tellement primaires ! De leurs treize ans à leur mort ils n'ont qu'une idée fixe. Elle le sait et ne va pas se gêner pour mettre à profit ce que la nature et ses efforts lui ont donné. Personne n'a jamais résisté à ses charmes. Personne… sauf son demi-frère.

Elle ne prête aucune attention à ce que le professeur est en train d'écrire sur le tableau. Elle croise les jambes, aujourd'hui recouvertes d'un jean bleu clair. Elle se contente de sourire et de répondre lorsque le prof lui demande si elle a compris :

– Oui. Parfaitement, monsieur.

Mais en réalité, elle n'a aucune idée de ce dont il est en train de parler. Sa voix monocorde la fait mourir d'ennui. Mais elle fera tout pour faire plaisir à ce brave homme qui a déjà annoncé plusieurs fois que les notes prises en cours seront vraiment la base de l'enseignement dispensé. Ce n'est pas non plus un problème pour elle. Elle trouvera bien une âme charitable qui lui donnera ses notes en échange d'un dîner.

Pour le moment, elle a des choses plus importantes à penser.

Elle doit découvrir qui est cette Paula. Il est visiblement amoureux d'elle, et ça, ce n'est pas bon du tout. Si elle veut gagner le cœur d'Alex, il faut que ses sentiments pour cette fille cessent, ce sera beaucoup plus simple. Elle peut en plus profiter de la fragilité que provoque une déception amoureuse pour construire les bases de sa relation avec lui – et conclure au moment opportun.

Mais il reste un problème. Comment arriver à joindre cette Paula ?

– Mademoiselle Ruiz, vous avez compris ?

– Parfaitement, monsieur.

Alex est la solution. Pour arriver jusqu'à Paula, il faut passer par lui. Elle n'a pas le choix, il faudra qu'elle soit à la fois le gendarme et le voleur. Cela promet d'être amusant.

Chapitre 42

Ce même jour de mars, aux abords de la ville.

Chanteurs, acteurs, sportifs et quelques cuisiniers célèbres, tous réunis pour une bonne cause.

Paula est heureuse comme une petite fille à qui l'on vient d'offrir des chaussures neuves. Appareil photo à la main, elle demande à chacun de regarder l'objectif après qu'Angel a posé quelques questions. Ils forment un duo parfait : jeunes, intrépides, résolus. Ils se comprennent d'un simple regard. Les Loïs et Clark du XXIe siècle.

Elle a l'impression de vivre un rêve. Et puis elle a fini par se souvenir du nom de l'actrice à la casquette rose : Andrea Alfaro. Elles se sont croisées au septième trou. Elles ont échangé quelques mots complices et se sont même fait la bise pour se dire au revoir !

Elle obtient son brevet de photographe avec une très bonne note, comme si elle s'était promenée toute sa vie au milieu des stars un appareil photo autour du cou. Cependant, un nouveau défi va mettre les aptitudes de Paula à l'épreuve.

– Rappelle-moi d'appeler ma mère pour lui dire que je ne mangerai pas à la maison.

Paula se prépare à frapper sa première balle de golf. Elle regarde derrière elle et rencontre les yeux bleus d'Angel. Il est collé derrière elle, ses mains unies aux siennes sur le club.

– D'accord. Mais concentre-toi maintenant.

– Je ne vais pas y arriver. C'est super difficile.

– Tu vas choper le truc tout de suite, tu verras. Écarte un peu plus les jambes, elles sont trop serrées là.

– Les jambes écartées. OK, ça, c'est facile.

Paula obéit et sent le corps d'Angel de plus en plus près du sien.

– Prends le club un peu plus haut. Et plus fermement.

– Comme ça ?

– Oui, très bien. Maintenant baisse la tête et fixe la balle.

Avec douceur, Angel l'aide à se mettre dans la bonne position. Leurs regards sont fixés sur la balle.

– Ce sport ne provoque pas de torticolis ?

– Non. Allez, concentre-toi un peu.

– D'accord.

Mais comment pourrait-elle se concentrer avec son petit ami contre elle ? Elle n'est pas en pierre ! Son cœur est sur le point de sortir de sa poitrine. Ressent-il la même chose qu'elle ?

– C'est le moment du swing.

– Du swing ? On va danser ?

Angel baisse la tête et colle son visage à côté du sien. Leurs regards et leurs bouches sont parallèles, à quelques petits millimètres de distance.

– Paula.

– Oui, je sais, il faut que je me concentre.

– Oui. Mais d'abord...

À sa grande surprise, il l'embrasse. Un baiser langoureux qui dure. Elle qui pensait que son cœur ne pouvait pas battre plus vite !...

– Oh là là ! Ce sport me plaît de plus en plus. Les joueurs se comportent toujours comme ça avec leur caddie ?

– Oui, chaque fois qu'on a fait un trou, plaisante-t-il. Maintenant... fléchis les genoux et frappe fort !

Paula attrape fermement le club, ferme les yeux, serre les dents et tente de frapper la balle de toutes ses forces. Angel, toujours derrière, guide son swing.

La tête du club heurte violemment le sol, mais la balle n'a pas bougé d'un centimètre. Paula devient toute rouge. Qu'a-t-elle fait de mal ? Elle était sûre d'avoir tapé dedans !

Angel éclate de rire et prend le club pour examiner les dégâts.

– Je l'ai cassé ? demande-t-elle, honteuse.

– Non, il est en parfait état. Tu es toute mince : tu n'as pas assez de muscles et de force pour le casser.

– T'es vraiment... Moi, j'ai pas de force ? Tu vas voir !

Blessée dans son orgueil, elle lui arrache le club des mains, se met dans la position qu'il vient de lui apprendre, toute seule comme une grande. Elle écarte les jambes, baisse la tête, regarde la balle avec colère, fléchit les genoux et frappe de toutes ses forces. Son swing n'est pas des plus académiques, mais lorsque le club atteint le sol, il frappe la balle en plein milieu.

– Je l'ai eue ? Je l'ai eue ! exulte Paula, aussi heureuse que surprise.

Ils suivent tous les deux la balle du regard. Elle n'a pas pris de hauteur et se contente de rouler sur le chemin, pour finir à côté d'un arbre.

Angel enlace Paula et lui embrasse le front.

– Bon, tu n'es pas Tiger Woods, mais tu as au moins tapé dedans.

– Ben, tu t'attendais à quoi ? J'ai jamais joué !

– Je sais. Tu t'es très bien débrouillée. Maintenant il faut que je déloge la balle du pied de cet arbre.

Sur le chemin, le téléphone de Paula sonne.

– Attends. Il faut que je réponde.

– OK. Je vais étudier le coup que je dois faire pendant ce temps.

– D'accord.

Bisou sur les lèvres.

Le jeune journaliste s'éloigne de quelques mètres pendant que Paula sort son téléphone d'une des poches de son pantalon.

– Oui... ?

– Paula ? Salut, c'est Mario.

– Salut, Mario, ça va ? dit-elle en regardant sa montre. Vous êtes à l'interclasse, non ? On a espagnol maintenant.

– Oui. La prof va bientôt arriver.

– Fais attention avec le téléphone.

– Oui, t'inquiète pas, je surveille.

– OK.

Silence. Paula regarde Angel qui analyse la position de la balle et quel coup porter pour la remettre sur le green.

– Tu es malade ? se décide-t-il à demander.

– Qui ? Moi ?

– Diana a dit aux profs que tu te sentais mal et que tu as dû rentrer chez toi.

– Ah oui ! Mais je me suis allongée un moment et ça va beaucoup mieux.

Elle ne peut rien lui raconter de sa merveilleuse matinée comme photographe de stars et joueuse de golf. Ce serait trop compliqué à expliquer, et risquer qu'il y ait des fuites qui parviennent aux oreilles des professeurs.

– Ah ! Tant mieux. On s'inquiétait.

– Merci, c'est gentil, Mario. Ça va, je vais bien. C'était sûrement une chute de tension ou quelque chose comme ça.

– Oui, ça a été très bizarre. On était dans le couloir, ensuite tu n'es pas revenue dans la classe et Diana nous a dit que tu étais malade.

Paula se souvient alors du moment où ils ont parlé dans le couloir ce matin. Elle l'avait complètement oublié. Enfin, il n'y a pas à en faire toute une histoire non plus. Juste un moment de trouble. Inexplicable.

– Oui. Ça m'a pris tout à coup. Mais je me sens mieux.

– Alors, ça tient toujours pour cet après-midi ?

Pour cet après-midi... ? Ah oui ! Réviser les maths !

Elle nage tellement en plein rêve qu'elle en a oublié tout le reste. Cependant il y a une réalité, pleine d'examens et d'heures de révisions, qu'elle ne peut pas ignorer si elle veut réussir son deuxième trimestre.

– Oui, bien sûr. Je serai chez toi à 17 heures.

– D'accord, je t'attendrai. Je dois raccrocher, la prof arrive. Prends soin de toi. Bisous, dit-il avant de couper sans lui laisser le temps de répondre.

Le soleil brille. Sa lumière rend ses yeux plus clairs encore. Rêve et réalité. Elle est en train de vivre l'histoire d'amour dont rêve n'importe quelle fille de son âge. Un rêve, mais rien n'est imaginaire, tout cela se passe en ce moment. Tout est réel.

Elle range son téléphone dans sa poche et observe Angel. Il serre le club des deux mains, légèrement penché, les yeux rivés sur la balle. Il est vraiment craquant. Et il est à elle ! Elle l'aime. Elle l'aime à la folie. Un frisson la parcourt. Sourire benêt.

Angel réalise un swing parfait. Elle contemple les muscles de ses bras, contractés par l'effort et laissant voir les petites veines de ses biceps, puis la balle partir dans les airs pour s'échouer près du drapeau du onzième trou. Un coup magistral.

Elle se dirige tranquillement vers lui en applaudissant. Il ne cesse de la regarder depuis que la balle s'est arrêtée. Elle est littéralement envoûtée par ses yeux bleus. Elle est vraiment complètement dingue de lui.

– Bravo ! Mais le vent t'a un peu aidé, c'est évident.

– Le vent ? Il n'y a pas un souffle d'air.

– Parce qu'il vient tout juste de s'arrêter.

– Quelle coïncidence !

– Avec un peu plus d'entraînement, tu aurais pu la mettre directement dans le trou.

Elle s'approche lentement, les mains dans le dos et un sourire malicieux aux lèvres.

– Bien sûr ! Je n'en doute pas un instant.

– Il vaut mieux, sinon...

– Sinon quoi ?

– Tu aurais loupé ça.

Paula se met sur la pointe des pieds, ferme les yeux et embrasse doucement ses lèvres. Puis encore une fois, une dizaine de fois.

– Je t'aime, lui murmure-t-elle.

– Moi aussi.

Angel prend le sac de clubs puis se dirige vers la balle pour achever le trou, Paula flanquée à son bras libre.

– Si tu la mets, je t'invite à déjeuner.

– Tu n'as pas un sou sur toi !

– On s'en fiche. Je t'invite mais c'est toi qui paies.

Éclats de rire.

– D'accord, mais avant, appelle tes parents pour les prévenir que tu ne rentres pas.

– Ah oui ! J'espère qu'ils ne vont pas trop se fâcher.

– Si tu veux, je leur parle, moi, dit-il en plaisantant.

– OK. Je fais le numéro et je te les passe.

Angel est tout à coup pris de panique. Si seulement il savait se taire !

– Paula, je...

– Zen, dit-elle en souriant. Mes parents, je m'en occupe. Toi, occupe-toi juste de moi.

Angel pousse un gros soupir de soulagement alors que Paula sort à nouveau son téléphone de sa poche.

Ce même jour de mars, quelque part en ville.

– Mais Paula...

– Je t'aime, maman. Fais un bisou à papa de ma part. Salut !

– Pau... – un bip caractéristique lui indique que le correspondant a déjà raccroché –... la.

Rien à faire. Mercedes regarde son téléphone, décontenancée. Sa fille vient de lui dire qu'elle ne rentrera pas pour le déjeuner, qu'elle mangera à la cafétéria du lycée puis qu'elle ira réviser chez Miriam et Mario. Bien sûr, elle n'en a pas cru un mot.

À ce même instant, son mari accompagné d'Erica rentrent. La petite court vers sa mère et lui saute dans les bras.

– Maman !

– Coucou, ma petite chérie.

– Je ne suis pas petite, proteste-t-elle en fronçant les sourcils.

– Tu as raison, ma puce. Tu es lourde comme une grande. Je ne vais bientôt plus pouvoir te porter.

– Je suis aussi lourde que Paula. Et dans un mois je pèserai encore plus lourd qu'elle. Hein, maman ?

– Oui, bien sûr, dit-elle en souriant.

Le moment où Erica commencera à se préoccuper de son poids est encore loin. Heureusement ! Elle a assez d'une adolescente à la maison. Elle se souvient bien de la première fois où Paula lui a demandé si elle la trouvait grosse. Ensuite, elle a complexé parce que ses amies avaient plus de seins qu'elle. Sont venus aussi les problèmes d'acné, les premières règles, ce garçon qui était déjà au lycée et qui lui plaisait, le premier camp de vacances...

Elle se rappelle, nostalgique, ces moments de complicité où elles se racontaient tout. Maintenant, elle est sur le point d'avoir dix-sept ans, elle est en train de s'éloigner et ne lui raconte plus ses nouvelles expériences.

– Maman, ça va ? demande Erica en remarquant le visage tristounet de sa mère. Si tu veux tu peux m'appeler « ma petite chérie ». C'est pas grave, tu sais, promis.

Mercedes sourit à nouveau, la serre fort contre elle et lui embrasse le front. Il reste quelques années avant que la petite blondinette suive les pas de sa sœur aînée.

– Bonjour, chéri. Ça a été, ta matinée ? demande-t-elle à son mari, qui pose Erica par terre pour pouvoir embrasser sa femme.

– Oui, tranquillement.

Paco la connaît, il voit bien que quelque chose ne va pas.

– Qu'est-ce qui se passe ? Un problème ?

– Non...

Erica regarde ses parents en se demandant ce qu'ils peuvent bien raconter. Elle tourne son visage de l'un à l'autre comme si elle regardait un match de tennis. Paco finit par se rendre compte qu'elle est toujours là.

– Ma princesse, si tu allais te laver les mains ? lui demande-t-il avec douceur, on va bientôt déjeuner.

La petite aimerait bien comprendre de quoi parlent ses parents mais elle est si morte de faim qu'elle opte pour l'obéissance immédiate. Plus vite ce sera fait, plus vite elle mangera. Elle acquiesce plusieurs fois de la tête avant de monter à toute vitesse à la salle de bains. Lorsque la petite a disparu, Paco se tourne à nouveau vers sa femme.

– On est seuls, tu peux me raconter maintenant.

– C'est Paula.

– Paula ? Il lui est arrivé quelque chose ?

Mercedes se souvient d'une vieille publicité pour Coca-Cola. Une jeune fille téléphonait à sa mère pour lui dire qu'elle n'allait pas rentrer et qu'elle allait rester à la bibliothèque pour travailler un examen. Après avoir raccroché, le mari lui demandait ce qui se passait, et la femme répondait que leur fille était amoureuse. Elle pense exactement la même chose à propos de Paula.

– Elle ne rentre pas manger.

– Encore ?

– Encore.

– Quelle était l'excuse cette fois-ci ?

– Qu'elle révisait. Elle va rester au lycée et aller chez Miriam après.

– Et tu l'as crue ?

– Je ne sais pas trop quoi penser.

– Moi, je pense que tu le sais très bien.

Mercedes soupire. La tactique de la laisser faire ce qu'elle veut sans demander d'explication ne donne aucun résultat. Elle ne leur en dit pas plus qu'avant.

– Je pense qu'il y a un garçon derrière tout ça.

Paco se laisse tomber sur le fauteuil du salon et croise les bras.

– Il faut qu'on lui parle.

– Encore ? Et tu veux lui dire quoi ?

– Que nous sommes ses parents et qu'on a le droit de savoir.

Mercedes ne peut contenir un éclat de rire.

– Quoi ? Je ne vois pas ce que j'ai dit de drôle, lance-t-il agacé

Elle s'assoit sur ses genoux et embrasse ses lèvres, faisant ainsi passer instantanément sa mauvaise humeur.

– Papa grincheux.

– Je ne suis pas grincheux.

– Chéri, on vieillit. Et notre fille aussi.

Ils restent un instant silencieux, plongés dans leurs souvenirs. Il n'y a pas si longtemps, ils n'avaient pas à se préoccuper de la vie de Paula. Mais ce n'est plus une petite fille.

– Bien. On va parler avec elle en étant plus clairs et directs, dit Mercedes. Si je suis belle-mère, je veux le savoir.

– Voilà ! C'est comme ça qu'il faut être ! On va lui parler.

Pendant que Paco et Mercedes s'arment de courage pour une nouvelle discussion, leur Paula, à l'autre bout de la ville, rassemble toutes ses forces pour parler d'un sujet difficile à Angel.

Chapitre 43

Cet après-midi de mars, quelque part en ville.

Avec les vingt-trois degrés affichés par le thermomètre aujourd'hui, la terrasse du *Meridiano de Sullivan* est pleine à craquer. Tout le monde, y compris Alex et M. Mandizábal, préfère s'installer dehors pour profiter du soleil plutôt que de s'enfermer. Le propriétaire de la reprographie a enfin accepté de se faire inviter à déjeuner en remerciement des copies gratuites.

– Ce n'était vraiment pas la peine, Alex, dit-il en piquant une frite dans son assiette.

– Comme je vous l'ai déjà dit, Agustín, c'est normal. C'est le moins que je puisse faire après le service que vous m'avez rendu.

– Mais je n'ai rien fait !

– Soixante-dix exemplaires de dix pages recto verso, cela représente une somme.

– Tu parles ! Mon filet mignon va te coûter plus cher, dit-il en éclatant de rire.

Alex le regarde mettre un énorme morceau de viande dans sa bouche et se dit que ses dents gâtées auront sans doute du mal à en venir à bout. Lui a préféré une dorade grillée.

Une agréable brise rafraîchit le visage rouge d'Agustín Mandizábal, un peu éméché après quelques verres.

– J'en voudrais quarante de plus, quand vous aurez le temps de vous en occuper. Mais cette fois je paierai, sinon j'irai dans une autre boutique.

Mandizábal, qui s'apprêtait à avaler une autre bouchée, s'arrête d'un coup et lance un regard noir au jeune homme. Mais il finit par hausser les épaules et engloutir son morceau de viande.

– Comme tu voudras.

Le téléphone d'Alex sonne. Irène. Soupir. Il décide de ne pas répondre, mais elle insiste avec un deuxième appel.

– Tu ne réponds pas ? dit Agustín en se servant un verre de vin.

Le jeune homme se décide alors à prendre la communication. Qu'est-ce qu'elle veut encore ?

– Oui, Irène, dit-il sèchement.

– Ce que tu peux être désagréable.

– Pourquoi tu m'appelles ?

– Bonjour, d'abord, non ?

– Bonjour, Irène.

– C'est tout de suite beaucoup mieux.

– Je suis en train de manger avec... un ami, je ne peux pas te parler maintenant. C'est important ?

– Je sais que tu es en train de manger. C'est quoi ? Une dorade ? Une sole ?

– Pardon ? demande Alex en regardant à droite et à gauche, déconcerté.

– Je te demande si tu manges une dorade ou une sole. Mais je pencherais pour la première.

– Euh, oui, c'est une dorade. On peut savoir par quel miracle tu l'as deviné ?

– Je suis garée juste en face de vous.

Alex se tourne vers la droite. Il la voit au volant de la Ford Focus en train d'agiter joyeusement la main, le téléphone dans l'autre.

– Mais comment... ?

Bip. Elle a raccroché.

Irène descend de la voiture et s'approche d'eux en souriant.

– Salut ! Je peux me joindre à vous ? demande-t-elle.

Agustín Mandizábal n'en croit pas ses yeux. Bouche bée, il examine de haut en bas la créature qui vient d'arriver. Impressionnant. Ça doit être le vin !

– Qu'est-ce que tu fais là ? intervient Alex, agacé.

– J'ai deux heures de libre et très faim. On mange bien ici ?

– C'est absolument délicieux ! s'écrie Mandizábal en se levant maladroitement. Alex, tu ne me présentes pas ton amie ?

Le jeune homme soupire, de mauvaise humeur, mais résigné. Il ne peut rien faire pour empêcher ça.

– C'est Irène, ma demi-sœur, précise-t-il sans enthousiasme. Irène, voici un ami, Agustín Mandizábal.

– Enchantée, Agustín, dit-elle en lui collant deux bises.

– Tout le plaisir est pour moi, jeune fille.

Il se lève, tire une chaise libre et l'invite galamment à s'asseoir.

– Merci beaucoup, tu es très aimable, Agustín. Je peux te tutoyer ?

– Bien sûr ! s'exclame-t-il avec orgueil et satisfaction avant de retourner à sa place.

Alex se cache les yeux dans ses mains et les frotte avec force. Le repas va être beaucoup plus pénible que prévu...

Irène prend la bouteille de vin rouge et lit attentivement l'étiquette.

– Il semble très bon. Je peux m'en servir un verre ?

– Bien sûr que tu peux. Il est excellent, précise Agustín qui semble avoir totalement oublié la présence d'Alex.

– Mais je n'ai pas de verre.

– Pas de problème, je vais arranger ça tout de suite.

Après plusieurs coups d'œil frénétiques, il repère un serveur.

– S'il vous plaît ! S'il vous plaît !

Le serveur entend le vacarme de M. Mandizábal et s'approche après avoir servi deux assiettes à une autre table de la terrasse.

– Oui, monsieur ?

– Apportez un verre pour la demoiselle... et une autre bouteille de vin.

Alex soupire, de plus en plus énervé. Irène, au contraire, est ravie de la commande.

– Vous désirez manger quelque chose ? demande le serveur.

– Oui. Le mieux avec ce vin, ce serait une bonne pièce de viande. Mais j'ai envie de quelque chose de plus léger. Une sole à la plancha, s'il vous plaît.

Le serveur disparaît en un éclair et réapparaît presque instantanément avec le verre pour Irène et la seconde bouteille.

– Comment tu nous as trouvés ? s'enquiert Alex, après quelques minutes de silence.

La jeune femme regarde Agustín Mandizábal remplir son verre jusqu'au bord. Il est évident qu'elle ne va pas divulguer ses techniques d'espionnage...

– Je suppose que j'ai eu de la chance, finit-elle par répondre après un instant de réflexion.

– Quel heureux hasard ! Trinquons à lui !

Agustín et Irène entrechoquent leurs verres. Alex baisse la tête et avale un morceau de dorade. Ce repas prend une tournure qui ne lui plaît pas du tout. Et, cerise sur le gâteau, c'est lui qui paie !

La sole ne tarde pas à arriver. Le repas se déroule entre les rires, les compliments et les anecdotes que M. Mandizábal raconte à Irène. Alex écoute en silence et regarde constamment sa montre. Sa seule envie est que tout cela finisse le plus vite possible.

– Vous m'excusez un moment ? Je vais me laver les mains, dit-elle après avoir terminé son assiette.

Elle fait mine de se lever mais pose sa serviette sur la table près de l'assiette de son frère qui la regarde d'un œil torve. Elle sourit, reprend sa serviette pour épousseter des miettes tombées sur son pantalon puis se lève et s'éloigne d'un pas léger. Personne ne semble avoir remarqué quoi que ce soit, comme toujours.

– Reviens vite ! Il faut que je te raconte la fois où...

Une violente toux interrompt la phrase de Mandizábal.

De toute façon, Irène ne l'écoutait déjà plus. Ça fait une demi-heure qu'elle supporte les aventures de ce vieux croulant, qui en plus est à moitié soûl. Mais le jeu en a valu la chandelle. Elle ne pensait pas qu'il serait aussi simple de s'emparer du téléphone d'Alex. Elle a vu ce matin au petit déjeuner qu'il le laissait sur la table. Elle s'est dit qu'il faisait sans doute la même chose partout.

Cependant, lorsqu'elle l'observait de la voiture, il n'y était pas. C'est pour cela qu'elle lui a téléphoné, en espérant qu'il ne le range pas après avoir raccroché avec elle. Et ça a marché. Il était si étonné de sa présence qu'il a oublié de le ranger. Après cela, ça a juste été une question de temps. Le coup de la serviette est de loin le meilleur. Elle l'a déjà utilisé plusieurs fois. Et chaque fois, personne ne s'en aperçoit. Étonnant. Il suffit juste de placer la serviette sur la chose que l'on veut subtiliser, la reprendre avec l'objet en dessous, faire semblant de s'épousseter les vêtements et en profiter pour glisser son butin dans la ceinture du pantalon. Facile. Trop pour elle, habituée à faire des blagues à ses amies et à piquer des sous à sa mère à l'occasion.

Elle a de la chance, les toilettes des femmes sont libres. Sinon, elle serait allée chez les hommes, ce n'est pas un problème pour elle.

Elle doit se dépêcher avant qu'Alex ait besoin de son téléphone. Elle ouvre le dossier des SMS.

Messages reçus. Paula, Paula... Il n'y en a que deux. Elle les lit rapidement.

Messages envoyés. Juste deux aussi. Après une lecture rapide, elle déduit qu'il n'y a certainement rien entre eux. D'après ce qu'elle voit, ils viennent juste de faire connaissance, mais perçoit une certaine alchimie.

Soupir ennuyé.

Elle sort un stylo et relève le numéro de Paula. Il pourra peut-être lui servir plus tard.

Elle regarde sa montre. Cela ne fait que trois minutes qu'elle est partie. Elle sort des toilettes et retourne à la table.

Agustín se lève pour renouveler la galanterie de la chaise, mais les effets de l'alcool commencent à se faire sentir : il titube et doit s'accrocher à la table pour ne pas tomber.

– Irène ! Tu nous manquais ! s'écrie-t-il.

Irène ébauche un petit sourire. Ils ne se sont rendu compte de rien. Plus qu'un détail pour parfaire l'œuvre.

Avant de s'asseoir, elle fait mine de ramasser quelque chose sur le sol, se redresse puis regarde son frère.

– Tiens, tête en l'air, va. Si je ne l'avais pas vu... dit-elle en posant le téléphone sur la table.

Alex est très surpris. Quand est-il tombé ? Il n'a rien entendu... Il ne comprend vraiment pas comment il a atterri sous la table.

Irène est contente d'elle. Elle ne tarde pas à laisser Alex et cet homme insupportable. La chance était avec elle. La chance ? Non. Elle est juste réellement douée et elle obtient toujours ce qu'elle veut, pense-t-elle en se dirigeant vers la voiture.

Chapitre 44

Cet après-midi de mars, aux abords de la ville.

Un écureuil à queue rouge hésite à traverser la rue et scrute autour de lui, inquiet. Il finit par se décider et court à toute allure pour aller se réfugier dans les branches d'un jeune acacia.

Paula et Angel le regardent, amusés. Ils sont installés sur le gazon, à l'ombre d'un chêne, elle est assise entre ses jambes et il l'entoure de ses bras. Caresses. Baisers. Seul le ciel complètement bleu est témoin de leur amour.

– Je resterais bien là comme ça avec toi toute la vie, lui murmure Angel à l'oreille.

Paula frissonne. Elle tremble. Elle se retourne pour le regarder dans les yeux. Elle est si nerveuse.

– Tu me rends tellement heureuse. Je t'aime.

– Je t'aime.

Ils ferment les yeux et s'embrassent lentement, calmement. Un baiser éternel qui durerait à l'infini si cela ne tenait qu'à eux. Sans horizon. Sans ombres. Sans limites.

Leurs lèvres se séparent quelques minutes plus tard. Ils ont du mal à respirer et à parler, mais leurs sourires dessinés par le bonheur parlent d'eux-mêmes.

Une brise légère agite les cheveux de Paula. Il la recoiffe tendrement avec ses doigts. Elle se laisse faire. C'est peut-être le moment qu'elle attendait. Oui, c'est le moment idéal pour lui parler.

– Angel.

– Oui, ma Paula, dit-il en posant ses mains sur sa taille.

– Tu sais que j'ai dix-sept ans samedi.

– Ah bon ? Heureusement que tu me le rappelles, j'avais complètement oublié, plaisante-t-il.

– Qu'est-ce que tu peux être bête quand tu t'y mets ! s'exclame-t-elle en souriant tout de même.

Vraie fausse dispute dissipée par un nouveau baiser.

Bien qu'il n'ait pas du tout oublié son anniversaire, Angel n'a toujours aucune idée de ce qu'il va lui offrir.

– Tu ne vas pas essayer de m'extorquer des informations sur ce que je vais te faire comme cadeau, n'est-ce pas ?

– Ça pourrait, mais non, ce n'est pas ça.

– Ouf !

– En fait, mes amies vont m'organiser une fête surprise.

– Super la surprise, si tu le sais !

– Oui. Diana n'a pas réussi à tenir sa langue. Elles sont incapables de garder un secret, de toute façon.

– Je ne l'oublierai pas.

Paula sourit mais se met à trembler comme une feuille. Comment lui dire ?

– Oui, elles sont comme ça. Mais elles sont géniales.

– Oui, je les aime bien.

Angel lui sourit, mais remarque quelque chose d'étrange dans l'attitude de Paula. De l'insécurité. Peut-être qu'elle voudrait dire quelque chose et qu'elle ne sait pas comment le faire. Ou bien elle n'ose pas.

– Évidemment, tu es invité à cette fête. C'est chez Miriam.

– Samedi ?

– Oui.

– Je regarderai dans mon agenda, je ne sais pas si je suis libre, dit-il pensif.

– Comment, tu n'es pas sûr ?... dit-elle déconfite.

Angel sourit et lui prend les mains.

– Mais bien sûr que je serai là ! Tu ne vois pas que je plaisante ? Je ne louperais ton anniversaire pour rien au monde.

La jeune fille sourit à nouveau, même si elle est complètement dévorée par les nerfs. Son cœur bat à cent à l'heure.

– Mais ce n'est pas tout. Il y a autre chose.

– Autre chose ?

– Oui, soupire-t-elle. Les filles veulent me faire un cadeau. Et tu es concerné.

Angel lève les sourcils. Il n'a aucune idée de ce dont elle est en train de parler.

– Moi ? Qu'est-ce que c'est ? demande-t-il curieux.

– Ben... Comme toi et moi, on s'aime... Je veux dire que comme toi et moi... enfin si tu veux, bien sûr... mais seulement si tu veux, hein ? Si tu ne veux pas, ben... rien, si tu ne veux pas, tu ne veux pas.

– Si je veux ou ne veux pas quoi ? l'interrompt-il.

– Mais t'as pas compris ?!

– Comment tu veux que je comprenne quelque chose si tu ne finis aucune de tes phrases ?

Paula baisse la tête puis la relève. Elle cherche tout le courage dont elle est capable et le regarde dans les yeux. Ils brillent. Elle approche ses lèvres de son visage et lui dit tout à l'oreille dans un murmure.

Elle conclut son explication et se recule alors timidement, avec un regard interrogateur.

– Voilà, c'est tout, dit-elle à voix haute.

– Tu es sûre ?

– Oui, complètement.

C'est au tour d'Angel d'avoir le cœur qui s'emballe, même s'il n'en laisse rien paraître. Ses yeux bleus scintillent comme jamais.

– Alors, tu es convaincue de vouloir que je sois le premier. Samedi.

– Oui, c'est ce que je veux. Et toi, tu veux ?

Dans le regard de Paula s'entremêlent l'incertitude, l'angoisse, la tendresse, l'espoir et la passion. C'est le regard d'une adolescente qui a peur de sauter la barrière de l'innocence, de franchir une étape inoubliable de la vie.

Angel en a parfaitement conscience. Il mesure l'importance de son rôle et sa responsabilité.

– Oui, je veux être le premier. Et je te promets que tout sera parfait.

Paula soupire profondément. Elle ressent une émotion extraordinairement intense, elle a presque envie de pleurer. Angel s'en aperçoit et la serre fort dans ses bras, la tête sur son torse. Lui aussi, son cœur bat la chamade, son esprit va à une vitesse vertigineuse. Des milliers de pensées à la seconde qui convergent vers la même idée. Les pensées de Paula aussi. Ils sont unis, fusionnels. Leurs âmes se confondent.

En ces instants, ils n'existent que l'un pour l'autre. Il n'y a rien d'autre au monde. Cependant, le chemin jusqu'à samedi est encore long, ils ne se doutent pas qu'ils devront franchir certaines épreuves pour réaffirmer leur amour.

Chapitre 45

Ce même après-midi de mars, quelque part en ville.

Ses pieds recouverts de chaussettes blanches à pois orange sont appuyés sur la table basse en verre. Ils bougent à peine. Aucun geste. Aucune expression de la part d'une quelconque partie de son corps.

Les larmes montent de temps à autre. Katia parvient à grand-peine à les contenir. Elle serre les poings et les dents. Elle cherche désespérément quelque chose qui la fasse sourire, une illusion qui lui donnerait un peu d'entrain. Mais il est impossible de ne pas penser à lui.

Son regard se perd distraitement vers le fond du couloir et sa chambre, où elle aurait pu le prendre dans ses bras, l'embrasser et faire l'amour avec lui. Mais elle a été honnête. Honnête ou idiote ? Qu'est-ce que ça change ? Elle s'est arrêtée avant que n'arrive ce qu'elle désire tant. Il n'était pas en condition pour le faire. Pas comme ça. Que se serait-il passé s'ils avaient couché ensemble ? Sans doute rien du tout. Elle serait sûrement dans la même situation qu'à l'heure actuelle : essayer d'oublier Angel.

Soupirs désespérés. Encore cette angoisse, cette agonie stupide. Ses yeux sont à nouveau humides, son cœur se serre, elle voudrait mourir.

Elle trifouille la télécommande de la télé sans prêter aucune attention aux chaînes qui défilent en désordre.

Elle n'a rien mangé. Pour quoi faire ? Elle n'a pas faim, elle n'a qu'un nœud dans l'estomac. Elle n'a pas répondu au téléphone de la matinée non plus. Elle a arrêté de compter le nombre d'appels en absence et de messages qui se sont accumulés. De la part de commères, de langues de vipères, d'intéressés et de pseudo-amis. Des dizaines de personnes qui veulent savoir comment elle va après l'accident, enfin c'est ce qu'ils font croire en tout cas. Certains demandent même une interview téléphonique. Ce qu'ils peuvent être lourds, ces journalistes !...

C'est la rançon de la gloire. Si cela ne tenait qu'à elle, elle enverrait bien la célébrité se faire voir. Il est certain que sans ça, elle n'aurait pas son Audi rose ni son bel appartement, mais après tout, ce ne sont que des choses matérielles. L'argent ne fait pas le bonheur. Comment pourrait-elle être heureuse sans celui dont elle a le plus besoin et qu'elle aime par-dessus tout ?

Angel...

Le visage enfoui dans les mains, elle regarde l'écran plasma entre ses doigts. La chaîne sur laquelle elle est restée passe un reportage sur le tournoi de golf où elle aurait dû se rendre. Cette fois ne fait pas exception : tout le gratin défile, son plus beau sourire aux lèvres.

Elle écoute les commentaires : « ... Plusieurs personnalités du sport, de la chanson, du cinéma ou de la télévision ont apporté leur pierre à l'édifice en faveur de la solidarité. Certains en ont même profité pour faire un peu d'exercice... »

Alors que l'image montre en premier plan un célèbre présentateur de radio en train de frapper la balle, les yeux de Katia sont attirés vers la masse de journalistes et de photographes envoyés pour couvrir l'événement. Ce n'est pas possible !

Elle s'agenouille devant la télé. Lui, on dirait...

Au même instant, cet après-midi de mars, ailleurs en ville.

« ... Plusieurs personnalités du sport, de la chanson, du cinéma ou de la télévision ont apporté leur pierre à l'édifice en faveur de la solidarité. Certains en ont même profité pour faire un peu d'exercice... »

– Regarde, regarde ! Elle est à la télé !

Les cris de la petite Erica font sursauter sa mère qui est en train de débarrasser la table.

– Qu'est-ce qui se passe, ma chérie ? demande Mercedes, préoccupée.

– Paula ! C'est Paula ! Elle est là ! À la télé ! Regarde, regarde !

– Mais, ce n'est pas possible que Paula passe au journal télévisé… dit-elle, rassurée de constater qu'il ne s'agit que d'une fantaisie de la petite.

– Mais si ! Mais si ! Regarde, regarde !

Mercedes redépose les assiettes sur la table et s'approche de l'écran. L'image montre une jeune actrice qui fait en ce moment une publicité pour des chewing-gums avec un club de golf à la main. Comment s'appelle-t-elle, déjà ? Ah oui ! Andrea Alfaro.

– Ma puce, ce n'est que la fille des chewing-gums.

– Je sais ! J'ai pas dit que c'était celle-là.

– Je ne vois qu'elle pourtant.

– Je te dis qu'il y avait Paula ! Elle avait un appareil photo !

– Un appareil photo ?

– Oui !

– Ce devait être quelqu'un qui lui ressemble, ma princesse.

– Non ! Non ! C'était Paula !

Sa mère lui sourit, lui tapote la tête et embrasse sa joue.

– Pourquoi tu ne changes pas de chaîne pour regarder des dessins animés ?

– Mais, maman…

Mercedes lui sourit à nouveau, tourne les talons et ramasse les assiettes sales avant de disparaître dans la cuisine.

Regarder des dessins animés ! Erica est véritablement indignée ! Et les petites tapes sur la tête comme si elle était un toutou !

La petite fille se lève, dans une colère noire, avec la même expression que si elle mangeait un citron, comme dit son père.

Comment sa mère peut-elle douter de ce qu'elle dit ?!! Quel manque de respect ! Douter d'elle alors qu'elle a déjà cinq ans !

Dans un geste de rage, elle éteint la télévision.

Elle monte dans sa chambre en frappant fort du pied chaque marche de l'escalier. Qu'ils l'entendent bien surtout !

Paula passe à la télé, elle est célèbre... et ils ne la croient pas ! Regarder les dessins animés ! Tsss !

Pendant ce temps, ailleurs en ville.

Angel ! C'était bien lui ?

Oui, il n'y a aucun doute possible. Il est au tournoi de golf où elle était invitée. Il a dû être envoyé par sa rédaction pour l'occasion.

Katia se maudit d'avoir refusé d'y aller.

Enfin, en y réfléchissant bien, c'est sûrement mieux ainsi. S'ils s'étaient vus, elle se sentirait sans doute encore plus mal. Plus mal ? Elle est déjà au trente-sixième dessous. Il ne sert à rien de se mentir, elle est dans cet état parce qu'elle est tombée follement amoureuse de ce jeune journaliste qui a débarqué subitement dans sa vie.

Elle regarde sa montre : 15 h 50. Il y a au moins 1 h 15 de route pour aller jusqu'au terrain de golf, et ce en supposant qu'il n'y ait pas d'embouteillages.

Angel est peut-être déjà parti. C'est sûrement le cas puisque le reportage qui est passé aux infos était un enregistrement.

Peut-être qu'il y est encore ? Le tournoi dure plusieurs heures. Elle pourrait l'appeler pour s'en assurer. Non, mauvaise idée. Elle ne veut pas abuser, sinon il va finir par vraiment la fuir.

Mais qu'est-elle en train de faire ? Elle s'était promis de l'oublier, de ne plus succomber à la tentation de lui courir après. Il a une petite amie, donc une relation n'est pas envisageable. En plus, elle n'est même pas sûre qu'il partage son envie. Il a bien foncé à l'hôpital lorsqu'il a su pour son accident, mais il l'a fait parce que c'est quelqu'un de bien, et pas pour une autre raison. Bon, il a passé aussi la nuit près d'elle, mais ce n'est qu'une preuve de sa bonté et de son amitié. Rien de plus.

Et ce baiser. Elle sent encore ses lèvres chaudes, douces... Irrésistibles.

Elle se prend la tête dans les mains de désespoir et de confusion. Elle voudrait crier, pleurer, disparaître au centre de la terre. Mais surtout, elle a envie de le voir. Va-t-elle le rencontrer une dernière fois avant de l'oublier pour toujours ?

Prend-elle le risque ? Humpf. Que faire ?

Douter n'est vraiment pas dans sa nature habituellement, tout comme courir après un garçon. Angel n'est pas un garçon comme les autres. C'est l'homme idéal, *son* homme idéal. Peut-être est-elle en train de renoncer à l'amour de sa vie ? Peut-être sont-ils faits l'un pour l'autre ?

Miraculeusement, Katia retrouve l'ancienne force qu'elle avait perdue au cours des dernières batailles. Elle se lève, pleine d'un nouvel entrain. Oui, elle doit y aller. Elle meurt d'envie de le voir... une dernière fois.

Elle saisit son téléphone et compose un numéro. Une opératrice lui répond aimablement. Elle raccroche après une conversation rapide et concise.

Dans cinq minutes, un taxi viendra la chercher pour la conduire sur le terrain de golf où se trouve celui qu'elle aime.

Ce même après-midi de mars, quelque part en ville.

Il s'est servi un café bien corsé après le repas. Puis un deuxième une demi-heure plus tard, qu'il boit maintenant assis sur son lit. Il contemple la fumée s'élever de la tasse vers le toit. Cette fois-ci, il ne va pas s'endormir. Ce serait vraiment bête et impardonnable. Et, même s'il ne se considère pas comme le type le plus intelligent du monde, il n'est pas assez idiot pour commettre la même erreur deux fois de suite.

Mario souffle sur son café et prend une gorgée. *Argh ! Trop amer*, se dit-il en secouant la tête. Il aurait fallu un peu plus de sucre. Mais il s'en fiche. Le seul objectif est de rester éveillé jusqu'à l'arrivée de Paula. Lorsqu'elle sera là, il n'y a aucune chance pour qu'il s'endorme !

Il est un peu plus de 16 heures. Dans moins d'une heure, le « rendez-vous » tant attendu aura lieu pour de bon.

Étrangement, il est moins nerveux que la veille. Il est simplement très impatient. Va-t-il oser lui avouer son amour ?

Peut-être, si l'occasion se présente. Il ne veut pas subir un autre échec. La prochaine fois qu'il lui déclarera sa flamme, ce sera la bonne. Ce sera pile ou face, il ne laissera plus la pièce tomber sur la tranche.

– Toc, toc. Salut, je peux ? dit Miriam à la porte.

– Entre.

La jeune fille entre et ferme la porte derrière elle.

– Je venais juste vérifier que tu ne t'étais pas endormi, lance-t-elle, moqueuse.

– Ben non, comme tu vois, je suis parfaitement réveillé.

Miriam remarque la tasse de café fumante dans ses mains.

– Un autre ?

– Oui.

– Je vois que tu as pris tes précautions, dit-elle en éclatant de rire.

– Miriam, ne me prends pas la tête, c'est bon.

– OK, OK. Zen.

– Tu voulais me parler de quelque chose ou bien tu es juste venue m'empoisonner ?

Miriam se frotte le nez, pensive. Il se pourrait bien que la question qu'elle s'apprête à poser remplisse ces deux rôles.

– Tu es encore rentré avec Diana après les cours, non ?

Oui, c'est vrai. Lorsque la cloche a sonné, ils se sont retrouvés devant la porte du lycée et ont fait le chemin ensemble, comme la veille.

– Oui. Et donc ?

– Elle te plaît ?

– Diana ?

– Ben oui, de qui veux-tu que je parle ?

Mario est sur le point de laisser échapper le prénom de son véritable amour, mais il parvient à se contenir.

– Bien sûr que non, elle ne me plaît pas.

Sa sœur examine attentivement son visage. Il est évident qu'il ment. Il est amoureux, cela se voit.

– Bon, bon...

– C'est la vérité.

– Si tu le dis... J'adorerais avoir une des Dragibus comme belle-sœur !

Mario reste silencieux. Si seulement le souhait de sa sœur pouvait se réaliser ! Enfin, pas avec la personne à laquelle elle pense.

– Tu devrais plutôt t'occuper de rencontrer un type bien, parce que ces derniers temps, on ne peut pas dire que ça se bouscule, répond-il avec un sourire malicieux.

– Imbécile ! C'est parce que je ne veux pas ! s'exclame-t-elle, vexée. T'es vraiment nul.

Miriam sort de la chambre en claquant la porte.

Mario souffle à nouveau sur sa tasse de café, satisfait d'avoir mis sa sœur en colère. Mais il se demande tout de même une chose : pourquoi Diana apparaît-elle aussi souvent dans sa vie ces derniers temps ?

Chapitre 46

Ce même après-midi de mars, aux abords de la ville.

– Atchoum !

Paula éternue alors que quelque chose lui chatouille le nez. Que se passe-t-il ?

La vue encore un peu brouillée, elle met quelques instants à comprendre où elle se trouve. Désorientée, elle regarde de gauche et de droite et croise le visage souriant d'Angel.

– Tu as bien dormi ?

– Je me suis endormie ?

– Oui, comme un bébé.

Elle est allongée sur le gazon, la tête appuyée sur les jambes d'Angel et recouverte de son manteau.

– Coucou. Je suis contente de te revoir, dit une voix familière dans son dos.

Paula se retourne, étonnée. L'actrice de la pub des chewing-gums est là. Andrea Alfaro joue avec brin d'herbe et sourit.

– Salut ! Ça va ? dit-elle en se redressant comme un automate pour se réveiller le plus vite possible.

– Très bien. Je papotais avec ton amoureux pendant que tu ronflais, répond-elle en lui adressant un clin d'œil.

Paula s'empourpre aussitôt. La honte. Comment Angel a-t-il pu la laisser dormir alors qu'elle était là ?!

– Humpf, je... s'interrompt-elle sans savoir quoi dire.

– Ne t'inquiète pas, Paula. Tu n'as pas ronflé une seule fois. Et tu es tellement adorable quand tu dors... dit-il avant de l'embrasser.

Paula en doute sérieusement. Il se moque d'elle devant une star de la télé ! Il ne l'a même pas réveillée ! Mais elle ne veut pas se faire remarquer davantage et lui rend son baiser sans protester.

– Tu as réussi à taper dans la balle, alors ? demande l'actrice. Moi, j'ai eu beau essayer, je ne l'ai touchée que deux ou trois fois.

– Plus ou moins. Enfin il y a encore du boulot !

– Ne sois pas si modeste, chérie. Tu as très bien joué.

– « Très bien » est un peu exagéré. Mais avec un peu d'entraînement, je serai meilleure que toi, dit-elle en l'embrassant, contente d'elle.

Angel tente de bouder mais finit par la prendre dans ses bras, il ne peut pas résister.

– Vous êtes vraiment sympas tous les deux. Vous formez un très joli couple.

– Ah bon ? Tu le penses vraiment ? Pourtant elle me tape sur les nerfs, je ne suis même pas amoureux.

– Han ! Qu'est-ce que tu dis ! Tu n'es qu'un... !

Le couple échange de vrais-faux coups de poing sous le regard amusé d'Andrea.

– Ça vous dirait de venir avec moi ? Je dois passer rapidement au studio, mais on peut aller prendre un verre avec mon petit ami après ?

Paula se souvient alors d'avoir lu quelque part qu'Andrea Alfaro serait une des actrices principales d'une nouvelle série pour ados.

– Moi, je veux bien. J'ai le reste de la journée libre. Ça peut être sympa, répond Angel.

– Et toi ? Tu as quelque chose de prévu ? Il n'est que 17 h 10.

17 h 10. Paula réfléchit un instant. Il lui semble avoir oublié quelque chose... Qu'est-ce que c'est ? Flûte ! Mario ! Les révisions de maths ! Elle devait être chez lui à 17 heures !

– Mon Dieu ! Je devais voir Mario pour réviser les maths ! s'écrie-t-elle, affolée.

– Réviser les maths ? Tu n'es pas photographe pour un magazine ?

Angel et Paula échangent un regard.

– Explique-lui. Je passe un coup de fil pendant ce temps.

– OK.
– M'expliquer quoi ? demande l'actrice, déconcertée.
– En fait, tu vois...

Angel explique ce qu'est venue faire Paula ici pendant que celle-ci s'éloigne, le téléphone à la main.

Elle est en plein dilemme et se sent mal à l'aise. Que va-t-elle dire à Mario ? Qu'elle va arriver en retard ? Elle l'est déjà. Humpf ! Et si elle n'y allait pas ? Non, elle doit y aller, elle ne peut pas le planter, et d'ailleurs elle doit préparer l'examen de vendredi. Si elle ne le fait pas, elle ne l'aura pas. Et si elle ne l'a pas... il fera très mauvais temps pour elle.

Mais d'un autre côté, se rendre sur le tournage de la série dans laquelle joue Andrea Alfaro et aller prendre un verre avec elle, et tout ça en compagnie d'Angel... C'est un plan incroyable à ne pas manquer !

Elle se mord la lèvre et regarde l'heure. Presque 17 h 15.

Que faire ?

Au même moment, quelque part en ville.

Ses mains tremblent. Il tend le bras pour examiner à quel point. Ses doigts refusent de rester tranquilles. C'est à cause de la caféine ou à cause du stress ? Les deux, sans doute.

17 h 15. Cela fait vingt minutes qu'il a terminé son dernier café. Il a les yeux grands ouverts, les dents toutes propres, l'haleine fraîche, une chemise qui vient d'être repassée et des chaussettes immaculées. Et il s'est mis quelques gouttes d'un parfum que son père réserve aux grandes occasions. Chambre rangée. Cours prêt à l'emploi. Sélection musicale opérationnelle. Tout est paré pour son arrivée. Pour le rendez-vous. Mais elle devrait être là depuis un quart d'heure.

Le regard de Mario va de sa montre à son téléphone sans discontinuer. Ses mains tremblent de plus en plus à mesure que les secondes passent. Va-t-elle venir ?

Il déglutit. Et si elle ne venait pas ? Il s'étrangle. Mais pourquoi ne viendrait-elle pas ? Elle lui a dit clairement qu'elle viendrait ce matin. Elle doit être en retard à cause d'une bêtise quelconque. Les femmes sont comme ça, les filles de son âge encore pires ! La coiffure doit être parfaite, la frange bien mise, les lèvres maquillées au millimètre, les ongles vernis de la même couleur que leur sac ou les lacets de leurs chaussures. « Qu'est-ce que je vais mettre ? », c'est sûrement cela la raison du retard. Elle a dû se changer six, sept, huit fois. Il imagine l'armoire de Paula. Elle doit être immense car elle est chaque jour habillée de manière différente. Beaucoup de couleurs vives et joyeuses, parfois des tons plus foncés. Du gris. Du bleu. Du jaune pâle. Mais aussi des couleurs criardes. Tous ces vêtements ne font que la rendre encore plus belle. Ils font ressortir ses yeux, sculptent son corps parfait. Mais cela lui est égal. Plus belle, plus moche, plus grosse, plus mince... il s'en fiche complètement ! Le hasard fait qu'elle est aussi incroyablement jolie, mais son amour va bien au-delà d'un physique avantageux. Son amour est pur et irréprochable. Évidemment il ressent du désir, il ne le nie pas, il n'est pas hypocrite. Il adorerait que sa première fois soit avec elle. Oui, il y a déjà pensé. Y a-t-il meilleure manière de perdre sa virginité qu'avec la fille de ses rêves, dont on est amoureux depuis des années ?

Et sa première fois à elle, a-t-elle eu lieu ?

Il ne préfère pas penser à ce genre de chose maintenant...

Mario commence à perdre patience et fait les cent pas dans sa chambre. Nouveau coup d'œil à sa montre puis au téléphone, montre, téléphone, montre... Le téléphone ! Il sonne ! C'est elle ! C'est Paula qui l'appelle !

Il se jette dessus comme un fou et tente de reprendre son souffle avant de décrocher. Profonde inspiration. Puis il décroche.

– Oui... ?

– Salut, Mario, c'est Paula.

– Salut, Paula ! Je t'attends, qu'est-ce que tu fais ?

Il garde le silence quelques instants. Il se rend bien compte que sa tentative de ne pas montrer son impatience a échoué. Mais que peut-il faire d'autre ? Il est en train de se ronger les ongles jusqu'à l'os ! Il allonge sa main libre et constate qu'il tremble encore plus qu'un instant auparavant.

– Ben...

Oups ! Mario n'aime pas du tout ce « ben » timide et creux. Il commence à craindre le pire.

– Un problème ?

– En fait... j'ai fait une rechute. Je suis au lit, pas bien du tout.

Et zut. Donc, elle ne viendra pas...

– Mince ! Qu'est-ce qui t'arrive ? La même chose que ce matin ?

– Oui, plus ou moins, dit-elle en toussant exagérément fort.

Mais ce matin, il ne s'agissait pas d'une baisse de tension ? C'est peut-être la grippe, pense Mario en cherchant une explication logique. *Il y a souvent des cas de grippe en mars. La chaleur est trompeuse, il y a encore des coups de froid. Les gens ne se couvrent pas assez et attrapent le rhume de printemps qui est toujours inattendu.*

Il voudrait lui dire de ne pas s'inquiéter, de venir chez lui quand même et qu'il la soignera. Changement de plan, ils ne réviseront pas, ils seront médecin et patient. Ils joueront au docteur. Quel doux rêve ! Mario secoue la tête. Ce n'est pas le moment de rêver.

– Donc tu... dit-il, incapable de finir sa phrase.

Il sait ce qui suit. Il sait que Paula, sa Paula chérie, la fille avec qui il rêve de partager un moment en tête à tête...

– Je suis désolée, Mario. J'espère que ça ira mieux demain.

– D'accord.

– On a vraiment la poisse. On dirait qu'on n'arrivera jamais à réviser cet examen.

Un examen ? Quel examen ? Qu'est-ce qu'on en a à faire de ce stupide examen ! Paula, pourquoi tu ne te rends compte de rien ?! Pourquoi ne vois-tu pas que je meurs d'amour pour toi ?!

– Oui, la poisse, balbutie-t-il.

Silence gêné.

Il se dit qu'il est vraiment maudit, que le sort est vraiment toujours contre lui. Hier, il s'est endormi. Aujourd'hui, elle est malade. *Merde !*

Elle, de son côté, pense à son mensonge, au choix qu'elle vient de faire. Elle a été capable de poser un lapin à un ami et de lui mentir. Elle se sent mal.

– Bon, Mario, on se voit demain.

– OK. J'espère que ça va aller mieux, Paula. Bisous.

– Bisous. Encore désolée.

– C'est pas grave.

– Salut.

– Salut.

Elle raccroche.

Mario reste un moment immobile, le téléphone à la main. La tête baissée, les yeux écarquillés, les mains toujours tremblantes, et surtout le cœur encore un peu plus brisé.

Chapitre 47

Ce même après-midi de mars, ailleurs en ville.

– Et où vous êtes-vous rencontrés ? demande Andrea Alfaro.

La question prend Paula et Angel un peu au dépourvu. Elle, assise sur le siège passager, se tourne vers son petit ami pour qu'il vienne à son secours. Il hausse les épaules et sourit.

Ils sont dans la BMW de l'actrice, qui roule à toute allure sur le périphérique pour se rendre aux studios.

– Sur Internet, finit par répondre le journaliste.

– Ah ? Vraiment ? s'étonne la jeune fille en leur jetant un coup d'œil à l'un et à l'autre.

– Eh bien oui, confirme Paula.

– J'ai beaucoup entendu parler des relations qui naissent sur Internet, mais je n'avais encore jamais rencontré un couple qui se soit connu comme ça. Enfin, pas pour de vrai en tout cas.

– Qu'est-ce que tu veux dire ? demande Paula, intriguée.

Andrea sourit en se rappelant ses débuts.

– Je parle de ces gens qui disent être tombés amoureux sur Internet mais qui ne se sont jamais rencontrés en personne et qui vont dans certains programmes télévisés. Et pendant que l'un témoigne dans l'émission, *tadam*, l'amour virtuel de leur vie franchit une porte avec un bouquet de fleurs ou se lance dans une émouvante déclaration d'amour.

– Ah ! Oui, j'ai déjà vu quelques vidéos comme ça sur YouTube, dit Paula. Et donc ?

– C'est du théâtre. Je ne dis pas que c'est le cas pour tous, mais il y a beaucoup d'acteurs qui sont embauchés dans ce genre de programmes. J'y ai participé moi-même, je jouais le rôle d'une fille dont le copain l'avait trompée avec sa meilleure amie.

– Toi ? Et ce n'était pas vrai ?

– Je n'avais même pas de petit ami à l'époque !

– Et donc t'as joué la comédie ?

– Oui. Je n'étais pas encore connue à ce moment-là. J'étais à l'école de théâtre. C'était pas mal payé alors j'ai accepté.

– Ben ça alors !

– Il ne faut pas croire tout ce qu'on voit à la télé. Toi qui es journaliste, tu dois bien le savoir.

Angel acquiesce d'un signe de tête alors que la sonnerie d'un téléphone s'échappe de son manteau, toujours sur les épaules de Paula.

– C'est le mien. Tu me le passes, s'il te plaît ?

La jeune fille glisse la main dans la poche du manteau et aperçoit le nom de la personne qui appelle sur l'écran du téléphone.

– C'est Katia ! C'est pas possible ! C'est Katia qui t'appelle ! s'écrie Paula, bouleversée.

Mais pour Angel, ce n'est pas une bonne nouvelle. Pourquoi appelle-t-elle ? Ce n'est vraiment pas le moment adéquat pour lui parler. Tout lui revient alors en mémoire en moins de deux secondes : le baiser pendant la séance photo, la nuit où il s'est soûlé et a failli commettre une erreur impardonnable, les mensonges qu'il a racontés à Paula, le deuxième baiser... Il tente de rester impassible. Il dissimule son trouble autant qu'il le peut et réfléchit à toute allure.

Paula lui tend le téléphone, surexcitée. Andrea sourit, amusée. Il a dû se passer la même chose lorsqu'elles se sont rencontrées ce matin. Il semble qu'elle soit tout à fait le genre de fille à perdre la tête en voyant quelqu'un de célèbre. Ce qui ne l'empêche pas de trouver Paula très sympathique.

Angel sourit aussi, en bon acteur qu'il est en train de devenir. Il se prépare d'ailleurs à jouer une nouvelle scène.

– Oui ?... Ah, salut !... Comment vas-tu ?

Paula observe son amoureux avec admiration. Andrea l'épie aussi dans le rétroviseur de la BMW. Paula est sympa, mais lui, il est vraiment mignon. Beau. Très beau.

– Quand le numéro paraîtra ? La première semaine d'avril... Oui, bien sûr, on vous enverra quelques exemplaires.

Il a des yeux bleus magnifiques. Il pourrait être acteur ou mannequin sans problème. Oui, cette petite à décidément bien de la chance.

– Bon, Katia, je te laisse, je te recontacterai... Je suis en pleine réunion... Oui, toi aussi, prends soin de toi... Bisous.

Angel raccroche. Il garde son calme mais ne rend pas le téléphone à Paula. Après avoir appuyé sur quelques touches, il le glisse dans la poche de son pantalon.

– C'était Katia ! Qu'est-ce qu'elle t'a dit ? Vous êtes amis ?

Paula n'arrive pas à croire qu'une fille aussi célèbre appelle sur le portable de son petit ami ! C'est dingue !

– Nous ne sommes pas amis, répond sèchement Angel, elle voulait juste savoir si nous pouvions lui envoyer quelques exemplaires du numéro dont elle fera la couverture le mois prochain.

– Et c'est elle qui t'appelle pour ça ? Elle n'a pas d'agent ? demande Andrea, étonnée.

Angel déglutit. Comment va-t-il se sortir de là ?...

– Si, elle en a un, mais c'est elle qui a téléphoné. Je ne sais pas pourquoi.

L'actrice n'est pas très convaincue par cette explication, mais n'insiste pas, même si elle a la sensation que quelque chose ne colle pas.

Paula, de son côté, le harcèle de questions sur la chanteuse. Angel souligne qu'ils ne sont pas amis et que leurs rapports sont strictement professionnels.

– J'aimerais tellement la connaître ! Elle a l'air d'être une fille géniale ! Elle semble si sincère ! Et puis elle t'a conduit le jour où nous nous sommes rencontrés parce que tu étais en retard !!... Rien que cela montre que c'est quelqu'un de bien.

– Eh bien...

– J'ai trop envie de la voir ! Un jour tu me la présenteras, pas vrai, Angel ?

– Je...

– Et puis elle chante trop bien !

Paula commence alors à fredonner *Tu éblouis mon cœur*. Elle est vraiment au comble de la félicité. Elle est dans une voiture avec Andrea Alfaro et son amoureux, le meilleur petit ami de la planète, qui en plus est ami avec Katia, la meilleure chanteuse du pays. Que demander de plus ?

Ce que Paula ne sait pas, c'est qu'Angel n'a pas pris l'appel. Lorsqu'elle lui a donné le téléphone, il l'a éteint au lieu de décrocher, et a fait semblant de parler avec Katia. Puis il l'a rallumé et l'a mis en mode silencieux, au cas où la chanteuse le rappellerait. Déjà trois appels en absence de sa part.

Katia est arrivée sur le terrain de golf et cherche désespérément le journaliste dont elle est tombée amoureuse. Angel est en train de devenir pour elle une véritable obsession.

Chapitre 48

Cet après-midi de mars, aux abords de la ville.

Elle regarde le ciel, assise au pied d'un chêne. Il n'y a pas un nuage. Le soleil commence à se coucher et l'atmosphère se rafraîchit. Elle frissonne. Le visage caché dans les mains, elle se maudit et voudrait disparaître. Elle a jeté le téléphone sur la pelouse. L'appareil gît à ses pieds, la batterie séparée du reste. Elle est en train de devenir folle. Folle d'amour. Ou plutôt de manque d'amour, d'échec acide, de désillusion.

Katia a essayé d'appeler Angel une dizaine de fois. Peut-être plus. À vrai dire, elle a perdu le compte.

Pourquoi ne lui a-t-il pas répondu ?

Elle voulait seulement le voir, juste ça, une dernière fois. Oui, juste une fois, elle en avait besoin. C'est pour ça qu'elle a traversé toute la ville pour venir jusqu'ici.

Elle a fouillé le terrain de golf de long en large. Pas une trace du journaliste. Elle n'a trouvé que des regards curieux et surpris de la voir déambuler ici, des commentaires chuchotés à l'oreille et des photos volées par des anonymes ravis d'avoir croisé la chanteuse la plus populaire du moment.

– Regarde ! C'est Katia !

– Mais non, ça ne peut pas être elle !

– Si, c'est elle.

– Elle ne lui ressemble même pas. Il faut vraiment que tu ailles chez l'ophtalmo.

– On va lui demander ?

– OK, mais je suis sûr que ce n'est pas elle.

– Tu paries quoi ?

– Un dîner.

– Tope là.

Le couple s'approche de la jeune fille aux cheveux roses. Ils l'examinent de haut en bas, comme si elle était une bête curieuse.

– Demande-lui, murmure-t-elle.

– Non, fais-le, toi.

– Hé ! c'est toi qui ne me crois pas.

– Justement, c'est pour ça que c'est à toi de lui demander.

La chanteuse ne s'est même pas aperçue de leur présence. L'inconnue se décide finalement à poser la question.

– Pardon de te déranger, mais mon petit ami refuse d'admettre que tu es la chanteuse Katia.

La jeune fille lève les yeux. Le couple l'observe attentivement. Elle est rondelette et moche, lui n'est pas beaucoup mieux, petit et à moitié chauve.

– Ce n'est pas toi, n'est-ce pas ? intervient-il devant le silence de Katia qui se contente de les regarder.

– Si, c'est elle, j'en suis certaine.

– C'est toi ?

– C'est elle, c'est elle. C'est pour ça qu'elle ne dit rien.

– C'est vrai ? Tu es Katia ?

Le garçon commence à douter. Maintenant qu'il la voit de plus près, c'est vrai qu'elle lui ressemble beaucoup. Il s'est peut-être trompé. Il devra offrir un dîner à sa petite amie. Enfin ce n'est pas le pire, le plus gênant pour lui est d'admettre qu'il avait tort.

– Oui, c'est moi, répond enfin Katia.

– Ah, je le savais ! J'avais raison ! Tu me dois un dîner ! s'exclame la fille.

– Et vous êtes tous les deux très malpolis.

Le couple se fige, perplexe. Ont-ils bien entendu ?

– Je n'ai pas le droit d'avoir mon intimité ? Je dois être disponible vingt-quatre heures sur vingt-quatre pour tout le monde juste parce que je suis un personnage public ? Il ne vous est pas venu à l'esprit que si j'étais seule ici, c'est parce que j'avais envie d'être seule ?

– Nous sommes désolés. Nous ne...

– Oui, oui, je sais. Votre intention n'était pas de me déranger. Vous ne vouliez pas m'ennuyer. Vous ne pouviez pas deviner que j'ai eu une sale journée...

– Vraiment, nous...

– Tu sais quoi, p'tit chauve ? Maintenant tu dois inviter ta petite chérie à dîner. Mais fais attention, si elle avale quelque chose de plus, elle risque de faire craquer son pantalon.

Elle ramasse son téléphone et se lève.

Le couple est sous le choc et la regarde s'éloigner silencieusement, en pensant à l'unisson que cette fille semblait plus sympathique à la télé.

Katia, de son côté, se dirige vers la sortie et, après avoir remis son téléphone en état de marche, passe un nouvel appel à Angel avec le même résultat que pour les tentatives précédentes. Désespérée, elle se prépare à lancer une nouvelle fois le téléphone par terre, mais s'arrête juste avant. Avant de se venger sur lui, elle doit appeler un taxi pour rentrer chez elle. Elle pense ne pas en bouger du reste de la semaine. Mais elle se trompe.

Chapitre 49

Le soir de ce jour de mars, quelque part en ville.

Après un « Salut, maman, je suis rentrée », elle monte en courant dans sa chambre. Elle n'a aucune envie de subir un interrogatoire. Enfin, pas maintenant. Elle veut continuer à profiter du moment, de la douceur de cette journée.

Quelle journée ! Paula est heureuse, immensément heureuse. Elle a l'impression d'être la fille la plus chanceuse de l'univers.

Mon Dieu, quand elle va raconter ça, personne ne voudra la croire ! Ils sont d'abord allés aux studios d'enregistrement de la série. Ils y ont croisé des scénaristes, des caméramans, des acteurs... Andrea les a présentés à tout le monde ! Incroyable ! Elle était là, entourée de ces gens qui travaillent à la télé. Vraiment bouleversant !

Tandis qu'Andrea était dans le bureau du réalisateur de la série pour parler de certains détails de son rôle, un des acteurs leur a montré les différents décors du tournage, les loges, les studios d'édition et de production... Toute la télé de l'intérieur.

Ils ont été rejoints un peu plus tard par Roberto Rossi, le petit ami de l'actrice. Un très beau caméraman italien un peu plus âgé qu'elle. Ils sont allés tous les quatre prendre un café à l'étage d'un établissement splendide. Des murs rouges avec des dorures, des peintures impressionnistes, des canapés en cuir noir et des tables en bois assorti à celui du sol. Son café était dé-li-cieux.

Rires, anecdotes, histoires fantastiques... Paula buvait les paroles de l'actrice. Angel, pour sa part, parlait de ses expériences et comparait les acteurs aux musiciens.

Elle ne disait pas grand-chose, mais elle riait beaucoup et approuvait à chaque parole d'Angel ou d'Andrea.

Quel dommage que ce soit passé si vite ! Elle a dû rentrer pour le dîner. Elle ne voulait pas interrompre la soirée, mais elle commençait à s'inquiéter de l'heure tardive.

Roberto leur avait proposé d'aller dîner ensemble dans un restaurant italien tenu par un ami à lui et d'aller prendre un verre ensuite, mais Angel a parfaitement lu dans les pensées de Paula et s'est excusé en prétextant qu'il avait du travail. Il la comprend sans qu'elle ait besoin de parler. Ils ont donc appelé un taxi, échangé leurs numéros de téléphone et leurs adresses e-mail avant de prendre congé.

Ils sont passés chez Diana pour que Paula puisse récupérer ses affaires. Elles ont à peine échangé deux mots, car le compteur du taxi continuait à tourner.

Arrivée devant la porte de chez elle, Paula a eu un pincement au cœur. C'était la fin d'une journée unique. Elle a embrassé Angel, émue. Ce n'était pas seulement un baiser d'amour, mais aussi de reconnaissance. C'est à lui qu'elle doit tous ces changements dans sa vie.

– Merci.

– Je t'aime.

– Je t'aime.

Angel l'a regardée marcher jusqu'à sa porte, un sourire aux lèvres. Elle est vraiment spéciale. La fille parfaite. Elle est tout ce dont il a rêvé. Il consulte instinctivement son téléphone. Douze appels en absence, tous du même numéro.

Paula ouvre la porte de sa chambre. La lumière est allumée. Erica lit une histoire pour enfants, allongée sur son lit.

– Coucou, ma princesse, qu'est-ce que tu fais dans ma chambre ?

La petite ne répond pas. Pire encore, lorsque Paula s'approche pour lui faire un bisou, elle la repousse. Erica fronce les sourcils et regarde sa sœur dans les yeux.

– Tu ne veux pas me faire un bisou ?

– Non.

– Pourquoi ?
– Tu étais où ? Il fait nuit.
– Je révisais. J'ai un examen très important vendredi.
– Oui, bien sûr, dit la petite en approchant son visage de celui de Paula.
– Et donc ? Qu'est-ce qui t'arrive ? Pourquoi tu n'as pas voulu me faire de bisou ?
– Je suis fâchée.
– Contre moi ?
Erica hoche sa petite tête blonde pour que sa sœur se rende bien compte qu'elle est en colère, très très en colère.
– Mais, ma princesse, qu'est-ce que je t'ai fait pour que tu sois fâchée contre moi ?
– Tu ne m'as pas dit que tu étais célèbre.
Paula est perplexe. De quoi parle-t-elle ?
– Célèbre ? Je ne suis pas célèbre.
– Oui, oui. Quelle menteuse !
– Mais, Erica...
– Je t'ai vue à la télé ! Tu es célèbre et tu ne m'as rien dit !
– Quoi ? Tu m'as vue, où ça ?
– À la télé ! Tu es célèbre ! Et moi, comme toujours, je suis la dernière au courant. Je ne suis plus une gamine. J'ai cinq ans !
Les joues de la petite sont écarlates, brûlantes de colère.
Sa grande sœur ne sait pas quoi dire. Elle est passée à la télé ! Mais quand ?
– Erica, où m'as-tu vue exactement ?
– À la télé. À midi, en rentrant de l'école. Au journal. Tu étais dans un endroit avec plein d'herbe et des gens célèbres.
– Mon Dieu !
Que faire ? Si sa petite sœur l'a vue, d'autres personnes l'ont peut-être vue aussi.
– Et en plus de ça, maman ne m'a pas crue ! Vous pensez tous que je suis trop petite, et personne ne me croit... Et personne ne me dit jamais rien. Mais moi, je sais que c'était toi.
– Maman ne m'a pas vue ?

– Non !

Ouf ! Heureusement. Soupir de soulagement.

– Erica, on va faire quelque chose.

– Quoi ? demande la petite, toujours très fâchée.

– On va dire à personne que je suis passée à la télé, ce sera notre secret et je...

– Si tu me présentes Vanessa *Udegens* !

Paula ne peut réprimer un éclat de rire en entendant sa prononciation très personnelle du nom de l'actrice de *High School Musical*.

– OK, je te la présenterai le jour où je la connaîtrai, dit-elle en lui faisant un clin d'œil.

Les yeux d'Erica s'illuminent. Elle n'est plus trop fâchée. Finalement, avoir une sœur célèbre à ses avantages, donc elle gardera le secret.

Les deux sœurs se tapent dans la main pour sceller le pacte de silence.

Cette même soirée de mars, ailleurs en ville.

Elle pleure sans discontinuer depuis une heure. Peut-être même plus. Deux ou trois heures, qui sait. Le temps n'a pas d'importance. Plus rien n'a d'importance.

Elle voulait juste le voir encore une fois, une dernière fois, et cet enfoiré était déjà parti lorsqu'elle est arrivée. Elle l'a cherché partout, demandé à droite, à gauche, mais pas une trace d'Angel.

Elle sèche ses larmes avec les draps bleus de son lit. Chacune d'elles est un cri d'angoisse et d'impuissance.

Tout cela est nouveau pour elle. Elle n'avait jamais rien ressenti de tel. Elle n'avait jamais pleuré pour un garçon, même pas lorsqu'elle s'était pris un râteau par un lycéen de terminale, alors qu'elle n'était qu'au collège. *Je suis trop jeune ? Tant pis pour toi !* avait-elle pensé.

Pourquoi ce n'est plus comme ça ? Pourquoi n'arrive-t-elle pas à être forte ? Angel n'est qu'un garçon comme un autre, rien de plus ; et ils se connaissent à peine. Quand l'a-t-elle rencontré déjà ? Ah oui, jeudi. On est mardi. Cinq jours. Mon Dieu, cinq misérables jours ! Ce n'est pas possible. Elle a éprouvé en cinq jours plus d'émotions que pendant tout le reste de sa vie.

Elle enfouit son visage dans l'oreiller et pleure, inconsolable.

Dix minutes passent. Quinze. Puis cinq de plus. Elle tousse, gémit, renifle et essaie de se calmer.

Et puis, comble du désespoir, il ne veut même pas lui parler... Pourquoi ne lui répond-il pas ? Elle n'a rien fait de mal pourtant, si ? Rien qui justifie cette indifférence en tout cas. Bon, elle l'a embrassé. Plusieurs fois. Mais elle s'est déjà excusée pour celui du parc, ce n'était qu'un geste instinctif, un caprice d'enfant. Et celui de l'hôpital, il ne s'en est pas rendu compte puisqu'il dormait... Mais... Et s'il ne dormait pas ? Peut-être qu'elle l'a réveillé mais qu'il a fait semblant de dormir ?

Ce serait une explication plausible à autant de silence. Oui, c'est forcément ça.

Elle se redresse et s'assoit en tailleur sur son lit. Cette situation ne peut pas rester en l'état, elle doit éclaircir les choses. Elle prend son téléphone et l'appelle une nouvelle fois. *Bip... Bip...* Toujours personne au bout du fil. Personne. Personne !

Une autre tentative. La dernière.

Il fait nuit noire, la ville s'endort. Elle n'entend plus au loin que le ronronnement de quelques voitures qui passent dans sa rue et quelques bruits de voix qui parviennent jusqu'à ses fenêtres.

La sonnerie froide de la communication en attente n'en est que plus cruelle et douloureuse dans cet espace vide de tout autre son.

Fin de l'appel. Pas de réponse.

Elle s'était dit que c'était sa dernière tentative. Allez une de plus, juste une. Ce sera vraiment la dernière. S'il ne lui répond toujours pas, elle laisse tomber. Elle appuie sur une touche pour composer à nouveau le numéro. *Bip... Bip... Bip...* Elle attend, inquiète, angoissée, pleine d'espoir. Un espoir qui disparaît vite lorsque la même voix mécanique lui répond que son correspondant n'est pas disponible pour le moment.

Cette même soirée de mars, ailleurs en ville.

Le téléphone, toujours en mode silencieux, est à côté de lui. Il s'allume une nouvelle fois. Un autre appel de Katia. Tout cela n'a rien d'agréable.

Le téléphone cesse de clignoter. Un autre appel tombé dans l'oubli. Il espère que ce sera le dernier, car il n'a pas l'intention de répondre. Pourquoi le ferait-il ? Pour qu'elle arrive à nouveau à le convaincre d'aller quelque part avec elle ? Le baiser à l'hôpital montre clairement quelles sont les intentions de la chanteuse. Et il a une petite amie. Il est déjà tombé deux fois dans les filets de la jeune fille aux cheveux roses, et le poids des mensonges qu'il a dû raconter à Paula pèse déjà lourdement sur sa conscience... Il n'a aucune envie d'en ajouter d'autres.

Il veut oublier tout ça. Une fois que le reportage sera terminé et que le numéro d'avril sera sorti, il pourra mettre un point final à cette histoire absurde. Mais il lui reste encore du travail, il doit encore faire des retouches.

Son téléphone clignote à nouveau.

Soupir. Il est épuisé de ce manège. Il sait que s'il répond il va encore se faire embobiner. Il faut se détendre et penser à autre chose. Il se déshabille et entre dans la salle de bains. Une douche lui fera sans doute du bien.

Pendant ce temps, ailleurs en ville.

Mercedes apporte un plat de haricots verts et de pommes de terre. Erica fait la tête en la voyant arriver.

– Ça, j'aime pas, dit-elle lorsque sa mère lui donne son assiette.

– Peut-être, mais il n'y a que ça, répond-elle en allant chercher les autres assiettes.

La petite n'est pas d'accord du tout. Elle regarde son père, puis sa sœur, à la recherche de soutien. Rien du tout. Elle est donc la seule à penser que c'est une soirée parfaite pour commander une pizza ? Une avec de la viande, de l'ananas et plein de fromage dessus. Délicieux ! Pas comme *ces choses* qu'on vient de lui mettre devant le nez. Pourquoi devrait-elle manger ces longs trucs verts tout mous ?

– Erica, intervient son père.

Ah ! Quelqu'un a enfin remis les pieds sur terre ! Va-t-il aller chercher le téléphone pour commander une pizza familiale ?

– Finis ton assiette.

Argh ! Et la pizza alors ?

– Tout ?

– Tout. Sinon t'es privée de dessert.

– Et j'ai fait du flan, celui que tu préfères, avec un biscuit au milieu, ajoute Mercedes en s'asseyant.

Mais qu'est-ce qu'ils racontent ? C'est pas juste ! En plus de l'obliger à manger ces trucs verts, on la menace de la priver de dessert si elle ne finit pas son assiette. Bande de tortionnaires !

La petite est sur le point de faire valoir ses droits, mais elle comprend vite qu'il sera inutile de se rebeller. Ils verront quand elle sera grande ! Quand elle aura six ans, les choses vont changer !

Avec mauvaise humeur, elle empile les haricots verts d'un côté de l'assiette et mets les pommes de terre en ligne de l'autre. Autant commencer par le plus difficile. Elle se bouche le nez d'une main et pique les haricots un à un avec sa fourchette. À chaque bouchée elle pense très fort au flan avec biscuit qu'elle aura ensuite, pour se donner du courage. Mais elle trouve toujours très injuste qu'on l'oblige à manger quelque chose qu'elle n'aime pas.

Le dîner se déroule dans le calme, entre bruits de couverts, de verres qui se remplissent et commentaires des parents à propos de la pluie et du beau temps. La télévision en toile de fond.

Paula n'aime pas beaucoup les haricots verts non plus. Mais aujourd'hui, rien ne peut la mettre de mauvaise humeur. Elle se sent tellement heureuse. Elle n'arrête pas de penser à la journée qu'elle vient de passer. Elle croise de temps en temps le regard de ses parents en levant la tête. Elle sourit silencieusement et joue avec les patates dans son assiette. Elle n'a aucune envie de parler.

Pas aujourd'hui. Elle mâche lentement et avale son repas tranquillement.

Sa seule envie est de le voir. Elle imagine leurs dîners avec Angel, quand ils seront mariés et qu'ils auront des enfants. Mariés avec des enfants ! Elle pense à ça alors qu'elle n'a que seize ans ! Presque dix-sept. Enfin, c'est normal, toutes les jeunes filles rêvent de ça, non ? Un énorme frisson la secoue et une immense joie la remplit. Angel, l'homme de sa vie, le père de ses enfants, le premier avec qui...

Samedi...

– Voilà ! J'ai tout fini ! crie Erica en montrant son assiette vide.

– C'est bien, ma puce, la félicite sa mère. Tu as vu, finalement tu aimes bien ?

Elle aime bien ?! Quelle... ! Erica pense à un mot qu'un garçon plus grand qu'elle a dit à l'école, mais elle préfère ne pas le répéter. Elle ne sait pas trop sa signification alors elle choisit de se taire. La dernière fois qu'elle a répété un mot qu'elle ne connaissait pas, elle a traité son père d'enfoiré et a été privée de dessert...

– Je vais chercher le flan ! dit-elle en courant vers la cuisine.

– Attends, je viens avec toi.

Paco ramasse son assiette et suit Erica. En passant, il caresse doucement de la main l'épaule de son épouse. C'est le signal.

Paula n'a pas terminé de manger, trop occupée à rêvasser. Elle finit par se rendre compte que sa mère l'observe.

– Paula...

– Oui, maman ?...

– Bien... je... je veux dire, nous... ton père et moi...

Non ! Pas aujourd'hui, s'il vous plaît. Elle était si heureuse !... Encore une de leurs conversations. Elle se lève, son assiette à la main.

– Il faut que je révise...

– Assieds-toi, s'il te plaît.

– Mais c'est vrai, maman. Je dois...

– Assieds-toi, ordonne Mercedes d'un ton beaucoup plus ferme que d'ordinaire.

Si ferme que Paula finit par obéir. Elle ne pourra pas éviter la discussion. Qu'est-ce que ça va être aujourd'hui ? Les préservatifs ? La petite graine qu'on plante ? Le sexe avec ou sans amour ?

– Oui, maman, dit Paula, résignée.

– Tu te souviens que tu nous as promis de nous faire part de toutes les choses importantes de ta vie, il y a quelques jours.

– Oui. Et je le fais.

– Hum.

Mercedes regarde sa fille dans les yeux.

– Tu es avec un garçon, n'est-ce pas ?

– Un garçon ?

– C'est le frère de Miriam ?

– Quoi ?

– Je te demande si tu sors avec le frère de Miriam.

– Tu penses que je suis avec Mario ?

– C'est lui ?

– Mais, maman...

– C'est lui ?

– Non ! Bien sûr que non ! Mario est... juste un très bon ami. Rien de plus.

– Alors c'est qui ? Je suis sûre qu'il y a un garçon. Qui c'est ?

Erica déboule joyeusement dans le salon avec sa part de flan en tenant la main de son père. Paco voit tout à coup quelque chose qui lui fait serrer très fort la main de la petite. Le journal télévisé fait un résumé des événements de la journée.

– Aïe, papa ! Tu me fais mal !

Erica revoit alors la même chose qu'au déjeuner. Sa grande sœur passe à la télé ! Sa sœur photographe et célèbre !

– Paula ! s'écrie-t-elle en montrant la télé, surexcitée au point qu'elle lâche son bol de flan.

Mercedes et Paula se tournent à leur tour vers l'écran.

On la voit, heureuse, belle et accompagnée.

C'est sans doute le moment. Elle n'a plus tellement le choix.

– Papa, maman, c'est vrai. J'ai un petit ami.

Chapitre 50

Toujours ce soir de mars, quelque part en ville.

Et si elle était en train de tomber amoureuse ? Non, pas elle, c'est impossible.

Impossible ?

Diana est assise sur son lit devant la télé, son dîner sur un plateau à côté d'elle. Elle a pris cette habitude peu avant la séparation de ses parents, fatiguée de leurs disputes. Mais ce soir elle n'a pas faim. Elle n'a quasiment pas touché aux cannellonis réchauffés au micro-ondes, la spécialité de sa mère.

Pourquoi pense-t-elle autant à lui ?

Elle se sent bizarre depuis deux jours. Elle expérimente de nouveaux sentiments. Le sourire niais, les yeux dans le vague. Elle est encore plus paumée que d'habitude. Est-elle malade ?

Mario. Elle n'avait jamais réellement fait attention à lui jusqu'à maintenant. C'est le frère de Miriam, le premier de la classe. On ne peut trouver personne de plus éloigné de ce qu'elle est. Ils n'ont rien en commun. Ses relations à elle sont souvent purement sexuelles et il cherche probablement un autre genre de fille. Enfin, elle ne l'a jamais vu avec une fille jusqu'à présent. Il est peut-être puceau. Possible. Il fait sans doute partie de ceux qui attendent la personne idéale pour franchir le pas. C'est étonnant qu'on rencontre encore ce genre de garçon. Ou bien il est gay ?

Il n'est pas vraiment beau, mais il possède un certain charme. Oui, il est mignon, très mignon. Il a ce petit quelque chose qui le rend intéressant. Il est peut-être trop intelligent pour une fille comme elle. Elle ne se considère pas comme une idiote, mais l'école, ce n'est pas son truc.

Que peut-il bien penser d'elle ?

Les filles disent qu'il est amoureux. Il est vrai que les faits sont là : il a toujours l'air ailleurs, il a du mal à dormir, il ne fait plus ses devoirs... Et il a souvent les yeux rivés sur les Dragibus. Tous les symptômes sont réunis.

C'était sympa de rentrer avec lui. Ils n'ont pas beaucoup parlé, mais elle ne s'est pas sentie mal à l'aise. Elle a même adoré.

Gros soupir.

Mon Dieu ! C'est ce que font tous les amoureux de la terre ! Ils passent leur temps à soupirer.

Elle, non. Elle fait partie de ceux dont la devise est : *Carpe diem*. Ne s'attacher à personne et vivre la vie à fond. Le mot « engagement » lui donne des boutons. Tomber amoureux à dix-sept ans, beurk ! Elle ne veut même pas en entendre parler !

Mais... il est tellement mignon !

Elle sourit sans savoir pourquoi. Quel sourire ridicule ! Elle essaie de le faire disparaître, mais sans succès. Quelle idiote ! Elle se ferme la bouche avec les mains et serre les lèvres comme si elle était un poisson. Elle tient la position. Non, rien à faire. Elle finit par éclater de rire.

Soupir.

Mario... Pourquoi ne sort-il pas de ses pensées ?

La sonnerie de son téléphone la fait revenir à la réalité.

– Oui, Cris.

– Ma poule ! T'as vu ? Tu l'as vue ? demande-t-elle surexcitée.

– Si j'ai vu quoi ?

– Tu ne l'as pas vue ? Mince, t'as loupé ça !

– Tu veux bien me dire de quoi tu parles ?

– Ben, de Paula !

– Paula ? Qu'est-ce qui lui arrive ?

– Elle est passée à la télé ! Aux infos !

– Quoi ? Quand ça ?

– Là, il y a quelques minutes. J'étais en train de dîner avec mes parents, la télé était allumée, puis ils m'ont dit : « Dis, ce serait pas ton amie Paula, là ? » Et si, c'était bien elle !

– Tu es sûre que c'était elle ?

– Complètement ! Elle est restée à l'image au moins cinq ou six secondes. J'ai eu largement le temps de la voir. Puis il y avait son copain aussi. Ils étaient à un tournoi de golf ou un truc comme ça avec plein de gens célèbres. J'ai essayé de l'appeler mais son téléphone est éteint. J'espère qu'elle nous racontera tout demain.

Les quelques mots qu'elle a échangés avec Paula lorsqu'elle est venue chercher ses affaires reviennent alors à l'esprit de Diana. C'était donc vrai...

Quelques heures plus tôt.

On sonne à la porte. Diana ouvre. C'est Paula. Un taxi l'attend derrière.

Paula : « Salut ! »

La bise.

Diana : « Salut, alors c'était bien ? »

Paula : « Incroyable. Je te raconterai, j'ai pas le temps, là. Tu as mes affaires ? »

Diana : « Oui. Attends. »

Elle récupère le sac et le manteau de Paula, posés sur une chaise de l'entrée et les lui donne.

Paula : « Merci beaucoup ! Je t'en dois une. »

Diana : « Tu ne me dois rien du tout !... Mais, tu me dis rien ? T'as fait quoi ? »

Paula : « J'ai photographié des gens célèbres et j'ai joué au golf. »

La bise.

Diana sourit pendant que Paula retourne en courant dans le taxi. Cette fille a vraiment le sens de l'humour !...

– Youhou ! Diana ! Tu es toujours là ?

La voix de Cris la tire de ses souvenirs.

– Oui, oui. Excuse-moi, je suis un peu au ralenti aujourd'hui.

– Tout va bien ?

– Évidemment ! Je suis moi. Les choses vont toujours très bien pour moi. Ce doit être...

– Ce doit être à cause de Mario, l'interrompt Cris en éclatant de rire.

– Ça y est, ça recommence ! Vous êtes vraiment lourdes !... proteste-t-elle. Bon, mon moustique écrasé, je te laisse, j'étais en train de dîner.

Cris ricane à nouveau.

– OK, bon appétit. À demain. Rêve bien de...

Diana raccroche avant qu'elle ait eu le temps de terminer sa phrase.

Sacrée Paula ! Non seulement elle a tous les garçons à ses pieds, de bonnes notes et un corps de rêve, mais en plus elle passe à la télé. Qu'est-ce que Paula a qu'elle n'a pas ? Il ne manquerait plus que Mario tombe amoureux d'elle et ce serait le pompon.

Diana reprend le plateau qui contient son dîner. Elle coupe un morceau de cannelloni et se le met dans la bouche. C'est froid, dur, et à la limite du comestible. De toute façon, elle n'a toujours pas faim.

L'amour a peut-être des avantages. Si elle pouvait perdre un kilo ou deux.

Elle sourit et, évidemment, soupire.

Toujours ce soir de mars, quelque part en ville.

– Ça alors !

– Oui, hein ? Notre Paula à la télé. Incroyable.

– Oui, j'hallucine. Je vais l'appeler.

– J'ai déjà essayé. Son téléphone est éteint.

– OK, tant pis. Il faut le dire à Diana.

– Je le lui ai déjà dit, je l'ai appelée juste avant. Elle était scotchée aussi.

– Ah.

Miriam est un peu déçue. Cris a téléphoné à Diana pour lui raconter et pas à elle.

La jeune fille mord dans une banane devant son PC. Cris la voit grâce à la webcam. Elle se sent mal à l'aise. Miriam a l'air de ne pas très bien prendre qu'elle ait téléphoné à Diana, elle aurait peut-être dû l'appeler aussi.

– C'est bon ?

– Très. Tu en veux ? lui propose poliment Miriam.

– Non, merci. J'ai assez mangé.

– Tout pour moi alors.

Miriam avale l'énorme morceau de banane d'une seule bouchée. Les joues gonflées et rouges, elle tente à grand-peine de mâcher. Après une lutte féroce et s'être à moitié étranglée, elle finit par avaler le fruit normalement.

– Tu as failli voir une mort par étouffement à la banane en direct, dit-elle après avoir toussé encore une fois.

– Oui, je commençais à craindre le pire. J'étais en train d'appeler le SAMU.

Les deux amies éclatent de rire et gomment ainsi tout différend entre elles.

La porte de la chambre de Miriam s'ouvre doucement.

– Ça va ? Je t'ai entendue tousser, comme si tu t'étouffais, demande Mario.

– Oui. Mais ça va maintenant. Merci.

– OK. Fais moins de bruit la prochaine fois.

– J'essaierai.

– OK. J'y vais.

– Attends. Dis bonjour à ma copine. Il y a la webcam, elle te voit.

Une copine ? Paula ? Frisson.

Il s'approche de l'écran. Ce n'est pas elle. Cristina lui fait signe de la main. Mario l'imite et se force à sourire.

– Bon, je vous laisse à vos histoires.

– Ah, je note une certaine déception. Tu espérais que ce soit Diana ?

– Oui, c'est précisément ce que j'espérais, répond-il, ironique.

– T'en pinces pour elle, hein ?

– Oui, je n'en dors pas la nuit.

– Ah ! C'est donc bien ça ! Enfin tu le reconnais !

Mario soupire, agacé. Ce que sa sœur peut être lourde quand elle s'y met...

– J'y vais, tu me soûles, grogne-t-il.

– Tu sais que Paula est passée à la télé ? lui dit Miriam avant qu'il ait franchi la porte.

Il s'arrête tout net. A-t-il bien entendu ?

– À la télé ? Quand ?

– Aux infos, ce soir. À première vue, elle est allée à un tournoi de golf caritatif où il n'y avait que des gens célèbres. Comme son petit ami est journaliste, il l'a invitée à passer la journée avec lui là-bas. C'est pour ça qu'elle n'est pas venue en cours.

Le cœur de Mario se brise en mille morceaux.

– Ah, c'était pour ça.

– Oui, son amoureux est venu la chercher au lycée. C'est pas trop romantique ? dit Miriam, rêveuse.

Les pensées défilent alors à cent à l'heure dans la tête du jeune homme : Paula dans les bras de ce garçon à la sortie du lycée, leurs baisers, leurs câlins, les roses rouges dans la classe, les heures passées dans son lit à pleurer, les chansons de Maná... L'angoisse de ces moments d'enfer.

Et il n'y a pas que ça : Paula lui a menti. Elle n'a pas eu confiance en lui. Elle a inventé une excuse bidon au lieu de lui dire la vérité. Deux fois. Paula a fait semblant d'être malade pour passer la journée avec son petit ami.

Son petit ami.

Sa Paula a un petit ami. Ce type grand, mature et beau. Ce type parfait.

Mario sort de la pièce sans un mot. Que pourrait-il dire ? Qu'il se sent insignifiant ? Que la fille qu'il aime non seulement ne l'aime pas mais en plus lui ment ? Qu'elle a préféré rester avec son petit ami alors qu'elle avait rendez-vous avec lui ?

Il est épuisé. Fatigué de tout.

Il entre dans sa chambre, prend un boîtier de CD et le balance par terre. Il se casse en deux. Qu'ils aillent tous se faire voir !

Il n'en peut plus. Ces derniers jours sont trop durs pour lui. Ce n'est qu'un continuel « Je voudrais bien mais je ne peux pas » et sa tête est sur le point d'exploser.

Il se laisse tomber sur son lit et ferme les yeux. Il tente de se contenir, mais il n'arrive pas à lutter contre l'infinie tristesse qui l'envahit.

Chapitre 51

Cette soirée de mars, ailleurs en ville.

Il y a toutes sortes de regards : curieux, indécis, innocents, désincarnés... Il y a aussi ceux qui tuent, ceux qui rendent amoureux. Puis il y a ceux qui tombent sur ce qu'ils ne devraient pas voir et ceux qui rendent les armes.

Dans les yeux de Paco, il y a de l'impatience, de la perplexité, de l'inquiétude. Et maintenant quoi ? Dans ceux de Mercedes, de la compréhension, de la chaleur maternelle et de la résignation. Elle se doutait bien de quelque chose dans ce genre. Paula, elle, ne sait pas où regarder.

Elle vient d'avouer qu'elle a un petit ami. C'est la première fois qu'elle parle de ce genre de chose, peut-être parce qu'Angel est vraiment son premier amour.

Que doit-elle dire ou ne pas dire ?

Le père s'assoit dans le fauteuil où, il n'y a pas si longtemps, il s'installait avec sa petite Paula sur les genoux pour jouer à se pincer le nez ou pour faire des bulles de savon. Elle se fâchait lorsqu'il les éclatait, mais cela finissait toujours en rires. Ce sont des moments qui ne se reproduiront plus, balayés par l'adolescence. Une époque révolue. Paco est emporté par la nostalgie.

Il l'observe attentivement. Elle est assise juste en face de lui, à côté de sa mère. Son maquillage léger la fait paraître plus vieille que son âge. Elle est vraiment très belle. Ses yeux sont les mêmes que lorsqu'elle était petite, mais son regard a changé.

– Alors, raconte-nous. Qui est ce garçon ? dit Mercedes pour briser la glace.

Elle tente d'être sereine. Tout cela est normal, sa fille est grande maintenant. Elle aura dix-sept ans samedi. Qui n'est pas tombé amoureux à l'adolescence ? Enfin, elle n'est peut-être même pas amoureuse, ce n'est peut-être qu'un garçon de plus.

– Il s'appelle Angel, répond-elle.

Paula se sent mal à l'aise aussi. C'est presque comme si elle parlait de quelqu'un d'autre et non de sa propre vie. Sensation très étrange.

– Angel, répète Paco qui n'arrive toujours pas à réaliser.

– C'est un joli prénom, dit Mercedes qui semble être la plus calme des trois.

– Oui.

– Il est dans ta classe ?

– Non.

– Non ? Il est dans un autre lycée ?

– Non, maman. Angel ne va pas au lycée.

Un tire-au-flanc, manquait plus que ça, pense Paco en s'enfonçant dans son fauteuil. Il respire à fond et croise les jambes. Mais pourquoi a-t-il arrêté de fumer ?...

– Et il fait quoi ? demande sa mère, tout à coup moins tranquille.

– Il travaille. Pour une revue de musique, articule-t-elle avec peine.

– Ah ! C'est intéressant ! Que fait-il exactement ?

– À ton avis, maman ? Il écrit. Il est journaliste.

– Journaliste ?

Paula acquiesce de la tête. Elle a une idée précise de la question suivante.

– Mais quel âge a-t-il ?

Bingo. Elle hésite un moment à dire la vérité, mais bon, autant se jeter à l'eau.

– Vingt-deux ans.

– Vingt-deux ans !? s'exclament ses parents à l'unisson. Vingt-deux ans ??

Paco se lève et se poste derrière le fauteuil. Vingt-deux ans !

– Oui. Vingt-deux ans.

– Mais… il est quand même un petit peu vieux pour toi… avance Mercedes avec mesure.

– Un peu ? Il pourrait être son père, presque ! s'écrie Paco.

Sa fille sort avec un garçon de vingt-deux ans ! Qu'est-ce qu'il dit ? Un garçon ?! Un homme, oui !

– Tu exagères, papa. On a seulement cinq ans et demi de différence.

– Seulement ? Mercedes, tu entends ta fille ? « Seulement » cinq ans et demi de différence. Ça te semble normal ?

– T'es vraiment vieux jeu, papa.

– Ça fait quand même une grosse différence quand on a seize ans, ajoute Mercedes.

– Maman !

– Ce n'est que la vérité, Paula.

– On s'en fiche de l'âge quand on aime quelqu'un, non ?

– Aimer ? Comment ça « aimer » ?

– Oui. Je l'aime !

Paco se prend la tête dans les mains. Ce n'est pas possible, il est en train de rêver. Sa petite fille vient de dire qu'elle aime un homme qui a cinq ans et demi de plus qu'elle. Il lui faut une cigarette. Il doit en rester un paquet dans sa table de nuit. Sans un mot, il se dirige vers les escaliers pour monter dans sa chambre.

– Mais… papa…

– Laisse-le. Il va revenir.

– Vous vous prenez la tête pour rien.

– Mets-toi un peu à notre place.

– Mettez-vous un peu à la mienne aussi. Je ne suis plus une gamine. Il est normal que j'aie un petit ami, que je sois amoureuse de quelqu'un, que…

Mais elle s'interrompt. Elle ne doit pas dire la suite.

Samedi.

– Mais il est vraiment âgé pour toi. Tu devrais sortir avec des garçons de ton âge. Vous ne devez pas avoir les mêmes centres d'intérêt et vous ne cherchez peut-être pas la même chose. Cinq ans d'écart, ce n'est pas beaucoup en soi, mais quand on a seize ans, c'est beaucoup.

– Je ne suis pas d'accord. Et dans tous les cas, c'est mon problème, c'est ma vie, pas la vôtre.

Mercedes soupire. Elle sait que sa fille a raison. Et qu'ils sont en train de prêter de mauvaises intentions à ce garçon sans le connaître.

Silence confus. La discussion commence à emprunter des chemins difficiles.

– Et comment vous êtes-vous rencontrés ? demande Mercedes alors que Paco revient dans la pièce avec une cigarette.

– Tu fumes ? Mais, chéri... !

– Laisse-moi. J'en avais besoin.

– Mais ça fait plus de deux ans que tu...

– Ça va, laisse-moi tranquille. Vous parliez de quoi ? dit-il en regagnant son poste derrière le fauteuil.

– Papa, tu te prends vraiment la tête pour rien.

Paco se contente de fumer en silence. Rien à faire, il leur faudra un peu de temps. Paula soupire.

– On parlait de la façon dont ils se sont rencontrés, reprend Mercedes.

– Qu'est-ce que ça peut faire ? demande Paula.

– Eh bien, c'est important. Tout est important. Que tu le veuilles ou non, nous sommes tes parents, et nous avons besoin de savoir certaines choses.

– Mais c'est ma vie à moi.

– Et la nôtre aussi. Tu vis ici, non ?

– Oui, papa. Je vis ici.

– Ma chérie, on comprend très bien que tu as ta vie et ton intimité. Mais nous sommes tes parents.

– Pfff !

– En plus je ne vois pas pourquoi tu refuses de nous dire comment tu as connu cet individu.

– Papa ! Ce n'est pas qu'un « individu ». C'est mon petit ami.

Paco jure dans sa barbe. Son petit ami ? Elle parle de lui comme si elle le connaissait depuis des années. Vingt-deux ans ! Il est certain que ce type essaie de profiter d'elle. Pourquoi ne s'en rend-elle pas compte ?

– Bon, bon. Du calme, dit Mercedes pour apaiser la discussion. Alors, où l'as-tu rencontré ?

Paula soupire. Quel cauchemar ! Dit-elle la vérité ou non ? Allez, elle n'a plus rien à perdre de toute façon !

– Dans un forum de musique. Sur Internet.

– Ah ! Il ne manquait plus que ça ! Sur Internet !

– OK... murmure Mercedes.

– Sur Internet ! crie Paco, hors de lui.

– Mais, papa, c'est quelque chose de normal aujourd'hui. Beaucoup de gens se rencontrent comme ça.

– Oui, des gens sans cervelle, qui n'ont pas de jugeote pour deux ronds.

– Papa, ça te va bien de dire ça ! Tu vaux pas mieux !

– Je vaux pas mieux ?! Je vaux pas mieux ! Tu es punie ! crie-t-il en éteignant sa cigarette. Tu resteras enfermée ici jusqu'à tes dix-huit ans !

– Papa !

– Chéri !

Il ne veut pas en entendre davantage. Sans leur accorder un regard, il monte les escaliers quatre à quatre, entre dans sa chambre et s'enferme en claquant la porte.

Le bruit fait sursauter la mère et la fille restées dans le salon.

– J'espère que tout ce boucan n'a pas effrayé Erica, dit Mercedes.

– Vraiment, il exagère.

– Un peu, oui. Mais il a été pris au dépourvu. Ça lui passera. Je lui parlerai.

– Mais je ne comprends vraiment pas pourquoi il se met dans un état pareil.

– Parce que c'est ton père.

– Et alors ? Il veut quoi ? Que je passe ma vie enfermée ici ? Que je ne voie personne ?

– Si ça ne tenait qu'à lui... dit-elle en souriant timidement.

Elle est inquiète aussi dans le fond. Un garçon de vingt-deux ans connu sur Internet, ce n'est pas vraiment comme ça qu'elle avait imaginé le premier petit ami de sa fille.

– J'ai presque dix-sept ans, maman. Je ne suis plus une gamine.

– Je sais.

– J'ai des amies qui prennent déjà la pilule.

Mercedes déglutit avec difficulté en la regardant. Sa fille est devenue une femme sans qu'elle s'en rende compte. Elle pourrait même être grand-mère dans peu de temps. Cela ne signifie pas seulement que Paula a grandi. Les années passent aussi pour elle. Pendant un instant, elle se sent vieille.

– Ça va, maman ?

– Oui, ne t'inquiète pas.

– OK, répond Paula, pas très convaincue. Je peux aller dans ma chambre ?

– Oui. On reparlera de tout ça plus tard.

Paula se lève, fatiguée. Sa seule envie est de plonger dans son lit et de dormir. Elle rêvera peut-être de lui, avec un peu de chance.

– Ah, Paula, une dernière chose.

– Oui, maman.

– Que faisais-tu à ce tournoi de golf alors que tu étais censée être en classe ?

Oups... !

– Ben...

– Ne sèche pas d'autres cours, entendu ?

– Entendu.

Paula sourit, embrasse sa mère et monte dans sa chambre en courant. L'interrogatoire est enfin terminé, au moins pour l'instant. Elle est totalement épuisée. Elle appellera Angel demain pour tout lui raconter, assez d'émotions pour aujourd'hui.

Mercedes prend un coussin et le serre contre son ventre. Sa fille a tellement grandi. Tellement qu'elle est capable d'aimer. Elle se souvient de l'époque où elle a connu son mari. Sourire. Il était très beau avec ses yeux verts. Elle n'avait qu'un an de plus que Paula. Elle l'aimait à la folie. Leur vie à bien changé depuis, mais elle l'aime toujours, sans doute un peu différemment, bien sûr. Si on le lui demandait, elle répondrait sans hésiter qu'elle est toujours amoureuse de lui.

Elle s'installe dans un fauteuil et ferme les yeux. Elle n'est plus aussi tendue que tout à l'heure. Elle se revoit à vingt ans avec Paco, main dans la main. Leur première nuit, lorsqu'ils étaient beaux, jeunes, des rêves plein la tête... Le début. Comme elle aimerait revenir à cette époque !

Enfin, si elle y revenait, il n'y aurait pas Paula. Ni Erica.

En ouvrant à nouveau les yeux, elle voit sa fille cadette souriante assise par terre, à ses pieds.

Mercedes comprend alors que retourner dans le passé n'aurait aucun sens.

Elle parlera à Paco ce soir.

Chapitre 52

Cette soirée de mars, quelque part en ville.

De sa chambre, elle entend Alex jouer du saxophone. Elle ne connaît pas cette mélodie, mais elle l'aime bien.

Elle retire son jean et le plie grossièrement pour le ranger dans son armoire. Après avoir ajusté sa petite culotte noire, elle enfile son bas de pyjama – un short rose. Puis elle enlève son T-shirt, son soutien-gorge, les lance dans le bac à linge sale et les remplace par son haut de pyjama.

Il est un peu tôt pour aller se coucher.

Elle a réfléchi tout l'après-midi à la façon de faire tomber Alex à ses pieds. Il lui faudrait d'autres armes que ses atouts de séduction. Elle sait qu'il y a un élément perturbateur qui empêche Alex de s'intéresser à elle. Il faut qu'elle fasse disparaître cette Paula, dont elle n'a que le numéro de téléphone.

Irène fouille dans son sac et trouve le petit papier avec le numéro de cette fille. Elle s'assoit sur son lit et l'observe attentivement.

Et si... ?

Elle prend son téléphone, va dans la rubrique « Messages » et commence à tapoter. Elle hésite, écrit, efface, continue à écrire. Elle relit plusieurs fois le SMS, mot à mot.

Parfait. *Envoyer.*

Elle sourit avec malice. Non seulement tout cela est utile mais c'est en plus très amusant. Le moment est enfin venu de connaître sa rivale.

Elle n'entend plus le saxophone. Alex a dû descendre. Oui, elle l'entend dans les escaliers. Elle a très envie de lui parler, elle sort donc de sa chambre en vitesse, juste à temps pour le voir entrer dans la cuisine.

Irène descend aussi et l'observe en silence alors qu'il prépare du café. Il est de dos. Il porte un pull bleu marine assez moulant et un pantalon noir. Elle sourit. Il est devenu encore plus beau pendant tout ce temps où ils ne se sont pas vus. Elle le veut et elle l'aura, c'est sûr.

Mince, elle a oublié son téléphone en haut. Elle ne l'entendra pas s'il sonne. Alex se retourne et la voit dans l'embrasure de la porte. Elle est vraiment sexy avec ce petit pyjama et il remarque tout de suite qu'elle ne porte pas de soutien-gorge. Il respire à fond et continue à préparer le café consciencieusement.

– Salut, je venais juste te souhaiter bonne nuit. Je t'ai entendu descendre, dit-elle en s'approchant.

– Oui, il commençait à faire un peu froid, répond-il sans la regarder.

– Ah oui ? Je n'ai pas froid, moi. J'ai plutôt un peu chaud même, dit-elle en ouvrant le premier bouton de son haut de pyjama. Alex détourne les yeux et ne répond pas. Calmement, il ouvre le robinet pour remplir la cafetière.

– C'était joli ce que tu jouais. C'est de toi ?

– Oui, je suis en train de le composer.

– Tu es un vrai génie. J'aimerais bien savoir jouer d'un instrument comme toi.

– Ben, tu sais comment faut faire, hein ? Tu t'inscris à des cours.

Irène éclate de rire pendant que son demi-frère continue sa tâche, imperturbable.

– Bon, je vais au lit. Tu viens ? lui demande-t-elle en faisant un clin d'œil.

– Non, merci. J'ai le mien.

Il ne sait pas ce qu'il perd !

– Bon, d'accord, à demain alors. Bonne nuit.

– Bonne nuit.

Irène sort de la cuisine, non sans lui jeter un dernier coup d'œil.

Elle entre dans sa chambre et regarde tout de suite son téléphone. Pas de message.

Bon... Patience. Comme la vengeance, son plan est un plat qui se mange froid. Même si elle a tout sauf froid actuellement...

Chapitre 53

Un peu plus tard, cette soirée de mars, quelque part en ville.

Il relit ce qu'il vient d'écrire, modifie quelques mots et fait la conclusion de son article. Une dernière lecture. Très bien. Satisfaisant.

Angel ferme son ordinateur portable et s'étire sur sa chaise. Ça ira pour aujourd'hui. Il est assez content du résultat, il n'en espérait pas tant avec le mal qu'il a eu à se concentrer. Trop de choses se sont passées en peu de temps.

Il se lève et va chercher son téléphone qu'il avait laissé sur sa table de nuit pour ne plus voir les appels de Katia. Il est vêtu d'un simple pantalon ample très confortable qu'il utilise pour dormir. Il fait vraiment chaud, on ne se croirait pas en mars. Encore une douzaine d'appels en absence du même numéro. Cette fille ne se décourage pas facilement.

Il a aussi reçu trois SMS. À sa grande surprise, ils parlent tous du même sujet. Un de son cousin, le deuxième d'un ami qu'il n'a pas vu depuis longtemps et le dernier d'une de ses collègues de travail. Tous trois disent l'avoir vu au journal télévisé dans un tournoi de golf caritatif, entouré de gens célèbres. Sourire. C'est étrange, même s'il est journaliste, il est toujours aussi étonné de passer à la télévision. Paula y est peut-être apparue aussi, vu qu'elle était avec lui.

Il cherche le numéro de sa petite amie. Il est tard, mais il faut absolument qu'il lui parle. Impatient, il lance l'appel. Rahhh ! C'est pas possible, son téléphone est éteint ! Bon... La même histoire que ce week-end. Il fait une autre tentative, mais obtient le même résultat. Il est déçu, un peu en colère aussi.

Mais tout cela lui passe très vite. Il ne peut pas être fâché contre elle, surtout après la journée qu'ils viennent de vivre. Paula est incroyable, il l'adore. Comment est-il possible qu'elle lui plaise tant ? C'est très simple : Paula est parfaite. Belle, intelligente, extravertie, intrépide, tendre... C'est elle. C'est tout.

Samedi, ils franchiront une autre étape dans leur relation. Il a une sacrée responsabilité sur les épaules : Paula passera sa première nuit avec lui. C'est un privilège d'être le premier. Il est tout ému rien que d'y penser. Sacré cadeau ! Mais, n'est-ce pas lui qui est censé lui faire un cadeau ? Il n'a pas d'idée encore. Enfin si, il en a eu plusieurs, mais aucune satisfaisante. C'est son premier anniversaire avec lui alors il veut absolument la surprendre. Que pourrait-il lui offrir qui la laisserait sans voix ?

Angel prend une feuille blanche et un stylo. Il va procéder de la même façon que lorsqu'il devait rédiger des articles à l'université : un brainstorming, écrire tout ce qui lui passe par la tête. Il va bien trouver le cadeau parfait, de cette façon.

Il inscrit en titre « Choses qu'aime Paula et que je pourrais lui offrir » puis trace une ligne verticale pour former deux colonnes. Dans la première, il notera ses idées, et dans la seconde, il fera une croix en face de celles qui lui plaisent vraiment.

Après un instant de concentration, il commence à écrire :

Peluche
Chocolats
Fleurs
Boîte à musique
CD
Film
Caméra
Appareil photo
Téléphone portable
Lingerie
Livre
Voyage

Angel s'arrête un instant et relit la liste. Rien de bien intéressant ne lui vient à l'esprit à partir de ces mots. Il faut quelque chose de nouveau, tout cela n'est pas du tout surprenant. Il se lève et fait les cent pas en murmurant : « Qu'est-ce qui pourrait plaire à Paula ? Qu'est-ce qui pourrait plaire à Paula ? »

Quelque chose détourne alors son attention. Son téléphone, toujours en mode silence, se met à clignoter à nouveau. C'est peut-être Paula, mais non, c'est Katia. Encore une fois.

Gros soupir. Il regarde le petit écran et voit le nom de la chanteuse apparaître et disparaître. Pourquoi insiste-t-elle tellement ? Il est tard. Et si elle avait vraiment un problème ? Pour la première fois de la soirée, il doute. Peut-être devrait-il répondre ?

Fin de l'appel.

Il se sent bizarre. Pendant un instant, il a cessé de penser à Paula et à son cadeau.

Ce qui pourrait plaire à Paula. Flash : Katia. Ce qui pourrait plaire à Paula. Flash : il entend la voix de la chanteuse. Ce qui pourrait plaire à Paula. Flash : les baisers de la fille aux cheveux roses. Ce qui pourrait plaire à Paula.

Soupir. Non ! Pas ça...

Katia. Paula. Katia. Paula. Katia. Paula.

La feuille avec les deux colonnes est devant lui. Stylo à la main.

Katia.

Le téléphone se remet à clignoter.

Non.

Non, Angel, non.

Re-soupir. Ses yeux bleus n'ont pas quitté l'écran du téléphone. Il se passe la main sur la nuque. Non, non. Mais finalement...

– Salut, Katia. Comment ça va ?

Chapitre 54

Dans la nuit du mardi au mercredi, quelque part en ville.

Elle ouvre lentement les yeux. Il fait tout noir. Pourquoi est-elle allongée par-dessus les draps ?

Paula ne comprend pas et met quelques secondes à réagir. Elle est toujours en jean. Étrange. Est-elle en train de rêver ? Non.

Il y a eu la conversation avec les parents, puis elle est montée dans sa chambre. Elle s'est allongée sur le lit, se rappelle-t-elle. Et après ?

Elle s'est endormie.

Depuis combien de temps ? Quelques minutes ? Des heures ?

Elle allume maladroitement sa lampe de chevet pour regarder l'heure. Mais où est son téléphone ?

Ah oui ! Dans la poche arrière de son jean. Comment a-t-elle réussi à dormir avec le téléphone sous les fesses ? Il est éteint. Ah, elle se souvient ! Elle l'avait éteint juste avant la discussion avec ses parents pour qu'ils ne soient pas dérangés.

Elle l'allume. Presque plus de batterie. *Zut.* Où est le chargeur ?

Elle regarde autour d'elle et le voit sur le bureau. Elle se lève à contrecœur et branche le téléphone. Les messages arrivent alors sans discontinuer. Six SMS dont cinq pour des appels en absence : deux camarades de classe, Cris, Diana et Angel. Il l'a appelée deux fois pendant qu'elle dormait. Elle rappelle ?

Incroyable ! Il est 3 h 15 du matin ! Ah oui, ça, j'ai dormi !

Qu'est-ce que s'est dit Angel ? Le problème de ce week-end a dû lui revenir en tête. Mais il est vraiment tard pour l'appeler. Un SMS ? Comme ça, il le trouvera en se levant. Non, ça risque de le réveiller. Tant pis, ça attendra demain.

Il y a un sixième message, d'un numéro inconnu. Elle l'ouvre, curieuse. C'est Alex ! Il écrit de ce numéro car son téléphone est en réparation. Il veut la voir demain à 17 heures, c'est urgent, il lui racontera mais elle doit absolument venir à l'adresse notée au-dessous.

Quel message étrange ! Il est vrai qu'Alex est un garçon pour le moins spécial. Que peut-il bien y avoir de si urgent ? Quel mystère !

Elle s'assoit sur le lit et enlève son jean pour mettre son pyjama. Qu'est-ce qu'il veut ? Ce doit être vraiment important car il sait qu'elle doit réviser ses examens. Si ça ne l'était pas, il ne lui aurait pas demandé de la voir.

Cela a-t-il un lien avec son livre ou les cahiers ? Possible... C'est assez étrange qu'il ait envoyé un SMS au lieu de l'appeler.

Va-t-elle y aller ?

Oui, pourquoi pas ? Elle serait ravie de le revoir, lui et son sourire-qui-tue.

À 17 heures, dit le message. Arf ! C'est l'heure où elle doit réviser avec Mario... Elle est assise entre deux chaises encore. Mais ça fait déjà deux fois qu'ils se loupent pour travailler. Lundi parce qu'il s'est endormi ; hier, c'était à cause d'elle. L'idéal serait peut-être de voir Mario à 18 heures. Mais si Alex a besoin de plus d'une heure ?

Encore un de ces dilemmes !

Elle ouvre son lit et plonge dedans. Elle s'emmitoufle dans ses couvertures et se cale sur le côté tout en réfléchissant.

Comment arriver à voir les deux ?

Le sommeil commence à nouveau à lui piquer les yeux, et ses pensées sont de plus en plus troubles. Si bien qu'elle finit par s'endormir profondément, sans avoir pris de décision.

Le ciel est toujours aussi noir. Des nuages cachent la lune. Ce sont les premiers signes, le temps est sur le point de changer.

Au même moment, ailleurs en ville.

Katia regarde par la fenêtre. Ses yeux, il y a peu rougis par les larmes, brillent comme des soleils dans la nuit épaisse. La lune est cachée.

Elle n'arrive pas à dormir. Bonheur, sourire. Elle a enfin pu lui parler.

Elle est complètement amoureuse.

Il est inutile de continuer à le nier. Elle a déjà suffisamment essayé. Lutter contre ses propres sentiments est impossible. Oui, elle l'aime.

Même s'il en aime une autre.

Elle attendra sa chance.

Patience Katia, patience.

Pendant ce temps, ailleurs en ville.

Une autre nuit sans sommeil. On en est à combien ?

Mario a perdu le compte. À vrai dire, il a tout perdu, pas seulement l'envie de dormir, il a perdu l'envie de vivre, de pleurer, de manger, d'écouter de la musique, de sentir... Il aurait besoin de faire une trêve avec lui-même. Il se déteste.

Il déteste Paula. Mais il l'aime aussi, il ne peut rien y faire. Même si elle lui a menti, même si elle s'en fiche de lui, même s'il n'est qu'une chose dans le paysage pour elle, il l'aime.

Mais il n'en peut plus.

Ses cernes sont aussi noirs que la nuit. Pareil à la lune, il a disparu derrière des nuages de désespoir. Comme il aimerait disparaître !

Demain, il parlera à Paula. Il lui dira que tout est fini avant que cela ait commencé. Plus de rendez-vous invisibles qui n'arrivent jamais. Leur amitié, en réalité, n'est que superficielle. Ça fait longtemps qu'ils ne sont plus vraiment amis. À quoi bon se voiler la face ? Il lui faudra quelque temps pour faire son deuil et ensuite... Peu importe ce qui se passera ensuite. Sa vie n'intéresse personne, lui encore moins.

Oui, demain, il lui parlera, il lui dira que tout ça est fini.

Chapitre 55

Le lendemain matin, un jour de mars, quelque part en ville.

Elle descend les escaliers tranquillement. Pas besoin de se presser ce matin, elle s'est levée beaucoup plus tôt que d'ordinaire. En fait, Paula n'a quasiment pas dormi après s'être recouchée cette nuit. Elle a pris sa douche, séché ses cheveux et s'est choisi ses vêtements dans le plus grand calme. Elle a aussi envoyé un SMS à Angel : *Bonjour mon cœur, excuse-moi de ne pas t'avoir répondu hier soir, mon téléphone s'est éteint sans que je m'en rende compte. Je suis désolée, je me ferai pardonner. Je me suis couchée très tôt. Dès que j'ai un moment de libre, je t'appelle. J'ai des choses à te raconter. Merci pour la journée d'hier. Je t'aime.*

Elle a aussi pensé à répondre à Alex, mais elle préfère parler d'abord à Mario pour décider de la manière dont va s'organiser l'après-midi. Il faut vraiment qu'elle révise. L'examen de maths est dans deux jours et elle n'a pas ouvert un livre.

Elle a vraiment très envie de revoir son ami écrivain. Qu'a-t-il de si urgent à lui dire ?

Sa mère l'entend descendre et regarde sa montre, étonnée de voir sa fille déjà debout.

– Eh bien, alors ? Tu es tombée du lit ?

– Je n'arrivais plus à dormir.

– Mauvaise nuit ?

– Je ne sais pas. Peut-être. Je me suis réveillée à 3 heures du matin et je n'ai pas réussi à dormir plus de dix minutes d'affilée ensuite.

– Voyons le bon côté de la chose. Aujourd'hui tu arriveras à l'heure en classe.

Paula sourit.

– Comment va papa ? Il est toujours fâché ?

– On a parlé, mais je ne sais pas si ça a été suffisant. J'espère que ça va lui passer. Sois patiente.

– Oui, pas vraiment le choix !... Ce qu'il peut être têtu !

– Mais c'est ton père.

– Je sais bien.

Paula ouvre le frigo. Elle meurt de faim, beaucoup plus qu'habituellement le matin.

– Tu veux que je te prépare quoi ?

– Non, ne t'embête pas, je vais le faire.

– Très bien. Tu t'es vraiment levée avec la patate aujourd'hui.

Sa mère sort de la cuisine après lui avoir fait un autre bisou.

Ce n'est pas si mal de se lever tôt. Depuis combien de temps n'a-t-elle pas goûté au luxe d'un petit déjeuner tranquille un jour de lycée ?

Elle se prépare un chocolat chaud, deux tartines beurre et marmelade de pêche, dépose le tout sur un plateau et se rend dans le salon. Son père est là. Il boit un café en regardant les infos sur CNN.

– Bonjour.

– Bonjour, répond-il froidement.

Il semble toujours en colère. Il ne la regarde même pas, ses yeux sont rivés sur l'écran. Paula soupire. Cette situation ne lui plaît pas du tout, mais la meilleure solution est certainement de ne rien dire. Peut-être que les choses se seront calmées ce soir.

Paco ne décolère toujours pas. Sa femme a essayé de lui parler cette nuit, mais il n'est pas très convaincu par ses explications. Elle a raison pour certaines choses : Paula n'est plus une petite fille et il est normal qu'elle ait un petit ami. C'est la vie. Et même s'il est plus que réticent à l'idée que quelqu'un ose toucher sa petite, il peut le concevoir. Ce qu'il ne peut pas digérer, c'est que cet individu ait vingt-deux ans et qu'ils se soient connus sur Internet. Les anciennes techniques de drague ne conviennent plus ?

Dans un café, l'ami d'une amie, un amour de vacances à la plage, un garçon de la classe... Non, maintenant les gens se rencontrent sur Internet. Sans se voir, sans se sentir, sans rien savoir de l'autre. Combien de mensonges lui a raconté cet Angel ! Et son âge aussi, ça ne passe pas, ça. Cet individu ne veut Paula que pour une seule chose, et lui, il sait très bien pourquoi. Lui aussi, il a eu vingt-deux ans.

Elle ne s'en rend donc pas compte ?

– Tu t'es levée très tôt aujourd'hui, lui fait remarquer Paco tout à coup.

– Oui... je n'arrivais pas à dormir, répond-elle, surprise qu'il lui ait adressé la parole.

– Quand on n'arrive pas à dormir, c'est qu'on n'a pas la conscience tranquille.

– Tu vas pas commencer, papa.

– Je ne commence rien. C'est juste ce qu'on dit.

– Oui, des légendes urbaines. Ma conscience est parfaitement tranquille.

Il se lève d'un coup. La conscience parfaitement tranquille ! Eh bien, elle ne devrait pas ! Cette fille qui est la sienne lui réserve son lot de soucis. Cependant, il ne dit rien. Il ramasse sa tasse vide et rejoint sa femme dans la cuisine.

– Alors, tu lui as parlé ?

– Bah, je n'ai rien à dire.

– Allons, ne sois pas si têtu. C'est ta fille quand même.

Il s'avance vers sa femme, lui prend l'éponge des mains et lave sa tasse. Elle l'observe, inquiète. Elle espère que sa colère retombera vite.

– Elle dit qu'elle a la conscience « parfaitement » tranquille.

– Bien sûr. Elle pense qu'elle n'a rien fait de mal.

– Coucher avec un garçon qui a six ans de plus qu'elle, il n'y a « rien » de mal là-dedans ?

– Cinq ans et quelques. Et on ne sait pas s'ils ont couché ensemble. L'autre jour elle nous a dit qu'elle ne l'avait pas encore fait. Et aussi qu'elle prendrait ses précautions lorsqu'elle aurait des relations sexuelles.

– Je rêve !

– Quoi ?

– Tu ne t'entends pas ? Tu n'entends pas ce qu'on raconte ? On est en train de parler de notre petite fille. Et de relations sexuelles. De préservatifs. De baiser. Mon Dieu ! Je ne peux pas le supporter. Je m'en vais.

– Mais, chéri...

Paco laisse la tasse propre sur la paillasse et sort de la cuisine, sa femme sur les talons. Mais elle s'arrête lorsqu'il arrive aux escaliers. Ce qu'il peut être têtu ! Il n'y a rien à faire.

Il monte et s'enferme dans sa chambre. Il a besoin de son paquet de cigarettes, il est là, dans le tiroir de la table de nuit où se trouve aussi le cadeau de Paula. Paco le prend et le regarde. Ils l'ont acheté tellement naïvement !... Et maintenant ? On verra bien...

Il allume une cigarette et se la met à la bouche en regardant sa montre. Il a largement le temps de la fumer tranquillement avant de s'en aller. Il s'allonge sur le lit et expire lentement la fumée.

Pourquoi les enfants grandissent-ils ?

Il est en train de perdre Paula. Il le sent. Un père remarque ces choses-là. Bientôt elle viendra leur dire qu'elle s'en va vivre avec son petit ami puis qu'elle va se marier. Lui n'aura plus aucune importance dans sa vie. Il la verra tous les quinze jours, peut-être même moins souvent encore.

Vingt-deux ans !

Sa cigarette lui fait du bien. Trop de bien. Tellement qu'il en allume une autre tout de suite derrière. Deux années sans fumer aux oubliettes. C'est la faute de cet individu qui profite de la candeur de sa fille.

Journaliste. Une profession sans aucune éthique ! Ils se contentent de fourrer leur nez dans la vie des gens. Et ils appellent ça de « l'information ». Bah !

Il se redresse et éteint sa cigarette inachevée, il est en train de se mettre en retard. Il ajuste ses vêtements, un peu froissés, et ouvre la porte de la chambre. Mais il revient sur ses pas et prend le paquet de cigarettes. Il en reste sept. Il va en avoir besoin.

Ce même matin de mars, ailleurs en ville.

Il lit le message de Paula plusieurs fois avant de répondre : *Bonjour, princesse. Pas de problème pour hier soir. OK, appelle-moi quand tu peux, ou tu fais sonner mon téléphone et je te rappelle. Je serai à la rédaction. Bon courage pour ta matinée. Je t'aime.*

Envoyer.

Paula a-t-elle vu les images du tournoi de golf ? Il se demande si c'est de cela qu'elle veut lui parler. Bref, elle l'appellera de toute façon.

Il mord dans un croissant puis boit une gorgée de café au lait. Il prend son petit déjeuner en regardant le journal télévisé. C'est la météo : une perturbation s'installe sur la péninsule, nuages, baisse des températures et certainement de la pluie pour la fin de semaine. Cette chaleur n'était en effet pas normale.

Angel finit son croissant et jette un œil à sa montre : il est à l'heure.

Il regarde son téléphone, les appels reçus, le dernier est de Katia. Soupir.

Il a parlé à nouveau avec elle hier soir. Elle semblait différente, sa voix était extrêmement – trop – douce. Comme si elle venait de se réveiller et qu'elle ne savait pas très bien ce qu'elle venait de faire.

Tout cela est si étrange. Il a l'impression de jouer avec le feu. Mais ils sont tous les deux des adultes responsables, non ? Il est avec Paula. Et elle...

Il repense au baiser de l'hôpital. Gros soupir. C'était un baiser si doux, comme sa voix hier au téléphone. Trop doux. Tentateur aussi ? Oui, Katia est une tentation, il n'y a pas de doute là-dessus. Elle est intéressante, sexy, intelligente, belle, décidée... Mais toutes ces qualités, Paula les possède aussi, bien que ce soit de manière complètement différente. Il l'aime, il est fou amoureux d'elle.

Angel hésite un instant puis finit par se décider à faire le numéro. Au bout de quatre bips, une voix lui répond, cette voix si douce...

Ce même matin de mars, ailleurs en ville.

Elle dort depuis peu. Ses yeux se sont enfin décidés à se fermer après cette pénible journée, dont la fin a été heureuse tout de même. Il fait déjà jour, mais elle ne s'en est pas encore rendu compte. Quelque chose est en train de sonner. Elle se réveille lentement. On dirait le téléphone ? Oui, c'est ça.

Katia allonge le bras et attrape son portable sur la table de nuit.

– Oui... ? répond-elle à voix basse sans avoir regardé l'identité de son correspondant.

– Bonjour, Katia.

Cette voix...

– Angel ! Bon... bonjour, dit-elle en se redressant comme un automate.

Elle est dans tous ses états. C'est Angel !

– Excuse-moi de t'appeler si tôt, je t'ai réveillée ?

– Non. Non. Je suis réveillée depuis un moment, ment-elle.

– Bon, ça va alors. Tu as bien dormi ?

– Super bien.

En fait, elle a passé une grande partie de la nuit à penser à lui, à leur conversation, à sa gentillesse. Il ne lui a même pas demandé pourquoi elle l'avait harcelé de la sorte, il s'est simplement excusé de ne pas avoir répondu avant. Elle ne lui a pas demandé d'explications non plus. Elle voulait juste lui parler, entendre sa voix. Ils savaient tous les deux que le mieux était de passer l'incident sous silence et ne pas poser de questions. Et finalement, après cinq merveilleuses minutes, Angel lui a promis de l'appeler le lendemain. Mais elle ne pensait pas que ce serait si vite.

– Tant mieux. Tu es chez toi ?

– Oui, oui. J'allais prendre ma douche, improvise-t-elle.

Mais ce n'est pas une mauvaise idée. Une douche avec Angel, hmm, ce serait merveilleux.

– Ah, d'accord. Si tu veux je te rappelle plus tard.

– Non, pas de souci. Je termine mon petit déjeuner d'abord...

– OK. Comme tu veux.

– Et toi, tu as bien dormi ?

Katia se lève et se dirige vers la cuisine tout en discutant de choses et d'autres. Le café est prêt. Elle en réchauffe une tasse et s'installe sur la petite table.

Angel est particulièrement aimable et gentil. Il rit souvent, plus que d'habitude. Il lui rappelle le jeune homme qu'elle a connu jeudi dernier, le jour de l'interview. Depuis ce moment-là, entre eux, tout a été étrange et confus. Et c'est en grande partie sa faute : elle s'est précipitée, elle a voulu forcer les événements, elle a manqué de patience. Maintenant, c'est différent. Il a une petite amie, elle le sait. Mais elle aura sa chance. Patience.

– Dis-moi, Katia, tu es occupée cet après-midi ? lance-t-il après avoir parlé du changement de temps.

– Euh... je ne crois pas. Laisse-moi regarder.

Elle sait très bien qu'il n'y a rien dans son agenda. Elle a fait annuler ou reporter tout ce qui était prévu cette semaine, à cause de l'accident : promotion, interview, etc.

– Non, je n'ai rien de prévu, répond-elle rapidement.

– Génial ! J'aimerais te voir pour te parler de quelque chose. Je préfère le faire en personne plutôt que par téléphone. Si ça te convient, bien sûr.

Elle n'arrive pas à croire ce qu'elle vient d'entendre. Se voir ? Elle a envie de crier de joie, mais elle se contient. Elle va le revoir !!!

Mais de quoi veut-il lui parler ?

– Pour moi, c'est d'accord.

– Tu passes me chercher à la rédaction et on ira prendre un café ? Ça te va vers 18 heures ?

– Parfait, j'y serai. Je vais demander à ma sœur de me prêter sa voiture.

– Ah oui, c'est vrai ! L'Audi est au garage ?

– Oui. Elle me manque.

C'est sûr. Mais ce qui lui manque le plus, c'est lui. Et elle va le revoir !

– Oui, c'est normal. Donc on se voit à 18 heures. Je file au boulot, je vais être en retard sinon.

– OK. Bonne journée. Bisous.

– À toi aussi. Bisous, dit-il avant de raccrocher.

Quelle surprise ! Qu'est-ce que ça signifie ? Il refuse de lui répondre au téléphone toute une journée et veut lui parler en personne le lendemain ? Un sourire idiot reste obstinément rivé à ses lèvres. Elle ne comprend rien. Mais ce n'est pas grave, elle ne veut pas penser, même si elle se pose une question inévitable : de quoi désire-t-il lui parler ?

Chapitre 56

Ce matin de mars, ailleurs en ville.

Paula n'est pas habituée à arriver la première en classe, ça fait bizarre. Normalement, elle rentre parmi les derniers, lorsque la cloche sonne, et encore, souvent elle arrive alors que le professeur a déjà fermé la porte.

Elle voit ses camarades arriver un à un, tous surpris de la voir là si tôt. Certains l'approchent, lui sourient, lui demandent ce qu'elle fait ici. Les plus courageux lui font la bise. Un joli trophée matinal pour la longue liste de garçons qui meurent d'envie de sortir avec elle. Certains tentent à nouveau leur chance, mais rien à faire, Paula décline. Gentiment, mais le « non » est ferme et l'excuse convaincante.

Cris et Diana arrivent ensemble, elles se sont retrouvées à l'entrée du lycée. Elles sont aussi très étonnées de voir Paula déjà installée.

– Ben ça alors ! Qu'est-ce que tu fais là si tôt ? demande Diana, intriguée.

Elles se font la bise et s'inspectent, comme toujours. D'un œil expert, complice mais exigeant. C'est important pour elles d'examiner les vêtements des trois autres, si l'une d'entre elles a remis quelque chose qu'elle a porté il y a peu de temps, si ça leur va bien, si elles ont grossi, si elles ont pris des seins... Elles ont toutes en tête ce que les autres ont porté tout au long de la semaine, et chacune a son avis sur la question. Elles en parlent parfois, mais pas toujours.

Paula a très bon goût. Elle s'habille très bien, toujours à la dernière mode ou presque, et elle sait marier les couleurs à merveille.

Elle a même confectionné une table de couleurs pour savoir lesquelles peuvent s'associer ou non. Aujourd'hui, elle porte un T-shirt jaune parsemé d'étoiles noires dont le décolleté a fait sensation, une veste sombre moulante ouverte et un jean assorti.

– Ben, je n'arrivais plus à dormir. J'ai même pu prendre mon petit déjeuner tranquillement. Quand je suis sortie, le bus est arrivé tout de suite. Et donc je suis arrivée la première !

– Fais une croix sur ton agenda parce que ce doit être la première fois en cinq ans.

– Si mes souvenirs sont bons... oui. Et vous ? Vous parliez de quoi, ça avait l'air passionnant ?

Cris et Diana échangent un regard. *Raconte-lui toi. Non, dis-lui toi. Non, toi. Non, vaut mieux que ce soit toi.*

– Ben... On parlait de toi, avoue enfin Cristina.

– Ah bon ?... Et donc ?

– Je t'ai vue hier à la télé. Aux infos.

– C'est pas vrai ! Toi aussi ?

– Oui. Tu étais avec Angel, non ?

– Oui. C'est pour ça qu'il est venu me chercher ici hier, pour aller au tournoi de golf. Il devait couvrir l'événement pour le magazine.

– Ça alors ! C'est fou ! T'es toujours dans les bons plans !

– Et t'as vu beaucoup de stars ?

Miriam entre alors dans la classe et lève les sourcils de surprise en voyant Paula. Son frère la suit, la démarche traînante. Il salue les Dragibus de la main, sans un mot ni un sourire, avant de rejoindre sa place. Les jeunes filles lui répondent, surtout Diana, qui le suit des yeux jusqu'à ce qu'il soit assis. Elle remarque sa mauvaise mine. Il doit se passer quelque chose. Elle est tentée d'aller lui demander mais y renonce. Ce doit être son imagination.

– Mais qu'est-ce que tu fais là si tôt ? La célébrité t'a fait tomber du lit ?

La bise assortie d'un nouvel examen.

– Ne me dis pas que tu m'as vue aussi.

– Moi, non. Mais Cris me l'a dit.

– Je suis la seule à t'avoir vue. J'ai essayé de t'appeler, mais je suis tombée sur la messagerie.

– Oui, j'ai vu vos appels ce matin. Je suis désolée. J'ai dû éteindre mon portable parce que mes parents m'ont vue aussi, donc ils ont voulu parler. Ce n'était pas vraiment le moment qu'il se mette à sonner. Puis j'ai oublié de le rallumer quand je suis montée dans ma chambre.

– Quoi ? Tes parents t'ont grillée ? demande Miriam.

Paula acquiesce et soupire.

– La vache ! s'exclame l'aînée des Dragibus.

– Et tu leur as dit quoi ?

– Ben, que j'avais un petit ami.

– Quoi ???

– Qu'est-ce que tu voulais que je fasse ? J'étais piégée. À la fin du dîner, ma mère m'a fait subir un interrogatoire pour savoir si je sortais avec quelqu'un, et pile à ce moment-là, les images du tournoi de golf sont passées à la télé. Donc, j'ai fini par tout leur raconter.

– Tout ?

– Quasiment tout. L'âge d'Angel, qu'il était journaliste, que je l'ai connu sur Internet...

– Tu blagues ?!

– C'est dingue !

– Et ils l'ont pris comment ? demande Miriam, inquiète.

– Ma mère, bien. Enfin plus ou moins bien. Elle n'aime pas trop qu'il ait vingt-deux ans, mais bon, elle accepte l'idée. Mais mon père par contre... Il s'est remis à fumer alors que ça faisait deux ans qu'il avait arrêté.

– Dis donc ! Ça oui, il l'a mal pris, intervient Diana.

Cris, Diana et Miriam se regardent discrètement. Cette nouvelle pourrait mettre en péril ce qu'elles ont prévu pour samedi et qu'elles ont mis au point sur Facebook hier soir.

– Ça va lui passer, tente de la tranquilliser Cristina.

– J'espère. Je n'aime pas être fâchée avec lui.

La cloche retentit.

– Arf. Tu ne nous as pas dit quelles stars tu as vues avec tout ça.

– C'est vrai. Je vous raconterai à la pause. C'était trop bien.

Les quatre Dragibus occupent leurs places respectives. Elles continuent de papoter à voix basse jusqu'à ce que quelqu'un leur fasse signe de se taire. Le prof de maths laisse passer les élèves restés dans le couloir et ferme la porte derrière lui.

Il prend une craie puis écrit au tableau : « Vendredi, examen final. Révisez ou priez tout ce que vous pouvez. »

Argh, l'examen de maths ! Paula regrette amèrement de ne pas avoir travaillé jusqu'à présent. La réussite du trimestre est en jeu et elle préfère ne pas imaginer ce qui se passerait si elle le rate. Les choses vont déjà assez mal à la maison, si elle loupe les maths, ce sera l'apocalypse. Il faut qu'elle révise, ce coup-ci. Son regard se dirige vers Mario. Elle aurait peut-être dû aller chez lui au lieu de passer tout l'après-midi avec Andrea Alfaro et Angel. En plus, elle a menti à un ami. Oups !... Si Miriam est au courant pour le tournoi de golf, Mario l'est sans doute aussi... Il doit donc pertinemment savoir qu'elle lui a menti... Mince !

Paula déglutit avec peine. Elle commence à se sentir vraiment mal. Elle n'écoute pas le prof qui semble ravi à l'idée que la moitié de la classe loupe l'examen de vendredi.

Elle ira lui parler dès la fin du cours.

Il faut aussi qu'elle réponde à Alex, qui lui a demandé s'ils pouvaient se voir cet après-midi. Que faire ?

Elle doit aussi appeler Angel, comme elle le lui a écrit dans son SMS ce matin.

Paula est épuisée d'avance. Ne dit-on pas : « L'avenir appartient à ceux qui se lèvent tôt » ? Si, on le dit, mais un autre dicton affirme que « ce n'est pas parce qu'on se lève tôt que le soleil se lève plus vite ».

Chapitre 57

Ce même matin de mars, ailleurs en ville.

Irène arrête la voiture devant une place libre. Un coup d'œil dans le rétroviseur. Personne. Elle passe la marche arrière et gare la voiture. Alex observe la manœuvre. Il a accepté une nouvelle fois qu'elle le conduise en ville. Même s'il n'aime pas trop l'idée, ça lui fait tout de même économiser du temps et de l'argent.

Ils vont ensemble chercher les quarante copies supplémentaires de *Derrière le mur* à la reprographie de M. Mandizábal.

– Tu n'as pas besoin de garer la voiture. Après je prendrai le métro.

– Arrête de râler, je t'attends. De toute façon, je ne vais pas au premier cours, dit-elle en finissant son créneau. Voilà.

– Bon, si tu le dis... Mais je ne veux pas que tu m'attendes.

– Mais si, c'est bon, je te dis. Je t'attends.

– Ce n'est vraiment pas nécessaire.

– Allez, vas-y, et dépêche-toi, je t'invite à prendre un petit déjeuner après.

– Vraiment, je ne...

– Tu n'arriveras pas à me convaincre cette fois-ci. Je suis plus têtue que toi et la voiture est garée. Je meurs de faim, donc grouille-toi.

– Irène, je ne prendrai pas le petit déjeuner avec toi.

– Dans ce cas, je vais te suivre jusqu'à ce que tu le fasses.

– Tu vas quoi ?

– Te poursuivre à travers toute la ville jusqu'à ce qu'on prenne un petit déjeuner : dans la rue, dans le métro... Où que tu ailles, je serai là.

– Je ne te crois pas.
– Essaie et tu verras.
– Tu te conduis vraiment comme une gamine.
– Ben oui, j'en suis une : je n'ai que vingt-deux ans. Je commence tout juste à vivre. Allez, grouille. J'ai faim.

Alex soupire et s'avoue vaincu. Il descend de la voiture, puis entre dans la boutique.

Si Agustín Mandizábal ne se trouvait pas à l'intérieur, elle l'aurait accompagné, mais Irène ne supporte pas ce vieux cochon avec qui ils ont déjeuné hier. Ce qu'il est lourd ! Vieux croûton !

Il fait un peu chaud dans la voiture. Elle baisse sa fenêtre et pose un bras sur la portière. Une brise légère la rafraîchit agréablement. Un petit groupe d'étudiants passe alors à côté d'elle et la regarde avec insistance. Ils cherchent à en voir le plus possible. Irène n'a en effet absolument pas tenu compte du changement de temps. Elle porte une robe mauve très décolletée qui lui arrive au genou, des bas noirs, et des chaussures à talons. Elle entend alors un sifflement et quelques mots censés être flatteurs. *Il n'y a pas que les vieux pervers qui sont de sortie...* pense-t-elle. Elle leur sourit, leur souffle un baiser et referme la fenêtre en agitant la main. *Enfoirés...* Les jeunes garçons s'éloignent avec leurs ricanements faux et stupides.

Irène tapote le volant. Alex est plus long à revenir qu'elle ne le pensait. Elle ne sera sûrement pas à l'heure non plus pour le deuxième cours de la matinée.

Ah ! Un SMS. C'est peut-être...

Elle attrape son téléphone dans son sac posé sur la banquette arrière. Non, ce n'est pas elle. C'est un message du garçon avec qui elle est allée dîner, qui lui demande pourquoi elle n'est pas en cours. Un de plus à mettre sur la liste d'attente. Il n'est pas mal, mais il ne l'intéresse pas. Elle l'invitera peut-être à quelque chose de plus, si elle n'est plus en état de contenir ses envies. Il ne refusera pas : personne ne refuserait de passer une nuit avec elle.

Personne ? Elle sait bien qu'il reste un récalcitrant. Alex revient enfin. *Flûte ! Il n'est pas tout seul !* M. Mandizábal l'accompagne. Ils se dirigent vers elle, chargés de sacs pleins de cahiers de *Derrière le mur*. Irène lâche quelques jurons à voix basse.

Le vieux a un sourire jusqu'aux oreilles lorsqu'il l'aperçoit, découvrant ses dents irrégulières et gâtées.

– Irène, quelle joie de te revoir !

Il laisse tomber le sac sur le sol et fait face à Irène, qui se force à sourire à travers la fenêtre. Elle finit par descendre de la voiture, obligée par les circonstances.

– Salut, Agustín, comment ça va ? dit-elle en lui faisant la bise.

– Très bien, répond-il avec un œil approbateur. Mais moins bien que toi à ce que je vois.

– Tu es vraiment trop gentil… dit-elle poliment.

Alex met les deux sacs dans le coffre de la Ford.

– Voilà, c'est bon. Merci pour les vingt copies supplémentaires. Je vous dois un autre déjeuner.

– Non, la prochaine fois, c'est moi qui t'invite. J'espère que tu pourras te joindre à nous, ma belle, dit-il en baisant la main d'Irène. Ça t'irait lundi ?

– Je ne sais pas si je pourrai… Je suis très occupée avec la formation. Mais je viendrai si j'ai un moment de libre, dit-elle en retirant vite sa main.

Elle ouvre la portière de la voiture et fait signe à Alex d'entrer aussi. Il ne comprend pas bien, mais obtempère tout de même.

– Bon, Agustín, on y va. C'était un plaisir de te revoir.

– Au revoir, Irène. À très vite, j'espère.

Irène claque la portière, met le contact sans attendre, et prend vite la route.

– Mais, on devait pas prendre le petit déjeuner ? demande Alex, déconcerté, en faisant signe de la main à M. Mandizábal.

– Si, mais je me suis souvenue d'un endroit beaucoup mieux, pas très loin d'ici.

– Ah, OK !

Irène sourit.

Chapitre 58

Toujours ce matin de mars, ailleurs en ville.

La cloche sonne : fin du cours de maths. Trois ou quatre élèves s'approchent du prof, qui est en train de ramasser ses affaires. Ils lui demandent si l'examen de vendredi sera difficile.

– Bien sûr qu'il le sera, ce sera l'examen le plus difficile de votre courte et passionnante vie.

Et il ne blague pas. Il sera sans pitié, comme au premier trimestre où les trois quarts de la classe n'ont pas eu la moyenne. Deux filles lui courent après jusque dans le couloir pour qu'il change le jour de l'examen, pour qu'il ne soit pas trop dur, en disant que c'est la seule matière qu'elles n'ont pas eue à la première évaluation.

Le professeur de maths sourit. Il a le contrôle, il domine la situation et il adore ça. C'est le moment de sa revanche. Il se venge de tout ce désintérêt, du peu de considération qu'on a pour lui et ses cours. Ils le défient ? Maintenant, c'est son tour. Il n'y aura pas de passe-droit, ni de charité. Il n'y aura qu'un examen très compliqué, qu'il va prendre plaisir à préparer, à soumettre et surtout, à corriger, stylo rouge en main. Seuls ceux qui obtiendront au moins 10 l'auront, le 9,9 ne compte pas...

Mario les observe de loin avec désinvolture. Au premier trimestre, c'est lui qui a eu la meilleure note : 16,5. Mais maintenant, il a d'autres choses en tête. Il se fiche de l'examen de vendredi, tout lui est devenu secondaire, indifférent. Il ne pense qu'à Paula. Quand et comment lui dire ce qu'il ressent ? Tout cela doit cesser. Elle a assez joué avec lui, avec ses sentiments, il doit mettre fin à cet esclavage. Elle était partout : à son réveil, dans ses rêves, en classe, dans les chansons qu'il écoutait, pendant qu'il travaillait, quand il mangeait... Ça suffit !

Il a regardé plusieurs fois le coin des Dragibus par-dessus son épaule. Il a croisé plusieurs fois le sourire de Diana, et le regard de Paula aussi. Il l'a trouvée triste, comme si elle devinait ce qu'il était en train de penser.

Elle est belle. Très belle.

Il lui parlera à la récréation. A-t-il de la peine ? Non, aucune.

Elle est magnifique.

Toute la classe est agitée. C'est toujours comme ça entre deux cours. Bruits, cris, éclats de rire... Certains fument en cachette, d'autres recopient à toute vitesse les devoirs qu'ils n'ont pas faits à la maison, quelques filles en profitent pour envoyer un SMS à leur cyber-petit ami qui habite à l'autre bout du pays.

Paula se lève. Elle ne peut pas attendre jusqu'à la récréation, ce serait trop long. Elle s'est suffisamment pris la tête pendant le cours de maths. Elle se sent vraiment mal à cause de tout ça. Elle n'aurait pas dû lui mentir. Elle traverse la classe, un nœud dans la gorge, sans savoir ce qu'elle va dire. Par où commencer ?

Diana la voit s'approcher de Mario. Ces deux-là... Elle ne sait ni pourquoi ni comment, mais quelque chose pique à l'intérieur, tout près du cœur, dans la petite boîte où sont rangés les sentiments. Elle est jalouse, bien qu'elle ne veuille pas l'admettre. Non : une Dragibus ne peut pas être jalouse d'une autre Dragibus. En plus, Mario n'est le petit ami ni de l'une ni de l'autre. Elle se tourne et commence à papoter avec Miriam d'une chose parfaitement insignifiante, comme elle en a l'habitude pour éloigner de ses pensées le garçon dont elle est en train de tomber amoureuse.

Non, ce n'est pas son petit ami.

– Salut... Tu es occupé ?

Paula baisse la tête, elle n'arrive pas à le regarder dans les yeux, ça fait trop mal.

Mario l'a vue arriver, enfin... s'approcher. Il n'était pas vraiment certain qu'elle soit venue le voir, lui, comme c'est souvent le cas.

Mais elle est là, devant sa table. Il a pensé à ce moment des centaines de fois cette nuit, accroché à son oreiller et des larmes plein les yeux, au million de mots qu'il voudrait lui dire, aux prières, aux questions, aux vérités qu'il voudrait lui jeter à la figure. Cependant, maintenant qu'elle est devant lui, rien ne vient.

– Non, se contente-t-il de répondre.

– Dis-moi, Mario... Je peux venir réviser chez toi cet après-midi ? dit-elle, peu convaincue.

Ce ne sont pas des excuses, elle tente simplement de tourner la page.

Il ne sait pas quoi répondre. Toutes ses résolutions tombent à l'eau. Il n'a vraiment plus aucune force, à l'heure de la vérité, il est incapable de lui refuser quoi que ce soit. Il sent sa poitrine se contracter, sa gorge s'assécher et les mots s'enfuir.

– Je ne sais pas si je pourrai cet après-midi, articule-t-il timidement.

Pendant quelques fractions de seconde, il essaie de rassembler tout son courage pour lui hurler de le laisser tranquille, de s'en aller, qu'il n'en peut plus. Il a suffisamment souffert, non ?

– D'accord... Tu dois avoir autre chose à faire.

– Non, ce n'est pas ça... C'est que...

C'est que je suis amoureux de toi et que tu me rends la vie impossible. Comme s'il n'était pas suffisant que tu ne m'aimes pas, que tu sortes avec un autre, plus beau et mieux que moi, sous mon nez. Tu t'en fiches que ma vie soit un enfer, que je ne pense à rien d'autre qu'à tes yeux, tes lèvres et ton corps parfait. Tu t'en balances que je ne puisse même plus écouter nos chansons sans me mettre à pleurer comme un bébé. Tout cela n'est pas assez pour toi, il faut qu'en plus tu me mentes. J'ai l'impression d'être moins que rien. Tu te débrouilles pour que je m'occupe de toi, puis tu me plantes et me mens.

– Tu es en colère contre moi, n'est-ce pas ?

Paula le regarde enfin dans les yeux. Elle ne peut pas tourner la page aussi facilement, tout de même. Mario reste silencieux. Tout va très vite dans sa tête. La colère, la souffrance et son envie de lui dire toutes ses vérités s'évanouissent. Il voit les yeux clairs de Paula devenir brillants et humides. Ce n'est plus cette fille sûre d'elle et éblouissante qui capte l'attention de tout le monde sur son passage, maintenant elle semble petite et fragile.

– Euh... non. Je ne suis pas en colère.

– Je suis désolée, Mario. Vraiment. J'ai été stupide. Je suis désolée.

Une larme coule. Puis une deuxième. Des sanglots silencieux au milieu de brouhaha de la classe, témoin involontaire de la reddition de la princesse.

Il ne sait pas quoi dire, maintenant encore moins que la minute précédente. Mais il doit réagir, faire quelque chose. Il se lève. Il est plus grand qu'elle, mais il n'arrive plus à soutenir ce regard qui le fait tellement fondre. Ces yeux marron, brillants, immenses ont éliminé toute trace de ressentiment. Leurs corps se frôlent. Il la prend dans ses bras et tente de la consoler. Paula passe ses bras autour de sa taille et pose la tête sur son épaule.

Un moment magique. La vie de Mario a de nouveau un sens. Pendant ces quelques secondes merveilleuses, il grandit et gagne la confiance en lui avec laquelle il n'est pas né.

– C'est rien, ne t'inquiète pas. Oublions ça. Je ne suis pas fâché, lui murmure-t-il en lui tapotant le dos.

– Je n'aurais pas dû te mentir. Les choses se sont enchaînées trop vite, tout ça m'a échappé. Pardonne-moi.

– Je te pardonne. Je te pardonne.

Ne t'en va pas. Reste dans mes bras pour toujours. T'en va pas, Paula.

Un bruit assourdissant de chaises et de tables qu'on traîne éclate dans la classe. Le professeur de philosophie arrive.

Ils se séparent, souriants.

– J'y vais vite, le prof est là.

– Oui. Tu viens chez moi à 17 heures, alors ? demande Mario. On a pas mal de boulot.

– D'accord. Je serai là à 17 heures, promis.

Elle embrasse sa joue et se faufile entre ses camarades jusqu'à sa place.

Mario la suit des yeux. Arrivée à sa table, elle le salue de la main, souriante. Il agite la main à son tour.

Sa joue est brûlante, tout comme son cœur qui bat à nouveau à cent à l'heure.

Ce n'est pas exactement ce qu'il avait prévu. Il n'aurait jamais pensé que tout cela se résoudrait de cette façon. Comment pouvait-il l'imaginer ? Il est heureux, même s'il sait qu'il n'a certainement pas fini de souffrir à cause d'elle.

Chapitre 59

Ce même matin de mars, un peu plus tard, quelque part en ville.

Comme elle le pensait, le professeur ne lui a pas reproché son retard. Il s'est contenté de lui souhaiter la bienvenue en souriant. Elle n'en espérait pas moins. Un décolleté et des bas noirs donnent toujours de bons résultats.

Irène croise les jambes et fait semblant d'écouter.

Le garçon avec qui elle a dîné l'observe aussi. Il est déçu. Dès qu'elle est arrivée, il a essayé d'engager la conversation et de convenir d'un autre rendez-vous, sans doute pour un peu plus qu'un simple dîner. Elle a des préoccupations plus importantes en ce moment.

Le petit déjeuner avec Alex s'est assez bien passé. Fidèle à lui-même, il n'a pas été très sympa, mais elle a remarqué les regards nerveux qu'il lui jetait. C'est peut-être à travers le désir qu'elle réussira à l'atteindre.

Elle obtient toujours ce qu'elle veut. Toujours.

Alors que le professeur continue son ennuyeuse litanie, un bruit inattendu interrompt le cours : un téléphone, celui d'Irène. Elle a complètement oublié de le mettre en mode silencieux. C'est un SMS.

Tous les regards sont braqués sur la jeune fille à la robe mauve, qui s'excuse en souriant. Un murmure envahit l'assistance. Cependant, personne ne lui reproche quoi que ce soit.

Irène sort le téléphone. Paula ! Enfin le message qu'elle attendait depuis hier soir !

Salut, Alex. Excuse-moi d'avoir tardé à répondre. Je suis désolée, mais cet après-midi je dois réviser avec un ami à 17 heures. Mais si tu veux, on peut se voir à 19 h 30 ou 20 heures au même endroit. Qu'en dis-tu ? Je suis curieuse de savoir ce que tu as de si urgent à me dire. Donne-moi ta réponse dès que tu peux. Bisous.

Le poisson a mordu à l'hameçon.

– Monsieur, est-ce que je peux sortir une minute ? C'est ma mère qui a quelque chose d'important à me dire.

– Bien sûr, allez-y, mais revenez vite.

Irène se lève avec un sourire malicieux aux lèvres. Aucun élève ni le professeur n'en perdent une miette. Elle marche jusqu'à la porte avec une démarche de mannequin.

N'importe lequel d'entre eux serait prêt à faire n'importe quoi pour elle. Fière de son pouvoir, elle sort.

Personne dans le couloir. Elle s'appuie contre le mur et lit le message de Paula une deuxième fois. À 19 h 30 ou 20 heures... Parfait, elle n'aura pas besoin de sécher d'autres cours aujourd'hui. Il ne faut pas abuser non plus. Elle réfléchit un instant à sa réponse et commence à écrire. Et si Alex l'appelle ou lui envoie un message de son propre téléphone ? Elle espère que non. Pas aujourd'hui du moins.

Ce même matin de mars, ailleurs en ville, quelques minutes plus tard.

– Qu'est-ce que vous racontez ?

C'est la pause. Paula rejoint ses amies, assises sur des escaliers à manger des cochonneries. Elles concoctent un nouveau plan, mais elle n'a pas le droit de savoir lequel.

– On parlait de toi, lui dit Miriam en refaisant sa queue-de-cheval.

– De moi ?

Paula ne s'assoit pas près d'elles. Elle doit encore appeler Angel et lui raconter la scène de la veille avec ses parents. Comment va-t-il le prendre ?

– Bien sûr, de qui veux-tu qu'on parle ? C'est toi, la star du moment. Tu as un petit ami qui t'envoie des roses au lycée, qui te séquestre pendant les heures de cours, un ami écrivain super mignon, tu passes à la télé, tu connais des gens célèbres, tous les garçons te courent après et c'est ton anniversaire samedi... Le mot « populaire » est encore trop faible pour toi.

Paula rougit en entendant la liste. C'est vrai que tout cela est en train de se produire, mais elle est toujours la même, elle n'a pas changé. Elle n'accorde pas tant d'importance à la situation actuelle, même si elle est douce, très douce. En tout cas, elle ne se considère pas au-dessus des autres pour autant.

– Bah, tu exagères ! Tout ça peut arriver à n'importe qui. J'ai juste de la chance en ce moment, c'est tout.

– Ne sois pas si modeste. Tu es une Dragibus, donc on a le droit d'être fières de toi et de te connaître, plaisante Cris.

– Ce que vous pouvez être bêtes parfois !

– Je crois qu'on devrait penser sérieusement à vendre des T-shirts avec sa photo et le nom du groupe, propose Miriam. On ramasserait un bon pactole.

– Mais ça va pas la tête ? Tu ressembles de plus en plus à Diana toi, hein ?

– Diana ?

– Diana, on se réveille !

La jeune fille entend alors son nom et sent qu'on lui secoue l'épaule. Elle était dans ses pensées depuis quelques minutes, sans faire attention au reste.

– Vous disiez quoi de moi ?

– Ben alors ? Où tu avais la tête ? Tu pensais à quoi ?

– À mon frère, c'est évident, dit Miriam en lui faisant un clin d'œil.

– Mais qu'est-ce que tu racontes ? Ça y est, on est reparti avec ça ?

– T'en fais pas. On a toutes été amoureuses un jour... Maintenant, c'est ton tour.

– Je ne suis pas amoureuse.

Ou bien peut-être que si ? Ce qu'elle ressent en ce moment ressemble beaucoup à ce qu'on raconte sur l'amour. Et oui, elle pensait à Mario. Ou plutôt, à Paula et Mario, au coup de poignard qu'elle a senti lorsqu'elle les a vus s'enlacer. Un câlin d'amis ? Oui, c'était sûrement ça. En plus, qu'en a-t-elle à faire ? Elle n'est pas sa petite amie, Paula non plus. Pourquoi se sent-elle si mal alors ?

– Oui, c'est ça. Fais-moi un bisou, ma belle-sœur !

Miriam se jette sur Diana en passant au-dessus de Cris. Elle tente de l'esquiver, mais l'attaque atteint son but.

– T'es vraiment insupportable quand tu veux ! s'exclame Diana en se frottant la joue.

Éclats de rire.

Le téléphone de Paula sonne. Un SMS. C'est Alex, depuis ce nouveau numéro.

OK. Parfait. Donc je t'attends entre 19 h 30 et 20 heures. Je te dirai tout. Bisous, Paula.

Elle sourit, curieuse de savoir, peut-être trop. Elle a très envie de le voir. Elle regarde sa montre : fin de la récré dans dix minutes.

– Les filles, je vous retrouve en classe.

– Tu t'en vas ?

– Oui, il faut que j'appelle Angel.

– Son pseudo Facebook, c'est bien John Forever ? lance Miriam tout à coup.

– Oui, comment tu le sais et pourquoi tu me le demandes ? répond Paula, décontenancée et surprise.

– Je le sais parce que je suis super douée et je te le demande juste pour avoir confirmation. Ça te dérange si je le demande en ami ?

En réalité, elle a fouillé dans les affaires de Paula pendant qu'elle parlait avec Mario entre le premier et le deuxième cours ce matin. Elle avait besoin du numéro et du mail d'Angel, et tout était dans son agenda.

– Non, ça ne me dérange pas. Mais...

– Je peux lui demander aussi ? ajoute Cris.

– Mais... les filles...

– Au point où on en est, moi aussi, je peux ? renchérit Diana.

Paula les regarde, soupçonneuse. Qu'est-ce qu'elles sont en train de mijoter ? Elle n'en a aucune idée, mais leurs comportements sont étranges, il y a anguille sous roche. Pour le moment, pas le temps de mener l'enquête.

– Oui, allez-y. Mais il est à moi, ne l'oubliez pas, hein ?

Sans ajouter un mot, elle tourne les talons et se met dans un coin tranquille pour parler avec lui.

Chapitre 60

Ce même matin de mars, ailleurs en ville.

La clôture du numéro d'avril est proche, la tension est palpable au sein de la rédaction. Le chef court partout, irascible, et traite Untel ou Untel de tous les noms pour une mauvaise photo, un titre médiocre ou un article incomplet. Angel est amusé de le voir si impliqué. C'est cela, le journalisme : une course permanente contre la montre. Le temps passe plus vite que dans n'importe quelle autre profession, sans parler des conséquences que peut avoir chaque phrase publiée. Les lecteurs comme les personnes interviewées passeront chaque mot à la loupe et donneront leur avis. Ce qui signifie qu'un bon journaliste se doit d'être au plus près de la réalité. Une information à contretemps ou incorrecte peut provoquer un tremblement de terre médiatique, même s'il ne s'agit ici que d'une petite revue musicale.

Assis devant son PC, Angel relit tout ce qu'il a écrit sur Katia. L'interview est parfaite, l'ajout à propos de son accident lui semble bien aussi. Oui, du bon travail dont il est satisfait.

Il ouvre le dossier envoyé par Hector, le photographe, où se trouvent toutes les photos qui ont été faites vendredi soir. Certaines sont en noir et blanc.

Il les regarde une par une. Katia est vraiment photogénique, elle a quelque chose dans le regard qui traverse l'objectif, ses yeux célestes séduisent et touchent en plein cœur.

Il s'arrête sur un cliché où elle est assise sur la balançoire. Elle regarde sur le côté, les cheveux lâchés en bataille, une main sur la bouche, pensive. Il s'en souvient très bien, c'était juste après le baiser dans le parc. Angel se passe les doigts sur les lèvres. Il se demande à nouveau s'il n'est pas en train de jouer avec le feu. Il a pris rendez-vous avec elle cet après-midi pour solliciter une faveur, une grande faveur.

Une autre photo, toujours sur la balançoire : elle sourit, tournée vers l'objectif, une robe blanche tombe jusqu'à ses chevilles. Elle est magnifique. On dirait une adolescente lorsqu'elle sourit.

Sur la suivante, elle fait un clin d'œil. Sympathique, irrésistible, tentatrice...

Et s'il s'était passé quelque chose entre eux l'autre nuit ? Angel secoue la tête.

Suivante. Elle se cache la moitié du visage dans ses cheveux roses, avec ses petites lèvres boudeuses, séductrices, qui disent : « Embrasse-moi, je suis à toi. »

Angel dirige la flèche de la souris sur ses lèvres et trace leur contour. Du rouge à lèvres invisible.

Frisson.

Le jeune journaliste continue à visionner la série de photos, peut-être une trentaine de plus. Chacune exprime une émotion différente, dans chacune il découvre une nouvelle Katia.

Le dossier en contient un autre, intitulé « Couverture ». Trois clichés en couleur sélectionnés par Hector pour faire la une du numéro d'avril. Angel y jette un œil, bien que cette décision revienne à Jaime Suárez.

Sur la première, Katia est debout et regarde en l'air, les mains dans le dos, comme si elle rêvait de ce que le futur lui réservait. La deuxième, sur la balançoire, fraîche, amusante comme une petite fille. Sur la troisième, la chanteuse est appuyée contre un arbre, vêtue d'une tenue pleine de couleurs, et fixe l'objectif.

Ces photos sont incroyables. Chacune surpasse la précédente, au point qu'Angel ne sait plus laquelle il préfère.

Nouveau frisson. Que lui arrive-t-il ?

Son téléphone se met à sonner. Paula ! C'est vrai, elle l'avait prévenu qu'elle l'appellerait ce matin, il avait complètement oublié...

Il ferme le dossier photo de Katia et répond.

– Oui ?...

– Salut. Je te dérange pas ? Tu peux parler ?

– Oui. Je viens juste de prendre une petite pause. Je regardais des photos.

– Des photos ? De qui ?

– De...

Angel regarde autour de lui. Il voit le CD de Jason Mraz, *We sing, we dance, we steal things.*

– ... de Jason Mraz, on va mettre un petit article sur lui, improvise-t-il, heureux d'avoir réagi à temps.

– Jason Mraz ? Je ne sais pas qui c'est.

– Tu n'as jamais entendu *I'm yours* ?

– Non.

– Je te la ferai écouter. C'est une très belle chanson.

– OK. Je suis sûre qu'elle me plaira.

– C'est plus ou moins ça, l'air, dit-il avant de commencer à chantonner.

Il ne se débrouille pas mal du tout. Paula sourit à l'autre bout du fil, mais la raison de son appel lui revient vite en tête.

– Excuse-moi, tu chantes super bien, mais je n'ai pas beaucoup de temps. La cloche va sonner bientôt.

– Oui, désolé. De quoi tu voulais me parler ? Pas du tournoi de golf, n'est-ce pas ?

– Tu nous as vus à la télé ?

– Non, mais j'ai reçu plusieurs messages. C'est pour ça que j'ai essayé de t'appeler hier.

– Ah, d'accord. Je n'ai pas pu te répondre à cause de mes parents.

– Qu'est-ce qui s'est passé ?

– Ils m'ont vue à la télé.

Angel est d'abord saisi de surprise, puis déglutit avec difficulté. Ils l'ont grillée. L'ont-ils vu lui aussi ?

– Ah bon ! Et qu'est-ce qu'ils ont dit ?

– À propos de ça, pas grand-chose.

– Heureusement.

– Mais je leur ai raconté pour nous.

Le journaliste reste bouche bée. Il ne s'attendait pas à une nouvelle pareille.

Silence.

– Angel ?

– Oui, pardon. C'est que… Tu leur as dit quoi ?

– Ben, je leur ai dit quelques trucs, presque tout à vrai dire. Ton âge, la manière dont on s'est connus, ton métier et… que je t'aime.

Mon Dieu ! Elle leur a dit tout ça ! pense Angel.

– Et comment ils l'ont pris ?

– Ça va. Mon père, très mal. Il pense que tu ne m'aimes pas. Du fait que tu aies vingt-deux ans et qu'on se soit connus sur Internet.

– Voui…

– Mais ne t'inquiète pas. Ça lui passera.

– Ou il va venir me tuer.

– Oh ! N'exagère pas.

– Voui… répète Angel, déconcerté.

– Qu'est-ce qu'il y a ? Ça va ?

– Oui, mais tout ça me prend un peu au dépourvu. Enfin, c'est aussi bien, ils l'auraient su, tôt ou tard.

– Oui. Ça a été plus tôt que tard.

Le jeune homme se frotte le nez et cligne nerveusement des yeux. Il est normal que les parents de Paula n'aient pas une bonne opinion de lui : il a presque six ans de plus que leur fille et ils doivent penser que tout cela n'est qu'un caprice, de la part de l'un et de l'autre.

– À quoi tu penses ? demande-t-elle devant son silence.

– Que je t'aime.

– C'est sûr ?

– C'est plus que sûr.

– Heureusement. Sinon, je ne dormirai pas avec toi samedi, plaisante Paula.

Angel sourit. L'anniversaire… Sa première fois. Ses parents. Katia.

La cloche sonne la fin de la pause.

– Il faut que j'y aille. On en reparlera plus tranquillement. Et ne t'inquiète pas, hein ? Je suis certaine que mes parents vont t'adorer.

– Je ne suis pas inquiet.

– Vraiment ?

– Vraiment.

– Bon, ça va alors. Je dois raccrocher.

– Je t'aime, Paula.

– Moi aussi, je t'aime. À plus tard.

Angel dépose le téléphone à côté de lui. Il ouvre le CD de Jason Mraz et le met dans le lecteur de l'ordinateur. *I'm yours.* « Je suis à toi. »

Quelle nouvelle ! Il se caresse le menton de la main gauche et se demande à quel moment ses « beaux-parents » voudront le rencontrer.

Chapitre 61

Ce même jour de mars, un peu plus tard, quelque part en ville.

C'est le dernier.

Il regarde autour de lui. Personne. C'est le moment. Alex dépose le dernier exemplaire qui lui reste de *Derrière le mur* sur le pare-brise d'une Mégane rose. Personne ne l'a vu. Il s'éloigne de quelques pas, l'air de rien.

Il a passé la matinée à courir un peu partout pour dénicher les meilleurs endroits où placer les cahiers.

Il espère avoir plus de chance avec cette seconde salve. De la première, seules trois filles ont découvert le petit trésor. Il est si romantique que s'il lui arrivait de tomber sur ce genre de chose, les premières pages du roman d'un auteur inconnu avec un message mystérieux à l'intérieur, il le considérerait comme un trésor. On n'a pas rendez-vous avec le destin tous les jours... Mais il ne doit plus rester beaucoup de rêveurs dans ce monde : les personnes bohèmes sont une espèce menacée d'extinction.

Enfin, il est peut-être encore trop tôt pour tirer des conclusions. Ils ont été dispersés samedi, on est mercredi. Quatre jours... Non, ce n'est pas trop tôt, en y réfléchissant bien. Pourquoi se mentir ? Le constat est simple : manque d'intérêt, de romantisme. Les gens n'ont pas adhéré à l'idée, ou bien il n'écrit pas assez bien. Il ne faut pas chercher plus loin. C'est décidé : s'il n'a pas plus de succès cette fois-ci, il ne renouvellera pas l'expérience.

Que sont devenus tous les cahiers qu'il a distribués avec Paula ? Soupir. Il est exténué, il a tout fait tout seul cette fois. Comme son amie lui a manqué, son aide, sa compagnie, son sourire, ses yeux !... Et sa magie, l'enchantement de cette magnifique jeune fille.

Il frémit. Pas à cause du froid, du vent ou de la fatigue. À cause du souvenir de cette journée passée avec Paula, où leurs lèvres se sont presque unies grâce à *J'ai failli te dire je t'aime.*

Aurait-il dû l'embrasser ?

Il s'assoit sur un banc en bois situé en face de la Mégane rose. Il est vraiment fatigué. Il regarde le ciel. Pas de soleil aujourd'hui, juste des nuages et le vent qui se lève. Le temps est en train de changer.

Un sourire malicieux apparaît sur ses lèvres en pensant à la tenue d'Irène. Elle doit geler avec sa petite robe. Sacrée nana ! Ses camarades de classe ne doivent pas avoir froid, eux, elle se dévoue pour réchauffer l'ambiance. Les pauvres ! Enfin, certains parviendront peut-être à profiter de la situation.

Paula et Irène sont vraiment différentes en tout. La manière d'être, de regarder, de parler... Leurs sourires... Deux personnalités opposées avec pour seul point commun un physique de rêve.

Paula. Paula. Paula.

Quel dommage qu'elle ne l'ait pas accompagné aujourd'hui.

Que peut-elle bien faire en ce moment ? Et s'il lui envoyait un message pour le lui demander ? Non, il ne veut pas passer pour un lourdaud. Elle doit être très occupée. Les adolescentes ont toujours beaucoup de choses à faire : travailler, draguer, supporter leurs parents, les cours, les amies... Non, vraiment, envoyer un SMS n'est pas une bonne idée.

Alex est triste. Il a envie de la voir, de l'entendre, de parler avec elle d'un livre ou d'une chanson, de partager un petit morceau de leur vie... Ensemble. Près, tout près. Comme lorsque le livre de Moccia leur est tombé dessus. Il aurait dû l'embrasser !

Quelque chose vibre et fait un bruit désagréable. Quelle trouille ! Son téléphone sonne dans une des poches de son pantalon. C'est peut-être elle. Non, c'est Irène. Il hésite à répondre. Non, il n'a vraiment pas envie de lui parler. Ça finirait sûrement en bataille rangée, et il n'en a pas le courage en ce moment. Il préfère rester seul, puisqu'il ne peut pas être avec Paula.

Il range son téléphone dans la poche du sac où se trouve son MP4.

Paula.

Il prend l'appareil et met les écouteurs. Il sélectionne un morceau de saxo qu'il a composé lui-même et enregistré hier soir. Il ferme les yeux et se laisse emporter par la musique, loin du bruit de la rue et du monde. Il écoute attentivement, comme s'il ne l'avait pas créée, comme s'il était ensorcelé par un charmeur de serpents. Il pense alors au conte *L'Attrapeur de rats de Hamelin* : les enfants, les rats, le flûtiste... Enchantés, ensorcelés. Mais il s'agit là du son du saxophone. Pour Alex, cet instrument est encore plus hypnotisant.

Il ouvre à nouveau les yeux.

Un couple, les bras chargés de courses, s'approche de la Mégane. Ils sont jeunes, elle doit avoir aux alentours de dix-huit ans et lui quatre ou cinq ans de plus. Avec beaucoup de difficulté, le jeune homme sort la commande à distance de la voiture et la déverrouille. Ils déposent leurs achats dans le coffre.

Alex les observe et coupe la musique tout en gardant les écouteurs.

Une fois tout rangé, la jeune fille ouvre la portière côté passager.

– Merde ! C'est quoi ça ? Une amende ? s'exclame-t-elle en voyant quelque chose sur le pare-brise.

Le garçon, qui n'est pas encore monté, se penche sur le capot pour récupérer le papier coincé sous son essuie-glace. Il jette un œil rapidement : *Derrière le mur*.

– Regarde ça, dit-il en donnant le cahier à sa compagne.

La jeune fille parcourt chaque page sans vraiment s'arrêter sur aucune.

Alex est en alerte. Il tend l'oreille pour essayer d'entendre ce que disent ces gens qui viennent de trouver un de ses petits trésors.

– Alors ? lui demande-t-il en montant à son tour dans la voiture.

– Rien, des gens qui n'ont sans doute rien d'autre à faire.

La voiture démarre. Elle jette le cahier dans une poubelle, cinquante mètres plus loin, à travers la fenêtre.

Le vent souffle encore plus fort en cet instant, mais ce n'est pas ce qui a glacé le sang d'Alex. Il se lève sans bruit et se dirige vers la poubelle où repose une copie des quatorze pages de sa première grande œuvre. Il la sauve de cette montagne d'ordures, la secoue et la nettoie avec un mouchoir en papier avant de la remettre dans son sac.

Il sait maintenant quel sort on a dû réserver à certains de ses petits cahiers. Heureusement, celui-là a survécu.

Chapitre 62

Cet après-midi de mars, quelque part en ville.

Elle s'adosse au mur et se retourne pour voir s'il arrive. Ses camarades de classe passent à côté d'elle, puis d'autres élèves qu'elle ne connaît que de vue. Un des plus grands manque de lui rentrer dedans, un redoublant de terminale. Il la regarde, s'excuse et lui sourit. Humm... Intéressant. Elle ne peut éviter de considérer son jean alors qu'il s'éloigne. *Pas mal, pas mal du tout.* En cela, Diana n'a pas changé.

La foule des élèves continue de défiler. Tous impatients d'entendre la cloche qui met un point final au dernier cours de la journée. Une mélodie bénie dotée du pouvoir miraculeux de réveiller les dormeurs, qui subitement retrouvent toute leur énergie pour s'échapper le plus tôt possible de cette prison où ils sont enfermés tous les jours.

Diana a séché la dernière heure, une de plus à ajouter à la liste, mais cette fois-ci, c'était pour la bonne cause. Elle avait des choses importantes à faire à la salle informatique.

Elle cherche du regard, anxieuse, le garçon qui l'a accompagnée sur le chemin du retour durant toute la semaine. Mais Mario n'apparaît toujours pas.

Miriam et Cris arrivent, en grande conversation avec deux garçons de terminale. Pas mal du tout. Ils se disent au revoir à la porte du lycée, Diana les salue aussi au passage. Un petit coup d'œil à leur postérieur.

– T'arrête un peu ces regards tordus ! lance Miriam en lui tapant l'épaule.

– Tordue toi-même ! Bon alors ? Qu'est-ce qu'ils ont dit ? Ils viennent ? leur demande-t-elle.

– Ces deux-là, oui. Manu et Sergio ne savent pas encore. Ils ont beaucoup de travail, répond l'aînée des Dragibus. Et toi, tu as envoyé les e-mails ?

– Oui, tout le monde est prévenu.

– Super. Tout est sous contrôle alors. On ira réserver l'hôtel avec Cris cet après-midi.

– OK.

Les trois amies échangent un sourire complice. Elles n'arrivaient pas à se décider sur l'hôtel où elles allaient inviter Paula pour sa nuit avec Angel. Mais elles ont fini par trouver le lieu parfait, même s'il est un peu plus cher que ce qu'elles avaient prévu.

– Et qui s'occupe de la pharmacie ? Toi ou nous ?

– Ben...

Elle s'interrompt car le professeur de sport passe pile à cet instant devant elles. Il les salue froidement avant de s'éloigner.

– J'en ai peut-être quelques-uns chez moi, poursuit Diana. Mais j'en achèterai quand même, au cas où.

– Ce ne serait pas mieux qu'ils s'en occupent eux-mêmes ? propose Cristina.

– Si, mais dans le feu de l'action, ils risquent d'oublier. Il vaut mieux prendre des précautions. Ça serait quand même dommage que tout tombe par terre parce qu'ils n'ont pas de préservatifs.

Quelques élèves de cinquième entendent la dernière phrase de Miriam et sourient, amusées.

– Quelles gamines ! s'impatiente Diana.

– Laisse-les. À cet âge-là... Bon, nous, on y va. Tu viens ?

– Non. Allez-y. Je vais pas tarder non plus.

– Tu attends mon frère ? demande Miriam avec un large sourire.

– Mais non ! J'attends... quelqu'un qui doit me rendre quelque chose, ment-elle.

– Qui ?

– Vous connaissez pas.

– On le connaît pas ?

Miriam et Cris éclatent de rire, ce qui a pour effet de rendre Diana rouge de colère.

– Bon, allez-y ! Vous êtes vraiment lourdes.

– OK, OK. Fais pas ta vexée, on s'en va. Je t'appelle ce soir pour te tenir au courant, précise Miriam. Ah ! et ne t'inquiète pas, mon frère arrive. Il était en train de parler avec Paula, il va pas tarder.

Diana tente de lui mettre un coup de sac, mais son amie l'esquive et part en courant avec Cris sur les talons.

Ce qu'elles peuvent être pénibles quand elles veulent, se dit-elle en soupirant.

Mario et Paula. Ensemble. Grincement de dents. Ces deux-là... Le souvenir de ce qu'elle a vu dans le couloir lui revient alors en tête. Ils étaient très près, beaucoup trop près. Et puis, aujourd'hui, il l'a prise dans ses bras. Ils sont amis. Enfin, des amis ont le droit de se faire un câlin, non ? Mais il y a tout de même quelque chose... Chez lui en particulier. Ah ! Elle est en pleine crise de paranoïa ! Elle voit des choses qui n'existent pas. D'ailleurs, Paula a un petit ami.

Bon, ça ne sert à rien de poireauter plus.

Diana regarde une dernière fois vers l'entrée. Ah ! Les voilà. Le petit couple. Ils marchent côte à côte et papotent, souriants. Elle est radieuse, comme toujours. Lui... est mignon, presque beau. Oui, il est vraiment beau. Comment ne l'avait-elle pas remarqué avant ?

De quoi sont-ils en train de parler ? Pourquoi ont-ils l'air si heureux d'être ensemble ?

Paula se rend compte que son amie les observe et lui fait signe de la main, Mario l'imite. Diana répond avec un sourire forcé, avant de se mettre en chemin, seule. Elle ne supporte plus de les voir ensemble. Pourquoi est-ce si douloureux ? Il n'est rien pour elle, c'est juste le frère de Miriam. Elle, c'est une de ses meilleures amies, et elle a un petit copain. Il n'y a rien entre eux, rien du tout. Et même s'il y avait quelque chose, ça changerait quoi ?

Il fait froid. Une bourrasque stupide de vent la décoiffe. Un feu rouge non moins stupide l'oblige à s'arrêter. Elle-même est stupide de ne pas savoir ce qui lui arrive. Elle ne comprend pas.

Allez ! Quand tu veux tu passes au vert !

– Hé ! Pourquoi tu ne m'as pas attendu ? dit une voix familière dans son dos.

Une voix chaude et douce, dont elle a rêvé cette nuit. Une voix qui est en train de la rendre autre, de la faire devenir folle, de la mener sur des chemins inconnus.

Diana se retourne vers Mario. Il est agité et appuie les mains sur les genoux pour reprendre son souffle – il a couru pour la rejoindre.

– Ah ! C'est toi. Ben, il ne me semble pas qu'on ait pris rendez-vous, si ? répond-elle en essayant de se montrer indifférente.

– Non, effectivement.

– Donc, pourquoi aurait-il fallu que je t'attende ?

– Je ne sais pas. Tu as sans doute raison.

Le feu passe au vert pour les piétons. Ils traversent et continuent leur chemin en silence. Diana n'a aucune envie de parler et Mario ne sait pas quoi dire.

Ils s'arrêtent à un deuxième feu rouge. Le vent est de plus en plus violent et froid.

– Nom d'un chien, il caille ! finit par s'exclamer la jeune fille en se frottant les bras.

– Oui. Avec la chaleur de ces derniers jours, on se fait vite avoir. Mais bon, c'est la saison. Tout le monde sait qu'au printemps...

– Les hormones travaillent.

Mario sourit. Ce n'est pas précisément ce à quoi il pensait, mais effectivement, elle n'a pas tort.

– Quoi ? Tu te moques de moi ? s'indigne-t-elle en voyant son sourire.

– Non, répond-il simplement.

– Ah ! OK. Il vaut mieux pour toi, dit-elle en souriant aussi, réconfortée.

Le petit bonhomme passe au vert.

– Alors, t'es prête pour l'examen de vendredi ? lui demande-t-il en traversant.

– Quel examen ? Celui de maths ?

– Oui. Il n'y en a pas d'autre vendredi, si ?

Il se moque d'elle ou quoi ? Évidemment qu'il n'y en a pas d'autre, enfin, elle n'en est plus si sûre...

– Ben... les maths et moi, ça fait deux. Jouer avec les chiffres et les lettres, c'est pas vraiment ma tasse de thé.

– Il faut juste se concentrer un peu. Les dérivées, ce n'est pas si difficile une fois qu'on a compris le truc.

– Ah ! On en est aux dérivées ?

Mario éclate de rire.

– Je vois que tu travailles ça à fond et que tu es super attentive en cours...

– J'ai des choses plus importantes à penser.

– Ah ? Comme quoi, par exemple ?

Ben, à toi, abruti. Même si je ne comprends toujours pas pourquoi.

– Je ne sais pas. Plein de choses. Les cours m'ennuient et les maths particulièrement. Je ne comprends rien, en plus.

– C'est parce que tu t'en fiches.

– Tu crois ? demande-t-elle, ironique.

– Oui, c'est ce que je crois.

– Ah.

– Tu ne prends rien au sérieux. C'est pour ça que tu ne comprends rien.

Diana est piquée. Qui est-il pour lui dire ce genre de choses ?

– J'ai sans doute besoin d'un professeur particulier pour me donner des cours. Tu pourrais, non ? Ah, non ! Tu es déjà celui de Paula.

– Quoi ? Ben, je...

Sans s'en rendre compte, ils sont arrivés à l'endroit où leurs chemins se séparent.

– Ne t'inquiète pas, je trouverai bien quelqu'un d'autre pour m'expliquer. Treize à la douzaine, ajoute Diana la voix brisée.

Elle tente de sourire, mais son visage, lui, ne peut mentir.

– Mais...

– Au revoir, Mario. Amuse-toi bien avec tes maths et Paula cet après-midi.

Diana s'enfuit, les yeux rouges.

Mario n'a rien compris de ce qui vient de se passer. Pourquoi a-t-elle réagi ainsi ? Il reprend le chemin de chez lui en se grattant la tête. Il va enfin avoir son « rendez-vous » avec Paula.

Chapitre 63

Ce même après-midi de mars, quelque part en ville.

Depuis combien de temps est-elle là ?

Elle est arrivée à 14 heures.

Katia regarde sa montre : 16 h 10. Humpf ! Il reste encore une éternité avant 18 heures, l'heure à laquelle elle doit passer chercher Angel pour aller prendre un café et écouter ce qu'il veut lui demander. Elle a beau réfléchir, elle ne voit pas ce que cela peut être.

16 h 11. Seulement une minute de passée ?!

Elle a envie de lui, de lui parler, de plonger dans son regard, d'entendre sa voix.

Il reste encore tellement à attendre !

La matinée a été horriblement longue. Elle tournait en rond dans son appartement. Vers 13 heures, n'y tenant plus, elle a pris la voiture prêtée par sa sœur et s'est rendue à la rédaction. Elle avait désespérément besoin de le voir. Et elle l'a vu ! Il est sorti pour déjeuner à 15 h 15 en compagnie de son chef et d'une collègue de travail. Elle a failli aller à sa rencontre, mais cela aurait peut-être semblé un peu déplacé et donné l'impression qu'elle le suivait.

Elle s'est retenue et n'est pas descendue de voiture.

Pendant tout ce temps passé à attendre, elle a pu réfléchir à ce qui lui arrive. Il n'y a aucun doute, elle a complètement perdu la tête. Et tout ça pour un garçon qu'elle connaît depuis à peine une semaine. Elle n'est plus elle-même, ou bien sa véritable personnalité est en train de se révéler : psychotique, hystérique et possessive. Elle a le sentiment de se comporter comme une de ces folles furieuses qu'on voit dans les films car elle s'est à moitié déguisée pour que personne ne la reconnaisse. Ses cheveux roses caractéristiques sont cachés sous un foulard et elle a mis des lunettes de soleil.

Et si elle devenait vraiment folle ?

Non, tout de même pas. Ce qui est en train de lui arriver se définit très simplement : l'amour. Elle est tombée amoureuse pour la première fois de sa vie. Est-ce pour cela qu'elle fait tant de choses stupides ? C'est ce que l'on dit en tout cas : à l'amour comme à la guerre, tout est permis. Les baisers volés, la nuit chez elle, la nuit à l'hôpital, le harcèlement au téléphone, cette attente incognito dans la voiture... ! Mais la fin justifie les moyens, non ? Elle est devenue presque machiavélique...

Enfin pour le moment, tout cela ne lui a servi à rien. À rien du tout. Angel n'est pas à elle, et elle ne s'est jamais sentie aussi mal. Depuis deux jours, sa vie se résume à des larmes solitaires. Elle est donc arrivée à la conclusion qu'elle devait s'obliger à envisager tout cela plus calmement. Tenter de devenir son amie. Pas le genre d'amie qu'on appelle une fois par an pour la bonne année, non, une vraie. Puis ainsi saisir l'occasion lorsqu'elle se présentera. Ce n'est pas un si mauvais plan. Elle serait près de lui et ils pourraient apprendre à mieux se connaître. Et puis un jour...

Ah ! Angel et son chef reviennent ! La fille qui les accompagnait n'est plus là.

La chanteuse se penche et les observe discrètement pour ne pas être découverte. Ils ont l'air détendus. Le chef semble raconter quelque chose de drôle à Angel car il n'arrête pas de sourire. Ce qu'il est mignon ! Ce sourire !...

Ils passent à la hauteur de sa voiture. Elle se penche encore, tellement qu'elle ne voit même plus la rue. S'il l'apercevait, ce serait un désastre. Que dirait-il ?

Mais elle meurt d'envie de le voir ! Elle soupire et rassemble son courage. Tant pis, elle prend le risque !

Il est là, tout près. Tellement qu'elle entend son rire et ses pas. Elle ne le quitte pas des yeux. Elle s'imagine marcher avec lui main dans la main en amoureux, tout droit vers une cachette où assouvir leurs désirs les plus ardents. Nooon ! Il est déjà loin, toujours un peu plus, puis finit par disparaître dans le bâtiment de la rédaction.

Katia se redresse complètement et ajuste le foulard qui commençait à tomber en se regardant dans le rétroviseur. Elle remue la tête pour détendre sa nuque douloureuse avant que son regard s'arrête à nouveau sur son reflet. Elle ne se reconnaît pas. Peut-être que ce n'est pas elle. Elle a l'étrange sensation qu'une inconnue s'est glissée dans son corps et agit à sa place. Le coup qu'elle a reçu sur la tête lors de son accident de voiture est-il plus grave qu'elle ne l'avait pensé ?

Non, l'accident n'a rien à voir là-dedans. C'est à cause d'Angel, il l'a transformée. Il a réussi, sans le savoir et sans le vouloir, à lui faire perdre ses moyens.

Ses lèvres sont sèches. Elle passe sa langue dessus pour les humidifier un peu, en se regardant. On ne voit que sa bouche dans le miroir. Elle sourit, elle ne sait pas pourquoi ni comment, mais elle sourit.

Oui, elle ressemble de plus en plus à ces folles furieuses des films. Elle espère simplement que son obsession ne la mènera pas aussi loin.

Ce même après-midi de mars, quelques minutes plus tard, dans l'immeuble en face de la voiture de Katia.

– Alors, tu vas réviser tout l'après-midi ?

– Oui, je suis en route pour aller chez un ami qui va m'aider pour l'examen de vendredi. Dérivées, humpf !

Angel se balance sur sa chaise et manque de tomber. Il se rattrape au dernier moment, le téléphone coincé entre l'oreille et l'épaule. Paula ne s'est rendu compte de rien.

– Un ami ? Quel genre d'ami ? demande-t-il en faisant semblant d'être jaloux.

– Comment ça, quel genre ? T'as des catégories d'amis, toi ? dit Paula en rentrant dans son jeu.

– Ben oui. Il y a deux catégories pour moi. Dans la première, il y a toi, et dans la seconde, tous les autres.

– Ah, alors comme ça, je suis ton amie...

– Entre autres choses.

– Ah ah !

– Tu l'es, non ?

– Je suppose que oui. Mais ce que je vais faire avec toi samedi, je ne le fais pas avec mes amis habituellement.

– Habituellement ? Je dois comprendre que ça t'arrive occasionnellement ?

– Bien sûr, tous les jours. Je me viergifie et me déviergifie continuellement.

Angel sourit. « Je me viergifie et me déviergifie continuellement. » Une phrase qui restera dans l'histoire !

– Donc, étant donné ta grande expérience, samedi tu seras la maîtresse et moi l'élève.

Paula éclate de rire. Ces joutes verbales ont été à l'origine de leur relation. Ils passaient des heures collés à Facebook jusqu'au petit matin pour voir qui allait gagner, surtout le premier mois. Ensuite, peu à peu, sont arrivés les « Je t'aime », les mots tendres, et ce genre de conversation est donc passé au second plan.

– Même sans expérience, je suis sûre que c'est moi qui en montrerai le plus.

– C'est un jeu de mots ?

– Peut-être bien. Tu verras.

– Samedi ?

– Samedi.

– Je suis pressé de voir ça.

– Oui, je sais que ça fait longtemps que tu attends ce jour.

– Comment tu le sais ?

– C'est évident. Tu restes quand même un mâle de vingt-deux ans...

– L'âge est important ?

– Pas tellement. Vous êtes tous pareils. L'âge n'est qu'un détail, dit-elle, sarcastique, tout en sachant qu'Angel n'est pas comme les autres.

– Oui, tu as raison. En fait, depuis le début, mon idée fixe est de te mettre dans mon lit. Tout le reste, ce n'était que du théâtre.

– Ah. Enfin ce sera à mon tour de jouer la comédie quand on va coucher ensemble.

– Peut-être. Qui sait ?

– Je devrais m'entraîner. Je ne sais pas trop comment on fait pour simuler. C'est facile ?

Angel éclate de rire. Il sait qu'ils se remémoreront cette conversation après l'avoir fait. Il s'imagine enlacé avec elle, dans le lit, à lui demander si elle a dû simuler beaucoup tout en lui embrassant le front.

– D'accord, je me rends. Tu as gagné, soupire-t-il en faisant semblant d'être contrarié.

– Je sais. Je gagne toujours, renchérit Paula, la voix triomphante.

– Hé ! si c'est pour te la jouer comme ça, on continue, hein ? ronchonne Angel.

– Ah, je suis désolée, mais tu as déjà perdu, mon cher. Je veux mon trophée.

Le journaliste reste silencieux un instant, puis finit par lui offrir le cadeau qu'elle attend :

– Je t'aime.

Paula est secouée d'un frisson qui monte de sa gorge et arrive à ses yeux subitement plus humides. Oh ! là ! là ! Même si elle l'a déjà entendu pas mal de fois, elle ressent toujours beaucoup d'émotion en des instants comme celui-là.

– J'espérais avoir une voiture comme cadeau, ou quelque chose de ce style, mais bon, je vais me contenter de ça.

– Tu es trop jeune pour conduire, ça te servirait à quoi ?

– À ce que mon amoureux la conduise.

Angel sourit à nouveau.

– Dans ce cas, c'est le cadeau parfait. Mais...

– Je t'aime, l'interrompt-elle tout à coup. Je t'aime.

Fin du jeu.

– Moi aussi. Je t'aime fort.

– J'ai envie de te voir. Mais aujourd'hui ça ne va pas être possible, n'est-ce pas ?

Angel réfléchit. Elle doit réviser et lui doit voir Katia à 18 heures.

– Je pense que non.

– Voui... On s'appelle ce soir ?

– Promis.

Il est 16 h 55, Paula est arrivée devant la porte de Mario sans s'en rendre compte.

– Bon, Angel chéri, je suis arrivée, il faut que je te laisse.

– J'espère que ce n'est pas pour un autre.

– C'est pour un autre, je suis désolée. Mais il ne fera que m'expliquer les maths.

– Dans ce cas, je déclare forfait. J'étais nul en maths.

– Je sais.

– Donc amuse-toi bien avec ton ami et les maths.

– Toi aussi... avec tes occupations. Je t'appelle ce soir.

– Oui.

– Je t'aime.

– Je t'aime.

Baisers soufflés dans l'air. *Clac.*

Paula soupire. Elle repense à la conversation qu'ils viennent d'avoir et sourit. Un lot de consolation avant de passer quelques heures pénibles avec les dérivées. Elle se recoiffe, lisse son T-shirt, s'assure que tout est bien en place, puis sonne à la porte.

Angel aussi se repasse la conversation alors qu'il est en train d'allumer son PC. Elle est vraiment la fille de ses rêves. Paula est merveilleuse, parfaite.

Il a plusieurs e-mails, dont un d'une adresse inconnue. Il l'ouvre. Ah ! Si, il sait de qui il s'agit. Il lit attentivement le courrier, les sourcils froncés.

OK, compris.

Il réfléchit un instant. Il devra procéder à quelques changements d'emploi du temps et surtout faire très attention à ce que dit la fin du mail : *PS. Paula n'est pas au courant. Surtout ne lui dis rien, OK ?*

Angel ferme la page Hotmail et regarde sa montre. 17 heures. Katia vient le chercher dans une heure.

Pendant ce temps, ailleurs en ville, Mario descend les escaliers à toute vitesse. On vient de sonner. C'est Paula !

Ils vont enfin avoir ce « rendez-vous » qui leur a donné tant de fil à retordre jusqu'à présent.

Chapitre 64

Ce même après-midi de mars, ailleurs en ville.

Il entre dans le *Starbucks* et fait la queue au comptoir. Il n'y a pas beaucoup de monde. Un couple d'Anglais puis deux adolescentes qui discutent de ce qu'elles vont prendre. Une boisson pour deux. Le ton monte légèrement mais elles finissent par se mettre d'accord sur un frappuccino au caramel.

Le couple monte à l'étage, ses boissons fumantes en main. Les deux jeunes filles bavardent maintenant dans un murmure à propos du garçon super mignon qui attend derrière elles. Il n'est pas mal du tout. Un peu trop vieux pour elles peut-être. Alex se rend bien compte qu'il est le sujet de leur conversation mais n'y prête pas tellement attention. Il a des choses plus importantes qui lui occupent l'esprit.

Il va écrire un peu avant d'aller donner son cours à M. Mandizábal et ses amis. Mais pour être sincère, il n'a pas très envie de se mettre devant son ordinateur. Le souvenir de cette fille jetant le cahier de *Derrière le mur* à la poubelle sans même l'avoir lu est encore frais et saignant. Il ne comprend pas ce geste. C'est tout son travail, son but ultime, son rêve... qui se retrouve à la poubelle. Il se demande comment Dan Brown, Tolkien, Meyer, Rowling ou Ruiz Zafón ont fait pour qu'on les prenne au sérieux. Il est très difficile d'arriver à ce qu'ils ont obtenu. Même presque impossible.

C'est à lui. La jeune fille derrière le comptoir lui sourit poliment. Elle est rondelette, petite avec des lunettes. Une vingtaine d'années et semble intelligente. Il est probable qu'elle finance ses études en travaillant ici.

– Bonjour, monsieur.

– Bonjour. Je voudrais...

– Un petit caramel macchiato ?

Alex reste interdit. Oui ! C'est exactement ce qu'il allait demander, il prend toujours la même chose. Il ne se rappelle pas l'avoir vue, mais si elle sait ce qu'il a l'habitude de boire, c'est qu'elle a déjà dû le servir. Elle n'est ni belle ni mince et son visage est passe-partout. C'est sans doute pour cela qu'il ne se souvient pas d'elle, à son grand regret. Il a honte de sa propre frivolité.

– Oui, c'est ça. Merci beaucoup... – il cherche des yeux le badge où est écrit son prénom –... Rosa.

– De rien, monsieur. Et vous, c'est Alex, n'est-ce pas ? dit-elle avec un sourire qui illumine son grand visage.

Et en plus elle se souvient de son prénom ! Il est soudain envahi d'une étrange culpabilité.

– Oui, c'est ça.

La jeune fille le note sur le côté du gobelet vert et blanc qui porte le logo de l'entreprise, comme c'est l'usage dans les *Starbucks*. Comme personne d'autre ne fait la queue, elle prépare elle-même le caramel macchiato. Elle réapparaît quelques minutes après, la boisson à la main.

– Voici, dit-elle en lui tendant.

– Merci beaucoup, Rosa. Tu pourrais me donner aussi la clé wi-fi pour que je me connecte à Internet ?

C'est précisément pour cela qu'il aime venir ici. Il dispose d'un fauteuil confortable, d'un café différent de celui qu'il a l'habitude de boire, de musique relaxante et d'une connexion Internet.

– Je vous l'ai notée sur votre ticket de caisse, à côté du code des toilettes.

Il glisse la main dans sa poche et sort le petit papier chiffonné. Effectivement, la clé est là : 031108. Cette serveuse est décidément plus qu'efficace.

– Oh ! merci beaucoup. Tu penses vraiment à tout.

– C'est mon travail. Comme j'ai vu que vous aviez votre ordinateur portable, je me suis dit que vous voudriez peut-être vous connecter.

– Tu as beaucoup d'intuition. Tu es journaliste ?

– Non, criminologue. Enfin, il me reste quelques matières à avoir avant de l'être vraiment, précise-t-elle en se tordant les lèvres. Et vous ? Vous êtes journaliste ?

– Ah non, là tu t'es trompée, répond-il, j'aspire à être écrivain.

Quatre jeunes filles nord-américaines entrent dans le *Starbucks*.

– Ah, j'aurais dû m'en douter... dit-elle en faisant claquer ses doigts. Bien, excusez-moi, le devoir m'appelle. J'espère que l'inspiration sera au rendez-vous.

– On fera ce qu'on peut.

Rosa sourit, regagne son poste et accueille les nouvelles venues dans un anglais parfait.

Alex met un sucre dans son café et prend une serviette en papier avant de monter à l'étage. Arrivé en haut, il fait un signe de la main à cette serveuse très attentive, qui répond discrètement tout en écrivant « Cindy » sur un gobelet Starbucks.

Il ne reste que deux tables libres, dont une à côté des deux adolescentes de tout à l'heure. Il écarte donc cette option et s'installe à celle du fond. Il sort son ordinateur et lance la session.

Cette serveuse est tellement sympa qu'il en a oublié tous ses problèmes pendant quelques minutes. Il y a vraiment toutes sortes d'individus sur terre. Il est presque certain que si Rosa avait trouvé un exemplaire de *Derrière le mur*, non seulement elle ne l'aurait pas jeté, mais elle se serait mise en contact avec lui.

Il ne peut donc pas s'avouer vaincu. Certaines personnes méritent la peine qu'il se donne, des gens prêts à lui donner sa chance, ou du moins à lire son histoire.

Chapitre 65

Cet après-midi de mars, ailleurs en ville.

Elle est devant la porte. Il ne voudrait pas sembler nerveux mais il l'est. Nerveux, anxieux, désireux et des tas d'autres états d'âme qui finissent en *-eux*. Inspiration profonde. Oui, c'est ça. Une autre. C'est bien la septième fois qu'il le fait depuis qu'elle a sonné. Inspiration, expiration. Inspiration, expiration. Il ne lui manque que les contractions et il est prêt pour un éventuel accouchement. Bon, il lui manque le bébé aussi, mais ce n'est qu'un détail. Instinctivement, il se touche le ventre et lisse son T-shirt. Un maillot noir qui le rend plus mince et plus musclé, un peu. Mince, il l'est. Musclé, ça... Il se recoiffe une dernière fois. Tout semble en ordre. Sourire avec plein de dents dedans accroché aux lèvres. C'est bon. Prêt.

La sonnette retentit à nouveau.

Quelle trouille ! Il ne s'y attendait pas.

Mario se précipite sur la poignée de la porte et ouvre. Dans la manœuvre, il perd le sourire fabriqué qu'il venait d'essayer, mais il réapparaît plus vrai que nature lorsqu'il l'aperçoit. C'est le sourire de celui qui voit la fille de ses rêves devant lui, le sourire d'un garçon tout amoureux.

– Salut, Mario, dit Paula qui sourit aussi, mais différemment bien sûr.

– Salut.

La bise ? Qu'est-ce qui se fait dans ce genre de cas ? Ils hésitent un instant, mais elle finit par se décider et approche son visage de lui.

Bise. Bise.

– Heureusement que tu m'as ouvert, je commençais à me demander si ce n'était pas fichu pour les révisions, une fois encore.

Révisions, révisions… ? Ah oui, c'est vrai. C'est pour ça qu'elle est là. Ce n'est pas un rendez-vous galant.

– Excuse-moi, mes parents et ma sœur ne sont pas là, il a fallu le temps que je descende de ma chambre.

Oh ! là ! là ! Il a les mains moites. Il espère ne pas transpirer ailleurs. Pourquoi est-il si tendu ? Il connaît Paula depuis des années, ils ont été très longtemps dans la même classe, et elle est venue souvent chez lui pour voir Miriam. Il n'y a aucune raison de se mettre dans un état pareil. Enfin, en étant réaliste, si, il y en a une tonne ! C'est tout de même la première fois qu'il est en tête à tête avec la fille qu'il aime. Mais il doit se calmer.

– Je peux entrer ? demande Paula.

Mais quel abruti ! Il ne l'a même pas invitée à entrer. Nerfs, anxiété, crampe d'estomac. C'est ça, les contractions ? Inspiration, expiration. Inspiration, expiration.

– Oui, oui, bien sûr. Excuse-moi.

Il s'écarte pour la laisser passer. Elle entre d'une démarche tranquille. Mario la suit du regard, regard qui descend par inadvertance jusqu'au haut de son jean. Non, il n'a pas fait exprès. Il se jure à lui-même qu'il ne le voulait pas. Mais pourquoi ? *La vache ! Elle n'est pas belle, elle est carrément super canon !*

Non, non. Ça suffit ! Son amour est pur et cristallin. En plus, ce n'est vraiment pas le moment de s'attarder sur ce genre de chose.

– Ta sœur est avec Cris et Diana ? demande-t-elle en se tournant vers lui.

– Oui, je pense. Elle n'est presque jamais à la maison de toute façon.

– Tsss. Elle devrait réviser un peu si elle ne veut pas redoubler encore une fois.

– Oui, mais tu sais bien comment elle est. Elle ne fait rien.

– C'est nul.

– Oui, elle est bête.

– Mais j'espère qu'elle ne redoublera pas. Elle me manquerait trop si elle n'était pas dans la même classe que nous.

Pas à moi en tout cas ! a envie de hurler Mario. Cette petite conversation à propos de sa sœur l'a détendu un petit peu. Heureusement. Qui aurait pensé que parler des travers de Miriam l'aiderait un jour ?

– On monte ?

– On révise dans ta chambre ?

Évidemment, non ? Peut-être que ça la gêne. Il n'avait pas pensé à ça... Il ne s'est même pas posé la question.

– Oui, mais c'est comme tu veux. Si tu préfères, on s'installe dans le salon.

– Non, non. Dans ta chambre, c'est bien.

Paula sourit. Elle n'a pas posé cette question pour faire entendre : « J'ai peur d'être seule avec toi dans ta chambre. » Elle voulait juste savoir où ils allaient s'installer.

Seuls les pas de Mario et de Paula brisent le silence de plomb qui règne dans la maison. Il a préféré la devancer. Ce n'est pas le moment de se laisser distraire. Arrivé devant la porte de la chambre, il la laisse passer avec galanterie. Paula sourit et entre après un « merci » absolument irrésistible.

– Je me mets où ? demande-t-elle en retirant son sac.

– Où tu veux.

Après un coup d'œil à la pièce, elle décide de s'asseoir sur le lit. Elle sort son livre de maths, un cahier et une trousse. Mario l'observe avec attention. Elle est magnifique. Mains de nouveau moites.

– Je n'ai pas pris de calculatrice. Il en fallait une ?

– Non, t'inquiète pas. J'en ai une.

Mario ouvre un tiroir et trouve tout de suite la sienne sous une feuille de brouillon pleine de calculs.

Lorsqu'il se retourne, Paula est en train de retirer son pull. Son T-shirt se soulève un petit peu... Mario voit alors son ventre parfaitement plat et son nombril. Il déglutit.

– Il fait frais dehors, mais il fait bon ici, précise-t-elle en pliant son pull avant de le poser sur le lit.

Elle porte un débardeur vert orné de l'inscription « blue » en lettres roses.

– Oui, il fait froid dehors, mais pas ici.

Mario ne sait plus trop ce qu'il dit. Des bêtises, c'est certain. Ses yeux sont toujours fixés sur Paula, qui a dénoué ses cheveux pour se refaire une queue-de-cheval haute.

– Voilà, je suis prête. On commence par quoi ?

Je peux commencer par te dire combien je t'aime. Ou plutôt, commence par mon cou. Embrasse-le pendant que je te murmure tout mon amour à l'oreille, que cela fait des années que j'attends de pouvoir être seul avec toi.

– Ben, par le début, non ?

Paula se lève, son cahier et son livre à la main, un crayon dans la bouche. Elle pose le tout sur le bureau et regarde son ami avec un sourire amusé.

– Et quel est le début ?

La sonnette de la maison retentit alors à nouveau. Ils tournent en même temps la tête vers la porte de la chambre.

– Qui ça peut bien être ? dit Mario en fronçant les sourcils.

– Ta sœur ?

– Non, elle a les clés. Je ne pense pas que ce soit elle.

– Ben, descends et va voir, non ?

Tout cela était trop beau pour être vrai.

Il sort en ronchonnant et en maudissant l'odieux personnage qui a osé interrompre le plus beau moment de sa vie.

Nouveau coup de sonnette.

– J'arrive, j'arrive ! s'écrie-t-il en dévalant l'escalier.

Il arrive à la porte en courant. Troisième coup de sonnette.

Ouais, j'arrive, arrêtez de me soûler à la fin !

Il ouvre et... devant lui se trouve la dernière personne qu'il s'attendait à voir.

– Salut, Mario. Paula est arrivée ?

Diana lui fait la bise, et entre avant même d'y avoir été invitée. Elle a son sac sur le dos, et sourit nerveusement.

– Euh... Salut... Oui, oui.

– Ah, parfait ! Quand il y en a pour deux, il y en a pour trois, non ?

– Euh...

– En fait, j'étais chez moi et je m'ennuyais à mourir, alors je me suis mise à réfléchir. Oui, je sais déjà que tu crois que je ne sais pas le faire. Penser, je veux dire. Mais si, je pense, des fois. Et donc, j'ai pensé qu'il était temps de prendre mes études un peu plus au sérieux. Et je me suis souvenue, enfin, il m'est revenu subitement à l'esprit... que vous deviez vous voir pour réviser les dérivées, c'est ça ?

Diana a parlé si vite qu'elle en a mangé la moitié des mots, si bien que Mario, toujours aussi incrédule, semble ne pas avoir compris ce qu'elle venait de dire.

– Oui...

– Donc, voilà. Toi et Paula, qui est mon amie, vous allez me donner un coup de main et on verra si j'arrive à comprendre quelque chose à ce qui nous attend vendredi.

Diana pousse un énorme soupir de soulagement. Comme si dire tout cela l'avait libérée d'un grand poids.

– Diana ! entend-on depuis l'étage.

Paula s'est penchée par-dessus la rampe pour voir si Mario revenait, et sa surprise n'a pas été moins grande que celle de son ami en la voyant.

Elle dévale à son tour les escaliers et la serre dans ses bras.

Mario observe la scène en silence. Il ne sait ni quoi penser ni quoi dire, s'il doit rire ou bien pleurer. Il ne sera pas en tête à tête avec Paula. Une fois de plus.

Soupir. Cela aurait pu être pire, comme lundi ou mardi. Finalement, il est seul avec deux bombes chez lui, il y a pire comme disgrâce. Nouveau soupir et sourire timide.

Diana et Paula s'approchent de lui et l'attrapent chacune par un bras, qui n'oppose pas de résistance. Il pense seulement à ce qui aurait pu être et qui ne sera pas et que, maintenant, il va devoir leur expliquer tout le programme de maths, pour de vrai.

Chapitre 66

Ce même après-midi de mars, ailleurs en ville.

17 h 50. Angel est en train de rédiger les légendes sous quelques photos qui paraîtront dans le numéro d'avril dont la star sera Katia. Le reportage sur la chanteuse aux cheveux roses occupera les pages centrales, accompagné d'une colonne spéciale sur son accident de voiture. Elle en fera aussi la une, bien sûr.

Jaime Suárez est assis à côté de lui, l'air satisfait. Il est en effet très fier de ce travail bien fait, à la fois de qualité et audacieux, élaboré et créatif. Il n'est pas simple pour un petit magazine d'écrire sur l'artiste la plus populaire du moment. Pas facile du tout. Mais il est convaincu que le reportage et les photos de Katia permettront d'augmenter leurs ventes.

Tout cela, il le doit en partie à son jeune employé. Ce garçon écrit comme un dieu et il est certain qu'il fera une grande carrière dans le journalisme. En attendant, il compte bien profiter de ses articles le plus longtemps possible.

– Il t'en reste beaucoup ? demande le patron, maintenant plus serein après cette journée de fou passée à régler tous les derniers détails.

– Non, juste quelques-unes.

– D'accord. Je suis pressé de tout boucler.

– J'ai presque terminé. Quelle heure est-il ?

– Il est presque 18 heures.

– Déjà ?! Il faut que je me dépêche, dit Angel, le regard toujours rivé à l'ordinateur.

– Qu'est-ce qui se passe ? Tu as rendez-vous ?

– Oui, plus ou moins.

C'est alors qu'on frappe à la porte. C'est la réceptionniste qui vient annoncer une visite.

– Qui c'est ?

– C'est Katia, monsieur. Je lui ai dit de monter.

– Katia ? La chanteuse ?

– Oui. Enfin, c'est ce qu'elle a dit.

– Ben ça alors ! Son agent ne m'a pas contacté...

– J'ai rendez-vous avec elle, précise Angel qui continue à taper à toute allure sur le clavier.

Jaime Suárez regarde son poulain, les yeux ronds.

– Elle a pris rendez-vous avec toi ? Pour quoi faire ?

– Je voulais l'inviter à prendre un café en remerciement de sa précieuse collaboration, répond le jeune homme en adressant un clin d'œil à son chef. Vous savez, un peu de relations publiques, ça ne fait jamais de mal.

– Ah.

– Vous pensez que ce n'est pas une bonne idée ? Si vous voulez je lui dis de...

– Non, non. Je trouve ça très bien. Mais...

– Mais ?

– Elle n'a fait aucune apparition publique ni aucune déclaration depuis l'accident. Et j'ai dû faire des pieds et des mains pour obtenir l'interview avec elle au milieu des centaines de demandes qu'elle reçoit. C'est pour ça que je suis très surpris que tu aies réussi à l'inviter à prendre un café.

Angel reste silencieux. Si son chef apprenait tout : sa cuite, les baisers, la nuit à l'hôpital, les coups de téléphone...

– Comme vous le voyez, je peux être très convaincant quand je veux.

– Oui, on dirait. Trop, peut-être.

– C'est un compliment, patron ?

– Je ne sais pas. Mais je me souviens maintenant... Katia a demandé expressément que tu ailles à la séance photo, non ?

– Oui. J'y suis allé. Mais bon, je n'ai pas été très utile.

Bref silence.

– Angel, regarde-moi – il obéit ; son chef le fixe, très sérieusement. Il y a quelque chose entre toi et cette fille ?

Le jeune homme soutient le regard de son patron quelques secondes, sans bouger, sans respirer, sans rien dire... Et finit par sourire.

– Non, répond-il laconiquement avant de retourner à sa tâche.

Jaime Suárez est sur le point de lui répondre, mais Katia fait irruption dans la pièce. Il se précipite à sa rencontre et lui serre la main.

– Bonjour, Katia. Bienvenue.

– Bonjour. Je suis heureuse de vous revoir. Comment allez-vous ? demande la chanteuse en saluant Angel d'un regard auquel il répond par son plus beau sourire.

– Bien, même si nous venons de vivre quelques jours de folie. Nous sommes en plein bouclage, enfin tu sais ce que c'est. Et toi, comment vas-tu depuis l'accident ?

– Ah, beaucoup mieux. Merci. Il y a eu plus de peur que de mal, répond-elle en regardant à nouveau vers Angel qui s'est remis au travail. J'ai eu de la chance, et puis on m'a très bien soignée.

– Tant mieux. Tu es radieuse en tout cas.

– Merci.

Angel les rejoint alors et fait la bise à la chanteuse.

– Bon, on y va nous, Jaime. Appelez-moi si vous avez besoin de quoi que ce soit.

– Vous partez déjà ? Tu ne veux pas que je montre l'article à Katia et tout ça ?...

– Ne vous inquiétez pas. Je le lirai avec attention quand il sortira, l'interrompt-elle en ouvrant la porte.

Elle dissimule à grand-peine son envie d'être seule avec Angel. Que veut-il lui dire ?

– Très bien. Allez-y.

– Ne vous stressez pas trop, tout est fait.

– Je vais jeter un œil et faire les dernières retouches.

– D'accord. Donc on y va, Jaime. Je serai là vers 9 heures demain, dit-il avant de passer la porte avec Katia.

Jaime ne sait pas très bien ce que veut dire tout cela. Se passe-t-il quelque chose entre eux ? Angel lui a-t-il menti ? Serait-il le petit ami de Katia ?

Le rédacteur en chef s'assoit devant l'ordinateur et réfléchit. Il imagine les répercussions que cela aurait. Il espérait bien que le nom de son poulain paraîtrait dans les plus grands journaux, mais en tant que journaliste, pas à la page people.

Chapitre 67

Ce même après-midi de mars, ailleurs en ville.

– On fait une pause ? demande Paula en s'étirant.

Son T-shirt est si moulant qu'il dessine son soutien-gorge. Mario s'en aperçoit mais détourne tout de suite les yeux. Diana, témoin de la scène, ronchonne dans sa barbe.

Cela fait plus d'une heure qu'ils sont plongés dans un monde nébuleux de chiffres et de lettres, à parler de dérivées, de paraboles, de fonctions et de tangentes. Paula commence à comprendre, plus ou moins. Elle a encore besoin de s'entraîner, de faire d'autres exercices, mais grâce à Mario, tout est plus clair pour elle. Toutefois, ce n'est pas aussi simple pour Diana, qui a beaucoup de lacunes. Elle n'a même pas les bases. Elle essaie pourtant, elle écoute attentivement, mais tout ce qu'elle parvient à faire, c'est à désespérer Mario. Ils se sont même chamaillés plus d'une fois, sous le regard amusé de Paula.

– OK. Une pause ne nous fera pas de mal. Je sature un peu, reconnaît Mario.

– C'est à cause de moi que tu satures ?

– Je n'ai pas dit ça.

– Mais tu le penses. Je te prends la tête, pour ne pas dire autre chose.

– Arrête, Diana. Ne sois pas comme ça, intervient Paula.

– Bah, si. Je sais que je suis nulle et que je sers à rien pour tout ça.

– Tu te débrouilles très bien. On l'aura tous les trois, tu verras. N'est-ce pas, Mario ?

Le jeune homme regarde ailleurs pour ne pas être obligé de répondre. Diana râle et croise les bras, vexée.

– Je descends chercher à boire. Qu'est-ce que vous voulez ?

– Du cyanure, répond Diana.

– Ça, j'en ai plus. Coca-Cola ?

– Deux Coca, un pour elle et un pour moi, merci, commande Paula en s'asseyant à côté de son amie.

Le jeune homme fait semblant de noter cela sur un carnet imaginaire et sort de la pièce.

Paula fait une bise sur la joue de Diana.

– Qu'est-ce qui t'arrive ? Tu es super nerveuse.

– Tu ne vois pas pourquoi ? dit-elle en secouant la tête.

– Quoi ?

– Ben, je suis nulle. Je ne suis vraiment pas faite pour l'école.

– Tu exagères.

– J'exagère ? Ça fait une heure qu'on est là et je n'ai toujours rien compris ou presque...

– Ben, ce n'est pas si simple, les dérivées.

– Oui, mais toi, tu comprends du premier coup.

– Tu crois ? C'est pas facile pour moi non plus. Le seul qui se débrouille vraiment, c'est Mario, dit-elle en souriant avant de lui donner un coup de coude. Bon, tu vas avouer qu'il te plaît, maintenant ?

– Mario ?

– Ben oui !

– Ça y est, ça recommence.

– C'est quand même assez flagrant, Diana. Pourquoi tu serais venue ici, sinon ?

– Ben, pour la même chose que toi : réviser. Enfin, je pourrais te poser la même question, non ?

– OK, pose-la.

– Que je pose quoi ?

– Ben, la même question. Demande-moi ce que je fais là et si Mario me plaît.

– Idiote.

Paula éclate de rire, mais insiste.

– Il n'est pas très beau, mais il n'est pas moche non plus. Il a quelque chose, tu trouves pas ? Je le connais depuis qu'on est tout petits et il s'est beaucoup amélioré avec le temps. C'est un type super intéressant. Tu ne crois pas ?

Oui, très intéressant. Très mignon. Et il me plaît ! Mais il ne ressent rien pour moi et je n'ai aucune envie de me taper la honte.

– Tsss. Si tu le dis...

– Je le dis, et toi, tu le penses, affirme Paula.

– Oui, il est pas mal, mais il y en a des beaucoup mieux, dit Diana en faisant l'indifférente.

– Oui. Mais Mario... je ne sais pas, je trouve que c'est un gars avec qui on a envie de sortir.

– Alors pourquoi tu sors pas avec lui, toi ? Vous vous entendez bien, non ? S'il te plaît tellement, couche avec.

L'amertume de Diana transparaît dans ses mots. Cette conversation est en train de lui piler les nerfs.

– Quelle brute tu es !

– Pourquoi ? Tous les couples baisent, non ? Si tu sortais avec lui, vous le feriez aussi.

– J'ai un petit ami, Diana, répond-elle en souriant.

– Ben, change de petit ami.

– Je ne veux pas changer. En plus, ce n'est pas moi qui plais à Mario, c'est toi.

Diana est secouée d'un frisson en entendant « c'est toi ».

– Ça, ce n'est pas sûr du tout.

– Si, ça l'est. Vous rentrez tous les jours ensemble, il ne dort pas la nuit, il erre comme une âme en peine au lycée, il ne fait même plus ses devoirs alors que ce n'est pas du tout son genre, il n'arrête pas de regarder vers nous en cours et en plus, maintenant, vous vous disputez comme un vieux couple. Quelles preuves de plus te faut-il ?

– Aucune.

– Aucune ?

– Non, car même en admettant que je lui plaise, et ce n'est pas le cas, il ne me plaît pas à moi, ment-elle.

Paula soupire. Elle abandonne pour cette fois, mais elle n'est pas dupe, elle sait que Diana ressent quelque chose pour Mario.

– OK. Comme tu veux.

– Pourquoi tu ne me crois pas ?

– Pour rien. Laisse tomber.

Silence. Paula regarde sa montre. Presque 18 h 30.

– Il va falloir que j'y aille bientôt.

– Pourquoi ?

– J'ai rendez-vous.

– Avec Angel ?

– Non, avec Alex. Il a dit qu'il voulait me parler.

– Il veut te parler ? demande Diana en haussant les sourcils.

– Oui, c'est ce qu'il m'a dit par SMS. Je n'en sais pas plus.

– Il est amoureux de toi.

– Mais n'importe quoi ! T'es folle ! Comment veux-tu qu'il soit amoureux de moi ?

– Pourquoi pas ? Ils le sont tous. De toutes les filles que je connais, c'est toi qui as le plus de succès. Ce sera un autre sur ta liste.

– Je n'ai pas de liste.

– Moui.

Diana se lève, s'étire et se dirige vers la porte. Elle ne sait pas pourquoi, mais elle ne supporte plus la présence de Paula.

– Où tu vas ?

– Aux toilettes. Je reviens.

Elle manque de rentrer dans Mario qui réapparaît pile à cet instant, les bras chargés des boissons.

– Fais attention !

– Excuse-moi, mais tu ne regardais pas où tu allais non plus.

– Oui, c'est vrai, excuse-moi aussi.

– Ce n'est rien, dit-il en posant les canettes sur le bureau. Tu t'en vas déjà ?

– Non, pas encore. Je vais aux toilettes. Tu devras me supporter encore un peu.

– J'essaierai de survivre. Ne traîne pas, on a encore pas mal de boulot.

Elle sort de la chambre sans répondre. Elle les observe discrètement du couloir. Mario lance un Coca à Paula qui l'attrape au vol. Puis il va s'asseoir à côté d'elle sur le lit. Ils papotent, se regardent et se marrent.

Pourquoi se marrent-ils comme ça ? Pourquoi sont-ils si collés ?

Diana ne supporte pas d'en voir davantage et se dirige vers les toilettes. Elle le déteste. Elle aussi, elle la déteste. Elle les déteste tous les deux. Même si elle les aime aussi. Lui surtout. Beaucoup. Trop. Elle ne peut pas le contrôler et cela commence à doucement la ronger.

Chapitre 68

Ce même après-midi de mars, quelque part en ville.

Alors qu'ils franchissent la porte d'un café, Katia est obligée de signer trois autographes à des petites filles qui se trouvaient là. Se sont ajoutées tout de suite deux adolescentes tremblantes dont les cris ont alerté un autre groupe de filles un peu plus loin. Angel constate rapidement qu'ils ne sont pas près de s'en sortir. Il attrape la main de la chanteuse et l'entraîne à toute vitesse dans les rues de la ville. Les gens les regardent, surpris et incrédules. Cette fille ne peut pas être celle à laquelle ils pensent.

Ils parviennent finalement à trouver refuge dans une ruelle sombre où ils s'arrêtent, à bout de souffle.

– C'est toujours comme ça quand tu vas prendre un café ? demande Angel, haletant.

– Depuis que je passe à la télé, oui. Mais je n'ai pas l'habitude de fuir de cette façon.

– Enfin, tu tiens une sacrée forme. Tu cours vite.

– C'est mon devoir d'être en forme. Ça fait partie de mon travail. Je fais pas mal de sport pour tenir le rythme des concerts. Mais tu es rapide aussi.

– Merci. On dirait que j'ai de bons restes. Mais je t'assure que ce n'est pas pour fuir mes fans.

La chanteuse sourit puis s'étire le cou, les épaules puis les bras sous le regard attentif d'Angel. Elle est jolie. Vraiment très jolie. Un corps parfaitement proportionné, petit, esthétique et sensuel. Katia se rend vite compte qu'il l'observe.

– Qu'est-ce que tu regardes ?

– Rien.

– Rien ? Ah bon.

– J'essayais simplement de me souvenir comment on en était arrivés là.

– On a pris la Gran Vía, puis...

– Je ne parlais pas de ça, coupe Angel en la regardant fixement.

– Ah non ?

– Non.

– Et on peut savoir de quoi tu parlais alors ?

Angel s'approche du coin de la rue sans répondre.

– C'est bon, la voie est libre.

– Pas pour longtemps, je pense. Où qu'on aille, ce sera partout pareil.

– C'est franchement pénible...

– Oui. Je ne m'habitue toujours pas, enfin je le vis mieux qu'avant tout de même.

– Ça ne devrait pas être comme ça. Comment vous pouvez supporter ça ? Tu ne peux même pas aller prendre un café tranquillement.

– C'est le prix à payer. Tu vends des disques, tu gagnes beaucoup d'argent, on t'invite à plein de fêtes, tu côtoies des gens importants, mais il y a ça aussi...

Angel réfléchit un instant. Il a la solution, même s'il n'est pas certain qu'elle soit bonne. Jouer avec le feu est toujours dangereux, mais il doit vraiment lui parler.

– On va chez moi ?

Katia est pour le moins déconcertée. Hier, il ne voulait pas lui répondre au téléphone, et maintenant, il l'invite chez lui...

– Mais...

– C'est la meilleure solution, là-bas on ne nous dérangera pas. Je ne pense pas être capable de refaire un sprint comme celui-là, dit-il en souriant.

Ses yeux d'un bleu stupéfiant ressortent encore plus lorsqu'il sourit. Ils brillent, brillent et rendent amoureux. Il doit vraiment avoir quelque chose de très important à lui dire pour l'inviter chez lui après tout ce qui s'est passé entre eux.

– OK. Comme tu veux.

– Allons-y alors. On va prendre un taxi si ça ne te dérange pas. Ta voiture est loin d'ici et tes fans vont encore nous tomber dessus si on y retourne.

– D'accord.

Ils sortent de la ruelle et marchent côte à côte. Une petite fille accompagnée de sa maman la reconnaît et la montre du doigt. Katia lui sourit sans s'arrêter, elle n'a pas le temps. Ce côté de la profession la met mal à l'aise. Il n'est pas facile d'être un personnage public connu et admiré et de ne pas pouvoir répondre aux gens faute de temps ou d'énergie. La célébrité est parfois dure et cruelle.

Ils ont de la chance, un taxi libre est arrêté au feu rouge à quelques dizaines de mètres d'eux. Angel lui prend à nouveau la main et ils courent jusqu'à lui. Ouf ! Juste à temps. Ils montent tandis qu'Angel donne son adresse au chauffeur.

Pendant ce temps, ailleurs en ville.

Les grands yeux bruns d'Alex regardent dans le vide à travers une des baies vitrées du *Starbucks*.

Il vient de lire un e-mail qu'on lui a envoyé et depuis il ne pense qu'à elle. À Paula.

Il n'a pas pu écrire une seule ligne pour *Derrière le mur*. Impossible. Son esprit est ailleurs. Cela fait quelques minutes maintenant qu'il n'est plus dans la réalité mais dans un monde rêvé, plein de notes de musique et de sourires d'adolescents. Il se souvient de ses yeux et de ses lèvres, de cette bouche qu'il a failli embrasser.

Il a pourtant décidé une chose pour son roman avant d'ouvrir Hotmail : appeler le prochain personnage féminin Rosa, comme la jeune fille qui l'a servi si aimablement tout à l'heure. Un petit hommage comme il aime en faire dans ses écrits.

L'après-midi touche à sa fin. Le *Starbucks* se vide petit à petit, les deux adolescentes et les touristes américaines sont parties. Il reste un couple d'homosexuels qui s'embrasse à pleine bouche entre deux éclats de rire heureux, insouciants et libres.

– Tout va bien ? demande une voix qu'il reconnaît tout de suite.

Rosa essuie la table voisine avec application.

– Oui. Merci, Rosa, répond Alex en souriant.

– Si vous ne vous sentez pas bien, je peux vous apporter un cachet ou quelque chose.

– Non, ne t'inquiète pas. Je n'ai mal nulle part.

La serveuse devient alors d'un rouge anormalement écarlate. Ses pommettes sont littéralement en flammes. Elle sourit toujours, malgré son malaise.

– Je suis désolée.

– Non, il n'y a pas de raison.

– Je me suis peut-être mêlée de ce qui ne me regardait pas.

– Non, pas du tout. Je te remercie de t'inquiéter pour moi. Généralement personne ne fait attention à personne et il est plutôt rare qu'on prenne la peine de demander à quelqu'un comment il va.

– C'est sûr. On doit davantage vous demander votre numéro de téléphone ou votre e-mail.

Alex éclate de rire. Elle a réussi à le faire rire, un exploit. Cette jeune fille est vraiment très sympa.

– Ah ça non ! Cela ne m'est jamais arrivé.

– Je ne vous crois pas.

– Ben, tu devrais.

Le nettoyage de la table terminé, elle est sur le point de passer à la suivante, à côté du couple gay. Un groupe de jeunes l'a laissée dans un état pitoyable. Elle soupire devant le triste spectacle, mais hésite à entreprendre le nettoyage. Les deux garçons sont en train de s'embrasser, les yeux clos, sans faire attention aux dires et aux regards curieux. Rosa préfère ne pas les déranger.

– Ils en ont de la chance, ces deux-là... dit-elle à Alex en faisant semblant de nettoyer la même table. Quelle passion ! C'est rare de trouver quelqu'un qui s'abandonne à vous comme ça.

Le jeune homme les regarde du coin de l'œil.

Il regalo piu grande, « Le plus beau des cadeaux », de Tiziano Ferro, passe alors à la radio du *Starbucks*. Cette chanson semble avoir été mise pour eux, ni l'un ni l'autre n'ont peur de montrer leur amour au grand jour. Rien ni personne n'a d'importance, leur monde est l'autre et cela leur suffit amplement.

Alex est alors submergé par une écrasante sensation de solitude et une grande mélancolie. Paula serait sans doute le plus beau des cadeaux pour lui.

– Oui, ils ont beaucoup de chance, répond-il résigné.

– C'est si beau l'amour lorsqu'il est partagé.

Les yeux de Rosa s'embrument, presque humides.

Le soleil commence à se coucher.

– Ça va ? demande Alex qui s'est rendu compte de son trouble.

– Oui, oui. Ça va.

Ce qui n'est pas vrai. Rosa pense à l'unique petit ami qu'elle a eu, le seul qui l'a aimée. Mais il l'a abandonnée. Un souvenir amer, éternellement douloureux.

Pourtant, elle ne tarde pas à sourire à nouveau.

Alex perçoit sa tristesse. Elle ressemble sans doute à la sienne, celle qui vient lorsqu'on ne peut pas être près de la personne qu'on aime. Il sait combien ça fait mal et comprend aussi ce que provoque le fait d'aimer sans être aimé en retour. Il voudrait la consoler.

Il a alors une idée. Il fouille dans un des sacs et sort l'exemplaire de *Derrière le mur* qu'il a sauvé de la poubelle.

– Tiens, c'est pour toi, dit-il en lui tendant le cahier.

Rosa le prend et jette un coup d'œil, aussi surprise qu'enthousiaste tandis qu'Alex se lève.

– C'est vous qui l'avez écrit ?

– Oui. Tu me diras ce que tu en penses la prochaine fois que je viendrai.

– Quel honneur ! Merci beaucoup. Le prochain caramel macchiato sera offert par la maison.

Tous deux sourient et se sentent un peu mieux.

Ils descendent ensemble et se disent au revoir devant la porte. Alex lui demande alors une ultime faveur.

– Oui, dites-moi ?

– Arrête de me vouvoyer, s'il te plaît.

Il parcourt les rues alors que la soirée commence, à la fois triste et joyeux, mélancolique mais plein d'espoir. Il pense à elle, à Paula. Il n'imagine pas qu'il la verra avant que le soleil ne réapparaisse demain.

Chapitre 69

Pendant ce temps, ailleurs en ville.

– J'y vais.

Paula range son livre de maths et son cahier dans son sac Supernanas.

– Tu t'en vas ? Déjà ? demande Mario.

– Oui, je suis désolée. J'ai rendez-vous et si je ne pars pas maintenant, je vais être en retard, dit-elle en fermant sa trousse.

Mario observe la scène, déçu. Les choses ne se sont pas passées comme il l'espérait. Le « rendez-vous » de ses rêves s'est finalement transformé en une séance de révisions à trois où il a dû tout expliquer à Diana les trois quarts du temps.

– D'accord, on continuera demain. Tu pourras venir ?

– OK. Parfait, j'ai besoin que tu m'expliques encore deux ou trois choses.

– Super, alors. Demain, même heure.

– Je serai là à 17 heures, c'est noté.

Paula enfile son pull et prend son sac.

Mario soupire et empile des feuilles pleines de calculs. Rangement. Fin de la classe.

Diana tousse.

– Euh... et moi ? Je compte pour du beurre ? demande-t-elle en lançant un regard assassin à l'un et l'autre.

– Mais bien sûr que non, imbécile, lui dit Paula en la prenant dans ses bras.

Elle tente de lui faire un bisou sur la joue mais Diana l'écarte avant de céder devant l'insistance de son amie.

– Je sais que je suis un boulet, mais j'aimerais au moins finir ce que j'ai commencé.

– Tu n'es pas un boulet du tout. Et puis tu peux rester encore un peu, comme ça tu pourras t'avancer. Il est encore tôt.

– Mais...

Mario ne sait pas quoi dire. Non seulement il n'est pas seul avec Paula, mais en plus il doit jouer au professeur particulier avec Diana.

– Allez. Ce n'est pas parce que je m'en vais que vous devez arrêter. Vous pouvez continuer sans moi. Toi, explique-lui tout bien, et toi, ne sois pas si négative, hein ?

– Eh bien, je... bredouille Diana.

Tous deux restent sans voix.

Paula donne une petite tape dans le dos de son amie, sourit à Mario et sort de la chambre en vitesse. Elle a accompli sa mission, maintenant, c'est à eux de conclure. Elle est sûre que des choses intéressantes vont se passer dans cette chambre.

Au même moment, ailleurs en ville.

Tout le monde regarde Irène se lever. Belle vue, n'est-ce pas ?! Mais aujourd'hui, elle n'a pas le temps d'y faire attention, elle est pressée. Elle ramasse rapidement ses affaires et sort de la classe. Elle a rendez-vous, et pas avec un homme comme ils pourraient l'imaginer.

Elle a un plan. Cela ne se passera peut-être pas comme prévu, mais elle obtient toujours ce qu'elle veut. Elle ne doute pas, elle fonce toujours sans regarder derrière elle en luttant avec toutes les armes qu'elle possède. Cette fois-ci ne fera pas exception. Elle veut Alex et elle l'aura, il suffit juste d'écarter cette Paula qui se trouve en travers de son chemin.

Avec cette idée en tête et sûre d'elle-même comme à son habitude, elle se rend au rendez-vous pris avec l'amour supposé de son demi-frère.

Souriante, malicieuse et remplie de haine pour cette adversaire qu'elle ne connaît même pas, elle monte dans sa voiture et se repasse mentalement chaque phase de son plan.

Cette même fin d'après-midi de mars, ailleurs en ville.

Alex fait une fausse note. C'est très inhabituel car son saxophone est comme une extension de lui-même, il ne se trompe jamais.

Que lui arrive-t-il ?

Il pose l'instrument sur une chaise et donne une pause de cinq minutes à ses grands élèves.

– Hé, qu'est-ce qui se passe ? lui demande M. Mandizábal en venant vers lui.

– Rien, ment-il en tentant de minimiser son erreur. Pourquoi ?

– C'est bien la première fois que tu te trompes.

– Il fallait bien une première.

Le vieil homme le regarde attentivement dans les yeux.

– Toi, il y a quelque chose qui ne va pas, assure Agustín.

– Mais non, ça va très bien. Je me suis juste trompé, ça arrive.

– Pas à toi. Tu sais manier cette chose à la perfection.

– Ne traite pas le saxo de « chose », proteste Alex, pressé de mettre fin à cette conversation.

– Très bien, très bien. Tu ne veux pas me dire.

– Non, ce n'est pas ça, Agustín. Tout va bien.

M. Mandizábal hausse les épaules et renonce à essayer d'en savoir davantage.

– Bon, si tu le dis, je te crois. Mais je n'en suis pas convaincu.

Son manège ne prend pas. Il voit bien à son visage que quelque chose ne va pas et qu'il a la tête ailleurs. Mais il ne vaut mieux pas insister... Après un dernier regard vers le jeune homme, il va rejoindre ses amis.

Alex le regarde s'éloigner.

On dit que ce n'est pas au vieux singe qu'on apprend à faire la grimace... et c'est vrai. Agustín Mandizábal a supposé juste.

Il n'arrête pas de penser à Paula. Jouer du saxophone est son principal foyer d'évasion, mais elle a réussi à envahir ses pensées jusque dans sa musique. Cela faisait très longtemps qu'il ne lui était pas arrivé quelque chose de semblable.

La pause est terminée.

Alex inspire et tente de se concentrer. Décidé, il prend fermement son saxo et se met face à sa classe de retraités qui ont fait de lui leur idole.

Il prend une nouvelle partition : *Forever in love*, de Kenny G. Il l'a joué tellement de fois... Il tente de s'oublier dans la musique mais rien n'y fait, le souvenir de Paula reste dans chacune de ses notes.

Cette même fin d'après-midi de mars, ailleurs en ville.

Le voilà. Angel apparaît avec deux tasses de café. Au lait pour elle, noir pour lui.

Elle s'est promenée dans le salon en l'attendant. Tout est très bien rangé. Ce n'est pas un endroit somptueux, mais il a son charme, le même que celui d'Angel.

Elle est très nerveuse. La dernière fois qu'ils se sont retrouvés seul à seul, elle l'a embrassé. Il ne s'en est pas rendu compte, mais pour elle, cela signifiait beaucoup.

De quoi vont-ils parler ? Il lui semble que ses jambes commencent à trembler.

Angel attend qu'elle s'assoie puis lui donne sa tasse de café. Il lui tend le sucrier. Elle prend deux sucres. Il en fait autant puis s'installe sur le côté opposé du canapé. Ils sont enfin tranquilles. C'est le moment.

– Katia, je dois te parler de quelque chose de très important.

Chapitre 70

Cette même fin d'après-midi de mars, ailleurs en ville.

– Maintenant, isole *x*.

– Quoi ?

– On l'a déjà fait mille fois... Isole *x*.

– Lequel ?

Mario soupire, prend le crayon de Diana et entoure le *x* dont il parle.

– Celui-là.

– Ah, d'accord. Ce n'est pas si compliqué, alors.

– Non, ça ne l'est pas.

– Tu aurais pu le dire avant.

– Humpf, grommelle-t-il avant de soupirer ostensiblement.

– Quoi ? dit-elle froidement en se reculant un peu. Je te fatigue, non ?

– Ben, on y a passé l'après-midi.

– Oui. T'en as ras le bol de moi.

– De toi, non. De faire ça, oui.

– Ah. D'accord, OK. Compris.

Diana se lève et commence à ranger ses affaires.

– Qu'est-ce que tu fais ?

– Je m'en vais. C'est bien ce que tu veux, non ?

– En fait...

– Non, non, pas de problème. Je ne vais pas te déranger plus longtemps.

Mario la regarde faire. Elle marmonne des commentaires qu'il n'arrive pas à entendre, sans doute des mots peu élogieux à son égard.

Dans le fond, il n'a pas très envie qu'elle s'en aille. Diana n'est pas si mal. Bon, elle est insupportable et impolie parfois, mais elle fait des efforts pour apprendre. Et elle est... mignonne ? Elle n'a pas la beauté naturelle de Paula, ni son corps parfait, ni son aura particulière qui éblouit tout sur son passage. Mais elle est jolie et possède un grain de folie très agréable.

– Ne sois pas comme ça.

Elle s'arrête et le fixe, droit dans les yeux. Ils ne sont pas très expressifs, mais ils dégagent de la chaleur et de la douceur.

– Que je ne sois pas comme quoi, Mario ? Tu n'arrêtes pas de te plaindre depuis tout à l'heure.

– Non, ce n'est pas vrai.

– Ah oui ! Quand tu expliquais les maths à Paula, tu ne râlais pas, tu souriais même. Excuse-moi de ne pas être Paula !

Diana a les yeux brillants, elle est au bord des larmes, debout face au garçon dont elle est tombée éperdument amoureuse. Lui est impassible, immobile. Il y a trois jours, il était simplement le frère de Miriam. Maintenant, il est devenu son obsession.

– Mais, Diana...

– Je ne veux pas d'explications, Mario. Tu crois que je ne vois pas ce qui se passe ?

– Quoi ?

– Oui, c'est ça, Mario, tu me la feras pas à moi. J'ai sans doute l'air gourde, et je le suis peut-être, mais je suis la seule personne qui s'en soit rendu compte.

– Je ne vois pas de quoi tu parles.

Diana se laisse tomber sur le lit. Elle fuit son regard et lâche :

– Tu es amoureux de Paula.

– Qu'est-ce que tu dis ???

– Pour moi, c'est très clair. Tu es complètement fou d'elle.

Il ne sait pas quoi répondre et finit par s'asseoir pour écouter la suite.

– Ça se voit, Mario. C'est à cause d'elle que tu es dans cet état. Tu ne dors pas, tu n'as pas d'appétit, tu es plus perdu que d'ordinaire. Tu regardes souvent vers nous. Et c'est à cause de Paula, n'est-ce pas ?

Lorsqu'elle lève à nouveau les yeux vers lui, il détourne les siens, silencieux.

– J'ai donc raison, dit-elle avec un sourire amer. Je suis vraiment trop bête.

Il voudrait disparaître, là, tout de suite. Son secret révélé au grand jour...

– Ne dis rien à personne, s'il te plaît, murmure-t-il avec difficulté.

– Ne t'inquiète pas, je ne dirai rien.

– Merci.

Elle avait donc raison. Soupir. Une douleur lancinante au fond du cœur.

Elle s'est levée, le sac sur le dos, prête à partir. Que faire ?... Fuir ? Combattre ? Abandonner ? Se confronter à la réalité ?

– C'est dingue ! Les gars, vous êtes vraiment...

– Quoi ?

– Pourquoi Paula ? Qu'est-ce que vous avez tous à être après elle ? Qu'est-ce qu'elle a ?

– Je ne sais pas.

– Il y a d'autres nanas sur terre, tu sais ? s'écrie-t-elle d'une voix où se mélangent le reproche, le courage et la sincérité. Tu n'as jamais été avec une fille, pas vrai ? Tu n'as jamais embrassé personne. Je me trompe ?

Mario reste silencieux, il ne veut pas répondre à cela.

– Qu'est-ce que tu vas faire ? L'attendre pendant toute ta vie ? Tu vas attendre que la fille de tes rêves veuille bien se rendre compte que son ami d'enfance est amoureux d'elle ?

– Laisse-moi, s'il te plaît.

– Et, pendant ce temps, tu vas devoir supporter qu'elle sorte avec d'autres, qu'ils l'embrassent et qu'ils couchent avec elle ?

– Diana, mais laisse-moi, enfin !

– Quoi, Mario ? C'est la vérité. Ça fait mal, hein ?

– Lâche-moi !

– Tu resteras puceau jusqu'à ce qu'elle décide de faire attention à toi ?

– Bon sang, Diana, je t'ai dit de me laisser tranquille ! Même si ça te dérange, c'est elle que j'aime, pas toi !

Le cri de Mario résonne dans la chambre, dans leurs têtes, dans leurs cœurs. Des mots qui poignardent. Diana a l'impression de perdre tout son sang, une hémorragie invisible, froide et douloureuse.

Miriam fait alors irruption dans la chambre.

– Mario, tu as cri... ? Ah, Diana ! Qu'est-ce que tu fais là ? demande-t-elle étonnée, sans comprendre ce qui se passe.

Mais son amie n'est pas en état d'articuler un mot. Elle pousse Miriam d'un coup de coude et sort de la pièce, cette dernière phrase inscrite au fer rouge dans le cœur.

Chapitre 71

Ce même jour de mars, quelques minutes plus tard, ailleurs en ville.

Le vent s'est intensifié et il fait froid. La nuit vient de tomber, la lune est cachée par les nuages venant du nord. Le printemps qui semblait en avance a cédé devant l'hiver, qui a décidé de s'attarder un peu.

Irène gare la voiture. Elle a eu de la chance, de là où elle se trouve, elle peut surveiller le lieu de rendez-vous à son aise. C'est l'heure. Est-elle déjà là ?

Les deux mains sur le volant, elle scrute minutieusement les alentours. Elle ne voit personne qui pourrait correspondre au profil. Elle se demande alors si elle n'a pas été trop audacieuse, si elle n'a pas trop fait confiance à son intuition et à la chance. Oui, elle a aussi besoin d'un peu de chance : il faut qu'Alex n'ait pas été en contact avec elle aujourd'hui, sinon...

Si elle ne vient pas ? Si elle se retrouve face à son demi-frère dans une colère noire ? Que fera-t-elle ? Elle n'a pas songé à un plan B.

Cependant, Irène oublie vite toutes ces considérations en voyant arriver une jeune fille à côté d'un réverbère. Elle regarde sa montre puis autour d'elle. Elle semble attendre quelqu'un. Ce doit être elle.

Elle doit avoir entre seize et dix-huit ans, vraiment très belle. Son corps semble parfait sous son pull moulant et son jean gris. Une tentation pour n'importe quel garçon. Oui, ce doit être Paula, et elle comprend très bien qu'Alex soit tombé sous son charme. C'est une rivale de taille et elle n'en est que plus motivée... Sourire.

Au même moment, sous la lumière d'un réverbère.

Elle se frotte les bras. Ce qu'il fait froid ! Elle aurait dû se couvrir un peu plus.

– Atchoum ! Atchoum !

Paula se mouche, remets le Kleenex dans sa poche et soupire.

Où est Alex ?

Elle regarde à nouveau sa montre et fait claquer sa langue. Cette situation lui est familière. Il y a six jours, elle attendait Angel jusqu'à ce que, découragée, elle aille au *Starbucks* où elle a rencontré Alex. La scène est similaire mais avec une autre personne dans le rôle du poseur de lapin. Que veut-il lui dire de si important ?

Il a peut-être eu une urgence. Elle pourrait l'appeler pour lui demander s'il va être en retard ou s'il ne viendra pas. Oui, c'est une bonne idée.

Une minute plus tard, dans la voiture en face.

Le téléphone d'Irène sonne. Elle sourit, satisfaite. C'est confirmé, cette fille est bien Paula. Elle l'a vue sortir son téléphone et passer un appel. Son plan se déroule à merveille. Du moins la première partie. Maintenant, c'est à elle de jouer.

Le téléphone cesse de sonner. C'est le moment.

Irène descend de voiture, sûre d'elle, comme d'habitude. Elle a enfin l'occasion d'éliminer cette jolie jeune fille de la vie de son demi-frère.

Au même instant, un jour de mars, à la nuit tombante.

Flûte, il ne répond pas. Que lui arrive-t-il ?

Il fait de plus en plus froid. Elle serre ses bras contre elle et sautille pour se réchauffer un peu. Et s'il ne venait pas ?

Paula ne comprend pas pourquoi c'est toujours à elle d'attendre les garçons. C'est l'inverse normalement, non ? *C'est la fiancée qui est censée arriver en retard à l'autel, et pas le contraire*, pense-t-elle, agacée.

Elle regarde un peu partout, toujours aucune trace d'Alex. Cependant, une fille semble marcher vers elle. Elle n'a pas froid avec cette robe si courte et décolletée ? Que veut-elle ?

– Salut, tu es Paula ? demande Irène en s'arrêtant juste devant elle.

Paula est si surprise qu'elle ne répond pas tout de suite. Comment connaît-elle son prénom ? Elle ne se rappelle pas l'avoir jamais vue.

– Oui, c'est mon nom, finit-elle par dire.

– C'est bien ce que je pensais. Enchantée, je m'appelle Irène.

Elles se serrent la main. Plus fort et plus longtemps que d'ordinaire.

– De même. Mais je...

– Non, tu ne me connais pas, si c'est ce que tu allais dire. Je ne te connaissais pas non plus, enfin pas physiquement, mais j'ai entendu parler de toi.

– Ah bon ?

– Oui, nous avons un ami commun.

– Ah. Qui ça ? dit Paula, soudain en proie à un mauvais pressentiment.

– Alex.

Alex ! Elle l'avait complètement oublié, du coup. Il aurait envoyé cette fille pour dire qu'il ne peut pas venir ?

– Ah ! Tu es une amie d'Alex ?

– Je suis sa compagne.

Paula est complètement ébranlée par ce que lui dit Irène.

– Sa... sa compagne ?

– Oui. Nous sommes ensemble depuis quatre ans Il ne t'en a jamais parlé, n'est-ce pas ?

– Non, murmure-t-elle.

– Quel salaud ! J'imagine qu'il ne t'a pas parlé de moi.

– À vrai dire... On ne se connaît pas depuis très longtemps.

– Oui, bien sûr... – Irène plante son regard dans celui de Paula. Je ne sais pas, mais en tout cas, il est tombé amoureux de toi.

– De moi ? Qu'est-ce que tu racontes ? Ce n'est pas vrai. C'est... c'est impossible.

– Vous avez une aventure ensemble, n'est-ce pas ?

– Non... non, je te jure que non. On se connaît à peine... répond-elle sans parvenir à bien articuler sous l'effet du stress.

Que se passe-t-il ? Pourquoi lui dit-elle tout cela ?

– Oui, c'est ça. T'as couché avec lui ?

– Mais non !

– Ne me mens pas, ma petite.

– Je ne mens pas !

– Si ! Tu t'es immiscée dans notre relation. C'est ça ton passe-temps ? Briser des couples ?

– Je ne sais pas de quoi tu parles ! Je te promets qu'il n'y a rien du tout entre lui et moi.

Paula est sur le point d'être submergée par la panique. Elle a du mal à respirer.

– Voilà ce qui se passe, poulette. Alex et moi étions parfaitement heureux jusqu'à ce que tu débarques. Je ne sais pas ce que tu as fait, mais il pense être amoureux de toi. Et ce n'est pas la meilleure chose qui puisse arriver – Irène prend la main de Paula et la pose sur son ventre – ... à notre enfant.

La jeune fille retire sa main immédiatement comme si elle s'était brûlée. Elle est assaillie d'une pluie de sentiments sortis de nulle part. Elle voudrait fuir à toutes jambes, mais Irène la tient fermement par le bras.

– Oublie-nous. Efface son numéro, supprime-le de tes contacts Facebook, ne lui réponds plus au téléphone. Tu es en train de détruire une famille. Ne parle plus jamais au père de mon enfant, sinon je te promets que je te rendrai la vie impossible. Tu seras la seule responsable, et en plus il pourrait t'arriver quelque chose de grave. Je te le dis en tant que femme, compagne et mère. Tu disparais, OK ?

Paula pleure en silence et la regarde, apeurée ; elle parle très sérieusement. Même si ce n'est pas vrai, elle veut que personne ne sache jamais ce dont cette fille l'accuse. Elle finit par acquiescer d'un signe de tête.

Irène la lâche et se détend. Elle a réussi.

Paula lui jette un dernier regard. Cette fille est si belle et séduisante ! Elle est parfaite pour Alex. Ils forment sans doute un couple adorable et leur enfant sera superbe.

Elle tourne les talons, gelée jusqu'aux os, et s'engouffre, tremblante, dans la bouche de métro la plus proche.

Irène la regarde s'éloigner. Cette fille serait une compagne idéale pour son demi-frère, si elle n'était pas là, bien sûr.

Elle retourne à sa voiture, satisfaite. Plus personne ne se mettra entre elle et Alex. Ce n'est plus qu'une question de temps.

Chapitre 72

Ce même jour de mars, à la nuit tombée, quelque part en ville.

Le taxi vient de la déposer à l'endroit où sa voiture est garée. Par chance, elle n'a croisé aucun fan trop enthousiaste, juste deux garçons qui se sont retournés en la reconnaissant. Elle n'a envie de voir personne et encore moins de parler. Si un admirateur l'approchait, elle réagirait sans doute comme elle l'a fait au terrain de golf.

Katia se sent très bizarre.

Elle monte dans la voiture et démarre. Beaucoup de circulation à cette heure-ci. Au milieu d'un concert de klaxons, elle allume la radio et tombe sur le succès du moment : *Tu éblouis mon cœur*, une nouvelle fois plébiscité par les auditeurs.

– C'est pas possible ! Ils en ont pas marre ? dit-elle à haute voix, avant de changer de station.

Elle tombe sur *What is love*, de Haddaway, sur Kiss FM. « Qu'est-ce que l'amour ? » Soupir. Elle le sait très bien, enfin, elle en connaît en tout cas le versant cruel. Et tout ça à cause de...

Bah ! Elle a envie de ne penser à rien pendant quelques instants. Elle tente d'y parvenir en chantonnant, mais impossible d'oublier la conversation qu'elle vient d'avoir avec Angel. Pourquoi lui a-t-il demandé ça ?

Feu rouge. Katia se laisse doucement tomber sur le volant.

– Je suis vraiment la reine des imbéciles.

Quelques minutes plus tôt, dans le salon d'Angel.

– Katia, j'ai quelque chose d'important à te dire.

Il la regarde dans les yeux, elle sent comme des fourmis au creux de son ventre.

– Dis-moi.

– Eh bien...

Angel hésite. Il prend une gorgée de café et regarde ailleurs pour se donner du courage et mettre de l'ordre dans ses idées.

– Allez, Angel, tu me fais languir, là. Crache le morceau, s'il te plaît.

Il plonge alors son regard dans le sien, mais ce n'est plus le même qu'auparavant, elle craint alors le pire. Il va peut-être lui reprocher ses appels et lui dire qu'il ne veut plus jamais la revoir ? Tant de gentillesse semble suspecte après autant de frictions.

– Tu te souviens du jour où nous nous sommes rencontrés ?

– Oui, bien sûr. C'était jeudi, la semaine dernière, répond Katia, qui ne voit toujours pas où il veut en venir.

– Oui, jeudi.

– C'est marrant, j'ai l'impression que je te connais depuis beaucoup plus longtemps, pas toi ?

– Oui, moi aussi, confirme Angel. Ce fameux jour, tu es arrivée en retard à la rédaction.

– Oui, on avait cumulé les retards, et comme votre interview était la dernière de la journée...

– Tu te souviens de ce qui s'est passé après ?

– Oui, je t'ai déposé à une réunion parce que tu étais en retard.

– Plus ou moins. Ce n'était pas une réunion. C'était un rendez-vous.

– Oui, c'est ça.

– Avec ma petite amie.

– Ah, c'est vrai. Je ne m'en souvenais pas, ment Katia, qui commence à se sentir mal à l'aise.

– Elle s'appelle Paula.

– Cool.

Même si elle ne sait toujours pas ce qu'il veut lui dire, la chanteuse a la soudaine impression que ça ne va pas tellement lui plaire.

– Samedi, c'est son anniversaire. Dix-sept ans.

– Elle est jeune, dis donc. Tu as vingt-deux ans, non ?

– Oui, mais bon, l'âge n'est pas vraiment important, dit-il en s'approchant d'elle. Je voulais te demander une faveur.

– Oui, dis-moi.

– Elle est une de tes plus grandes fans. Elle adore *Tu éblouis mon cœur*, elle n'arrête pas de le chanter. Donc je voudrais, si tu es d'accord, que tu lui dédies ta chanson. Tu la rendrais très heureuse, et moi aussi.

Katia reste sans voix, elle n'arrive pas à croire qu'il lui demande une chose pareille.

– Je ne suis pas certaine de bien comprendre. Lui dédier ma chanson ?

– Oui. Il suffirait que tu enregistres *Tu éblouis mon cœur* sur un CD en remplaçant « Laura » et « Miguel » par « Paula » et « Angel ».

– Tu veux que je change les paroles ?

– Oui, si tu le peux et si ça ne te dérange pas trop.

Silence.

– Je... à vrai dire... je ne sais pas.

– Si tu ne veux pas le faire, ce n'est pas grave du tout. Je réfléchirai à un autre cadeau, s'empresse-t-il d'ajouter en voyant sa réaction.

– Excuse-moi, c'est que je ne m'attendais pas du tout à ça quand tu as dit que tu voulais me parler.

– Ne t'inquiète pas, je comprends très bien que tu ne veuilles pas le faire.

– Je n'ai pas dit ça.

– Non, mais c'est sous-entendu.

– Ben, tu te trompes... Je le ferai avec plaisir, répond-elle en souriant.

Katia enfouit ses sentiments au plus profond d'elle et se force à sourire. Elle a envie de quitter tout de suite cet appartement, mais si elle le fait, elle perdra Angel pour toujours. Si elle lui accorde cette faveur, elle gagnera peut-être des points et le verra plus souvent, même s'il est plus que frustrant de devoir pour cela faire plaisir à la petite amie de l'homme qu'on aime.

– Tu vas le faire ? demande-t-il, surpris.

– Oui.

– Vraiment ?

– Ben oui !

– Génial ! Merci beaucoup, beaucoup !

Angel se jette sur elle et lui embrasse la joue, près des lèvres, trop près. Tous deux sentent l'appel du désir, mais il réagit à temps lorsqu'il se rend compte qu'il est littéralement sur elle.

Elle n'est pas Paula.

Silence. On n'entend plus que leur respiration haletante.

Angel finit par se lever pour reprendre contenance et rapporte les tasses de café à la cuisine, Katia sur les talons.

– Tu en as besoin pour quand ?

Katia tente de faire comme si de rien n'était, d'occulter sa souffrance et ses désirs. Comme elle aurait aimé qu'il l'embrasse sur la bouche !

– Si je pouvais l'avoir pour vendredi matin...

Elle réfléchit un instant. Depuis l'accident, elle n'a rempli aucune des obligations notées dans son agenda et elle fera de même pour demain, prétextant qu'elle ne s'est pas totalement remise.

– OK, je pense que j'aurai le temps de le faire. J'appellerai mon agent ce soir pour qu'il réserve un studio.

– Un studio ? Tu n'as pas besoin de t'embêter autant.

– Non, ça ne m'embête pas.

– Tu pourras avoir une place dans un studio en si peu de temps ?

– Oui, sans problème. Avoir du succès a aussi des avantages. Laisse-moi faire.

– OK. Comme tu veux.

– Si tu veux, tu peux venir avec moi.

– Je ne sais pas si je pourrai, on est en plein bouclage. De toute façon, je t'appelle demain pour savoir comment ça se présente.

– D'accord. Mais ce serait bien que tu m'accompagnes.

– J'essaierai.

Quelques minutes plus tard, cette soirée de mars, au volant de la Saxo de sa sœur.

– Tuuuuuuuuuuuuuuuuuuuuuuuuuuut !

Katia a grillé un feu et a manqué de rentrer dans un bus. Elle était plongée dans ses pensées, dans sa conversation avec Angel et elle ne s'est pas rendu compte que le feu était rouge.

Tremblante, elle se gare en double file et met les feux de détresse.

Mon Dieu ! Elle a failli avoir un autre accident !

Elle prend une grande inspiration pour tenter de se calmer. *A bad dream*, de Keane, passe en ce moment sur Kiss FM. Oui, tout cela ressemble beaucoup à un « mauvais rêve ».

Chapitre 73

Cette même soirée de mars, dans un coin isolé de la ville.

Il rentre chez lui fatigué et un peu perturbé. Le cours d'aujourd'hui a vraiment été très étrange, il ne comprend pas ce qui s'est passé. Il n'a jamais fait autant de fausses notes, même lorsqu'il apprenait à jouer du saxo.

Il n'était même pas adolescent lorsqu'il a dû choisir son instrument. Il s'en souvient comme si c'était hier. Son talent pour la musique l'obligeait alors à se spécialiser. Ses professeurs et son père ont tenté de le pousser vers le piano, mais ils ont tous échoué.

– Le saxophone ?

– Oui, papa.

– Je ne pense pas que tu aies assez bien réfléchi.

– Si, je l'ai fait.

– Tu vas gâcher ton talent. Tu ne comprends pas ?

– Je suis désolé. C'est le saxo que je préfère.

– Mais le piano, c'est beaucoup plus élégant et prestigieux. Et ça donne beaucoup plus d'opportunités. Tout le monde dit que tu pourrais être un virtuose du piano.

– Je m'en fiche de ce qu'ils disent, papa.

– Tu t'en fiches ? Pourtant c'est essentiel. Les pianistes sont de vrais musiciens. Les saxophonistes...

Son père n'a pas voulu terminer sa phrase car il ressentait la plus profonde admiration pour tous ceux capables de jouer d'un instrument quel qu'il soit. Il était lui-même un grand amateur de jazz. Il laissait cependant s'exprimer sa déception et sa frustration en voyant son fils sacrifier le talent dont il avait hérité de sa mère.

– Qu'est-ce qu'ils ont, les saxophonistes ? a alors insisté Alex, qui ne comprenait pas pourquoi on ne voulait pas le laisser faire ce qu'il aimait.

– Ils finissent tous à un coin de rue à faire la manche.

– Ce n'est pas vrai ! Il y en a de très bons et très connus qui gagnent leur vie grâce à ça. Kenny G par exemple, ou Charlie Parker.

– Bah, c'est juste parce qu'ils ont eu de la chance. Si tu veux devenir quelqu'un dans le monde de la musique, tu ne peux pas choisir le saxo.

– Je ne veux pas devenir quelqu'un, je veux faire ce que j'aime.

– Tu es vraiment une tête de pioche, Alex. Qu'est-ce que ça t'apportera de jouer du saxophone ?

– Je ne sais pas, et ça m'est égal. J'aime bien le piano, mais ce n'est pas ce que je veux.

C'est ainsi que, après maintes discussions qui avaient pour but de le faire changer d'avis, il avait réussi à avoir un saxo qu'il avait baptisé « Emily », en l'honneur de sa mère Emilia. Les résultats ne se sont pas fait attendre : en quelques mois à peine, il était capable de jouer parfaitement n'importe quelle partition. Avec son saxo entre les mains, il se sentait léger, il voyageait loin de la réalité quotidienne. Il n'avait plus à supporter sa belle-mère, Irène ou les commentaires stupides de ses amis.

Le saxo avait aussi été son meilleur ami lors du décès de son père. Il jouait alors sans s'arrêter, le jour, la nuit, dans la solitude de l'aurore. Il était une partie de son corps, une extension naturelle de ses mains et de sa bouche... Et aussi sa seule source de sérénité.

Jusqu'à ce qu'il découvre un autre foyer qui lui permettait de s'épancher et de s'évader tout autant : l'écriture. Une nouvelle façon de lutter et une voie supplémentaire pour se trouver soi-même.

Écrire et jouer. Jouer et écrire. Faire écouter sa musique et faire lire ses ouvrages, tels étaient ses objectifs, si naïfs soient-ils. Cependant, un troisième élément surgi de nulle part l'empêche de se concentrer sur ses deux passions.

Il s'écroule dans son canapé et sort son téléphone de sa poche. Il voudrait l'appeler, il a envie de l'entendre, mais il n'est pas sûr que ce soit une bonne idée. Son cœur lui dit : « Oui, vas-y. » Que risque-t-il ?

Et si elle ne répondait pas ?

Alex passe un doigt sur l'écran de son téléphone. La petite fenêtre lumineuse montre son nom et son numéro. Il n'a plus qu'à appuyer sur le bouton de validation pour lancer l'appel.

Ce même soir de mars, ailleurs en ville.

Elle monte dans sa chambre sans un mot, les yeux encore humides. Pendant tout le trajet en métro, elle s'est caché le visage pour qu'on ne la voie pas pleurer.

Pourquoi cette fille lui a-t-elle dit tout cela ?

Paula ne comprend pas pourquoi Alex ne lui a pas parlé de sa compagne et de son futur enfant. *La vache ! Il va être papa, quand même !*

Elle ne savait pas non plus que ses sentiments pour elle étaient si forts. Amoureux d'elle ! Depuis quand ? Ils ne se connaissent que depuis jeudi !

Tout cela est pure folie.

Et maintenant ?

Le plus raisonnable est d'obéir à cette fille et de disparaître complètement. Oui, c'est la meilleure solution, même si c'est lâche. Elle ne veut pas se mettre au milieu d'un couple et encore moins être la cause d'une rupture.

Elle allume son ordinateur et ouvre Facebook. Elle cherche son pseudo et, après un instant d'hésitation, clique sur « Retirer des amis ». La fenêtre de confirmation apparaît. Re-*clic*. Voilà, le contact est supprimé de son compte pour toujours. Pour toujours.

Elle repense à son statut : « Derrière le mur. Télécharge-le et lis-le. Je peux vivre sans air mais pas sans musique. » Il ne dit rien de sa compagne et de son enfant, il parle seulement de ce qu'il aime et de son livre pour lequel elle l'a aidé.

C'est à ce moment-là qu'il est tombé amoureux d'elle ? Elle n'a rien fait pour ça.

Soupir. Cet instant à la FNAC où ils ont failli s'embrasser. Il aurait été infidèle ; elle aussi. Aucun d'eux ne l'a cherché, ce n'est qu'un caprice du destin. Mais c'est vrai, c'était sur le point de se produire.

Que faire ? Bon sang ! Que doit-elle faire ?

Une larme douce et chaude coule le long de sa joue. Elle aurait adoré apprendre à le connaître encore. Son sourire, ses grands yeux marron, son romantisme, sa manière de dire les choses et de se conduire avec elle...

Mon Dieu ! Comment en est-elle arrivée là ?

La sonnerie stridente de son téléphone la tire violemment de ses pensées. Ce n'est pas possible ! C'est Alex !

Une nouvelle larme tombe sur le clavier de son ordinateur.

Elle a très envie de répondre, de tout tirer au clair, de lui dire qu'ils sont simplement amis. Elle voudrait répondre mais elle ne le peut pas et ne le doit pas.

La sonnerie continue de retentir sans pitié, comme un cri déchirant. Il y a une heure elle aurait provoqué un sourire joyeux, mais maintenant elle ne lui donne plus que la sensation d'un poids énorme dans le ventre.

Réponds ! Réponds ! lui dit une petite voix. Non, il vaut mieux disparaître. Il va avoir un enfant avec cette fille. Et elle... elle n'est personne pour lui.

Non, personne.

Fin de l'appel.

L'enlever aussi de mes contacts Hotmail.

Clic. Une petite fenêtre apparaît.

Clic.

Chapitre 74

Cette même soirée de mars, ailleurs en ville.

« Même si ça te dérange, c'est elle que j'aime, pas toi ! »

Diana n'arrive pas à s'enlever cette phrase de la tête, comme un disque rayé. Cependant, elle peine à réaliser que tout cela s'est vraiment passé. Tout était irréel, comme dans un rêve, enfin, un cauchemar, plutôt. Elle finira bien par se réveiller, non ?

Elle mange sans appétit pendant que son ordinateur se met en route. C'est l'avantage de dîner dans sa chambre, on fait ce qu'on veut en même temps.

– Il faut que je change le fond d'écran, dit-elle à voix haute.

Le montage photo qu'elle a fait elle-même il y a quelques semaines l'a déjà lassée.

L'ordinateur rame et fait des bruits étranges. Il y a tellement de choses sur son disque dur qu'il a de plus en plus de mal à se mettre en route. Il lui faudrait un bon formatage, mais elle ne sait pas faire ça. Mario n'a certainement pas ce problème. Cet imbécile est un génie pour ce genre de chose.

Il n'aurait pas dû lui parler comme ça. Ce n'est pas sa faute s'il est amoureux de Paula et si elle s'en fiche de lui. Elle n'a pas supporté sa mauvaise humeur. Pour qui il se prend, cet enfoiré ? Elle ne faisait que lui dire la vérité sans artifice. C'est l'histoire typique : un type normal s'entiche de la fille parfaite qu'il connaît depuis toujours mais qui ne se rend compte de rien, alors elle sort avec des tas de garçons, pendant que lui attend qu'elle veuille bien tourner les yeux vers lui, et que, miraculeusement, elle tombe dans ses bras.

Beurk ! Pourquoi sa mère a mis des endives dans la salade ? Elle déteste ça, presque autant que Mario.

Il est peut-être connecté à Facebook ?

On s'en fiche. Elle ne veut plus entendre parler de lui. Et ce n'est pas des paroles en l'air, hein ? Elle est bien décidée à oublier complètement cet abruti qui a osé lui parler sur ce ton.

Pouah ! Encore des endives !

Ah ! L'ordinateur donne enfin des signes de vie, la session est ouverte.

Diana repose son assiette et s'installe devant le PC. Elle ouvre Facebook : 697 amis. Les fenêtres commencent à s'ouvrir les unes après les autres. Celui-là, elle ne sait même plus qui c'est. Un autre lui demande de mettre la webcam. « Tu veux du sexe ? » lui demande-t-on. *Mouarf ! Sale pervers !* Elle n'a aucune idée de qui c'est, mais le supprime tout de suite de ses contacts. Non seulement elle va changer son fond d'écran, mais elle va aussi faire un grand ménage dans sa liste d'amis.

Mario n'est pas connecté. Peu importe, elle n'avait pas l'intention de lui parler.

Nouvelle fenêtre.

– Salut, Diana, tu es là ?

Ah ! C'est Alex ! L'écrivain super mignon. Quelle bonne surprise ! Voilà une discussion qui lui fera le plus grand bien pour oublier un peu ses peines.

Cette même soirée de mars, devant un autre ordinateur, ailleurs en ville.

Paula se sent très mal, elle n'est même pas descendue pour le dîner. Sa mère lui a apporté un verre d'eau avec une aspirine et l'a obligée à prendre un de ces sirops que les mères utilisent pour soigner tout et n'importe quoi.

– Tu sors avec rien sur le dos aussi, il fait encore froid, on n'est pas en été.

Paula n'a pas contesté le diagnostic, tout en sachant très bien quelle est la cause de son mal de tête et de ses nausées. Elle a du mal à réaliser ce qui s'est passé durant ces dernières heures. Elle a supprimé Alex de ses contacts... Mais que pouvait-elle faire d'autre ? Il va avoir un enfant avec cette fille !

Elle est toujours connectée en mode « Hors ligne » sur Facebook. Angel n'est pas là, ses amies non plus et elle n'a pas envie de parler. Ah si ! Diana vient d'arriver. Comment cela s'est-il passé avec Mario ? Ils sont sûrement ensemble maintenant.

Elle tente de sourire en y songeant mais n'y parvient pas. Ses pensées retournent toujours vers cette fille et ses accusations. Elle ne va plus parler à Alex. Plus jamais.

Ni aujourd'hui, ni demain, ni...

Mais, samedi !... Son anniversaire ! Alex est invité !

Mince ! Que faire ?

Cette même soirée de mars, dans un coin isolé de la ville.

Comme il s'y attendait, elle n'a pas répondu.

Il n'aurait pas dû l'appeler, car maintenant une tristesse infinie vient s'ajouter à son envie de lui parler.

Il donnerait n'importe quoi pour avoir de ses nouvelles.

Elle est peut-être connectée au chat Facebook ?

Il s'allonge sur son lit et allume son ordinateur portable. Après un coup d'œil à sa liste d'amis il constate qu'elle n'est pas en ligne. Ses espoirs de lui parler tombent à l'eau. En revanche, son amie Diana est connectée, elle sait peut-être quelque chose.

– Salut, Diana, tu es là ?

– Oui, je suis là, salut. Quelle surprise ! répond immédiatement la jeune fille.

– Comment ça va ? écrit-il en souriant.

– Je me suis sentie mieux.

– Des soucis ?

– On en a tous, non ? Mais ça va presque mieux déjà.

– J'espère que ce sera vite complètement oublié.

– Oui, sans doute. Merci ☺.

– Tu as des nouvelles de Paula ? Elle n'est pas connectée.

Diana soupire. Encore un qui lui parle de Paula... Il n'y a donc pas d'autres sujets de conversation ?

– Non. J'ai révisé avec elle cet après-midi, mais je n'ai pas de nouvelles depuis.

– Ah. Je l'ai appelée, mais elle n'a pas répondu.

Elle réfléchit un instant. Paula lui a dit qu'elle devait partir parce qu'elle avait rendez-vous avec Alex, non ?

– Elle n'était pas avec toi ?

– Avec moi ?

– Oui. On révisait chez un ami et elle nous a dit qu'elle devait partir parce qu'elle devait te voir.

– C'est bizarre... Il n'était pas prévu qu'on se voie aujourd'hui.

– Oui, c'est très bizarre. Elle m'a dit aussi que tu avais quelque chose d'important à lui raconter et elle se demandait ce que ça pouvait bien être.

Alex s'assoit en tailleur sur le lit et pose l'ordinateur sur ses genoux. Il ne comprend pas et commence à s'inquiéter un peu.

– Je n'ai rien dit de ce genre à Paula, je ne sais vraiment pas d'où ça sort.

Diana se frotte pensivement le menton. Son amie lui aurait-elle menti ? Mais pourquoi l'aurait-elle fait ? Vraiment étrange, car elle ne semblait pas cacher quoi que ce soit lorsqu'elle lui a dit ça. Ce n'était peut-être qu'une excuse pour la laisser seule avec Mario. Pas très recherché. Mais s'il lui était arrivé quelque chose ?

– Alex, tu es certain que tu ne devais pas la voir ?

– Oui, je suis sûr. Comment je pourrais oublier une chose pareille ?

– Et elle ne répond pas au téléphone ?

– Non, elle n'a pas répondu.

Ils commencent à s'inquiéter sérieusement, tous les deux. Rien n'est logique dans cette histoire.

Où est-elle passée ?

La réponse ne se fait pas attendre, car la jeune fille disparue apparaît alors en ligne dans la liste d'amis de Diana.

Cette même soirée de mars, alors que Paula et Diana sont devant leur ordinateur.

« Diana, ne me demande pas pourquoi, mais tu dois dire à Alex de ne pas venir à mon anniversaire. C'est très important. Invente une excuse, n'importe quoi. Je te fais confiance pour me rendre ce grand service. Je suis désolée de te demander ça. Je t'expliquerai plus tard. »

Paula appuie sur « Entrée » et attend la réponse de son amie. Soupir. Elle n'a envie de parler à personne, mais elle n'a pas le choix, elle doit se connecter pour que Diana empêche Alex de venir à sa fête d'anniversaire.

– Salut, Paula.

– Salut, Diana.

– Heureusement que tu es arrivée, on commençait à vraiment s'inquiéter.

– Ah bon ? demande Paula, étonnée.

Il n'y a pas de raison, et qui est ce « on » ?

– Oui, je suis en train de parler avec Alex et il m'a dit qu'il n'avait pas du tout pris rendez-vous avec toi et que tu ne lui réponds pas au téléphone.

Alex est au courant. *Et maintenant ?*

Elle ne sait pas quoi répondre. Que peut-elle raconter à son amie ?

Diana, de son côté, rassure Alex et lui dit que Paula est en ligne.

– Ça va ? demande Diana en constatant que Paula est anormalement silencieuse.

– Écoute, je ne peux pas te dire ce qui se passe maintenant. Fais-moi confiance, je t'expliquerai plus tard. Ne dis pas à Alex que tu es en train de me parler.

– Quoi ? Ben, c'est déjà fait. Il dit que tu ne réponds pas.

– Mince ! Explique-lui que je suis partie, s'il te plaît, que j'étais pressée. S'il te plaît, Diana.

Il doit se passer quelque chose de grave pour qu'elle insiste autant. Diana écrit donc à Alex que son amie a dû descendre dîner en vitesse en lui promettant de tout lui raconter après. Puis elle prétexte un coup de fil à passer à Miriam pour le faire patienter, le temps de parler avec Paula.

– Je viens de lui dire que tu étais allée dîner.

– Merci, Diana. Excuse-moi de t'embarquer là-dedans. Je t'en dois une.

– Pas de souci. Mais qu'est-ce qui s'est passé avec lui ? Tu l'as viré de Facebook ?

– Oui. J'ai été obligée de le faire.

– Pourquoi ?

– C'est long. Je t'expliquerai.

– Fais-le maintenant. J'ai le temps. Allez, vas-y, tu vas pas me laisser languir comme ça.

Paula soupire. Finalement, tout raconter lui fera peut-être du bien. Elle fait donc le récit de sa rencontre avec Irène. Diana n'en revient pas.

– La vache ! C'est hallucinant ! s'exclame-t-elle.

– Maintenant, tu comprends pourquoi je l'ai supprimé ?

– Oui, mais c'est pas clair, tout ça. Alex ne semble pas le genre de type à être infidèle. Pourquoi tu ne lui parles pas ?

– Je ne peux pas. Sa copine m'a menacée et puis je veux pas interférer dans une relation. Il va être papa, quand même !

– Oui, c'est prise de tête, tout ça. Je sais pas ce que tu leur fais aux garçons pour qu'ils tombent tous amoureux de toi. Il te les faut tous, hein !

Diana repense alors à Mario, à l'amour fou que cet imbécile ressent pour son amie, et à l'amour encore plus débile qu'elle continue à éprouver pour lui. Qu'est-ce que Paula a de plus que les autres ?

– Ce n'est pas vrai. Et ce n'est vraiment pas le plus important, tout de suite, proteste Paula. Il faut que tu trouves un moyen de lui dire de ne pas venir à mon anniversaire.

– Ah oui ! Zut ! C'est vrai qu'il est invité...

– Oui. Il faut que t'inventes un truc pour qu'il ne vienne pas.

– Merci, Paula, ça ne me met pas du tout dans l'embarras... Qu'est-ce que je lui dis ?

– Je ne sais pas. Que finalement c'est annulé, qu'on le fait seulement toutes les quatre. Je ne sais pas.

– OK, je vais réfléchir.
– Merci encore, Diana.
– Enfin je pensais tout de même à une chose... Maintenant, Alex sait que quelqu'un a pris rendez-vous avec toi en se faisant passer pour lui. Donc il va bien savoir que c'est sa copine, il va chercher. Ça va chauffer pour elle...
– Oh, la vache ! C'est vrai !
– Je crois que tu devrais lui parler pour mettre les choses à plat. C'est la meilleure solution.
– Non ! Je ne peux pas le revoir, Diana. Tu ne comprends pas ça ? Et si jamais il se séparait de sa copine enceinte à cause de moi ?
– Mais s'il est vraiment amoureux de toi, il va pas laisser tomber si facilement, il va te chercher, il va t'appeler et t'envoyer des messages. Tu ne peux pas disparaître complètement.
– C'est pourtant ce que je dois faire et j'ai besoin que tu m'aides.
Elle n'avait jamais vu Paula dans cet état. C'est bien la première fois qu'elle semble perdre le contrôle.
– J'ai une idée. Je peux lui dire que tu m'as menti et que tu as inventé ce rendez-vous avec lui.
– Hum, et pourquoi je l'aurais fait ?
– Pour me laisser seule avec Mario.
Paula répond par deux émoticônes : un smiley avec un sourire jusqu'aux oreilles et un petit chien qui remue les sourcils.
– Va pas imaginer des choses... écrit Diana en soupirant.
– Hum, hum. Tu me raconteras comment ça s'est passé. Enfin, c'est une bonne idée. Tu penses que ça marchera ?
– C'est possible, oui. Il se tiendra éloigné un moment en tout cas, mais pas pour très longtemps à mon avis.
– Elle veut que je disparaisse de la vie d'Alex, Diana.
– Oui, je comprends. Mais je pense vraiment que le mieux serait de lui parler.
– Je ne peux pas.
– Moi, je peux le faire ?

– Non ! S'il te plaît ! Ne lui dis rien de tout ça.

– D'accord, d'accord. Je lui dirai pour Mario et je trouverai une excuse pour qu'il ne vienne pas à ton anniversaire.

– Merci. Tu es vraiment une amie.

Silence. Toutes deux réfléchissent à la situation.

Chez Diana, une fenêtre lui indique qu'Alex lui a écrit :

– Diana, tu es toujours là ?

La jeune fille ne répond pas tout de suite, elle doit être sûre de ce qu'elle va lui raconter.

– Diana, j'y vais. Je suis crevée, écrit Paula dans l'autre fenêtre.

– D'accord. Je te tiens au courant.

– Merci. C'est pas une chandelle que je te dois, mais cent.

– Arrête. C'est fait pour ça, les amies.

– Je n'oublierai pas ce que tu fais pour moi. Bonne nuit.

– Bonne nuit, Paula.

Chapitre 75

Cette même soirée de mars, dans un coin isolé de la ville.

Pourquoi Alex n'a-t-il pas vu Paula connectée ? Tout cela commence à ressembler à un film de science-fiction.

Résumons : Paula dit à Diana qu'elle a rendez-vous avec lui. Pourquoi, puisque ce n'est pas vrai ? Sans être au courant de tout cela, il l'appelle et elle ne répond pas. Pourquoi ? Et maintenant, cette histoire de Facebook. Diana commence par lui dire qu'elle est connectée pour finalement lui raconter qu'elle a dû aller dîner.

Beaucoup trop de coïncidences. Étrange, très étrange. Et dans tout ça, il ne lui a toujours pas parlé, comme si elle le fuyait. Il attend impatiemment le retour de Diana, il a quelques questions à lui poser.

La porte d'entrée s'ouvre. Irène rentre tard, ce qui veut dire qu'elle a sûrement dû passer la soirée avec un de ces types qui rêvent de la mettre dans son lit. Il espère ne pas avoir à supporter des bruits de matelas et des gémissements sous son propre toit. Il l'entend monter doucement les escaliers et s'arrêter devant sa porte. *Toc toc.* Ah, cette fois-ci, elle s'est donné le mal de frapper.

– Entre.

Irène ouvre la porte. Elle est aussi spectaculaire que ce matin, dans sa robe mauve qui découvre ses jambes magnifiques.

– Salut, je suis rentrée, dit-elle en souriant.

– Oui, je le vois, répond-il froidement.

– T'es vraiment odieux parfois... Tu traites tes fans comme ça aussi ?

– Je n'ai pas de fans.

– Je suis sûre que si. Tu as dîné ?

– Non.

– Moi non plus. Tu manges avec moi ?

– Je n'ai pas faim.

– Allez, viens. Je te prépare quelque chose. Tu dois bien te nourrir pour pouvoir écrire, dit-elle, toujours souriante.

Alex l'observe, il est difficile de ne pas le faire. Toutes ses expressions et tous ses gestes sont débordants de sensualité.

– J'arrive. Mais ne prépare rien pour moi.

– D'accord. Je t'attends dix minutes et si tu n'arrives pas je commence sans toi.

– Fais ce que tu veux, Irène.

– Tsss, t'es vraiment désagréable, dit-elle en claquant la porte.

Alex soupire, agacé.

Diana est partie depuis plus de dix minutes maintenant.

– Diana ? Tu es toujours là ? écrit-il.

Elle ne répond pas... Elle est sans doute encore au téléphone. Alex commence à perdre patience, ce qui est assez inhabituel chez lui. Même s'il garde presque toujours son calme, cette histoire l'inquiète beaucoup.

Nouveau message.

– Oui, Alex, excuse-moi, c'est bon, je suis là.

Ah ! Enfin !

– Je commençais à me demander si tu ne m'avais pas abandonné.

– Tu plaisantes ? Abandonner quelqu'un comme toi ? T'es fou ?

Alex sourit, amusé. Il aime vraiment bien cette fille à la fois sans gêne et à l'humour très particulier.

– Je pense que je suis en train de le devenir. Paula t'a dit pourquoi elle ne m'a pas répondu au téléphone ?

– Non, elle ne m'a pas laissé le temps de lui demander. Elle est partie très vite.

– Et tu ne sais pas non plus pourquoi elle t'a dit avoir rendez-vous avec moi ?

– Elle a plus ou moins insinué quelque chose. En fait, on révisait chez un ami et elle pense qu'il a envie de sortir avec moi. Alors elle a dit ça pour nous laisser en tête à tête.

Le raisonnement semble sensé mais certaines choses ne collent toujours pas.

– Et pourquoi rendez-vous avec moi et pas avec quelqu'un d'autre ?

– Je n'en sais rien. Je suppose que tu es le premier nom qui lui soit passé par la tête.

– Ouais, répond-il peu convaincu.

– Par contre, il faut que je te parle d'une chose.

– Oui, dis-moi.

– Je viens de parler avec Miriam au téléphone. On devait faire la fête d'anniversaire de Paula chez elle. Mais finalement ses parents ne partent pas, donc on est obligées d'annuler.

Autre coïncidence. Il en est maintenant certain, Paula a un problème avec lui... Mais il doit tirer un peu plus le fil de cette histoire pour s'en assurer.

– Quelle poisse ! Et il n'y a pas d'autre endroit possible ? Paula ne peut pas se retrouver sans fête d'anniversaire.

– Non, on n'a pas d'autre endroit. On va sûrement faire ça que toutes les quatre chez elle.

– On pourrait la faire chez moi ?

– Chez toi ?

– Oui, c'est très grand. C'est un peu loin, mais vous pouvez venir en bus toutes ensemble. Ou bien on se donne rendez-vous quelque part et je vous conduis ici.

Silence. Alex sait que la réponse sera négative. Que va-t-elle trouver comme excuse ?

– Ce n'est pas une mauvaise idée... Mais on est nombreux, il n'y a pas que nous quatre. On va pas retourner ta maison, quand même !

– Mais non ! Ça ne me dérange pas du tout. Plus on est de fous, plus on rit, non ?

Autre silence.

– OK, je demanderai, mais je ne pense pas que ce sera possible, Alex, finit-elle par répondre.

– Tu demanderas à qui ? À Paula ?

– À toutes, et à Paula aussi, oui.

– Donc oui, ce ne sera pas possible car elle ne veut plus entendre parler de moi.

Il ressent comme un coup de poignard dans le cœur en lisant sa propre phrase. Mais c'est le moment ou jamais de savoir ce qui se passe.

– Bien sûr que non. Pourquoi tu dis ça ?

– Parce que c'est vrai. Paula ne veut pas me parler.

– Je ne sais pas, Alex. Mais je ne pense pas.

– Moi, je pense que tu le sais très bien, Diana.

– Non, vraiment.

Alex hésite. Peut-être qu'elle n'est vraiment au courant de rien ?

– Donne-moi son adresse, je vais aller lui parler.

– Quoi ? Tu veux que je te donne son adresse ?

– Oui. Ça, tu dois le savoir, non ? Et il n'y a aucun mal à ce que tu me la donnes.

Diana ne répond pas. Alex sait parfaitement dans quel genre d'embarras il est en train de la mettre, mais il n'a pas d'autre solution.

– Je ne peux pas te le dire. Comprends-moi.

– Pourquoi ?

– Parce que ce sont des informations personnelles. C'est à elle de te les donner.

– Donc, tu ne vas pas me faire cette faveur.

– Non, je suis désolée.

Alex réfléchit à un moyen de tirer plus d'informations.

– Je sais qu'il y a quelque chose, que Paula a un problème avec moi et je suis certain que tu es au courant.

– Écoute, Alex, je n'ai pas à m'en mêler. Si vous avez un souci, c'est à vous de le régler.

– Donc il y a bien un problème, n'est-ce pas ? Tu viens de l'avouer.

– Non, je n'ai rien avoué. Je dis juste que si Paula ne te répond pas au téléphone, c'est votre problème, pas le mien. Et je ne sais rien.

– Tu mens, Diana. C'est si grave ce que j'ai fait pour qu'elle ne veuille pas me parler ?

– Je ne sais pas.

– Allez, Diana, dis-moi ce qui se passe.

– Alex, s'il te plaît. C'est une de mes meilleures amies. Ne me fais pas ça.

– Mais c'est justement pour ça que tu dois me dire ce qui se passe, parce que je veux régler le problème. Si je ne sais pas, comment veux-tu que je fasse ?

– Alex, s'il te plaît. J'ai promis de ne rien dire.

– Tu dois me le dire, Diana. Tu ne peux pas continuer à me mentir. Je suis vraiment mal à cause tout ça et j'ai besoin de savoir la vérité, je t'en prie.

Diana, assise sur sa chaise devant son ordinateur est prise entre le stress, le doute, l'embarras et la promesse du secret. Alex, lui, toujours installé sur son lit, est assailli par l'angoisse, l'incertitude et la peur.

Diana est en train d'écrire. Une lueur d'espoir jaillit en lui, elle s'est peut-être décidée.

C'est vers 22 heures que la vérité éclate sous forme de trois longs paragraphes que Diana vient de lui envoyer. Ici se trouvent toutes les réponses à ces questions : pourquoi Paula ne lui a pas répondu au téléphone, pourquoi il ne l'a pas vue se connecter sur Facebook et surtout qui a pris rendez-vous avec elle en se faisant passer pour lui.

– Irène, murmure-t-il. Ce n'est pas possible, ce n'est pas possible, répète-t-il à voix basse.

Une colère noire s'empare de tout son corps, il peine à contenir sa fureur, il voudrait crier. Il se retient mais frappe l'oreiller du poing. Une fois, deux fois, trois fois.

Il comprend tout à présent. L'unique responsable de tout cela vit sous son propre toit.

– Alex, ça va ? Tu es parti ? demande Diana en ne voyant pas de réponse arriver.

– Non, je suis là. Tout ça n'est qu'un tissu de mensonges. Rien n'est vrai.

Il regarde sa montre. Il est tard, mais il doit voir Paula et tout lui raconter en personne, sinon elle ne le croira pas.

– Diana, j'ai besoin de savoir où habite Paula. Donne-moi son adresse, s'il te plaît.

– Je t'ai déjà dit que je ne pouvais pas.

– Diana, s'il te plaît.

– Je ne peux pas.

– Aie confiance en moi. Je n'ai pas une seconde à perdre. Je te raconterai tout quand je le pourrai. Je dois absolument lui parler en personne. Donne-moi son adresse, je t'en prie.

La jeune fille finit par céder et écrit l'adresse de son amie.

– Merci. Tu es vraiment géniale. Ne dis rien à Paula, s'il te plaît, sinon elle ne m'ouvrira pas. Il faut que j'y aille, à plus tard. Bisous.

Il ferme Facebook sans attendre la réponse et éteint son ordinateur. Il est infiniment reconnaissant à Diana de lui avoir tout dit. Sans elle, il n'aurait jamais eu connaissance des plans de sa demi-sœur, qui n'avait sans doute pas pensé qu'une tierce personne pourrait tout lui raconter. Diana a été la mouche dans le lait.

Il s'habille à toute vitesse tout en réfléchissant à la manière de se rendre chez Paula. Ce serait beaucoup trop long en transports, il faut qu'il emprunte la voiture d'Irène. Humpf. Il n'a pas conduit depuis le jour où il a passé son permis. Arrivera-t-il à manœuvrer la Ford Focus ?

Il entre dans la cuisine alors qu'Irène mord dans un sandwich jambon-beurre. Elle regarde Alex en souriant.

– C'est bon. Tu en veux ?

– Non, répond-il sèchement.

Il n'a pas vraiment le temps de discuter maintenant, même s'il se ferait une joie de lui dire tout ce qu'il pense d'elle. En plus, il a besoin de sa voiture donc il vaut mieux rester diplomate.

– Je t'en prépare un ?

– Non, merci. J'ai besoin que tu me prêtes ta voiture, il faut que j'aille en ville.

– En ville ? Pourquoi ? demande-t-elle, surprise.

– Je dois aller voir un ami qui veut lire le début de mon roman. Il connaît un éditeur et il va me pistonner, ment-il.

– Ah, génial ! Tu veux que je t'emmène ?

– Il vaut mieux que j'y aille seul. Tu me la laisses ou pas ?

– Je ne sais pas. Ça fait combien de temps que tu n'as pas conduit ?

– Ne t'inquiète pas pour ça, je sais ce que je fais. Bon, tu me la prêtes ou je prends le bus ?

– OK, OK. Attends.

Elle monte dans sa chambre et redescend avec les clés.

– Tiens. Mais fais attention, hein ?

– Oui. Merci.

Alex sort sans ajouter un mot, Irène sur les talons. Elle l'observe monter dans la Ford, méfiante. Il cale deux fois, mais finit par démarrer. Un coup d'accélérateur malheureux manque de peu de l'envoyer dans le mur de la maison. La jeune femme commence à regretter d'avoir accepté de lui prêter sa voiture.

– Tu es sûr que tu ne veux pas que je t'emmène ? lui crie-t-elle.

– Non, tout va très bien, répond Alex en passant la tête par la fenêtre.

Il parvient enfin à avancer et s'éloigne par le sentier qui mène à la route principale.

Irène soupire. *Ce sera un miracle s'il n'a pas d'accident. Je n'aurais pas dû la lui laisser.* Mais ce n'est pas pour cette raison qu'elle n'aurait pas dû le faire...

Chapitre 76

Cette même soirée de mars, quelque part en ville.

– Un studio d'enregistrement ? Tu te fous de moi ?! Et pour enregistrer quoi exactement, Katia ? demande Mauricio Torres, incrédule.

– C'est pour un cadeau. J'ai besoin que tu m'en trouves un pour demain après-midi.

– Et qui va payer ?

– Arrête, Mauricio. Tu peux négocier ça avec la maison de disques sans problème.

– Il n'y aurait pas de problème si tu ne plantais pas toutes tes interviews, représentations et promos de la semaine. Ça fait trois jours que je galère. Tu sais combien d'excuses j'ai dû présenter déjà ?

– Doit pas y en avoir tant que ça.

– Pas tant que ça ? Écoute, Katia, tu me casses les...

La chanteuse sourit à l'autre bout du fil, elle adore jouer avec les nerfs de son agent. Elle l'imagine en train de faire les cent pas, une main dans la poche et le front brillant. C'est quelqu'un de bien, une des seules personnes en qui elle peut avoir confiance. C'est très précieux dans ce milieu.

– Excuse-moi, Mauricio. Je te promets de bien me tenir à partir de maintenant.

– On dirait une enfant gâtée.

– Je suis encore jeune et tout ça est encore nouveau pour moi. Tu ne veux pas me pardonner ? demande-t-elle d'une voix mielleuse.

– Mais si, je te pardonne.

– Merci, t'es le meilleur.

Un bisou sonore claque aux oreilles de Mauricio.

– Katia, tu as vingt ans, tu n'es plus une gamine. Tu dois tenir tes engagements, surtout quand ils ont été pris par contrat. Tu ne peux pas faire ce que tu veux quand ça te chante.

– Oui, oui. Je sais. Ce n'est pas ce que j'ai fait jusqu'à cette semaine ? J'ai toujours fait ce à quoi je m'étais engagée, non ?

– Oui, mais dans ce business il faut toujours être au taquet. Aujourd'hui tout le monde te lèche les bottes, mais si tu commences à faiblir, ils finiront par botter tes jolies petites miches.

– Merci pour le compliment. Tu es sympa quand tu veux.

– Tu devrais savoir que ton succès ne durera que jusqu'à ce que quelqu'un d'autre en ait plus que toi.

– Message reçu. Je regarderai mon agenda et je m'organiserai.

– J'espère bien.

– J'ai quelque chose de prévu demain après-midi ?

– Non, j'ai annulé la séance de dédicaces au Corte Inglés[1] avec l'excuse de l'accident.

– Ah, très bien. Alors tu peux m'avoir un studio ?

Mauricio Torres soupire. Ah, ces artistes ! Ils sont tous pareils. Exiger, demander, exiger, demander. Et lui qui pensait que la célébrité n'avait pas changé Katia...

– Je verrai ce que je peux faire, mais je ne te promets rien.

– Je suis sûre que tu y arriveras. Tu es le meilleur agent dont une chanteuse puisse rêver.

– Épargne-moi le cirage et assume tes responsabilités.

– Mais oui... Ne t'inquiète pas.

– Tu as un gala prévu dans une salle du centre-ville vendredi soir. J'allais l'annuler, mais comme tu viens de dire que tu tiendrais tes engagements, je ne le ferai pas.

– Ce que tu es pénible !

– C'est important. Il y aura les patrons d'une boîte de production

1. Chaîne de grands magasins équivalents au BHV.

télé. S'ils t'offrent un rôle dans une série pour ados, ce serait pas mal.

– Je ne suis pas actrice, je suis nulle là-dedans.

– Je sais, mais vas-y quand même. Il n'est jamais inutile de s'entourer de gros poissons. Et ceux-là sont carrément des baleines.

– Les baleines ne sont pas des poissons, ce sont des mammifères, le corrige Katia, moqueuse.

– Katia, tu vas pas encore me casser les...

– Non, non, dit-elle en éclatant de rire. Bon, on va faire une chose.

– Quoi ?

– Tu me promets de me trouver un studio pour demain et en échange je te promets d'aller voir les baleines vendredi soir.

– C'est du chantage ?

– Oui, tu peux l'appeler comme ça si tu veux.

– Mais c'est pour ton bien que je fais ça... Moi je m'en fiche, c'est ta carrière, pas la mienne.

– C'est ton boulot, Mauricio. Plus je gagne, plus tu gagnes, alors ne fais pas ta victime.

Silence.

– D'accord, tu auras ton studio demain. Mais tu n'as pas intérêt à me planter vendredi...

– T'inquiète pas, j'y serai.

– J'espère bien.

– Tu me tiens au courant, alors, pour le studio ?

– OK.

– À demain alors, Mauricio. Et merci encore.

– À dem... Ah ! Attends ! Il y a un truc... Attends, il faut que je la retrouve.

– Quoi ?

L'agent marmonne. Que fait-il ?

– Ah ! La voilà.

– Tu as trouvé ce que tu cherchais ?

– Oui. Cet après-midi je suis passé à la maison de disques et ils m'ont donné tout le courrier de tes fans. J'ai ouvert quelques lettres.

– Tiens donc, et qu'est-ce que ça donne ?

– Elles sont toutes pareilles... La majeure partie raconte des choses sans importance et te souhaite bon rétablissement.

– Que c'est mignon !

– Et rasoir.

– Pas plus qu'autre chose.

– Mais bon, il y en a une qui est un peu différente des autres. Je te la lis :

Bonjour, ou bonsoir.

Pour moi, bonsoir, car je vous écris sous la lune et les étoiles.

D'abord, merci d'avoir ouvert cette enveloppe et pardon de vous déranger...

Mauricio Torres reprend son souffle après avoir lu intégralement la lettre d'Alex.

– Ça a l'air très intéressant, dit Katia, qui n'a en fait pas tout compris.

– Oui, c'est pas mal. Je te donnerai les pages de son livre demain. J'ai trouvé cette initiative assez osée. Il faut avoir du courage quand même pour demander à une star une chanson dédiée à son roman. Il mérite au moins qu'on s'arrête un peu sur la question.

– Oui.

– En plus, une des chansons qu'on a écartées pour l'album correspondrait très bien à l'histoire : *Quinze plus quinze*.

– Tu me montreras tout ça demain et je regarderai, OK ?

– Parfait.

– Bon, ce coup-ci je te laisse. Et n'oublie pas de me tenir au courant.

– Ne t'inquiète pas, je tiens toujours mes promesses. J'espère que tu en feras autant.

– *No problem*. Bonne nuit.

– Bonne nuit.

Katia raccroche la première.

Ouf ! Il n'a pas été simple de le convaincre. Et tout ça pour faire plaisir à la petite amie d'Angel. Elle espère qu'il sera au moins là pour l'enregistrement. Sinon, quel intérêt ?

Chapitre 77

Cette même soirée de mars, ailleurs en ville.

Il se regarde dans le miroir. Depuis des jours, ses yeux sont entourés d'une ombre violacée, et ce n'est pas parce qu'il s'est battu ou qu'il s'est pris un mur. Mario a cette mine à cause de la fatigue, des soucis et du manque de sommeil. Est-ce normal pour un garçon de quinze ans ?

Il ouvre le tube de dentifrice et se brosse les dents, plongé dans de sombres pensées. Il a vraiment l'impression d'être de plus en plus idiot en grandissant et songe à inventer un adjectif exclusif pour le définir qui résumerait sa stupidité et son inutilité, entre autres choses.

Pourquoi a-t-il parlé comme ça à Diana ?

Bon, elle l'a poussé à bout et s'est mêlée de ce qui ne la regardait pas. Oui, il aime Paula depuis l'enfance et s'il ne le lui a pas encore avoué, c'est son problème à lui, non ? Cependant, lui crier après comme il l'a fait n'est pas vraiment correct non plus.

Alors qu'il se rince la bouche, sa sœur ouvre la porte de la salle de bains.

– Ah ! T'es là ! dit Miriam en faisant mine d'être surprise.

Elle est inquiète. Elle a bien essayé de lui parler lorsque Diana est partie si brusquement mais il n'a pas voulu.

– Oui, tu le vois bien, ronchonne-t-il.

– Tu ne fais rien que je ne puisse pas voir ?

Mario répond négativement de la tête tandis que sa sœur s'approche du lavabo pour se laver les dents aussi.

– Tu ne veux pas me dire ce qui s'est passé avec Diana cet

après-midi ? demande-t-elle en appliquant du dentifrice sur sa brosse à dents.

– Non. Je ne pense pas être obligé de t'en parler, dit-il en crachant dans le lavabo.

– Pour qu'elle s'en aille de cette façon, il a dû se passer quelque chose de grave.

Silence.

– Elle t'a demandé si tu voulais sortir avec elle ? Parce que...

Mario s'arrête d'un coup et mitraille sa sœur du regard à travers le miroir.

– Parce que si c'est ça... Enfin, je ne sais pas... Mais elle est partie si vite... et vous étiez seuls...

– Miriam, c'est bon. Arrête.

– Je ne sais pas ce que tu en penses, mais on croyait que Diana te plaisait et... Tout ce qui se passe là est peut-être notre faute, nous quatre, je veux dire.

– Miriam, je t'ai dit que c'était bon, non ?

– Mais je me sens trop mal que mon frère et une de mes meilleures amies se soient disputés comme ça.

– Oui, je comprends. Mais c'est notre affaire. Ça s'arrangera.

– J'espère.

Silence.

Mario termine et range sa brosse à dents dans l'étui.

– Je vais me coucher.

– Déjà ? bredouille-t-elle, la bouche pleine de dentifrice.

– Oui, je suis fatigué. Je ne sais pas si je vais arriver à dormir. Impossible de fermer l'œil en ce moment.

– Tu ne dors pas du tout ?

– Presque pas.

– Tu devrais en parler à maman.

– Pas la peine. J'y arriverai bien un de ces jours.

La jeune fille observe son frère dans la glace. Il a vraiment la tête d'un vampire qui vient de sortir de son cercueil.

– Tu ne vas pas appeler Diana pour éclaircir un peu les choses ?

– Non.

– Tu lui parleras demain au bahut ?

– On verra, Miriam. N'insiste pas.

Elle le regarde marcher jusqu'à la porte. Il lui semble plus grand, plus mature aussi. Les blessures font mal mais elles laissent des cicatrices qui font gagner plusieurs années d'expérience.

– Bonne nuit, Mario. Repose-toi bien.

– Bonne nuit.

Miriam reste seule dans la salle de bains, un peu triste. Même si elle n'a jamais eu de relations formidables avec lui, il n'en est pas moins son frère et elle l'aime. Elle serait heureuse qu'il ait une petite amie et, s'il s'agit d'une des Dragibus, ce serait vraiment génial. Tous les indices désignaient Diana, mais elles ont peut-être un peu trop forcé les choses – ou bien elles se sont trompées. Un gros malentendu dont ils paient tous les conséquences.

Mario entre dans sa chambre en maudissant sa sœur de ne pas le laisser se laver les dents tranquillement. Elle est sans doute en partie responsable de tout cela, mais il reste le principal coupable.

Il se sent mal de s'être conduit ainsi, mais il ne voit pour le moment aucune solution. Elle se présentera peut-être d'elle-même lorsqu'il sera face à Diana. Comment vont-ils réagir en se revoyant ?

Comment ont-elles pu penser qu'il s'intéressait à Diana ?

Elle est beaucoup plus sympa qu'il ne le pensait, il faut l'avouer. Bon, elle est complètement nulle en maths et n'aura pas l'examen même si le prof lui fait cadeau de trois points. Mais elle est beaucoup plus riche qu'il ne l'avait imaginé. Les trajets de retour en sa compagnie ont été très agréables, et elle n'est pas mal physiquement, même si ce n'est pas Paula.

Paula ! Elle avait complètement disparu de ses pensées avec toute cette histoire. Aurait-il des doutes sur ses sentiments ? Non, bien sûr que non. Paula reste son unique amour.

Elle est sûrement avec ce type en ce moment. C'est pour cela qu'elle est partie, non ?

Un voile de tristesse infinie tombe en même temps que lui sur son lit.

Mais ce n'est pas le moment de se laisser abattre. Il doit terminer un travail qu'il a commencé lors de ses longues nuits sans sommeil. Il se redresse d'un coup et va allumer son ordinateur.

Google : « paroles *Coleccionista de canciones* Camila ». Il ouvre le premier lien et lit les paroles de cet air qui lui rappelle tant Paula... Il sait qu'elle l'adore, elle l'a partagé sur son mur. Elle aussi est une « collectionneuse de chansons ». Il copie le texte en soupirant.

Il n'y a pas de doute, Diana n'est pas mal, mais Paula est vraiment l'amour de sa vie.

Pendant ce temps, Alex se gare avec peine devant la porte de la jeune fille qui a dérobé son cœur.

Chapitre 78

Cette froide nuit de mars, quelque part en ville.

Toc, toc, toc.

Paula sursaute. Elle s'est endormie. On a frappé à la porte ou l'a-t-elle rêvé ? La réponse arrive alors que Mercedes entre dans sa chambre et allume la lumière.

– Maman ? Qu'est-ce que tu veux ? proteste-t-elle, aveuglée.

– Tu dors ?

– Je dormais oui. Tu m'as réveillée. Qu'est-ce qui se passe ?

– C'est à toi de me le dire, réplique sa mère avec une étrange expression sur le visage.

– Moi ? Qu'est-ce que tu veux que je te dise ? demande-t-elle, surprise.

– J'aimerais que tu me dises qui est le garçon qui est actuellement en train de parler avec ton père dans le salon.

– Un garçon ? Mais qu'est-ce que tu racontes ?

– Je viens de te le dire. Un garçon plus âgé que toi. Il n'a pas donné son nom, mais il a dit être un de tes amis.

C'est pas possible ! Angel est devenu complètement fou ! Comment l'idée saugrenue de venir la voir chez elle en pleine nuit a pu lui passer par la tête ?! Il doit être au moins 23 heures ou minuit !

Paula se lève et fouille nerveusement dans son armoire. Elle ne peut quand même pas sortir de sa chambre en pyjama.

– Tu l'as fait entrer ?

– Oui. Ton père lui a répété une bonne dizaine de fois que ce n'était pas une heure pour venir, mais il a tellement insisté... Il a dit que c'était très urgent et que si on ne le laissait pas te parler, il dormirait devant la porte.

Paula éclate de rire. Son amoureux a définitivement perdu la tête ! Que se passe-t-il de si important pour qu'Angel franchisse le pas de se présenter à ses parents ?

– Je ne vois pas ce qu'il y a de drôle.

– Excuse-moi, maman, je ne me moquais pas de toi.

Mercedes se détend un peu. Tout cela s'est passé si vite qu'elle ne sait plus trop comment réagir. Elle est passée de l'incrédulité à la colère pour finir par se sentir curieuse.

– C'est ton petit ami.

– Oui, maman, c'est de lui dont je vous ai parlé hier.

Paula remplace son bas de pyjama par un jean bleu marine.

– Il est très beau, tu as bon goût.

La jeune fille éclate de rire à nouveau. Elle est très stressée, mais que son chéri plaise à sa mère, au moins physiquement, fait tomber un peu la pression que provoque cette étrange situation.

– Merci. Tu le trouves mignon, alors ?

– Oui. Ses grands yeux marron sont magnifiques.

Paula sourit tandis qu'elle enfile une chemisette rouge.

Des yeux marron magnifiques ?

– Tu as dû mal regarder, maman. Angel a les yeux bleus, très bleus même.

– J'ai très bien regardé, ils sont marron et très expressifs. Mais ce que j'aime le plus chez lui, c'est son très beau sourire.

– Tu te trompes, ils sont bleus. Je sais quand même de quelle couleur sont les yeux de mon...

Un très beau sourire ? Non ! Ce n'est pas possible. Des yeux marron très expressifs ? Merde, merde, merde. MERDE ! Paula devient blanche comme un linge et s'assoit sur le lit.

– Qu'est-ce que tu as ? Un malaise ?

– Non, ça va, maman. Ne t'inquiète pas.

– Vraiment ?

– Mais oui, je te dis.

– OK. Bon, ne traîne pas trop parce que je suppose que ton père est en train de le soumettre à un interrogatoire musclé. Pauvre garçon !

– Oui, j'arrive tout de suite.

– Très bien, mais ferme un peu ta chemise, tu as un décolleté jusqu'au nombril, là.

Paula baisse les yeux et constate qu'on voit très bien dépasser son soutien-gorge noir et rose. Elle ferme deux boutons en ronchonnant.

– Ça va comme ça ?

– Oui, beaucoup mieux, dit-elle, satisfaite. Ne tarde pas trop.

Mercedes quitte la pièce en souriant. Son « gendre » journaliste n'est pas mal du tout, et même s'il est un peu vieux pour sa fille, il fait beaucoup plus jeune que son âge.

Paula est toujours sous le choc. Elle avait déjà du mal à croire qu'Angel ait débarqué chez elle au milieu de la nuit, mais que ce soit Alex, alors là... Il n'y a pas de mots pour définir son incrédulité.

Elle pourrait peut-être sauter par la fenêtre et fuir loin, très loin. Ou bien simuler un évanouissement. Ou se contenter de ne pas sortir de la chambre et attendre que son père le mette dehors.

Pourquoi lui arrive-t-il tout cela ?

Dans le salon des García, cette froide nuit de mars.

– Donc tu es journaliste, s'enquiert Paco d'un ton brusque.

– Non, monsieur. J'aspire à devenir écrivain, répond Alex qui vient de s'asseoir, obéissant au regard assassin de l'homme qui lui fait face.

– Ah. Écrivain. Bien.

Écrivain ! Encore un crève-la-faim ! Il n'est même pas journaliste comme leur avait dit Paula. Ce n'est qu'un vulgaire faiseur d'histoires. Ah ! Même pas ! Un aspirant faiseur d'histoires ! C'est comme ça qu'il compte pourvoir aux besoins de sa fille ?

– Mais je suis aussi musicien.

– Ah. Musicien. Bien. De quoi joues-tu ?

– Du saxophone.

– Ah ! Du saxo. Bien. Comme Kevin G.

– Kenny. Kenny G.

– C'est ce que j'ai dit, non ? Kenny G.

Alex ne cherche pas à discuter davantage. Il s'est déjà permis de frapper à leur porte en pleine nuit pour parler avec sa fille, ce n'est pas vraiment le moment de contrarier cet homme qui semble sur le point d'exploser.

Il arrivera peut-être à détendre un peu l'atmosphère avec une plaisanterie.

– Et comme Lisa Simpson, dit-il avec un rire timide.

Mais Paco ne comprend pas la blague. Il n'a jamais regardé *Les Simpson* de sa vie. Il tente néanmoins d'ébaucher un sourire.

– Quelles sont tes intentions avec ma fille ?

– Mes intentions ? Parler, comme je vous l'ai dit tout à l'heure. J'ai quelque chose de très important à lui dire.

– Oui, oui, je sais.

Un beau crampon, celui-là ! Ah ça, il a insisté ! Il faut bien reconnaître qu'il est beau gosse. Mais c'est un vrai casse-pieds. Sa fille mérite beaucoup mieux que ça.

– Je veux juste lui parler.

– Hum.

Oui, lui parler, et si cela ne tenait qu'à lui, la déflorer dans sa propre chambre pendant que les parents sont dans le salon ! Quel goujat !

– Et comment tu t'appelles ?

– Alex.

– Alex ?

– Oui, Alex. Alejandro si vous préférez.

– Oui, j'avais compris. Mais tu ne t'appelles pas Angel ?

– Non, monsieur. Je m'appelle Alex.

Paco est déconcerté. Il a dû mal comprendre ce que Paula a dit lorsqu'elle a parlé de son petit ami.

Mercedes revient alors dans le salon, s'assoit à côté de son mari et adresse un sourire au jeune homme. Il est vraiment beau. Quel sourire ! Mais pourquoi Paula a dit qu'il avait les yeux bleus alors qu'ils sont marron clair ? Des lentilles peut-être ? Vraiment étrange.

– Elle arrive, murmure-t-elle.

Nouvel échange de sourires.

C'est alors qu'on entend une porte s'ouvrir à l'étage puis des pas dans les escaliers. L'attente pénible d'Alex va toucher à sa fin.

La voilà.

Le cœur d'Alex s'emballe immédiatement. Elle est ravissante, comme toujours. Comment est-il possible de ressentir quelque chose d'aussi puissant pour quelqu'un qu'on connaît à peine ? Enfin, la preuve, c'est possible, bien réel. Et merveilleux.

Paula rougit en le voyant, elle qui pensait ne plus jamais le revoir... ou essayer du moins. Alors qu'elle s'approche de lui, l'image d'Irène et ses mots assassins lui reviennent à l'esprit... Quel cauchemar. Elle a envie de pleurer, mais ce n'est pas le moment. Ses parents sont là, elle doit se calmer et sauver la face.

– Salut, Alex, dit-elle d'une voix timide.

– Salut, Paula.

– Alex ? Il ne s'appelle pas Angel ? demande Mercedes, très étonnée.

– Ah ! Il n'y a pas que moi ! s'exclame Paco, heureux de constater que ce n'est pas un défaut de sa mémoire.

– Je vous expliquerai après, précise Paula en enfilant son manteau. On va parler dehors, si mes parents sont d'accord...

Alex et Paula lèvent alors les yeux vers Paco, mais Mercedes devance la réponse de son mari.

– OK, mais ne t'éloigne pas trop et reviens vite, il est déjà très tard.

Les deux jeunes gens acquiescent et sortent en les remerciant.

Paco est furieux. Il ne comprend absolument pas pourquoi sa femme est aussi aimable avec ce type qui ne mérite pas sa fille.

– Viens. La petite dort et la grande n'est pas là, c'est le moment d'en profiter, lui susurre Mercedes à l'oreille après l'avoir embrassé.

Il est subitement plus détendu et sourit. C'est en effet la meilleure façon d'oublier ce vulgaire écrivain d'opérette.

Chapitre 79

Quelques instants plus tard, dans le quartier où vit Paula.

Il fait froid. Dix degrés. Peut-être moins. La lune et les étoiles sont cachées par les nuages. Une nuit à rester emmitouflés devant la cheminée à se faire des câlins. Une nuit de silence, sans magie, pleine d'ombres qui se pourchassent les unes les autres. Une des dernières nuits d'hiver dans l'antichambre du printemps.

Alex et Paula marchent côte à côte. Il est tendu et ne sait pas trop par où commencer. Elle est nerveuse et tremblante.

– On s'assoit là ? demande-t-il en montrant un banc.

– D'accord.

Alex craint que Paula ne parte en courant se réfugier chez elle à n'importe quel moment. Ce serait logique. Irène l'a mise le dos au mur, l'épée prête à frapper. Maintenant, il doit être suffisamment convaincant pour arranger tout ça. Il faut qu'elle le croie.

Il la regarde et lui sourit. Mais Paula n'a aucune envie de sourire. Elle pense que se trouver là n'est pas du tout une bonne idée, et que cette fille hystérique peut à tout moment débarquer pour l'assassiner.

– Diana m'a tout raconté, dit Alex en allant droit au but.

– Ah.

Donc son amie n'a pas su tenir sa langue. Elle ne l'en blâme pas, mais le regrette tout de même. À partir de maintenant, elle fera plus attention lorsqu'elle fera des confidences.

– Et je voulais te dire que tout ça est un tas de mensonges. Irène a tout inventé.

– Bien sûr.

– Il faut que tu me croies, Paula. Tout ce qu'elle t'a dit est faux.

Paula le regarde alors dans les yeux, ce regard châtain qui ensorcelle. Il n'est pas aussi impressionnant que celui d'Angel, mais tout aussi expressif. Sa mère dit toujours que la beauté d'un regard ne tient pas à la couleur des yeux mais à ce qu'ils expriment. Et celui d'Alex égale au moins celui d'Angel.

– Dans ce cas, pourquoi ta petite amie m'a dit tout ça ?

– Irène n'est pas ma copine, c'est ma demi-sœur.

Paula en reste bouche bée. Sa demi-sœur ! Mais bien sûr ! De toutes les excuses qu'il pouvait lui donner, c'est la plus tirée par les cheveux.

– Ta demi-sœur ? Tu te fous de moi ?

– Non, je te le jure. C'est la fille de la femme de mon père. Elle doit faire une formation de trois mois ici, et comme elle n'avait pas d'endroit où aller, je l'héberge.

– Quelle histoire...

– Et donc, il n'y a rien du tout entre nous.

– Elle n'est pas enceinte ?

Alex sourit.

– Non, enfin pas de moi en tout cas. Je n'ai jamais couché avec elle et ça n'arrivera jamais.

– Pourtant elle est très belle.

– Et alors ? C'est un membre de ma famille. Même si nous n'avons pas le même sang, elle reste quand même la belle-fille de mon défunt père.

– Ton père est mort ? Je suis désolée.

– Ça fait longtemps et j'ai appris à vivre sans mes parents. C'est douloureux mais on finit par accepter qu'ils ne reviendront pas, et la vie continue.

Paula ressent beaucoup d'admiration pour Alex. Elle adore sa façon de parler et d'exprimer ses sentiments.

– Ça n'a pas dû être facile.

– Non, mais bon, c'est du passé. Maintenant ça va. Enfin, pour en revenir à nous, cette histoire m'affecte beaucoup.

– Vraiment ?

– Ben oui, sinon je ne serais pas là. Et puis je me sens un peu responsable de ce qui s'est passé.

– Non, ce n'est pas ta faute.

– Si, en partie. Je ne sais pas comment Irène a obtenu ton numéro de téléphone et a réussi à nous avoir tous les deux. Toi, pour que tu ailles la voir, et moi, pour ne m'être rendu compte de rien.

– Elle vit avec toi, elle a accès facilement à ton ordinateur et à ton téléphone.

– Oui, mais elle a été vraiment très habile pour que je ne m'aperçoive de rien.

– Mais ce que je ne comprends pas, c'est le motif. Pourquoi a-t-elle voulu m'éloigner de toi ?

Alex soupire.

– Paula, tout n'est pas complètement faux dans ce qu'elle t'a dit.

– Ah ?

– Je ne suis pas son petit ami et elle n'est pas enceinte. Mais il est vrai que... je ressens quelque chose. Je suis en train de tomber amoureux de toi, Paula.

Une sensation indescriptible parcourt Paula de la tête aux pieds. Un frisson où se mêlent une foule de sentiments contradictoires.

– Alex, je ne pense pas que ce soit le cas.

– Pourtant si. J'en suis certain.

– Mais tu ne sais presque rien de moi. On n'a pas passé suffisamment de temps ensemble ni...

– Je m'en fiche. Je sais ce que je ressens, Paula.

– Mais ça ne fait même pas une semaine qu'on se connaît !

– Et alors ? Je n'ai pas besoin de plusieurs semaines, mois ou années pour savoir que tu me plais. Tu ne crois pas au coup de foudre ?

– Si, mais...

– Eh bien, c'est ce qui m'est arrivé. Je pense à toi tout le temps, je n'arrive pas à me concentrer quand j'écris ou quand je joue du saxo... Et c'est à cause de toi.

Alex a les yeux brillants d'émotion. Il est en train de vivre les minutes les plus importantes de sa vie.

– Mais Alex... Je... ne peux pas... Je suis avec quelqu'un.

– Oui, tu as un petit ami.

– Oui.

– Ça m'est égal.

– Comment ça ?

Il se lève et regarde Paula dans les yeux.

– Ça ne m'est pas vraiment égal, mais je ne vais pas ignorer mes sentiments. J'en suis incapable.

– Alex, je suis avec quelqu'un.

– Oui, mais je ne peux pas renoncer, pas sans m'être battu au moins. Je vais lutter pour toi et si tu ne tombes pas amoureuse de moi, je m'éloignerai. Mais je veux tenter ma chance.

Il se rassoit, et tous deux restent un moment silencieux en cherchant l'autre du regard tout en le détournant dès qu'ils le trouvent.

– Je ne sais vraiment pas quoi dire. Tout ça me prend complètement au dépourvu.

– Je suis désolé, mais je devais te le dire.

– Humpf. Je ne réalise pas tout ce qui est en train de se passer, je crois.

– C'est si désagréable que je sois amoureux de toi ?

– Non, ce n'est pas ça. Je me sens très flattée, mais mets-toi à ma place, c'est très compliqué pour moi de le savoir.

– Pourquoi est-ce compliqué ? Tu ne perds rien, tu as tout à gagner. Tu as ton copain et moi. Tu n'as pas à choisir, seulement à te laisser porter par tes sentiments. Et si je ne suis pas celui avec qui tu veux être, j'abandonnerai. Mais pour le moment, il faut que je tente, pour toi et pour moi.

– Et qu'est-ce que tu vas faire ? Je n'ai aucune idée de la façon dont les choses vont se passer à partir de maintenant.

– Je vais continuer à être moi-même, comme avant, tout en cherchant à te connaître un peu plus chaque jour.

– Et comment je fais avec Angel ? Je ne lui dis rien ?

– Ça, c'est à toi de voir, Paula. Mais il n'est pas nécessaire qu'il sache que quelqu'un d'autre ressent la même chose que lui pour toi.

– Humpf !

Paula se prend la tête dans les mains.

D'un côté il y a Angel, qu'elle aime, elle en est certaine et ce n'est encore que le début. De l'autre il y a Alex, sympa, très beau, romantique comme personne. Un garçon parfait, qui lui dit qu'il l'aime. Et elle... elle ne peut pas nier qu'elle se sente attirée par lui. Ce n'est pas de l'amour, enfin elle ne le croit pas, mais elle est bien avec lui et lorsqu'il la regarde en souriant, le monde s'arrête de tourner.

Alex s'approche un peu plus d'elle. Leurs jambes se touchent. Elle le regarde, confuse.

– N'aie pas peur, dit-il calmement.

Elle ne devrait pas être si collée à lui, mais elle se laisse faire. Leurs regards se trouvent dans la pénombre.

– Alex... je ne peux pas. Vraiment.

– Tu ne peux pas quoi ?

– T'embrasser.

Il sourit, sans s'écarter, et tend les bras.

– Même si je meurs d'envie de t'embrasser, je voulais juste que tu me fasses un câlin.

Paula sourit et le prend dans ses bras.

Ils ferment tous deux les yeux en sentant la chaleur de l'autre au milieu de cette nuit froide. Une étreinte pleine de sentiments qui restent à définir, mais innocente.

Enfin, c'est ce qu'ils croient...

Chapitre 80

Le lendemain matin, un jeudi de mars, quelque part en ville.

L'arrivée d'un SMS la réveille. Elle allume sa lampe de chevet et lit, les yeux mi-clos : *Bonjour ma princesse. Bien dormi ? J'ai envie de te voir. On mange ensemble à midi si tu peux ? J'ai envie de savourer tes lèvres. J'attends ta réponse. Je t'aime.*

Paula sourit, assise dans son lit. Une manière très agréable de se réveiller, même si ce n'est pas encore l'heure. Angel est vraiment merveilleux. Elle a une chance incroyable d'avoir un petit ami comme lui.

De quoi a-t-elle rêvé ? Elle ne s'en souvient pas.

Tout ce qui s'est passé hier avec Alex, ça, ce n'était pas un rêve. Sa confession était bien réelle. Il lui a promis qu'il lutterait pour avoir sa chance, qu'il ne lui mettrait pas la pression mais qu'il ne s'avouerait pas vaincu non plus.

Il lui en arrive des choses ! Elle est restée seule pendant des mois et voilà que deux garçons géniaux lui disent en même temps qu'ils sont amoureux d'elle. On ne voit ça que dans les films ou dans les livres, non ?

Non, puisqu'elle est en train de le vivre. Qui aurait pu l'imaginer ? Elle est devenue un des personnages principaux d'un triangle amoureux. Mais à quoi pense-t-elle ? Tsss. Elle secoue la tête et se laisse retomber sur son lit. Il n'y a ni triangle, ni carré, ni rien. Elle est avec Angel et c'est tout. Mais Alex est tellement... Non. Alex n'est qu'un ami. Elle ne peut cependant pas nier qu'il lui plaît beaucoup...

Et s'il parvenait à la faire tomber sous son charme ?

Humpf.

Elle regarde le plafond, pensive. Elle a un problème, cela ne fait aucun doute.

Angel ou Alex ?

Le réveil se met brusquement à sonner et lui fait une grosse frayeur par la même occasion. Les quelques minutes qui lui restaient sont déjà passées. Soupir. Elle doit se remuer si elle ne veut pas encore arriver en retard. Elle décide de commencer par répondre au message d'Angel. *Bonjour, Angel. Merci de me faire sourire dès le réveil. Oui, je peux aller manger avec toi, j'ai juste rendez-vous à 17 heures pour réviser. Tu passes me chercher après les cours ? Bisous. Je t'aime.*

Envoyer.

C'est une très bonne idée de le voir pour réaffirmer et consolider ses sentiments. Elle ne veut pas lui faire de mal ni lui laisser entendre qu'elle doute de leur relation. Non, aucun doute. Son petit ami, c'est Angel. An-gel !

Elle laisse le téléphone sur sa table de nuit et finit par se lever. Elle constate en regardant par la fenêtre qu'il pleut des cordes. Ciel sombre, défilé de parapluies et de voitures aux phares allumés.

Ah ! Un SMS. Angel a vite répondu. Elle se dépêche d'attraper son téléphone pour lire son message.

Bonjour. Tu es réveillée ? Oui, évidemment, sinon tu ne serais pas en train de lire ce SMS. Tu sais quoi ? Je me suis réveillé en pensant à toi. Mais le plus curieux c'est que je me suis couché en pensant à toi aussi. Bonne journée. Je n'abandonne pas. Bisous, ma belle.

Paula s'assoit sur son lit, ferme les yeux et prend une profonde inspiration pour se calmer un peu. Elle a été secouée d'un tel frisson en lisant le message d'Alex... Tellement joli !

Mais elle est avec Angel. Angel. Angel. Angel.

Elle répond ? Oui, bien sûr. Il serait impoli de ne pas le faire.

Bonjour. Tu as vu cette pluie ? Enfin, cela doit te donner de l'inspiration. Tu ne préfères pas la pluie au soleil pour écrire ? Moi, je me prépare à aller en cours, je vais arriver en retard, comme d'habitude. Passe une bonne journée aussi. Bisous, l'écrivain.

Elle relit le message deux fois. C'est d'un banal ce qu'elle a écrit ! Mais il vaut mieux rester lisse, elle ne doit pas non plus lui donner de faux espoirs. Elle a un petit ami !

Envoyer.

Quel bazar ! Elle n'aurait jamais imaginé se retrouver dans une telle situation un jour.

– Paula ? Tu es réveillée ? demande sa mère en entrant dans sa chambre sans frapper.

– Oui, comme tu vois. J'arrive.

– Dépêche-toi, ton père t'emmène au lycée.

– Ah bon ? Pourquoi ?

– Avec ce qui tombe, il préfère te conduire lui-même.

– D'accord. Je descends tout de suite.

Paula va ouvrir son armoire et en examine le contenu, cintre par cintre. Elle hésite.

– Paula... dit Mercedes en fermant la porte, préoccupée.

– Oui, maman.

– Par rapport à hier soir... le garçon qui est venu te voir...

– Oui. Quoi ?

– Tu ne veux pas nous dire ce qu'il voulait ?

– Je vous ai déjà répondu, maman. C'est un ami qui avait quelque chose à me dire. C'est tout.

Après le départ d'Alex, Paula est rentrée un peu décontenancée, et avoir une discussion avec ses parents était bien la dernière chose dont elle avait envie. Cependant, curieusement, ils n'étaient pas en bas à l'attendre. Elle était couchée depuis dix minutes lorsqu'ils sont entrés dans sa chambre pour en savoir plus sur cette mystérieuse visite. Elle leur a simplement dit que c'était un ami qui avait quelque chose d'important à lui dire, sans donner plus de détails. Vu l'heure tardive, ils n'ont pas trop insisté.

– Et tu ne nous diras rien de plus ?

– Il n'y a rien de plus à en dire.

Mercedes s'assoit sur le lit et observe sa fille choisir ses vêtements. Elle a vraiment beaucoup changé en peu de temps. Il n'est pas très étonnant qu'elle rende fous les garçons, elle est devenue magnifique.

– Mais ce n'est pas ton petit ami.

– Non, maman. Mon petit ami, c'est Angel, tu le sais.

– Alors...

Paula se retourne vers sa mère avec un jean marron et un pull à col roulé blanc à la main.

– Alors, je ne suis pas en avance et je dois encore m'habiller. Tu ne veux pas que j'arrive en retard, non ?

– Non.

– Tu me laisses m'habiller, s'il te plaît ? demande-t-elle d'un ton aimable.

Elle ne veut pas être brutale avec sa mère, même si des fois elle est vraiment soûlante.

– Oui, je te laisse. Fais vite.

– Oui, maman.

Mercedes lui fait une bise et quitte la chambre avec la sensation qu'elle connaît de moins en moins sa fille. Elle n'est plus une petite fille, et sa vie privée s'en ressent. Dix-sept ans !

Elle doit lui faire confiance, même si elle craint que quelqu'un puisse lui faire du mal au cours de toutes ces nouvelles expériences.

Ce qu'elle n'imagine pas, c'est que sa fille est aussi devenue capable de faire du mal aux autres. Les événements des prochaines quarante-huit heures le confirmeront.

Chapitre 81

Ce même matin de mars, dans un coin isolé de la ville.

Il se rappelle chaque seconde comme si tout était en train de se passer maintenant. Ce léger parfum de vanille, sa peau, ses yeux... Chaque instant est gravé dans sa mémoire. Puis ses bras... Ce câlin innocent, dépourvu de toute intention. L'était-il vraiment ? Oui, il ne doit pas se mettre autre chose en tête.

Il ouvre le rideau et regarde la pluie tomber à seaux, forte et furieuse. Sourire.

Il attrape son téléphone et répond à Paula : *Re-bonjour. Oui j'adore la pluie, elle m'inspire. Mais ce qui m'inspire le plus en ce moment, c'est penser à toi. Je t'adore. Bisous et j'espère te voir très vite.*

Envoyer.

Alex se sent joyeux. Plus que d'ordinaire, sa discussion avec Paula lui a donné de nouveaux espoirs. Il sait que cela ne sera pas facile : elle a un petit ami et n'est pas amoureuse de lui, mais il a tout de même une chance, donc il va s'y accrocher et ne pas la laisser passer.

Pourquoi n'y arriverait-il pas ?

Il lui reste quand même une affaire à régler. Pas tout de suite. Patience.

Il entre dans la cuisine, vêtu d'un débardeur et d'un bermuda avec lesquels il a dormi. Irène est en train de prendre son café. Elle n'est pas habillée aussi sexy que d'ordinaire.

La jeune fille l'examine de haut en bas en le voyant arriver. Elle contemple les muscles de ses bras avec envie. Des tas de choses lui viennent alors en tête, mais pour le moment aucune n'est réalisable.

– Bonjour.

– Bonjour. Tu n'es pas encore habillé ? On va être en retard, répond Irène.

– Je ne viens pas avec toi aujourd'hui, je vais rester à la maison toute la journée. J'appellerai pour annuler le cours tout à l'heure.

– Ah ? Pourquoi ? À cause de la pluie ?

– Plus ou moins. J'ai des choses à faire ici.

Alex se sert un café au lait et le met à chauffer au micro-ondes.

– Ça s'est bien passé hier avec ton ami ?

Il met quelques secondes à comprendre de quoi sa demi-sœur est en train de parler mais réagit à temps.

– Oui, très bien.

– Et la voiture ? Tu n'as pas eu trop de problèmes ?

– Non, aucun. Conduire, c'est pas bien compliqué. Merci de me l'avoir prêtée.

– Il n'y a pas de quoi, je te fais confiance. Mais bon, j'avoue que j'avais un peu peur que tu te fracasses quelque part.

– Ben non, tu vois. Je suis en un seul morceau.

Et quel morceau ! pense-t-elle. Il est vraiment super beau avec ce débardeur qui moule son torse. Trop sexy.

– Je t'ai attendu un peu, mais comme tu ne rentrais pas je suis allée me coucher. J'étais fatiguée.

– Tu n'avais pas besoin de m'attendre, mais merci.

Alex prend son café et boit une gorgée. Trop chaud.

– Bon, j'y vais, dit-elle non sans jeter un dernier coup d'œil à Alex.

– OK. Bonne journée.

– Oui, elle sera bonne.

– Sans doute.

– En plus je n'ai pas cours cet après-midi aujourd'hui, donc je rentrerai pour le déjeuner. Tu seras là ?

– Je ne sais pas, sûrement.

– On mange ensemble ?

– Je ne sais pas à quelle heure je vais manger.

– Très bien. Je n'insiste pas, dit-elle sans perdre sa bonne humeur. J'y vais, je suis en retard.

– Salut, Irène.

Quelques instants plus tard, Alex entend la Ford Focus démarrer. Il est à présent seul dans la maison.

Ce même matin de mars, ailleurs en ville.

Une autre nuit sans sommeil. Il ne compte plus ses nuits blanches. Enfin, au moins, il en a profité pour terminer ce qu'il voulait faire.

Mario marche lentement sous un parapluie marron, plongé dans ses pensées. Les choses se sont déroulées d'une manière vraiment étrange. Cette semaine devait être celle de la vérité, celle où il allait avouer ses sentiments à la fille qu'il aime, on est jeudi et il en est toujours au même point.

Non seulement il n'a toujours rien fait, mais en plus d'autres problèmes se sont ajoutés de façon totalement imprévue, comme la dispute avec cette embrouilleuse têtue et bornée de Diana. En réalité, et même s'il rechigne à le reconnaître, il a davantage pensé à elle qu'à Paula cette nuit. Il se sent toujours mal à l'aise et honteux de lui avoir parlé de cette façon. Il y a beaucoup réfléchi, ainsi qu'à leurs comportements respectifs, en ne parvenant à aucune conclusion satisfaisante.

La pluie redouble, Mario accélère le pas.

Et si Diana était amoureuse de lui ?

La phrase qu'il lui a dite hier est le fruit de la pression qu'elle lui a mise, il ne la pensait pas réellement. Mais s'il avait tapé dans le mille sans le faire exprès ? Et si Diana était vraiment déçue qu'il s'intéresse plus à Paula qu'à elle ?

Il ne sait pas s'il veut connaître la réponse.

Dans tous les cas, il doit lui demander pardon et régler cette histoire le plus vite possible pour se reconcentrer sur Paula et trouver le moyen de lui dire ce qu'il ressent.

Chapitre 82

Ce même matin pluvieux de mars, ailleurs en ville.

See you again, de Miley Cyrus, passe à la radio dans la voiture. Paco ronchonne et change de station.

– Non ! Laisse-la ! J'adore cette chanson, proteste Erica en passant sa petite tête blonde entre les deux sièges.

Son père remet la station précédente en rouspétant. Il ne vaut mieux pas contrarier cette petite lorsqu'elle veut quelque chose sous peine de grosse crise. Les nerfs de Paco sont déjà mis à rude épreuve par les embouteillages et ces imbéciles qui ne savent pas conduire sous la pluie aux heures de pointe !

Tandis qu'Erica se dandine au rythme de la chanson de Miley Cyrus, Paula reste silencieuse sur le siège passager. Elle n'a pas décroché un mot de tout le trajet, se contentant de regarder sa montre de temps à autre. Elle va encore arriver en retard. Mais elle s'en moque un peu, elle a des choses plus importantes qui lui trottent dans la tête. Elle a reçu un autre SMS trop mignon d'Alex, elle a très envie d'y répondre, mais elle s'en empêche. Il n'est qu'un ami, Angel est son copain. Ça doit rester clair et net.

Son père la regarde du coin de l'œil. Cela fait plusieurs jours qu'ils ne se sont quasiment pas adressé la parole. Il est toujours aussi furieux, et finalement lui-même n'en connaît pas vraiment la raison. Sa fille a un petit ami de vingt-deux ans qu'elle a connu sur Internet. Comment peut-elle avoir confiance en lui ? Puis le type d'hier soir. D'où sort-il encore, celui-là ? Paula ne le leur a pas expliqué et elle ne semble pas décidée à le faire. Elle trompe l'autre garçon ? Humpf. Ce n'est vraiment pas simple d'être père.

Il soupire et cherche son paquet de cigarettes dans sa poche.

– Papa, qu'est-ce que tu fais ? dit Paula en le voyant en allumer une.

– Tu le vois bien, non ?

– Tu en as déjà fumé une l'autre soir, tu ne vas pas recommencer à fumer, n'est-ce pas ?

Paco ne répond pas et se contente d'ouvrir un peu la fenêtre pour faire sortir la fumée.

Erica, alertée par les mots de sa sœur, repasse à nouveau la tête entre les deux sièges.

– Tu fumes, papa ? demande-t-elle incrédule.

Elle ne l'avait jamais vu fumer.

– Oui, je suis en train de fumer. Pourquoi ?

Erica n'arrive pas à y croire. Elle n'est pas une experte dans le domaine, mais elle a entendu des gens dire que c'était une des pires choses du monde. Ça fait même mourir ! Ses yeux se remplissent instantanément de larmes.

– Mais tu as arrêté de fumer, insiste Paula, à qui il a fait des tas de sermons pour qu'elle ne commence jamais.

– Eh bien, j'ai repris. Ça pose un problème ?

– Un peu oui ! Vous êtes toujours en train de me dire de ne pas fumer, que c'est une bêtise.

– On t'a aussi dit de toujours nous parler de ce qui se passe d'important dans ta vie et tu ne le fais pas.

– Si je le fais.

– Oui, bien sûr. C'est pour ça qu'on a appris par la télé que tu avais un petit ami. Et le garçon d'hier soir, c'était qui ?

Paula regarde droit devant elle en silence.

– Papa, je ne veux pas que tu meures, dit Erica d'une petite voix timide et sanglotante.

– Mais ne t'inquiète pas, ma puce, je ne vais pas mourir, répond-il d'une voix douce en se tournant vers elle.

– Tu es en train de fumer. Et si tu fumes, tu meurs, ils l'ont dit. Et je ne veux pas que tu meures !

– Mais il ne m'arrivera rien, promis.

– Faut pas que tu fumes !

Paco soupire, tire une dernière fois sur sa cigarette, la jette par la fenêtre et se retourne à nouveau vers elle en souriant.

– Tu vois ? Ça y est, je ne fume plus.

Erica vérifie avec application qu'il ne lui ment pas. Bon, ça va, il l'a jetée par la fenêtre. Rassurée, elle essuie ses larmes du revers de la manche du pull rose que sa mère l'a obligée à mettre. Elle voulait mettre le bleu, elle, mais on ne l'écoute jamais !

Paula attrape un mouchoir dans son sac et le tend à sa petite sœur. Alors qu'elle se mouche, une question lui vient à l'esprit.

– Paula, tu lui fais des bisous à ton amoureux ? lance-t-elle.

Son père et sa sœur aînée font un bond sur leur siège. L'intéressée ne sait d'ailleurs pas trop quoi répondre...

– Ben...

Paco monte alors subitement le volume de la radio qui passe alors une autre chanson en anglais, beaucoup plus stridente que la précédente.

– Erica, tu n'aimes pas cette chanson ?

La petite passe à nouveau la tête. Sans reconnaître *Somebody told me* de The Killers, elle affirme :

– Non, j'aime pas.

– Tu n'aimes pas ? Elle est jolie pourtant...

Paco monte encore le son, sous les yeux incrédules de Paula qui se demande s'il n'est pas devenu fou.

– Non, j'aime pas, j'aime pas ! Enlève-la ! s'écrie Erica, les mains sur les oreilles.

– Mais...

– Change ! J'aime pas !

Paco tourne change alors de fréquence. La petite semble avoir oublié sa question. Heureusement, il n'avait aucune envie d'entendre la réponse.

– Là ! Laisse celle-là !

Il est maudit, ce n'est pas possible ! Une autre station passe *See you again* de Miley Cyrus... Non ! Pas deux fois !

Paula éclate de rire et Paco ne peut s'empêcher de lui sourire aussi. Trêve.

Accompagnés de la chanson préférée d'Erica et dans une atmosphère un peu plus détendue, ils poursuivent leur route vers le lycée, où Paula arrivera une nouvelle fois en retard.

Chapitre 83

Ce même matin de mars, quelque part en ville.

Enfin arrivé au lycée !

Les cours vont commencer dans quelques minutes. Mario secoue son parapluie pour le sécher un peu, sous le regard inquisiteur de la principale. Les jours de pluie, tout semble plus grand, plus bruyant et le mauvais caractère de la directrice est alors à son paroxysme.

Mario se dirige vers sa classe en saluant quelques camarades au passage tandis que d'autres ne le remarquent même pas. Il est habitué, la vie du lycée est ainsi. Puis le moment de se retrouver face à face avec Diana s'approche dangereusement. Elle est peut-être déjà là... Stress. Bien qu'il ait beaucoup pensé à ce moment, il ne sait toujours pas ce qu'il va lui dire. Il va lui demander pardon, bien sûr, et espère qu'elle en fera de même, car elle a aussi sa part de responsabilité dans ce qui s'est passé, et que tout cela s'arrangera.

Il est cependant pris d'un doute. Et si elle persistait au lieu de s'excuser ? Elle est la seule à connaître son secret. Il ne pense pas qu'elle dise quoi que ce soit à quiconque, mais il ne peut s'empêcher d'être méfiant. Il est possible que, sous le coup de la colère, elle ait tout raconté à ses amies, y compris à sa sœur et à Paula.

Il ne veut même pas imaginer qu'elle ait révélé cette histoire aux autres Dragibus.

– Bonjour, Mario. Ça va ? le salue Cris.

Il sursaute. Ah ! L'une d'elles !

– Bonjour, ça va, oui, un peu trempé.

Elle sourit. Très joli sourire d'ailleurs, un regard doux aussi. C'est étrange, il ne l'avait jamais remarqué avant. Cristina est la plus discrète des Dragibus. Elle s'habille bien, jolie, sympa, mais elle n'a pas le charisme de Paula, le culot de Diana ou la personnalité de Miriam.

– Et ta sœur ? Elle n'est pas avec toi ?

– Oh non ! Elle était encore en train de se maquiller quand je suis parti. Elle va arriver, enfin, en retard si elle ne se dépêche pas. Et toi ? Tu es toute seule ?

– Oui, aucune des Dragibus n'est arrivée. Diana n'est pas là, et Paula va être en retard comme d'habitude, dit-elle en souriant à nouveau.

Tous deux entrent dans la classe et marchent jusqu'à la table qu'occupe Mario. Il pose son parapluie contre le mur et enlève son manteau.

– Ça s'est bien passé hier ? Vous avez bien bossé ?

– Oui, le plus qu'on a pu.

Cris ne semble pas être au courant de l'altercation. Miriam ne paraissait pas l'être non plus. Ouf ! Mais où est Diana ? Ce n'est pas une bonne élève et elle sèche pas mal de cours, mais elle est toujours à l'heure. Elle aime être là un peu avant pour papoter et regarder comment ses copines se sont habillées.

– C'est difficile, je pense que je n'aurai pas l'examen.

– Tu ne comprends pas bien ?

– Non, les dérivées, c'est pas mon truc.

Mario est sur le point de lui proposer de venir réviser avec eux cet après-midi, mais s'abstient. Il a déjà du mal à s'en sortir avec Paula et Diana, alors avec une troisième, ce serait la fin, même si Cris est la plus calme de toutes et ne poserait sans doute pas de problèmes.

– Courage. Si tu t'y mets vraiment, je suis sûr que tu y arriveras. Ce n'est pas si compliqué.

– Je ne sais pas. Je n'y ai pas non plus passé le temps que j'aurais dû. Ça me soûle vite.

– Oui, si tu n'aimes pas les maths, c'est logique.

Sourires.

Ce doit être la première conversation qu'il a avec Cris. Elle est toujours entourée des autres, enfin, c'est plutôt elle qui les entoure. Elle ne reste jamais toute seule. C'est la cinquième roue du carrosse, sans les trois autres, elle se sent bancale. Mais c'est pourtant très agréable de discuter avec elle.

– Tu es au courant pour l'anniversaire de Paula ?

Mario lève les sourcils, étonné. De quoi parle-t-elle ?

– La fête surprise chez moi ?

– Oui. Ta sœur t'en a parlé ?

– Ben, je sais que...

Miriam débarque à cet instant et crie « Cristinaaa !! » de la porte de la classe. La jeune fille prend rapidement congé et court dans les bras de son amie.

Mario soupire en observant la scène et pense qu'il y a deux choses inévitables : qu'une roue de carrosse ne peut se sentir mieux qu'en compagnie d'une autre roue de carrosse et que sa sœur crie encore plus fort les jours de pluie.

Chapitre 84

Ce même matin de mars, quelque part en ville.

« Bouclé ! » a été le premier mot qu'Angel a entendu en passant la porte de la rédaction. Son chef lui a embrassé le front et l'a pris dans ses bras comme il l'aurait fait avec un fils.

Jaime Suárez est très satisfait du numéro d'avril qu'il a lui-même terminé ce matin à l'aube. Il n'a pas dormi chez lui, il n'a d'ailleurs pas dormi du tout, comme c'est la tradition la veille d'un envoi chez l'imprimeur.

– Ce sera un succès sans précédent ! *Rolling Stone* et *Los Cuarenta Principales* peuvent trembler ! crie-t-il, triomphant, à travers toute la rédaction.

L'interview et la une avec Katia garantissent des ventes exceptionnelles, que Jaime prévoit au moins multipliées par deux. Le travail acharné et les efforts de son équipe seront certainement récompensés. La petite revue se fera peut-être même une vraie place parmi les grandes !

Angel, lui, n'est pas si enthousiaste. Il se contente de sourire lorsque son chef le complimente, mais une chose l'empêche d'être aussi heureux qu'il le devrait.

Il a passé toute la nuit à se demander s'il n'avait pas fait une erreur en demandant ce service à Katia. Il le regrette par moments, mais d'un autre côté, il sait tout le bonheur que cela procurerait à Paula d'entendre *Tu éblouis mon cœur* chanté juste pour elle.

– Angel, tu es occupé ?

Jaime Suárez est à côté de lui avec un sourire jusqu'aux oreilles.

– Non, patron. Je regardais le planning pour le mois de mai, répond-il en masquant sa préoccupation.

C'est ça, le journalisme : une chose à peine terminée, on commence déjà la suivante. Surtout dans un magazine mensuel, on travaille toujours contre le temps, c'est pour cette raison qu'on prépare le numéro de mai au mois de mars.

– J'aime ça, c'est bien. Tu iras loin. Cette rédaction est sans doute un peu trop petite pour toi.

– Non, je suis très bien ici.

– Oui, c'est parce qu'on prend bien soin de toi aussi, non ?

– Bien sûr, répond Angel en souriant.

– Bien, bien, dit le chef en préparant le terrain pour annoncer une importante nouvelle à son pupille. Donc tu es content de travailler avec nous ?

– Oui, très.

– Bien, bien.

Le rédacteur en chef se frotte le menton en se donnant des airs mystérieux. Angel décide alors de rentrer dans le jeu.

– Vous avez quelque chose à me dire ?

– Quelle intuition ! reconnaît-il en faisant mine d'être surpris qu'il ait deviné. C'est d'ailleurs une qualité essentielle à notre travail, indispensable même. Donc, oui, j'ai quelque chose à te dire. Tu as fait de l'excellent travail ce mois-ci, et si tout marche comme nous l'espérons pour le numéro d'avril, je vais te donner une augmentation.

– Ah oui ? demande Angel, très surpris.

– Oui. Tu fais vraiment du très bon boulot, tu travailles beaucoup, tu fais même des heures supplémentaires sans qu'on te le demande. Tu le mérites. Et aussi...

Jaime Suárez se penche sur l'ordinateur et tape une adresse Internet. Il accède au site après avoir entré un mot de passe, et montre l'écran du doigt.

– Tu vois ?

Il s'agit du site Internet du magazine, qui existe seulement depuis quelques mois. Il n'est pas encore très visité, mais le directeur souhaite l'exploiter davantage à partir du mois d'avril.

– Quoi donc ?

– Cette colonne occupée par des annonces publicitaires. On la supprime... et voilà ! Je voudrais que tu y écrives une colonne d'opinion.

– Vous voulez que je fasse une colonne d'opinion sur notre site ?

– Oui, si tu le veux, bien sûr. Tu seras payé en conséquence aussi, on ne fait rien gratuitement ici. Et si quelqu'un mérite de gagner de l'argent, c'est bien toi. Alors ?

Angel est médusé. Une augmentation de salaire et une colonne d'opinion sur Internet ! Il s'attendait à tout sauf à ça.

– Eh bien, je suis très flatté. Je ne sais pas comment vous remercier.

– En continuant d'écrire aussi bien, ça me suffit. Et puis, ça peut t'ouvrir des portes, des gens importants te remarqueront peut-être.

– Merci. Je ne vous décevrai pas.

– Il n'y a pas de risque. Je suis sûr que tu feras ça très bien. J'espère juste que tu te souviendras de ton vieux rédacteur en chef lorsque tu seras célèbre.

– Comment pourrais-je vous oublier, chef ? C'est impossible.

Jaime Suárez tente de masquer l'émotion que lui procurent les mots de son pupille, cela pourrait entamer sa réputation de râleur toujours de mauvaise humeur.

– Oui, oui, bon. Sinon, j'ai pensé que pour commencer, tu pourrais écrire sur Katia.

– Sur Katia ?

Angel va de surprise en surprise. La chanteuse aux cheveux roses semble une nouvelle fois se trouver sur sa route.

– Oui, on peut encore exploiter le filon, ça ne peut être que bon pour nous.

– Et qu'est-ce que je peux écrire sur elle que je n'ai pas déjà écrit ?

– Je ne sais pas, c'est ton problème, ça. Mais apparemment, tu as pu mieux faire sa connaissance ces jours-ci, je me trompe ?

– C'est-à-dire que...

Son chef lui adresse un clin d'œil en toussotant. Il ne pense pas à quelque chose de sexuel tout de même ?... Angel est soudain très mal à l'aise.

– Tu pourrais parler de sa manière d'être dans la vie, ton ressenti, donner quelques anecdotes. Je ne sais pas, mais quelque chose de personnel, comme si vous étiez intimes.

– Intimes ? De quoi vous voulez parler ?

– Oh ! Ne va pas penser n'importe quoi ! Je ne parle pas de laisser entendre que vous couchez ensemble, mais que vous êtes potes.

– Mais je la connais depuis une semaine à peine.

Juste une semaine et il s'est passé tant de choses, s'il savait !

– Angel, une des missions du journaliste est de dire la vérité mais aussi d'arranger un peu la réalité pour qu'elle semble vraie. Je ne te demande pas de mentir, mais juste d'adapter un peu. Tu vois ?

– Plus ou moins.

– Je suis sûr que tu t'en sortiras très bien, dit-il en lui donnant deux tapes dans le dos avant de s'éloigner, content de lui.

Angel l'observe. C'est vraiment un personnage ! Il est capable de diriger la rédaction seul, de mener et de motiver ses troupes. C'est un journaliste de la vieille école auprès de qui il peut apprendre des tas de secrets de la profession.

En tout cas, la journée a plutôt bien commencé : une augmentation et une nouvelle colonne, c'est pas mal. Enfin, il doit tout de même écrire un nouvel article sur Katia. Cela ne va pas être simple de mêler l'information, la réalité et des éléments subjectifs. Par où commencer ?

Il semble que le destin veuille l'aider à répondre à sa question. Son téléphone sonne, et c'est...

– Salut, Katia.

– Bonjour, Angel ! dit-elle joyeusement.

– Ça va ?

– Très bien. J'ai de bonnes nouvelles. Je viens de parler avec Mauricio. Il a réussi à avoir un studio pour cet après-midi à 18 heures.

– Un studio ? Comment a-t-il fait ?
– Une chaîne de services rendus, je suppose. Il vaut mieux ne pas trop chercher à savoir.
– Merci beaucoup. Je ne voulais pas te créer autant de problèmes.
– Rien de bien compliqué, ne t'inquiète pas. Mais... hésite-t-elle avant de se lancer, j'aimerais beaucoup que tu m'accompagnes.
La chaîne de services est toujours en marche, pense Angel.
– À quoi ça servirait que je sois là, Katia ?
– Ben, le CD est pour ta petite amie. Si toi, tu n'as rien à faire là, je ne sais pas qui, alors... dit-elle agacée.
Et elle a raison... Il est normal qu'il soit présent au studio pour l'enregistrement et ne se contente pas d'aller chercher le CD lorsqu'il sera prêt.
– D'accord, je viendrai.
– Génial ! Je passe te chercher chez toi ou à la rédaction ?
Soupir. Il vaut mieux chez lui. Si on voit à nouveau Katia au journal, les rumeurs vont commencer à aller bon train.
– Chez moi.
– Parfait. Je serai chez toi entre 17 h 15 et 17 h 30.
– D'accord.
– Ça va être sympa.
Silence.
Nouveau soupir. Pourquoi a-t-il fallu qu'il pense à *ce* cadeau ? Il le fait pour Paula, pour voir sa tête en entendant *Tu éblouis mon cœur* et son propre nom. Mais c'est aussi prendre pas mal de risques.
– Katia, excuse-moi, mais il faut que je raccroche. Je suis à la rédaction avec un article à faire. À plus tard.
– OK. Je passe vers 17 h 30 alors. Bon courage pour ton travail Bisous.
– Bisous.
Clac.

Angel se lève et regarde la pluie tomber par la fenêtre.

L'incertitude et la préoccupation se lisent sur son visage. Il espère que les errements des jours passés ne se reproduiront pas. N'est-il pas en train de faire une grosse erreur ?

Chapitre 85

Un jeudi matin pluvieux de mars, ailleurs en ville.

Fin du cours d'histoire. Le professeur a passé toute l'heure à parler avec enthousiasme de quelques événements de la Seconde Guerre mondiale comme s'il y était. Cependant, peu d'élèves écoutent ce qu'il raconte, la majeure partie désire plus que tout que ces minutes interminables passent le plus vite possible. La cloche salvatrice finit par sonner, provoquant l'euphorie générale.

Mario se dirige alors vers le coin des Dragibus. Paula est la première à le voir arriver.

– Je la rappelle tout de suite, lui dit-elle.

– D'accord.

Elle sort son téléphone du sac Supernanas et lance l'appel.

Mario est inquiet, Diana n'est pas venue en cours de la matinée. Le plus étrange, c'est que son téléphone est éteint. Ses amies ont essayé de l'appeler à chaque intercours, sans résultat. Miriam a confié à Paula et à Cris qu'elle avait entendu Diana se disputer avec son frère et qu'elle était partie au bord des larmes, mais qu'elle ne savait pas pourquoi. Elles sont allées demander des explications à Mario juste avant le cours d'histoire. Il n'en a donné aucune mais a souhaité qu'elles le tiennent au courant.

– Je tombe toujours directement sur la messagerie... dit Paula.

– Bon... Qu'est-ce qui a bien pu se passer ? demande Miriam en prenant son en-cas.

– Aucune idée. Mais ce n'est sûrement rien de grave. Elle va bien arriver, ajoute Paula en souriant à Mario.

Il est de plus en plus mal à l'aise. Il aurait peut-être dû l'appeler hier soir pour s'excuser. Il espère que ce n'est pas à cause de lui qu'elle est absente.

– OK, je vous laisse. Si vous avez des nouvelles, dites-le-moi.

– D'accord.

Mario les remercie puis sort de la classe, plongé dans ses pensées. Il s'est arrêté de pleuvoir, mais le ciel reste menaçant.

Les trois filles sortent aussi et s'assoient sur les escaliers qui mènent à l'étage supérieur.

– Il a l'air très embêté, remarque Cris.

– Oui. Je ne sais pas pourquoi ils se sont disputés hier, mais c'est bizarre. Tu étais avec eux, toi, tu n'as rien remarqué d'étrange ? demande Miriam à Paula.

– Non, rien d'anormal. Ton frère nous a expliqué les dérivées. Diana râlait parce qu'elle ne comprenait rien. Ils se sont un peu chamaillés, mais pas au point qu'elle se mette dans cet état.

– C'est vraiment étrange tout ça et je me sens un peu coupable. Ils se sont peut-être pris la tête à cause de ce qu'on a dit à Diana, insinue Miriam, très inquiète.

– Qu'ils se plaisaient ?

– Oui. Peut-être que Diana s'est lancée et que ça s'est pas bien terminé, quelque chose dans ce genre.

Toutes trois réfléchissent un moment.

– C'est possible. On l'a quand même bien embêtée avec ça. Mais j'étais vraiment loin de penser que ça finirait comme ça quand je suis partie. Je pensais bien faire en les laissant seuls, pour qu'ils puissent conclure, ou même juste se parler.

– Et c'est peut-être ce qui s'est passé : Diana a tenté sa chance et mon frère l'a jetée. Même si j'étais la première convaincue qu'elle plaisait à Mario.

– Je le pensais aussi, ajoute Cris.

– En admettant que ce soit ça, vous pensez vraiment que Diana louperait les cours et débrancherait son téléphone pour ça ?

– Quand je lui ai parlé hier, elle ne m'a rien dit et ne semblait pas si mal que ça.

Miriam et Cris la regardent, surprises.

– Tu l'as eue au téléphone hier ?
– Non, sur Facebook. Je vous l'avais pas dit ?
– Non ! répondent-elles d'une même voix.
Paula hésite à leur raconter sa soirée. Elle a pensé à Alex toute la matinée... C'est sans doute le moment de leur en parler.
– Oui, je lui ai parlé. La soirée a été riche en émotions.
Elle commence alors le récit de sa soirée, la rencontre avec Irène, la conversation avec Diana et la visite d'Alex chez elle et sa déclaration d'amour. Miriam et Cris écoutent, pendues à ses lèvres comme s'il s'agissait d'un conte des frères Grimm.
– Faudrait que t'écrives un livre, un jour, dit Cris une fois l'histoire terminée.
– Faut pas exagérer non plus.
– Moi, je pense que si quelqu'un lisait ça, il penserait que c'est irréaliste et que l'auteur a trop d'imagination, insiste Miriam.
– La réalité dépasse toujours la fiction, ajoute Cristina, qui s'est levée pour laisser passer des garçons de terminale qui retournent en classe.
La cloche va bientôt sonner la fin de la pause.
– Ça suffit maintenant ! Sinon je ne vous raconterai plus rien.
Miriam sourit et lui fait un bisou sur la joue.
– Tu es une vraie mante religieuse. Ils te courent tous après et tu leur brises le cœur. Enfin, ça ne m'étonne pas, tu es vraiment une bombe, dit-elle en lui faisant un autre bisou.
– Mais qu'est-ce que tu racontes ! Tais-toi !
Deux autres garçons de terminale passent et les regardent, l'air de dire : « Elles sont pas mal, les filles de première ! » Paula et Miriam deviennent toutes rouges et Cris les salue timidement.
– Bon, alors, qu'est-ce que tu vas faire ? demande Miriam en se levant.
– Avec Alex ?
Paula se redresse aussi et hausse les épaules.
– Le plus drôle, ça va être à ton anniversaire. Ils seront là tous les deux, tu pourras les présenter.
– Humpf. M'en parle pas.

– Mais tu aimes Angel, non ?

– Oui, je suis amoureuse de lui, c'est mon petit ami. Alex est juste un copain dont je viens de faire la connaissance. Mais...

– Mais ?

– Je ne sais pas. Ce n'est vraiment pas facile pour moi. Alex est agréable, beau, super romantique, intelligent. Le type parfait, quoi.

– Ben qu'est-ce que t'attends pour nous le présenter ? s'écrie Miriam.

Paula plisse le front, faisant mine de réfléchir. Si Alex sortait avec une des Dragibus, cela résoudrait le problème... ou l'empirerait peut-être.

– Je vous le présenterai à mon anniversaire.

– OK. Si t'en veux pas, il est pour nous.

– Quelle tigresse, cette Miriam ! Tu ressembles de plus en plus à Diana.

– Saleté.

Miriam tente de lui mettre un coup de pied aux fesses, mais Paula l'esquive.

– Sérieusement. C'est compliqué tout ça. Je ne sais pas ce qui va se passer.

– On te comprend, dit Cristina.

– Ce qui m'inquiète le plus, c'est qu'Alex semble convaincu qu'il aura sa chance.

– Et donc ça te fait hésiter entre les deux.

– Je ne sais pas. S'il pense ça, c'est qu'il croit pouvoir me conquérir. Et même si j'aime Angel, tout cela me dépasse. Enfin, c'est vraiment prise de tête.

– Mais si tu aimes Angel à cent pour cent, tu ne devrais pas avoir à te prendre la tête, non ?

– Je ne sais pas, Miriam, je ne sais pas. Je sais que je l'aime. Mais Alex a débarqué dans ma vie et je ne sais pas ce que je ressens pour lui.

La cloche sonne comme un point final à cette conversation.

Elles rentrent en classe et constatent que Diana n'est toujours pas arrivée. Elles n'auront pas de ses nouvelles de la matinée.

Chapitre 86

Ce même matin de mars, quelque part en ville.

Si tu la regardes de près, elle te captive. Si tu regardes ses yeux célestes, ils t'ensorcellent, te séduisent, te rendent amoureux. C'est dans la fulgurance que Katia se révèle.

Angel relit plusieurs fois le premier paragraphe qu'il vient d'écrire pour sa colonne d'opinion sur Internet. Il se lève, se rassoit, se relève... regarde l'écran. Nul. Il efface tout.

Zut.

Il ne va pas être simple d'écrire sur Katia de la façon dont son chef le lui a demandé. Il s'est passé trop de choses entre eux. Comment laisser de côté la partie personnelle ? Celle qui contient les baisers, les mots, leurs rendez-vous, les vérités et les mensonges.

Enfin, c'est tout de même en cela que consiste son travail. Un bon journaliste doit pouvoir écrire sur tout, malgré tout, en s'éloignant de ses propres sentiments et expériences. Un peu comme les avocats, qui doivent défendre leur client même s'ils le savent coupable. Angel n'aime pas ce journalisme frivole qui envahit actuellement tous les médias. Il est partisan du journalisme pur, tout en y ajoutant sa touche fraîche et novatrice. S'il doit donner son opinion sur quelque chose, il ne doit pas se laisser influencer par les circonstances, geler ses propres émotions et montrer qu'il est capable de relever le défi comme un véritable professionnel.

Ce même matin de mars, dans un coin isolé de la ville.

– Alors, il n'y a pas de souci ?

– Non, pas du tout, Alex. Au contraire ! Je suis enchanté de le faire !

Le jeune homme sourit avec satisfaction : problème résolu. Il n'en espérait pas moins de M. Mandizábal, il savait qu'il pouvait compter sur lui.

– Merci infiniment de me rendre ce grand service. Je vous dois une fière chandelle.

– Non, je pense que c'est plutôt moi qui t'en dois une pour le coup.

Le vieil homme part dans un éclat de rire qui finit en quinte de toux.

– Ça va ? demande Alex, préoccupé.

– Oui, oui, c'est l'âge et l'émotion, répond-il après avoir retrouvé son souffle.

– Il faut prendre soin de vous.

– Mais oui, ne t'inquiète pas.

– Bon, je ne vous dérange pas plus longtemps. On se voit demain. Et présentez mes excuses à vos amis pour le cours annulé.

– Non, ce n'est rien. Je leur dirai d'aller jouer au poker ou autre chose. Ils sont fous des jeux de cartes.

– Merci encore, Agustín.

– Il n'y a vraiment pas de quoi. À demain, Alex.

– Au revoir.

Clac.

Affaire classée, d'une pierre deux coups.

Alex regarde sa montre. Il lui reste encore pas mal de choses à faire avant le retour d'Irène, il doit se dépêcher.

Ce même matin de mars, quelque part en ville.

Les cours lui semblent interminables ce matin. Irène n'a qu'une envie : rentrer à la maison pour être avec Alex. Une chance qu'elle n'ait pas cours cet après-midi, le jour où il décide de ne pas aller en ville. C'est le destin. Ils pourront peut-être déjeuner ensemble, et ensuite...

C'est sans doute le moment de tenter un rapprochement. Oui, elle va passer à l'attaque.

Un frisson la parcourt rien que d'y penser. Elle s'imagine dans ses bras, l'embrasser, partout... le manger ! Oh ! là ! là !...

Elle ne le laissera pas s'échapper, une fois qu'elle l'aura, il sera à elle pour toujours.

En plus, tout danger est écarté. Cette petite sotte ne réapparaîtra sûrement pas après la scène d'hier. Quelle ingénue ! Très belle, très mignonne, très jeune, mais aussi bête qu'innocente. Alex mérite beaucoup mieux. Elle, par exemple.

Sans cette Paula au milieu du chemin, il n'y a plus aucun obstacle entre eux. On peut compter sur elle pour en profiter...

Ce même matin de mars, à la fin de la quatrième heure de cours.

Il reste assis.

Il se tourne vers la porte avec l'espoir de la voir entrer, mais en vain. Diana n'est toujours pas là, et il semble peu probable qu'elle arrive plus tard.

Son malaise augmente à mesure que les minutes passent. Il n'aurait pas dû lui dire tout ça. Il ne s'est jamais senti aussi mal.

Où est-elle passée ?

Il espère vraiment que son absence n'a pas de lien avec leur discussion. Quel imbécile ! Il se sent complètement impuissant, sans possibilité d'arranger les choses. Voilà ce que l'on récolte quand on ne tourne pas sept fois la langue dans sa bouche avant de parler.

Où est Diana ?

Ce même matin de mars, après le cinquième cours.

– Toujours sur messagerie.

Paula range à nouveau son téléphone dans son sac.

– Qu'elle ne vienne pas en cours, c'est bizarre, mais bon, avec Diana, tout est possible. Le plus étrange, c'est que son portable est éteint depuis ce matin, ce n'est vraiment pas son genre, dit Miriam.

– Elle ne doit pas avoir envie de parler, rétorque Cris.

– Ou bien elle est malade et elle ne veut pas être dérangée, suppose Paula en regardant vers Mario.

Il semble triste et désolé. Ce qui s'est passé après son départ a dû être assez violent. Et elle qui pensait qu'ils se plaisaient... Pourquoi se sont-ils disputés ?

– Ah ! Paula, on a oublié de te dire un truc.

– Oui, Miriam.

– Tu peux venir dormir chez moi demain soir ?

– Chez toi ?

– Oui. Cris, Diana et moi, on a pensé que, comme samedi tu resteras la journée avec ta famille et qu'après il y a la soirée, on pourrait fêter ton anniversaire toutes les quatre avant, chez moi. J'ai demandé la permission à ma mère et elle est d'accord. Je ne pense pas que tes parents refuseront, si ?

– Je ne sais pas. Les relations sont tendues en ce moment. Mais je ne pense pas que ça posera problème. Enfin, ils vont sûrement supposer que je vais voir Angel.

Miriam réfléchit un instant.

– Je peux parler à ta mère, comme ça, il n'y aura pas de problème. Je lui dirai que tu restes dormir à la maison.

– Ce n'est pas la peine, Miriam, mais merci.

– Si, si. Il vaut mieux, sinon ils sont capables de t'interdire de venir au dernier moment. Et les Dragibus se doivent de fêter ça dignement.

– Bon, comme tu veux.

– J'ai son numéro de portable, je l'appellerai après.

La cloche sonne, annonçant la dernière heure de cours de la journée.

Le professeur de maths est ponctuel. Il entre dans la classe en sautillant comme s'il effectuait une danse tribale, ferme la porte, puis va écrire au tableau : « Demain est le début de la fin et la fin d'un commencement. Survivre. »

Les Dragibus lisent la phrase sans vraiment bien la comprendre. Paula murmure à haute voix : « Le début de la fin... »

Et pendant que les filles et Mario assistent à leur dernier cours de maths avant l'examen, qu'Angel écrit sa colonne sur Katia, qu'Irène est dans sa Ford sur le chemin du retour tandis qu'Alex descend les escaliers de chez lui chargé d'une énorme valise, Diana ferme enfin les yeux après une nuit et une matinée de tension intense.

Chapitre 87

Cet après-midi de mars, dans un coin isolé de la ville.

Le ciel noir annonce un orage imminent.

Irène conduit à toute allure, non par crainte des intempéries, mais parce qu'elle meurt d'envie de voir Alex. Elle n'en peut plus !

Quelques gouttes commencent à tomber. Elle met en route les essuie-glaces et accélère encore. Elle est presque arrivée.

Elle tourne à gauche et prend le chemin de terre qui mène à la maison. Terre, pierres et boue... La pluie l'a mise dans un sale état.

Elle distingue au loin son foyer pour les mois à venir. Mois ? Peut-être pour toute la vie. Mais à choisir, elle préférerait un appartement en ville. Immense, spacieux, avec un Jacuzzi où elle pourrait pendre des bains avec Alex et lui faire d'innombrables massages. Un rêve qui deviendra réalité. C'est sûr.

Elle arrive enfin à destination. Avec le ciel noir en toile de fond, la maison a vraiment un aspect mystérieux digne d'un film d'horreur. Oui, décidément, lorsqu'elle vivra avec lui, ils iront dans un appartement du centre-ville.

Elle gare la voiture et court jusqu'à la porte, il pleut de plus en plus. Elle sort sa clé et la glisse dans la serrure. Ça n'ouvre pas. Nouvel essai... pareil. Elle vérifie... oui, c'est bien la bonne. C'est bizarre.

Après plusieurs essais, elle abandonne et sonne.

Personne.

Il n'est pas là ? Mais il lui a dit qu'il ne bougerait pas de la maison aujourd'hui...

Elle sonne à nouveau, agacée.

Ah ! elle entend qu'on déverrouille la porte. Alex lui ouvre, habillé comme ce matin. Il est pieds nus, c'est pour cela qu'il ne l'a pas entendue arriver.

– Salut ! T'as vu ce qui tombe ! dit-elle en rentrant.

Elle a envie de se jeter sur lui et de l'embrasser. Elle voudrait être à lui.

– Oui, on dirait, répond-il sèchement.

Coup de tonnerre.

– Dis, je ne sais pas ce qui se passe, je n'ai pas pu ouvrir avec ma clé. C'est pour ça que j'ai sonné.

– J'ai fait changer la serrure.

– Pourquoi ?

Alex ne répond pas et entre dans le salon avec elle. Le sang d'Irène se gèle alors dans ses veines : toutes ses valises sont là, par terre, elles semblent pleines.

– Il y a toutes tes affaires, anticipe-t-il.

– Pourquoi as-tu mis mes affaires dans les valises ?

– Tu t'en vas.

– Je m'en vais ? Où ça ?

– Tu pars de chez moi.

– Je ne comprends pas ce que tu veux dire.

– C'est pourtant clair, Irène. Tu ne vis plus ici.

– Tu me mets dehors ? demande-t-elle, le souffle coupé.

– Appelle ça comme tu veux. Je ne veux plus que tu continues à vivre dans cette maison, c'est tout.

– Mais pourquoi ? Qu'est-ce que j'ai fait ?

Alex la regarde alors dans les yeux.

Irène comprend qu'il a tout découvert pour Paula. Cette gamine a finalement eu plus de cran qu'elle ne le pensait. Elle lui a tout raconté.

Zut.

– Tu as le toupet de me le demander ?

– Je n'ai rien fait de mal.

– Mentir et menacer une amie pour compromettre notre relation, ce n'est pas mal ?

– Bah, n'exagère pas.

– Que je n'exagère pas ?

Alex enfile une paire de chaussons, prend deux valises et sort de la pièce, Irène sur les talons.

– Allez, Alex, excuse-moi ! Ce n'est pas si grave. Je veux seulement le meilleur pour toi.

Le jeune homme jette les valises près de la porte et se retourne brusquement.

– Le meilleur pour moi ? T'es folle, t'as vraiment un problème.

– Non, vraiment. Je désire le meilleur pour toi, et cette gamine ne l'est pas.

– Qui es-tu pour me dire ce qu'il y a de meilleur pour moi ?

– Ta sœur.

– Demi-sœur. Demi-sœur, répète Alex complètement hors de lui.

– Nous sommes de la même famille. On vit ensemble.

– Provisoirement.

– Je t'aime, moi.

– Tu n'aimes surtout que toi. Et ce que tu as fait à cette pauvre Paula, comme ce que tu m'as fait à moi, ne peut pas être pardonné.

Alex ouvre la porte, prend les valises et sort. Il pleut maintenant à seaux, le ciel semble vouloir éclater d'un moment à l'autre. Il va jusqu'à la Ford et dépose les affaires à côté.

– Ouvre-la !

Irène le regarde, décomposée, depuis le pas de la porte. Son plan a échoué. Elle reste immobile et silencieuse. Elle le voit s'approcher, lui arracher son sac des mains pour prendre les clés de la voiture. Elle laisse faire, ça ne servirait à rien de lutter maintenant.

Alex fait des allers-retours dans la maison jusqu'à ce qu'il ait mis tous les bagages de sa demi-sœur dans le coffre. Puis il va chercher une serviette de toilette. Irène le regarde se sécher les cheveux et les bras, complètement perdue.

– Voilà, tout est dans la voiture, tu peux partir quand tu veux.

– Et où je vais aller ?

– J'y ai pensé. Comme je ne veux pas non plus te laisser à la rue, j'ai demandé à Agustín Mandizábal et il sera ravi de t'accueillir chez lui pendant la durée de ta formation.

Irène ouvre et ferme la bouche, incrédule.

– Qui c'est, celui-là ? Le vieux de la reprographie ?

– Ne parle pas comme ça de lui. Il m'a donné du travail et m'a beaucoup aidé ces derniers temps.

– Je ne vais pas aller vivre avec ce vieux croulant ! T'es fou ?

– Tu devrais. Agustín est un homme bien et il te traitera comme une princesse. Il a beaucoup d'argent et tu ne manqueras de rien.

– Je n'irais pas vivre avec lui même si ma vie en dépendait !

– Tu es libre de faire ce que tu veux.

Alex enlève son débardeur et se sèche le torse. Sa demi-sœur l'observe et se mord les lèvres. Elle a très envie de pleurer. Mais non, elle est forte, elle ne pleure pas. Et elle va le démontrer une nouvelle fois.

– Je l'ai fait pour toi, Alex. Paula est encore une enfant et tu as vingt-deux ans.

– Ce ne sont pas tes affaires. Et rien ne justifie ton comportement.

– Je t'ai déjà demandé pardon.

– Je suis désolé, mais je suis incapable de te pardonner pour l'instant.

Les mots d'Alex blessent Irène au plus profond d'elle-même.

Elle récupère son sac et lui sourit.

– Vous n'avez aucun avenir tous les deux, lance-t-elle.

Alex préfère ne pas répondre.

Entre le bruit de la pluie qui martèle le sol et un nouveau coup de tonnerre, Irène quitte la maison et monte dans la voiture.

Elle allume la radio et tombe sur *Medicate*, de Breaking Benjamin, puis démarre et appuie rageusement sur l'accélérateur.

Elle conduit à toute allure, et ne veut penser à rien, juste aller toujours plus vite. Elle s'observe du coin de l'œil dans le rétroviseur et ne peut empêcher une larme amère de couler sur sa joue.

Pour la première fois de sa vie, elle a échoué.

Chapitre 88

Ce midi de mars, quelque part en ville.

Sous un parapluie bleu, Angel attend qu'elle sorte du lycée. Il a très envie de la voir, ce déjeuner était vraiment une très bonne idée. Il aimerait que cela se produise plus souvent, mais entre les études pour elle et le travail pour lui, ce n'est pas facile. Il faut donc composer et profiter de chaque moment passé à ses côtés.

Il veut l'emmener dans un restaurant mexicain. Au cours d'une de leurs longues conversations sur Facebook, elle lui a confié aimer la cuisine épicée mais n'avoir jamais mangé mexicain. Il en connaît un très bien pas loin d'ici. Heureusement, avec ce qui tombe, les coups de tonnerre et le froid. La température a chuté d'une dizaine de degrés du jour au lendemain. Le temps, c'est un peu comme les relations humaines, cela vient par vagues et on ne sait jamais ce que nous réserve la semaine suivante. Un jour le soleil brille et le lendemain le ciel peut être d'un noir de jais. C'est sans doute mieux ainsi, sinon tout deviendrait ordinaire et prévisible.

La cloche sonne !

Les élèves les plus impatients sortent déjà à toute vitesse. L'un d'eux manque de bousculer un homme qui attend, accompagné de sa petite fille. Angel l'observe râler, amusé, il lâche quelques jurons pour la plus grande surprise de la petite fille qui se bouche les oreilles. L'homme lui demande pardon et lui fait un bisou pour faire oublier sa mauvaise conduite.

Le défilé de lycéens continue, mais toujours pas de Paula à l'horizon.

Ça fait plusieurs années que tout cela est fini pour lui. Il sent une certaine nostalgie en voyant un petit groupe d'adolescents insouciants qui sortent sans parapluie et se laissent joyeusement tremper. Ils n'ont pas de préoccupations, même pas celle d'étudier pour certains. D'autres ne réviseront que la veille de l'examen. Les trois filles d'un petit groupe le regardent en faisant des petits commentaires, le sourire aux lèvres. Elles seraient enchantées de le connaître, ce qui n'est pas le cas des trois garçons qui les accompagnent. Ils enlacent leur moitié ostensiblement en passant à côté de lui. Il y en a même un qui embrasse passionnément sa douce avant de regarder Angel avec défi.

– Quelle vulgarité ! Il n'y a plus de jeunesse ! murmure l'homme à côté, également témoin de la scène.

La petite fille a observé aussi, elle n'avait jamais vu un baiser d'aussi près. Ça a l'air un peu dégoûtant, non ?

Angel, pour sa part, n'y a prêté aucune attention, beaucoup trop occupé à surveiller la porte.

Ah ! Enfin des visages familiers : Miriam, Cris et derrière elles... Paula !

Elle est ravissante. Ses cheveux sont un peu plus ondulés qu'à l'ordinaire à cause de la pluie. Elle le cherche des yeux et le salue de la main en l'apercevant, avec un sourire.

Mais il disparaît tout de suite pour laisser place à une expression d'incrédulité. Que lui arrive-t-il ? Elle semble dire quelque chose à ses amies avant de leur faire la bise et d'ouvrir son parapluie.

Angel décide de ne pas bouger et d'attendre qu'elle vienne jusqu'à lui. Pourquoi fait-elle cette tête ?

Tout à coup, la petite fille court et saute dans les bras de Paula, qui lui dépose un gros bisou sur sa petite joue rouge. Le jeune homme comprend alors tout de suite, mais reste tétanisé. Il la regarde s'approcher, immobile.

– Salut, papa, dit Paula à l'homme au parapluie noir. Salut, Angel.

Paco contemple alors le garçon qui est à côté de lui depuis dix minutes et à qui Paula vient d'embrasser tendrement les lèvres.

– Sa... Salut, bredouille Angel.

– Mais...

Le père a du mal à assimiler ce qu'il vient de voir. Erica aussi est stupéfaite. Sa sœur a embrassé ce garçon sur la bouche ! Beurk !

– Qu'est-ce que tu fais là ? demande Paula à son père en essayant de masquer ses tremblements.

– Je... suis venu te chercher. Avec... tout ce qui tombe...

– Merci, mais ce n'était pas la peine. J'avais prévu d'aller déjeuner avec Angel. J'allais vous appeler pour vous prévenir. Mais... vous avez fait connaissance ?

Tous deux échangent un regard surpris.

– Juste... de vue. Depuis dix minutes plus ou moins. Mais je ne savais pas qu'il s'agissait de ton père, répond le journaliste, qui essaie de garder son calme.

– Ah, je vais donc faire les présentations. Angel, je te présente Paco, mon père. Papa, voici Angel, mon petit ami.

Père et petit ami se serrent la main.

– Enchanté, s'empresse d'ajouter Angel.

– Pareillement, répond Paco en faisant tous les efforts du monde pour paraître aimable.

Sourires forcés. La situation n'est confortable pour personne.

– Hé ! Et moi, alors ? proteste Erica sous le parapluie de sa sœur.

Angel se penche en souriant.

– Salut, je suis Angel. Tu me fais un bisou ?

– Moi, je m'appelle Erica García, répond la petite en lui tendant la main droite.

Il est beau, mais les bisous, c'est pour les grands, pense Erica.

Angel laisse échapper un petit rire et serre la main de la petite, qui ne comprend pas très bien ce qui l'amuse autant.

Les présentations faites, ils rejoignent la voiture de Paco.

– Tu ne rentres pas avec nous, alors ?

– Non, on va manger dehors avec Angel.

Son père n'est pas tellement d'accord, mais il ne veut pas discuter devant le petit ami. Il préfère parler à Paula en tête à tête, il aura deux ou trois choses à lui dire !

– Et pourquoi Angel ne viendrait pas manger à la maison ? demande Erica, qui s'est mise sous le parapluie du journaliste.

Tous les regards se posent sur la petite.

– Non, ma princesse. On va manger ailleurs.

– Moi, je veux qu'Angel vienne manger à la maison, insiste-t-elle.

Elle adore quand il y a des invités. Sa mère fait toujours des desserts super bons quand il y a des gens à la maison.

– Un autre jour, ma puce.

– Non, je veux que ce soit aujourd'hui !

Paula et Angel échangent un regard.

Paco, lui, réfléchit rapidement. S'ils mangent à la maison, ils ne feront rien, leurs mains se tiendront tranquilles, et il pourra faire plus ample connaissance avec ce type qui dit être le petit ami de sa fille.

– L'idée d'Erica n'est pas si mauvaise. Il pourrait venir manger à la maison, finit-il par lancer.

– Quoi ?

– Je suis sûr qu'il adorera la cuisine de ta mère, et comme ça, elle pourra aussi le rencontrer. Et avec ce temps de chien, où pourriez-vous être mieux ?

Nouvel échange de regards entre les amoureux. Angel hausse les épaules et acquiesce d'un signe de tête. Il préférerait être seul avec elle, mais il vaut mieux ne pas contrarier son père.

– C'est d'accord pour moi.

– Quoi ? Mais on devait aller manger quelque part !

– On ira un autre jour, ne t'inquiète pas.

– Oui ! Super ! s'écrie la petite en s'accrochant à la jambe d'Angel.

– Donc, c'est décidé, on y va, ajoute Paco en rentrant dans la voiture.

Erica ouvre une porte arrière et s'installe sur la banquette. Paula ferme son parapluie et glisse à l'oreille d'Angel :

– Tu es sûr ?

– Oui, ne t'inquiète pas. Ça va être marrant.

– Marrant ?

– Mais oui, tu verras, ça va très bien se passer. Ne t'inquiète pas pour moi, dit-il avant de l'embrasser et de rejoindre Erica à l'arrière de la voiture.

La petite est enchantée de partager son siège avec son nouvel ami et lui attrape le bras.

– Tout le monde est là ? demande Paco en jetant un coup d'œil dans le rétroviseur.

– Ouiii ! s'écrie la blondinette.

C'est ainsi que, sous une pluie battante, la voiture démarre pour les mener vers un repas inattendu.

Chapitre 89

Ce même midi de mars, dans la maison des García.

Plat unique : lentilles.

Angel priait pour que l'adorable mère de Paula n'ait pas prévu de lentilles pour le repas, mais il n'y a qu'à désirer très fort quelque chose pour... que cela ne se réalise pas.

– Maman, Angel n'aime pas les lentilles, dit Paula en s'asseyant à table.

– Elles sont délicieuses, pourtant.

– Oui, mais il n'aime pas ça, répète-t-elle.

Angel les regarde, un peu honteux, et rougit. Ça commence bien !

– Je suis désolé, je n'aime pas ça depuis que je suis tout petit.

– Ce n'est pas grave, je vais te préparer autre chose. Asseyez-vous, j'y vais.

– Vous voulez de l'aide ?

– Non, ça va aller, merci beaucoup.

Paula l'attrape par la main et le fait sortir de la cuisine.

– Ça commence bien... lui murmure-t-il à l'oreille.

– C'est rien. Ma mère a sûrement un plan B.

– Quel désastre !

Ils entrent ensemble dans la salle à manger où sont déjà installés Paco et Erica. Celle-ci examine l'invité en détail : il est très grand et semble beau, même si elle ne comprend pas tout à ces choses-là. Il l'est presque autant qu'un copain à elle qui lui a piqué sa pâte à modeler à l'école, il s'appelle Angel et il a les yeux bleus aussi.

Personne ne dit un mot. On entend juste la télé en bruit de fond. C'est la météo. Prévisions pour demain : encore plus de pluie.

– Tu as quel âge ? demande Erica.

– Vingt-deux ans, répond Angel tranquillement.

– Vingt-deux ans ! Wahou ! T'es super grand !

Le jeune homme sourit timidement, Paula aussi. Seul Paco ne semble pas très heureux. Soupir. Vingt-deux ans ! Elle n'en a même pas encore dix-sept ! Il a très envie d'une cigarette, mais il ne peut pas fumer devant ses filles. Il ne peut plus le faire qu'en cachette.

– Et toi, quel âge tu as ?

– Ça, dit-elle en montrant les cinq doigts de la main droite.

– Ah ! Tu es très grande aussi, alors.

La petite fille rosit de plaisir. Elle sait parfaitement qu'elle est grande, mais ses parents et sa sœur refusent obstinément de la croire. Enfin une personne intelligente qui s'en rend compte !

Mercedes entre dans le salon avec une assiette de lentilles qu'elle dépose devant Paco et une autre avec du melon et du jambon cru.

– Ça, tu aimes ?

Angel acquiesce en souriant. Cela semble succulent. Erica proteste, elle aussi elle veut du melon et du jambon ! Paco, lui, se mord la lèvre en constatant que sa femme a entamé *son* jambon pour nourrir le petit ami de sa fille.

– Merci beaucoup, mais vous n'auriez pas dû vous donner tout ce mal.

– Mais, non, ne t'inquiète pas. J'espère que ce sera bon.

Après un nouveau passage à la cuisine, Mercedes revient avec un plat de lentilles pour Erica et Paula, ce qui met la petite dans une colère noire. On donne du melon au nouveau et elle, qui vit ici depuis cinq ans, on lui sert des lentilles !

– Si tu es sage et que tu manges tout, tu auras une surprise pour le dessert.

Elle est un peu soulagée par cette perspective et a bon espoir qu'avoir invité cet individu serve tout de même à quelque chose.

Le repas se déroule dans le calme, plus qu'Angel et Paula ne l'avaient imaginé. Paco ne dit pas un mot et Mercedes, qui mangera après, passe son temps à entrer et sortir. C'est Erica qui se charge de faire subir un petit interrogatoire au journaliste. Angel s'en tire donc plutôt bien, jusqu'à ce qu'elle pose la question qui tue.

– Dis, tu as des enfants ?

– Quoi ? Des enfants ? dit Angel en s'étranglant.

– Oui. Si tu en as, tu pourras les amener pour qu'on puisse jouer ensemble.

Paula éclate de rire tandis que son père fait la moue.

– Je suis encore jeune pour avoir des enfants, dit le journaliste en mordant dans le dernier morceau de melon.

– Et moi encore plus, ajoute Paula.

Erica regarde sa sœur, surprise. Elle ne comprend pas pourquoi elle a répondu aussi alors qu'elle s'adressait à Angel.

– Je reviens tout de suite, dit Paco en se levant.

Il disparaît dans les escaliers. Il n'en peut plus, il lui faut une cigarette. Mercedes le suit des yeux en se demandant ce qui lui arrive.

– Vous avez terminé ? leur demande-t-elle.

– Ouiiii ! s'écrie Erica.

– C'était très bon, Mercedes, dit aimablement Angel en se levant pour rapporter son assiette.

Mais elle lui enlève l'assiette des mains et lui demande de s'asseoir.

– Je vais le faire. Les invités restent assis.

Erica ronchonne une nouvelle fois. C'est totalement injuste ! Elle est obligée de débarrasser son assiette depuis ses quatre ans et demi !

– Comme le melon au jambon n'a pas dû te rassasier, j'ai préparé des banana split en dessert.

– Ouais !! Super !! crie la petite, triomphante.

– Je ne sais pas s'il va me rester assez de place.

– Mais si, tu verras. Erica, ramasse ton assiette et viens m'aider, allez.

La petite ne se le fait pas dire deux fois et fonce dans la cuisine.

Paula et Angel se retrouvent enfin seuls quelques instants.

– Alors ? Ça ne se passe pas si mal, non ? lui murmure-t-elle.

– Non. Ta mère est vraiment adorable et ta sœur est mignonne comme tout.

– Je m'attendais à ce que mon père t'inflige un interrogatoire musclé, mais il n'a pas décroché un mot.

– Oui. Je ne crois pas qu'il m'aime beaucoup.

– Pourquoi ?

– Ben, je suis le petit ami de sa fille, c'est normal.

– Moi, je t'aime bien.

– Encore heureux !... dit-il en déposant un baiser saveur melon sur ses lèvres.

Paula se recule rapidement en voyant son père revenir. On dirait qu'il n'a rien vu... Ouf !

Paco retourne s'asseoir à sa place. Il a fumé la moitié d'une cigarette, ce qui a provisoirement calmé ses nerfs.

Erica déboule alors dans la salle à manger en compagnie de sa mère avec une assiette énorme dans les mains : deux bananes entières recouvertes de glace, de chantilly, de griottes et de caramel. Mercedes en dépose une devant Paco et l'autre devant Angel.

– Mon Dieu ! Il y en a pour quatre ! s'exclame le jeune homme. Je ne pourrai jamais avaler tout ça.

– On partage, dit Paula en piquant un bout de banane dans son assiette.

– Il y en a un autre pour toi. Laisse-lui sa part, enfin, il n'a presque rien mangé.

– Non, mais j'en ai vraiment trop. On va le partager. Merci, Mercedes.

– Oui, un pour deux, ça suffit.

– Comme vous voulez, mais il y en a un autre de prêt, dit-elle en retournant à la cuisine.

Tous mangent leur dessert en silence. Paco observe de temps à autre sa fille et son chéri faire les idiots avec leur cuillère ou la glace. Il fulmine à voix basse. Quelle vulgarité ! Il continue de manger en serrant les dents.

Erica est celle qui apprécie le plus ce dessert. Son petit visage est littéralement barbouillé de caramel et de glace à la vanille. Angel manque de s'étrangler en la voyant.

– C'est bon ? lui demande-t-il en contenant un fou rire.

– Très, répond-elle la bouche pleine.

– Ma princesse, tu veux bien faire un bisou à Angel maintenant ? suggère Paula, amusée.

Le journaliste écarquille les yeux.

– Non ! proteste Erica.

– Non ?

– Tu ne veux pas me faire de bisou ? demande-t-il, soulagé.

La petite fille secoue énergiquement la tête de gauche à droite, les joues gonflées comme celles d'un hamster. Mais pourquoi lui demandent-ils encore ça ? Elle ? Faire un bisou à un garçon ?! Beurk ! En plus, ils ont même pas vu qu'il avait de la glace à la fraise plein la bouche ! Elle n'est pas folle quand même !

Paco est le premier à terminer son assiette. Il va la déposer à la cuisine en pensant qu'inviter Angel n'a sans doute pas été une bonne idée. Il était si nerveux qu'il n'a pas pu dire un mot. Il ne semble pas être un mauvais garçon, il a même l'air sympathique, mais il n'en reste pas moins trop âgé pour sa fille. Elle est un peu jeune pour commencer une relation sérieuse, et d'autant plus si la personne avec qui elle est a déjà fini ses études.

Angel et Paula terminent leur dessert aussi. Elle se lève et l'enlace.

– Il est encore tôt. Tu veux que je te montre ma chambre ? Tu ne l'as pas encore vue.

– D'accord. Je suis curieux de voir ça.

Le couple laisse Erica seule à table qui les regarde monter les escaliers, intriguée. Pourquoi ils se tiennent la main ? Parce qu'ils sont amoureux ? Peut-être. Elle ne sait pas, et de toute façon, pour le moment, elle a des choses plus importantes à faire.

Arrivés en haut, Paula invite Angel à entrer dans sa chambre. La porte se referme lentement.

Ce midi de mars, au même moment, dans la cuisine des García.

– Je ne supporte pas, c'est au-dessus de mes forces.

– Mais il est très agréable, ce garçon. Je le trouve très bien pour Paula.

– Il est vieux. Beaucoup trop vieux pour elle.

– C'est possible, mais ils ont l'air d'être bien ensemble.

– Bon Dieu, Merché ! Il a vingt-deux ans !

Elle se retourne alors et le regarde dans les yeux.

– Merché ? Ça faisait des lustres que tu ne m'avais pas appelée comme ça.

– Oui...

Mercedes sourit, s'approche lentement de Paco, embrasse sa joue et l'enlace.

– Il faut que tu te calmes. Ce jeune homme est génial. Et très beau en plus. Ta fille a bon goût.

– Toi, oui, tu as eu bon goût.

Elle éclate de rire puis pose sa tête sur l'épaule de son mari.

– C'est vrai, mais il est plus beau que toi au même âge. Tu as vu ces yeux ?

– Bah ! Pas de quoi en faire toute une histoire.

– Si, il est super beau. Quant à son corps...

– Oui, eh bien calme-toi ! C'est le petit ami de ta fille, je te rappelle ! s'exclame Paco en se dégageant des bras de sa femme.

Mercedes éclate de rire à nouveau avant de l'embrasser sur les lèvres. Erica entre à ce moment précis dans la cuisine avec son assiette vide.

– Qu'est-ce que vous faites ?

– Rien, répond sa mère en se penchant pour lui prendre son assiette.

– C'était un bisou ?

– Oui.

– Sur la bouche ?

– Sur les lèvres.

– Beurk !

La petite se couvre alors la bouche et s'aperçoit qu'elle a de la glace partout. Sa mère se penche à nouveau pour lui essuyer le visage.

– Paula et Angel ont fini leur dessert ? demande Mercedes.

– Oui, et ils sont partis.

– Partis ? Où ça ?

– En haut.

Paco et Mercedes échangent un regard décontenancé. Il se mord les lèvres. Elle soupire. Elle ne pense pas que... mais si...

Ce jour de mars, au même instant, dans la chambre de Paula.

Il a cessé de pleuvoir.

Angel regarde par la fenêtre et voit un timide rayon de soleil percer à travers les nuages noirs. Il ne restera pas longtemps.

Paula est assise sur le lit. Elle n'en comprend pas bien la raison, mais elle a chaud tout à coup. Elle l'observe et lui sourit lorsqu'il se retourne. D'un regard, elle lui demande de s'asseoir près d'elle. Il obéit, ses yeux au fond des siens.

– Je t'aime.

– Je t'aime.

Il ressent la même chaleur que Paula, une chaleur qu'il n'avait pas sentie depuis longtemps. Ils s'embrassent lentement, tremblants. En ce jour gris et froid, ils n'ont jamais eu aussi chaud. Pour elle, cette sensation est toute nouvelle et étrange. Presque malgré elle, une de ses mains se perd sous le sweat-shirt d'Angel et caresse son torse musclé, ferme, parfait. La température monte encore. Paula ne comprend pas ce qui se passe, mais elle ne peut s'arrêter. Ses baisers sont de plus en plus intenses. Leurs langues se frottent, et elle sent les mains d'Angel passer sous son T-shirt, lui caresser le dos et descendre jusqu'à la ceinture de son jean. Cette frontière dangereuse entre le monde de l'innocence et celui du plaisir. Les pensées se bousculent alors dans la tête de Paula : elle est chez elle, ses parents sont en bas, elle n'est jamais allée aussi loin avec personne. Qu'importe, elle n'a surtout pas envie qu'il arrête, elle guide sa main à l'intérieur de son jean. Elle ferme les yeux et soupire lorsqu'il lui embrasse le cou. Ce n'est pas possible ! Sa première fois, maintenant ? Chez elle ? Dans sa chambre ? Non, ce n'est pas possible. Ce n'est ni le bon endroit ni le bon moment. Mais elle ne peut pas s'arrêter. Son T-shirt se lève et elle sent les baisers chauds d'Angel sur son sein. Mon Dieu ! Ça y est ? Elle en a très envie. Et lui ? A-t-il envie aussi ? A-t-il des préservatifs ?

Le petit rayon de soleil disparaît.

La porte de la chambre s'ouvre tout à coup !

– Paula ! Papa t'appelle ! crie Erica en entrant sans frapper.

Elle est trop petite pour voir ce qui se passe sur le lit, mais elle se rend compte de son erreur et referme la porte pour rentrer correctement. On lui a appris qu'il fallait toujours frapper avant d'entrer quelque part.

Paula et Angel se lèvent à toute vitesse chacun d'un côté du lit et en profitent pour remettre leurs vêtements en place.

Toc toc.

– Oui, entre, lui dit Paula en se recoiffant avec les doigts.

Erica entre, satisfaite d'avoir réparé son erreur sans se faire réprimander. Ce qu'elle ne sait pas, c'est qu'elle a réussi à empêcher qu'il s'en produise une autre beaucoup plus grosse.

Chapitre 90

Cet après-midi de mars, ailleurs en ville.

Il pique du nez une fois, deux fois, trois fois.

Mario a du mal à se maintenir éveillé, mais il le faut. Paula ne va pas tarder à arriver.

L'après-midi est franchement déprimant. Pluie, vent, froid... Il a même eu peur qu'elle l'appelle pour annuler, mais non, pas pour le moment, en tout cas. L'examen a lieu demain, et il leur reste pas mal de choses à travailler. La semaine ne s'est vraiment pas déroulée comme il l'espérait... Ses sentiments sont toujours enfouis au fond de lui.

L'orage est au-dessus de sa maison. Le ciel noir s'illumine de temps à autre pour finir en coup de tonnerre quelques secondes plus tard. Ah ! on sonne à la porte. Si c'est Paula, elle est très en avance, ce qui n'est pas du tout son genre.

Il descend en vitesse et se regarde dans le miroir de l'entrée avant d'ouvrir. Ça va, pas trop mal. De toute façon, il faudra bien s'en contenter. Il prend une inspiration et ouvre la porte.

Ce n'est pas Paula. Une fille cachée sous la capuche d'un imperméable jaune lui adresse un petit sourire.

– Salut, Mario.

Le ton de Diana est inhabituel : sérieux, ferme et mesuré.

– Sa... Salut, répond-il surpris. Entre.

– Paula n'est pas encore arrivée ?

– Non.

Elle enlève sa capuche en pénétrant dans la maison et arrange ses cheveux sous le regard attentif de Mario. Elle n'a pas la même tête non plus. Ses yeux maquillés ne parviennent pas à dissimuler d'énormes cernes. Elle semble fatiguée, éteinte, loin d'avoir l'énergie qui la caractérise d'ordinaire.

– Ce qu'il tombe ! dit-elle en enlevant son imperméable. Je peux le mettre où ?

– Donne-le-moi.

Il le met sur un cintre et laisse un parapluie ouvert dessous pour que les gouttes ne tombent pas sur le sol.

Nouvel éclair. Nouveau coup de tonnerre.

– Tu es tout seul ?

– Oui, je ne sais pas où ils sont et je crois que Miriam est allée chercher Cris et qu'elles voulaient passer chez toi pour prendre de tes nouvelles.

– Ah.

– Comme tu n'es pas venue au lycée de la journée et que ton téléphone était éteint, elles étaient inquiètes.

– Il n'y a pas de quoi en faire un plat, rétorque froidement Diana en se dirigeant vers l'escalier. On monte ?

– Oui.

Tous deux grimpent en silence. Des tas de questions passent par la tête de Mario. Pourquoi est-elle venue ? Pour arranger les choses ? Pour continuer à travailler ? Pas sûr. Aujourd'hui, il a plus pensé à elle qu'à Paula, rongé par le remords.

Ils entrent dans la chambre sans fermer la porte et reprennent les places qu'ils avaient la veille.

– Tu sais quoi ? J'ai passé la nuit et une partie de la matinée à travailler, lâche-t-elle en sortant son livre de maths et un carnet.

– Quoi ?!

– Eh oui. Je me suis rendu compte hier que je passais vraiment pour une imbécile et que je devais faire des heures supplémentaires si je voulais avoir l'examen de demain.

Mario n'arrive pas à y croire.

– Tu as passé la nuit à bosser et tu as séché les cours pour ça ?

– Ben oui, c'est pour ça. Puis j'ai éteint mon téléphone pour ne pas être déconcentrée. Je l'ai mis dans un tiroir que j'ai fermé à clé pour ne pas être tentée de jouer avec.

– Mince alors ! Incroyable.

– Tu ne me crois pas ? Vas-y, pose-moi une question, celle que tu veux.

– Non, non, je te crois.

– Enfin, il y a quand même des choses que je ne comprends pas et qu'il faut que tu m'expliques, dit-elle en tournant rapidement les pages du livre. Mais on verra après. Je voulais d'abord m'excuser pour mon comportement hier. Tout ça m'a un peu dépassée, beaucoup même. Donc il est normal que je te demande pardon, je n'aurais pas dû te mettre la pression comme ça. Je suis désolée.

Ses mots sont si sincères, et sa voix tremble un peu... Mario s'en rend compte, la gorge serrée. Tout n'est pas sa faute.

– Je dois te demander pardon aussi. J'ai perdu les pédales et je t'ai crié dessus. J'ai été nul. Et je suis désolé aussi de t'avoir mis autant de bâtons dans les roues. Enfin, j'ai manqué de patience et je me suis conduit comme un abruti. Pardon.

Les yeux de Diana s'illuminent. Mais elle parvient à contrôler ces larmes qui menacent de dévoiler son côté le plus sensible.

– Oui, enfin, je ne suis vraiment pas douée. Je comprends que ce soit énervant.

– Si tu as réussi à apprendre tout ça en moins de vingt-quatre heures en ayant des bases aussi mauvaises en maths, c'est que tu n'es pas nulle du tout.

– Soyons honnêtes, Mario, je suis une incapable en maths et dans les autres matières aussi. Je le sais, que je suis nulle. Là, c'est plutôt une question de fierté. Sans compter que je ne veux pas vous faire perdre votre temps comme hier.

– N'exagère pas. Je suis sûr que ça n'a pas dérangé Paula.

Un nouveau coup de tonnerre éclate en même temps que la fin de la phrase.

– Mario, je voulais te proposer une chose aussi, dit-elle en baissant les yeux.

– Tu veux me proposer quelque chose ?

– En fait, non, ce n'est pas vraiment ça. C'est plus un conseil ou quelque chose dans ce genre... Écoute-moi et appelle ça comme tu veux.

– D'accord. Dis-moi.

Elle déglutit et rassemble tout son courage pour arriver à s'exprimer. Elle parle avec douceur en cachant sa tristesse.

– Tu devrais dire à Paula ce que tu ressens. Pas demain, ni un autre jour. Là, aujourd'hui.

– Quoi ?

– Oui, Mario. Tu ne peux pas continuer comme ça plus longtemps. C'est l'occasion.

– Diana... je...

– Mario, je vais te parler le plus franchement possible. Je ne sais pas si tu es au courant, mais Paula a un petit ami. Plus le temps passera, plus elle sera attachée à lui. Je ne sais pas si tu as une chance, mais tu es un type bien et tu es son ami. Si tu lui dis, elle découvrira peut-être qu'elle ressent autre chose pour toi que ce qu'elle voyait jusque-là. Si tu ne lui avoues pas tes sentiments, tu laisseras ta chance passer. Il faut que tu franchisses le pas et que tu joues cartes sur table. Lance-toi une bonne fois pour toutes.

Nouvel éclair. Nouveau coup de tonnerre.

17 heures. Silence. Angoisse et crainte. Regard dans le vide. Puis finalement, la décision :

– D'accord, je vais le faire. Je vais dire à Paula que je l'aime.

– Ah ! Voilà, c'est beaucoup mieux ! s'exclame Diana en se levant.

Tous deux sourient. Elle dépose un bisou sur sa joue.

Amis.

Et même si savoir que le garçon qu'elle aime va se déclarer à sa meilleure amie lui fait très mal, elle est certaine d'avoir bien agi.

Chapitre 91

Cet après-midi de mars, quelque part en ville.

Ils descendent de voiture et traversent la rue en courant pour s'engouffrer dans l'immeuble d'en face. Ils n'ont pas de parapluie et le feu va bientôt passer au rouge pour les piétons. Katia est devant lui, elle court, rapide et agile sous la pluie. Il ne sait toujours pas très bien ce qu'il fait là. Paula lui manque. Il ne peut pas arrêter de penser à ce qui s'est passé tout à l'heure. Que serait-il arrivé si Erica n'était pas entrée dans la chambre ? Qui sait ?... Il a totalement perdu le contrôle dans un élan de passion. C'est sans doute mieux que la petite les ait interrompus. Il n'avait pas de quoi se protéger, et les conditions étaient loin d'être idéales pour une première fois avec les parents de Paula juste au-dessous ! Cela aurait été une grosse erreur.

Ils s'arrêtent sur le perron, haletants et trempés. Katia le regarde en souriant.

– On finit toujours par courir chaque fois qu'on se voit, lui dit-elle en soufflant.

– Oui, on dirait. Je vais faire ma cure de remise en forme avec toi.

– Tu es déjà en forme, tu es presque aussi rapide que moi, et ça, c'est assez exceptionnel.

Angel sourit. Il est vrai qu'elle court particulièrement vite.

– C'est à cause des chaussures. La prochaine fois, je gagnerai, répond-il.

– Les chaussures ? T'as pas trouvé de meilleure excuse ?

Il fait mine de réfléchir puis dit non de la tête avec une petite moue.

– Ben, c'est une excuse pourrie.

– Je sais.

Katia sourit à son tour. Il est vraiment adorable. Elle fond littéralement chaque fois qu'elle le regarde. Mais ce n'est pas son homme, c'est celui d'une autre à qui elle va dédier une chanson. C'est la vie, elle est parfois injuste. Au moins, il est là, près d'elle... Elle pourra profiter de sa présence pendant quelques heures.

– On entre ?

– OK.

La chanteuse cherche le bouton « Rez-de-chaussée B » sur l'interphone et appuie.

– Oui ? Qui est-ce ? demande une voix féminine.

– Bonjour, c'est Katia. Je viens pour...

– Ah, bonjour ! On vous attendait. Je vous ouvre.

Un bruit métallique se fait immédiatement entendre. Katia pousse la porte.

– C'est bon. Merci beaucoup.

L'endroit est sombre et peu chaleureux, bien que les lumières de l'accueil soient toutes allumées. Un homme vêtu d'une veste grise et d'une cravate rouge pose son journal et se lève pour les recevoir.

– Où allez-vous ? demande-t-il, peu aimable.

– Au rez-de-chaussée B, répond Katia.

– Ah ! vous allez au studio. C'est par ici, dit-il en montrant un long couloir à leur droite. La dernière porte.

– Merci.

La chanteuse et le journaliste s'engouffrent alors dans le couloir. Alors qu'ils sont à mi-chemin, quelqu'un franchit la porte du fond pour les accueillir.

– Salut, les jeunes. Il pleut toujours ?

– Oh oui ! répond Katia en faisant la bise à son agent.

– Je suis très heureux de te revoir, dit-il en serrant la main d'Angel.

– Moi aussi.

Tous trois entrent dans le studio, et la jeune fille qui vient de leur ouvrir sourit en les voyant passer.

– Katia m'a raconté ce que vous alliez faire. Une très belle attention pour ta petite amie.

– Merci. Enfin la plus belle, c'est plutôt celle de Katia qui a accepté ma demande.

– J'en suis enchantée. Je suis dévouée corps et âme à mes fans ! dit-elle en surjouant.

– J'espère que tu as fait un bon reportage en échange.

– Ne t'inquiète pas, Mauricio, Angel est le meilleur. Tu verras, anticipe Katia.

Le journaliste rougit.

– Je voulais te remercier aussi de nous avoir dégoté ce studio pour l'enregistrer.

– De rien, mon pote. C'est ça le business dans la musique. Je fais ça pour toi aujourd'hui, tu me rendras un service demain. Un jour tu feras un article sur moi dans ton journal, dit Mauricio en tapant dans le dos d'Angel, qui ne sait pas s'il plaisante ou non.

Un homme mince et au crâne rasé vient à leur rencontre.

– Je vous présente Moisés, il se chargera de l'enregistrement, précise-t-il. J'imagine que tu connais Katia, et lui, c'est Angel, journaliste.

– Enchanté, dit le technicien en serrant la main d'Angel avant de faire la bise à Katia. Mes filles ont ton disque et chantent tes chansons à longueur de journée.

– Ah oui ? Tu dois me détester alors.

– Je ne vais pas te le cacher.

– Je leur offrirai le prochain.

– Elles en seraient très heureuses, dit-il en faisant semblant de sourire. On peut commencer quand vous voulez.

– Dès que tu peux.

– Donc allons-y, suivez-moi.

Tous les quatre se remettent alors en marche.

– J'ai apporté ce dont je t'ai parlé hier pour que tu jettes un œil, murmure Mauricio à l'oreille de Katia.

– Pardon, Mauricio, mais je ne me souviens plus de ce que c'est... dit-elle en se mordant les lèvres.

– Tu es vraiment désespérante. Tu ne te souviens pas que je t'ai parlé d'une lettre qui est arrivée pour toi d'un garçon qui veut devenir écrivain ?

– Ah oui ! je me souviens. Il veut une chanson pour son roman, c'est ça ?

– C'est ça. Tu regardes ça après, alors ?

– OK.

Ils entrent dans une salle entièrement peinte en rouge où se trouve une cabine avec deux pièces séparées par une baie vitrée. D'un côté se trouvent un ordinateur et la table de mixage qui rappelle à Angel ses cours de radio à la fac. De l'autre côté, la pièce ne contient qu'un micro sur pied et des casques pendus au mur.

– Asseyez-vous par ici, dit Moisés à Angel et Mauricio. Toi, viens avec moi.

Katia suit le technicien dans la pièce où se trouve le micro et lui explique quelques détails. Angel les observe à travers la vitre. C'est la première fois qu'il va assister à l'enregistrement d'une chanson.

Moisés revient et s'assoit devant la table de mixage. Il appuie sur deux boutons et fait quelques réglages.

– Katia, tu m'entends ?

– Oui, très bien.

– Pas de problème ?

– Non, aucun.

– On peut commencer, alors ?

– Oui, quand tu veux.

L'homme au crâne rasé se retourne et lève le pouce.

– Un, deux, trois... Prêts ?

Chapitre 92

Cet après-midi de mars, ailleurs en ville.

L'après-midi avance, et le martèlement des gouttes de pluie est pratiquement le seul bruit que l'on entend dans la chambre de Mario. Chacun à un bout de la pièce, les trois amis font une dernière révision de l'examen du lendemain. Aucun d'eux n'est pleinement concentré, mais ils ont suffisamment travaillé pour avoir de bonnes chances de réussite. Même Diana, qui a épaté Paula lorsqu'elle lui a confié le motif de son absence, a ses chances.

Mais ils ont tous des choses plus importantes en tête. Le contrôle de maths est tout de même resté au second plan.

Paula n'arrête pas de penser à Angel. S'il n'y avait pas eu l'irruption d'Erica, elle aurait fait l'amour avec lui. Sa première fois ! Ce n'était ni l'endroit ni le moment, mais elle n'aurait pas été capable de s'arrêter. Heureusement que c'est sa petite sœur qui a ouvert la porte et non sa mère, ou pire encore, son père.

Diana observe Mario pendant qu'il regarde ailleurs. Son cœur se retourne chaque fois qu'il s'approche de Paula et qu'ils rient tous les deux. Elle souffre à un point qu'elle n'aurait jamais imaginé. Mais elle a joué toutes ses cartes et elle ne peut plus qu'attendre la suite des événements. Si son amie s'aperçoit qu'elle a des sentiments pour lui...

Mario, lui, est très nerveux. Il s'est approché plusieurs fois du tiroir de son bureau, comme si ce qu'il contenait pouvait s'envoler. Il consulte sans cesse sa montre, qui semble avancer à la fois trop et pas assez vite. Le moment le plus important de sa vie est proche, enfin c'est ce qu'il croit.

– Mario, tu peux venir voir ? demande Paula. Il y a un truc que je ne comprends pas.

Elle est à genoux par terre et utilise le lit comme table. Il s'approche d'elle avec un sourire.

– Qu'est-ce qui ne va pas ?

Diana les scrute et soupire. Elle voit comme Paula se trifouille les cheveux. Elle a lu quelque part que les filles se touchent instinctivement les cheveux lorsqu'elles parlent ou observent le garçon dont elles sont amoureuses. Il est possible que Mario lui plaise. Il est presque beau, intelligent, et c'est son ami depuis toujours. L'idée lui est insupportable. Elle sent la brûlure caractéristique qui précède les larmes et cette angoisse lancinante qui lui comprime la poitrine et l'empêche de respirer. Leurs visages sont si près qu'on ne pourrait pas passer une feuille de papier entre eux. Elle n'en peut plus.

– Houlà ! Il est tard ! Il faut que j'y aille, s'écrie-t-elle tout à coup.

Paula et Mario se retournent et la voient ranger ses affaires dans son sac.

– C'est vrai qu'il est tard, je rentre avec toi, dit Paula en regardant la pendule de la chambre.

Elle meurt d'envie de parler à Angel.

Diana et Mario échangent un regard. Elle parvient pour quelques secondes à contenir le flot de larmes qui menace de déferler d'un moment à l'autre et fait signe au jeune homme de trouver quelque chose pour retenir Paula.

– Non ! Attends ! s'exclame-t-il.

– Que j'attende quoi ? lui demande Paula, surprise.

– Oui, attends. Il faut que tu m'expliques quelque chose.

– Quoi ?

Elle ? Expliquer des maths à Mario ?!

– Euh... Euh... Reste ! Attends... balbutie-t-il.

Il est incapable de trouver une excuse convaincante. Paula regarde autour d'elle, déconcertée. Que se passe-t-il ?

Diana finit par intervenir et ouvre la porte de la chambre.

– Bon, j'y vais. On se voit demain, dit-elle avant de lever les yeux vers ceux de Mario. Bonne chance.

Elle profite de la confusion ambiante pour sortir rapidement, juste à temps pour cacher une larme chaude qui coule pour la seule personne qui l'ait jamais fait pleurer.

– Je ne comprends rien du tout, dit Paula en ramassant ses affaires.

– Attends, ne pars pas, dit-il en lui prenant la main.

– Mais...

– Attends, s'il te plaît.

Mario se lève et rassemble tout son courage. Il lâche sa main puis va chercher le secret enfermé dans le tiroir de son bureau.

– C'est pour toi, murmure-t-il en lui tendant un CD. Je voulais te le donner à ton anniversaire, mais je crois que maintenant c'est mieux. Je suis désolé, je n'ai pas pu faire de paquet cadeau.

Elle regarde attentivement la jaquette. C'est un collage de photos d'elle et d'images de ses disques préférés. Il est absolument parfait. À l'intérieur elle trouve un livret avec d'autres photos et les paroles de toutes les chansons. Elle le feuillette, emballée. Sacré boulot !

Ses yeux vont de Mario au disque qu'il a intitulé *Chansons pour Paula*.

– Merci beaucoup, vraiment. Je suis sans voix. C'est vraiment impressionnant, dit-elle, les yeux humides. Je peux le mettre ?

Mario acquiesce en silence.

Paula introduit le CD dans le lecteur et le met en marche. Elle écoute le premier titre avec émotion, *When you know*, de Shawn Colvin.

Regards. Sourires. Il aime la voir heureuse. Son cœur bat si fort qu'il semble vouloir sortir de sa poitrine. Il s'approche d'elle lentement. Elle est magnifique. Ses cheveux ondulés cascadent sur ses épaules. Elle est face à lui. Son regard tombe sur ses lèvres, proches, si proches. Il meurt d'envie de l'embrasser, il le désire de toute son âme. Cette fois, rien ni personne n'empêchera le destin de s'accomplir : il incline doucement la tête et, à la grande surprise de Paula, dépose ses lèvres sur les siennes. Un baiser volé, qui permet de dévoiler au grand jour tout ce qu'il a si longtemps caché, une bonne fois pour toutes.

Chapitre 93

Un jeudi soir de mars, dans un coin isolé de la ville.

Salut, je m'appelle Ester, oui, sans « h ». Beaucoup de gens te l'ont déjà sans doute dit, mais je n'ai pas pu résister à l'envie de t'écrire après avoir trouvé et lu un cahier de Derrière le mur. *Tu es vraiment génial. Je n'avais jamais rien vu de semblable. C'est si incroyablement romantique... J'écris aussi, j'ai une page Internet où je rédige de petits textes à partir d'un mot qu'on me donne. Mais sincèrement, je n'aurais jamais eu une idée comme la tienne. Vers dix-huit ans, j'ai commencé quelques histoires longues mais je ne les ai jamais terminées. J'espère que ça ne t'arrivera pas. J'adore ton style, ta manière de t'exprimer et la vie que tu donnes à tes personnages. Julián, Larry, Nadia, Verónica, César, Marta... ils sont tous parfaits. J'espère pouvoir lire la suite bientôt et connaître la fin de ton roman.*

Je te souhaite bonne chance et beaucoup de réussite pour ce projet. Je serai la première à l'acheter.

Gros bisou d'une admiratrice supplémentaire.

Alex relit l'e-mail deux fois avant de fermer l'ordinateur. C'est la quatrième personne à lui écrire après avoir trouvé un exemplaire de *Derrière le mur*. D'après sa manière d'en parler, on dirait que le roman lui a beaucoup plu. « Ester sans *h* » doit être quelqu'un de très intéressant.

Le réveil de son téléphone programmé à 21 heures sonne tout à coup, le faisant sursauter. Il l'éteint tout de suite. Silence absolu. Le vent et la pluie ont cessé. Pour la première fois depuis la mort de son père, il se sent seul.

Le portable toujours dans la main, il relit tous les SMS que lui a envoyés Paula. Il les connaît tous par cœur. Qu'est-ce qu'elle lui manque !...

Un jour peut-être, ils partageront autre chose que de simples messages.

La nuit est tombée sur sa solitude. Frisson. Il a besoin d'un peu de chaleur.

Il se dirige lentement vers son saxophone. Il le retire de son étui, met le bec entre ses lèvres et commence à jouer. Il joue sans partition, il n'en a pas besoin, d'autant moins que c'est un morceau qu'il a composé lui-même. Il est plutôt bien, un peu mélancolique peut-être. Mais le saxo est un instrument délicieusement triste et très romantique.

Ses doigts se promènent avec agilité sur le métal. Il pense à Paula, à ses yeux couleur miel, à ses lèvres si désirables faites pour être embrassées. Il serait prêt à mourir pour un baiser de cette merveilleuse jeune fille.

Son téléphone sonne à nouveau, mais c'est un appel cette fois-ci. Il pose son instrument sur le lit. C'est M. Mandizábal.

– Comment ça va, Agustín ?

– Salut, Alex ! Ben, super bien ! J'ai rajeuni de trente ans ! s'écrie-t-il au point que le jeune homme est obligé d'éloigner l'appareil de son oreille.

– Ah oui ? Et pourquoi ça ?

– Pourquoi ? Bah, grâce à ta chère sœur.

– Irène est là ? demande-t-il, surpris.

Ça alors ! Il ne pensait pas qu'elle finirait par accepter d'aller vivre chez lui.

– Oui. Elle est arrivée il y a quelques minutes. Elle est à côté de moi... Attends, elle veut te parler.

– OK.

– Je te la passe.

– Alex ? murmure Irène.

– Salut, comment ça va ? Finalement tu t'es décidée à y aller ?...

– Enfoiré, l'interrompt-elle à voix basse. Je n'arrive toujours pas à croire que tu m'aies foutue dehors.

Silence.

Il ne peut réprimer un petit sourire satisfait.

– Alex ? Tu es toujours là ? demande M. Mandizábal qui a repris le téléphone.

– Oui, je suis là.

– Je n'ai pas entendu ce que t'a dit Irène, mais merci pour tout. Je fais une cure de jouvence rien qu'en la regardant.

– Merci à vous de nous rendre ce service.

– Mais c'est à moi que vous rendez service ! s'exclame-t-il en éclatant de rire.

– Je suis heureux que vous soyez si content. Je dois vous laisser, Agustín. On se voit demain.

– Très bien. Au revoir, Alex.

– Au revoir.

Le jeune homme raccroche avec un énorme sourire sur le visage. Pauvre Irène ! Mais elle ne l'a pas volé. Ce qu'elle a fait mérite une pénitence. Quoique vivre pendant trois mois avec Agustín Mandizábal s'apparente sans doute plus à un séjour en enfer.

Cette même soirée de mars, ailleurs en ville.

L'enregistrement de la version de *Tu éblouis mon cœur* dédiée à Paula est terminée. Le CD est prêt. Pendant presque quatre heures, Angel a regardé Katia chanter, faire des essais de voix et répéter le refrain. Mais cela en valait la peine, il a maintenant le cadeau parfait pour sa chérie.

Le travail terminé, ils retournent à la Saxo prêtée par Alexia.

– On est arrivés, déclare Katia en se garant en double file.

– Oui.

– J'espère que Paula aimera son cadeau.

– J'en suis certain. Et merci pour tout ce que tu as fait. Tu es vraiment une amie.

La jeune fille aux cheveux roses sourit. *Une amie.* Oui, elle s'est comportée en tant que telle, à rendre des services et à taire ses sentiments. Une amie qui a fait un cadeau à la petite amie de l'homme qu'elle aime. Amie ? Un autre mot lui vient à l'esprit pour se définir. Mais elle a choisi de se mettre à cette place, elle doit donc l'assumer.

– On se reverra ? demande Katia.

– Moi, oui, je te verrai, c'est sûr, tu es partout. On dit que tu vas jouer dans une série pour ados, maintenant.

– Et moi ? Je te reverrai ?

– Bien sûr qu'on se reverra. On fait partie du même monde, non ? dit-il en la regardant dans les yeux.

– Oui. Je suis sûre que tu deviendras un journaliste célèbre.

– J'aimerais surtout être bon.

– Tu l'es déjà. Il te faut de nouveaux défis.

– Il me reste beaucoup à apprendre. Je ne fais que commencer ma carrière.

– Tu réussiras tout ce que tu entreprendras, Angel. Absolument tout.

– Comme toi, non ? Tu as réussi à avoir tout ce que tu voulais.

Elle sourit, amère et ironique.

– Oui. Tout.

De petites gouttes de pluie tombent sur le pare-brise.

– Il recommence à pleuvoir. J'y vais avant qu'il ne tombe des cordes.

– D'accord.

– Au revoir. À bientôt.

– Au revoir.

Angel ouvre la portière passager, mais ne sort pas tout de suite. Il se penche et embrasse la joue de Katia.

– Merci encore pour tout. Je t'appellerai.

Et, sans regarder derrière lui, il descend et court jusqu'à l'entrée de son immeuble.

Chapitre 94

Cette nuit de mars, ailleurs en ville.

Dans vingt-quatre heures, elle aura dix-sept ans, mais son anniversaire est le cadet de ses soucis pour l'instant. La nuit emprisonne le cœur de Paula qui serre fort contre elle son oreiller trempé de larmes.

Deux heures plus tôt.

– Salut, Paula.

– Salut, Angel.

– Ça va ? Tu me manques.

– Tu me manques aussi.

Soupir. Re-soupir. Silence.

– Qu'est-ce qui se passe ? Ça n'a pas l'air d'aller.

– Si, ça va. Je suis juste un peu fatiguée.

– Tu veux qu'on raccroche et qu'on se rappelle demain ?

– Oui.

– Tu es sûre que ça va ?

– Oui, excuse-moi. Je t'appelle après les cours demain, OK ?

– OK, comme tu veux.

– Bonne nuit, Angel.

– Bonne nuit. Je t'aime.

Il est minuit. Dans le noir de sa chambre, on entend la piste quatre de *Chansons pour Paula* : *Una vida contigo*, « Une vie avec toi », de Vega.

Pourquoi lui arrive-t-il tout cela ?

Une heure plus tôt.

– Oui ?

– Salut, Paula.

– Salut, Alex. Ça va ?

– Bien. J'écris et... je pense à toi.

Silence

– Paula ?

– Pardon, Alex. Je suis un peu fatiguée, j'ai révisé toute la journée.

– Je ne savais pas, excuse-moi. Je n'aurais pas dû t'appeler si tard, mais j'avais tellement envie d'entendre ta voix, je n'ai pas réussi à me retenir.

– Ce n'est pas grave.

– Si, je suis désolé.

– Non, ce n'est rien, vraiment. C'est gentil d'appeler.

– On se parle demain ?

– D'accord. Bonne nuit, Alex.

– Bonne nuit.

Les premières heures du vendredi. Il a cessé de pleuvoir, mais pas pour longtemps. Ils prévoient une dégradation du temps dans la journée.

Paula se lève et éteint l'ordinateur. Plus de musique. Elle remet en place son pantalon de pyjama puis retourne au lit.

Elle va avoir du mal à dormir. Angel, Alex et Mario peupleront ses rêves. Mais rien de ce qui peut se passer en rêve ne pourrait être comparable à se qui se passe dans la réalité.

Quelques heures plus tôt, en fin d'après-midi, dans la chambre de Mario.

Sa joue est toute rouge... Il la frotte doucement. Mario n'arrive pas à croire qu'elle l'ait giflé. Mais c'est au cœur qu'il a le plus mal...

– Excuse-moi, je... n'aurais pas dû... Mais, pourquoi tu as fait ça ? demande-t-elle, en état de choc.

Mario a toujours la main sur la joue, il ne sait pas quoi dire. Son regard est perdu vers le mur de sa chambre, il est incapable de la regarder dans les yeux.

– Je...

– Je ne... je ne comprends pas. Qu'est-ce qui t'est passé par la tête ? Pourquoi tu m'as embrassée ?

Paula est très nerveuse, ses jambes tremblent. Que faire ? Partir en courant ? Rester ? Elle ne comprend pas pourquoi Mario a osé faire ça.

– Je suis désolé.

– Mario... Tu m'as embrassée sur la bouche ! s'exclame-t-elle en prenant son visage dans ses mains. Je ne comprends rien.

– Je suis désolé, dit-il.

Elle se rend alors compte qu'il est vraiment bouleversé et tente de se calmer.

– Pourquoi tu m'as embrassée ? répète-t-elle en s'asseyant sur le lit.

– Je... je ne sais pas, dit-il d'une voix brisée.

Mario a honte de lui-même. Il regarde à droite et à gauche avec effroi. Maintenant, non seulement il n'a plus aucune chance de conquérir Paula, mais en plus il va sûrement perdre son amitié. Il n'aurait jamais pensé que son premier baiser finirait de cette façon.

– C'était une impulsion soudaine ? insiste Paula.

Il s'assoit en silence devant l'ordinateur, coupe la chanson de Shawn Colvin et baisse les yeux. Il pense à tout le temps qu'il a passé à faire ce disque, des heures et des heures au cours de ses nuits d'insomnie. Tout ça pour rien. Il n'a pas su se contenir et faire les choses bien. Il n'aurait pas dû l'embrasser, ce n'était pas ce qui était prévu d'ailleurs. Il n'aurait jamais dû le faire sans sa permission. Un baiser est un partage : de fait, il n'y avait jamais pensé jusque-là.

Silence absolu dans la chambre. Paula l'observe et soupire. Pas de réaction.

– Mario ? Tu ne dis rien ? Ce n'est quand même pas croyable que tu aies fait ça et que maintenant tu n'arrives même plus à me regarder.

Rien. Comme s'il s'était transformé en statue de sel. Immobile, la tête baissée, Mario pense aux conséquences possibles de son erreur.

Paula n'en supporte pas davantage. Elle se lève et met son sac sur son dos.

– Je m'en vais. On en reparlera.

Elle se dirige vers la porte, à la fois en colère, confuse et déçue. Elle ne pensait pas que Mario était comme ça. À quoi a-t-il joué ? Il n'espérait tout de même pas coucher avec elle dans sa propre chambre ?!

– Je t'aime, Paula.

C'est une nuit sans étoiles et sans lune. On entend des enfants crier dans la rue, ils s'amusent à sauter dans les flaques d'eau. La pluie continue de tomber lentement, mais sans s'arrêter. C'est un jour de mars, quelque part en ville.

– Quoi ?

– Je t'aime. Je suis amoureux de toi.

Leurs regards se rencontrent enfin. Des tonnes de sentiments différents se bousculent en chacun d'eux.

– Mais, Mario… Ce n'est pas possible. Tu dois confondre tes sentiments…

– Non, je suis parfaitement sûr de ce que je ressens. Je t'aime.

– Ah. Et depuis quand ?

– Je ne sais pas. Je ne me rappelle plus. Depuis toujours, je crois.

– Ah. Je dois être vraiment bête alors, parce que je ne m'en suis jamais rendu compte.

– Tu avais des garçons mieux que moi à regarder.

Paula retourne sur ses pas et se rassoit sur le lit. Elle se sent coupable tout à coup et commence à réunir les pièces du puzzle. Tout concorde, oui… Son humeur, son statut sur Facebook, ses insomnies, ses coups d'œil incessants vers le coin des Dragibus… Ce n'était pas pour Diana, mais pour elle. Quelle idiote !

– Je suis désolée. Je suis désolée de n'avoir rien vu.

– Ce n'est rien. C'est normal qu'une fille comme toi ne veuille pas d'un type comme moi.

– Ce n'est pas vrai, Mario. On est amis et...

– Amis, oui, je le sais. Mais tu sais bien que je ne parlais pas d'amitié...

– Oui...

Silence. Ils ne se regardent plus. Paula n'ose pas et Mario fuit la réalité. Il voudrait que cette conversation se termine le plus vite possible. Il n'en peut plus. Cependant, c'est elle qui décide de partir, en considérant que c'est pour le moment la meilleure solution.

– Il faut que je m'en aille. Il est tard, mes parents vont s'inquiéter.

– D'accord.

– Je suis désolée de t'avoir giflé, dit Paula en ouvrant la porte.

– Moi, je suis désolé de t'avoir embrassée sans permission.

Elle soupire et sourit timidement.

– À demain, Mario.

– Attends une seconde.

Il retire le CD de l'ordinateur, le range dans son boîtier et le lui donne.

– Merci.

– C'est à toi. Ton cadeau d'anniversaire.

Les yeux de Paula brillent sous la lumière de la chambre de ce garçon qu'elle connaît depuis des années : un grand ami qui vient de lui avouer son amour. Elle arrive à peine à contenir ses larmes. C'est un des moments les plus difficiles de sa vie. Mais elle a un petit ami. Puis il y a Alex... et maintenant... Mario.

Sa tête est sur le point d'exploser. Il faut qu'elle sorte d'ici.

Elle le remercie à nouveau et, après un bisou sur la joue qu'elle a frappée quelques minutes plus tôt, sort de la pièce en serrant contre elle le CD de *Chansons pour Paula*.

Chapitre 95

Il y a une dizaine d'années, un après-midi de mars, quelque part en ville.

Il fait grand soleil et le parc est rempli d'enfants. Certains ont improvisé des buts en entassant leurs cartables et jouent au foot avec un ballon crevé. D'autres font la course et tentent de dépasser les plus lents. Un petit groupe de filles sautent à la corde. Celle qui est là, au milieu, le fait très très bien. Un, deux, trois, quatre sauts agiles à la suite au rythme d'une chanson qu'elle connaît par cœur. Ses pieds semblent à peine effleurer le sol. Paula a six ans, presque sept, c'est bientôt son anniversaire. Elle est une des filles les plus jolies de sa bande. Elle a de grands yeux marron, même si elle dit toujours qu'ils sont couleur miel, et une longue chevelure ondulée, plus longue que celle de toutes les autres filles.

Mario l'observe depuis le haut du toboggan. Il est seul, comme d'habitude. Il n'a pas beaucoup d'amis car il n'aime ni le football ni courir. Il préfère jouer aux échecs ou faire des mots-croisés pour enfants, ce qui ne le rend pas très populaire à l'école ou dans le quartier. Et puis il est très timide, surtout avec les filles, en particulier avec Paula. Il sent quelque chose dans le ventre dès qu'il la voit, sans bien comprendre de quoi il s'agit. Une fois il s'est même dit qu'il avait dû manger de la nourriture avariée.

Il adorerait parler avec elle, mais il n'a jamais osé, surtout depuis qu'ils sont dans la même classe. Il ne pense pas que Paula sache qu'il existe.

L'après-midi touche à sa fin. Les enfants retournent chez eux peu à peu. Les filles qui jouaient à la corde à sauter sont parties, celles qui jouaient à chat aussi et les équipes de football comptent de moins en moins de joueurs.

Mario est toujours là, sur une des balançoires. Il regarde le ciel en se balançant doucement. Il a perdu de vue la fille aux grands yeux marron depuis un moment. Elle a dû partir avec celle qui a des couettes et qui dit plein de vilains mots, Diana.

– Salut, dit la voix d'une fille derrière lui.

Mario se retourne. C'est Paula ! Elle sourit. Il devient si nerveux qu'il manque de tomber.

– Salut, arrive-t-il finalement à articuler en faisant traîner ses pieds par terre pour se stabiliser.

C'est la première fois qu'elle lui parle. Oh ! là ! là ! Il n'a presque jamais parlé avec des filles.

Paula monte sur la balançoire d'à côté et s'envole très vite dans les airs, ses petites jambes tendues au maximum. Mario l'observe, intrigué. Pourquoi est-elle venue là ?

– Pourquoi tu es toujours tout seul ? lui demande-t-elle sans arrêter de se balancer.

Le petit garçon hésite. C'est bien à lui qu'elle s'adresse ? Oui, sans doute, car il n'y a personne d'autre autour.

– Je ne sais pas, dit-il à voix basse.

– Tu aimes être seul ?

– Parfois oui, parfois non parce que je m'ennuie.

– Oui, je comprends. Moi je m'ennuie beaucoup quand je suis toute seule.

Mario ne comprend pas très bien de quoi elle veut parler. Seule ? Il ne l'a jamais vue seule, il y a toujours plein de filles et de garçons autour d'elle, même des plus grands.

Elle arrête tout à coup la balançoire et l'observe attentivement comme s'il était une espèce d'insecte qu'elle n'avait jamais vue.

– Tu n'as pas d'amoureuse, hein ?

Pourquoi elle lui demande ça ? Il n'a que six ans, comment aurait-il une amoureuse ? Il a toujours entendu dire que les amoureux se font des bisous sur la bouche, et ça, c'est des trucs de grands. Et même s'il se trouve très mûr pour son âge, il n'est pas encore un grand.

– Ben non !

– Il y a pas une fille qui te plaît ?
– Ben non.
– Personne ? Même pas dans notre classe ?
– Pour quoi faire ?
– Tu es vraiment bizarre.

Paula sourit et recommence à se balancer.

Bizarre ? Qu'est-ce qu'elle en sait ! Enfin, en y réfléchissant, il l'est peut-être un peu, oui. Il ne fait pas tout ce que font les autres enfants de son âge.

– Et toi, il y a un garçon qui te plaît ? s'aventure-t-il à demander en devenant rouge écarlate.

– Julio, Diego et Carlos Fernández. Mais je suis seulement avec Julio.

Julio Casas est le beau gosse de la classe. Enfin, il le sait parce qu'il a entendu des filles le dire et que les autres garçons veulent toujours jouer au ballon avec lui.

– Et il le sait ?

Paula arrête à nouveau de se balancer.

– S'il sait quoi ?
– Ben, qu'il y en a deux autres qui te plaisent.
– Oui, je lui ai dit depuis le début. Il s'en fiche.
– Ah.
– En plus, je crois que je commence à en aimer un autre.
– Encore un autre ?
– Oui, un de la classe.
– De la classe ?
– Oui. Son prénom commence par un M.

Mario réfléchit un instant. Il n'y a que trois garçons dont le prénom commence par un M dans la classe : Manuel Espigosa, Martín Varela et lui.

Lui ?

Chapitre 96

Le matin d'un jour de mars, quelque part en ville.

Elle a mis son T-shirt à l'envers. Heureusement que sa mère s'en est aperçue. Elle a aussi renversé son chocolat chaud au petit déjeuner.

Paula est vraiment tendue et fatiguée. Elle n'a pas fermé l'œil de la nuit. Sa tête est une vraie cocotte-minute où nagent Mario, Alex et Angel. Trois garçons amoureux d'elle, deux pour qui c'est difficile à vivre et un à qui elle cache trop de choses. Il est donc impossible de se concentrer sur d'autres sujets, si importants soient-ils, comme l'examen de maths qu'elle a en première heure. Si on lui laisse le faire, car la cloche sonne et elle est encore en train de courir dans les couloirs.

Ce n'est pas inhabituel, mais cette fois-ci, cela pourrait lui coûter cher : si elle n'entre pas en classe à l'heure, elle ne pourra pas faire l'examen et aura zéro.

Le professeur de maths jette un dernier coup d'œil avant de fermer la porte pour s'assurer que tout le monde est entré, et la voit donc arriver.

– Bonjour, mademoiselle García. Vous me manquiez, dit-il avant de retourner dans la classe sans fermer la porte.

Paula fait un dernier effort et entre, hors d'haleine.

– Bonjour... monsieur... Excusez-moi pour le retard, dit-elle, haletante.

– Asseyez-vous. Vous êtes la dernière, comme d'habitude. J'espère que cela ne présage pas une mauvaise note à l'examen.

Paula n'est pas du tout en état de répondre au commentaire ironique de son prof. Au moins, il lui laisse faire l'examen, c'est déjà ça. Elle rejoint sa place en enlevant son manteau sous le regard attentif des garçons de la classe.

Tout le monde est déjà assis, y compris les Dragibus. Cris et Miriam sourient tandis que Diana a toujours aussi mauvaise mine. Elle a dû passer une autre nuit à travailler.

– Bonjour la dormeuse, lui murmure Miriam. Merde !

– Merde ! répond-elle à voix basse.

Elle sort un stylo, un crayon et une gomme, puis range son manteau sur le dossier de sa chaise. Instinctivement, ses yeux se dirigent vers la table de Mario. Elle est vide ! Où est-il ?

Elle balaie la classe des yeux. Parfois les professeurs changent de place certains élèves pour les examens. Sans succès. Mario n'est pas là.

Le professeur commence à distribuer les sujets et les informe qu'ils n'ont plus le droit de parler.

– Où est ton frère ? demande Paula à Miriam.

– Il ne vient pas. Il est malade.

– Malade ? Qu'est-ce qu'il a ?

Miriam remarque que le prof les observe et ne répond pas. D'un geste de la main, elle indique à son amie qu'elle lui racontera plus tard.

Paula n'arrive pas à croire que Mario soit absent pour l'examen. Après autant d'efforts et toute l'aide qu'il lui a apportée, c'est finalement lui qui ne l'aura pas alors qu'il est le meilleur de la classe.

Soupir. Elle espère simplement que son absence n'a rien à voir avec ce qui s'est passé hier. Elle-même est déjà bouleversée, alors elle imagine dans quel état lui doit se trouver... Pourquoi ne s'est-elle pas rendu compte de ses sentiments avant ? Elle a passé la nuit à se remémorer des anecdotes de leur enfance. En ce temps-là, ils étaient d'inséparables compagnons de jeux, de plaisanteries et d'expériences nouvelles. La distance entre eux a commencé à se créer à l'entrée au lycée. Et c'est sans doute sa faute, elle n'a pas prêté suffisamment attention au garçon avec qui elle a passé toute son enfance. Quelle idiote !

– Je ne veux plus vous entendre parler avant que vous alliez dans la cour fumer votre cigarette, leur rappelle le professeur de maths en leur donnant leur sujet.

Paula n'a pas le courage de répondre qu'elle ne fume pas et qu'elle n'a pas l'intention de s'y mettre un jour. Elle est inquiète pour Mario. Elle a envie de le voir, de lui demander pardon de l'avoir laissé de côté pendant tout ce temps, d'avoir perdu toutes ces années.

– Je vous ai donné une feuille blanche dont vous vous servirez comme brouillon. Je la ramasserai aussi. Vous avez cinquante-cinq minutes pour profiter du monde merveilleux des mathématiques. Le plaisir sera ensuite pour moi lorsque je corrigerai vos copies. Vous pouvez retourner le sujet.

Comme un seul homme, toute la classe retourne sa feuille. Tous les élèves, sauf une. Paula, immobile sur sa chaise, se demande si c'est à cause d'elle que Mario n'est pas en train de faire l'examen avec eux.

Ce même matin de mars, ailleurs en ville.

– C'est malin, tu tombes malade précisément aujourd'hui.

La mère de Mario regarde sa montre. Elle doit prendre l'avion avec son mari dans deux heures. Ils partent jusqu'à dimanche, mais c'était sans compter cet imprévu.

– Qu'est-ce que tu veux que j'y fasse ? répond Mario en se remettant sous les couvertures.

– Tu as toujours mal à la tête ? demande-t-elle, résignée.

– Oui, j'ai mal, dit-il en toussant.

Soupir. Cela ne paraît pas bien grave, mais si Mario se sent mal au point de ne pas aller en classe, c'est que ça l'est suffisamment. Il ne ment jamais pour ces choses-là, il n'est pas comme Miriam.

Son mari entre à son tour dans la chambre en nouant sa cravate. Il se rend à un congrès qui lui laissera pas mal de temps libre, c'est pour cette raison que sa femme l'accompagne. Il ne se souvient plus du dernier week-end qu'ils ont passé seuls tous les deux.

– Comment tu te sens ? demande-t-il à son fils, toujours caché sous les draps.

– Il dit qu'il a mal à la tête et il tousse un peu, anticipe sa femme.

– Quelle poisse !

– Je vais devoir rester.

– Quoi ? Il est si mal que ça ?

Mario baisse la couverture.

– Je ne suis pas malade à ce point. Vous pouvez partir tous les deux tranquillement.

– Je ne vais pas te laisser seul ici si tu es malade.

Il commence alors à se sentir coupable. Sa mère avait très envie de ce voyage. Lorsqu'il a pris la décision de ne pas aller au lycée, il ne s'est pas souvenu que ses parents devaient s'en aller.

– Maman, ça va aller, vraiment. Tu peux partir.

– Mario, je ne te laisserai pas seul et malade. Tu as vraiment mauvaise mine.

– C'est parce que je ne dors pas, pas parce que je suis malade.

– Non ? Alors pourquoi tu tousses et que tu as mal à la tête ?

Il soupire. Humpf.

– J'avais un examen aujourd'hui et je n'ai rien appris.

– Quoi ?! s'exclament ses parents à l'unisson.

– Oui, comme je n'ai rien appris et que je ne voulais pas le louper, j'ai fait semblant d'être malade. Pardon.

– Mais... Comment as-tu pu...

Sa mère, indignée, reste sans voix. Son père, lui, sort de la chambre avec un sourire aux lèvres. Ce qu'a fait son fils n'est pas bien, mais sa femme pourra venir avec lui.

– Je suis désolé, maman.

– On aura une discussion à notre retour.

– D'accord. J'en assumerai les conséquences. Je ne recommencerai plus.

Elle sort de la chambre en secouant la tête.

Mario se cache à nouveau sous les draps. Il n'aime pas du tout mentir à sa mère, mais il ne peut pas lui dire la vérité. Elle est loin d'imaginer que son fils a pleuré toute la nuit par amour et qu'il n'a pas eu assez de force ce matin pour faire face à la réalité. La douleur d'un amour non partagé est plus forte qu'un stupide examen de maths manqué.

Chapitre 97

Ce même matin de mars, quelque part en ville.

– T'as trouvé combien pour l'exercice deux ? demande Miriam qui a été une des premières à sortir.

– Trois, répond un garçon pas très grand à côté d'elle.

– Trois ? J'ai trouvé sept, moi, dit-elle découragée. Tu as souvent des bonnes notes, toi en plus...

– Moi, j'ai trouvé 5,5, dit Cris, désespérée.

Diana apparaît alors, le visage toujours aussi fermé. Miriam s'approche d'elle et tente de la consoler.

– Quelle tête ! Ça s'est pas bien passé ? Ne t'inquiète pas, c'était vraiment difficile.

– Je sais pas, en fait. Mais je ne l'aurai pas, comme d'habitude, dit-elle sans y accorder beaucoup d'intérêt.

– T'as trouvé combien pour le deux ?

– Trois.

– Trois ? Comme lui... là-bas, dit Miriam en montrant un garçon dont elle ne se rappelle pas le nom.

– Une coïncidence, sans doute.

– Et pour le troisième ? insiste l'aînée des Dragibus.

– Humm. 2,5, je crois, répond Diana.

– Ah ! J'ai trouvé ça aussi ! s'exclame Cris.

– Oui, c'est ça, assure le garçon.

– Mince ! J'ai trouvé huit, moi ! s'écrie Miriam, de plus en plus convaincue d'avoir tout loupé.

La porte de la première B s'ouvre à nouveau. Paula sort en soupirant.

– Alors ? lui demande Cris.

– Je sais pas. C'était dur.

– Oui, hein ? intervient Miriam. Pour le premier, vous avez douze ?

– Non, vingt et un, rectifie Cris.

Les autres confirment de la tête, pour le premier, le résultat est bien vingt et un.

– Humpf. Je vais avoir zéro.

– N'exagère pas. Tu auras bien un point ou deux parce que tu as mis ton nom sur la feuille, plaisante Cris, rassurée d'avoir au moins deux exercices de bons.

Miriam l'assassine du regard.

La cloche sonne la fin du cours.

– Dis, Miriam, qu'est-il arrivé à Mario ? demande Paula, qui a pensé à lui pendant toute l'heure.

– Il est malade. Il a dit qu'il avait très mal à la tête et il toussait.

– Ah.

Diana écoute la conversation en silence.

– Mais pour tout te dire, je pense qu'il a simulé. Et comme c'est lui, les parents ont tout gobé.

– Et pourquoi ton frère ferait ça ? demande Cristina qui n'y croit pas trop.

– Je ne sais pas. Il n'avait peut-être pas assez révisé et il ne voulait pas risquer de louper l'examen. En faisant ça, avec un mot d'excuse des parents, il peut le repasser un autre jour.

– Ce n'est vraiment pas son genre, insiste Cris.

– Ben, tu devrais me croire, je suis une experte en simulation de maladie et sa toux était très mal imitée.

Paula préfère ne rien dire. Elle est certaine que Mario a menti, mais elle sait que ce n'est pas à cause de l'examen et qu'elle est la seule responsable.

La cloche sonne le début du cours suivant.

– Je vais aux toilettes, dit Diana. Tu viens avec moi, Paula ?

– Mais ça a déjà sonné...

– Viens avec moi, j'en peux plus, il faut que j'y aille. On se dépêche.

– D'accord.

Après un signe de la main à leurs amies, elles se mettent en route.

– Paula, je peux te poser une question ?

– Oui, bien sûr.

– Hier... Mario t'a parlé après que je suis partie ?

– Parlé de... ?

Les deux jeunes filles entrent dans les toilettes. Côte à côte, elles se recoiffent face au miroir.

– De... ses sentiments.

Paula se tourne vers elle, les yeux écarquillés de surprise.

– Qu'est-ce que tu sais ? Il t'a dit quoi ?

– Pas grand-chose. Juste que...

– Diana, tu savais qu'il voulait sortir avec moi ?

– Oui, répond-elle à voix basse après une seconde d'hésitation.

– Pourquoi tu ne m'as rien dit ? On est amies.

– Parce que c'était un secret et que je n'étais pas la personne la mieux placée pour te le dire. C'était à lui de le faire.

Paula soupire, ouvre le robinet et se passe de l'eau fraîche sur le visage. Diana le savait, elle aurait dû le lui dire.

– Mais dans tous les cas, je ne comprends pas pourquoi tu nous as laissées croire que toi, tu lui plaisais.

– Parce que je ne l'ai su qu'avant-hier. Avant je ne savais rien.

– Mercredi ? Mais c'est le jour où tu es partie de chez lui en pleurant, non ? C'est pour ça que tu étais dans cet état ?

Diana s'enferme dans une cabine. Paula la suit et reste derrière la porte, appuyée contre le mur.

– Tu aimes Mario, n'est-ce pas, Diana ?

Aucune réponse en provenance de l'autre côté de la porte.

C'est un moment de grande douleur pour toutes les deux. Paula n'insiste pas davantage devant le silence de son amie.

Deux minutes plus tard, Diana sort de la cabine, souriante mais les yeux rouges.

– Di... Diana.

Et cette jeune fille, qui s'est toujours montrée si forte, s'écroule complètement devant sa meilleure amie. Ses larmes font apparaître au grand jour des sentiments trop forts pour rester enfouis.

Chapitre 98

Ce même matin de mars, ailleurs en ville.

La colonne sur Katia est terminée. Pas mal. Angel la relit plusieurs fois, change quelques mots et déplace quelques virgules. Une dernière lecture. Satisfait, il appelle son chef pour qu'il la lise avant de valider la publication.

Jaime Suárez arrive rapidement et analyse l'article avec attention.

– Très bien ! C'est très bien.

– Merci, je suis content que ça vous plaise.

– C'est personnel, innovant, informatif et on voit bien que vous êtes amoureux l'un de l'autre.

Il a mal entendu, non ?

– Pardon ? Vous avez dit « amoureux » ?

– Oui, mon vieux. C'est un très bel article, on sent l'amour qui existe entre vous. Enfin, moi, je le sens, en tout cas.

– Nous ne sommes pas amoureux. Pourquoi dites-vous ça ? Dans quelle phrase le sentez-vous ?

Jaime Suárez regarde autour de lui pour s'assurer qu'ils sont seuls, puis s'assoit, les mains sur la nuque.

– Angel, au cas où tu l'aurais oublié, je suis toujours journaliste.

– Bien sûr que je m'en souviens, mais quel est le rapport ?

Il semble très sûr de lui, avec une petite lueur de triomphe dans le regard, comme s'il venait de décrocher LE scoop.

– Un journaliste doit avoir de l'intuition...

– Je sais, je sais. Mais...

– Il doit aussi creuser un pressentiment jusqu'à découvrir s'il s'agit d'une réalité ou du fruit de son imagination. Puis réunir des preuves.

– Oui, mais je ne vois pas où vous voulez en venir.

– Il doit aussi compter avec deux facteurs fondamentaux : la chance et la logique. Deux éléments qui semblent s'opposer mais qui sont complémentaires en certaines circonstances et qui peuvent donc créer le noyau de l'information.

– Je ne comprends rien de ce que vous êtes en train de me dire.

Jaime Suárez sourit.

– Je vais t'exposer les faits, te raconter une histoire. Il y a une semaine, lorsque Katia est venue faire son interview, j'ai remarqué qu'elle te draguait plus ou moins. Tu lui as plu dès la première seconde.

– Comment savez-vous cela ? demande-t-il surpris.

– Je suis un vieux routier, Angel. Je connais la nature des gens. Elle te regardait d'une façon particulière, tu ne t'en es pas rendu compte ?

– Non, et je ne pense pas que ce soit le cas.

– N'essaie pas de masquer la vérité, mon ami. Mais je continue, dit-il en mettant ses pieds sur une des tables. C'est à ce moment que j'ai eu une intuition, le sentiment que vous alliez entamer une relation.

Angel, sidéré, continue d'écouter les réflexions de son chef.

– C'est alors que certains éléments sont venus confirmer mon pressentiment. Elle t'a conduit je ne sais où le premier jour, elle demande ton numéro de téléphone personnel puis réclame ta présence à la séance photo. Puis vous en êtes partis ensemble, non ? Enfin, c'est ce qu'Hector m'a dit.

– Oui, c'est exact, répond Angel.

– Je ne sais pas ce qui s'est passé cette nuit-là, et je ne veux pas le savoir, ce sont vos affaires. Mais c'est là que la logique entre en scène, il semblerait logique qu'il se passe quelque chose entre une magnifique jeune fille comme elle et un beau jeune homme comme toi. S'ils s'en vont seuls, de nuit, dans sa voiture à elle, les probabilités que ce soit le cas augmentent alors par deux.

– Il ne s'est rien passé, ment-il.

Jaime Suárez sourit avec malice. Il n'en croit pas un mot, mais il ne va pas le contredire.

– Bien. Pourtant il est normal que deux beaux jeunes gens sans engagement connu se plaisent et décident de se mettre ensemble. C'est logique ou pas ?

– C'est juste une possibilité.

– Peu importe, appelle ça comme tu veux, proteste-t-il. Je continue les recoupements. Le jour où Katia a son accident, tu es, comme par hasard, présent sur les lieux pour couvrir l'info alors que personne ne t'a prévenu.

– Il y avait beaucoup de journalistes là-bas.

– C'est vrai, mais aucun d'eux n'a eu les informations que toi tu avais. Je dirais même que tu as réussi à aller voir Katia dans sa chambre, je me trompe ?

Le jeune homme ne répond pas et se contente d'attendre la suite.

– Donc, je ne me trompe pas. Pour couronner le tout, mercredi, Katia débarque à la rédaction parce que tu avais pris rendez-vous avec elle pour aller prendre un café.

– Nous sommes devenus amis, c'est vrai.

– Amis ? Amis très intimes, oui !

Jaime Suárez éclate de rire puis se lève. Il fait alors les cent pas les mains derrière le dos.

– Hier, poursuit-il, quelqu'un a vu Katia entrer dans un immeuble. Elle était accompagnée d'un jeune homme grand, beau, bien habillé et qui te ressemblait étrangement. C'était toi ?

Angel hésite à répondre la vérité. Mais s'il en est à dire tout cela, c'est qu'il a des preuves, mentir n'est donc pas la meilleure solution.

– Oui, c'était moi.

– Heureusement que tu le reconnais, parce que la personne qui vous a vus, c'est ma femme.

– Mince alors ! Votre femme nous a vus ?

– Oui ! C'est pour ça que je te disais tout à l'heure que la chance et le hasard font aussi partie de notre métier. Ma femme a donc apporté la preuve définitive : tu as une relation avec cette fille.

Angel reste silencieux quelques instants.

Tandis que son chef continue à parler, il cherche quelque chose dans ses affaires.

– Mais ne t'inquiète pas, je ne dirai rien. Et le journal ne publiera rien sur vous. Enfin, si la presse à sensation vous grille... Angel, qu'est-ce que tu fais ?

Le journaliste ouvre le boîtier et glisse le CD dans le lecteur de son ordinateur.

– Écoutez, demande-t-il à Jaime Suárez.

C'est la chanson de Katia, par elle-même. Elle semble un peu différente de l'originale, mais Jaime ne comprend pas pourquoi Angel lui fait écouter *Tu éblouis mon cœur*. Il le découvre au bout de quelques secondes. Les paroles ont été changées : les personnages de la chanson s'appellent Angel et Paula.

– Mais, qu'est-ce que ça veut dire ?

– Je vois que vous avez remarqué.

– Tu es l'Angel de la chanson ?

– Oui. Et Paula est ma petite amie. Demain, c'est son anniversaire et j'ai demandé à Katia de m'accorder cette faveur. Paula est une de ses plus grandes fans, ça lui fera donc un plaisir immense que cette chanson lui soit dédiée. Il y a un studio dans l'immeuble où votre femme nous a vus entrer. On y a passé tout l'après-midi à faire enregistrer cette version spéciale de *Tu éblouis mon cœur*.

Jaime Suárez ne se rappelle pas avoir jamais fait une aussi grossière erreur. Heureusement qu'il ne s'agit que d'un de ses employés !

– Je suis désolé, Angel. Je ne sais plus où me mettre.

– Ne vous inquiétez pas. Je comprends très bien que toutes les preuves indiquaient qu'il se passait quelque chose entre Katia et moi. Ce qui démontre que l'union de l'intuition, de la logique et de la chance n'est pas forcément une garantie d'exactitude dans notre métier.

Le journaliste remet le CD sans sa pochette. Il sourit à son chef et appuie sur la touche « Entrée » pour publier la colonne sur Katia sur la page Web du journal.

Ce matin de mars, dans un coin isolé de la ville.

Alex ne va pas en ville ce matin. Il prépare le cours qu'il va donner cet après-midi à Agustín Mandizábal et ses amis. Heureusement que c'est vendredi et qu'il a lieu une heure plus tôt. Il essaie d'écrire un nouveau chapitre de *Derrière le mur*, même s'il n'est pas très inspiré. Il s'embrouille parfois et lorsqu'il relit, il trouve que tous les paragraphes sont identiques. Il se maudit alors de son manque de talent.

Il regarde sans cesse son téléphone avec l'envie d'appeler Paula. Leur dernière conversation l'a fait réfléchir, il est peut-être trop insistant. Il ne veut pas la submerger, mais il a du mal à se contrôler. Il est parfois tellement débordé par ses sentiments qu'il a un impérieux besoin de lui parler, d'entendre son rire. Même s'ils se connaissent depuis très peu de temps et qu'ils ne se sont pas beaucoup vus, il est tombé amoureux comme jamais il ne l'avait été.

Mais elle a un petit ami. Un gros inconvénient, une torture même. Cela le désespère parfois, au point qu'il se dit que tout est perdu. Imaginer la fille qu'on aime dans les bras d'un autre est une pensée destructrice.

Elle est peut-être avec lui en ce moment, à faire on ne sait quoi.

Soupir. Oui, c'est une véritable torture.

Il aimerait monter sur le toit pour jouer, mais il pleut encore. Il faudra qu'il se contente de la fenêtre de sa chambre, assis sur son lit.

Le son du saxophone retentit alors dans toute la maison, remplissant chaque recoin de sa triste mélodie.

Chapitre 99

Ce matin de mars, quelque part en ville.

Un autre vendredi qui se termine, du moins pour les élèves du lycée. Fin des cours jusqu'à lundi, c'est le moment de faire la fête. Enfin pas trop, car la semaine prochaine est la dernière du trimestre – et donc aussi pleines d'examens.

Les quatre Dragibus marchent ensemble vers la sortie.

Miriam et Cris ont spéculé toute la journée sur les raisons de l'absence de Mario. A-t-il fait semblant d'être malade ou non ? Sa sœur affirme que oui, mais Cristina maintient que ce n'est pas du tout son genre et qu'en plus il est le meilleur de la classe en maths, il aurait réussi l'examen sans difficulté. Il n'avait donc aucune raison de mentir. Paula et Diana se tiennent à l'écart et préfèrent ne pas donner leur opinion, car elles pensent connaître la raison de son absence.

Depuis la fin de l'examen de maths, Paula et Diana sont plus unies que jamais : elles ont découvert une autre facette de l'autre, approfondissant encore plus leur amitié. Diana s'est ouverte pour la première fois et Paula était là pour lui tendre la main. Même si elle est la troisième impliquée de cet étrange triangle amoureux, elle ressent le besoin d'épauler son amie. Diana a laissé sortir tout ce que son cœur cachait jusqu'à présent. Paula l'a écoutée pendant toute l'heure d'informatique qu'elles ont séchée. Elle ne l'avait jamais vue pleurer comme ça. Inconsolable, elle répétait sans cesse qu'elle ne comprenait pas ce qui lui arrivait, qu'elle ne savait pas pourquoi elle se mettait dans un état pareil par amour, ou ce qu'elle pensait être de l'amour. Son premier amour.

Un bisou de Paula sur le front de Diana a scellé un pacte d'amitié inébranlable, quelle que soit la suite des événements.

– Bon, on se retrouve à 20 heures chez moi alors ? leur rappelle Miriam. Les Dragibus se doivent de fêter dignement ton anniversaire.

– OK. J'apporterai de la glace et on se fera une pizza, dit Paula.

Même si la soirée a lieu chez Miriam et donc tout près de Mario, une soirée avec ses amies lui fera le plus grand bien. Et à Diana aussi.

– Ça va être génial. En plus les parents ne sont pas là, donc on pourra bien délirer. On embauche un strip-teaseur ?

– Mais t'es folle, Miriam ! dit Cris en souriant.

– Hé, qu'est-ce qui te prend ? T'aimerais pas qu'un de ces types danse juste pour nous ?

– Non ! Quelle honte !

– Oui, oui, bien sûr... Tu es timide et honteuse quand ça t'arrange, hein ? Ou bien tu as oublié ce qui s'est passé il y a un mois quand t'as bu un Malibu ?

– Non, je ne m'en souviens pas.

– Tu veux que je te rafraîchisse la mémoire ?

– Non, ça ira.

Diana et Paula observent, amusées, la scène que leur offrent leurs amies. Elles sont un peu plus détendues ; même si des changements se profilent à l'horizon, elles savent qu'elles resteront unies. Toutes les quatre voient la vie de la même façon. Elles sont toutes différentes, mais ont le même esprit libre, la même essence. Elles s'amusent ensemble, elles s'entendent bien, et même s'il y a des petites jalousies sans importance, elles se respectent. Et surtout elles s'adorent, là est le secret des Dragibus : elles s'aiment fort.

– OK, sans strip-teaseur alors. On trouvera autre chose.

– On peut faire un Trivial Pursuit, propose Cristina.

– Oui, ou jouer aux petits chevaux, pendant que tu y es ! Un jour sans parents à la maison, on va pas jouer au Trivial Pursuit quand même !

– Tu dis ça parce que tu perds tout le temps.

– Non, je le dis parce que... Pff ! Laisse tomber.

Elles arrivent à la porte du lycée entre cris et éclats de rire.

– À 20 heures chez moi. Soyez à l'heure ! s'exclame Miriam, qui sort en ouvrant son parapluie. Tu viens, Diana ?

– Oui, attends.

Elle adresse un clin d'œil à Cristina et embrasse Paula sur la joue.

– On se voit ce soir. Et merci pour tout.

Paula sourit et la regarde courir se réfugier sous le parapluie de Miriam. C'est vraiment une fille bien. Elle est triste de savoir que les choses sont si douloureuses pour elle. Elle espère simplement que tout cela va se régler et redevenir comme avant.

Déjà loin, Miriam et Diana sont en pleine conversation.

– Tu penses qu'elle se doute de quelque chose ?

– Non, de rien.

– Le coup du strip-teaseur était pas mal, non ?

– Tu n'aurais jamais osé le faire.

– Ah, tu crois ?

– Oui.

– Ben, t'as raison. Mais je ne pense pas qu'on ait besoin de ça pour que l'anniversaire de Paula soit réussi.

– C'est certain.

– Tu as les capotes ?

– Non. J'irai tout à l'heure.

– OK. Moi, j'ai fait la réservation de la chambre d'hôtel.

Diana sourit. Elle se souvient de sa première fois. Cela ne s'est pas passé comme elle l'avait imaginé : elle l'a mal fait, trop vite et avec la mauvaise personne, mais elle en garde tout de même un souvenir particulier. Et ce sera sûrement exceptionnel pour Paula, elle le mérite.

Chapitre 100

Cet après-midi de mars, quelque part en ville.

Elles ont passé toute la matinée ensemble, puis elles sont allées se promener dans la montagne, sans que personne ne les dérange, sans horaires, sans téléphone et sans fans. Même la pluie n'a pas réussi à les arrêter. Elles sont finalement rentrées à la maison, fatiguées et trempées, mais contentes de leur périple.

Il est plus de 18 h 30 et elles viennent de finir leur repas. Katia sert un rhum-Coca à Alexia et s'assoit dans un fauteuil à côté d'elle. La chanteuse a invité sa sœur à manger pour la remercier de la bonne journée qu'elles ont passée et de lui avoir prêté sa voiture toute la semaine. Le garage a appelé pour dire que l'Audi rose serait prête lundi.

– Ça faisait longtemps qu'on n'avait pas passé une journée comme ça ensemble, ni mangé toutes les deux tranquilles ! Enfin ton invitation n'est qu'un détail, même si tu t'es donné le mal de téléphoner au traiteur chinois, plaisante sa sœur aînée.

– Tu sais bien que ce n'est pas mon truc, la cuisine.

– Je sais. Les tagliatelles aux pousses de bambou étaient délicieuses de toute façon.

– Le canard à l'orange aussi.

– On devrait se faire des journées comme celle-là plus souvent. Enfin, avec ton agenda de ministre…

– Je suis désolée, dit sincèrement Katia.

– Il ne faut pas, je comprends très bien. Je sais que c'est difficile pour toi de trouver du temps libre.

– Oui, j'ai été tellement occupée ces derniers mois que je n'ai même pas pu faire ce que j'ai toujours fait.

Katia se rend compte à quel point sa soudaine célébrité a effacé une partie de son ancienne vie.

– Ça ne doit pas être simple de se poser un peu quand on est une chanteuse aussi célèbre.

– Non. Mais cette semaine de repos m'a permis de beaucoup réfléchir.

– Ah oui ? Et tu as réfléchi à quoi ?

La jeune fille aux cheveux roses croise les jambes et se tâte le menton.

– À certaines choses.

– Comme quoi ?

– Par exemple, qu'on ne dirige pas sa vie, c'est elle qui nous dirige.

– C'est exagéré. Et pourquoi tu dis cela ?

– Pour plusieurs raisons. L'accident de voiture. J'aurai pu mourir, tout bêtement.

– Ne vois pas tout en noir. Ça n'a été qu'une grosse frayeur.

– Oui, mais c'est un événement qui t'échappe complètement. Tu ne peux pas empêcher ce genre de choses d'arriver, ce sont des coups que la vie te réserve et tu ne peux pas les éviter. Tout peut basculer en une seconde.

– C'est possible, oui.

– Autre exemple : un jour tu rencontres quelqu'un que tu penses parfait pour toi, mais lui pense le contraire. Tu tentes de tout contrôler en faisant entrer cette personne dans ta vie, mais finalement elle en décide autrement. Et ce n'est pas ce que tu voulais.

Alexia hausse les sourcils et se frotte le menton.

– Mais, dans ce cas, ce n'est pas la vie qui dirige et prend des décisions. C'est une personne, toi, moi, n'importe qui. Cet exemple n'est pas valable.

– Si, il l'est. C'est le destin, la vie elle-même, qui guide l'autre personne. Car sa vie actuelle est conditionnée par ce qu'il a vécu par le passé ou par ce qu'il vit dans le présent. Sa vie est dirigée par son destin, et par ricochet, la mienne aussi.

Alexia réfléchit quelques secondes.

– En résumé, Angel continue à ne pas faire attention à toi, dit-elle en posant son verre sur la table basse.

– Il me veut comme amie, répond Katia.

– Autant de grands mots pour arriver à cette simple conclusion, tu abuses, p'tite sœur.

– Oui, je suis bête.

– Tu n'es pas bête, tu es même très intelligente. Regarde ce que tu as réussi à faire de ta vie.

– Un hasard...

– Encore ce délire ? Katia, je vais être sincère : tu as les armes et l'intelligence nécessaires pour avoir qui tu veux. S'il y a quelque chose qui t'entrave, c'est que tu es beaucoup trop honnête. Or en amour comme à la guerre, tu as un objectif et tous les coups sont permis pour l'atteindre. Tu as des batailles à gagner et des rivales à faire tomber.

– Tu exagères, Alexia. Ce n'est pas une guerre, ni une question de vie ou de mort.

– Ah oui ? Tu es sûre de ça ?

Katia soupire, décroise les jambes et s'affale sur son fauteuil.

– Je ne suis plus sûre de rien, frangine.

Alexia sort un paquet de Marlboro et s'allume une cigarette.

– Tu as une rivale, non ? La petite amie d'Angel est une gamine qui ne sait sans doute même pas ce qu'elle veut et qui s'est entichée de lui. Tu penses que c'est vraiment pour la vie entre eux ?

– Je ne sais pas.

– Ben, moi, je te le dis tout de suite : non. Cette relation durera quelques semaines ou quelques mois. Un an avec un peu de chance. Mais je t'assure qu'au bout d'un moment, il voudra quelqu'un d'autre et elle aussi.

– Oui, ça, je le sais. S'ils se séparent, ils auront chacun leur vie.

– Et donc ? demande Alexia.

– Quoi ?

– Tu penses que tu ne fais pas le poids à côté d'une lycéenne ? Bon sang, Katia ! Il y a des millions de pseudo-relations dans ce genre qui commencent et finissent tous les jours. Ce sont des histoires immatérielles, qui se déroulent dans l'instant, et même s'ils pensent avoir un futur en commun, ils ne voient pas plus loin que la semaine suivante.

– Mais ils sont amoureux l'un de l'autre.

– Amoureux ? Ben voyons !

Katia, démoralisée, se recroqueville sur son fauteuil.

– Je suis désespérée. Je n'arrive pas à me le sortir de la tête. Hier j'ai passé tout l'après-midi avec lui et c'était génial. Mais il ne pensait pas à moi, il n'avait qu'elle en tête. J'ai essayé de ne pas en tenir compte et de profiter du moment. Mais je n'ai pas réussi.

Alexia écrase sa cigarette, va s'asseoir près de sa sœur et lui caresse doucement les cheveux.

– Tu dois te battre pour lui, Katia.

– Je n'ai rien à faire avec lui, il ne m'aime pas.

– Tu lui as dit ce que tu ressentais pour lui ?

– Non, mais il doit bien le savoir. Il n'est pas bête.

– Tu ne lui as jamais dit que tu l'aimes ?

– Non.

– Donc, tu dois le faire. Et maintenant.

– Et comment tu veux que je fasse, Alexia ?

– C'est très simple : tu vas le voir et tu lui dis.

– Que j'aille le voir où ?

– Mais où qu'il soit ! Chez lui, à la rédaction, au bout du monde... Tu es la preuve vivante que lorsqu'on veut quelque chose il faut se battre pour l'obtenir. Tu es partie de rien et tu es entrée dans le monde de la musique toute seule. Aujourd'hui, tu es la chanteuse qui vend le plus de disques dans ce pays.

Katia soupire. Sa sœur serre sa main dans les siennes.

– Alexia, ça n'a rien à voir.

– Effectivement. Réussir à avoir Angel, c'est plus simple, car il n'y a qu'une personne à convaincre. Pour vendre des disques, il faut en séduire beaucoup.

La chanteuse retire sa main.

– Ça a l'air simple pour toi, mais pour moi c'est la chose la plus difficile que j'aie jamais eu à faire.

– Je n'ai pas dit que c'était facile, j'ai dit qu'il était certainement plus facile de faire tomber Angel à tes pieds que d'obtenir ce que tu as réussi à avoir.

– Donc, qu'est-ce que tu suggères ? Que j'aille chez lui, que je lui dise que je l'aime, que je ne peux pas vivre sans lui, et qu'il plaque sa copine ?

Alexia sourit.

– Avec d'autres mots, mais c'est ça l'idée.

– Je ne peux pas faire ça.

– Si, tu le peux. Il t'a déjà dit non, alors maintenant tu n'as plus rien à perdre.

– Si, je peux perdre son amitié.

– P'tite sœur, tu ne peux pas être amie avec l'homme dont tu es follement amoureuse. C'est une loi invisible que beaucoup tentent de contourner, mais on ne bâtit jamais ainsi une amitié sincère.

Katia comprend très bien ce qu'elle veut dire, et elle a raison. Si on aime quelqu'un et qu'on tente d'être ami avec lui, les sentiments que l'on camoufle explosent tôt ou tard. On se morfond à attendre qu'il ou elle veuille bien se rendre compte qu'on est l'amour de leur vie.

– Katia, va le voir tout de suite et dis-lui que tu l'aimes.

– Mais...

– Fais-le, sinon un jour tu le regretteras.

La chanteuse soupire et ferme les yeux, puis les rouvre et regarde sa sœur avec émotion.

– Tu as raison. Merci.

Elle se lève, prend les clés de la voiture d'Alexia et sort de son appartement, décidée à tenter sa chance une dernière fois.

Chapitre 101

Cet après-midi de mars, quelque part en ville.

Ça ne lui ressemble pas d'être aussi nerveuse dans des moments pareils, mais c'est pourtant le cas. Acheter des préservatifs pour Paula et Angel la met très mal à l'aise. Malgré son expérience sexuelle, c'est seulement la deuxième fois qu'elle le fait. La première, c'était dans une station-service en dehors de la ville, les autres fois elle s'était toujours débrouillée pour que ce soit son partenaire qui se charge de tout cela. Comble de malchance, la pharmacie est pleine à craquer. Elle croise les doigts pour qu'aucune tête connue ne fasse son apparition.

Deux personnes se trouvent de l'autre côté du comptoir : une pharmacienne très jeune, sans doute une étudiante en stage, et un homme d'environ trente ans assez séduisant. Que va-t-il penser d'elle lorsqu'il verra la boîte de préservatifs ? Rien, sans doute. Il doit être habitué à ce que des adolescentes, encore plus jeunes qu'elle, achètent des contraceptifs. Mais même en sachant cela, elle préférerait que ce soit la fille qui la serve.

Elle fait un dernier tour dans la boutique, prend une boîte d'aspirines et un paquet de bonbons à la menthe. Puis elle finit par s'approcher du rayon préservatifs. Que doit-elle prendre ? Ceux qui sont aromatisés ? Non, il vaut mieux du classique pour une première fois. Un paquet de douze Durex.

La pharmacie se vide petit à petit. Il reste juste deux mamies qui expliquent leurs douleurs au beau gosse. La caisse de la fille est libre, c'est le moment d'y aller.

Diana se dépêche, que tout cela soit plié le plus vite possible. Elle pose les aspirines, les bonbons et les préservatifs sur le comptoir, puis salue la jeune fille avec un sourire forcé. Elle lui rend son sourire et commence à passer les articles. Un problème avec la boîte de Durex, la machine ne reconnaît pas le code-barres. Plusieurs tentatives, sans succès.

– Excuse-moi de te déranger, Juan, finit-elle par dire à son collègue. Tu peux venir une seconde ? La boîte de préservatifs que cette jeune fille a prise ne passe pas.

Le pharmacien s'approche et examine la boîte.

– Oui, ça arrive souvent avec ceux-là, dit-il en tapant le code à la main. Voilà, c'est bon.

Juan, le pharmacien, regarde Diana en souriant, mais il n'est pas le seul. Les deux mamies murmurent quelques commentaires, et elle voit à leur expression qu'ils ne sont sans doute pas flatteurs. Diana, rouge comme une tomate, remercie, paie et s'enfuit le plus vite possible avec ses achats.

Malgré toute l'expérience qu'elle a, certaines choses restent compliquées, surtout lorsqu'un beau gosse est impliqué.

Cet après-midi de mars, ailleurs en ville.

Elle a dormi tout l'après-midi et cela lui a fait un bien fou. Elle a récupéré un peu et surtout reposé son esprit mis à rude épreuve depuis hier. Autant de problèmes et d'émotions lui ont causé une fatigue digne d'un coureur de fond.

Paula se regarde dans le miroir. Dans quelques heures, ce sera la fin de ses seize ans, mais elle a toujours l'air enfantin.

– Toc, toc.

La porte est ouverte, mais Erica, très bien éduquée, fait tout de même mine de frapper.

– Entre, ma princesse.

La petite s'exécute en courant, se jette dans ses bras, et lui fait plein de bisous sur le visage.

– Pourquoi autant d'enthousiasme ?

– Quoi ? dit Erica sans comprendre.

– Pourquoi tu me fais autant de bisous ?...

– Parce que c'est ton anniversaire.

Paula la repose sur le sol. Elle est lourde maintenant, elle a du mal à la porter.

– Non, pas encore, ma puce. Dans quelques heures. Regarde, quand les deux aiguilles de l'horloge seront sur le douze, ce sera mon anniversaire. Tu sais quel chiffre est le douze ?

– Celui qui a un deux à côté du un.

– C'est ça, tu es super forte.

– Mais maman m'a dit que tu allais dormir dehors. Et je n'aime pas ça. Pourquoi tu ne restes pas avec moi ? dit la petite avec une mine triste.

En réalité, ce qui la préoccupe, c'est qu'il n'y aura pas de gâteau si sa sœur ne fête pas son anniversaire à la maison.

Paula devine rapidement ce qui contrarie sa petite sœur. Elle la prend à nouveau dans ses bras et lui fait un bisou sur la joue.

– Je reviens demain et on le fêtera tous les quatre : papa, maman, toi et moi. D'accord ?

– Mais il y aura du gâteau ?

– Je ne sais pas, ma princesse. C'est maman qui s'en occupe.

– Ah.

Erica se rend alors compte qu'elle s'est trompée de personne. Elle saute par terre, fait un dernier bisou à sa sœur, et va rejoindre en courant sa mère dans la cuisine.

Paula sourit et se regarde à nouveau dans le miroir. Non, elle n'est plus une petite fille.

Elle finit de se préparer, met son sac Supernanas sur son épaule et descend saluer ses parents. Elle est contente, la soirée promet d'être très sympa.

Son père et sa mère parlent dans la cuisine en compagnie d'Erica, qui semble toute tourneboulée. Que lui arrive-t-il ?

– On va aller voir Mickey !!! s'exclame-t-elle, totalement hors d'elle.

Paula ne comprend pas, a-t-elle loupé un épisode ?

– Paula, comme on ne sait pas à quelle heure tu vas revenir demain et à quelle heure tu vas repartir, commence Mercedes, ton père et moi avons décidé de t'offrir ton cadeau d'anniversaire maintenant.

– Même si tu n'as pas fait grand-chose pour le mériter ces derniers temps, ajoute Paco qui découvre alors ce qu'il avait caché dans le dos.

Paula le prend et l'ouvre, tremblante. Au vu des cris d'Erica, elle a une idée de ce dont il s'agit.

– C'est plutôt un cadeau pour nous tous, mais je sais que tu en avais envie depuis longtemps, précise sa mère pendant que sa fille tente d'ouvrir l'enveloppe sans trop la déchirer.

Lorsqu'elle y parvient enfin, elle trouve quatre billets pour Disneyland-Paris. Elle sourit timidement. C'était son rêve de petite fille. À presque dix-sept ans, c'est un peu différent, mais cela lui fait très plaisir quand même.

– Alors, ça te plaît ? Tu ne dis rien ? demande Mercedes, perplexe.

– Si, merci, j'adore.

Elle prend ses parents dans ses bras et les embrasse.

– Je vais voir Mickey ! Je vais voir Mickey ! crie Erica en sautillant.

Ce qu'aucun d'eux ne sait pour l'instant, c'est l'importance que va avoir Mickey Mouse dans la vie de Paula dans quelque temps.

Chapitre 102

Cet après-midi de mars, quelque part en ville.

Fin du cours. Alex ramasse rapidement ses affaires pour s'en aller le plus vite possible, il est pressé. Les retraités le saluent un à un, mais une voix familière l'interpelle.

– Salut, Alex, comment ça va ?

Irène est époustouflante comme toujours, les yeux parfaitement maquillés et les lèvres délicieusement ourlées. Elle est un peu plus couverte de d'habitude, avec un pull à col roulé bleu marine et un pantalon noir, mais sa silhouette est toujours aussi séduisante.

– Salut, Irène.

– Je suis venue chercher Agustín, tu l'as vu ?

– Oui, il est aux toilettes, il va arriver.

La jeune femme l'observe ranger la salle en silence.

– Dis, j'ai réfléchi et je pense que je te dois des excuses, dit-elle d'un ton plus sérieux qu'à l'ordinaire.

Alex s'interrompt et écoute attentivement.

– Ah ?

– Eh bien, je ne suis pas très douée pour ces choses-là, je ne suis pas habituée à demander pardon aux gens. Mais après avoir pensé toute la nuit à ce que j'ai fait et à mon comportement, je me sens obligée de te faire des excuses.

– Tu as dépassé les bornes cette fois.

– Je sais. Et je comprends que tu me détestes.

– Non, je ne te déteste pas. Tu es ma demi-sœur. On est toujours de la même famille.

– Oui. Donc, tu me pardonnes ?

– Il me faudra du temps pour oublier ce que tu as fait, mais je te pardonne.

La jeune femme sourit et le prend dans ses bras. Alex a un léger coup de chaud en sentant la poitrine d'Irène collée à son torse.

– Je suis contente d'avoir arrangé un peu tout cela.

– Moi aussi, je n'aime pas les disputes.

M. Mandizábal revient enfin et tousse ostensiblement.

– Ah ! Tu es venue me chercher ! Tu es géniale ! s'exclame-t-il en la voyant.

L'expression d'Irène change immédiatement. Elle ne supporte toujours pas cet homme, mais elle n'a pas d'autre choix que de vivre chez lui pendant sa formation. Elle préfère supporter les âneries de ce vieux avec le confort qu'il lui offre que de ne rien avoir du tout.

– J'espère que tu me permettras de revenir chez toi, sinon je vais finir par le tuer, murmure-t-elle à l'oreille d'Alex en ouvrant la porte.

– Si je note une amélioration, tu pourras peut-être revenir quelques semaines.

Irène soupire, puis lui fait la bise avant d'accompagner M. Mandizábal à sa voiture.

Alex sourit. Elle semble différente. Il est peu probable qu'elle ait complètement changé du jour au lendemain, mais au moins elle lui a demandé pardon.

Cet après-midi de mars, au même moment, ailleurs en ville.

La circulation est dense, plus qu'elle ne l'avait prévu, et la pluie n'arrange rien. Mais ce n'est pas très important, la seule chose qui compte pour Katia, c'est d'aller voir Angel pour lui dire ce qu'elle ressent. Elle se dirige vers son appartement.

Bring me to life, d'Evanescence, passe à la radio.

Feu orange. Elle accélère, change de file, et dépasse une Seat Ibiza déjà à l'arrêt.

Elle est très nerveuse. Que va-t-elle lui dire ? Elle n'a jamais fait de déclaration à personne, cela a toujours été l'inverse. Et elle ne prendra pas pour modèle celles qu'on lui a faites, c'est certain.

Doit-elle avoir l'air désespérée ? Non, ce n'est certainement pas une bonne façon de dire à quelqu'un qu'on l'aime. Triste ? Non, elle ne veut surtout pas lui faire pitié. Peut-être en fonçant tête baissée ? Se jeter dans ses bras ? Non, ce n'est pas une bonne idée non plus. Elle l'a déjà fait la nuit où il était soûl et cela ne s'est pas bien terminé. Donc, que faire ? La meilleure solution consiste sans doute à être simplement elle-même : dire ce qui lui passe par la tête, faire ce que son corps lui demande, improviser. Oui, c'est le meilleur plan.

Katia arrive dans sa rue. Peut-être n'est-il pas chez lui ? Au pire, il est encore à la rédaction. Elle se gare, et son téléphone sonne alors qu'elle s'apprête à descendre de voiture. C'est Mauricio Torres.

– Oui ?

– Katia, où es-tu ?

– Dans ma voiture. Pourquoi ?

– Tu es en route ?

– Quoi ?

– Je te demande si tu es en route pour la salle où tu dois faire un gala ce soir ?

Merde ! C'est vrai !... Elle avait complètement oublié.

– Non, pas encore. Je suis en train de... faire quelques courses. Il faut que j'y sois à quelle heure ?

– Je veux que tu y sois à 22 heures tapantes. J'espère que tu te souviens qu'on a passé un marché.

Coup d'œil à sa montre. 19 h 30. Elle a le temps.

– Oui, ne t'inquiète pas. J'y serai. Il est encore tôt.

Alors qu'elle parle, elle voit Angel sortir de son immeuble et monter dans un taxi.

– Oui, mais je t'appelais pour te le rappeler. Il vaut mieux pour toi que tu y ailles, sinon...

– Mauricio, on se voit plus tard, il faut que je te laisse. Bisous.

– Katia, mais... !

Elle éteint son téléphone et met le contact. C'est Angel ! Mais où va-t-il ? Elle est obligée de le suivre… Entre les embouteillages et la pluie, l'entreprise ne va pas être simple.

Ce soir de mars, quelque part en ville.

Mario entend la porte d'entrée s'ouvrir et se fermer toutes les cinq minutes. La sonnette n'arrête pas de retentir. Il ne comprend pas, on dirait qu'il y a pas mal de monde en bas. Il n'a cependant aucune envie d'aller voir ce qui se passe. Il est possible que tout ce raffut ait un rapport avec Paula, et il n'a pour le moment pas du tout envie de la voir. Il préfère rester couché. Les prochains jours vont être difficiles. Il doit l'oublier, une bonne fois pour toutes.

– Mario ! Sors de là ! crie sa sœur de l'autre côté de la porte. Tu ne vas pas rester dans ta chambre toute la soirée quand même !

– Laisse-moi. Je dors.

– Dépêche-toi. Paula va arriver.

Confirmé. Elle n'est pas encore là, mais cela ne va pas tarder. Elles ont sans doute prévu une de leurs soirées pyjama pour se raconter leurs histoires.

– J'arrive, ment-il.

Il met le casque de son MP4 sur ses oreilles, le volume au maximum et se cache sous son oreiller.

Il sait que cette attitude n'est pas la meilleure, qu'il se conduit comme un gamin, mais il n'a pas l'intention de continuer à souffrir. Pas aujourd'hui du moins.

– Mario, sors de ta chambre, tout le monde est en bas.

Ce n'est plus Miriam, mais Diana. Ils ne se sont pas vus aujourd'hui encore. Lorsqu'elle est arrivée, il était déjà enfermé dans sa chambre et elle n'a pas voulu le déranger. Mais Mario ne peut pas lui répondre, car il n'entend que la musique de U2 à fond dans son casque.

Chapitre 103

Il est 20 heures, ce jour de mars, quelque part en ville.

Elle espère que la glace aux noix de macadamia n'a pas trop fondu.

Paula marche d'un pas vif dans le lotissement où habitent Miriam et Mario. Elle y vivait aussi avant que sa famille ne déménage dans un autre quartier de la ville. Mais elle a toujours maintenu les liens avec ses amis d'enfance et s'est battue pour rester dans le même collège puis le même lycée qu'eux. Ses plus beaux souvenirs sont ici, et c'est toujours un vrai plaisir d'y revenir. Rien ne semble avoir changé depuis qu'elle en est partie. Il y a plus de boutiques et un nouveau centre commercial, mais son apparence est toujours la même.

Pendant le trajet en bus, elle a beaucoup réfléchi à sa situation actuelle, à la semaine qui vient de s'écouler. Il y a huit jours, tout était différent : elle ne connaissait Angel que sur Internet, Alex n'existait pas et Mario était son ami de toujours. Maintenant, elle se retrouve avec trois garçons amoureux d'elle, elle est sur le point de perdre sa virginité, et dans une semaine, elle va aller à Disneyland-Paris. Tout cela est totalement dément ! Enfin, les nouveautés vont bien s'arrêter à un moment et sa vie retrouver un peu de stabilité. Elle l'espère car sa santé physique et mentale est déjà très menacée.

Elle est arrivée devant la porte des Parra. Toutes les lumières de la maison sont allumées. Elle sonne et attend. Personne ne répond, elles doivent être dans la cuisine. Deuxième tentative. Elle entend des pas s'approcher puis s'éloigner. Que se passe-t-il ? Troisième essai. Après quelques secondes, Miriam ouvre enfin la porte.

– Salut ! s'écrie-t-elle avant de lui faire la bise.

– Salut. Je commençais à me dire que tu ne voulais pas me laisser entrer.

– Mais n'importe quoi...

Diana et Cris viennent l'accueillir aussi. Paula les regarde avec curiosité. Pourquoi sont-elles si bien habillées ? Et maquillées comme si elles allaient sortir ?

– Ce que vous êtes classe ! Si j'avais su, je me serais habillée mieux que ça.

Bises. Cristina va mettre la glace au congélateur pendant que Paula enlève son manteau et cherche un endroit pour poser son parapluie.

– Tu es parfaite, très belle, comme toujours, dit Diana, qui semble aller mieux que ce matin.

– Oui, c'est ça ! Vous, oui, vous êtes bien. Mais vous auriez pu me prévenir, là, je fais vraiment tache.

– Mais t'es bête ! Arrête, on dirait un mannequin, commente distraitement Miriam.

Même si elle n'est pas aussi maquillée et aussi bien habillée que ses amies, Paula est plus resplendissante que jamais. Elle porte un pull rose foncé avec un jean blanc très moulant, et des créoles sous ses cheveux lissés.

– Oui, c'est ça... un mannequin... dit-elle. Et vous alors ?

– Nous, non. Malgré tous nos efforts, on ne t'arrivera jamais à la cheville, répond l'aînée des Dragibus en faisant un clin d'œil à Diana.

– Vous exagérez.

Entre deux compliments, elles atteignent la porte du salon. Cristina sort de la cuisine et les rejoint. Elles ouvrent la porte sur la pièce plongée dans l'obscurité. Paula sent qu'on la pousse dans le dos... Les lumières s'allument et...

– Surpriiiise !!! Bon anniversaire !!!

Tout le monde commence alors à chanter *Joyeux anniversaire* sous les yeux écarquillés de Paula, ébahie. Un à un, chaque invité vient lui faire la bise : des amis du quartier, camarades de classe et certains élèves du lycée qu'elle ne connaît que de vue. Les dernières à la féliciter sont les Dragibus.

– Ce n'était pas prévu pour demain ? demande Paula, qui ne s'est toujours pas remise de ses émotions

– Si, mais comme mes parents partaient aujourd'hui, on a voulu te faire une vraie surprise. Et on y est arrivées, non ?

La musique commence à résonner dans le salon et tous les invités, morts de faim, se jettent sur les sandwichs, boissons et canapés que les Dragibus ont préparés pendant tout l'après-midi.

– Ah ça oui ! Je ne m'y attendais pas du tout ! Merci les filles, vous êtes géniales.

Gros câlin collectif assorti de quelques larmichettes. Puis Miriam sort un petit paquet cadeau de sa poche.

– Tiens, c'est pour toi. De la part de nous trois.

Paula l'ouvre, curieuse. C'est une carte, plus précisément une clé comme celles utilisées dans certains hôtels.

– Chambre 322 de l'hôtel Atrium. J'espère que ta première fois sera merveilleuse comme tu le mérites.

Mon Dieu, c'est vrai ! Si la fête a lieu aujourd'hui, ça veut dire que *ça* aussi... Oh ! là ! là ! Elle n'avait pas encore pensé à ça !...

– Merci, les filles. Vous êtes vraiment géniales, dit-elle en les prenant à nouveau dans ses bras.

– Attends. Il te manque quelque chose, dit Diana, qui lui tend une boîte, emballée aussi. Tu n'as pas besoin de l'ouvrir maintenant. C'est pour qu'on n'ait pas de petites Paula et de petits Angel avant l'heure.

Paula sort du salon et range la boîte dans la poche de son manteau. Lorsqu'elle revient auprès de ses amies, elle se rend compte que quelqu'un manque à l'appel.

– Dites, où est Angel ? Vous l'avez invité, quand même ?

– Oui, évidemment. Il ne va sûrement pas tarder. On lui a envoyé un e-mail pour le prévenir du changement de date, répond Miriam.

– On a aussi invité Alex, comme tu nous l'avais demandé, ajoute Cristina.

Oups ! Alex et Angel dans la même pièce ! Paula devient blanche comme un linge... Lorsqu'elle a demandé à ses amies d'inviter l'écrivain, elle était loin d'imaginer ce qui allait se passer ensuite. La situation va vraiment être épineuse. Mais Alex ne viendra peut-être pas. Il doit bien se douter que son petit ami sera là, il voudra sans doute éviter la confrontation. Enfin, pour le moment, il n'est pas là, en tout cas.

Les tergiversations de Paula sont de courte durée. La sonnerie retentit une nouvelle fois. Un garçon de terminale qui passait par là ouvre la porte.

Un beau gosse fait alors une entrée très remarquée, il porte un saxophone à la main.

Chapitre 104

Cette soirée de mars, quelque part en ville.

Il a mal aux oreilles. *One*, de U2, est au volume maximal sur son MP4. Il a dû s'endormir. Mario enlève les écouteurs et n'entend rien d'autre qu'un bourdonnement désagréable. Il tente de se lever mais se rassoit sur son lit en se frottant les yeux. Quel mal de crâne !

Il récupère petit à petit une audition normale. Il lui semble qu'on passe de la musique en bas. Il entend aussi des rires et quelques éclats de voix. Oui, sa sœur et les autres ont organisé une soirée pyjama, aucun doute. Il n'a pas envie de sortir de la chambre mais il a une irrépressible envie d'aller aux toilettes. Il faut sortir, pas le choix.

Mario ouvre lentement sa porte et sort sur la pointe des pieds. Il jette un coup d'œil en bas, pensant que personne ne va le remarquer. Il voit deux filles de sa classe regarder bêtement un garçon qui vient d'entrer avec un saxophone. Qui c'est ? Ce n'est pas un strip-teaseur quand même ?

Il secoue la tête et se rend immédiatement compte que sa sœur et ses amies ont dû omettre de lui faire part de ce qui se passe ce soir.

Pendant ce temps, cette soirée de mars, au même endroit.

Deux camarades de classe de Paula commentent le dernier événement en date de la soirée.

– C'est qui, celui-là ?

– Je ne sais pas. Mais il est super mignon.

– Je ne te le fais pas dire.

– Il a l'air un peu vieux pour nous, non ?
– Non, c'est mieux. Il doit avoir de l'expérience.
– C'est un saxophone qu'il a ?
– Oui. Ils ont peut-être fait venir un groupe.
– Si tous les membres du groupe sont comme lui... Oh ! là ! là !

Alex se sent observé. Il aperçoit les deux filles qui murmurent dans un coin en le regardant. Il les salue poliment avant de continuer son chemin.

Quel sourire-qui-tue ! Les deux filles s'empressent de se présenter, mais il est déjà trop tard : le jeune homme est entré dans le salon au milieu de la foule.

La pièce est assez peu éclairée, mais suffisamment grande pour ressembler à une piste de danse de discothèque. Tout le monde bouge au rythme de la techno. Où est Paula ? Il ne la voit pas au milieu de tous ces jeunes gens qui sont encore au lycée pour la plupart. Il est sans doute le plus âgé de tous. Ah ! Elle est là... En grande conversation avec ses amies. Frisson. Elle n'a pas encore remarqué sa présence.

Le jeune homme s'approche discrètement de la chaîne stéréo et appuie sur *stop*. Silence. Murmures de protestation. Qui a osé éteindre la musique ?

– Bon anniversaire, Paula. Voici, mon cadeau. Le morceau s'appelle *Paula, tout simplement* et je l'ai composé exclusivement pour toi.

Alex s'humecte les lèvres et commence à jouer cette mélodie qu'il connaît par cœur pour l'avoir si souvent répétée. Il l'a écrite pour elle, juste pour elle. Il ferme les yeux et se laisse emporter une nouvelle fois par la musique. Mais cette fois, il n'est pas seul sur son toit dans le confort de sa solitude, tout le monde l'écoute, elle en particulier. Très émue, elle vibre au son de chaque note de *Paula, tout simplement*.

Un sentiment nouveau naît dans le cœur de la jeune fille, comme si la musique du saxophone l'amenait dans un repaire caché qui n'existait que pour eux, Alex et Paula. Sa respiration s'accélère tout à coup, comme lorsqu'elle est avec Angel. Non, non ! Ce n'est pas possible ! Elle n'est pas amoureuse d'Alex, elle aime son petit ami. Ou bien elle aime les deux ? Quelle prise de tête !

Peut-on aimer deux personnes à la fois et de la même façon ?

On n'entend pas un mot durant trois minutes. Le saxo est le seul à parler.

Les derniers accords sont empreints de mélancolie, d'une magnifique tristesse, de l'espoir d'être aimé un jour.

Fin du morceau. Alex reprend son souffle puis descend de la table pour rejoindre la jeune fille dont c'est l'anniversaire. Certains applaudissent et tous le félicitent sur son passage.

Lorsqu'il arrive devant Paula, elle le prend dans ses bras. Tous les regards sont braqués sur eux, en attente d'un baiser qui ne viendra pas.

– Bon anniversaire, lui murmure-t-il à l'oreille.

– Merci beaucoup, Alex. C'était magnifique, dit-elle avec des larmes plein les yeux.

Ils s'écartent enfin, puis se regardent, indécis. Ils sont le centre de l'attention générale jusqu'à ce que quelqu'un remette la musique et que tout le monde retourne à ses occupations.

– On peut aller dans un endroit plus tranquille un moment ? Je voudrais te parler.

Paula acquiesce, un peu nerveuse. Que veut-il lui dire ? Ils quittent la foule du salon, main dans la main, et entrent dans la cuisine.

Ils y trouvent Miriam en train de mettre des canapés jambon-fromage sur un plateau.

– Salut, tu es Alex, c'est ça ? Moi, c'est Miriam, la maîtresse de maison, dit-elle en lui faisant la bise.

– Enchanté, Miriam.

– C'était très beau, ton morceau.

– Merci beaucoup.

– Tu joueras encore ?

– Ben...

Paula fait un signe à son amie, qui comprend tout de suite qu'ils veulent parler seul à seul.

– Bon, j'emporte ça, dit-elle. On dirait que certains n'ont jamais mangé de leur vie. À tout à l'heure.

– À plus tard.

La jeune fille sort de la cuisine avec un sourire, en se demandant ce qu'ils vont bien pouvoir fabriquer tous les deux.

Toutes les chaises de la cuisine ont été déplacées dans le salon, ils s'assoient donc sur la table, l'un à côté de l'autre.

– J'ai vraiment adoré ton cadeau.

– Je suis heureux qu'il t'ait plu. Je l'ai fait avec beaucoup de tendresse.

– Je sais. Merci.

Il lui prend alors la main et la regarde dans les yeux. Paula est surprise mais se laisse faire.

– Tu sais... je ne veux pas te mettre la pression. Je sais que tu aimes ton petit ami et je suis peut-être en train de te causer trop de problèmes, mais je suis si amoureux de toi, Paula. Mes sentiments grandissent à chaque minute qui passe. Je ne peux pas les ignorer.

– Alex, je...

– Je regarde mon téléphone à chaque instant au cas où tu m'aurais envoyé un message. Je pense à toi tout le temps. Je ne sais plus quoi faire.

Il soupire et baisse les yeux.

– Je dois t'avouer que je commence à ressentir quelque chose aussi, reconnaît-elle. Je ne sais pas s'il est possible d'aimer deux personnes à la fois. Je suis un peu perdue. Je sais que j'aime Angel, j'en suis convaincue. Avec lui je me sens unique et je frissonne lorsqu'il est près de moi. Mais tu... tu arrives à me faire éprouver la même chose.

Alex lève à nouveau les yeux vers elle. Il ne s'attendait pas du tout à ce genre d'aveu. Elle ressent quelque chose pour lui, mais elle ne sait pas à quel point. Il doit agir.

– Paula, embrasse-moi. C'est la seule façon de savoir ce que ton cœur veut vraiment.

– Quoi ?

– Embrasse-moi pour te débarrasser de tes doutes.

– Je ne peux pas t'embrasser, je tromperais Angel si je le faisais...

– Tu viens de me dire que tu ressentais quelque chose pour moi, non ?

– Oui, mais...

– Donc, c'est le moment de savoir si tu m'aimes réellement ou pas.

Alex ferme les yeux et penche sa tête vers la sienne. Paula soupire, complètement perdue. Elle doit prendre une décision en une seconde. Doit-elle l'embrasser ?

La porte de la cuisine s'ouvre tout à coup.

Paula et Alex descendent précipitamment de la table. L'irruption d'Erica dans sa chambre hier lui revient à l'esprit.

– Ah ! Tu es là ! s'exclame Cris, qui n'arrive pas seule. Regarde qui j'ai trouvé.

Un grand jeune homme aux yeux bleus tient la main de Cristina.

– Chéri ! s'écrie Paula en courant vers son amoureux.

Angel la prend dans ses bras et l'embrasse sur les lèvres. Puis il observe le garçon qui était seul avec elle. Il est beau, beaucoup trop beau. Il n'aime pas ça du tout.

Alex croise le regard du nouveau venu. C'est donc lui, Angel... Un type très séduisant, enfin, il s'en doutait. Il ne peut éviter d'avoir un sentiment de haine à son égard.

– Excuse-moi d'arriver si tard. Il y avait des embouteillages à cause de la pluie.

– Ce n'est pas grave. La fête ne fait que commencer... C'est génial que tu sois là. Vous m'avez fait une sacrée surprise, tous, dit Paula en parlant très vite.

Elle est très stressée. Angel a-t-il vu ce qui s'est passé avec Alex ?

Le journaliste l'embrasse à nouveau et la serre un peu plus dans ses bras.

– Alors, tu ne fais pas les présentations ? demande Cris en observant la scène.

– Ah oui ! Je suis bête.

Paula, tremblante, s'approche à nouveau d'Alex. Elle tente par tous les moyens de cacher son trouble. Heureusement que Cristina est là !

– Voici mon ami Alex, qui est écrivain et musicien.

– Moi, c'est Cristina, enchantée. Tu joues super bien, dit-elle après lui avoir fait la bise.

– Merci beaucoup, répond-il timidement.

Cris recule et Angel en profite pour s'avancer.

– Et moi, c'est Angel, le petit ami de Paula. Je suis ravi de te connaître.

– Moi aussi.

Les deux garçons se serrent énergiquement la main en se regardant dans les yeux. Paula scrute leurs visages avec inquiétude. Les salutations ressemblent davantage à un bras de fer qu'à une politesse. Tous deux si calmes d'ordinaire... C'est vraiment étrange de les voir avec cet air de défi.

– Boooonnn, on rejoint les autres ? demande Paula, dont le seul désir est de sortir de là.

– Oui ! s'écrie Cristina, qui en est à son deuxième Malibu-ananas. Viens danser avec moi, monsieur le saxophoniste.

La jeune fille attrape Alex par le bras et le traîne jusqu'au salon avant qu'il ait le temps de protester alors qu'on entend *Take me out* de Franz Ferdinand.

Paula leur emboîte le pas, mais Angel la retient doucement par le bras.

– Je t'aime, lui dit-il, les yeux brillants.

– Moi aussi, répond-elle.

Nouveau baiser. Mais il n'a plus la même saveur qu'avant. Elle l'aime, mais son cœur est en proie à une véritable tempête de sentiments. Elle aime Angel, mais elle n'est plus si certaine qu'il soit son seul amour.

Chapitre 105

Quelques minutes plus tôt, cette soirée de mars, au même endroit.

Mais... ce n'est pas demain l'anniversaire de Paula ?

Mario ne comprend rien à ce qui se passe. Du haut des escaliers, il voit des camarades de classe entrer et sortir du salon. Ça ne ressemble pas à une simple soirée pyjama.

Il ira voir après être allé aux toilettes. Il se rend rapidement au bout du couloir, mais la porte est fermée. Il ne manquait plus que ça ! Il frappe à la porte, pas de réponse. *C'est quand même le comble !* pense-t-il. Il y a une fête dans son salon sans qu'il soit prévenu, et en plus il ne peut pas utiliser ses toilettes ! Il frappe une deuxième fois.

– J'arrive ! dit une voix féminine.

La porte s'ouvre après un bruit de verrou.

Ils sont tous deux aussi surpris de voir l'autre en face.

– Ah ! C'est toi, Mario ! dit Diana, gênée.

Elle est vraiment très belle, dans une robe de soirée noire qui lui arrive au genou, ornée de petites pierres brillantes. Contrairement à d'habitude, elle porte des talons et ses cheveux sont lissés et lâchés. Elle se les attache toujours pour venir au lycée.

– Oui, c'est moi. Je vis ici que je sache. Et toi, qu'est-ce que tu fais là ?

– J'ai demandé la permission à ta sœur d'utiliser les toilettes du haut. Il y avait la queue à celles d'en bas.

– Attends-moi une seconde et tu me diras ce qui se passe ici.

Il s'enferme rapidement dans les toilettes. Diana attend, appuyée contre le mur du couloir avec un sourire.

C'est la première fois qu'elle revoit Mario depuis hier après-midi.

Il lui a beaucoup manqué aujourd'hui au lycée... Elle n'a pas arrêté de regarder sa place avec un nœud à l'estomac. Elle se sent un peu coupable de son absence, c'est elle qui l'a encouragé à avouer son amour à Paula. Ce matin, son amie lui a raconté tout ce qui s'est passé, et elle est certaine qu'il n'est pas venu en cours à cause de ça, et non pas pour éviter l'examen comme le pense Miriam.

Mario sort des toilettes et se penche à nouveau par-dessus la rampe.

– Vous avez organisé une fête chez moi et vous ne m'avez rien dit.

– Personne ne t'a prévenu qu'on faisait l'anniversaire de Paula chez toi ?

– Si, mais je pensais que c'était demain.

– C'était prévu que ce soit demain. Mais quand ta sœur a su que tes parents partaient aujourd'hui, elle a décidé de l'avancer d'un jour pour lui faire une surprise.

– Ah oui ? Ça, personne ne me l'a dit.

– C'est bizarre. Je suppose que tout le monde pensait que tu le savais.

– Hmm.

Il soupire et s'appuie sur le mur à côté d'elle.

– Tu nous as manqué aujourd'hui. Comment tu te sens ?

– Bien. Quand je me suis réveillé, je toussais et j'avais très mal à la tête. J'ai toujours mal, mais ça va beaucoup mieux.

Cette fois il ne ment pas, la musique à fond lui a laissé une bonne migraine.

– C'est pour ça que tu n'es pas venu en cours ?

– Oui, je n'étais pas bien du tout ce matin.

– Tu devais être sacrément malade pour manquer un examen, de maths en plus !

– Mauvaise journée, oui.

– Certains pensent que tu as simulé pour ne pas passer l'examen parce que tu n'avais pas révisé.

– Qu'ils racontent ce qu'ils veulent, ça m'est complètement égal, dit-il avec un rire ironique.

– Tu t'en fiches de ce que les gens pensent de toi ?

– Oui.

– Et de ce que moi, je pense ?

Mario regarde Diana dans les yeux. Il la trouve plus belle que jamais.

– Je ne sais pas ce que tu penses, répond-il tranquillement.

Elle est très surprise de sa réaction. Il ne semble plus être le garçon peu sûr de lui et timide qu'il a toujours été. Comme si le coup de massue encaissé hier l'avait fait subitement grandir.

– Je pense que si tu avais fait cet examen, tu aurais eu la meilleure note de la classe.

– Je ne sais pas. Il n'était sûrement pas facile.

– Ce n'était pas si compliqué. Même moi, je vais peut-être avoir la moyenne !

– Tant mieux. Tu as fait beaucoup d'efforts pour ça.

Diana sourit. Il est vrai que c'est l'examen qu'elle a le plus préparé dans sa vie. Et il n'est pas impossible qu'elle obtienne une bonne note.

– Je n'ai aucune envie de faire la fête, dit-elle en bâillant.

– Moi non plus. Et puis je ne sais même pas si je suis invité.

– Bien sûr que tu l'es, ne fais pas l'imbécile.

– Peut-être que Paula ne veut plus me voir.

– C'est toi qui n'es pas venu au lycée pour ne pas la voir, répond Diana froidement.

Mario n'est pas surpris qu'elle ait deviné la véritable raison de son absence. Mais il ne veut pas parler de tout cela, pas pour l'instant en tout cas.

Il bâille à son tour.

– Tu veux qu'on regarde un film dans ma chambre ? suggère-t-il tout à coup.

Diana ne sait pas trop comment prendre sa proposition, mais il ne semble pas avoir d'arrière-pensée. Il veut juste regarder un film avec elle, en amis. Mario est sans doute en train d'essayer de s'éloigner de Paula et de ses sentiments, mais c'est impossible de tirer un trait si vite. Un amour de dix ans ne s'oublie pas en dix heures ou même en dix jours. Elle doit lui laisser le temps de tourner la page avant de lui avouer ses sentiments.

– D'accord, c'est une bonne idée.

Diana entre dans la chambre, un peu nerveuse. Elle a passé beaucoup de temps ici ces derniers jours. Après avoir hésité à s'asseoir sur le lit, elle choisit finalement de s'installer sur la chaise du bureau.

– Tu as une préférence ? lui demande Mario.

– Non. Surprends-moi.

Il cherche dans le dossier « Films » de son ordinateur et opte pour *La Vie est belle*.

– Tu l'as vu ? J'en mets un autre si tu veux.

– Oui, je l'ai vu, mais laisse-le, j'adore ce film.

– D'accord.

Mario prend une chaise et s'installe à côté d'elle.

Ils sont bien tous les deux. Il y a moins d'une semaine, ils n'étaient même pas amis, et aujourd'hui, après quelques jours si difficiles, ils ont plaisir à regarder un film ensemble.

– Attends une seconde. Mets-le sur *pause*, dit-elle en se levant. Je reviens tout de suite.

Diana sort de la chambre en courant. Que lui arrive-t-il ? Mario se demande s'il a dit ou fait quelque chose de mal. Quelques minutes plus tard, elle est de retour avec une bouteille de Coca-Cola, deux verres et un paquet de chips. Elle entre et ferme la porte derrière elle.

– Voilà, comme ça nous aussi, on a notre petite fête.

Il prend le verre qu'elle lui tend. Il sourit. Enfin il sourit.

Même si Paula est toujours très présente dans son esprit et son cœur, Diana est en train de gagner beaucoup de points.

Chapitre 106

Cette soirée de mars, juste après le dernier baiser entre Angel et Paula.

Angel et Paula entrent dans le salon.

La fête bat son plein. La plupart des invités dansent mais un couple retient particulièrement l'attention. Paula observe Cris bouger au rythme de la musique, les mains sur les épaules d'Alex. Lui fait ce qu'il peut pour la suivre, la danse, c'est vraiment pas son truc. En le voyant ainsi se débattre, un petit sourire se dessine sur la bouche de Paula. Détail qui n'échappe pas à Angel. Il n'aime pas du tout la complicité qui existe entre sa copine et ce type.

Il ne va certainement pas rester là sans réagir. Il attrape sa petite amie par la taille et l'emmène au milieu de la pièce. Paula est surprise mais se laisse faire. Elle ne connaissait pas cette facette d'Angel. C'est un assez bon danseur, il bouge avec légèreté et pose ses pieds où il faut.

Alex, qui n'a pas les mêmes aptitudes, marche sur les pieds de Cris et s'excuse platement. Il a été déconcentré lorsqu'il a vu Paula et Angel ensemble. Lui, les mains autour de sa taille, elle, accrochée à son cou, ils s'embrassaient. Venir à cet anniversaire n'était peut-être pas une bonne idée... Il ne supporte pas de les voir collés comme des sangsues. Il a l'impression que tout ce qu'il a dit à Paula n'a servi à rien et qu'elle ne sera jamais à lui malgré ce qu'elle lui a confié tout à l'heure.

Une autre chanson commence, mais la salle se vide tout à coup, et tous se dirigent vers l'entrée. Il se passe quelque chose. Paula, curieuse, prend la main d'Angel et court dans le couloir, Alex et Cristina sur les talons.

– Qu'est-ce qui se passe ? Qui est arrivé ? demande Paula à Angel.

– Je ne sais pas. Attends, dit-il en se mettant sur la pointe des pieds.

C'est alors qu'il voit qui est la cause de tant d'enthousiasme.

Ce n'est pas possible ! Qu'est-ce qu'elle fait là ?!

Katia arrive enfin à se dégager et se fraie un chemin jusqu'à Angel, qu'elle a aperçu au milieu de tous les adolescents qui lui sont tombés dessus. Paula la voit arriver et s'écrie :

– Mon Dieu, c'est Katia ! Elle est venue à mon anniversaire !

La chanteuse aux cheveux roses fait d'abord la bise à Angel puis se tourne vers la jeune fille qui se trouve à côté de lui.

– Salut, tu es Paula, c'est ça ?

– Sa... salut. Oui, oui, c'est moi, répond-elle, nerveuse.

Angel ne dit pas un mot. Il ne comprend ni comment elle l'a trouvé ni pourquoi elle est ici, mais il sourit aimablement pour dissimuler sa colère. Il pensait offrir le CD à Paula à minuit, le véritable jour de son anniversaire. Mais bon sang, pourquoi Katia est-elle là ?

– On m'a dit que tu étais une de mes plus grandes admiratrices.

– Oui ! J'adore ton disque. Il est vraiment génial.

– Merci. Angel m'a beaucoup parlé de toi et il m'a demandé de venir te dédier une chanson, comme cadeau d'anniversaire.

– C'est vrai ? Tu as fait ça ?

Angel corrobore la version de la chanteuse et hausse les épaules. Paula embrasse son petit ami, très émue. Le cœur de Katia se met immédiatement à saigner, mais elle parvient à supporter ce spectacle avec une parfaite maîtrise.

Tous trois rentrent dans le salon, suivis de tous les autres.

– Cette version de *Tu éblouis mon cœur* est pour toi.

Katia s'éclaircit la gorge et commence doucement à chanter le titre qui l'a rendue célèbre, en changeant le nom des personnages.

Angel voit en elle le bon chemin,
La lumière qui fait rêver,

Comme un signe du destin,
Comme s'unissent les doigts de la main,
Comme un heureux hasard.

Angel l'accueille dans son nid,
Il savoure sur ses lèvres,
Le goût du fruit défendu,
Et lui murmure à l'oreille
Ce qu'elle désire entendre.

Tu éblouis mon cœur,
Je n'aurais pu imaginer aimer,
Comme je t'aime, mon amour,
Comme je t'aime, non jamais.
Et dans cette histoire inachevée,
Qu'il nous reste à écrire,
Tu es mon océan, mon ciel,
Tu es ma lune, mon soleil.

Paula voit en lui un ami,
Un amant qui l'envoie au ciel,
Un confident qui est témoin,
de baisers et de caresses furtives,
qui se délient dans l'obscurité.

Paula s'abrite sous son manteau,
Elle s'approche toujours plus près,
Unis à chaque battement de cœur,
Elle lui murmure à l'oreille
Ce qu'il désire entendre.

Tu éblouis mon cœur,
Je n'aurais pu imaginer aimer,
Comme je t'aime, mon amour,
Comme je t'aime, non jamais.

Et dans cette histoire inachevée,
Qu'il nous reste à écrire,
Tu es mon océan, mon ciel,
Tu es ma lune, mon soleil.

La chanson se termine et le silence retombe dans la salle. Paula, très émue, a les yeux humides. Son regard va de Katia à Angel. Elle n'arrive toujours pas à croire que la chanteuse la plus populaire du pays soit venue chanter exclusivement pour elle !

– Je peux t'embrasser ? demande-t-elle à Katia en laissant couler ses larmes.

– Bien sûr.

Les deux jeunes filles s'enlacent alors sous le regard toujours incrédule de l'assistance.

Chapitre 107

Cette soirée de mars, à la fête d'anniversaire de Paula.

Katia ne cesse de regarder sa montre. Elle devrait être au gala depuis une demi-heure. Son agent l'a appelée une bonne vingtaine de fois, si bien qu'elle a fini par éteindre son téléphone. Elle vit très mal d'agir ainsi et de faillir à sa parole, mais elle ne peut pas partir tant qu'elle n'a pas avoué ses sentiments à Angel. L'occasion de l'approcher ne s'est toujours pas présentée. Tous se battent pour parler avec elle un instant, et quand elle parvient à se libérer de ses admirateurs, c'est Angel qui est occupé à danser avec Paula ou à l'embrasser.

Pour le moment, elle n'a personne autour d'elle. La plupart des invités jouent à un de ces jeux d'adolescents : action ou vérité. L'action étant limitée à boire un petit verre de rhum.

– Salut. Tu es Katia, n'est-ce pas ?

Finie, la tranquillité, quelqu'un lui parle à nouveau. Ouf ! Cette fois il ne s'agit pas d'un lycéen. C'est le beau-gosse-au-sourire-qui-tue qu'elle avait déjà remarqué tout à l'heure. Mais elle n'avait pas pu lui parler encore.

– Oui. Et toi, tu es...

– Alex.

Il se penche et lui fait la bise.

– Tu es un ami de Paula ?

– Oui. On s'est connus il y a peu de temps.

– Ah. Elle a l'air sympa.

– Elle l'est.

Tous deux restent un moment silencieux.

– Je peux te poser une question ?

– Oui, mais pas trop difficile, s'il te plaît, plaisante-t-elle.

– Tu as reçu ma lettre ?

– Ta lettre ? demande Katia sans avoir aucune idée de ce dont il est en train de parler.

– Oui, je t'ai envoyé une lettre avec une demande et le début d'un roman intitulé *Derrière le mur*.

La chanteuse réfléchit un instant et se souvient alors du courrier dont Mauricio lui a parlé.

– Ah ! Mais oui ! Tu es l'Alex de cette lettre ?

– Oui, c'est moi.

– Quelle coïncidence de se rencontrer ici !

– Oui, un heureux hasard.

– Mon agent a beaucoup insisté pour que je lise ton histoire et je l'ai trouvée très bien, ment-elle.

Elle n'en a pas lu une seule ligne.

– Merci. Je suis heureux que cela t'ait plu.

La jeune fille se souvient petit à petit de ce que Mauricio lui a dit à ce propos.

– Et, si je ne me trompe pas, tu veux que j'écrive une chanson pour faire la promotion de ton roman et ainsi toucher un plus large public. C'est ça ?

– Quelque chose dans ce genre, reconnaît Alex.

– Humm... C'est une idée intéressante. Et puis si tu deviens célèbre, cela pourra m'être utile aussi.

– Je ne pense pas devenir célèbre en écrivant.

– On ne sait jamais. Je ne pensais pas non plus le devenir en chantant et regarde...

– C'est différent. Il y a beaucoup plus de chanteurs à succès que d'écrivains à succès.

– Peut-être parce que la musique touche plus de gens que les livres.

– On n'a besoin de rien pour écouter de la musique, alors que pour lire il faut se concentrer et se donner un peu de mal.

– C'est vrai, dit-elle en ébauchant un sourire.

Katia trouve ce garçon aussi intéressant que sympathique. Maintenant qu'elle le connaît, cela lui ferait plaisir de lui prêter une chanson ou d'en écrire une nouvelle pour son livre. Mauricio a parlé de *Quinze plus quinze*, qui n'a pas été retenue pour apparaître sur son disque. Il a dit qu'elle collerait parfaitement à l'histoire. Cette chanson parle de la différence d'âge dans les relations amoureuses.

Alors qu'ils papotent, Angel et Paula passent dans leur champ de vision. Elle l'embrasse avant de se servir un Fanta orange.

– Je ne vais pas tarder à partir, dit Alex en voyant la scène.

– Moi aussi, je devrais être à un concert depuis presque une heure.

– Ah ? Pourquoi es-tu encore là alors ?

– Je dois parler à Angel d'une chose très urgente, mais entre mes admirateurs et Paula qui est toujours avec lui, je n'ai pas pu le faire encore.

Alex réfléchit un instant.

– Je peux peut-être t'aider, lui dit-il. Tous les invités sont occupés, donc tu ne seras pas dérangée. Si j'arrive à emmener Paula ailleurs, tu pourras parler à Angel.

– D'accord.

– Tu l'emmènes à la cuisine et moi j'irai en haut avec elle, OK ?

– Parfait.

Sans y réfléchir à deux fois, ils s'approchent du couple pour tenter d'atteindre leur objectif.

Chapitre 108

Quelques instants plus tard, dans la cuisine des Parra.

Katia mène Angel part la main jusqu'à la cuisine tandis qu'Alex vole Paula quelques minutes. L'insistance de leurs prétendants respectifs les a mis dans l'impossibilité de refuser.

– Excuse-moi, Angel. Je ne voulais pas être aussi brutale, mais il fallait vraiment que je te parle.

Le journaliste lui en veut toujours d'être venue sans invitation.

– Vas-y. Je t'écoute.

– D'abord, je tiens à m'excuser de m'être imposée ici sans t'avoir prévenu.

– Comment as-tu su où j'étais ? Je ne l'ai dit à personne, même pas à la rédaction.

– Je suis allée chez toi et je t'ai vu monter dans un taxi. Ça n'a pas été facile de te suivre entre la pluie et la circulation, mais j'ai eu de la chance.

– Tu m'as suivi depuis chez moi ? demande-t-il, étonné.

– Oui. Je voulais vraiment te parler.

Angel soupire : tout cela est décidément de plus en plus surréaliste.

– Dis-moi alors.

– Ce n'est pas simple pour moi, donc je te demande de ne pas m'interrompre. Tu me diras ce que tu penses quand j'aurai terminé, dit-elle, tremblante.

Sa voix vacille et le regarder dans les yeux lui demande tous les efforts du monde.

– D'accord.

La chanteuse prend alors une grande inspiration et commence son récit.

– Je t'ai rencontré il y a un peu plus d'une semaine, mais j'ai l'impression de te connaître depuis toujours. Dès l'instant où je t'ai vu tu m'as semblé exceptionnel... Je suis depuis quelque temps entourée d'une foule de gens sans distinguer vraiment qui s'intéresse à moi, ou qui s'intéresse à la chanteuse. Avec toi, je n'ai jamais eu de doute. Tu t'es toujours intéressé à moi en tant que personne et tu as été présent dans les moments importants, comme celui de l'accident. Je sais qu'on a eu des problèmes, que je n'aurais pas dû t'embrasser pendant la séance photo, que je n'aurais pas dû t'emmener chez moi, ni te mettre dans mon lit, même s'il ne s'est rien passé, tu le sais, parce que je n'aurais même pas dû t'inviter à prendre un verre. Puis il y a eu les coups de téléphone. Cela a dû être une vraie corvée pour toi, un cauchemar. Mais malgré ça, tu m'as rappelée et tu m'as permis de rester dans ta vie. Je sais aussi, je ne suis pas idiote, que depuis ce jour tu as un peu profité de la situation. Ce que tu voulais vraiment, c'était une chanson pour Paula. Tu m'as sans doute utilisée, mais ça m'est égal. J'ai essayé de savourer chaque moment passé avec toi, même si c'était difficile en sachant que tu faisais tout cela pour une autre.

Aujourd'hui, j'ai parlé avec ma sœur, et c'est vraiment grâce à elle que je suis là. Je pensais que mes chances avec toi étaient réduites à zéro. Mais Alexia m'a convaincue que je devais me battre, utiliser ma dernière carte en te disant ce que je ressens. Je t'aime, Angel. Je t'aime à un point que tu ne peux pas imaginer. Je vais être honnête : je ne veux pas d'explications, juste savoir si j'ai une chance avec toi, un « oui » ou un « non » suffira. Si tu me réponds « oui », j'essaierai de te rendre amoureux, je ferai tout bien et je te promets que tu ne rencontreras personne capable de te donner autant que moi. Si tu me dis « non », je disparaîtrai pour toujours. Je ne peux pas être ton amie, ce serait continuer à me mentir à moi-même et à souffrir, je sais que je ne ferais que pleurer en te voyant dans ces conditions.

Katia reprend son souffle avant de poser la question décisive.

– Angel, est-ce que j'ai une chance d'être avec toi un jour ?

Silence.

Pour le journaliste, c'est le moment le plus difficile et le plus douloureux qu'il ait jamais eu à vivre. Mais il n'a pas besoin de réfléchir pour donner sa réponse :

– Non. Je suis désolée, Katia. J'aime Paula.

La chanteuse sourit, s'approche de lui et l'embrasse une dernière fois.

– À dans une autre vie, Angel.

Elle ouvre la porte de la cuisine et disparaît.

Au même moment, cette soirée de mars, à l'étage de la maison des Parra.

– Je ne comprends pas, Alex. Pourquoi tu m'as fait venir ici ?

– On a été interrompus en pleine conversation tout à l'heure.

Paula soupire. Elle s'est tenue le plus près possible d'Angel tout au long de la soirée en essayant d'oublier ce qui s'était passé avec Alex. Elle a l'impression de le trahir, et elle craint que ce malaise ne fasse qu'empirer.

– Je suis désolée, Alex. Je crois que tout à l'heure...

– Tu m'as presque embrassé.

– Non. Je ne voulais pas t'embrasser.

– Vraiment, Paula ?

Elle fuit ces yeux immenses qui ont le don de la plonger dans un état de profonde confusion.

– Non, Alex. J'aime Angel... Il est tout pour moi.

– Pourquoi tu ne me le dis pas les yeux dans les yeux ?

Paula affronte alors le regard d'Alex, mais elle ne tient pas plus d'une seconde.

– Alex, s'il te plaît. Ne me fais pas ça.

– Embrasse-moi, Paula.

– Non, s'il te plaît.

– Dis-moi que tu ne m'aimes pas et je m'en irai.

– Alex, je t'en prie.

– Dis-le-moi. Dis-moi que tu ne m'aimes pas et j'abandonnerai définitivement.

– Alex, je...

Elle aperçoit alors Angel à l'étage du dessous. Il la cherche partout, d'un air perdu et désespéré.

– Je ne t'aime pas, finit-elle par dire. Je suis désolée, je ne t'aime pas.

Ces mots blessent à mort le cœur du jeune écrivain. Les yeux de Paula sont rivés aux siens. Il n'y a rien à ajouter.

Il la regarde une dernière fois, meurtri au plus profond de lui, puis descend tranquillement les escaliers.

Après avoir salué Angel, il sort de la maison.

Chapitre 109

Cette soirée de mars, dans la chambre de Mario.

Il adore la fin d'*Un amour à New York*. Ce film illustre ce que peut produire le destin : deux inconnus tombent amoureux l'un de l'autre et se retrouvent après des années de séparation, leur amour intact. C'est le deuxième film que Diana et Mario regardent ce soir. Ils ne sont pas sortis de la chambre. Ils ont eu leur propre fête et ils en ont sans doute davantage profité que beaucoup d'invités rentrés chez eux l'estomac soulevé par l'abus d'alcool.

Ils sont tous les deux allongés sur le lit. Rester assis des heures comme ça est une véritable torture. D'un commun accord, ils se sont donc mis sur la couette à la fin de *La vie est belle*.

– C'est vraiment joli, dit Diana qui ne l'avait jamais vu.

– Oui, c'est un des films que je préfère dans ce genre.

– Voui, bredouille-t-elle en reniflant.

Mario se tourne pour la regarder.

– Tu pleures ?

– Mais non ! J'ai dû prendre froid.

– Oui, bien sûr. Je n'arrive pas à croire que Diana la tigresse verse sa larme devant *Un amour à New York*.

– Je te dis que je ne pleure pas. Et fais attention à ce que tu racontes, si on t'entend, ça ruinera ma réputation.

Il sourit, touché de voir apparaître peu à peu la véritable Diana. Et, celle-ci lui plaît beaucoup plus que celle qu'elle montre à tout le monde.

Il est plus de minuit. La pluie s'est arrêtée. On n'entend plus un bruit venant du salon. Il ne doit plus rester beaucoup de monde, juste ceux qui sont trop ivres pour partir ou ceux qui profitent jusqu'au bout de la nuit de leur conquête d'un soir.

– Mario, je peux dormir avec toi ?

– Quoi ?

– Hé ! va pas t'imaginer n'importe quoi, pervers ! Juste dormir, je ne vais pas te sauter dessus, ne t'inquiète pas.

– Crétine ! s'écrie-t-il en lui sautant dessus.

Il la chatouille et Diana rit de plus en plus fort.

– Arrête ! Arrête, s'il te plaît !

Il finit par l'écouter et la laisse tranquille. Haletants, ils se laissent à nouveau tomber sur le lit.

– D'accord. Tu peux dormir là. On sera comme Dawson et Joey.

– Qui ça ?

– Dawson Leery et Joey Potter, les héros de *Dawson*.

– Jamais entendu parler.

– Mais tu faisais quoi quand tu étais petite, hein ?

Elle se met alors à genoux et le menace avec l'oreiller.

– Je ne regardais pas la télé, je jouais avec les autres enfants, moi !

– Ou tu les torturais, plutôt.

– Abruti !

Diana le frappe avec son arme-oreiller jusqu'à ce qu'il arrive à la lui arracher des mains.

– OK, on fait la paix, dit-elle en se mettant sous la couverture.

– Oui, bien sûr, tu déclares la paix une fois que tu n'as plus d'oreiller, étrange, hein ?

– Chuttt.

– Pourquoi tu veux que je me taise ?

– J'ai sommeil.

Diana appuie sa tête sur l'épaule de Mario et ferme les yeux.

– Tu vas te servir de moi comme oreiller ?

– Chuttt.

– D'accord. Je me tais.

Il se glisse sous le bout de couverture laissé libre par Diana et ferme les paupières à son tour.

C'est la première fois que Mario passe la nuit avec une fille. Et s'il a souvent pensé que Paula serait sa Joey, elle est à présent passée au rang de second rôle.

Chapitre 110

Cette soirée de mars, quelque part en ville.

Hôtel Atrium. Chambre 322.

Angel ouvre la porte avec la carte, puis la passe dans un lecteur qui permet d'allumer les lumières.

Paula le suit et referme la porte. La chambre est magnifique. Les meubles noirs, blancs et gris créent une atmosphère paisible. Et ils ont justement bien besoin de calme. Un grand lit avec des draps blancs occupe une bonne partie de la pièce.

Ils enlèvent leurs manteaux et les rangent dans l'armoire. Paula y dépose aussi son sac Supernanas.

Nerveuse, elle s'avance vers la fenêtre et contemple la ville qui brille de mille feux. Il s'approche d'elle et embrasse son cou. Il sent alors à quel point elle est tendue.

– Ça va ?

– Oui, très bien, répond-elle, peu convaincante.

Angel n'y fait pas tellement attention. Il est normal qu'elle soit inquiète, c'est sa première fois. Lui aussi est nerveux, mais il doit passer outre pour qu'elle se sente en confiance.

– Cet hôtel est génial. Tes amies se sont surpassées.

– Oui, c'est très joli.

Il pose ses mains autour de sa taille et les glisse sous son pull. Elle frissonne et les enlève avec tendresse.

– Doucement. S'il te plaît, lui demande-t-elle avec un sourire.

– Excuse-moi, je ne...

– Non, c'est rien. C'est moi, je suis un peu nerveuse.

– Je comprends, ne t'inquiète pas.

Paula entre dans la salle de bains, aussi spacieuse et jolie que la chambre.

– Angel, ça ne te dérange pas que je prenne une douche ? Peut-être que ça va me détendre un peu.

– D'accord, vas-y. Prends tout le temps qu'il te faut.

– Merci, chéri.

Elle s'enferme dans la salle de bains et commence à se déshabiller après avoir posé son téléphone sur le lavabo. Son jean tombe lentement sur le sol, puis elle l'accroche au mur à côté de son pull. Un coup d'œil dans le miroir. Elle porte des sous-vêtements roses. Si elle avait su que le grand jour serait aujourd'hui, elle aurait mis un ensemble un peu plus sexy. Celui-ci n'est pas mal, mais il n'a rien d'exceptionnel.

Ses mains tremblent tellement qu'elle a du mal à dégrafer son soutien-gorge. Elle enlève ensuite son tanga et se met dans la baignoire.

Elle examine attentivement les robinets, elle n'en a jamais utilisé de semblables. D'un côté le réglage de la température, de l'autre celui de la pression. Le fonctionnement est plus simple qu'elle ne l'imaginait, elle trouve tout de suite la température idéale.

L'eau fouette vigoureusement son corps et relâche ses muscles.

Tout à coup, elle commence à se demander ce qu'elle fait là. La réponse est pourtant simple : elle est ici pour coucher avec un garçon pour la première fois, un garçon qu'elle aime, comme elle en a toujours rêvé.

Cependant, elle n'est plus sûre de rien, comme c'est le cas depuis quelques jours. C'est la faute d'Alex. Et de Mario.

Mario ! Elle n'a pas pensé à lui de la soirée. Elle ne l'a même pas vu ! Où était-il ? Enfin, après ce qui s'est passé hier, elle comprend qu'il n'ait pas envie de la voir pendant quelque temps. Son cadeau est si beau et touchant : *Chansons pour Paula*.

C'est étrange car ce titre résume très bien son anniversaire. Mario lui a offert un CD de chansons, Angel la chanson de Katia, et Alex... a composé un morceau de saxo pour elle. Trois garçons exceptionnels avec qui elle ne s'est pas bien comportée.

Surtout avec Alex. Elle lui a brisé le cœur d'une façon assez cruelle, les yeux dans les yeux. Elle a nié ses propres sentiments, car elle ressent vraiment quelque chose de nouveau pour lui.

Mais elle ne pouvait pas le reconnaître devant lui. Cela aurait beaucoup compliqué la vie de tout le monde : la sienne, celle d'Alex et celle d'Angel. Pauvre Angel ! S'il savait qu'elle est en train de douter de son amour pour lui en ce moment même, il quitterait sûrement cette chambre.

Tout est sa faute et elle n'a pas d'excuse. Mais que pouvait-elle faire d'autre ?

Elle ferme les robinets et commence à se sécher à l'intérieur de la baignoire.

Son téléphone sonne, un SMS. C'est Alex : *Tu m'as dit que tu ne m'aimais pas, mais ça ne m'empêche pas de t'aimer. Bon anniversaire, ça y est, tu as dix-sept ans.*

Son cœur s'arrête et son estomac se retourne. Soupir. C'est vrai, elle a dix-sept ans maintenant... et elle est de plus en plus perdue.

Une fois sèche, elle remet ses sous-vêtements.

Profonde inspiration. C'est le moment.

Elle ouvre la porte et marche sur le tapis gris jusqu'au milieu de la pièce.

Angel est déjà dans le lit, torse nu. Le bas de son corps est caché par les draps. Il l'observe avec admiration, puis avec désir. Il l'invite à s'allonger près de lui.

Elle obéit.

Viennent alors les baisers, sur les lèvres, dans le cou, sous les oreilles. Quelques gémissements s'échappent. Angel laisse aller ses mains sur ses bras et son dos. Il enlève son soutien-gorge, qui tombe et se perd dans les draps. Elle se laisse faire. Elle sent ses lèvres sur ses seins.

Angel fait lentement glisser sa main... Il joue avec l'élastique du tanga avant de se décider enfin à explorer plus loin. Paula soupire, manque d'air et gémit. Le plaisir prend possession de son corps aussi fort que son esprit et son cœur lui intiment l'ordre d'arrêter. Non. NON !

Elle ouvre tout à coup les yeux sur lui. Lorsqu'il la regarde à son tour, son sang se glace. Elle pleure.

Le téléphone de Paula sonne. Un nouveau message.

Elle regarde en direction de la salle de bains.

Elle ne peut pas continuer. Angel ? Alex ? Les deux ? Elle ne sait plus qui elle aime et elle ne peut pas vivre comme ça. Elle a besoin d'air et de temps pour se comprendre ou pour déterminer si elle est véritablement amoureuse de quelqu'un. Une phrase que lui a dite sa mère un jour lui revient en mémoire : « Si tu aimes deux hommes en même temps, c'est qu'en réalité tu n'aimes aucun des deux. »

– Je suis désolée. Je suis vraiment désolée. Je dois réfléchir.

Angel reste sans voix. Il est en train de la perdre. Saisi par la stupeur, il ne peut que la regarder se lever, aller dans la salle de bains pour en ressortir deux minutes plus tard, son téléphone à la main.

Bon anniversaire ma chérie, j'espère que tu t'amuses bien avec tes amies. Ton père, Erica et moi t'aimons fort fort fort. Bisous de nous trois.

– Où tu vas aller ? lui demande-t-il.

– Je ne sais pas. J'ai besoin de réfléchir.

Elle ouvre l'armoire, met son manteau, récupère son sac et sort de la chambre 322.

Chapitre 111

Il y a environ deux mois, un jour de janvier.

C'est Lennon. Mon pseudo sur Facebook est John Forever. Je t'attends. Je te demande juste une chose, si tu es d'accord bien sûr. S'il y a ta photo sur ton profil, est-ce que tu peux l'enlever s'il te plaît ?

Merci beaucoup.

À tout de suite.

C'est le message privé qu'a reçu Minnie16 de la part de Lennon sur un forum de musique.

Ils se connaissaient depuis deux jours. Leur premier contact fut une discussion assez animée sur la musique commerciale. Chacun défendait son point de vue bec et ongles, tant et si bien qu'ils ont fini seuls tous les deux vers trois heures du matin. La dispute laissa place à des sourires et des « J'espère qu'on se recroisera ». Ils se sont alors retrouvés le lendemain. Ironie, jeux de mots, complicité. Le troisième jour, elle a donc reçu ce message privé.

Paula a relu plusieurs fois ces quelques phrases. Elle ne comprenait pas bien l'histoire de la photo. Mais, sans trop savoir pourquoi, elle l'a fait. Elle a ajouté Lennon à sa liste de contacts et a remplacé sa photo par celle d'un ours en peluche avec un cœur.

Cinq minutes d'attentes interminables... Puis il est apparu.

– Minnie ?

– Oui, c'est moi. Je m'appelle Paula, Lennon. Enchantée.

– Idem. Moi, c'est Angel. Merci d'avoir retiré ta photo.

– De rien. Mais pourquoi tu ne veux pas voir ma tête ?

– Une habitude.

– Tu m'expliques ?

– Je ne mettrai pas la mienne, et je veux que nous soyons sur un pied d'égalité.

Paula ne comprend pas pourquoi tant de mystère. Ce garçon est agréable, elle irait même jusqu'à dire qu'il lui plaît, mais elle ne s'attendait pas à tant de bizarrerie.

– Et pourquoi tu ne mets pas ta photo ? Tu as honte ? Ou tu es célèbre et tu ne veux pas qu'on te reconnaisse ?

– Je ne veux pas qu'on me juge sur mon physique.

– Tu es si moche que ça ?

Angel tarde à répondre. Paula a bien peur de l'avoir vexé, elle était sur le point de s'excuser lorsqu'il a repris la conversation.

– C'est possible. Ce n'est pas à moi de le dire. Quand j'étais petit, j'ai eu un appareil dentaire, j'étais un peu gros et j'étais toujours mal coiffé. Les autres enfants se moquaient de moi. Je sais ce que ça fait d'être jugé sur son physique. Et on ne peut parfois pas s'empêcher de se dire en voyant quelqu'un : « Lui doit être comme ci ou comme ça. » C'est pour ça que sur Internet, j'essaie de ne pas utiliser de photos : pour que ce soit la personne qui prime.

Soupir. Il a raison, mais elle meurt d'envie de le voir.

– Donc, je ne saurai jamais à quoi tu ressembles.

– Si, lorsqu'on se connaîtra en personne.

– Lol. Je ne pense pas que ça arrive un jour.

Autre silence. Il est 3 h 30 du matin. Peut-être qu'il parle aussi avec quelqu'un d'autre ? Mais il finit par répondre :

– Il ne faut jamais dire jamais.

– Je n'ai jamais rencontré une personne connue par Internet. Pourquoi tu serais le premier ?

– Ça ne m'est jamais arrivé non plus, et je ne pense pas que ça m'arrivera un jour. Mais il y a une première fois à tout.

Une première fois à tout ? Est-ce une manière indirecte de parler de sexe ? Non, ce n'est pas ce genre de garçon. Il ne semble pas, du moins.

– Tu es vraiment bizarre.

– Toi aussi.

– Moi ? Je suis une fille de seize ans parfaitement banale.

– Seize ans ? Ah ! C'est pour ça le seize sur ton pseudo !

– Wahou, quelle intelligence ! Tu me surprends. Tu pensais que c'était quoi ?

– Ton âge. Mais cela aurait pu être n'importe quoi. Tu pourrais être fan de Pau.

– Pau ?

– Gazol[1].

– Il porte le numéro seize sur son maillot.

Paula se tape le front. Il ne parle pas de sexe, mais il parle de sport...

– Ah.

– Ne t'inquiète pas, je ne vais pas te parler de sport.

Il lit dans ses pensées ?

Elle le connaît à peine, elle n'a pas vu sa tête, il a l'air très bizarre et malgré tout cela... il lui plaît. Non, ce n'est pas possible.

– Et toi, quel âge tu as ?

– 107.

– Pfff. Tu ne vas pas me dire ton âge non plus ?

– Non.

– Je m'en vais.

C'est un mensonge. Mais pour qui il se prend ? Il ne va donc rien dire de lui ?

– Non, attends ! Paula, attends !

– Seulement si tu me dis ton âge.

– C'est du chantage.

– Appelle ça comme tu veux. Ton âge ?

Elle craint le pire. Elle parle peut-être avec un vieux. Il va lui présenter ses enfants, ou pire, ses petits-enfants.

– J'ai vingt-deux ans. Mais je suis comme Peter Pan, je ne veux plus grandir.

Elle seize, lui vingt-deux. Ça pourrait être pire.

1. Pau Gazol est un joueur de basket-ball espagnol qui porte le numéro 16 dans l'équipe des Lakers de Los Angeles.

– Tu parles de Peter Pan parce que tu as arrêté de compter depuis tes vingt-deux ans ? Donc en réalité tu as plus ?

– Non, j'ai vingt-deux ans.

– T'es vieux.

– Là, c'est moi qui pars.

– Non ! Excuse-moi, excuse-moi. Tu es un jeune garçon. Que dis-je ? Un bébé !

– Tu te moques de moi, Paula ?

Un sourire jusqu'aux oreilles se dessine sur son visage, dans la solitude de sa chambre. Elle aime chacune de ses phrases.

– Je ne ris pas de toi. Je ris avec toi.

– Ça, c'est réchauffé, comme excuse.

- Oh ! Excusez-moi, monsieur l'original.

Nouvelle pause. Une minute, deux, trois. Mais où est-il ? Ah, le revoilà.

– J'essaie de l'être. Mon métier l'exige.

– Ah ? Qu'est-ce que tu fais ?

– Je suis journaliste.

Oh ! Un journaliste ! Comme c'est intéressant !

– Tu es un paparazzi ?

– Pourquoi tout le monde me pose cette question quand je dis que je suis journaliste ?

Zut, encore une banalité.

– Peut-être parce que tu ne tombes que sur des idiotes comme moi.

– Tu n'es pas bête. Je pense même que tu es assez intelligente.

– C'est toi qui te moques maintenant.

– Je ne ris pas de toi, je ris avec toi.

Il se prétend original et il lui pique ses phrases ?!

– Copieur.

– Et toi ? Qu'est-ce que tu fais ?

Il plaisante ? Que veut-il qu'elle fasse à seize ans ?

– J'imagine que je fais la même chose que la plupart des gens de mon âge : je vais au lycée.

– Quelle classe ?

– Première.

– C'est facile.

– T'es gonflé ! Ça n'a rien de facile. Il faut travailler beaucoup.

– Et tu le fais ?

Paula rougit. Il ne juge pas sur le physique, mais il n'y va pas par quatre chemins, le garçon.

– Oui. Le dernier jour. Je n'arrive pas à me concentrer avant. Je m'en sors comme je peux, mais pour le moment je n'ai jamais redoublé.

– C'est mieux que rien.

– Hé ! Ce n'est pas si facile. Il y en a pas mal qui ont redoublé plusieurs fois déjà, à mon âge.

– Zen.

– Quoi ?

– Ça m'est égal si tu as redoublé ou non. On a tous nos mauvaises périodes, une matière qu'on n'aime pas, ou un mauvais prof... Je ne te jugerai pas non plus à ton bulletin scolaire.

– Et toi, tu as déjà redoublé ?

– Non. Mais la terminale a été assez compliquée. Un prof m'a aidé à la fin, il m'a donné les points qu'il me manquait dans une matière pour que je puisse passer les concours en juin.

– Quel bol !

– Disons que ce sont plutôt de bonnes relations publiques.

Paula éclate de rire, sur Facebook mais aussi réellement, dans sa chambre. Il est très tard, mais elle se sent si bien avec ce mystérieux garçon...

– Tu es un cas, Angel.

Nouvelle absence. Beaucoup plus longue que les autres. Mais elle ne dit rien, elle ne veut pas passer pour une enquiquineuse.

Dix minutes plus tard, il réapparaît.

– Excuse-moi.

– Ne t'inquiète pas. Si tu parles avec d'autres gens, je le comprendrais très bien.

– Je ne parle à personne d'autre, je suis juste allé sur la terrasse.

– Avec le froid qu'il fait ?! T'es fou !

– C'est que... Regarde dehors.

Paula ouvre les rideaux. Derrière la fenêtre, de petits copeaux blancs tombent doucement sur le sol.

– Il neige !

– Oui. J'adore la neige. Elle m'hypnotise.

C'est magnifique. Il neige.

Paula est touchée par ses mots. Elle a envie de rire, de chanter, de sauter... Mais surtout de continuer à faire la connaissance de ce garçon si étrange. Oui, il ne faut jamais dire jamais, car peut-être qu'un jour, elle prendra rendez-vous avec lui pour percer tous ses secrets.

Épilogue

Les jours suivants ont semblé interminables à Paula.

Elle a passé son temps à réviser les examens du deuxième trimestre. Mais tout cela l'a tellement affectée qu'elle a loupé deux matières : philosophie et histoire.

Angel l'a appelée trois fois. Le samedi pour prendre de ses nouvelles et savoir si elle avait réfléchi. Paula lui a répondu qu'il était encore tôt et qu'elle avait besoin de plus de temps. Le mardi pareil, même question avec la même réponse. Le vendredi aussi, mais plus froidement encore. Angel a demandé s'ils étaient en train de rompre, elle lui a répondu qu'elle ne savait pas.

Aucune nouvelle d'Alex. Elle n'a pas répondu au message qu'elle a reçu à l'hôtel. Elle a été tentée de l'appeler plusieurs fois, mais y a toujours renoncé.

Avec Mario, cela n'a pas été simple. Le lundi, elle a tenté de lui parler, mais il n'a rien voulu savoir et ce jusqu'au jeudi. Diana a fini par intervenir, ils ont alors échangé quelques banalités. Le vendredi, ça allait déjà mieux, ils ont même ri un peu.

Diana a eu 18 à l'examen de maths, Miriam l'a raté avec un tout petit 1. Cris s'en est plutôt bien sortie dans cette matière.

Un jour d'avril, à Disneyland-Paris.

– Regarde ! C'est Mickey ! s'écrie Erica.

– Où ça ? Je ne le vois pas, demande Paula qui a cherché toute la journée la célèbre souris pour faire une photo.

– Là !!

La petite lâche la main de sa sœur et part en courant.

– Erica ! Attends ! Tu vas te perdre !

Elle court à sa suite pour la rattraper et s'arrête tout à coup. Et oui, Mickey est là !

– Salut, ma belle, comment tu t'appelles ? demande la souris en espagnol avec un énorme accent français.

– Erica.

– Quel joli nom. Et la fille qui est avec toi ?

– C'est ma sœur, elle s'appelle Paula.

– Elle est très jolie.

– Elle te plaît ? Elle pourrait se marier avec toi.

Paula n'entend rien de la conversation entre la petite et Mickey.

– Dis, Mickey, tu pourrais te pencher un peu ? Je ne t'ai pas dans le cadre, sinon, dit-elle en refaisant la mise au point.

La souris se penche et prend la petite dans ses bras.

Clic. Clic. Clic.

– Évidemment qu'elle me plaît. Demande-lui si elle veut dîner avec moi ce soir.

Erica court vers Paula.

– Mickey demande si tu veux dîner avec lui ce soir.

– Quoi ?

– Oui, il veut savoir si tu veux dîner avec lui.

Paula sourit, prend la main de sa sœur et disparaît dans la foule.

Moralité : même en étant la souris la plus célèbre de la planète, on n'obtient pas toujours ce que l'on veut...

D'autres livres

wiz Albin Michel

Jodi Lynn ANDERSON, *Peau de pêche*
Jodi Lynn ANDERSON, *Secrets de pêches*
Jodi Lynn ANDERSON, *Un amour de pêche*
Meg CABOT, *Une (irrésistible) envie de sucré*
Meg CABOT, *Une (irrésistible) envie d'aimer*
Meg CABOT, *Une (irrésistible) envie de dire oui*
Elizabeth CRAFT et Sarah FAIN, *Comme des sœurs*
Elizabeth CRAFT et Sarah FAIN, *Amies pour la vie*
Melissa DE LA CRUZ, *Un été pour tout changer*
Melissa DE LA CRUZ, *Fabuleux bains de minuit*
Melissa DE LA CRUZ, *Une saison en bikini*
Melissa DE LA CRUZ, *Glamour toujours*
Anna GODBERSEN, *Tout ce qui brille*
Jenny HAN, *L'Été où je suis devenue jolie*
Jenny HAN, *L'Été où je t'ai retrouvé*
Jenny HAN, *L'Été devant nous*
Mandy HUBBARD, *Prada & Préjugés*
Alice KUIPERS, *Deux filles sur le toit*
Sarah MLYNOWSKI, *Parle-moi !*
Joanna PHILBIN, *Manhattan Girls*
Joanna PHILBIN, *Manhattan Girls : Les filles relèvent le défi*
Yvonne PRINZ, *Princesse Vinyle*
Polly SHULMAN, *La fille qui voulait être Jane Austen*
Gabrielle ZEVIN, *Je ne sais plus pourquoi je t'aime*

Albin Michel

Anna GODBERSEN, *Rebelles*, Albin Michel
Anna GODBERSEN, *Rumeurs*, Albin Michel
Anna GODBERSEN, *Tricheuses*, Albin Michel
Anna GODBERSEN, *Vénéneuses*, Albin Michel

www.wiz.fr
Logo Wiz : Cédric Gatillon

Composition Nord Compo
Impression CPI Bussière en mai 2012
à Saint-Amand-Montrond (Cher)
Éditions Albin Michel
22, rue Huyghens, 75014 Paris

ISBN : 978-2-226-24248-8
ISSN : 1637-0236
N° d'édition : 20030/01. – N° d'impression : 121532/4.
Dépôt légal : juin 2012.
Loi n° 49-956 du 16 juillet 1949 sur les publications destinées à la jeunesse.
Imprimé en France.